W0317547

btb

VINCENT MESSAGE

EIN MOMENT DER UNACHTSAMKEIT

Roman

Aus dem Französischen
von Andreas Jandl

btb

gewidmet Cloé und Ulysse,
für die Reise

I PERSONEN IM TUNNEL

Seit zwei- oder dreihunderttausend Jahren spazierte unsere Spezies schon über den Erdball, als Cora Salme eines Morgens um Punkt halb acht die blau-weiß gekachelten Gänge der Pariser Métro mit völlig neuen Augen sah. Sie trug ihre eleganteste Jacke und schlenderte in einer Leinenhose und Ballerinas den Bahnsteig entlang, im Zickzack zwischen wartenden Schatten hindurch, die genau wie sie dem Herbst noch trotzen wollten. Sie betrachtete die ebenso gekachelten Bänke entlang der Wände, den dicken Bauch des Gewölbes, sein funkelndes Schuppenkleid oben über den gefährlichen Gleisen und fand das alles recht schön. Beinahe ihr ganzes Leben hatte sie in Paris verbracht und war die Métro derart gewohnt, dass sie sie gar nicht mehr wahrnahm. Erst nach dem Sommer, als die heitere Frau, die während der Ferien aus ihr geworden war, plötzlich an ihren üblichen Platz zurückmusste, fielen ihr diese Dinge wieder auf. Diesmal hatte sie sich dank Elternzeit noch länger aus dem ewigen Arbeitstrott ausklinken können. Sie vergaß bisweilen sogar, welcher Wochentag es war, und ließ die Leute zu sich kommen, statt zu ihnen hinzuhetzen. Vielleicht sollte sie diesen vergänglichen Augenblick nutzen und die Welt in sich aufnehmen. Das war schlauer, als sich ständig zu sagen, dass der Wiedereinstieg nach so langer Zeit hart werden würde.

Da standen überall Leute um sie herum. Positionierten sich so auf dem Bahnsteig, dass sie möglichst schnell würden einsteigen können. Sie waren aufgestanden, hatten geduscht oder sich wenigstens kurz gewaschen, hatten gefrühstückt oder zumindest einen Tee oder Kaffee hinuntergestürzt und sich mit noch schläfrig-fahrigen Bewegungen vor dem Spiegel ausreichend zurechtgemacht, um unter Leute gehen zu können. Sie hatten Kleider ausgesucht, die sie dickhäutiger aussehen ließen, als sie sich in Wahrheit fühlten. Und so standen sie am Bahnsteig aufgereiht, richteten den Blick in den Tunnel, aus dem der Zug kommen würde, oder ließen ihre Netzhaut die auf der gegenüberliegenden Seite gezeigten Bilder aufnehmen, Herbstjacken, Urlaubsangebote in der Nebensaison für kinderlose Paare, Schulranzen, die nicht nur robust, sondern auch kostengünstig und ausreichend modisch waren, um den sozialen Frieden nicht zu gefährden. Fast alle befanden sie sich auf dem Weg zur Arbeit, nachdem das Verlangen, sich nützlich zu machen und an ihren Projekten weiterzuarbeiten, beziehungsweise die hartnäckige Not, irgendwie das Überleben sichern zu müssen, sie aus dem Bett geholt hatte. Seltsam, dass Cora sich daran gewöhnt hatte, das alles banal zu finden.

Beim Einsteigen sagte sie sich, dass auch sie nun wieder arbeite, dass auch sie wieder an Bord sei. Im selben Kahn, zurück in der Mannschaft. »Das neue Leben«, murmelte sie, »das neue Leben beginnt.« Im Gedränge wunderte sie sich, dass ihr Körper so dünn und wendig war. Immer wieder hielt sie sich reflexhaft eine Hand fünfzehn Zentimeter vor den Bauch, dorthin, wo vor drei Monaten die Haut gespannt hatte und unglaublich empfindlich gewesen war; vor diesen Bauch, der wieder verschwunden war, gerade als sie ihn als einen Teil ihrer selbst anerkannt hatte. Erstaunt darüber, dass Manon nicht mehr darin ist, fragte sie sich in einem Anflug von Panik, wo bloß das Kind nun sei, bevor ihr die Realität wieder bewusst wurde: Manon schlief in ihrem Bettchen, behütet vom Krokodil und von der Katzenspieluhr, die ihr in ihrem unruhigen Schlaf beide möglichst nahe sein mussten; oder sie war mit Pierre irgendwo unterwegs, oder bei den Großeltern, oder bei ihrer Tagesmutter Silué, wie es ab heute Normalität sein würde, nachdem Cora Silué in der letzten Woche die Betreuung schrittweise überantwortet hatte, zunächst besorgt und eifersüchtig, nach einigen Tagen aber in dem ruhigen Wissen, dass – wenngleich Manon ihr fehlte – die beiden ein gutes Team waren. Ungeachtet ihrer eigenen rasanten Fortschritte in der Säuglingspflege hatte sie fasziniert beobachtet, wie Silué die Kleine mit sicheren, einfachen Bewegungen mit Wasser besprenkelte, wie sie die Betrübnis aus ihrem Gesicht weichen und das zahnlose Lächeln wieder erstrahlen ließ, wie sie auch noch die letzte Falte des kleinen zarten Körpers reinigte, wie sie sie mit wenigen Handbewegungen abtrocknete oder ihre Fäustchen öffnete, um die Nägel zu schneiden und zu verhindern, dass sie sich – ihre neueste Spezialität – mit ihren winzigen Krallen selbst zusetzte.

Da stand Cora mit ausgestrecktem Arm, hielt sich an der Metallstange fest, spürte die zunehmende Schwere ihrer Beine und schaute nach einem freien Sitzplatz. Sie fragte sich, ob sie wohl ihren Status als kürzlich noch Schwangere geltend machen könne, aber ihr Bauch war schon wieder recht flach und sie wäre in Verlegenheit gekommen, hätte sie weitere Beweise liefern sollen, was man bestimmt von ihr verlangt hätte. Fraglos hätten sich, wenn sie nur säße, die Kreislaufprobleme schnell erledigt, doch wären andere Probleme aufgetreten. Man sieht es nicht, hätte sie den Leuten gern gesagt, aber wissen Sie, in meinem Körper geht immer noch alles drunter und drüber. Nach drei Monaten hat der Schmerz am Steißbein nachgelassen, aber ich wollte auch keinen Kaiserschnitt, deshalb bereue ich nichts – nur wenn es wieder wehtut, ist es schrecklich, das können Sie mir glauben. Im Weiteren hätte sie ihnen hinter vorgehaltener Hand anvertraut, sie hoffe, dass alles sich wieder einrenke, dass das Gewebe sich beruhige und auch die Libido zurückkehre, denn der Sex fühle sich anders an als zuvor.

Zu Beginn der Schwangerschaft hatte sie es nicht gewagt, auf ihren Zustand hinzuweisen, teils aus Sorge, dass man sie für eine Lügnerin hielte, teils weil sie sich sehr überwinden musste, Unbekannte anzusprechen, umso mehr, da es ja darum ging, diese um einen Gefallen zu bitten. In den folgenden Monaten war sie je nach Stimmungslage verärgert, belustigt, verblüfft darüber, wie viele Fahrgäste vorgaben, ihren Bauch nicht zu sehen. Erst ganz am Ende, als sie für die anderen wie für sich selbst schon unerträglich viel Platz in Anspruch nahm und von einer Jury aus einzig und allein Pierre Esterel mit Spitznamen wie *Big Belly* und *Weißer Wal* betitelt worden war, standen einige Leute von sich aus auf – Frauen, weil sie sich daran erinnerten oder sich ausmalten, wie es sein musste, und Männer, um in ihrem Blick etwas Anerkennung oder die Bestätigung aufblinken zu sehen, dass sie ein guter Kerl waren, einer, mit dem eine Frau, hätte sie sich nicht aus Schwäche anderweitig gebunden, am liebsten sofort in die Kiste gesprungen wäre. Im Austausch mit ihrer Mutter und ihren Freundinnen, der sich, ob sie wollte oder nicht, in ihrem Kopf weiterspann, sagte Cora sich manchmal, dass es gar nicht schlecht sei, als Frau im Paris des 21. Jahrhunderts zu leben, da es in der Menschheitsgeschichte wenige Orte und Zeiten gegeben habe, wo die Frauen über so große Entscheidungsfreiheit verfügten, auch wenn sie täglich und in jeder Faser ihres Körpers spürte, dass das Frausein weiterhin sehr beschwerlich und aufreibend war, und sich in dunklen Stunden leicht einreden konnte, dass sie mit allem scheitern werde.

Am Morgen war die Métro bekannt für düstere Mienen und eine vom Rattern des Zugs rhythmisierte Stille, die nur durch die automatisierten Ansagen unterbrochen wurde. Im Normalbetrieb fühlte Cora sich jedoch keineswegs in feindlicher Umgebung. Unter ihren schützenden Kopfhörern, wo die Musik eine schwer einzuschätzende Wirkung tat, vertieft in ein Buch oder den Strom ihrer Gedanken, schoben die Mitpassagiere eine Anstrengung auf, der sie sich nicht mehr lange würden entziehen können. In wenigen Minuten würden sie reden, lächeln, überzeugen, effizient sein müssen. Genötigt, das soziale Tier zu geben – schlimmer noch, den *Homo oeconomicus*. Es wäre unvernünftig gewesen, vorab Energie zu vergeuden, indem man eine Unterhaltung mit Unbekannten riskierte, die sich garantiert als lästig oder absonderlich herausstellten. Im Übrigen hielt das die Mitreisenden mitnichten vom Kommunizieren ab, also davon, die unendlichen Gespräche mit ihren Nächsten in andauernder Tipperei weiterzuführen: Der Sitznachbar, den Cora im Viererabteil zu ihrer Rechten hatte, versuchte beispielsweise, die Wogen eines morgendlichen Streits zu glätten – vergiss, was ich gesagt habe, so denke ich nicht, wirklich nicht –, um sich dann innerlich ausgeglichen anderen Aufgaben widmen zu können.

Cora schlug ihre Zeitung auf. Und vergewisserte sich unter Seitenrascheln – wobei die Druckerschwärze auf ihre Finger abfärbte –, ob darin die vorgeschriebene Verhältnismäßigkeit zwischen der Vielzahl beunruhigender und der Handvoll hoffnungsvoller Meldungen gewahrt wurde. Die Welt, behauptete der Leitartikel ohne Umschweife, ja, die Welt werde immer komplexer. Insbesondere Frankreich steuere auf eine schwere strukturelle Krise zu, man möge doch endlich aufwachen. Trotz seiner Kürze listete der Artikel eine ganze Reihe von Niedergangssymptomen und spezifisch französischen Missständen auf. Cora blickte sich immer wieder um, ihr Puls hatte sich beschleunigt. Sie wusste nie so recht, was von solchen Texten, die alte Zeiten glorifizierten und das Gras auf der anderen Seite des Atlantiks, des Ärmelkanals oder des Rheins als stets grüner beschrieben, zu halten war. Und sie fragte sich, ob die Selbstsicherheit, mit der die Kommentatoren ihre Voraussagen trafen, womöglich aus der Gewissheit erwuchs, dass ihre Aussagen von vor zehn Jahren längst vergessen waren und ihre aktuellen Prognosen in zehn Jahren auch nicht mehr gelesen würden, genauso, wie sie gewiss sein konnten, dass ihre Artikel wohl kaum in die Hände von Lesern in ärmeren oder weniger demokratischen Ländern gerieten, Lesern, denen dieser egozentrische Pessimismus nur ein trauriges Lächeln abringen dürfte. Andererseits hielt Cora es für legitim, das Land, in dem man lebte und an dessen öffentlicher Debatte man teilhaben wollte, einer strengeren Kritik zu unterziehen als eines, über das man lediglich die neuesten Nachrichten verbreitete.

Vielleicht haben Sie keine der Diskussionen jener Zeit verfolgt; vielleicht waren Sie noch nicht geboren, oder Sie haben sich damals nicht dafür interessiert, oder auch Sie waren zu weit weg, viel zu weit von Paris, um den tief hängenden Himmel über den Zinkdächern und die stickigen Sommer auf den engen Terrassen der Bistros zu kennen. Ich kann unmöglich wissen, und das hat auch seinen Reiz, wer meine Chronik über Cora Salmes Leben lesen wird, diesen Bericht über die drei Jahre, die ihr Leben verändert und fast zerstört haben. Als ich, mit unsicherer Stimme, wagemutig mein Vorhaben das erste Mal ihr gegenüber erwähnte, war sie vollkommen sprachlos. Später, als sie sich halbwegs mit der Idee angefreundet hatte, merkte sie an, ich solle doch lieber, wenn überhaupt, für weiter entfernte Menschen schreiben, und zwar so, als erklärte ich ihnen eine Welt, die sich von der ihren in fast allem unterschied. Sie wünsche sich Distanz und eben die Klugheit, die sie zu Zeiten des namenlosen Krieges, über den hier zu berichten sei, so sehr vermisst habe. Trotz allem habe sie im Herbst 2010 durchaus ein klares Bild von der Welt gehabt, in die sie gerade ihr erstes Kind geboren hatte. Sie verfüge nämlich über den tiefsitzenden Reflex, sich stets bewusst machen zu wollen, was ihren Horizont bestimme und begrenze. In jüngeren Jahren hatte sie oft die so tröstliche wie tatsachenbasierte Gesellschaft von Enzyklopädien gesucht: Von *a* bis *Chondrichthyes*, von *Chondrit* bis *fugal*, von *fugato* bis *Marbod*, von *Marburg* bis *Rektion* und von *Rektor* bis *zytozid* hatte sie die in blaues Leder gebundenen Bände unten aus dem Bücherregal gezogen, wo elterliche Hände sie platziert hatten, um sowohl zum neugierigen Herumstöbern zu ermutigen als auch den frühzeitigen Tod ihrer Jüngsten durch ein Schädeltrauma zu vermeiden. Mit elf, zwölf Jahren war sie bitter enttäuscht, feststellen zu müssen, dass der Eintrag zu *Architektur* sehr viel ausführlicher war als der zu *Frau* und dass dem General *Carl von Clausewitz*, dem zufolge der Krieg eine bloße Fortsetzung der Politik mit anderen Mitteln sei, mehr Ehre erwiesen und mehr Platz eingeräumt war als der *Klitoris*. Der Preuße wurde sogar mit einem Porträt geehrt, während das erogene und wahrlich rätselhafte Organ ohne Illustration auskommen musste. Später entwickelte Cora sich zur frenetischen Erforscherin alles online verfügbaren Wissens, was für sie vor allem den Vorzug hatte, dass sie den Beginn ihrer Vorbereitungen auf die WiWi-Seminararbeit ohne allzu schlechtes Gewissen um einige Minuten, die sich auf wunderliche Weise zu Stunden auswuchsen, hinauszögern konnte: War es zur Analyse der deutschen Exporte letztlich nicht unabdingbar, sich noch einmal die Titel der ersten Alben von The Cure ins Gedächtnis zu rufen und sich ein Mindestmaß an Wissen über das Sexualleben von Simone de Beauvoir anzueignen?

Cora Salme entging also nichts Wesentliches zur Lage Frankreichs oder der Welt. Keinerlei Risiko, dass sie etwa die offensichtliche Menschendichte in der Métro vergaß oder die Prognose, ihre Region werde am Ende des ersten Jahrzehnts des 21. Jahrhunderts zwölf Millionen Einwohner zählen. Paris hatte das Glück, nie zerstört worden zu sein: Die Lage mitten auf der eurasischen Platte ersparte ihm Erdbeben; die Stadtarchive verzeichneten keinen größeren Brand; sogar der Nazigeneral, der Ende August 1944 den obersten Befehl über die Stadt hatte, entschied, Hitlers telefonisch übermitteltes Wüten zu ignorieren, die Brücken nicht zu sprengen und kein Ruinenfeld zu hinterlassen. Überall in der Stadt erinnerten Schilder und Gedenktafeln an deportierte jüdische Kinder, an die im faulen Laub eines Waldes der Banlieue erschossenen Widerständler und die jungen Befreiungskämpfer, die vor den Schaufenstern von Läden, die heute eine Bäckerei oder Vintage-Boutique beherbergten, tot auf den Straßen gelegen hatten. Daneben wirkten die aktuellen Probleme des Landes wie Kinderkram, wobei viele auch entfernte Kriegsfolgen waren. Das euphorische Koitieren in den ersten Jahren der Freiheit erklärte die demografische Pyramide, die eindrücklich zeigte, dass die Anzahl alter Menschen die der jüngeren weit überstieg. Wie die meisten Angehörigen der Versicherungsbranche sah Cora sich oft veranlasst, ihren Gesprächspartnern diese Pyramide aufzuzeichnen, um ihren Einfluss auf die Lebenszyklen der Menschen und deren Bedarfsentwicklung zu erklären. Über drei Jahrzehnte hinweg hatte es ein süchtig machendes Wachstum gegeben, von dem alle glauben wollten, es würde zur Norm. Die ländlichen Gebiete hatten sich geleert, und rund um die Städte waren in einer hierzulande bislang ungekannten Geschwindigkeit kleine Häuser und Betonblocks aus dem Boden geschossen, ohne dass sich dadurch jedoch die albtraumhafte Wohnungssuche für jene, die Familie hatten und ihr Leben ohne großes Erbe bestreiten mussten, in irgendeiner Weise vereinfacht hätte. Nirgends sonst gab es einen so verrückten Preisanstieg wie in Paris, der alten, von ihrer Ringautobahn wie einstmals vom Rund der Befestigungsanlagen umschlossenen Hauptstadt, und Cora als Pariserin konnte durchaus ein Lied davon singen, nachdem sie *intra muros* aufgewachsen war, dort aber niemals Eigentum würde erwerben können und daher, mit dem wenn nicht dramatischen, so doch unangenehmen Gefühl eines sozialen Abstiegs, in der Banlieue ein Haus gekauft hatte.

Seit einigen Jahren machten nun die Nachkriegskinder ihre Rentenansprüche geltend. Über lange Zeit wurde gern bei jeder Gelegenheit behauptet, durch diesen massiven Austritt aus dem Erwerbsleben werde endlich die Arbeitslosigkeit zurückgehen. Cora hatte das ihre ganze Jugend lang gehört. Auf dem Papier war das logisch und machte Hoffnung, in der Realität aber sah es anders aus. Sämtliche Industrie schien auf Nimmerwiedersehen in Länder abgewandert zu sein, in denen die Menschen bereit waren, sich in Quasi-Leibeigenschaft zu begeben, um nicht – wie ihre Eltern noch millionenfach – zu verhungern. Was war schiefgelaufen? Wo lag der Fehler? Hatten die Europäer über ihre Verhältnisse gelebt, weil ihre Politiker lieber weiter Schulden machten und aus wahltaktischem Kalkül zur Untätigkeit anstifteten, als mit der ringsum entstehenden Welt mitzuziehen? Oder waren es die multinationalen Konzerne und die Eliten, die allen Reichtum für sich beanspruchten, ihre Schäfchen ins Trockene brachten und dann verkündeten, dass Steuern eine Gefahr für das Wachstum darstellten? In den Zeitungen, die Cora las, waren sich die Fachleute in dieser Frage nie einig. Fest stand aber, dass die Veränderungen der Welt tatsächlich Herausforderungen für die Unternehmen mit sich brachten und ihnen – um diesen Herausforderungen zu begegnen – keine andere Möglichkeit ließen, als ihrerseits ihre Mitarbeiter vor Herausforderungen zu stellen, die wiederum ihre Kinder vor Herausforderungen stellten, die alsdann mit gefasster, klarer Stimme bestätigen konnten, wie sehr gelegen ihnen dieser Wandel kam, da auch sie Herausforderungen liebten und es kaum erwarten konnten, keine freie Minute mehr zu haben.

Cora fragte sich oft, warum sie weiterhin jeden Tag ihre Dosis dieses Weltrauschens aufnahm. Vielleicht aus

Pflichtgefühl, aus Lust an größeren Vorhaben, aus Sehnsucht nach Ablenkung oder aus einer Form von Masochismus? Die unterschiedlichen Sichtweisen hatten wie unterschiedliche Medikamentenkapseln alle ein ähnliches Äußeres; einige würden, sobald sie sich im Magen auflösten, Moleküle für eine notwendige Hellsichtigkeit freisetzen, andere das Gift von Ideologien, die allerdings mit einer zuckrigen Schicht gesundem Menschenverstand umhüllt waren – doch in Mengen, die sich unmöglich genau bestimmen ließen, und ohne dass jemals klar war, ob es sich um unvermeidbare Nebenwirkungen handelte oder dahinter das Vorhaben einer kollektiven Vergiftung stand. Selbst bei dem Versuch, der Depression zu entgehen, die die jüngsten Neuigkeiten in ihr auslösten, konnte sie nicht bestreiten, dass sich die große Erzählung von der Beschleunigung auf einige solide Fakten stützte. Kurz nach ihrer Geburt im Frühling 1981, als Frankreich von Kirschblüten und Mitterand'schen Rosen überzogen war, drohten der Sowjetblock und die kapitalistischen Länder einander noch mit Auslöschung und demonstrierten mithilfe von Landkarten, auf denen sich dicht an dicht Raketen mit wahrlich abschreckenden Namen drängten, stolz ihre atomare Übermacht; die Datenaustauschprotokolle, mit deren Hilfe das Internet erfunden werden sollte, beschäftigten damals nur einige hundert Forscher; auf dem Planeten lebten vier Milliarden Menschen, jede Sekunde wurden vier weitere Erdbewohner geboren. Knapp dreißig Jahre später, als die Zahl auf dem Bevölkerungszähler sich der siebten Milliarde näherte, war ihr die so unvernünftige wie tiefsitzende Lust gekommen, sich unter Verwendung eines Spermatozoids, das ein standesamtlich als Pierre Esterel geführter Mann in einer Minute der Unachtsamkeit abgegeben hatte und mithilfe dessen es ihr gelang, ein kleines Mädchen zu produzieren, das sie im Weiteren Manon nannten, an dieser Vervielfältigung zu beteiligen. Sie hätte, ehrlich gesagt, nicht genau erklären können, wie sie dabei vorgegangen war, und empfand es als unangemessen, von aller Welt dazu beglückwünscht zu werden. Auch wenn sie die Fortschritte des Projekts aus nächster Nähe verfolgte, war es allein ihr Körper, der die Arbeit daran übernommen hatte, sie nicht unbedingt über Details informierte und keine Gelegenheit ausließ, ihr unter die Nase zu reiben, dass sie mit der Materie viel zu wenig vertraut war, um eine solche Operation selbst zu leiten. Allenfalls konnte sie sagen, dass die ursprüngliche Idee von ihr stammte und sie die grobe Richtung ausgehandelt hatte. Seien Sie so gut, hatte sie ihrem Körper zugeflüstert, und machen Sie mir in neun Monaten ein Baby; auch wenn wir noch nie bei Projekten dieser Art zusammengearbeitet haben, setze ich mein volles Vertrauen in Sie; bei der Wahl der Mittel lasse ich Ihnen vollkommen freie Hand; Ihre Arbeit wird dann bei Lieferung beurteilt, nach Inaugenscheinnahme des Ergebnisses. Und jetzt…

Bremsen. Räderkreischen. Plötzliche Dunkelheit. Gegeneinandergeschleuderte Körper, die beim Wieder-gerade-Hinsetzen Scheiße rufen oder sich entschuldigen, die tastend prüfen, ob sie noch alle Arme und Beine haben, Portemonnaie, Schlüssel, Telefon, den unverzichtbaren Wegbegleiter. Die Druckventile der Maschinen öffnen sich. Dann klackern Metallteile, die sich offenbar neu ordnen. Und wieder Stille – von der Maschine wie von den Fahrgästen. Ein paar Seufzer natürlich, aber keine Kommentare, solche Zwischenfälle gehören zur Routine. Nach einer Minute regt sich erstes Murren: Harsches Bremsen gibt es oft, aber selten ist es so brutal. Cora schließt die Augen. Die Unterbrechung der Stromversorgung taucht sie wieder ins Dunkel der schon beendet geglaubten Nacht, aus der herauszukommen ihr so schwergefallen ist. Nur Handydisplays sorgen hier und da für kärgliche Lichthöfe. In den Fenstern lassen sich weder die Spiegelungen der Gesichter noch die Tunnelwände erkennen. Nichts als gleichmäßig schwarze und graue Flächen und plötzlich Pierres blaues Auge, das sich über dem Kopfkissen öffnet wie bei einem vermeintlich schlafenden Krokodil und Manons Augen, während sie von ihrem Arm auf Silués wandert, Augen, die noch nicht richtig fokussieren, die beim Herumgetragenwerden über die Schulter ins Leere schauen und, ziellos, hinauf zu dahinfließenden Formen. Im Knistern der Lautsprecher endlich eine Stimme, die zögerlich mitteilt: »Aufgrund von Personen im Tunnel unterbrechen wir unsere Fahrt. Unsere Mitarbeiter sind gegenwärtig im Einsatz. Bis zur Weiterfahrt müssen wir uns noch etwas gedulden.« Blick auf den Streckenplan der Linie, dann auf die Uhr: Sie muss noch mindestens zwanzig Minuten fahren. Grund genug für eine SMS an Édouard Verzack: »Metro steht vor Oberkampf. Bin hoffentlich bald da.« Der klare, faktenbasierte Stil gefällt ihrem Vorgesetzten, dem es fernläge, ihre Angaben aufwendig zu überprüfen; vielmehr taucht er mit ein in die Poesie der Fakten, deren Charme sich Cora zwar anfangs nur langsam erschloss, die sie mittlerweile aber zu schätzen und zu nutzen gelernt hat, sei es bei der Ausübung ihres Berufs, sei es im Zusammenleben mit Pierre.

Minutenlang nichts. Atmen und warten. Aus den für die überlasteten Linien unverzichtbaren Geduldsreserven schöpfen. Die Worte des Fahrers spuken ihr durch den Kopf. Sie fragt sich, warum die Funkanlagen der Züge so überaltert sind: Oft gehen Durchsagen in Hintergrundgeräuschen unter, als ließe die Welt hier unten nur antiquierte Technik zu und widersetze sich invasiven Funkwellen besonders gut. Wieder ertönt die Stimme. Es ist schlimmer als gedacht. Cora greift erneut zum Handy, schickt ergänzend an Édouards Adresse »Schwerer Personenschaden. Tut mir echt leid. Hoffe, du erträgst meine Abwesenheit noch ein bisschen ...« Sie erinnert sich an ein gemeinsames Mittagessen, bei dem sie über die Formulierungen der Verkehrsbetriebe herzieht. Sie sitzen, nicht weit vom Büro, bei dem Italiener, den sie mag, wo man seine Ruhe hat, der Inhaber die riesige Pfeffermühle an den Tisch bringt, ohne dass sie darum bitten müssen, und die Burrata köstlich ist. Édouard zuckt die Schultern und schaut gelassen drein unter seinem angegrauten Igel, dessen absurde Länge ihn als Modeverächter ausweist, dem egal ist, was andere von ihm halten: »Was sollen sie auch sagen?« Na klar, *schwerer Unfall* oder *Personenschaden* gibt den Leichen einen administrativen Anstrich, aber will man wirklich alle Dramen der Stadt ungefiltert miterleben? »Mutig, dass sie den Euphemismus bemühen. Sonst müssten wir uns ja wie Monster fühlen, wenn wir einfach weiterdaddeln oder unser Buch weiterlesen, obwohl gerade jemand gestorben ist.« Selbstmord dürften sie jedenfalls nicht sagen, sinniert er weiter mit den zusammengekniffenen Augen des aalglatten Analysten, weil sie Stunden bräuchten, bis sie wüssten, was passiert sei. Sie müssten alles ermitteln, müssten die Daten der Videoüberwachung sichten. »Überleg mal, wie es wäre, wenn sie Selbstmord angeben und dann rausfinden, dass es keiner war? Wie wäre das für die Familie?« Er habe sich einmal nach den Details erkundigt und sei zu dem Schluss gekommen, dass er das nicht unbedingt jedes Mal brauche; wer eine Stunde lang in einem Wagen festsitze, müsse nicht wissen, dass die Verunfallten langsam sterben, weil die Hitze der Räder, wenn sie ihnen die Beine abfahren, die Wunden kauterisieren lässt. Und es sei auch gar nicht schlecht, dass die Verkehrsbetriebe sich lieber Nachlässigkeit vorwerfen ließen, als in allen Einzelheiten zu erzählen, was ihre Einsatzkräfte genau tun, nämlich die Schächte von verspritztem Blut und Hirn reinigen, und das tatsächlich so schnell wie möglich, da diese Arbeit erstaunlicherweise nicht ihre Lieblingsbeschäftigung ist. Wer in der Stadt, fasste Édouard zusammen, zumindest in der Großstadt, überleben wolle, dürfe sich nicht zu viele trübe Gedanken darüber machen, was mit anderen passiert. Und wenn Cora dem auch beipflichtete und einräumte, dass es für die Ordnung der Dinge gute Gründe gab, grübelte sie doch, einen Kloß im Hals, unwillkürlich darüber nach, wer da gerade gestorben war und warum – mit dem Gefühl, dass es unter anderen Umständen sie hätte sein können, die vom Sog der Bahn erfasst worden und unter diese schreckliche metallene Masse geraten wäre, die man von innen immer zu langsam fand, die aber doch so höllisch schnell fuhr, dass sie, wenn jemand fiel oder sprang, nicht mehr bremsen konnte.

Als Cora bei Borélia ankam, geriet sie sogleich wieder in den geschäftigen Taumel. Jedes Mal, wenn sie durch die schmiedeeisern verzierten Glastüren des Haussmann'schen Gebäudes trat, in dem sich der Hauptsitz der Gruppe befand, und den Hof durchquerte, in dem man sich, mit Kippe in der Hand, telefonierend die Füße vertrat, hatte sie das Gefühl, in eine Raumzeit zu rutschen, in der andere Regeln galten und ihr – was Fluch und Segen zugleich war – normalerweise keine Sekunde für Gedanken an eigene Belange blieb.

Ein Teil von ihr hatte sich vorgestellt, dass ihre Rückkehr als ein Ereignis gefeiert würde. Wie sollte es auch anders sein, wo sie doch in den letzten Monaten so entscheidende Dinge erlebt hatte? Tatsächlich wurde sie als Erstes mit Fragen zu Manon bombardiert. Wann genau sie noch mal geboren sei? Ob es vielleicht Fotos von ihr gebe? Ach süß, süß. Nein, echt zum Anbeißen. Dieses Gesichtchen… Schläft sie denn schon ein bisschen durch? Vor allem diese Frage stellte ihr fast jeder. Allen schien klar zu sein, dass sich damit, ohne direkter fragen zu müssen, herausfinden ließ, ob Cora in symbiotischer Idylle lebte, in staunender Ergriffenheit vor dem Wunder des weitergegebenen und neu begonnenen Lebens, oder ob sie, um einiges nüchterner, mit Erschöpfungszuständen zu kämpfen hatte wie zuvor nicht einmal ansatzweise. Cora antwortete, es klappe schon ganz gut. Tatsächlich hing es sehr von der Tagesform ab, aber das musste nicht unbedingt jeder wissen. Vielleicht aus Takt (schließlich ging es die Leute nichts an) oder um keinen Verrat an Manon zu begehen, der niemand vorwerfen sollte, sie sei ein schlechtes Baby, eins von denen, deren kurze Biografie bereits von einer Art Urversagen gezeichnet war, woraufhin man sie, in einer Zeit, in der Straftäter und Loser schon in der Wiege ausgemacht wurden, unangenehmerweise zu denen würde zählen können, die, kaum dass sie da waren, Ärger machten und kein ernsthaftes Bestreben zeigten, sich in die Welt außerhalb der Gebärmutter zu integrieren, obgleich einiges darangesetzt worden war, ihnen einen freundlichen Empfang zu bereiten.

Im Laufe des Tages merkte Cora, dass das Interesse ihrer Kollegen, die Anzahl ihrer Fragen, die mehr oder weniger aufrichtige und umfängliche Aufmerksamkeit, die sie ihr nachfragend angedeihen ließen, sich antiproportional zu den jeweiligen Karriereaussichten verhielt. Die Kinder der anderen waren nur für diejenigen ein spannender Fortsetzungsroman – wie sie feststellen musste, handelte es sich dabei vornehmlich um Frauen –, für die das Familiäre immer schon der Lebensschwerpunkt gewesen war oder die es im Zuge einer unerträglichen, weil vorhersehbaren Anhäufung beruflicher Misserfolge zu diesem erklärt hatten. Nadège Galtier, um ein augenfälliges Beispiel zu nennen, fragte bei jedem zufälligen Treffen auf dem Flur, ob sie neue Fotos sehen könne. Sie vervielfachte sich in Ausrufezeichen, kommentierte, zerschmolz. Da sie keine Kinder hatte und, wie die Sache lief, bestimmt auch keine bekommen würde, durfte man sich fragen, ob sie sich trotz ihrer Verzückung nicht eher schadete. Diese Überlegung konnte man bei ihr in vielerlei Hinsicht anstellen. Ihre Zudringlichkeit bereitete Cora jedenfalls Unbehagen, denn die war dazu erzogen worden, ihre Freude aus Rücksicht auf andere unter den Scheffel zu stellen, damit sich keine Motten daran verbrannten.

Im Großen und Ganzen hieß das jedoch, dass die unglaubliche Manon Esterel nicht lange Gesprächsgegenstand blieb. Schließlich war das, was Coras Leben völlig auf den Kopf stellte, für ihre Kollegen nur ein weiteres Element einer ungemein banalen Reihe – die fünfzehnte, zwanzigste, vielleicht dreißigste Geburt, die ihnen in diesem Jahr verkündet wurde –, während die für sie viel relevantere Information die war, dass Cora fortan in die Kategorie Mutter mit kleinen Kindern fiel, mit allen Begleiterscheinungen, die das potenziell hatte. Wer sich für die Geschichten seiner Mitmenschen interessierte und von allen Kindern in seinem sozialen Umfeld den Namen und das Alter kannte, wusste, dass noch viel Zeit blieb, um darüber zu reden: Manon würde nicht verschwinden, sie gehörte fortan, genau wie die Wirtschaftskrise und die Kriege im Mittleren Osten, zu den Dauerthemen, über die zu berichten seriöse Medien sich zur Pflicht machten. Im Übrigen legte Cora es auch nicht darauf an, bei dem Thema zu verweilen. Für sie war es wichtiger zu zeigen, dass sie wieder da war.

Als Erstes machte sie eine Runde durch die Abteilung, dann besprach sie mit Édouard, was anstand. Obwohl sie sich vorausschauend in den letzten zwei Wochen wieder in ihre E-Mails eingelesen hatte, kam es öfter vor, dass sie beflissen nickte, ohne zu wissen, wovon er sprach, aber sie hielt es für klüger, ihn nicht mit Fragen zu nerven, da sich mit der Zeit sowieso alles klären würde. Als sie schließlich wieder an ihrem Rechner saß – wo die Finger sich über den Widerstand der Tasten wunderten und mit ungewöhnlicher Langsamkeit tippten –, teilte sie ihren wichtigsten Ansprechpartnern ihre Rückkehr mit und schleuste in jede E-Mail einen Satz ein, der zeigen sollte, dass sie die Unterlagen wieder herausgeholt und sich bereits mit einigen Punkten, die im Weiteren zu besprechen wären, auseinandergesetzt hatte. Mit jedem Klick auf »Senden« verbreitete sich ungeachtet der Tatsache, dass diese Nachrichten nicht wahnsinnig wichtig waren, ein großes Wohlbefinden in ihrem gesamten Körper. In der Denkblase über ihrem Kopf, die wie im Comic ihre Gedanken anzeigte, schärfte sich mit jeder E-Mail das Bild der verlässlichen und kompetenten Fachfrau, die sie sein konnte und in deren Haut sie nun wieder schlüpfte. Ihr Vergnügen daran, ihre grauen Zellen zu benutzen, zeugte von der Richtigkeit ihrer Entscheidung: mit dem Wiedereinstieg in die Arbeit nicht lange gewartet zu haben; sie war nicht dafür gemacht, sich in Vollzeit um ein Kind zu kümmern, auch wenn dieses mit seiner verheerenden Verführungsgewalt eine Liebe in ihr entflammte, die mühelos alles bislang Empfundene übertraf – wobei es wohl nicht förderlich wäre, dachte sie bei sich, diese Tatsache Pierre und ihrer Mutter aufzutischen. Es war angenehm, beruhigend, ein Genuss, auf die in den vergangenen Jahren hart erkämpfte Stelle zurückgekehrt zu sein, statt sich allein um ein Baby zu kümmern, am immergleichen Ort, in einer Aneinanderreihung zugleich leerer wie übervoller Tage, deren Glanzlicht ein Gang vornehmlich zur Apotheke war, zum Kinderarzt, bei gutem Wetter in die kleine Grünanlage oder zu den Behörden, wo die Familienpolitik des Landes in Taten umgesetzt und die jungen Eltern tausendfach mit bürokratischen Zärtlichkeiten umschmeichelt wurden. Denn trotz des Respekts, den sie Manon zollte, trotz des Regenbogens an Gefühlen, den der Anblick ihrer Kleinen in ihr hervorbrachte, war es unleugbar, dass ein Baby dieses Alters doch keine Unmenge von Dingen tat und das Spektakel ein wenig ermüdend sein konnte.

Nach monatelanger Abwesenheit saß sie wieder in ihrem kleinen Büro mit den von ihr hinterlassenen Gebietsmarkierungen. In einem Rahmen an der Wand wusch sich immer noch eine Frau über eine Waschschüssel gebeugt, ein Flechtstuhl stand zu ihrer Linken und zu ihrer Rechten auf sonnenbeschienenen Steinplatten ein Krug. Am Tag des

Provenzalischen Akts, der in der Folge rund um den Erdball gereist war, hatte Willy Ronis auf dem Dachboden seines Hauses in Gordes gearbeitet, war mit gipsverschmierten Händen heruntergestiegen, um eine Maurerkelle zu holen, hatte durch den Türspalt Marie-Anne erblickt, die sich gerade in ihrem Schlafzimmer frischmachte, und sie gebeten, sich keinesfalls zu bewegen, bis er den Fotoapparat von der Anrichte geholt und diesen Moment festgehalten habe. Im Sommer 1949 gab es noch kein fließendes Wasser, und die Familie des Fotografen holte ihr Wasser in einem Fass auf einer Schubkarre vom Brunnen. Cora mochte dieses Foto so sehr: Gern wäre sie das Modell oder die Fotografin gewesen … Neben dem Ronis wirkte das andere Foto an ihrer Bürowand, das von ihr selbst aufgenommene, immer wieder kläglich: Ein Sommerwind bog die Sträucher und Kiefern auf dem Gipfel des Mont Aigoual, hinter dem sich in ruhigen, bläulichen Linien die Cevennen im Sucher verloren. Wenn Cora das Bild betrachtete, staunte sie über die Farben und die schöne Komposition, doch wusste sie, dass es nie mehr sein würde als ein Amateurfoto.

Trotz der visuellen Landmarken konnte sie keineswegs sagen, es hätte sich nichts verändert, denn es war offiziell: Die Tage der Ära Bories waren gezählt, seit dem 1. September lag die Unternehmensleitung bei Antoine Mangin. Den ganzen Tag lang versuchte Cora, Leuten, von denen sie vermutete, dass sie offen mit ihr sprechen würden, etwas aus der Nase zu ziehen. Die Angst vor dem Unbekannten aus der Zeit vor dem Sommer war diffuser Aufgeregtheit gewichen. Die alte Welt war tot, die neue konnte geboren werden, und jene, die einigermaßen selbstbewusst waren, glaubten übereinstimmend, die kommende Zeit würde bestimmt recht interessant. Und doch erkannte Cora auch gegenteilige oder zumindest ambivalente Anzeichen. Kräftige Stimmen klangen mitunter zittrig, und so mancher zeigte sich erstaunlich schweigsam. Diejenigen, die nie etwas für sich behielten, aus Großzügigkeit oder weil sie einfach gern zeigten, was sie wussten, schalteten einen Gang zurück, so als achteten sie genau darauf, was sie sagten; so als sei es, sogar in den Augen Extrovertierter, wie sie es waren, etwas früh, sich schon festzulegen oder eine klare Meinung zu äußern. Sie brauchte keinen sechsten Sinn, um zu verstehen, dass sie möglichst schnell wieder voll einsteigen musste. Sie hatte Rückstand aufzuholen, musste verlässliche Informanten finden, nicht darauf warten, dass etwas passierte, aber es war beruhigend zu wissen, dass die großen Schachzüge noch nicht begonnen hatten. In den letzten Wochen Mutterschutz, im Dämmerzustand der Nächte, in denen sie dreimal aufgestanden war, um auf dem Sofa im Wohnzimmer zu stillen, oder Pierre zugeflüstert hatte, er möge doch bitte ein Fläschchen machen, weil ihr die Brüste wehtaten, oder, nachdem sie von Manon bis auf den letzten Tropfen ausgesaugt worden war, versucht hatte, die Kleine fest an sich gedrückt wieder abzulegen, damit sie nicht das Gefühl hatte zu fallen und nicht mit einem Ruck wieder aufwachte wie ein Äffchen, das sich im Fell der Mutter festkrallen will, hatte Cora sich angesichts kreisender Gedanken an den anstehenden Wiedereinstieg in den Beruf immer wieder gesagt, dass dieser Leitungswechsel für sie zum denkbar schlechtesten Zeitpunkt kam. Pierre versuchte, darüber zu witzeln – was für eine Schnapsidee, also wirklich, ein Kind zu kriegen, während im Unternehmen die Aktionäre und die Geschäftsführung wechselten –, doch half er damit nicht, ihre Bedenken zu zerstreuen, da er im Grunde davon ausging, dass sie sich vollkommen zu Recht sorgte. Glücklicherweise hatte sie sich ausreichend in Form gefühlt, um früh wieder einzusteigen, und wie gut, dass ihre Kollegen in ihrer Abwesenheit nicht angefangen hatten, ihr das Terrain streitig zu machen unter dem Vorwand, sie hätten, da derzeit die ganze Landschaft in Bewegung sei, keine andere Wahl gehabt!

Jetzt ist es Abend. Sie ist zurück in Montreuil, der nahen östlichen Banlieue, in dem Haus, das sie im Sentier du Tourniquet gekauft haben. Mit einiger Entfernung zum Rummel des Marché de la Croix-de-Chavaux ist dies ein Wohnviertel mit zweigeschossigen Häusern in kleinen Gärten, wo jeder oder fast jeder beim Film, in der Musikbranche, in intellektuellen oder künstlerischen Berufen arbeitet, was die Nachbarschaft wirklich interessant macht, bei ihr jedoch Komplexe hervorruft. Um diese Tageszeit ist es ruhig: Man hört kaum noch Autos auf der nahen Rue Jules-Ferry. Mit bildschirmblaugefärbter Stirn sucht Cora fast widerwillig nach Informationen zu dem Unfall in Oberkampf. Da sie von offizieller Seite nichts dazu findet, keine Meldung, keinen Artikel, widersetzt sie sich der vernünftigen und verantwortungsvollen Stimme in ihrem Inneren, die wiederholt auf die Nutzlosigkeit des Unterfangens hinweist, und landet schließlich in einem Forum, das sich dem Thema widmet. Es gibt mehrere Zeugen, deren Aussagen einander ergänzen und die überzeugt sind, sie würden kein Auge zukriegen, ohne ein paar Worte darüber gewechselt zu haben. Es war eine Frau um die fünfzig, liest sie, schlank und sehr groß gewachsen. Ihr erdfarbener Trenchcoat habe in keiner Weise den Uniformen der Angestellten der Verkehrsbetriebe geglichen, und doch, das sei echt sonderbar, wirklich, sei sie die Stufen am vorderen Bahnsteigende so unauffällig und selbstverständlich hinuntergegangen, dass niemand etwas Anormales bemerkt habe. Ich hatte nicht dorthin geschaut, es spielte sich am Rand meines Gesichtsfelds ab, aber als die Bremsen kreischten, kam das Bild wieder hoch, und ich wusste, dass ich gesehen hatte, wie sie in den Tunnel ging. Cora lässt sich in den Strom der Kommentare gleiten: Über die Identität der Verunglückten und die Gründe ihres Handelns ist nichts bekannt, es gibt nur das blanke Entsetzen, Leute, die in Panik den Bahnsteig entlangrennen, sich entladende Angst und Wut. Recht schnell verallgemeinert sich der Austausch, wird zur Diskussion und driftet nach häufigem Muster ab. Denen, die lauthals verkünden, so was passiere ständig, antwortet ein Zugführer, der angibt, auf dieser Linie gefahren zu sein, in ruhigen, klaren Sätzen, es gebe jedes Jahr einhundertfünfzig Selbstmordversuche und etwa vierzig Todesfälle. Ihrem berufsbedingten Hang zu umfassender statistischer Analyse folgend, öffnet Cora ein neues Browserfenster, sucht heraus, wie viele Fahrgäste pro Jahr die Métro nutzen, und erfährt, dass sich die Zahl auf ungefähr eine Milliarde beläuft: eine winzig kleine Schadensquote, also eine Zahl, die sämtliche Klischees widerlegt. Der Zugführer aber nutzt die Gelegenheit nicht, um das Problem zu relativieren, sondern merkt an, er gehöre zu denen, die beim Einfahren in eine Station die Hand auf der Bremse hielten und denen dichte Menschenmengen auf dem Bahnsteig sehr unangenehm seien. Wenn ihm jemand auffalle, im Bahnhof, der nicht einsteige, zögerlich wirke, etwas durch den Wind scheine und stumpf vor sich hin starre, mache er immer eine Meldung an den nächsten Zugführer.

Und wenn er in einen Bahnhof nahe einer psychiatrischen Klinik einfahre, bremse er früher ab und sei doppelt vorsichtig. *Cora thanatophila* fährt den Rechner runter und versucht, ihren traurigen Masochismus in eine Schublade zu sperren, während eine andere Cora sie bemutternd bis spöttisch fragt, ob es ihr nun besser gehe.

Pierres Stimme aus dem Schlafzimmer. Aber sie möchte noch ein wenig im Arbeitszimmer bleiben, sie greift nach einem Stift, öffnet eine neue, noch leere Kladde. Der Kirschbaum draußen ist von Mondlicht durchflutet, ab und an fällt ein Blatt herunter, Pierre hat am Sonntag das Laub weggeharkt, aber bald werden sie den Rechen wieder rausholen müssen, denn offenbar hat der Baum den ganzen Tag mit dem unfreiwilligen Abwerfen seiner Blätter zugebracht. Ihr Daumen streicht die erste Seite glatt, die frei bleibt, erst oben auf der dritten setzt sie nach zwei leeren Zeilen den Stift an. »Das neue Leben beginnt«, schreibt sie. Vorhin, als sie ins Haus trat, beschwerte Manon sich gerade lauthals über ihren Vater, der sie folterte, indem er mit gelassener Miene darauf bestand, ihr einen Schlafanzug anzuziehen, dessen Ärmel ihr viel weniger Bewegungsfreiheit ließen als das Badewasser. Diese klagefreudige, wehleidige kleine Person hatte ihr gefehlt, das ist ihr, als sie die Arme um sie schloss, mit aller Wucht bewusst geworden. Und doch hatte sie zu bestimmten Zeiten des Tages, als ihr Kopf mit anderen Dingen beschäftigt war, weniger persönlichen natürlich, aber auch sehr wichtigen, nicht mehr an sie gedacht. Als er bei Silué angekommen sei, hat Pierre erzählt, habe Manon das Ohr des schlaksigen Elefanten von Onkel Bruno, also Coras Bruder, zwischen Daumen und Zeigefinger festgehalten. »Das hat sie bisher nicht gemacht, oder?« Cora hat etwas Bestätigendes gemurmelt. »Ja, das kann sie jetzt.« Silué habe sie das mehrmals machen sehen. Cora überdenkt das Vorkommnis noch einmal und schreibt: »Ich werde nicht überall sein können. Ich werde immer das Gefühl haben, etwas Wichtiges zu verpassen.« Und das wird ein weitaus schmerzlicherer Verlust sein als die versäumten netten Abende, zu denen Freunde sie mit den Worten eingeladen haben, keine Ahnung, ob bei dir gerade die Hütte brennt mit Manon und so, aber wenn es für dich passt, dann… Auch wird die Sehnsucht danach stärker sein als das Verlangen, das sie immer überkommt, wenn es Sommer wird in Paris und sie auf allen Caféterrassen und bei allen Gesprächen dabei sein will… Vielleicht wundert sie sich dann und überlegt, warum sie sich die Zeit nimmt, das aufzuschreiben, obwohl doch der Tag lang war und ein mehr oder weniger nackter Mann mit einer gewiss sehr weichen Haut sie im Nebenzimmer erwartet. Aber sie rührt sich nicht. Sie macht einen Absatz und fügt hinzu: »Ich hoffe, dass alles gut wird – dass alles gut geht.«

Ich habe diese Kladde beim Schreiben vor Augen; die schwarze Tinte ist verblasst, die Schrift ist teilweise schwer lesbar, man merkt, dass sie nur für sich geschrieben hat, aber wer die Anstrengung auf sich nimmt und sich einliest, kann alles entziffern; und wenn man weiß, wie es weiterging, ist es herzzerreißend, das zu lesen. Natürlich kann sie nicht wissen, dass sie ins Taumeln gerät. Aber die Tatsache, dass sie eine neue Kladde anfängt, obwohl in der vorhergehenden, wie ich nachprüfen konnte, noch vierzig Seiten leer waren, zeigt ihr Gespür dafür, dass in ihrem Leben eine neue Phase beginnt. In diesem Sinne sagt sie dem Chronisten, wo es losgehen soll, gibt ihm seine ersten Worte ein. Zwischen dem Tag, an dem sie die Arbeit wieder aufnimmt, und dem Jahresende 2012 wird sie mit ihrer feinen Schrift gut dreißig Kladden füllen. Die kleine Ziegelwand, die sie auf meinem Tisch bilden, besteht aus Kladdenrücken in Schwarz, Blau und Ocker, wobei die Farben keine eigene Bedeutung haben: Cora kaufte damals immer im selben Schreibwarenladen und nahm, was vorrätig war. Mit ihrem kartonierten Deckel, ihrem Lesebändchen und dem alles umspannenden Gummiband wirken sie von außen recht robust und lassen in keiner Weise erahnen, welche Gewalt und welches Chaos im Inneren herrschen, und vielleicht ist es sogar ihre Aufgabe, diese ein wenig in Schach zu halten. Am Anfang schreibt sie über alles Mögliche, bleibt nie lange bei einem Thema. Cora erklärt an mehreren Stellen, es gehe ihr um *flüchtiges Material,* darum, etwas vom Tag festzuhalten, auch wenn sie für nichts Zeit hat. Während die Monate vergehen und Borélia in diese so interessante, nicht wahr, wenn auch unruhige Zeit kommt, mischen sich zunehmend Befürchtungen in ihr Schreiben. Auch der Nicht-Grafologe erkennt, dass sie sich beschleunigt, dass Vokale zu nur noch im Kontext entzifferbaren Strichen und Punkten werden, dass die Schrift sich nach rechts neigt und zittert. Und dann zaudert Cora manchmal und fragt sich, was sie da tut. Sie nennt das: eine Art, sich selbst zu analysieren, ohne zum Analytiker zu gehen. Oder eine Möglichkeit, etwas Dampf abzulassen, weil alles drückt und drängt. Danach kommen die Ereignisse vom Juni 2012, vor allem vom Freitag, dem 8. Juni. Die Schrift geht in die Brüche, verzerrt sich. Und als es weitergeht, nach Wochen der Leere, gibt es Sätze, die mitten im Wort abbrechen, Seiten, die in Wut dahingaloppieren, andere, die ertränkt sind, unleserlich. Im Herbst, als sie auf den Prozess wartet und sich vorbereitet, versucht sie erstmals eine zusammenhängende Darstellung, die ihr aber nicht gelingt: »Zurückzudenken an all das«, schreibt sie, »kostet mich zu viel.«

Bei flüchtiger Betrachtung könnte man sagen, das verminte Terrain, auf dem sie sich bewegt, bestimme ihre Schrift, wie um seinen nächsten Schlag vorzubereiten. Das Recht, alles auszusprechen, das sie sich in den Kladden extravagant nimmt, wird zunehmend zum notwendigen Ausgleich für die Tage, die sie nötigen, den Mund zu halten und eine Maske zu tragen. Viel schreiben war damals eine Überlebensfrage, denn sie befürchtete, vor lauter Selbstzensur nicht einmal mehr ihre Gefühle ausdrücken zu können. Wenn sie die Beziehung zu ihren Liebsten bewahren wollte, vor allem zu Pierre und ihren Freunden, durften diese nicht ihre einzigen Gesprächspartner sein – weshalb sie den Kladden viele Dinge erzählte, die sie ihren Mitmenschen natürlich nicht anvertraute und über die auch niemand durch Zufall stolpern sollte, zumindest nicht damals.

Allerdings haben die Gespräche mit Cora mich zu der Erkenntnis gebracht, dass man die Auswirkungen des bei Borélia Erlebten auf ihr Schreiben nicht überbewerten darf. Sie erzählt, dass sie immer nebenbei geschrieben hat, Tag für Tag. Sie konnte noch kaum schreiben, da verfasste sie bereits Briefchen, auf doppelt gefalteten Blättern oder auf Karteikarten, die ihr Vater Alain aus dem Büro mitbrachte. Diese Papierchen schob sie zwischen die Seiten eines der Bücher im Regal, ganz unten in eine Kiste mit Spielzeug, ins Innenfutter eines Mantels, an Orte, wo sie sie vergessen würde, sodass es eine Überraschung sein würde, wenn sie ihr, sehr viel später, wieder in die Hände kamen. In ihrer kindlichen Vorfreude auf die flüchtige Begegnung mit der Person, die sie Jahre zuvor einmal war, ahnte sie nicht, dass diese Momente, bis auf wenige Ausnahmen, unangenehm verlaufen, wie Begegnungen mit aufdringlichen, einfältigen Gestalten, die sich an einen dranhängen und vorgeben, einen zu kennen, die man aber nicht wegschickt, da sie im Grunde nicht böse sind und für ihre Dummheit nichts können.

Dinge verstecken. Sie später wiederfinden. Jedes Mal, bevor sie das Haus der Großeltern in den Cevennen, ein wenig oberhalb von Valleraugue, verließ, machte sie eine Übung ähnlicher Art, drehte eine Runde durch ihr Revier, sprang von einer kleinen Trockenmauer zur nächsten, von der Terrasse mit den kargen Himbeerranken hinüber zur Ecke mit dem Wasserschlauch und zum Brunnen. Sie verabschiedete sich von jedem dieser leblosen Wesen, stieß vor einem Baum ein Messer in den Boden, türmte neben dem Pfad, der zum Schafstall hinaufführt, einige Steine zu einem rudimentären Hügel auf – in der Hoffnung, diese Zeichen würden für immer bleiben. Und von Zeit zu Zeit, in Paris, während sie mit ganz anderen Dingen beschäftigt war, wenn sie, mal wieder spät dran, zum Kino eilte oder die soeben abgewaschene Pfanne auf den Geschirrständer stellte, malte sie sich dank irgendeiner von ihrem geheimnisvollen Gehirn heraufbeschworenen Assoziation aus, wie wilde Tiere die Zeichen zerstörten oder sich langweilende Kinder, die ums Haus streiften und darüber stolperten, Schätze darin sahen und sie mitnahmen. Aber vielleicht wurden sie auch nicht gefunden und waren, wenn Cora das Haus an Ostern wieder in Besitz nahm, alle am ursprünglichen Platz. Das Verteilen der Zeichen war das Letzte, was sie tat, bevor sie den Ort verließ, die Suche nach ihnen das Erste, wenn sie im nächsten Urlaub zurückkehrte. Oft jedoch waren sie verschwunden. Das ist das Risiko beim Spurenlegen: Man möchte einen Moment, eine Stimmung, ein Bild, eine Person noch nicht so schnell gehen lassen, aber das ändert nichts am Lauf der Dinge, es ändert nur die Frist, schafft nur einen Aufschub – die Spuren selbst verwischen.

Die dreißig Kladden sowie die Fotos aus dieser Zeit und die anderen gefundenen Zeugnisse bilden ein lebendiges Archiv, das mir in die Hände kam, ohne dass ich darum gebeten hätte. Vielleicht war es auch kein Zufall, ich war auf der Suche nach etwas in der Art, ohne dass ich hätte sagen können, warum. Die wenigen Menschen, denen ich davon erzählte, Freunde von mir und Zeitungskollegen, zeigten sich ratlos oder verlegen.

In letzter Zeit klingeln mir oft die Ohren: Es muss einige feine Menschen geben, die sich, wenn sie beim Aperitif plaudern, Sorgen um mich machen. »Hast du in letzter Zeit Mathias mal gesehen? Findest du sein Projekt nicht auch ziemlich irre? Warum will er mit so was seine Zeit vertun? Er hat noch drei, vier ruhige Jahre, bis Kinder kommen, er hat einen guten Riecher für Reportagen, und statt in die Richtung weiterzugehen, gräbt er sich immer tiefer in diese Geschichte, die ihn womöglich total verschlingt und dann doch nur ihn interessiert.« Wer das sagt – falls jemand das sagt –, hat absolut recht. Unter allen Geschichten der Welt ist dies natürlich nur eine ganz kleine. Allerdings nur bis man merkt, dass es gar keine kleinen Geschichten gibt. Zwar haben sich die Dinge vor langer Zeit zugetragen, und es wäre zweifellos am klügsten, sie als verjährt zu betrachten. Doch in meinen Augen stimmt das nicht. Juristisch kann eine Angelegenheit verjähren; die Erinnerung an Menschen sollte das aber nie. Denn abgesehen von den Namen, die andere sind, erzählt die Geschichte von uns. Der Kampf, der an der einen Stelle endet, wird anderswo fortgesetzt und ist doch derselbe. Ich habe keine Wahl, ich möchte und muss jetzt darüber Bericht erstatten.

II GESTERN UND VORGESTERN

Es beginnt immer ohne uns, das Leben der Menschen und das Leben der Dinge. Irgendwann kommen wir dazu: als Kinder in einer Familie, als Erwachsene in einem neuen Land oder auf einer neuen Stelle. Wir brauchen oft lange, um zu verstehen, was vor uns passiert ist, warum die Menschen in unserer Umgebung so oder so reagieren, welche Konflikte und Dramen die Risse in ihnen herbeigeführt haben. Die Vergangenheit hat mit ihrer Masse die Gegenwart geprägt, namentlich eine Vergangenheit, die wir nicht kennen und die uns bis auf ein paar vom Unbewussten verformte Erinnerungssplitter, schlecht überprüfbare Lügen und immer wieder neu erfundene Mythen keiner erzählt. Ein Haufen Leute interessiert sich nicht dafür, diese Tiefen der Geschichte zu erforschen, und will lediglich das Notwendigste zum eigenen Leben wissen. Andere sind fasziniert vom Vergangenen. Zu diesen gehörte Cora Salme, als sie bei Borélia anfing, und ich zugegebenermaßen auch. Aus diesem und anderen Gründen müssen wir hier auf gestern und vorgestern zu sprechen kommen. Auf die Vorgeschichte von Cora und die von Borélia.

Borélia ist ein Historikum, das noch kein professioneller Historiker genauer betrachtet hat. Das einzige Buch, das sich in seiner Gänze dem Unternehmen widmet, wurde anlässlich des siebzigjährigen Jubiläums intern in Auftrag gegeben und von Catherine Giuly verfasst, der Ehefrau eines damaligen Bereichsleiters, beruht auf Informationen aus erster Hand und kommt, gelinde gesagt, ganz ohne die Irrungen kritischen Denkens aus. Die schlechte Quellenlage hätte mir, wie ich anfangs befürchtete, die Arbeit unmöglich machen können. Doch hat sie sie mir eher erleichtert. Ich konnte die besuchen, die dabei gewesen waren, konnte sagen, ich sei Journalist, Borélia verdiene durchaus eine Publikation, ich sammelte Material und sähe mir das Thema mal an, um einzuschätzen, ob sich daraus etwas machen ließe. Da ich sie befragen musste, um nicht allein auf Coras Sichtweise angewiesen zu sein, erklärte ich ihnen, dass ich mich nicht nur für die blanken Fakten interessierte, sondern auch für die Stimmen derer, die das Unternehmen mit aufgebaut hatten, Tag für Tag, ohne zu wissen, wohin das Ganze sie führen würde. Wer solche Töne anstimmt, trifft zunächst auf reines Misstrauen – doch wenn die Leute langsam spüren, dass es kein vorgetäuschtes Interesse ist, für einen Beruf, über den sie nach den vielen Jahren und angesichts der kaum verhohlenen Gleichgültigkeit ihres Umfelds nichts mehr so recht mitzuteilen haben, steigen sie genüsslich ins Erzählen ein wie in eine warme Wanne, erinnern sich an die guten Gründe, aus denen sie jeden Morgen aufgestanden sind oder noch aufstehen, und zeigen sich froh und zuversichtlich.

Zum Einstieg könnte ich das Archivvideo mit den verblassten Farben anbringen. Wir befinden uns in den 1960er-Jahren. Die Kamera folgt Georges Bories in das kleine Örtchen in der Auvergne, wo er seine Kindheit verbracht hat. Er ist ein Mann mit dem Äußeren eines wohlhabenden Großbauern, eines Notabeln, der, wie damals viele Franzosen, erstaunlich nasal und mit viel Tremolo spricht. Er zeigt das Haus, in dem er 1919, einige Monate nach Kriegsende, geboren wurde. Und angrenzend die Poststation, die seine Vorfahren betrieben haben und die sein Vater später in eine Autowerkstatt umgewandelt hat. Er erzählt, er habe die Welt, in der man Pferde beschlägt, sterben sehen, verdrängt von der, in der man, von Benzingestank umgeben, Karosserien und Motoren repariert. Ein paar Straßen weiter steht hinter einem schmiedeeisernen Gitter die Gemeindeschule. Beim Anblick der alten Mauern, dreier Linden, die gewachsen seien, und des dagegen geschrumpften Schulhofs erläutert Bories mittels einiger Anekdoten, die ihm spontan einzufallen scheinen, die er aber sicher hundert Mal erprobt hat, bis er wusste, wie sie ihren Zweck am besten erfüllen, wie er zu seiner Bestimmung gekommen ist. Er zeigt, dass nichts zwangsläufig war – andernfalls wäre sein Verdienst ja kein großes gewesen –, außer dass er von Anfang an Geschäftssinn besaß und doch eine Gabe hatte: Mit sechs spielt Georges in den Schulpausen mit Murmeln und organisiert Schneckenrennen, was recht banal ist; was ihn aber besonders macht, ist, wie ruhig und souverän er bei Würfel- und Kartenspielen gewinnt – weil er instinktiv, schon lange bevor er das Wort kennenlernt, Wahrscheinlichkeiten berechnet.

Der Krieg bricht aus. Im Sommer 1939 eingezogen, gerät Georges Ende Mai 1940 mit einer Million französischer und englischer Soldaten in den Kessel von Dünkirchen; während Fischkutter, Frachtkähne und Schleppschiffe Pendelfahrten organisieren, um die Männer zu den großen

Schiffen zu bringen, die nach England übersetzen, wacht er am Strand eine ganze Nacht bei einem Offizier, der den Rücken voller Granatsplitter hat und dessen Panzerarmband den Namen André Roussy trägt. Als sich nach den Bombardements der Rauch verzieht, sind auf der anderen Seite des Ärmelkanals die schimmernden Kreidefelsen zu sehen, doch erscheinen sie mit jeder Stunde irrealer, unerreichbarer. Die Leichen um sie herum tragen Masken aus Blut und Sand und haben mit ihren offen stehenden Mündern oft einen Ausdruck dummen Erstaunens. Georges überlegt schon, mit welchen unbeholfenen Beileidsworten er, falls er entkommt, den Tod des kaum Zwanzigjährigen, des Sohnes und Bruders, mitteilen soll. Aber beide Männer kommen durch.

Man bringt sie nach Deutschland ins selbe Gefangenenlager im Rheintal. Im Winter vermischt sich auf den Anhöhen der Kohlequalm aus den Hochöfen mit dem Nebel in den Rebstöcken. Ihr Körper wird zur Beute von Flöhen und für die deutschen Wächter zur Zielscheibe. In ihrer schlammfarbenen Uniform sind sie, wo immer sie stehen und gehen, den auf sie gerichteten Waffen ausgeliefert. Eine Nichtigkeit würde genügen. Der flüchtige Ärger beim erstbesten Soldaten, die Laune eines Offiziers, und es wäre um sie geschehen. Niemand wagt es da mehr, Wahrscheinlichkeiten zu berechnen. Niemandem ist nach Wettspielen zumute. André und Georges bräuchten, um ihre Würde zu wahren, einen Körper, der schweigt und sich zurücknimmt, aber der Hunger, diese Ratte, frisst ihnen unablässig am Magen; ihr Körper schreit immer lauter nach der Befriedigung seiner Bedürfnisse, auch wenn sie dafür die Selbstachtung verlieren, Gehässigkeiten erfahren, andere Gehässigkeit erfahren lassen und noch tiefer sinken. In den wenigen Zeilen, die sie nach Hause schreiben dürfen, wiederholen sie ihre Litanei, brauchen Socken, Seife, Wollsachen und außerdem, wenn es für euch keine Entbehrung bedeutet, natürlich Schokolade, Wurst, Zucker.

Schließlich schafft es Andrés Vater, der bei Michelin aufgestiegen ist, die beiden freizubekommen. Nach einer langen Fahrt über ratternde Gleise kehrt Georges Bories nach Clermont zurück. In einem Stück, aber er wird bis ans Ende seiner Tage humpeln, und er beschließt, sich sowohl von Kollaborateuren als auch von Widerstandskämpfern fernzuhalten. Er schreibt sich seinen Attentismus nicht groß auf die Fahnen, aber anders als manch anderer wird er später, als er es zu etwas gebracht hat, nicht versuchen, ihn zu kaschieren und sich eine glorreichere Vergangenheit anzudichten. Am Tag arbeitet er in der Autowerkstatt seines Vaters. Am Abend speist er bei den Roussys, die kultivierter sind, beredter, und die ihm Bücher ausleihen. Mit Begeisterung liest er Blaise Pascal, dessen Geburtshaus nur einen Katzensprung von Andrés Familienanwesen entfernt steht. Die Wahrscheinlichkeitsrechnung, die der Philosoph in seinen mathematischen Arbeiten entwickelt, fasziniert ihn; die unnachgiebige Prosa der *Gedanken* versetzt ihm, so sie ihm nicht zu hoch ist, einige metaphysische Backpfeifen. Als die Amerikaner im März 1944 die Fabrik von Cataroux bombardieren und viele seiner Freunde dabei ums Leben kommen, weiß Georges, dass es auch ihn hätte treffen können, dass er erneut verschont worden ist. Immer häufiger besucht er die Kirchen aus schwarzem Stein. Verbringt einige Zeit in ihrem Halbdunkel. Sage mir doch: Wer wird fallen? Auf wen fällt das Los? Nach einigen misslungenen Begegnungen mit Gott und tastenden Gebeten setzt er auf den Glauben, auch wenn sein Adressat dort oben nicht den geringsten Hinweis darauf liefert, dass es ihn gibt, dass er da ist oder mit ihm fühlt.

An manchen Abenden, wenn Andrés Schwester Colette sich ans Klavier setzt, um den grauen Schneemassen zu trotzen, die draußen alles ersticken, steht er neben ihr, beobachtet ihre Hände. Er singt Schuberts *Winterreise*, wandert durch die winterliche Landschaft, durchquert Dörfer, betrachtet deren alte Bäume, beruhigt mit offener Hand ihre Hunde und trinkt aus ihren Brunnen. Er singt in dem Deutsch, das er in der Schule gelernt hat (wir befinden uns genau sechzig Jahre vor dem Moment, da Cora ihrerseits Thomas Quasthoff in der Philharmonie des wiederaufgebauten Berlins diese *Lieder* singen hört), und André sagt: Singt und spielt lauter, da es Radio London zu übertönen gilt. Im Notenbuch wird eine neue Seite aufgeschlagen: Georges und Colette verlieben sich ineinander. Sonntags erklimmen sie Vulkane, den Puy de Côme, den Puy de Dôme, bis hinauf in den Himmel, um in die Weite zu sehen, über den Krieg hinaus. Sie heiraten im Sommer der Befreiung. Auf der steilen Straße, die hinter der Kathedrale entlangführt, begegnen sie in Gesellschaft ihrer Gäste zwei Frauen mit blutigem Mund, die gerade kahl geschoren worden sind. Dieses Bild brennt sich in Georges' Gedächtnis, er wird oft davon sprechen: »Überall herrschte diese Gewalt. So viel Gewalt … Ich wollte das nicht mehr. Ich habe mir gesagt: Wir müssen etwas Neues aufbauen.«

Als wieder Frieden herrscht, wäre es das Einfachste, bei Michelin einzusteigen, bei seinem Schwiegervater und André. Das Unternehmen hat soeben das Patent für Gürtelreifen angemeldet. Unter ihrem gleichmütig schweigsamen Äußeren sind die Ingenieure in heller Aufregung und glauben, diese Neuerung könne den Markt revolutionieren. Aber die Industrie interessiert Georges Bories nicht. In Coras Exemplar der Biografie, die ihm Ende der 1980er-Jahre gewidmet wurde – das sie sich gekauft und selbst nach den Ereignissen in ihrem Bücherregal behalten hat (was zeigt, dass sich ihre Wut und Trauer nicht blind gegen alles richten, was mit Borélia zu tun hat) –, sind diese Absätze mit einer geschweiften Klammer markiert, damit sie leichter zu finden sind, und dazu mit einem großen C, das Cora immer dann anbringt, wenn sie das Gefühl hat, dass mittels anderer von ihr selbst die Rede ist. Was Georges Bories dagegen stark beschäftigt, damals und auch später, da es sich nicht um eine Obsession handelt, die man schnell wieder ablegt, ist der Tod. Er hat ihn oft und aus nächster Nähe gesehen. Wenn er so dahinhumpelt, fragt er sich, durch welchen Zufall er dem Tod von der Schippe gesprungen ist. Er hat sich so sehr gewünscht, den Krieg zu überleben, dass er glaubt, allen sei es so gegangen und jetzt wollten sie sich in ihrem Leben sicherer fühlen und nicht verängstigt wie ein kleiner verletzter Vogel.

Doch wie lässt sich der Tod überhaupt bekämpfen? Er denkt nach. Er weiß es nicht. Pascal würde zweifellos sagen, durch Gottes Heil, durch Christus, den Herzensglauben. Doch in der irdischen Welt und mit etwas Bescheidenheit… In Kriegszeiten, sagt sich Bories, durch die Wiederherstellung des Friedens. Und in Friedenszeiten… vielleicht, indem man ergründet, wo nun der Tod lauert, in welchen Lebensumständen er am häufigsten eintritt. Sage mir doch: Wer wird fallen? Auf wen fällt das Los? Auf seinen geruhsamen Spaziergängen denkt er nach, in den reglosen Nächten träumt er von Karten, die Risiken und

Gefahren anzeigen. Er verfolgt wie eh und je, was in den Zeitungen steht: Die Regierung hat soeben die großen Versicherungsgesellschaften verstaatlicht und eine Sozialversicherung geschaffen, die den Krankheitsfall und Arbeitsunfälle absichert, aber im Bereich Vermögensschutz und individuelle Vorsorge bleibt sehr viel offen. Da die Branche sich gerade neu aufstellen muss und die bisherigen Akteure in diesen Geschäftsfeldern nicht so schnell reagieren wie gewohnt, ist es kein schlechter Zeitpunkt, selbst etwas zu gründen. Bories denkt auf seine ernsthafte Art noch eine Weile darüber nach und kommt zu einem Entschluss. Das wird das Unlösbare nicht lösen, doch ist es ein Anfang von Widerstand, die Möglichkeit, einen Beitrag zu leisten. Er möchte etwas aufbauen, möchte der solide Mann werden, der zu werden dem kleinem Jungen in ihm offenbar bestimmt war, und anderen helfen, ihrerseits solide zu werden. *Solide*, dieses Wort liebt er, daran klammert er sich. Mitten im Winter 1947, als noch alles rationiert ist, die Milch in den Flaschen gefriert und Colette ihren kleinen Pascal vor der geöffneten Ofentür wickelt, damit er sich nicht erkältet, gründet Georges Bories die Versicherungsgesellschaft Les Prévoyants, »die Vorsorge-Leister«.

Zweiunddreißig Jahre lang wird der Gründer seine privatrechtliche Gegenseitigkeitsversicherung leiten. Diese Zeitspanne deckt sich in etwa mit einer Phase des Wachstums, das in Westeuropa zeitweilig die Kompromissfindung zwischen Kapital und Arbeit erleichtert. Mehrere Zeugenberichte schildern Bories als einen Chef mit sozialem Gewissen, als einen, der sich nicht gegen die gewerkschaftliche Organisierung seiner Mitarbeiter sperrt, ihnen regelmäßig Gehaltserhöhungen zugesteht und sich um ihre Treue gegenüber dem Unternehmen bemüht. »Die Loyalität der Menschen«, sagt er gern, »ist etwas anderes als ihre Zeit und Arbeitskraft: Die lässt sich nicht kaufen, die muss man sich erobern.« Und er unterstreicht, seine Arbeiterpranken auf das Rednerpult gestützt, die Vorzüge der Stabilität: Statt Energie darauf zu verschwenden, alle paar Tage die Anstellung oder die Firma zu wechseln, solle man lieber richtig einsteigen, an einem Ort, der anfänglich weder besser noch schlechter erscheine als die anderen, mit der Zeit aber zu einer Art zweiter Familie werden könne. Und statt ständig die Strategie des Unternehmens infrage zu stellen, sei viel effizienter, wer dem Chef vertraue und sich in Gelassenheit übe.

Die sozialen Überzeugungen rührten bei einem Mann wie Bories nicht nur von seiner Nächstenliebe oder der Erfahrung mit schwierigen Lebenslagen her, etwa in der Kriegsgefangenschaft. Sie entsprangen in seinen Augen einer politischen Notwendigkeit: Verbesserte man nicht die Lebensbedingungen aller, bis hinunter zu den kleinen Angestellten, den Arbeitern, gerieten diese in die Fänge des Bolschewismus, was erneut zu Krieg und zu hoffnungslosem Chaos führen musste. Unter ihrem sentimentalen Anstrich verstärkten das Rentensystem mit Umlageverfahren, die Ferienanlagen und die Western von John Ford, in denen sich im Filmclub am Donnerstagabend die Wagenburgen bildeten, einen immateriellen eisernen Vorhang, der vielleicht gerade so ausreichte, um eine Kontaminierung zu verhindern: »Jeder braucht ein Hab und Gut. Niemand soll Interesse daran haben, alles umzustürzen. Was die Menschen besitzen – ich weiß nicht, wie es Ihnen geht, aber meine Erfahrung ist, dass es sie stolz macht. Und dafür sind Versicherungen da: Die Leute sollen sicher sein können, dass sie ihr Vermögen, das sie oft durch sehr harte Arbeit erworben haben, für immer behalten können. Dass sie, sollten sie etwas verlieren, entschädigt werden. Dass der Privatbesitz sicher ist, ein Naturrecht, und fast würde ich sagen, sogar ein heiliges Recht.«

Wer nicht vehementer Verfechter des grenzenlosen Gewinns war, dem fiel es in jenen Tagen durchaus leicht, auch mal etwas an andere abzugeben: Das Geld floss in Strömen. In der Mitte Frankreichs, wo bei der Produktivität noch viel Luft nach oben war, versicherten sich die ausreichend bemittelten Bauern nun bereitwillig gegen schlechte Ernten, Maschinenbruch und Übersterblichkeit des Viehs. Für jene, die sich nicht mehr mit Feldarbeit abmühen mussten, eröffnete der Erwerb eines ersten Automobils die Perspektive, aus dem nervtötenden Karussell des Immergleichen zeitweise auszubrechen. »Man muss sich vorstellen, was das für die Leute hieß«, sagte Cora zu mir. »Sie haben in so unerträglicher Enge gelebt. Ihre Frau oder ihren Mann haben sie sich im Umkreis von fünf Kilometern rund um ihren Geburtsort gesucht. Die Menschen in der Nachbarstadt gehörten für sie schon nicht mehr zur selben Gegend. Selbst ich, die ich allen Grund habe, Autos nicht zu mögen, ich… Stell dir vor, was für unglaubliche Möglichkeiten das einem eröffnete.«

Die Straßenkarte auseinanderfalten, mit dem Finger auf eine Stadt zeigen, die bis dahin nichts weiter war als ein Name, ein verschwommenes Bild, eine Schwarz-Weiß-Postkarte, und wissen, dass man am Abend dort sein wird; in den Kurven spüren, wie eine tonnenschwere Karosserie auf kleinste Bewegungen der Hände am Lenkrad reagiert und der Motor heult wie der Wind, während links und rechts des Asphalts die Platanen beschleunigen.

Georges Bories liebte das sehr, genoss diesen Rausch. Das Land auf der Karte bewegte sich keinen Deut; aber je dichter das Netz sich kreuzender Linien von Nationalstraßen und Autobahnen auf den immer besser gedruckten Straßenkarten wurde, desto mehr erschlossen sich ländliche Regionen, vergrößerte sich sein Territorium. Doch während der Fahrten nach Limoges, Saint-Étienne oder Moulins, wo er seine Angestellten besuchte, verlor Bories nie das Bewusstsein dafür, dass diese Freiheitsmaschine auch Todesmaschine war. Nur eine Sekunde Unaufmerksamkeit reichte. Und auch wenn man selbst keine Schuld trug, reichte es, dass irgendein Spinner, der sich für besonders schlau hielt, in dem Drang nach Bedeutsamkeit alle vor sich überholte – einer, der auch seinem Opfer gegenüber noch dreist behauptete, er hätte gute Reflexe. Da Bories aus tiefer Überzeugung darüber sprach und der Abschluss einer Versicherung vorgeschrieben war, fiel es ihm leicht, viele davon zu verkaufen. Trotz festgelegter Beitragssätze verdiente, wer seine Kosten unter Kontrolle hatte, recht gut daran. Durch viele Gespräche mit seinem Vater und den Roussys wusste Bories als einer der Ersten in Frankreich, wie wichtig daher der Aufbau eines Netzes von Vertragswerkstätten war, die ihre Reparaturen akkurat abrechneten, da die Preise sich sonst schnell mal verdoppelten.

Brandschutz- und Hausratversicherungen zu verkaufen war für ihn, wie er sagte, auch *keine Hexerei*. Es brauchte lediglich eine Mannschaft beharrlicher und zugleich vertrauenerweckender Außendienstler und Vertriebsleute. Die lud Bories zu sich zum Abendessen ein, stellte ihnen dieselben Fragen wie einige Jahre zuvor sein Schwiegervater und prüfte, ob sie gut argumentieren und zu gegebener Zeit gut zuhören konnten. Nebenbei schenkte er ihnen immer wieder nach, beobachtete, wie sie Alkohol vertrugen und ihre Frau behandelten, und veranlasste im Zweifelsfall Nachforschungen und eine Moralitätsprüfung. Die Älteren bildeten die Jungen aus, direkt vor Ort auf ihren Touren. Das war tatsächlich ein Kinderspiel: Man stellte sich gut mit den Pförtnern und Concierges, die ja alle Bewegungen im Haus kannten, klopfte bei frisch eingezogenen Bewohnern, gratulierte ihnen zu ihrem großartigen Kauf und fragte, den Fuß noch in der Tür, schon fast im Gehen begriffen, in freundschaftlicher Sorge, ob sie auch alles Nötige geregelt hätten, um ihre hübsche kleine Familie zu schützen. Entgegneten sie, alles sei bedacht, war das kein Grund, sie vom Haken zu lassen: Man versprach ihnen eine bessere Absicherung oder bessere Beiträge, und dass man ihren Vertrag übernehmen werde, sobald der vorherige auslaufe. Die Inspektoren, die ständig unterwegs waren und selten bei sich zu Hause nächtigten, sahen zu, dass alle ihre Techniken beherrschten: Sie organisierten motivierende Wettbewerbe unter den Verkäufern und schulten sie für die Jagd auf Neukunden sowie für die Pflege der Kundenbestände.

In solchen Berichten wirkt es veraltet, dieses Frankreich. Es ist das Frankreich von gestern. Aber es hat etwas, das mich rührt, wie alte Fotografien. Wie ein Schubfach in einem alten Landhaus, das lange niemand mehr geöffnet hat – wie die armseligen, staubbedeckten, ewig nicht mehr benutzten Dinge darin, die zwar unversehrt, aber inzwischen doch etwas angegangen sind. Vor allem rührt mich der Gedanke, dass diese Zeit für die Menschen, die sie erlebt haben, die Gegenwart war, die einzige Epoche, die sie aus direktem Erleben kannten, und dass sie ihnen schier unfassbar *modern* erschien: Sie standen auf dem Gipfel der Zeit, wozu wir ja alle verdammt sind, vor sich eine Zukunft voller Gespenster, für sie noch nebulöser als für uns heute, und wussten nicht, was wohl als Nächstes käme und woher: die Moden, neuen Ausdrücke, Bewegungsarten und Denkweisen, die sie in Kürze alt aussehen lassen würden. Was mir vor meinem Überlaufen zum Journalismus in den drei Jahren Geschichtsstudium an der Sorbonne gefallen und mich motiviert hatte, waren, ohne dass ich es damals richtig benennen konnte, genau diese Dialoge von Gespenstern, bleichen und weniger bleichen, die sich durch die Zeiten hindurch betrachten, wahrscheinlich alle gern ihre Farbe zurückhätten und, während sie aufs Nachziehen ihrer Umrisse oder die Hörbarmachung ihrer einstigen Stimme warten, wohl oder übel zum Gegenstand nie ganz funktionierender Erweckungsversuche werden; die in großer Zahl herumschweben, ein wenig steif und unbeholfen durch die Zeiten taumeln, weiterschweben und schweigen.

Als Cora im Herbst 2007 bei Borélia anfing, gab es dort nur noch wenige, die die Anfänge miterlebt hatten. Da Édouard Verzack herausgehört hatte, dass sie gern mehr darüber erfahren wollte, hatte er vorgeschlagen, sie sollten doch ab und zu mit Jacqueline Mazel zu Mittag essen. Jacqueline bestand allerdings darauf, in die Unternehmenskantine zu gehen, wo das Gespräch alle fünf Minuten von Kollegen unterbrochen wurde, die sie begrüßten oder zu irgendetwas befragten, doch das war die Sache allemal wert. Jacqueline mit ihrem langen, bogenförmig aus der braven Bluse ragenden Hals bezeichnete sich selbst als eine Dinosaurierin und winkte ab, als Édouard sie stattdessen ein lebendes Gedächtnis nannte. »Jacqueline hatte eine seltene Eigenschaft«, erklärte mir Cora. »Sie konnte lange erzählen, behielt aber immer im Auge, ob das Gesagte ihr Gegenüber interessierte. Wenn sie mit dir sprach, vermittelte sie dir trotz des Radaus rundum das Gefühl, dass die Dinge, über die sie berichtete, in dieser Form noch nie erzählt worden und nur für dich bestimmt waren.« Cora fühlte sich ihr sehr schnell verbunden. Sie hoffte, sie würde einst in Jacquelines Alter auch so mit Menschen plaudern können, die dreißig Jahre jünger waren, und ebenso auf ihre Erinnerungen zugreifen können, möglichst ohne Nostalgie, aber doch mit der nötigen Aura und ohne die Welt, die sie überlebt haben würde, zu idealisieren.

Jacqueline Mazel hatte ganz unten in der Hierarchie angefangen, als einfache Schreibkraft in der Zeit, als das Unternehmen seinen Sitz in Clermont-Ferrand hatte, und saß, als sie aufs Rentenalter zuging, auf einer guten Stelle in der Personalabteilung. Für Cora und Édouard erweckte sie das Familienunternehmen, in dem noch jeder jeden kannte, wieder zum Leben. Es gab viele Feiern, gesellige Zusammenkünfte, bei denen vom Direktor bis zur kleinen Angestellten miteinander getanzt und geflirtet wurde. Am Montag erinnerte sich dann niemand mehr an das, was am Wochenende passiert war, und die alte Hierarchie trat erneut in Kraft. Die leitenden Angestellten hatten ihre eigene Kantine mit Bedienung am Tisch und eigens mit ihren Initialen versehene Garderobenhaken für Hut und Mantel. Das Archiv befand sich im Keller, und den Frauen war es verboten, dort hinuntergehen, weil befürchtet wurde, einige Männer könnten sich im Dunkeln an ihnen vergehen. Den Männern war im Gegenzug der Zugang zu den

Arbeitsplätzen der Schreibkräfte verwehrt: »Der Bereich hieß *das Kloster*. Da saßen Sekretärinnen wie ich vor ihren Maschinen aufgereiht und tippten Verträge oder Briefe, und ein Vorgesetzter, ein Mann auf einem Holzpodest, der im Übrigen als einziger Mann Zugang hatte, hielt sie mit seinem Blick auf die Uhr im Rhythmus.« Gleitzeitarbeit gab es damals nicht: Ein paar Minuten vor Arbeitsbeginn rannten sogar ältere Frauen und Schwangere durch die Straßen, und am Abend, wenn das befreiende Klingeln schon zu erahnen war, drängten sich Schlangen von Angestellten vor den Bürotüren und schoben sich in die Treppenhäuser.

»Es war eine seltsame Welt«, sagte Jacqueline Mazel. »Eine sehr strenge Hierarchie, viel Paternalismus – und gleichzeitig gute Laune und Nähe. Das könnt ihr beiden euch wahrscheinlich nicht vorstellen, aber den Chef nannten wir nicht Bories. Wir nannten ihn Monsieur Georges.« Und als sein Sohn die Nachfolge antrat, Ende der siebziger Jahre, sagten sie, nachdem er die Leitung der Firma übernommen und den Umzug nach Paris eingefädelt hatte, Monsieur Pascal. In seinen Augen war es höchste Zeit, Les Prévoyants international aufzustellen, andere Unternehmen aufzukaufen oder zumindest Partnerschaften im Ausland einzugehen, um die Risiken besser verteilen und immer auf aussichtsreichen Märkten präsent sein zu können. So bedauerlich es war, hieß es, solche Operationen würden sich von der Auvergne aus nicht erfolgreich vornehmen lassen. Die Stärke der Argumentation, die Pascal Bories mehrfach darlegte und die sein Vater, bei Reden zwei Schritt hinter ihm stehend, mit Nicken begleitete, vermochte ihre Brutalität nicht zu überdecken. Als erste Bilder vom neuen Unternehmenssitz nahe dem Gare Saint-

Lazare die Runde machten, sahen viele Kollegen darin eine unziemliche Zurschaustellung von Reichtum; etwas, das nicht zu dem Bild passte, das sie vom Unternehmen und ihrem Beruf hatten. Eines Morgens musste Pascal Bories feststellen, dass die Büroräume ohne Vorankündigung von Gewerkschaftsvertretern besetzt worden waren. Er saß kaum zehn Monate auf dem Leitungsposten und sah sich bereits mit dem umfassendsten Streik in der Geschichte von Les Prévoyants konfrontiert.

Glaubt man Catherine Giuly, die an dieser Stelle etwas verlegen klingt und mit der feinen Anmut aller Hagiografen Zuflucht zum Euphemismus nimmt, entsprang der Beginn dieses Streiks lediglich einem Missverständnis. Die Angestellten hätten sich in ehrerbietiger Furcht vor dem Chef in den Vorjahren nicht getraut, ihre Forderungen anzubringen. Und Pascal Bories, der ein moderner Mensch war, ein Voluntarist und daher manchmal etwas vorschnell, hatte seinerseits vielleicht unterschätzt, wie sehr sie am Gründungsort des Unternehmens hingen, an dieser ländlichen, industriellen und provinziellen Welt, deren Interessen sie zu vertreten glaubten. In der Erzählung von Jacqueline Mazel, die am Kantinentisch zwischen zwei Schlucken Tee in ihrem Fruchtsalat herumstocherte, hörte sich die Episode allerdings entschieden anders an. Als jemand, der zeitgleich mit dem Unternehmen geboren und im beruhigenden Schatten seines steten Wachstums großgeworden war, der seine Eltern mit der intimen Eindringlichkeit darüber hatte sprechen hören, die üblicherweise familiären Belangen vorbehalten ist, wähnte Pascal Bories sich legitimiert und vergaß, dass seine Macht begrenzt war, dass seine Abstammung ihn keineswegs berechtigte, Dinge gewaltsam durchzusetzen, ihn nicht der

Aufgabe enthob, sich den Respekt der Truppen zu verdienen, ihn vielmehr sogar nötigte, ihnen vertrauensbildende Beweise dafür zu liefern, dass er Les Prévoyants nicht als sein Privateigentum betrachtete.

Das Frühjahr 1978 ist jedenfalls die schlimmste Zeit, die Les Prévoyants jemals erleben. Eine Reihe zerstochener Reifen, wütende Berichte, an deren Tinte man sich noch heute die Finger schmutzig macht, und Liebenswürdigkeiten, die aus anonymen Briefen herauspurzeln. Die Streikenden harren zwei Monate aus, ohne der Aussperrungsanordnung nachzukommen; schließlich verfügt der Bürgermeister von Clermont-Ferrand einen Polizeieinsatz, lässt die Information darüber aber durchsickern, sodass die Angestellten, bevor sie gewaltsam vertrieben werden, von sich aus das Feld räumen können. In den darauffolgenden Wochen trifft sich Pascal Bories mit gut einhundert Menschen unter vier Augen: Er schreibt sich die Ideen all derer auf, die an der Neuausrichtung der Strategie von Les Prévoyants mitarbeiten wollen, lässt stoisch Wutausbrüche über sich ergehen und hält für jeden, dem die Tränen kommen, Taschentücher bereit. Anhand der persönlichen Geschichten, die man ihm erzählt, anhand der laut und deutlich geäußerten Wünsche oder der unbeholfenen Andeutungen seines jeweiligen Gegenübers befindet er, wer vor Ort bleiben, wer ihm nach Paris folgen und wer ausgesandt werden soll, die Filialen der Gruppe in Italien und Québec aufzubauen. Jacqueline, deren Aufstieg im Haus aus dieser Zeit herrührt, erkennt an, dass Bories die Feuertaufe gut bestanden hat. Fortan ist er sich der Vorteile, die ein soziales Image für Les Prévoyants mit sich bringt, bewusst, bemüht sich sehr, der Gesetzgebung immer einen

Schritt voraus zu sein, entwickelt Programme zur Gewinnbeteiligung, um die Ambitioniertesten zu halten, und erlaubt die Bezahlung von Überstunden oder deren Umwandlung in Urlaubstage.

Nicht der Umzug nach Paris, sondern letztlich der Kauf von Castel, mit dem sich die Unternehmensgröße von heute auf morgen verdoppelt, katapultiert Les Prévoyants in eine neue Ära. »Castel, sagt dir das was?«, fragte Jacqueline Cora. »Ich denke mal, nein. Du bist zu jung. Nun, Castel, das war einmal, wie soll ich sagen, die Grande Dame der französischen Assekuranzen: Sie versicherte, schon seit ungefähr 1840, gegen Feuer und seit 1875 gegen Unfall und hatte einen großartigen Hauptsitz am Parc Monceau. Ihre Außendienstler waren allesamt ehrenwerte Herren, die ihre Verträge Klausel für Klausel nach den Bedürfnissen der Kunden aufsetzten. Unsere wirkten dagegen ein wenig wie wandernde Enzyklopädieverkäufer.« 1918 hatte Castel sich für stark genug gehalten, auch in kriegsbedingten Schadensfällen, die eigentlich unter eine Ausschlussklausel fielen, Entschädigung zu gewähren. Das führte im Norden und Osten des Landes zu unvergleichlichem Ansehen. Danach hat Bernard Castel allerdings einige finanziell verheerende Entscheidungen getroffen: Immobiliengeschäfte in Alpen-Skiorten oder an der Côte d'Azur – Investitionen ins sogenannte weiße und blaue Gold – entwickelten sich zu Streitfällen, die vor Gericht verhandelt wurden. Als 1981 die Sozialisten an die Macht kamen, drohte dem alten Unternehmen die Verstaatlichung.

Pascal Bories erinnert sich genau, wie sein Vater gleich nach dem Krieg die Gunst der Stunde genutzt hat. Jetzt, sagt er sich, ist es an mir zu handeln. Als Kind schon hat er das griechische Wort *kairos* gelernt. Der *kairos* kommt selten, und wer sich dann nicht die Mühe macht, ihn zu ergreifen, der taugt nicht für die Geschäftswelt. Geschützt durch ihren Versicherungsstatus haben Les Prévoyants vor nichts Angst: Ihre Aktien sind nicht börsennotiert, sondern werden von Gesellschaftern erworben; und selbst wenn der Markt beschließen sollte, die wagemutige Übernahme mit einem Wertverlust der Aktien abzustrafen, kann das Unternehmen nicht zur Zielscheibe von Angriffen werden. Das Gerücht entsteht in den darauffolgenden Wochen. Die Castellaner bekommen Fracksausen, finden es unmöglich, dass eine, wie sie es sehen, Horde Bauerntrampel sie aufkaufen könnte. Bories hat dafür bereits die Einwilligung der Regierung eingeholt. Jetzt braucht er nur noch die Aktionäre auf seiner Seite, doch die vollständige Liste ihrer Namen ist bei einer Bank deponiert, deren Geschäftsführung, ungeachtet aller Angebote, die er macht, die Zusammenarbeit verweigert und entschlossen zu Castel hält. Monatelang passiert nichts. In Interviews mit Journalisten wirft Bernard Castel Bories vor, aus der Krise Profit schlagen zu wollen, und schwört, keine Macht der Welt könne ihn dazu bringen, sein Unternehmen zu verscherbeln.

Sodann kommt ein Abend im Herbst. Es gießt in Strömen. Bories sitzt in seinem Büro fest, dreht und wendet das Problem zu allen Seiten und ist mit seinem Latein am Ende. Ein Besucher lässt sich ankündigen, wird hereingebeten: ein gedrungener, altersloser, harmlos wirkender Mann. Er ist der fleischgewordene *kairos*. Wie ein Halbgott sieht er nicht aus, aber das ist nicht schlimm. Ein kleiner Anteilseigner ist er, der Castel die aristokratischen Allüren krummnimmt; dessen Sammlung von Frauen und Autos erfüllt ihn seit Jahren mit einem Groll, den er ebenso eifrig schürt, wie er die Kurse seiner Aktien im Blick behält, und jetzt legt er, leicht beschämt und fast mit einer Entschuldigung auf den Lippen, Bories die vollständige Aktionärsliste auf den Schreibtisch.

Die engsten Berater rücken an. Man überprüft, wer wen kennt, und gibt sich die Mittel, alle entscheidenden Stimmen auf seine Seite zu holen. Als das zunächst aussichtslos erscheint, wird Victor Tardieu, seines Zeichens Direktor der Geschäftsbank Société générale, der Bories nahesteht, ohne dass dies weithin bekannt wäre, die Rolle des Vermittlers übertragen. Tardieu ist diskret und taktvoll. Er versteht sich darauf, Vertrauen zu erwecken, wobei er nicht gleich angibt, in wessen Auftrag er agiert. Bei Les Prévoyants, so betont er immer wieder, nehme man den Beruf des Versicherers sehr ernst, gebe ihn nicht auf. Ob dem auch so wäre, wenn Castel in die Hände des Kommunikationskonzerns fiele, der sich als weiterer potenzieller Käufer abzeichnet? Da gebe es diese Verluste im Immobilienbereich … Lohne es von daher, sich in ein weiteres Abenteuer zu stürzen, das nicht weniger unvernünftig anmute? Ein Wechsel zu Les Prévoyants sei im Grunde weniger Verrat, biete eine Möglichkeit, dem Berufsethos treu zu bleiben … Zahlreiche Aktionäre lassen sich überzeugen. Dennoch erhöht Bories am Vorabend der Hauptversammlung sein Angebot, um das Rennen auch ganz sicher zu machen. Castel aufzukaufen ist an sich schon ein großer Coup, unabhängig vom Preis. Es ist die richtige Entscheidung im richtigen Moment, ein Konkurrent von diesem Kaliber hätte sich noch zwei Jahre zuvor keinesfalls schlucken lassen, doch ist er gerade konjunkturell geschwächt, und Bories und seine Leute nehmen ihn auch nur aufgrund der allgemeinen Verunsicherung in Besitz, weil die Geschäftsführer sich vor allem darum sorgen, was die Linke mit ihnen vorhaben könnte, und statt über Aufkaufpläne eher über Abwanderung nachdenken.

Nach geglückter Übernahme fühlt Bories sich verpflichtet, den bescheidenen Sieger zu geben. Er beruhigt die Castellaner und erklärt, die Identität ihres Hauses bleibe gewahrt. Warum sollte es auch anders sein, schließlich habe die Eleganz ihres Vorgehens Les Prévoyants dazu veranlasst, sich das Bündnis mit Castel zu wünschen. Dem Anschein nach werden diese schönen Worte schon im darauffolgenden Jahr Lügen gestraft, als Bories, der genauestens verfolgt, welche Schwierigkeiten ihm seine Gefolgsleute melden, sich in dem, was er heimlich schon die ganze Zeit gedacht hat, bestätigt sieht: Die Fusion beider Unternehmen wird tatsächlich nur funktionieren, wenn er die kaufmännischen und die technischen Führungsetagen und natürlich die Personalabteilungen zusammenlegt. Doch in anderer Hinsicht ist die Friedensrede, die er seinen neuen Mannschaften hält, keine Lerchenfalle. Fünfzehn Jahre später wird es auf den Fluren immer noch heißen: Guck mal der, das ist ein Castellaner – und sie, die kam ursprünglich von Les Prévoyants … Im Moment der Neuzusammensetzung ahnt noch niemand, welche Macht die verschiedenen Vorstellungen vom Beruf behalten werden. Was dagegen schon feststeht, ist, dass die fusionierenden Unternehmen einen neuen Namen brauchen. Einen, der weder so patriarchalisch daherkommt wie Les Prévoyants noch so aristokratisch wie Castel. Einen Namen, der den Niedergang des alten Jahrtausends hinter sich lässt und sich dem bald anbrechenden neuen Jahrtausend öffnet. Ende 1983 fällt die Entscheidung für: »Borélia«.

Während Cora mit den einzelnen Abschnitten dieser Geschichte immer vertrauter wird und Jacquelines und Édouards Erzählungen um Details ergänzt, die sie hier und da gelesen hat, richtet sich ihr Augenmerk zunehmend auf Phänomene der Gegenwart, die durch das Vorgestern nicht erklärt werden. Einige Dinge passen nicht ins Bild, stimmen nicht mit dem überein, was man ihr erzählt. Das Unternehmen, das sie gerade entdeckt, ist nicht so aggressiv und eroberungslustig. Der Pascal Bories, den sie auf Hauptversammlungen sieht, hat wenig gemein mit dem durchtriebenen Taktiker, den ihr Jacqueline und andere rückblickend beschreiben. Ein nicht zu lokalisierender Schmerz bremst seinen Eifer, relativiert seine Aussagen, so als schicke stets noch eine persönlichere, überzeugtere Stimme leise hinterher: *Ach, so wichtig ist das alles nicht*. Wenn er versucht zu scherzen, hopsen seine Worte über ein zwischen Trauer und Lachen gespanntes Seil, geraten oft ins Wanken, stürzen zur falschen Seite ab. Der Respekt, den er einflößt, ist von einer vagen Besorgnis gefärbt und erwächst nicht aus Furcht, sondern aus Sympathie – im normalen Leben ist das vielleicht lobenswert, doch in seiner Position hilft es wenig, Feinde auf Distanz zu halten.

Woher kommt Bories' Traurigkeit? Dass seine Karriere im weiteren Verlauf nicht gehalten hat, was sie am Anfang versprach, reicht das als Erklärung aus? Gibt es andere Gründe, die nicht genannt werden sollen oder die keiner kennt? Es stimmt schon, dass Borélia nach der Übernahme von Castel zwar eine Aktiengesellschaft gründete, die den Großteil der Unternehmensaktivitäten stützte, bei den Konzentrationsbewegungen, die zwei Jahrzehnte lang die Branche umkrempelten, aber nicht aktiv mitmischte und eher außen vor blieb. Bories hat es nicht geschafft beziehungsweise nicht versucht, den Weg des *big is beautiful* weiterzugehen. »Wenn das wie ein Mantra ständig wiederholt wird«, sagt Édouard, »ist das natürlich lächerlich. Man kann es irgendwann nicht mehr hören, wenn einem so was im Tonfall des Größenwahns wieder und wieder vorgebetet wird. Dennoch ist die Versicherungsbranche eine, in der *big is beautiful* vollkommen zutrifft, wächst die Widerstandsfähigkeit der Unternehmen doch proportional zu ihrer Fähigkeit, das Risiko zu verteilen.« Während sich seine Konkurrenten immer wieder gegenseitig mit Börsenschlachten teilannektierten, begnügte Borélia sich mit internem Wachstum und kaufte über die Jahre lediglich einige kleinere Gegenseitigkeitsversicherungen zu, sodass die Gesellschaft, als Cora ihre Stelle antrat, gerade mal auf dem achten oder neunten Platz der größten französischen Versicherer lag. Bories und seine Führungsetage haben sich verzettelt. Sie glaubten sich gut aufgestellt, wollten mit ihren Routinen brechen und wiederholten einige Fehler, die sie bei einem Unternehmen wie Castel hätten erkennen und für sich ausnutzen können.

Das Ende der 1980er-Jahre und die 1990er-Jahre … in dieser Zeit besteht der Staat darauf, dass die Versicherungsunternehmen stärker ihre Rolle als Finanzgeber für die Wirtschaft wahrnehmen. Der Minister ruft Bories und seine Stellvertreter regelmäßig zu Hilfe, empfängt sie mit massenweise Petits Fours und edlem Wein und spricht mit ihnen über die Lage von Unternehmen, die besonders dringend frisches Geld benötigen. Pascal Bories, der sich auch nach zwanzig Jahren in Paris noch als Provinzler fühlt und schwer damit abfindet, nicht von Geburt an Teil der zentralisierten, miteinander blutsverwandten Elite zu sein, wähnt sich, anders als beim Betrachten von Provisionssätzen und Abweichungen der Schadensquote, in diesem Umfeld näher an dem von ihm gewünschten Lebensfokus. Da in den Etagen und Büros, deren Fenster auf die Seine hinausgehen, sein Unternehmen als *solide* bewertet wird, kann er durchaus mal einen Dienst erweisen und hier und dort Anteile zeichnen.

»Und diese Diversifizierung«, erklärt Édouard Cora, »hätte sich auszahlen können, wenn Bories dabei mit dem Kalkül eines begnadeten Bankiers vorgegangen wäre, aber es nur zu tun, um der Macht zu gefallen und sich schmeicheln zu lassen, war riskant. Denn was meinst du, was passiert ist? Das Ganze war nicht gut durchdacht. Und die Versicherungserträge, ihr eigentliches Geschäft, gingen langsam den Bach runter… Von da an… ein Teufelskreis: Es schien ihnen umso verlockender, weiterhin große Aktienbestände zu halten… um ein gutes Finanzergebnis einzufahren, verstehst du, um von all den importunerweise losblinkenden Warnsignalen abzulenken. Als ich dazukam, war auf dem Papier noch alles in Ordnung, aber tatsächlich hingen wir längst unter der Wasserlinie. Mit Blick auf die Zahlen haben wir, einige andere und ich, versucht, es ihnen zu sagen. Ich erspare dir die Details, aber wir fanden kein Gehör.«

Also große Führungssorgen. Aber nicht nur das lässt sich aus Bories' Augenringen lesen. Man spricht in vorsichtig gewählten Worten – aber auch, und das gilt für einige, mit schlecht verhohlener Genugtuung, es sei nur gerecht, die Macht habe nun mal ihren Preis, erlangter Erfolg führe zwangsläufig in anderen Lebensbereichen zu Opfern und unerwarteten Strafen –, man spricht von Julien Bories. Sein Vater hat ihn ausbilden lassen, damit er seine Nachfolge antrete. Aber während seiner Ausbildung auf einer operativen Stelle kursieren erste Gerüchte über Abwesenheiten, Entgleisungen, unverständliche Fehler. Er versäumt eine entscheidende Besprechung, geht nicht ans Telefon, und einige Tage später erfährt sein Umfeld, vor den Kopf gestoßen, er sei die ganze Nacht nach Südwesten gefahren, da er den Sonnenaufgang am Strand von San Sebastián sehen musste. Oder er verschwindet eine ganze Woche lang, taucht wieder auf, redselig, mit kleinen Augen und in Begleitung einer jungen Frau, in die er sich, so seine Erklärung, in einem Coffeeshop in Amsterdam auf den ersten Blick verliebt habe. Als die Diagnose einer manisch-depressiven Erkrankung sich bestätigt und trotz des Respekts für den Generaldirektor die Runde macht, ist klar, dass Julien niemals die Führung von Borélia wird übernehmen können. Es wäre schon gut, wenn er es schaffte, seinen Aufgaben im mittleren Management nachzukommen. Bories' Tochter Mathilde lebt als Modedesignerin in London und hat nie erwogen, sich für das Unternehmen zu interessieren, denn das war ja immer ihrem Bruder vorbehalten. Für Pascal Bories, der eine aberwitzige Energie darauf verwendet hat, andere Thronfolger unschädlich zu machen, indem er sie auf Posten setzte, auf denen sich ihre Kräfte gegenseitig aufhoben, oder die Ambitioniertesten unter ihnen zu einem Fehltritt und dann zum Ausgang drängte, ist dies eine schreckliche Prüfung. Nachdem er dreißig Jahre lang vor jedem, der es hören will, die Vorzüge des Familienkapitalismus gelobt hat, der langfristige Visionen bewahre und der Geldgier Grenzen setze und dessen Weltanschauung auf die beruhigende Dauerhaftigkeit des dynastischen Prinzips gegründet ist, hört sich nach seiner jüngster Erkenntnis plötzlich überall sagen –, dass dieses Prinzip nichts tauge, dass es unverantwortlich, unvernünftig und verwerflich sei, daran festzuhalten.

Als sich die Nachfolgekrise abzeichnet, ist Cora seit einem Jahr dabei. Mit der erstaunlichen Klarheit, die das Gedächtnis entscheidenden Momenten verleiht, erinnert sie sich an das Café in Ménilmontant, in dem sie die Stellenausschreibung im Internet gefunden hat, an das abergläubische Klopfen auf den Briefkasten, als sie ihre Online-Bewerbung mit einer postalischen verdoppelt, und die empörende Gleichgültigkeit der Reisenden am Gare Saint-Lazare am Tag der Unterzeichnung ihres Vertrags. Als Neuzugang im Marketing hat sie sich während der ersten zwei Jahre vor allem um Versicherungsprodukte gekümmert, die Nicht-Versicherer verkaufen. Doch, doch, die kennt jeder: Garantien, die man beim Kauf eines Flugtickets oder eines Fotoapparats angeboten bekommt. In diesen Fällen ist es so, dass dem Kunden das gekaufte Gut sehr wichtig ist und er sich deswegen auf den Kauf des Zubehörprodukts einlässt. Das Objekt der Begierde ist wahnsinnig schön, aber viel zu teuer, als dass es beschädigt oder geklaut werden dürfte. Denn die schrecklich hohe Summe, die man gerade für diese Reise auf den Kopf hauen will, wie bekommt man die wieder, wenn man das Ganze verschieben oder canceln muss? Genau dann lohnt es sich, zumindest für alle Risikounlustigen (und das sind nicht wenige), diese zusätzliche, vergleichsweise kleine und schmerzlose Ausgabe zu tätigen, die für sich genommen kein Mensch akzeptieren würde.

Cora stellt Studien dazu an, vergleicht Garantien, überwacht die Produkte der Konkurrenz, keine glorreichen Dinge, doch setzen sie einen ins Bild. Die Durststrecken der Jahre davor, als sie versuchte, sich als Fotografin am Markt zu behaupten, haben zu tiefe Spuren hinterlassen, als dass sie sich über diesen Beginn beschweren würde. Sie weiß, dass die Freiheit, verkehrt man regelmäßig mit ihr, nach der Euphorie der ersten Treffen in ihren Alltagsklamotten genauso unattraktiv ist wie ein Telefon, das niemals klingelt, ein Beutel voller Schmutzwäsche oder ein hoffnungslos leerer Kühlschrank. In den Monaten harter Arbeit, in denen sie nicht einmal ihre Rechnungen zahlen kann, hat sie gelernt, dass die Entfremdung durch prekäre Arbeitsverhältnisse keineswegs sympathischer ist als die durch Lohnarbeit. Auf die Fotografin Cora werde ich später noch zurückkommen, darüber ist einiges zu sagen. Jedenfalls erlebte sie ihre erste Stelle anfangs als durchaus erfüllend, da sie viel lernte und selten alleine vor ihrem Rechner festsaß: Sie traf sich mit ihren Ansprechpersonen aus den Partnerunternehmen, bei ihr im Büro schauten Leute vorbei, sie wurde oft nach ihrer Meinung zu den Projekten von anderen gefragt.

Nach zwei Jahren macht sie, wie es üblich ist, ihre Aufwartung in den übrigen Abteilungen, verteilt ihren Lebenslauf und wird schließlich in derselben Abteilung fündig. Sie zögert eine Weile (wird man sie nicht in eine Schublade stecken, sodass sie ihr Leben lang Marketing machen muss?), aber da die angebotene Stelle etwas strategischer ausgerichtet ist und Cora zu Édouard Verzack einen guten Draht hat, gibt es keinen ernsthaften Grund, nicht zuzusagen. Ihr Aufgabenbereich liegt von nun an vor allem im Beziehungsmarketing (BZM). Das BZM versucht nicht nur, neue Kunden zu gewinnen, sondern will auch rentable Bestandskunden mit Entwicklungspotenzial an sich binden. Während das Versicherungsverhältnis nur bei Unterzeichnung, Beitragszahlung und einem eventuellen Schadenfall erlebbar ist, besteht beim BZM die Herausforderung darin, zusätzlich positiv besetzte Momente des Kundenkontakts zu generieren, indem das Unternehmen zum Beispiel Beratungsleistungen anbietet, die den jeweiligen Kunden möglicherweise zum Markenbotschafter machen. In einem Marktsegment, in dem das Zurückfahren von Regulierungen zur Steigerung eines zuvor recht schwachen Wettbewerbs führt, kostet es fast zehnmal weniger, Bestandskunden bei der Stange zu halten, als Neukunden anzuwerben – doch auch dafür muss man sich ganz schön ins Zeug legen.

Mit diesen Aufgaben betraut, beginnt Cora gerade, sich bei Borélia sehr wohlzufühlen, als bedrohliche Wolken am Himmel aufziehen und, kaum dass sie sich verziehen, von noch düstereren gefolgt sind. Die wirbelnden Luftmassen, die alles in ihrem Leben verwüsten werden, wehen bereits aufeinander zu, toben langsam los, wenn auch unsichtbar oder noch in weiter Ferne. Im Herbst 2008 werden die faulen Immobilienkredite, die man amerikanischen Hausbesitzern aufgeschwatzt hatte, die Kurse der Wall Street zum Absturz bringen. Seit dem Ölpreisschock von 1973 herrscht eine Krise, seit Coras Geburt hat die Krise nie geendet, aber diesmal, glaubt man dem irrsinnigen globalen Gedröhne, dieses Mal ist *wirklich* Krise. Die Empörung der Medien und der außerordentliche Ernst der Politiker deuten darauf hin, dass das Wort seine abgenutzte Bedeutung, seine dramatische Energie bis zu einem gewissen Grad wiedererlangen wird – dass darin die Brutalität anklingt, mit der die Existenzen Einzelner erfasst und so lange zusammengedrückt werden, bis sie kaputtgehen.

In den folgenden Monaten werden die Aktien der Banken und Industriegesellschaften, denen sich Borélia ausgeliefert hat, bei der großen Talfahrt mitgerissen. Auch wenn das Unternehmen über Reserven verfügt, dauert es nicht lange, bis das Finanzergebnis leidet. Und dann beraumt Pascal Bories eine Pressekonferenz an. Er erklärt, dass er – tatsächlich schon seit Längerem – Prostatakrebs habe und die Unternehmensführung bald werde abgeben müssen. »Ich war nicht dabei«, erzählte mir Cora. »Ich habe später die Aufzeichnung gesehen, und er tat mir leid. Ich hätte ihn gern kennengelernt, ihn wie auch seinen Vater. Das waren sicherlich keine einfachen Menschen, ich weiß nicht, ob ich sie sympathisch gefunden hätte, aber sie waren interessant. Vielleicht wäre alles anders, wenn ich sie nicht nur einmal auf die Schnelle gesehen hätte. Ich bin da eingestiegen… genau, wenn ich darüber nachdenke… Ich war nicht am falschen Ort, aber dort zur falschen Zeit.« Kaum dass Bories dies bekannt gegeben hat, bemühen die Leitartikler der Wirtschaftspresse ohne jede Scham die altgedienten Metaphern vom Schiff ohne Kurs und Steuermann; die psychoanalytisch Interessierten stellen schnell einen Zusammenhang zwischen dem schlingernden Aktiva-Management des Unternehmens und der versteckten Verwundbarkeit seines Generaldirektors her; viele werfen Bories vor, sich nicht schon früher zu seiner Krankheit geäußert zu haben, aber die umgehende Auswirkung der Meldung auf den Aktienkurs ist eine hinreichende Erklärung dafür, warum er sie so lange wie möglich zurückgehalten hat.

Anfang 2010 beruft der Wirtschaftsminister ein fachkundiges Gremium aus Bankiers und Vertretern der Versicherungsbranche ans Sterbebett von Borélia. Der Minister ist von seinen Beratern über den Ursprung des Problems unterrichtet worden und weiß, dass der Staat seinen Anteil Verantwortung dafür hatte, doch ist er deshalb noch lange nicht bereit, das Unternehmen auf Kosten des Steuerzahlers wieder flottzumachen. Man begibt sich auf die Suche nach anderen Investoren. Die Brüder Frémont, Inhaber einer großen Gruppe für Hoch- und Tiefbau, Wasserwirtschaft und Energieverteilung, halten mit ihrem Angebot, dem überzeugendsten, lange hinterm Berg. Bei der Bieterrunde verleihen sie ihm zusätzliches Gewicht, indem sie ihre Kontakte zu deutschen und niederländischen Banken spielen lassen. Sobald der Deal in trockenen Tüchern ist, verkünden sie, ohne sich vorher zu Absprachen mit Borélia bequemt zu haben, die Ernennung von Antoine Mangin zum neuen Generaldirektor. Er stammt nicht aus dem Versicherungsbereich, erfreut sich aber einer gewissen Bekanntheit: Für die Frémonts ist er der Mann der Lage. Mitte April, als Cora in den sechsten Schwangerschaftsmonat kommt, sieht sich ein aschfahler, abgemagerter Pascal Bories zum Schutz seiner Nächsten gezwungen – in Vorkehrung für sein etwaiges Ableben –, zu unterschreiben, dass seine Familie fortan nicht mehr Ankeraktionär des vor über sechzig Jahren von seinem Vater gegründeten Unternehmens sein wird.

Selbst wenn Cora die Leitungskrise in den Zeitungen und via Flurfunk mitverfolgte, selbst wenn sie den Zusammenhang mit der Wirtschaftskrise erkannte, hatte sie immer noch das Gefühl, das spiele sich alles auf Hierarchieebenen ab, zu denen sie keinen Zugang hat, weshalb es sie nicht beträfe. Abgesehen von einer Mitteilung seitens der

Personalchefin, Mathilde Rameaux, die schrieb, die nächste

Gehaltserhöhung müsse warten, hatte Cora in keiner Weise den Eindruck, das Ganze könnte konkrete Auswirkungen auf ihren Alltag haben. Ihre wichtigste Sorge blieb zunächst, und die plagte sie schon genug, sich in der Marketingabteilung zu behaupten und unersetzbar zu werden.

Hätte sie eine frühe Neigung für das Versicherungswesen entwickelt, würde sie diese Art von Tätigkeit vielleicht nie ausüben wollen. Und hätte sie seit eh und je eine Leidenschaft fürs Marketing, hätte sie sich für ihr Engagement gewiss nicht diese Branche ausgesucht. Für einen Versicherer zu arbeiten hieß, entmaterialisierte Produkte unters Volk zu bringen, im Wesentlichen Finanzprodukte, die die Leute aus Pflichtgefühl oder aus Vorsicht kaufen; die Differenzierung der Angebote verschiedener Gesellschaften war wenig ausgeprägt, und wer aus strategischen Überlegungen heraus eine Innovation entwickelte, konnte durch kein Patent die Konkurrenz daran hindern, umgehend das Gleiche auf den Markt zu bringen. Wie elegant die von Cora mitentwickelte Unternehmenskommunikation auch immer war, die Abendessen unter Freunden, bei denen jemand am Tisch sich zu einer schmachtenden Liebeserklärung an seine Versicherung hinreißen ließ, würde es noch lange nur in der Fiktion der Werbung geben; nur selten kam es vor, dass jemand damit angab, er sei der Allererste gewesen, der den neuen AGB zugestimmt habe, viel früher als alle anderen; niemals würden Versicherungsprodukte als Fetischobjekte taugen, anders als Handys, die Millionen Menschen streichelten, ausschalteten, in eine Tasche gleiten ließen und gleich wieder herausholen, weil ein Vibrieren sie aufschreckte oder sie umgehend die kokette Antwort schicken mussten, die ihnen gerade eingefallen war.

Die Sinnlichkeit der Versicherung war etwas dezenter – ihr Charme subtiler. Die größte Herausforderung bestand im Grunde darin, dass kein Mensch etwas darüber hören wollte. Die Leute entledigten sich der Frage mittels eines frühestens zum Fälligkeitsdatum unterschriebenen Schecks, sie hatten keine Lust, sich in Bilder von schweren Autounfällen hineinzudenken, von abgedeckten Dächern nach einem Sturm, in die Folgen von frühzeitigem Dahinscheiden oder von Feuer, wenn nicht mal die Zeit war, ein paar Briefe oder ein Fotoalbum zu retten. Ohne sich dessen bewusst zu sein, zahlten sie – sogar diejenigen, die Versicherungsunternehmen reflexhaft als Diebe beschimpfen – für eine Dienstleistung, deren Qualität sie lieber nur in sehr harmlosen Fällen überprüfen wollten. »Ich persönlich finde es vollkommen in Ordnung«, erklärte Cora gern gegenüber Freunden, die solche Paradoxien mit Vergnügen herausarbeiteten, »ein Leben lang meine Beiträge zu zahlen und nie davon zu profitieren. Ich finde das echt völlig in Ordnung. Ich würde mich nie beschweren.« Die Einzigen, die ihre Rechte geltend machten, waren nämlich diejenigen, denen ein Zufall, ein Unglück, ein Unfall gerade das Leben zerstört hatte.

Finanzwesen, Beratung, Vertrieb, Buchprüfung … unter den vorrangigen Berufsfeldern, auf die sie an der Handelsakademie vorbereitet worden war, entsprach das Marketing ihr am besten oder, sagen wir, am wenigsten schlecht. In jenen Jahren, in denen die Zukunft mit ihrem faszinierenden Strahlen in Coras sich ständig neu zusammensetzenden Freundeskreisen das Hauptgesprächsthema gewesen war, hatte sie noch andere Möglichkeiten erwogen. NGOs, solidarisches und soziales Unternehmertum, das war natürlich verlockend. Aber nur davon träumen reichte nicht. Man hilft bolivianischen Bauern drei Monate lang, ihr Quinoa zu vermarkten, oder prangert, wie sie es gemacht hatte, die Beschädigung indonesischer Korallenbänke durch die Dynamitfischerei an, aber wenn man nach Europa zurückkam und begann, sich nach einer Stelle umzusehen, merkte man, dass es in dem sowieso unterbezahlten Bereich nichts gab, und erlebte einen Schock, als wäre man trotz all der Intelligenz, in deren Besitz man sich wähnte, nichts als ein aufgeblähter Heliumballon an einem nunmehr äußerst gespannten Faden: Die Realität hielt den Faden fest, wickelte ihn sich ums Handgelenk. Niemand kam, um ihn abzuschneiden, oder zwang sie, ihn loszulassen, und man wusste nicht, ob es vielleicht schade war, nicht mit der Troposphäre zu flirten, mit den Kumulus- und Nimbuswolken, oder ob es doch besser war, so wie es war, weil man, einmal dort oben, vielleicht nicht sofort, aber binnen weniger als einer Sekunde, fern von allen und ohne jeden Zeugen, einfach geplatzt wäre.

Es blieb das Marketing, da es sich als weniger undankbar erwies als die zahlenlastigen Bereiche und immer noch von menschlichen Figuren bevölkert, von Menschen, deren Profile man erfassen, deren Verhalten man vorhersehen und deren Aufmerksamkeit man auf sich ziehen wollte. An guten Tagen erzeugte das, nach ihrer Ansicht, die gleiche Erregung wie die Strategiespiele, die sie als Jugendliche mit ihrem Bruder Bruno gespielt hatte, auch wenn einem im Marketing ein paar weniger Nazisoldaten oder Orks in die Quere kamen. Von den Referenten aus der Berufswelt, die den Campus besucht hatten, um Studenten für ihre Unternehmen zu interessieren – Unternehmen, die es wirklich gab und die wirklich jedes Jahr Hunderte Berufsanfänger einstellten –, waren ihr die aus der Versicherungsbranche in guter Erinnerung geblieben. Als nette, ziemlich kluge, gelassene Menschen. Sie schienen ausgeglichen und sorgten sich um soziale Fragen, anders als viele andere Referenten. Die Finanzleute mit ihrem aufgeregten, schroffen Wortausstoß erschienen verrückt; weltfremd, ausgebrannt mit kaum vierzig Jahren – und dann waren es vor allem Männer, was ein so schlechtes wie zuverlässiges Anzeichen für eine durchbruchsichere gläserne Decke in den Unternehmen war. Andere Referenten, aus der Luxusgüterindustrie etwa oder den neuen Technologien, verkörperten einen Konsumismus, von dem Cora wusste, dass er auch ihr Leben prägte, obwohl sie ihn nur in kleinen Dosen vertrug. Sie konnte sich nicht vorstellen, Produkte zu verkaufen, die niemand wirklich brauchte. Darin zeigte sich zweifellos die protestantische Seite ihrer Familie aus den Cevennen. Mit einem Verwaltungsangestellten eines Pariser Bezirksamts zum Vater und einer Sprechstundenhilfe zur Mutter fand sie an überflüssigen Dingen weder Gefallen, noch konnte sie sich diese leisten. Sie fühlte sich gegen alle Leichtfertigkeiten gefeit, doch da sie das noch nie am Lustig- oder Lüsternsein gehindert hatte, sah sie keinen Grund, daran etwas zu ändern.

Grübe man tiefer, im ruhigen und umhüllenden Schweigen einer Psychoanalytikerpraxis oder zwischen den hingekritzelten Zeilen der Kladden, entdeckte man andere Gründe, die Cora bewogen haben könnten, ins Versicherungswesen zu gehen – aber da sie diese erst später benannt hat, als sie bereits ins Taumeln geraten war, möchte ich dem nicht vorgreifen. Im Herbst, als sie ihre Arbeit wieder aufnahm, hätte sie, würde man ihr die Frage gestellt haben, geantwortet, dass dieser Bereich viele gute Dinge miteinander vereine, in vielerlei Hinsicht befriedigend sei: Es ist ein Bereich, in dem die Arbeit ab einer bestimmten Hierarchiestufe nicht so leicht ins Ausland verlagert werden kann, da der Markt über ein Vertriebsnetz funktioniert und die Rechtslage in jedem Land eine andere ist; die Gehälter sind mehr als in Ordnung; die Unternehmen haben ihren Sitz zumeist in attraktiven Großstädten; der Kompromiss zwischen Beruf und Privatleben scheint nicht allzu schwierig, da im Vergleich zu anderen Finanzdienstleistern hier weniger gearbeitet wird. Natürlich hat sie als Kind nicht davon geträumt, aber heißt erwachsen werden nicht auch, bei dem Ausdruck *Kindheitstraum* eher die nervige Infantilität der Kindheit herauszuhören als die andauernde, leuchtende Kraft des Traums?

Man macht im Leben nicht immer das, was man will, sagt die Stimme. Jedenfalls nicht immer alles, was man will. Die Stimme ist ein wenig undeutlich, sie äußert sich oft, wird aber selten erhört. Sie kommt aus dem Inneren, scheint in sich selbst eingeschlossen, und Cora weiß nicht mehr, ob es die Stimme ihrer Eltern, die von Pierre oder ihre eigene ist. Hat sie ihre eigene Stimme überhaupt schon mal als Melodie gehört, die nur von ihr stammen konnte? Oder klingt sie schon immer so wie heute und folgt einer Notenlinie, von der niemand weiß, welches Instrument sie spielt? Die Unnachgiebigen, sagt die Stimme, die entschlossen einem Traum hinterherjagen ... die bewundern wir natürlich, aber vor allem bewundern wir jene, die sich hoch zu den Wolken aufschwingen. Die scheinen alles zu besitzen. Doch auch wenn sie uns mit Leichtigkeit überflügeln ... auch wenn sie bei Weitem die Sichtbarsten sind ... auch wenn wir uns sonnen in dem gleichsam göttlichen Licht, das von ihnen ausgeht ... ist das kein Grund, die anderen zu vergessen. Du hast doch Statistik gemacht. Du kannst die anderen nicht vergessen. Du weißt, der großen Mehrheit geht es wie dem Heliumballon. Oder wie Ikarus, wenn dir das lieber ist. Sie ziehen aus ins Abenteuer, steigen auf, haben eine Panne, und fallen wieder herunter. Ikarus, Sonne, platsch. Siehst du ihr Treiben dort oben? Sieh sie dir von der Erde aus an, mit beiden Füßen fest auf dem Boden: Ikarus, Sonne, platsch.

III DIE SCHIFFE VERLASSEN DEN HAFEN

Manchmal gehen Dinge ganz schnell. Zwischen dem Moment, da Édouard Verzack beginnt, gegen Gewohnheit und Prinzipien die Bürotür hinter sich zu schließen, und dem Tag, an dem Cora und er hinter ebendieser Tür stehen und sich im Arm halten, verstreicht nur eine Jahreszeit. Die Blätter fallen und fallen. Guck mal die Bäume an, Manon: Siehst du? Das ist der Herbst. Als Rot und Gelb in die Baumkronen einziehen, ist Manon Esterel drei Monate alt; als die Äste nackt und schwarz emporragen, sind es fast sechs. Eine für sie beachtliche Etappe: Sie greift nach Gegenständen, robbt rückwärts herum, wundert sich über ihr Abbild im Spiegel und monologisiert manchmal in einer unbekannten Sprache. Aber für Cora geht alles ganz schnell. Von den Wochen, die nur so vorbeirauschen, bleiben ihr in Erinnerung: die Art Regierungserklärung, die Antoine Mangin bei der Weihnachtsfeier hält, sowie die Anekdoten, die Édouard ihr in einer ruhigen Minute erzählt, über das Führungskräfteseminar, zu dem er erstmalig bis nach Mali gereist ist, und über den ständig tagenden Hauptvorstand, in dem bei Meinungsverschiedenheiten mittlerweile nicht mehr diskutiert, sondern gegeneinander gekämpft wird, und zwar mit den Zermürbungsstrategien eines Stellungskriegs.

Gestehen wir offen, dass Édouard Verzack ihr gefällt. Er hat ihr vom ersten Augenblick an gefallen. Es ist nicht nur angenehm, mit ihm zusammenzuarbeiten. Sie hat schnell gespürt, dass sie beide auch wie dazu gemacht sind, sich zu verstehen. Er ist die Art Chef, die sagt, man könne einfach zu ihm kommen, jederzeit. Tut man das nicht, dann kommt er selbst vorbei und schaut nach, ob alles läuft, wie es soll. Es ist kein leeres Gerede, wenn er sagt, er wolle alles hören, alle Fragen, die man noch hat, und alle Bemerkungen, die einem einfallen. Erwachsen sie nach seiner Auffassung aus einem nur scheinbaren Problem oder beruhen auf falscher Intuition, schafft er sie mit wenigen begründeten Sätzen aus der Welt und wendet dafür lieber fünf Minuten seines Arbeitstages auf, gern auch zwanzigmal fünf Minuten, als zu riskieren, dass die Leute ihre guten Ideen für sich behalten oder unnötig lange im Kreis denken. Alle guten Manager sollten so sein, umgänglich, jederzeit nahbar, aber Cora weiß, dass es tatsächlich nicht viele sind, die nach diesem Ideal streben, und in Édouards Fall ist diese Offenheit keineswegs selbstverständlich oder naturgegeben, denn er entstammt trotz allem, besieht man sich die Marketingabteilung in ihrer Gesamtheit, einem ganz anderen Milieu.

Er war an allen bekannten Eliteuniversitäten: Normale sup, Sciences Po, HEC. Davon spricht er zwar nie, doch lässt es sich mit zwei Klicks herausfinden, und man spürt es. Sie malt sich aus, wie er sich Jahr für Jahr auf seine Prüfungen vorbereitet hat, fleißig, konzentriert, aber ohne dass der Stress ihn gelähmt hätte und ohne die Arroganz der großbürgerlichen Studenten, die schrecklich cool tun und ihre Versagensangst hinter Lässigkeit verstecken, so als wäre das alles nicht so wichtig. Als Sohn eines Psychoanalytikers und einer Dozentin für Kunstgeschichte, die beide in ihrem Fach hochangesehen sind, ist Édouard sich seiner sozialen Prägung ebenso bewusst wie des kleinen Anteils seiner eigenen Verdienste. Cora vermutet, er hatte an seiner heimischen Tafel schon so manche Größe des intellektuellen Milieus zu Gast, eines ihr unbekannten Feldes mit ganz eigenen Bündnis- und Konfrontationslinien. Als sie sich besser kennen, findet sie irgendwann heraus, dass er schon fast zehn Jahre früher mit Dostojewski angefangen hat als sie und alles von Bergman und Kurosawa kennt, während sie höchstens einen oder zwei Filme von ihnen gesehen hat und nicht sicher sagen könnte, wie die Titel lauten oder worum es genau geht – ja, nicht einmal, ob sie wirklich von ihnen sind. Und während Interesse an Kultur von vielen Menschen aus diesem Milieu für eine Art Jugendhobby gehalten wird, das man später im Business größtenteils ausklammert, weil man doch eher bourgeois als intellektuell ist, oder an das man höchstens auf einem Liegestuhl im Urlaub am Meer wieder anknüpft, oder in einem Landhaus, wenn es regnet, hat Édouard nie davon abgelassen und schafft es selbst als Vater zweier Töchter und eines Jungen, um die er sich durchaus kümmert, und mit zehn bis fünfzehn Wochenarbeitsstunden mehr als sie, sich diese Filme anzusehen, vor denen sie einschläft, und diese Bücher zu lesen, die sie sich für später aufhebt, für eine Zeit, in der sie ein anderes und weniger intensives Leben haben wird (wer weiß? irgendwann vielleicht!) – er dagegen tut das genau so, wie er sich morgens anzieht oder zu Abend isst, wie etwas, das keinesfalls nicht zu seinem Leben gehören kann und dem er mit so wenig Zurschaustellung so viel Raum gibt, mit einem solchen Desinteresse an Distinktionsstrategien, dass man es ihm nicht verübeln kann oder dass zumindest die Bewunderung die zwangsläufig von ihm ausgelösten Komplexe niederzwingt. Zum Glück gesteht er, dass er bisweilen schlecht schläft, und sieht an manchen Tagen wirklich mitleiderregend aus.

Cora vermittelt er jedenfalls das Gefühl, dass die Sphären, in denen er verkehrt, keine Aura besitzen, von der man sich einschüchtern lassen sollte, dass sie im Gespräch mit ihm, ohne zu stolpern, auch in diese eintreten und ganz sie selbst sein könnte, ohne sich ungelenk zu fühlen. Dabei weiß sie genau, dass dies nur geht, weil er die Schwelle niedrig hält, eigene Regeln aufstellt und besonders diskriminierende Riten und Bräuche ganz aus dem Weg räumt. Darin zeigt sich in gewisser Weise seine vollendete Erhabenheit – die letzte Perfektion seiner Zuvorkommenheit –, die Cora manchmal auch nervt. Sie würde gern mal fragen: Gibt es wichtige Dinge, die Édouard nicht kann? Hat er auch schon mal etwas so richtig in den Sand gesetzt? Junge, zeig mal deine Schwächen! Zähl mal deine größten Misserfolge auf!

Das Einzige, was er in dieser Richtung vorweisen kann, ist eine leicht seltsame Laufbahn. Wahrscheinlich hätte er schneller höher aufsteigen können. Marketingleiter von Borélia, Mitglied des Hauptvorstands – für viele wäre das mit vierzig eine ansehnliche Zwischenbilanz, aber bei Édouard erscheint es ein wenig … sie möchte nicht sagen: unter seinem Kaliber oder seiner Kragenweite, denn sie findet sie sehr ermüdend, diese von der Idee männlicher Überlegenheit durchsetzte Sprache, sondern vielleicht ziemlich … bescheiden. Sie hat keine Erklärung dafür. Vielleicht haben andere bemerkt, dass er auf diesem Gebiet gut ist, genau wie in der Personalabteilung, wo er angefangen hatte und wo es nicht häufig vorkommt, dass

Personen mit seinem Profil (um nicht einfach zu sagen: Typen) sich wohlfühlen und auf ihre Kosten kommen, und dass es schade wäre, diese Ader nicht zu nutzen. Oder vielleicht war er es selbst, vielleicht hat er behauptet, ein echter Literat zu sein, selbstredend ein rigoroser Rationalist, aber einer, der mit den Zahlen auf Kriegsfuß steht, der sie akzeptiert, weil er es muss, weil die Wirtschafts- und Versicherungsmathematiker, die Händler und Aktionäre schonungslos zeigen, dass es sie gibt, der aber kein bisschen begeistert ist von der Vorstellung, am Morgen aufzustehen, um sich im Unternehmen in ihrer Gesellschaft wiederzufinden, und keinerlei Begabung dafür hat, sie aus ihrer scheinbaren Stummheit zu holen.

Und wo wir schon bei Fragen sind – denen, die einem im Kopf bleiben –, bei leicht seltsamen Dingen: Verhält er sich allen anderen gegenüber auch so? Sie hat ihn genau beobachtet. Wenn es darum geht, seine Untergebenen mit einer Achtung zu behandeln, die manche nur Ihresgleichen entgegenbringen, dann stimmt das. Seine revolutionäre Seite, geprägt von 1789: Die Menschen werden frei und gleich an Rechten geboren und bleiben es. Gesellschaftliche Unterschiede dürfen nur im allgemeinen Nutzen begründet sein. Ein großes Vorhaben, nebenbei bemerkt, und wir können nicht sagen, wir hätten ihn wirklich… Okay, okay, aber diese häufigen Einladungen zum Mittagessen? Dass er ihr Jacqueline Mazel vorstellt, ihr ausführlich Borélias Geschichte erklärt? Dass sie nach der Arbeit noch zusammen was trinken, ab und zu auch essen gehen? Er zieht sie eher ins Vertrauen als die anderen, bittet sie eher um ihre Sicht auf die Dinge, und doch macht er sie nicht an, oder wenn, dann so gut wie unmerklich. Von ihrer Seite kann man nicht sagen, sie hätte große Anstrengungen unternommen in Richtung irgendeiner Interessensbekundung, denn sie erzählt natürlich von Manon, Manon-noch-ohne-Namen, Manon-in-utero, dann Manon-neu-auf-der-Welt, Manon-mit-erstem-Lächeln und so weiter, außerdem, das versteht sich von selbst, weder zu detailliert noch zu lückenhaft, von Pierre, nicht zuletzt, da zwischen seinem Dasein und dem Dasein der sich voll im Wachstum befindlichen Obengenannten sorgsam verborgene, aber nicht vollends sibyllinische Verbindungen bestehen. Ist das etwa der Grund, weshalb sich zwischen ihnen keine andere Beziehung entwickelt? Nichts ist weniger gewiss. Die ernüchternde, doch auch nicht ehrenrührige Hypothese eines freundschaftlichen Verhältnisses ist nicht vollkommen auszuschließen. Manchmal fragt sie sich: Hätte sie Lust auf mehr? Nicht unbedingt. Sie ist nicht dumm, sie weiß, dass Édouard auch ein Getriebener ist, ein Hochleistungsmelancholiker, mit dem nicht leicht auszukommen ist. Immer wieder sagt sie sich: In meiner Vorstellung ist er robust, doch dabei gehe ich nur nach dem Äußeren, im Grunde weiß ich von ihm nichts. Ich schaue nicht in ihn hinein. Ich kenne diesen Mann nicht. Ich bin nicht in seinen Nächten.

Und gerade weil er sie auch an mehrtägiges Schweigen gewöhnt hat, merkt sie damals im Herbst erst nach längerer Zeit, dass die Nachrichten von der Front eher mies sein müssen. Und die Gefühle wandeln sich. Wenn alles gut läuft, freut man sich über Augenringe: die beruhigen. Problematisch wird es nur, wenn sie immer dunkler werden. Wenn die Bürotür sich schließt. Vom ersten Tag an beobachtet sie ihn wie einen Mann mit innerem Magnetismus, auch weil er ihr menschliches Barometer für die Atmosphäre in den höheren Etagen ist, und zunächst glaubt sie, er habe Sorgen: müsse mehr private Anrufe machen, habe mit persönlichen Schwierigkeiten zu kämpfen. Doch als es öfter vorkommt und der Normalzustand der Tür nicht mehr offen, sondern geschlossen ist, dämmert ihr, dass die Gründe dafür nicht bei ihm liegen, beziehungsweise nicht allein bei ihm, sondern dass es um Größeres geht, dass sie sich alle sorgen müssen.

Sechshundert Stühle sind im Ehrensaal aufgestellt. Außer der ersten Reihe für die Mitglieder des Vorstands ist kein einziger reserviert. Da Cora fürchtet, dass sie noch vor Ende der Veranstaltung losmuss, setzt sie sich nach hinten zu Jacqueline, ans Ende einer Reihe, aber zum Fenster hin, weil sie sich schnell eingeschlossen fühlt und gern immer mal nach draußen schaut. Der Innenhof liegt im Dunkeln und ist kärglich beleuchtet. Antoine Mangins echter Körper ist weit entfernt, ein Schattenriss auf dem kleinen Podium, doch er lässt sich über die Bildschirme verfolgen, aus größerer Nähe, als sie ihn jemals zu sehen bekommt. Ein kantiges Gesicht, der knorrige Körper eines alten Olivenbaums; man spürt sofort, dass er bestimmt jeder Feuersbrunst standhält, wenngleich ein inneres Lodern ihn gleichermaßen beseelt wie verzehrt.

Mangin spricht frei, steht aber hinter einem Rednerpult, folgt also nicht wie so viele dem Vorbild des im Raum beweglichen, Headset-tragenden, sich mit festem Biss den Markt einverleibenden Steve Jobs. Tatsächlich hat Mangin seine Rede, halb im Scherz, als Regierungserklärung angekündigt. Seine Zuhörer werden damit zu sechshundert Parlamentariern, deren Vertrauen er soeben eingefordert hat. Sie sollten nicht allzu viel Konkretes erwarten, auch keine großen Verkündigungen. Die Zusammenkunft hier am Weihnachtsbaum sei perfekt dazu geeignet, ihnen allen in

Erinnerung zu rufen, dass ein Unternehmen eine Gemeinschaft sei, die sich edle Ziele stecken könne. Wenn er sich freue, heute hier zu sein, dann, weil er sich in der ganzen Geschichte dieses Hauses wiedererkenne, in ihrem Geist wie auch in der von Weitblick im Sinne Georges Bories geprägten Devise: »Die unmittelbarste Auswirkung der Versicherung ist zugleich ihre heilsamste, denn sie nimmt uns die lähmende Angst, die uns am Handeln hindert. *Rex est, qui metuit nihil*, heißt es irgendwo bei Seneca. Ich weiß nicht, wie fit Sie im Lateinischen sind... Wenn der altsprachliche Unterricht bei Ihnen so lange her ist wie bei mir... König ist, wer nichts fürchtet, wer von der Angst befreit ist. Um die Zukunft zu kennen, befragten Römer und Griechen die Orakel. Entwickelten ihre Vorhaben sich anders als vorgesehen, überlegten sie, welche Kulthandlung sie schlecht ausgeführt, welchen Gott sie erzürnt hatten. Auch für die Christen ist alles Vorsehung, und selbst wenn man zuweilen seine Gunst gewinnen kann, bleiben Gottes Wege doch unergründlich. Für uns besteht die Zukunft aus berechenbaren Wahrscheinlichkeiten, ist ein Forschungsgegenstand wie andere auch. Die Vorsehung war die Sache der Götter. Wir müssen uns nicht einen Stiefel einbilden, aber wir Versicherer können sagen, jetzt ist sie unsere.«

Und Mangin fährt fort: »Tun wir nichts, regieren Risiko und Zufall über unsere Leben. Sie vergrößern den Graben zwischen den Glückspilzen und denen, die einfach jeden Dachziegel auf den Kopf bekommen. Unser Beruf ist es, das wissen Sie besser als ich, diese Ungleichheit zu verringern und dafür zu sorgen, dass jeder, dem ein Unglück oder Unfall widerfährt, nicht in seiner ganzen Existenz gefährdet ist, nicht wieder bei null anfangen muss.«

Um das zu leisten, untersuchten die Versicherer große Datenmengen. Sie prognostizierten die Zukunft mithilfe des methodischen Sammelns von Daten aus der Vergangenheit. bereits die ersten Mathematiker, die Wahrscheinlichkeiten berechneten, hätten sich derselben Grundlagen bedient: des Gesetzes der Fehlerhäufigkeit und des Gesetzes der großen Zahlen. »›Nehmen Sie irgendeine große Menge chaotischer Elemente‹, schrieb beispielsweise Galton, ›und eine so schöne wie ungeahnte Regelmäßigkeit wird sich darin zeigen.‹« Diese Regelmäßigkeit könne uns erschrecken, gibt Mangin zu bedenken, denn vielleicht scheine dabei der einzelne Mensch auf sehr wenig reduziert. »Tatsächlich sind wir aber sehr wenig. Ich glaube, wenn wir das vergessen, führen wir kein gutes Leben. Wir sind, ob wir nun wollen oder nicht, in diesen unsichtbaren Statistiken gefangen. Das ändert aber nichts daran, dass jede und jeder von uns auch einzigartig ist, eine einmalige Kombination, die es so nie wieder geben wird. Darin liegt kein Widerspruch, und das fasziniert mich. Wenn wir unseren Beruf ausüben können, wenn wir Unheil und Schaden lindern können, dann doch nur, weil es in unserer Welt mehr Ordnung und Stabilität gibt, als wir glauben. Und ich weiß nicht, wie Sie das sehen, aber ich für meinen Teil halte das angesichts der Menge von Gewalt und des Ausmaßes der Katastrophen, die jeden Tag hereinbrechen, für eine ziemlich beruhigende Gewissheit.«

Die Reise nach Mali lag in den ersten zehn Novembertagen. Mangin hatte die Idee bereits im Juni ausgerufen, und sie hatte sich schnell konkretisiert. Nachdem er mit zwanzig Leuten, die bei Redex seine engsten Berater gewesen waren, zu Borélia gekommen war, fand er, dass es einen Gründungsmoment brauche, damit sie einander nicht über Monate hinweg als Fremde oder Feinde behandelten. Seine Wahl fiel auf Afrika, da Reisen in ärmere Länder fester zusammenschweißten als ein Ausflug ins Luxushotel, vor allem aber, da er ungeachtet seiner weißen Haut aus Afrika stammt. Er ist nämlich der Urenkel von General Charles Mangin, der um 1900 den Nil erkundet und später als Vorsteher der Senegalschützen dafür plädiert hat, für Frankreich eine schwarze Armee auszuheben; außerdem wurde er in Verdun und am Chemin des Dames von einem treu ergebenen Offiziersburschen bewacht, einem Bambara namens Baba Koulibaly. Die Historiker sind sich uneins, ob der General ein Menschenschlächter war, aus gutem Grund bei manchen als *Bluttrinker* verschrien, weil ihn kaum interessierte, wie viele Soldaten ihr Leben ließen, oder ob der schlechte Ruf ihm von Rivalen aus der Sippe von Pétain angehängt wurde, da er sich ganz im Gegensatz zur Doktrin vom Angriff auf Leben und Tod distanzierte und als weitsichtiger Taktiker und bedachter Anführer seine Angriffe, um die Truppen zu schonen, mit Trommelfeuer der Artillerie vorbereitete.

Fest steht, dass Antoine Mangin im Gefolge seines Vorfahren, vielleicht nicht für den Krieg, aber doch für Afrika entflammt, in jüngeren Jahren dort das Abenteuer gesucht und einige Zeit in Mali verbracht hatte. Im Land der Dogon hatte er den Ritualen des Sigi-Fests beigewohnt, mit denen der Gabe der Sprache an die Menschen und des Todes des ersten Ahnen gedacht wird. Die Feierlichkeiten dauern über sieben Jahre an, werden aber nur alle sechzig Jahre abgehalten. Im Interview für eine kunsthistorische Zeitschrift, in dem er über seine Privatsammlung sprach, eine Sammlung, von der viele Stücke bereits im Besitz seiner

Familie gewesen waren, die er aber noch erheblich vergrößert hatte, gibt er an, der Aufenthalt sei eine der wichtigsten Erfahrungen seines Lebens gewesen. Und nun wollte er dorthin zurückkehren, zusammen mit denen, die Borélia mit ihm weiter aufbauten. In leicht unvernünftiger Weise hielt er daran fest. Auf die Bemerkung hin, der November sei nicht ideal, da bis zum 31. Dezember die Bilanz vorliegen müsse und die Jagd auf große Verträge in die heiße Phase komme, wies er alle Einwände höflich, aber entschlossen zurück: »Das ist der Alltag. Die Teams können das, werden das erledigen. Wir müssen aber daran denken, wie es weitergeht. Wir müssen die Zukunft entwerfen, uns ausmalen, wie Borélia in zwanzig Jahren aussieht, glauben Sie mir, das geht besser bei einer Bootsfahrt den Niger hinauf.« Man müsse im Leben manchmal Umwege machen, fügte Mangin noch mit voller Überzeugung hinzu. Wann er selbst sich vielleicht mal einen Umweg genehmigt hatte, um etwas durchzuatmen, verriet sein Lebenslauf nicht, aber zweifelsohne nahm das dem Leben seine unangenehme Gradlinigkeit direkt zum Tod, das glaubte man gern.

Cora, die noch nie in Afrika war, hätte am liebsten an der Reise teilgenommen. Seit Kindertagen hat sie davon geträumt, hat Karten studiert, aber seit sie mit Astou sympathisierte, der Sekretärin ihres Teams, deren Familie aus dem Land der Dogon stammt und die, wenn man das Thema anschneidet, ziemlich gut darin ist, die Kaffeepausen in einen Gedankenausflug dorthin zu verwandeln, nahm der Traum immer klarere Formen an. Wenn Astou von ihren Aufenthalten dort berichtet, erzählt sie von Sandwinden auf den Spitzen der Felsen von Bandiagara; von der Savanne, die sich in der endlosen Ebene im Osten Burkina

Fasos erstreckt. Astou Djiguiba hat ihren Platz unter den Zeugen, denen, die ich aufgesucht und lange befragt habe. Ich sehe ihre schlanken Hände vor mir, die mir Einhalt gebieten, wenn ich Fragen stelle, die mich in eine Sackgasse führen; ihr Kinn, das mir unwillkürlich zunickt, sobald ich auf der richtigen Spur bin; dieses Gesicht, das absolut nichts über ihr Alter verrät und mir sofort Vertrauen einflößt. Ich habe erfahren, dass sie eine kleine, aber entscheidende Rolle in dieser Geschichte gespielt hat: Der Skandal zwei Jahre später hätte sich nicht ereignet, oder zumindest nicht in dieser Form, wäre sie nicht dabei gewesen. Wenn ich jetzt weiter nichts darüber erzähle, weil es dafür noch lange nicht an der Zeit ist, sprechen Sie einmal den Namen Astou Djiguiba aus, und versuchen Sie, ihn sich zu merken.

Cora war noch zu kurz dabei, um in die Gruppe der fünfundvierzig Erwählten aufgenommen zu werden, sie hätte sich höchstens in einem Koffer verstecken können: Die Regeln waren nicht in Beton gegossen, die Organisatoren hätten gern, und sei es nur für das Foto, das Verhältnis zwischen Männern und Frauen verbessert. Doch wollte sie die wiederaufgenommene Arbeit nicht schon nach einem Monat wieder ruhen lassen; das konnte sie auch Pierre nicht antun, da Manon noch nicht durchschlief. Vor allem aber wollte sie die beiden nicht so lange zurücklassen, sich nicht von dem Fleisch trennen, das sich an ihres drückte, von dem kleinen Körper und dem großen Körper. Also blieb sie im Novemberregen vor ihrem Bildschirm sitzen, um zu arbeiten. Édouard hingegen reiste mit: Er kam verändert zurück, offen wie eine Sonne.

Die Besprechungen des Hauptvorstands finden jeden Montagmorgen statt. Unter Bories gingen sie von 9 bis 13 Uhr, mit einer willkommenen Pause für Kaffee und Kippe. Mangin hat die Pause gestrichen, damit um 12 Uhr Schluss sein kann. Er will, dass Tempo in den Laden kommt, will mit Schwung in die Woche starten. Es geht pünktlich auf die Sekunde los, und Mangin beginnt die Runde ohne jede Vorrede, auch wenn noch gar nicht alle sitzen. Alle Baustellen werden durchgegangen. Der stellvertretende Geschäftsführer, Arnaud Guillemard, spielt den Zeitwächter, pfeift jeden zurück, der abschweift, unterbricht Diskussionen, die bei Bedarf außerhalb der Besprechung geführt werden können. Mangin versteht alles augenblicklich und unterbricht ohne Umschweife, wenn ihm klar wird, worauf man hinauswill, oder wenn er die dargelegten Argumente bereits kennt. Er ist da, um die Mitarbeiter zu befragen, sich Meinungen anzuhören, und nicht, um wiedergekäut zu bekommen, was in den Unterlagen steht. Auch wenn er sie in der Regel nicht vor Donnerstagabend oder Freitagmorgen bekommen hat, ist spürbar, wie gründlich seine Lektüre war. Man soll sie gefälligst pünktlich abgeben, soll zügig, aber nicht hektisch arbeiten, denn wer möchte schon, derweil er verwundert die Braue hebt, für Ungenauigkeiten und Spekulationen unter Beschuss geraten? Oft ist es frustrierend, den Sitzungen des Vorstands beizuwohnen, denn auch wenn er jedem aufmerksam zuhört, urteilt er erst später und an einem anderen Ort, allein mit dem jeweiligen Akteur. Zu fünfzehnt könne man nichts entscheiden, sagt er, und nichts sei schlimmer als sich ewig hinziehende Diskussionen.

Édouard bewundert am meisten, wie Mangin einen Diskussionspunkt abschließt, ohne Überleitung zum nächsten kommt und ganze Besprechungen beendet, indem er einfach als Erster aufsteht. Sieht man ihn stehen, ist die Zeit abgelaufen, die festgesetzte Frist verstrichen. Gab es sonst noch etwas zu sagen? Daran hätte man früher denken müssen. Édouard hat das auch schon bei anderen Führungskräften gesehen, aber Mangin ist besonders geradlinig. Da Édouard sich lieber in ein Thema einarbeitet, jeden bittet, ein, zwei Dinge noch mal genauer zu fassen, die diskutierten Begrifflichkeiten in die Luft wirft und schaut, welches Bild entsteht, erwachsen ihm Zweifel an seiner Fähigkeit, irgendwann einmal selbst zu führen und zu leiten. Er weiß, dass Mangin recht hat: Irgendwann muss man sich sagen, dass ausreichend viele Informationen zusammengetragen worden sind, um sich eine Meinung zu bilden und weiterzukommen, denn Woche für Woche sind hundert Entscheidungen zu treffen.

Nach der Besprechung wird kurz zu Mittag gegessen. Mangin bestellt keinen Wein, aber jeder kann machen, was er will. Édouard nimmt auch keinen, denn der schläfert ihn ein. Eigentlich soll beim Essen nicht nur die Arbeit Thema sein, aber das ist nicht so einfach: Der oberste Chef ist so reserviert, dass man bei einer zu detaillierten Erzählung schnell den Eindruck bekommen könnte, man sei ein Plappermaul oder mache sich zum Clown. Manchmal erzählt Mangin, was er am Wochenende gemacht hat, von seinen Wanderungen im Wald, einem Essen, bei dem etwas besprochen wurde, das ihm im Kopf geblieben ist, von Theater oder Kino. »Und Sie?« Er schaut mit einem anderen Blick als am Morgen in die Runde, so als sähe er nicht mehr die leitenden Angestellten vor sich sitzen, sondern die Privatpersonen. Für alle hörbar merkt er an, wer frisch aussieht und wer sich ausruhen sollte. Wem zu deutlich sichtbare Müdigkeit vorgeworfen wird, hat oft das Wochenende mit Arbeit für ihn oder zumindest für Borélia verbracht und ist doppelt gestraft, denn er kann nichts Aufregendes erzählen und muss sich außerdem überlegen, wie sein Bericht nicht zu sehr nach Beschwerde klingt. Wenn Mangin etwas länger erzählt oder analysiert, tut er das mit leiser Stimme; alle anderen könnten, würden sie so leise sprechen, nicht einmal die Hintergrundgeräusche übertönen, aber er sorgt damit ganz ohne Anstrengung für Ruhe. »Immerhin ist er kein Großkotz«, merkt Édouard an, »das ist ganz gut.« Und damit stehe er in Einklang mit den Traditionen des Hauses. Dennoch: In puncto menschlicher Wärme hatte Bories zweifellos mehr vorzuweisen.

Das gleiche Problem stellt sich, wenn Mangin unangekündigt und uneingeladen irgendeine Abteilung besucht, um nach der Stimmung zu schauen. »Das soll die Hierarchien flach halten, aber ehrlich gesagt klappt das nicht. Sobald er im Raum ist, versagt allen die Stimme. Das ändert sich vielleicht mal, wenn die Leute ihn besser kennen, aber bisher haben alle Schiss. Und ich halte das für gefährlich. Wenn man sich nicht traut, offen zu reden, wenn er da ist, oder ihm zu widersprechen, besteht das Risiko, dass niemand ihm sagt, wo er sich täuscht oder was nicht gut läuft.« Obwohl Mangin immer wieder erklärt, er würde gern andere Meinungen hören, scheinen die Leute, die von Redex mitgekommen sind und ihn schon lange kennen, leichter ein offenes Ohr bei ihm zu finden. Sie lassen die Zahlen sprechen und behaupten, Borélia sei eine schlafende Schönheit. Sie bemühen eine Metapher und sagen, die Firma liege auf einem Haufen Gold, das niemand nutze. Es sei an der Zeit, einige Gepflogenheiten abzuschütteln, die Truppen sollten sich in Marschbereitschaft begeben und Traute zeigen. Das ist die neue Leier: wiederholte Wortmeldungen, die vermuten lassen, dass sie eher die Tonart vorgeben wollen, während Édouard für Disharmonien sorgt. Das kann er einfach nicht lassen. Der Geist von Protest und Rebellion regt sich in ihm, ist stärker als er, etwa wenn er hört, welche Ideen ganz unbefangen und dreist von einer Person vorgetragen werden, die ich höchst widerwillig ins Zentrum dieser Chronik rücken muss – Franck Tommaso.

Am 10. Dezember, bei der unternehmensinternen Weihnachtsfeier, spricht Antoine Mangin von London. Cora weiß nicht genau, wie er darauf kommt, aber es gefällt ihr: Er nimmt sie mit auf die Reise. Mangin ist oft dort, so auch kürzlich. Zum ersten Mal sieht er sich das von Richard Roger entworfene Lloyd's Building genauer an, die drei ungleichen Türme mit den Kränen auf den Dächern und den außen liegenden vertikalen Versorgungsröhren für Wasser und Strom, zwischen denen sich im Innenraum, im schwindelerregend hohen Atrium, die Rolltreppen kreuzen. An manchen der ältesten Gebäude von Lloyd's sieht man auf halber Höhe die Statuen von Frauen, die schützend ein Schiff in den Armen halten und wiegen. »Das sind, wenn Sie so wollen, halb Galionsfiguren und halb Statuen der Schutzheiligen für Seeleute«, erklärt er. »Auf altertümliche Art erzählen sie, als Allegorien natürlich, aber doch bewegend, die Geschichte unseres Berufsstands. Könnte ich in die Vergangenheit reisen, würde ich gern auf einen Drink in diesen Pub auf der Lombard Street gehen, wo Edward Lloyd den Seemännern, Händlern und Reedern die neuesten Nachrichten von See berichtete. Er war der Erste – und wir befinden uns erst in den 1690er-Jahren –, der die Idee hatte, von allen Schiffsbesatzungen im Voraus einen Beitrag zu verlangen, damit er jene, die durch ungute Zusammentreffen, Unwetter oder Schiffbruch ihre Ladung verlören, entschädigen konnte. Er hat als Erster verstanden, dass es zur Einschätzung des Risikos unverzichtbar ist, über Informationen zu verfügen, und hat ein Nachrichtenblatt veröffentlicht, die *Lloyd's List,* die seitdem ohne Unterbrechung erscheint; darin sind jede Woche alle Schiffe gelistet, die abfahren und ankommen, dazu ein Gezeitenkalender und die Börsenkurse. Lloyd's ist nicht irgendeine Firma. Der älteste Versicherer, der seit seiner Gründung ununterbrochen am Markt ist … Beim Blick auf die Gedenktafel an dem Gebäude, das da steht, wo einst der Pub war, habe ich mir gesagt, ich hätte gern einmal stumm bei den Segler-Kapitänen in der Nische gesessen und gelauscht, wie sie über die Vorzüge und Gefahren der oft noch sehr schlecht erkundeten Seewege sprachen. Sie waren nicht frei von Angst (waren keine Opfer des Leichtsinns), aber sie haben sich von der Angst nicht abhalten lassen …Das gelte ganz allgemein für die Engländer in dieser Zeit, erklärt Mangin nachdrücklich. Es waren keine dreißig Jahre vergangen, seit der Große Brand die Holzbauten der City zerstört hatte, seit er die Baugerüste der alten St.-Pauls-Kathedrale, die gerade renoviert wurde, hinaufgeklettert und über den River Fleet hinweggesprungen war, als wäre der nicht aus Wasser, seit er drei Tage lang Panik und Tod verbreitet und die Wächter vom Tower gezwungen hatte, mit ihren Kanonen ganze Reihen von Gebäuden niederzuschießen, um die Ausbreitung des Feuers zu erschweren. In der wiederaufgebauten Stadt, wo der Stein, so war entschieden worden, das Holz ersetzte, konnte sich jeder an die Ereignisse erinnern. »Und das

Motto, das die Lloyd's sich nach diesen dunklen Jahren gaben, bestand aus einem einzigen lateinischen Wort. *Fidentia*. Vertrauen in sich selbst, Vertrauen in andere, Furchtlosigkeit und Zusicherung … Nun verstehen Sie, wieso ich, wäre es im Bereich des Möglichen, dieses Pint Bier bei Edward Lloyd trinken, eine Runde ausgeben und diesen Männern dafür danken würde, dass sie Wagemut und Kalkül, Verrücktheit und Verstand auf so bewundernswerte Weise miteinander verbunden haben.«

Cora kennt das, den Wind in den Segeln, das Gefühl, wenn die Schiffe den Hafen verlassen, wie eine Welt geboren wird. Wobei London keine vergleichbare Wirkung auf sie ausübt: Die Stadt erschien ihr immer zu groß, so weitläufig und unförmig, dass sie den Stadtplan nie in den Kopf bekam, und zu reich, von einem mal zu aristokratischen, mal zu neureichen, protzigen Reichtum. Was Mangin erzählt, erinnert sie an Amsterdam. Dort hat sie, mit Pierre (vor … vier Jahren? oder sind es schon fünf?), eine wunderbare Winterwoche verbracht, wie eine wirre Reminiszenz an ihre Berliner Momente. Sie denkt oft daran zurück. Sie zogen durch die kalte Stadt, zu Fuß, den ganzen Tag, und wenn sie wieder in ihrem Hotel im Jordaan waren, in diesem winzigen Zimmer, das an eine Bootskajüte erinnerte, kam es vor, dass sie vollständig angezogen ins Bett plumpsten und nicht einmal mehr zum Essen hinausgingen. Um ein oder zwei Uhr nachts wachte Cora dann auf. »Brr, brr«, machte sie durchgefroren und klapperte mit den Zähnen. Sie wollte, dass Pierre sich vortastete, die Heizkessel ihrer Körper wieder anwarf, und, wenn auch schlaftrunken, seine Heizfähigkeiten demonstrierte, die er unwiderlegbar besaß …

In dieser Woche wollte Cora jedes Mal ein Porträt schießen, wenn Pierre sich mit den Ellbogen auf die Brüstung einer Brücke stützte und die Augen zusammenkniff, wenn die tief stehende Sonne sein Gesicht in Licht und Schatten zerschnitt und die Arbeit der Fotografin ganz teuflisch erschwerte. Sie hat auf dem Dach des Königspalasts Atlas die Welt tragen sehen – ihm ist der Erdball zu schwer, er knickt mit dem Knie ein und hält doch stand –, und sie hat sich gefragt, ob er das Symbol von Mut oder von besorgniserregendem Ehrgeiz ist, eine List des Imperialismus, alle glauben zu machen, der Appetit der neuen Märkte sei eine Mission, die allen Siedlern guten Willens zur Pflicht gereiche, während diese, würde man sie fragen, sie wohl lediglich als Last beschrieben hätten.

Entlang der Grachten und Straßen neigten sich die Häuser mit aus den Giebeln ragenden Querbalken, an deren Ende ein Haken auf die nächste Warenkiste wartete, die mithilfe eines Flaschenzugs hinaufgezogen und in jede beliebige Etage bugsiert werden konnte, ohne die steilen und schmalen Stiegen oder die bemalten Ziegelfassaden zu ramponieren. Am Kai des Entrepotdok waren die Gebäude größer. Man sah von jenseits der Gracht die Giraffen im Zoo, die sich immer noch fragten, was sie hier sollten. Nahe von Houthaven, wo gerade groß renoviert wurde, beobachteten sie, wie sich das Markermeer mit dem IJ vermischt und das IJ in den Nordseekanal mündet, wo es sich im Meer verliert, und sagten sich, dass dort, entlang der Ufer, immer noch dasselbe Wasser fließt, unerschöpflich, und dass sich nur die zufällig vom Menschen gewählten Namen ändern. Cora hat beim Erkunden der Stadt eine Unternehmerinnenseele in sich wachsen gespürt. Darin stimmt sie mit Mangin überein: Etwas ist dort in Fahrt gekommen. Nicht nur die Schiffe: etwas Größeres, Entscheidenderes.

Beim Besuch der Museen wählte sie ihre Fotomotive an den reich gedeckten Tischen der Stillleben aus. Geben Sie mir eine getrocknete Blume, eine Uhr, eine kärglich brennende Kerze, diesen kristallklaren Weißwein, ein paar geknackte Nüsse und diese spiralförmig geschälte Zitrone, bitte. Liefern Sie alles in das Haus, wo jede Butzenscheibe und jede Kachel diesen Schimmer hat, den die Maler auch dem Schmuck und den Augen der Frauen verleihen. An den Wänden im nächsten Saal hingen flache Landschaften, düstere Felder, nebelverhangene Strände, die die Fotografin ins 16:9-Format wechseln ließ. Aber auch Schiffe mit ihren hoch aufragenden drei Masten, deren gischtgehärtete Fahnen über dem unruhigen Meer schlugen, über Wellen, zwischen denen soeben ein Wal abgetaucht war. Und Cora sagte sich, dass der Kapitalismus aus dieser Verbindung geboren sei, aus den gemeinsamen Interessen und Gelüsten der bürgerlichen Frauen, der schwarz gekleideten Händler, die ihre Ehemänner waren, und der ausgemergelten Matrosen, die sie manchmal zum Geliebten nehmen mussten. Die Hausherrinnen sagten: »Ich brauche Pfeffer zum Kochen und Nelken. Außerdem haben wir keine Muskatnuss mehr. Willst du nicht, wenn du mal fünf Minuten hast, diese kleine Besorgung für mich machen?« Und die Matrosen liefen von Gnaden der Britischen Ostindien-Kompanie und mancher Kredite der Bank von Amsterdam aus, erfüllten die häuslichen Aufträge und beschafften an den Höfen der Sultane von Sumatra, von Sulawesi und der Molukken ein paar ordentliche Gewürze.

Vor den Bildern überkam Cora die Lust, in diese Gefilde zu reisen, um zu sehen, ob die Seeleute in Bira tatsächlich ihre Schiffe ganz ohne Schrauben und Nägel bauten und ob die Bajau ihre Dörfer lieber auf dem Wasser als auf dem

Festland errichteten. Einen Moment lang war sie auch so eine Seefahrerin und Nomadin. Doch kam sie nunmehr nicht umhin, sich mit Blick auf die Uhr, die auf 17:30 Uhr zuging, wahrscheinlich noch vor dem Ende der Rede aus dem Staub zu machen, um Manon bei Silué abzuholen und festzustellen, dass sie ins Lager der Sesshaften übergelaufen war und die Arbeitsplatte ihrer Küche oder den Wohnzimmertisch in Stillleben verwandelt hatte, deren Unordnung weniger ästhetisch war als die auf den überbordenden Gemälden, als deren Betrachterin sie immer das deutlichen Gefühl hatte, dass von irgendwoher, selbst wenn sich an keinem Tischtuchzipfel etwas zeigte, ein Schädel nach ihr spähte.

Nach drei Tagen in Bamako, einem Empfang bei der französischen Botschaft, einer Reihe von Treffen mit malischen Unternehmern und Vertretern lokaler französischer Firmen, schifften sich die fünfundvierzig von Borélia in Mopti für eine Kreuzfahrt auf dem Niger ein. Édouard, der sich, bis ihre Boote die Leinen losmachen würden, noch allein ein wenig die Füße vertrat, war von dem Trubel auf den mit leichter Neigung in den Fluss hineinragenden Anlegern sofort angetan. Auf den niedrigen Booten waren die Sitzbänke der Passagiere mit einer Persenning oder aneinandergesetzten Ginstermatten auf Metallbügeln vor der Sonne geschützt. Die Dächer ächzten unter einem Wust aus großen Koffern, rostigen Fässern, Holzkisten, in die Geflügel gesperrt werden sollte, Säcken mit Reis und Fahrrädern. Die Männer warfen Stoffballen in Arme, die am Ufer ausgestreckt wurden, sprangen, schwerste Lasten auf den Schultern, mit zwei Sätzen hinüber, über Bretter, die als Gangway dienten, und Édouard, der sie beobachtete, wie sie sich in ihren weiten Gewändern oder in T-Shirt und

Shorts bewegten, fand, er habe einen ungeschickten Körper mit unschönen Bewegungen, einen Körper, den er nicht kenne.

Sie fuhren in drei Pinassen den Fluss hinauf, was sich nicht wie ein Betriebsausflug mit Kollegen anfühlte, sondern vertrauliche Gespräche zuließ, Momente von Einsamkeit, Träumereien, die zerfransten wie kardierte Baumwolle. Am Ufer machten Frauen in Blechschüsseln den Abwasch, ihr schlafendes Baby zusammengekauert auf dem Rücken, das Köpfchen an ihre Schulterblätter gedrückt, während weitere Kinder um sie herum mit Wasser spritzten und herumtollten. Immer wieder begegneten sie anderen, mit einer Vielzahl von Passagieren oder mit Krummhölzern schwer beladenen Booten, deren einziges Segel aus zusammengenähten und bisweilen löchrigen Stoffstücken unter der Kraft des Windes zu reißen drohte. Édouard fragte sich, was wohl passierte, wenn eine solche unglaubliche Ladung ins Wasser fiel. Wer ermittelte die jeweilige Schuld des Kapitäns und der Bootsbesitzer? Müssten die Passagiere ihre Kosten selbst tragen? Und falls sie Entschädigungen erhielten, wer ermittelte die Schäden, wer übernahm die Zahlung? Und dann, als sich über dem mal blaugrünen, mal schlammigen Wasser, in das er seine Hand tauchte, langsam die Sonne senkte, spürte er, wie der Niger seine ängstlichen Gedanken vertrieb und eine unbekannte Ruhe in ihm aufsteigen ließ, sodass die Zeit, selbst als es eine Weile gar nichts gab, an das sich Gedanken oder Blicke geheftet hätten, ihm nicht mehr leer schien, sondern von etlichen tiefen Gefühlen durchzogen.

Von Weitem hörte er Franck Tommaso sich mit dem Kapitän unterhalten, den er, nachdem er ihn zur Polygamie ausgefragt hatte, auf das Thema Beschneidung bei Frauen brachte. Der Kapitän erklärte, es handele sich um ein notwendiges Übel, andernfalls würden die Frauen den Männern nachlaufen, gackern wie Hühner und ihnen niemals Ruhe lassen. »Das ist nicht ihre Schuld«, sagte er, »ihre Lust macht sie völlig verrückt.« Die Beschneidung sei die einzige Möglichkeit, darauf hinzuwirken, dass sie sich auf anderes konzentrierten und nicht nur an diese Dinge dachten. Die Köchin, die gerade die Flamme unter dem Topf mit dem Reis und den vor einer Stunde im Fluss gefangenen Fischen kleiner drehte, sagte, man dürfe nicht auf ihn hören, er rede nur Unsinn, um sich interessant zu machen. In Francks Augen schimmerte Belustigung auf, er blickte von der einen zum anderen, wollte sie zu weiteren Wortgefechten antreiben, denn es amüsierte ihn. Gott wolle es so, bekräftigte der Kapitän. Aber die Köchin wollte wissen, wer er denn sei, dass er Gottes Willen kenne. Das sei eben so, verkündete der Kapitän abschließend. Das sei eben so, weil es so sei.

Am Nachmittag hielt die Pinasse an einer Stelle mit ausreichend Strömung, dass sie baden konnten, ohne sich Parasiten einzufangen. Franck warf sich ins Wasser. Édouard zögerte – die Wassertiefe ließ sich schwer einschätzen, und niemand wusste, was darin war –, aber als die anderen mit kräftigen Brustzügen davonschwammen und immer wieder riefen, wie toll das sei, ließ er sich verführen und zog selbst eine Runde durch das nach Schlamm und gemähtem Rasen riechende Wasser. Als sie sich schließlich im Schein der untergehenden Sonne dem Débo-See näherten, machte sich die Erde so flach und nackt, dass die aufrecht am Bug ihrer Pirogen stehenden Fischer und die Motorradfahrer auf den steilen Ufern sich vom Horizont absetzten wie die Figuren in einem Schattenspiel. Sie aßen früh, solange es noch hell war, und bereiteten sich in einem Dünental ein Nachtlager, wobei sie zum Schutz vor Insekten und sonstigen Tierchen ausgebreitete Laken an Holzpflöcken festbanden. Die Temperatur fiel. Édouard saß nahe am Feuer, beobachtete durch die Flammen die Kollegen, die er bislang nur in einer Büroumgebung und an der Kaffeemaschine gesehen hatte, oder, falls sie über die Jahre mehr oder weniger zu Freunden geworden waren, auch mal in Restaurants und Bars, bemerkte in ihren Augen eine ungekannte Verbundenheit, sah die Ruhe ihrer von Müdigkeit und Wind ermatteten Körper und begann zu begreifen, was Mangin vorhatte.

Eingemummt in ihre dicken Pullover und Daunenschlafsäcke, sprachen sie weiter. Der See weiter unten plätscherte vor sich hin. Je mehr Sterne am Himmel aufzogen, desto weniger oberflächliche Witze wurden erzählt, als seien diese Nichtigkeiten für Zuhörer bestimmt, die mit der Sonne verschwanden. »Ich habe noch nie so einen Himmel gesehen«, hat Édouard Cora und Astou erzählt. »Wir sind tief im Inneren des Kontinents, die Luft ist sehr trocken. Sobald du hochschaust, sind überall Sterne, aber auch knapp über dem Boden, ringsum, sie liegen fast auf der Erde, scheinen sie zu berühren. Plötzlich merkst du, dass sie uns umgeben. Du denkst an Worte wie ›Himmelsgewölbe‹ und ›Himmelszelt‹, und sie offenbaren plötzlich ihren wortwörtlichen Sinn.« In einer Runde mit Franck und einigen anderen meinten sie, man müsse viel öfter unter freiem Himmel schlafen, um sich dieses Schauspiel nicht entgehen zu lassen, wenngleich, da jeder Traum auch Einwände hervorruft, das in Paris nicht viel bringe bei dem ganzen Feinstaub, der Lichtverschmutzung und dem vielen Regen, der vom Atlantik komme …

Als ich Franck vor mittlerweile vier Monaten einen Besuch abstattete und ihn auf die Reise ansprach, erinnerte er sich weder an das Schwimmen im Niger noch an das Gespräch über die Beschneidung, aber die Nacht in Gesellschaft des Himmels hatte er nicht vergessen. Interessanterweise tauchte Édouard in seiner Erzählung nirgends auf, entweder weil seine Anwesenheit nicht zählte oder weil Francks Gedächtnis ihn zuvorkommenderweise ausgelöscht hatte. Erst als ich darauf hinwies, dass ein Teil meines Wissens über die Expedition von ihm stammt, schien Franck sich zu erinnern. Und als er sich erinnerte und den Namen aussprach, Édouard Verzack, verfinsterte sich seine Miene, und ein anderer, weniger charmanter Franck nahm vor mir Gestalt an.

An jenem Abend fragten sie sich, wo im Universum sich wohl die nächste Lebensform verstecke, und malten sich deren Anblick aus. Franck berichtete von den wenigen, der Erde recht ähnlichen Exoplaneten, die bereits entdeckt waren, der Anzahl Lichtjahre bis dorthin, den Bestandteilen der Atmosphäre, bei denen sich auf Leben hoffen ließ. Im Grunde seiner Seele sei er ein kleiner Junge geblieben, der sich in wissenschaftlichen Zeitschriften vergräbt. Wäre er in Physik besser gewesen und wäre die wissenschaftliche Laufbahn einfacher oder lukrativer, hätte er gern diesen Weg gewählt. Auch wenn er wusste, dass die nächsten bewohnbaren Welten außer Reichweite lagen, zeigte er sich lieber optimistisch. Wir würden schon einen anderen Stern finden, den wir kolonisieren könnten. Édouard überkam eine große Lust, darauf zu antworten, dass dieser Exodus, falls es ihn jemals geben sollte, dem einfachen Sterblichen, den neun bis elf Milliarden, natürlich nicht offenstand, sondern das Privileg einer kleinen

Zahl Erwählter war, die technische Fähigkeiten oder unbeschränktes Kapital mitbrachten – doch wollte er sich, wie er so unter dem Sternenhimmel lag, nicht ärgern und wartete ab, bis die Äußerung sich in seinem Schlaf verlor.

An einem Montagmorgen in Paris sind die Sterne noch unerreichbarer, und während wir darauf warten, auf dem richtigen zu landen, dem, der unser nächstes Zuhause wird, gilt es zunächst, Borélia aus dem Schlamassel zu ziehen. Antoine Mangin erinnert die Mitglieder des Vorstands regelmäßig daran, dass die Brüder Frémont einigen Aufwand getrieben haben: Sie hätten das Kapital aufgebracht, was keine Selbstverständlichkeit gewesen sei, er habe sich bei ihnen dafür eingesetzt, die Situation zu retten, doch müsse jeder wissen, es sei ein Geben und Nehmen und man brauche Ergebnisse. Sie hätten jetzt eine Strategie zu entwickeln, mit der sich Wertschöpfung erzielen lasse, und sie gefälligst schnell umzusetzen.

Für Franck Tommaso, der darin mit Éric Pertuis und Simon Keller übereinstimmt, wird sich die Sache nicht über die Verträge entscheiden. In dem Bereich nach disruptiven Innovationen zu suchen, lohne nicht: Man könne keine höheren Beiträge erheben als die Konkurrenz, da die Kunden im Netz die Angebote verglichen, und man könne sich ebenso wenig erlauben, billiger zu sein, da sonst zu wenig Geld zusammenkäme, um ausgeglichen zu wirtschaften. Das Entwicklungspotenzial, der wahre Differenzierungsfaktor, liege in einer kundenorientierten Strategie. Borélia habe eine zu sachorientierte Ausrichtung, argumentiert Franck, zu sehr auf das Produkt konzentriert, es sei an der Zeit, sich als Dienstleister aufzustellen, der den Menschen wieder ins Zentrum rücke. »Den ganzen Menschen und nichts als den Menschen?«, scherzt Édouard. Niemand geht darauf ein. »Sobald wir den Kunden als Auftraggeber sehen, als den wahren Chef, können wir, ausgehend von der Beziehung zu ihm und ausgehend von seiner Erfahrung mit den Produkten, alles neu denken. Der Kunde will nicht nur seinen Schaden erstattet bekommen – das ist das Ursprungsversprechen, das Minimum –, er will das innerhalb der vorher festgelegten und eingehaltenen Fristen, nach möglichst transparenten Kriterien, damit er nicht das Gefühl hat, er würde übers Ohr gehauen, wir würden nicht seine Sprache sprechen, oder er müsse sich mit viel zu viel Papierkram herumquälen. Das setzt natürlich voraus, dass wir ihn besser kennen. Im Moment kann man bei Borélia drei Versicherungen haben, Krankenversicherung, Hausrat, Auto, und die Software glaubt, es handle sich um drei verschiedene Kunden. Also müssen wir Geld in die Kundenverwaltung stecken«, erklärt Franck. »Dort liegt der Hase im Pfeffer.« Bessere Kundendaten könne man später für präziseres Pricing nutzen, man könne dann mit Profilen arbeiten statt mit Konstanten und Durchschnittswerten, könne wegweisende Lebensereignisse vorhersehen, Eheschließung und Scheidung, Umzüge, neue Autos, Geburten und Todesfälle, und dazu Produkte anbieten, die genau zur Lage und den aktuellen Sorgen der Kunden passten.

Die andere Baustelle, die alle als solche erkannt hätten, bestehe im Aufbau einer Multi-Channel-Beziehung. Die alten Agenturen vor Ort durch Telefonberatung und Internet auszubooten sei völlig überholt. Die Versicherungsagenten hätten lange gebremst, da sie nicht wussten, wie sie konkurrenzfähig sein sollten, wenn die von ihnen vertriebenen Produkte im Netz billiger angeboten wurden, doch müsse man weiterdenken. Nicht die Versicherer hätten diese Entscheidung zu fällen, unterstreicht Mangin. Der Kunde muss mit der Versicherung in Kontakt treten können, wie er will, wo er will und wann er will. Die Verspätung auf diesem Gebiet holt Borélia am besten mit der Übernahme eines Direktvertriebs auf, bei dem sich ein Vertrag mit drei Klicks abschließen und ein Schaden in einer Viertelstunde am Telefon regulieren lässt, eines Vertriebs, der diese Kompetenzen schon mitbringt, bei sehr niedrigen Kosten Kundenakquise betreibt und rund um die Uhr bereitstehende Teams stellt.

Wichtig dabei sei auch, ergänzt Édouard, dass der Kunde nicht merkt, wenn er von einem Kanal zum anderen wechselt, weil er auf allen kompetente Antworten bekommt. Wenn es einmal hakt und ziept und durcheinandergeht – was ja unvermeidlich ist, alle älteren Firmen haben damit Probleme –, dann muss das intern geregelt werden. Man würde sich darum kümmern, reparieren, was möglich ist, etwas zurechtbasteln, wenn es schnell gehen muss, aber von all dem würde nichts nach draußen dringen.

Das alles ziehe einen Erwartungshorizont. Bleibe nur herauszufinden, wie dem gerecht zu werden sei, mit welchen Mitteln, vor allem, mit welchen personellen. Kurz macht sich Schweigen breit. Ein häufiges Vorgehen von Mangin und Guillemard: Sie setzen ein Gesprächsthema, erteilen aber niemandem gezielt das Wort, sondern schauen, wer darauf anspringt. Da sich niemand vorwagt, macht Édouard den Anfang. Er weiß, bei dieser Art Diskussion steckt man am besten selbst das Feld ab, um nicht nachher das Gefühl zu haben, mit schon vorab verqueren Begriffen nach unfairen Regeln zu spielen. Dies scheint ihm die passende Gelegenheit, die interne Weiterbildung auszubauen, die unter Bories angedacht worden ist. Die Mitarbeiter hätten sich lange auf ihrem Wissen ausgeruht, nun müsse man Räume schaffen, in denen sie den aktuellen Wandel analysieren könnten, wieder ins Lernen kämen, gemeinsam neue Ideen entwickelten und nach oben weitergäben.

Antoine Mangin wendet sich an die Personalabteilung, also an Mathilde Rameaux, sie möge genauer darstellen, wie sie die Sache sehe. Sie erklärt, es solle eine Reihe von Seminaren organisiert werden – intensiv genug, um die grauen Zellen auf Trab zu bringen, aber auch so weit entzerrt, dass die Teilnehmenden Zeit hätten, sich das Gelernte anzueignen –, und dann werde geschaut, wer seine Komfortzone verlässt und die Initiative ergreift. Und falls man sich in den kommenden Jahren von gewissen Personen trennen sollte, hätten auch die damit mehr Selbstsicherheit, woanders unterzukommen, denn sie seien gut ausgebildet und für Arbeitgeber attraktiv. Sie habe schon einige Vorschläge zum Format der Seminare, die … Ihn überzeuge das nicht, wirft Franck ein, wenn er sich den Kommentar erlauben dürfe. Grundsätzlich sieht er ein, wie wunderbar es wäre, so vorzugehen, doch hat das Unternehmen in seinen Augen nicht die Zeit dazu. Den digitalen Wandel, den schafft man im Turbogang oder gar nicht. Lässt man die Leute in ihrem Tempo machen – bei einem offenkundig so angstbesetzten Thema –, geht alles *piano piano*, während die Konkurrenz davonrennt. Aber zu schnell vorzugehen, wirft Édouard ein, bringe auch nichts, wenn niemand mitkäme. Franck fegt den Einwand beiseite. Wer denn von zu schnell geredet habe? Es gehe allein darum, möglichst bald einsatzbereite Leute zu haben, die sich nicht lange akklimatisieren und ihre Ängste abbauen müssen, sondern sich in dem Thema bewegen wie Fische im Wasser. Er habe nichts gegen die Ideen von Verzack und Rameaux, aber man müsse doch ehrlich sein, eine solche Strategie zu fahren, würde zwei bis drei Jahre dauern. Außerdem müsse klar sein, worauf sie hinauslaufe: Es werde sich zeigen, dass einige Leute nicht mehr weiterbildbar sind. Er glaube zwar an die Vervollkommnung, erklärt er weiter, müsse aber bei mancher Gelegenheit feststellen, sie habe ihre Grenzen. Und dann gebe es die Blender, die zu allem Ja und Amen sagen, um keinen Ärger zu haben, im Stillen aber nur das Minimum machen, sowie die Riege der Senioren, die entweder glauben, für sie sei es zu spät, sich damit noch auseinanderzusetzen, oder sich voll und ganz reinknien, aber bald weg sein werden. Das bedeute das Risiko von hohem Aufwand mit wenig Wirkung. Dabei wäre es so einfach, auf dem Arbeitsmarkt passende Leute zu suchen: für die Juniorstellen Absolventen der guten Unis und für den Seniorbereich Manager aus Beratungsfirmen oder von der Konkurrenz. Für Édouard schließt das eine das andere nicht … Mathilde sagt, sie sehe nicht, warum … Aber Franck erklärt, man müsse doch erkennen, dass sie in dem Laden ziemlich viel Totlast mitschleppten. Man brauche kein Einstein in Psychologie zu sein, um das zu merken. »Ich bin erst seit vier Monaten da, aber das sehe ich deutlich.« In jeder Abteilung wisse man das, jeder Abteilungsleiter wisse das, um das festzustellen, brauche es keine Seminare.

Da wird Édouard lauter. Nur ein kleines bisschen, aber der Ton ändert sich derart, dass um den Tisch herum alles erstarrt; es scheint ein Ereignis zu sein, das die ganze Aufmerksamkeit verlangt. Er sagt, die Kraft dieses Unternehmens, die seinen Bestand und Erfolg ausmache, liege darin, dass bisher davon ausgegangen worden sei, niemand hier verdiene die Bezeichnung »Totlast«. Und Franck erwidert, das sei vielleicht genau das Problem, denn man sehe ja das Ergebnis. Édouard erklärt sich froh, in sieben Jahren im Unternehmen noch nie Ausdrücke dieser Art gehört zu haben. Und Franck erwidert, wenn er das lieber wolle, könne gern ein anderer Begriff verwendet werden, warum nicht, »Angestellte im unteroptimalen Leistungsbereich« vielleicht oder *rather low potentials*, oder derundder und dieunddie seien »nicht die hellsten Kerzen am Baum« – aber das Problem bleibe dasselbe, denn solange man sich weigere, das Problem zu sehen, bestehe es weiter.

Nach diesen Worten hebt Arnaud Guillemard als Wächter der guten Sitten die Hände und zeigt sein gutmütiges Lächeln, das man, je nach Stimmung, als höchst sympathisch oder völlig zum Reinschlagen finden kann. Doch als sie jeder in seine Etage zurückkehren, im Magen die Galle der Sätze des anderen und im Kopf die Formulierungen, die sie besser hätten verwenden sollen, die ihnen aber zu spät eingefallen sind, spüren Édouard und Franck, dass das Geschehene nicht irgendein Ausrutscher war, dass nichts in der Diskussion am Thema vorbeigegangen ist, sondern im Gegenteil genau dies der Kern der Sache ist, die Stelle, wo es wehtut, und dass ihnen das alles, wenn nichts entschärft, ausgeräumt, gelöst wird, früher oder später um die Ohren fliegen wird.

Auf der Weihnachtsfeier behält Cora die Uhr ständig im Auge. Es ist 17:38 auf der großen Uhr im Ehrensaal, 17:45 auf ihrer Armbanduhr. Die geht seit Kurzem ein paar Minuten vor, damit ihre Verspätungen einkalkuliert und die Unannehmlichkeiten, die dadurch entstehen, durch die

Vorwegnahme entschärft sind. Dieser Kniff könnte die gegenteilige Wirkung des Gewünschten haben, wenn sie sich sagte, sie habe ja noch massenweise Zeit, doch bisher hat er sich als recht wirksam erwiesen.

Antoine Mangin erzählt von London. Er hätte auch den Ozean überqueren und von New York reden können. »Jemand hat mal gesagt, dass New York nicht von Menschen, sondern von Versicherern erschaffen worden ist. Ohne Versicherungen gebe es keine Wolkenkratzer, weil kein Arbeiter in solcher Höhe arbeiten würde, wenn bei einem tödlichen Sturz seiner Familie die Misere drohte. Kein Investor würde Millionen in die Errichtung von Gebäude stecken, die, wie oft geschehen, von einer schlecht ausgedrückten Zigarette in Asche gelegt werden können. Ohne Versicherungen wäre niemand so schnell im Auto unterwegs, weil gute Fahrer wissen, dass sie jederzeit einen Fußgänger überfahren können.«

Diese Sätze, die er zumindest sinngemäß aus dem Gedächtnis zitiere, stammten von Henry Ford, erläutert Mangin. Ford habe sich nicht damit zufriedengegeben, das Automobil in die Massenproduktion zu überführen und die Gehälter seiner Arbeiter zu erhöhen, damit sie Zugang zu Konsumgütern erlangten und in die Lage versetzt würden, die Autos, die sie produzierten, auch zu kaufen, er sei nicht nur einer der Ersten gewesen, die verstanden hätten, dass Wachstum auch durch die Steigerung der Binnennachfrage entstehe, er habe zudem gewusst, dass die Versicherungen ein unsichtbares Gerüst der Welt seien. »Die Öffentlichkeit weiß das nicht, und es ist auch unsere Aufgabe, ihr das klarzumachen: Versicherungen sind überall. Die Gesichter der berühmtesten Models sind versichert.
 Die Füße von Fußballern sind versichert. Wie alle großen

Unternehmen ist Borélia versichert für den weniger glamourösen Fall (aber das muss ja bitte nicht gleich passieren), dass ihr Hauptgeschäftsführer oder einer der Direktoren verstirbt.« Selbst wenn sie nicht ins Scheinwerferlicht träten, halte ihre Arbeit die Gesellschaft zusammen, Tendenz zunehmend. »Denn es ist so, und es ist weder rechts noch links, das zu sagen: Der Wohlfahrtsstaat aus den Zeiten der Keynes und Fords steht kurz vor dem Ruin, und sein Schutz kann nur noch bis zu einem gewissen Grad aufrechterhalten werden.« Das führe dazu, dass es bei den Renten, der Gesundheitsvorsorge, der Arbeitslosenhilfe in den kommenden Jahren mehr und mehr Platz für private Versicherungen gebe.

»Was ich damit sagen will«, verkündet Mangin überschwänglich: »Wir werden da sein!« Und zwar nicht nur, um den Menschen die Gewissheit zu geben, dass der gesamte Gesellschaftskörper sie im Bedarfsfall dank der Vergemeinschaftung trage, sondern auch, um sie zu einer genaueren Risikoeinschätzung zu befähigen. »Ich glaube, Sie wissen sehr wohl, dass unsere Intuition uns in mancher Hinsicht täuscht. Uns steht der Kampf bevor, das Irrationale, das uns innewohnt, wenn wir es auch nicht besiegen, so doch in seine Grenzen zu weisen. Wie viele haben Angst davor, das Flugzeug zu nehmen, obwohl die Wahrscheinlichkeit eines Absturzes winzig ist gegenüber der Wahrscheinlichkeit eines Autounfalls? Wie viele haben in den Ferien Angst vor Haien, durch die im Jahr weltweit zehn Leute sterben, obwohl wir uns vielmehr vor den Mücken in Acht nehmen sollten, den für uns gefährlichsten Tieren, die jedes Jahr mehreren Millionen Menschen den Tod bringen?«

Die gute Nachricht sei, um den Kunden bei der Einschätzung der realen Risiken zu helfen, verfüge man über immer verlässlichere Werkzeuge. Die Technik zur Datenanalyse mache derzeit große Entwicklungssprünge. Mithilfe von *big data* würden sie nicht die Risiken der Bevölkerung im Allgemeinen messen, sondern diejenigen, die jeden Kunden im Einzelnen betreffen. Auf der Grundlage dieser Diagnosefähigkeit könne der Einzelne über die merkliche Individualisierung der Beitragshöhen dazu angeregt werden, mehr Verantwortung zu übernehmen. »Wir kennen das vom Kampf für mehr Sicherheit im Straßenverkehr oder gegen das Rauchen. Sobald es die Leute teuer kommt, ändern sie sich. Wir können von einer Welt träumen, die anders funktioniert, doch die liegt in weiter Ferne. Tatsächlich schränken wir uns ungern ein, solange es nicht in unserem eigenen Interesse geschieht und wir kein klares Bild davon haben, was unser Verhalten für Risiken birgt und was es uns kosten kann.«

In diesem Sinne habe er zusammen mit den PR-Teams über einen neuen Slogan nachgedacht. Anfang der 90er-Jahre habe Pascal Bories *An Ihrer Seite* ausgesucht. Darin höre man die Solidarität und das Versprechen auf Hilfe, bemerkt Mangin, doch es fehle ganz klar der Verantwortungsbegriff. Von jetzt an werde der Slogan lauten: *Mit Borélia besser leben!* Das sei von biblischer Einfachheit und erinnere ihn an die von ihm immer schon geschätzten Sätze des heiligen Augustinus, die er, ohne sie mit Zitaten erschlagen zu wollen, an dieser Stelle gern anbringe: »Wollen wir uns über die Zeiten beklagen? Nicht die Zeiten sind gut oder schlecht. Wie wir sind, so sind auch die Zeiten. Jeder schafft sich selbst seine Zeit! Lebt er gut, so ist auch die Zeit gut!« Genau. In diesem Geist solle das Unternehmen fortan arbeiten. Sie gemeinsam würden Möglichkeiten finden, das in Edward Lloyds Pub und in Clermont-Ferrand von Bories begonnene Abenteuer fortzusetzen. Sie würden versuchen, ihren Beruf so gut auszuüben wie noch nie, damit die Menschen besser lebten denn je.

Während die Zuhörerschaft applaudiert, sucht Cora ihre Sachen zusammen, lässt die ganze Reihe aufstehen und bahnt sich einen Weg. Auch gut. So konnte sie alles bis zum Ende anhören. Das Buffet wird sie verpassen, und sie kann auch nicht über die von Mangin aufgezeigten Perspektiven diskutieren, kommentieren, was an der Rede sie erstaunlich fand, was sie anders sieht, kann nicht kurz zu den Leuten schauen, die sie sonst selten sieht und die sie mag, oder von denen sie weiß, dass sie Einfluss haben, für all das hat sie keine Zeit, doch das ist nicht schlimm, man kann nicht überall sein. Es ist gut, dass sie überhaupt hier sein konnte. Sie winkt kurz zu Jacqueline, Édouard und Astou hinüber und bewegt sich zum Ausgang. Und während sie Richtung Havre-Caumartin geht, mit vorsichtigen Schritten durch den Innenhof, weil die Pflastersteine für Menschen mit hohen Schuhen halsbrecherisch sein können, und im Laufschritt, sobald sie draußen auf der Straße ist, merkt sie, wie sich in ihrem Körper ein schwarzer Tank langsam füllt. Es ist in ihr drin. Etwas in ihrem Körper. In einer unbestimmten Gegend zwischen Herz und Bauch gibt es einen kleinen See oder eben einen Tank, die meiste Zeit leer, und ohne dass sie ihn überhaupt spürt, doch manchmal füllt er sich mit einsickerndem schwarzen Wasser. An diesem Abend ist es nichts Gewaltiges oder besonders Beängstigendes, nur ein stetes schwarzes Träufeln, von dem sie allerdings jeden Tropfen spürt. Die ersten gleiten im Grunde noch unbemerkt hinein, wie an einer Wand entlang, doch die nächsten fallen steil hinab auf den Grund, und ihr Auftreffen erzeugt kreisförmige Wellen und ein hörbares, leises *Plitsch*, das wehtut. Sie ist schuldig, vor Ende der Veranstaltung gegangen zu sein, ebenso schuldig, Manon zu spät abzuholen, Silué, deren Tage bereits so voll sind, ihre Verspätung aufzubürden, ist all dessen schuldig, und doch möchte sie sagen, es sei nicht ihre Schuld, sie möchte den Anklagepunkten widersprechen, möchte anprangern, dass diese Sache, die ihr wie an so vielen Abenden nahegeht, eine Ungerechtigkeit darstellt – genau –, doch eine so gewaltige und allseits geduldete, dass es vollkommen sinnlos wäre, davon ist sie überzeugt, sie morgen im Büro kundzutun, denn es würde ihren Fall nur verschlimmern.

Zurück im Nigerhafen von Mopti geht es für die fünfundvierzig Borélianer gleich weiter, auf der Straße, ins Land der Dogon. Édouard und Franck sind wieder in derselben Gruppe, mit Éric Pertuis, dem Finanzdirektor, der die Hitze schlecht verträgt, und Mathilde Rameaux, von der die gute Idee kommt, doch mal Led Zeppelin anzumachen, eine der *Dazed and Confused*-Versionen aus den *BBC-Sessions* – die zehnminütige Fassung vom April '71, die Édouards Eltern in den Wochen hörten, als er laufen lernte, und deren Gesangswucht nach allgemeinem Dafürhalten wunderbar zur Unmäßigkeit der Landschaft passt. Der Asphalt ist übersät von Schlaglöchern, unterbrochen von Sandzungen, zerfressen von roter Erde, die sich in Fensterritzen setzt und es immer schwieriger macht, sie zu schließen, und die Édouard mit brennenden Lidern dafür straft, dass er anstelle seiner Brille unbedingt die harten Kontaktlinsen hatte tragen wollen. Am häufigsten sitzt Franck am
 Steuer, zum einen weil er es gern macht, zum anderen weil

er es gut kann. Sogar auf gerader Strecke kann man nicht besonders schnell fahren: Die Fahrbahn ist voller Hindernisse, die in der Hitze wie Luftspiegelungen erscheinen, sich aus der Nähe aber als kaputte Reifen, vom Wind ausgerissene Sträucher, ein störrischer Esel herausstellen, ganz zu schweigen von den Hirten, die unverhofft auftauchen und einer Ziege hinterherrennen. In den Dörfern umringen Kinder das Auto, die Kleinen quietschvergnügt und wahnsinnig neugierig, ab sechs oder sieben sind sie Strategen, halten die Hand auf und fragen, Toubab, Toubab, geben, geben? Franck fällt es schwer, darauf nicht einzugehen, aber das einzige Mal, dass er versucht hat, eine Handvoll Kugelschreiber aus seinem Beutel zu holen, gab es fast einen Tumult, und seitdem hält er sich zurück. Die abgewiesenen Kinder zeigen auf die Glas- und Plastikflaschen hinten im Fahrzeug, Flaschen, Toubab, Flaschen, und damit ist es einfacher, die werden ihnen gegeben. Die Älteren halten sich im Hintergrund, richten den Blick woandershin, in einer Gleichgültigkeit, von der nicht klar ist, ob sie echt ist oder aufgesetzt.

Die Straße führt mit unmerklicher Steigung hinauf zum Plateau. Obwohl Franck an schwierigen Stellen das Lenkrad herumreißt, um in der Diagonalen noch Griff auf der Fahrbahn zu bekommen, bleiben sie mit durchdrehenden Rädern im Sand stecken. Sie nutzen den Zwischenfall für eine Pause. Die Männer pinkeln mit dem Rücken zum Gefährt, die Frauen weiter weg im Gebüsch. Mathilde Rameaux und Pauline Louvier schneiden Wassermelonen auf, von denen sie alle essen, bis ihre Unterarme vor süßem Saft und rotem Schweiß nur so triefen, woraufhin sie sich ordentlich anstrengen und zu viert das Auto anschieben, bis dessen Räder, vor die etwas Geröll gelegt wird, dank ihrer Gebete und unter Lachen und Siegesrufen wieder greifen und die Fahrt weitergeht.

Im Land der Dogon übernachten sie mal oben auf dem Plateau in Dörfern, die von bauchigen Affenbrotbäumen mit kahlen Zweigen überragt werden, mal in Dörfern unten am Fuße des Bandiagara-Felsmassivs. Die Vormittage sind Besuchen und dem Wandern vorbehalten. Sie steigen hinab in Schluchten, die der Regen zwischen den wie Wächter dastehenden Säulen aus rotem Sandstein herausgewaschen hat; sie erklimmen Pfade, die hinauf zu den ältesten Höhlensiedlungen und zu Gewölben führen, in denen hinter Steinplatten die Toten verwahrt werden. Überall zeigen die Führer ihnen bemalte Speicher, geschnitzte Türen, Hütten des Ältestenrats, deren niedriges Dach für Kühle sorgt und zugleich die Geister daran hindert, sich zu erhitzen, da jeder, der aufspringt, sich augenblicklich den Schädel brechen würde. Éric Pertuis schlägt vor, im Beratungsraum des Vorstands eine solche Hütte zu bauen, aber Mathilde Rameaux, so stellt sich heraus, hat den Witz bereits vor ihm gemacht.

Nachdem sie sich gewaschen haben, mit möglichst wenig Wasser aus dem Plastikfass, das in jeder Dusche in einer Ecke steht, kommen sie wieder zusammen, setzen sich im Kreis auf kleine Holzhocker und arbeiten von 16 Uhr bis 20 Uhr, immerhin mit Whiteboards und Markern. Einige sollen sich überlegen, wie in zwanzig Jahren das System der Sozialversicherung aussehen wird, andere sollen neue Ängste und neue Risiken identifizieren, wieder andere die neuesten Ideen in Sachen Arbeitsorganisation. Arnaud Guillemard bittet darum, dass jede Gruppe ihre Diskussionen binnen einer Minute wiedergibt, anhand von drei Stichworten, die sie auf die Tafeln notieren.

Anschließend werden die Stichworte als eine Art Skizze der geistigen Landschaft nebeneinandergestellt. Édouard ist geneigt, das schrecklich oberflächlich zu finden. »Was sollen die Stichworte?«, beklagt er sich nach der Rückkehr bei Cora. »Wenn ich *Nähe, Innovation, Autonomie* sage, bringt uns das irgendwie weiter, also mal im Ernst?« Doch das Festhalten der Stichworte ist die Voraussetzung dafür, dass die Arbeitssitzungen nicht den ganzen Abend dauern.

Am folgenden Tag können sie, begleitet von Dolmetschern, einige Stunden lang die Einwohner von Endé zu ihren Berufen befragen, zu ihren Lebensbedingungen, zu dem, was sie von der Regierung in Bamako erwarten oder nicht mehr erwarten, sowie zu ihrer Beziehung zur einstigen Kolonialmacht Frankreich. Bei der Nachbesprechung schweift Mangin ab und erklärt das Prinzip der Scherzverwandtschaft, die Dogon und Bozo, ihre Nachbarn, verpflichte, einander bei Begegnungen zu beleidigen, miteinander darin zu wetteifern und sogar neue Beleidigungen zu erfinden, was die Beziehungen zwischen den Ethnien in der Region entspanne. Die Bozo kaufen Dogon-Zwiebeln, die Dogon kaufen Bozo-Fische, und alle sind zufrieden. »Ich würde mal sagen, zwischen den Ehemaligen von Redex und den alten Borélianern sollte das genauso sein. Ihr habt das Recht, euch über die anderen lustig zu machen, das ist mehr oder weniger unvermeidbar und sogar empfohlen – aber nur, wenn ihr nicht vergesst, dass ihr euch auch gegenseitig helfen müsst.«

Unten vor dem Felsen wird das offizielle Foto der Reise aufgenommen, ein Bild aus der Vogelperspektive, für das sich die fünfundvierzig Teilnehmer auf einer Esplanade so aufgestellt haben, dass ihre Umrisse in Großbuchstaben das Wort Borélia bilden. Sieben Jahre später nimmt Catherine Giuly das Bild in die Fotoseiten ihrer Jubiläumsschrift auf, und ich betrachte es beim Schreiben dieser Zeilen. Édouard sieht aus, als wäre sein Fön explodiert – weil der Wind sein Haar zerzaust oder er gerade seinen Strohhut in den Nacken gezogen hat, dessen Band ihm bis aufs Schlüsselbein hängt, oder vielleicht, raunt Cora Salme mir zu, weil er in kapillarer Hinsicht genauso chaotisch war wie in seinen Reflexionen rigoros. Nicht weit entfernt von ihm steht Franck, der seine äußere Erscheinung mit der Sonnenbrille und den verschränkten Armen vor dem Leinenhemd mit den hochgekrempelten Ärmeln deutlich besser im Griff hat.

Vor der Rückkehr nach Bamako versucht Antoine Mangin sich in der Kunst der Synthese. Was sie gesehen hätten, zeige unter anderem eine Gesellschaft, in der Versicherungen noch wenig Präsenz hätten. Die Menschen sähen Schadensfälle eher als Schicksalsschläge an oder als den Willen einer göttlichen Macht, der man sich füge. Wenn schlechtes Wetter eine Ernte verderbe, gebe es niemanden, an den man sich wenden könne. Werde ein junger Mann am Straßenrand angefahren oder werde einer Frau die Ware geklaut, so fürchteten sie, dass der Schuldige unauffindbar oder zahlungsunfähig sei und ihnen keine Entschädigung geben könne. Und der Verursacher, wenn er sich denn zu erkennen gäbe, müsse seinerseits Schulden fürchten, die er nicht bewältigen könne. Die Dogon seien ständig im Dialog mit den Kräften, die sie umgeben, erzählt Mangin: »Sie sprechen mit dem Geist des Wassers, mit den Bäumen, mit den Füchsen in der Nacht, sie fragen nach den Gründen, aus denen jemand bei einem Unfall gestorben ist, warum eine Trockenheit anhält, warum ein Feld oder eine Frau unfruchtbar sind.« Doch obwohl diese

Verhandlungen mit Nicht-Menschen ihn seit vierzig Jahren faszinierten, sei er überzeugt, sie ihrerseits würden besser fahren mit ihrer Art, öfter mal die, wie er sie nennen wolle, *plumpe, fiese Vernunft* zu bemühen, um vorhersehbare Unglücksfälle zu vermeiden und nicht vorhersehbare abzufedern. Er hoffe, die hiesigen Regionen würden sich noch zu seinen Lebzeiten in dieser Hinsicht weiterentwickelten, ohne dass gleich ihre Kulturen verschwänden. Er hoffe, dieses Jahrhundert sei das Jahrhundert von Afrika. Und sollte es für Borélia denkbar werden, sich hier niederzulassen, dann …

Auf dem Rückflug, über der Wüste, kommt es Édouard, der die Stirn ans Flugzeugfenster drückt, so vor, als entgleite ihm alles. Sie hätten bewegende Momente erlebt, erzählt er Astou und Cora, aber wenig Gelegenheit gehabt, Menschen zu treffen. »Ihr hättet mich fragen sollen«, sagt Astou, »ich hätte euch mit einem Cousin von mir in Kontakt gebracht.« Andererseits sei sie selbst in den vergangenen zehn Jahren nur einmal da gewesen, denn als Mounir noch klein war, sei es zu kompliziert gewesen, und seit der Scheidung von Bakary habe sich die Beziehung zwischen ihrer und der Schwiegerfamilie etwas verkrampft, und ihnen allen zu erklären, dass sie im Moment ihr Singleleben genieße, sei auch nicht einfach … »Wir müssten einfach mal zusammen hin«, sagt sie. Und überhaupt könne Cora nicht sterben, ohne Mali gesehen zu haben. Auch wenn sie in Montreuil wohne, also in Bamako-an-der-Seine – das reiche nicht aus, sie müsse sich die Gegebenheiten vor Ort ansehen … Und Astou erinnert sich, den Vorschlag als Running Gag weitergesponnen zu haben, ohne zu ahnen, dass es fünfzehn Jahre später tatsächlich zu dieser Reise kommen würde, allerdings in ein verändertes Mali, und dass Édouard, Cora und sie dann nicht mehr im gleichen Verhältnis zueinander stehen und auch nicht mehr dieselben Personen sein würden – nach den Jahren der zwischenzeitlich herrschenden Gewalt, über die ich hier berichten möchte.

Und das Geld?, fragt Antoine Mangin die Mitglieder des Hauptvorstands. Für die Investitionen, die alle als notwendig ansehen, wo finden wir das Geld, wie schaffen wir uns Spielräume?

Seitens der Finanzen hat Éric Pertuis schon eine Idee: Man könne versuchen, die Kosten um hundert Millionen jährlich zu senken, und das über zwei, drei Jahre. Das wäre keine strenge Kasteiung, aber auch keine Kleinigkeit. Man würde an Beweglichkeit gewinnen, die Auswirkungen würden zu spüren sein. Édouard denkt mit dem unangenehmen Gefühl, eine von ihm erwartete Rolle einzunehmen, laut darüber nach, wie sinnvoll es sei, schon im Vorfeld die Zahlen festzulegen. Ob damit das Pferd nicht von hinten aufgezäumt würde? Ob man nicht jede Abteilung fragen müsse, welche Posten sie gern streichen würde, und dann schauen, wie viel insgesamt zusammenkäme und ob das reiche? Éric Pertuis nickt verständnisvoll. Er verstehe, er verstehe, nur funktioniere es so nicht. Die Leute wollten *nie* irgendwelche Einsparungen. Sie seien davon überzeugt, dass alles, was sie täten, *absolut notwendig* sei, alle Mittel, über die sie verfügten, *unverzichtbar*, ja, dass sie sogar noch mehr bräuchten. Der einzige praktikable Weg sei, alle zusammenzuholen, bekannt zu geben, es gehe um minus zehn, minus fünfzehn Prozent, und dann zusammen mit jeder Abteilung darüber nachzudenken, wie das zu schaffen sei. Bevor Édouard antworten kann, unterbricht Mangin die beiden: Am besten sei es, das Profis zu überlassen. Er wolle eine Unternehmensberatung beauftragen, Firma Nielsen, mit der er bei Redex gearbeitet habe. Die hätten einen unvoreingenommenen Blick, stünden nicht der einen Abteilung näher als der anderen und machten das prima. Und wenn in gewissen Momenten schwere Entscheidungen zu treffen seien, könne eine von außen gestellte Diagnose verhindern, dass die Leute sich intern verweigerten oder ihre Zeit darauf verschwendeten, sich gegenseitig zu zerfleischen.

Ohne auf die Leute von Nielsen zu warten, gebe es jedoch eine Baustelle, bei der er gern vorwärtskäme. Er habe sich die Zahlen genau angesehen, und mit dem alten Standort von Castel am Parc Monceau, dem Sitz bei Havre-Caumartin, der Verwaltungsabteilung in Bobigny, dem Zentrum in Clermont und den anderen Regionalzentren wögen die Immobilien in der Unternehmensbilanz schwer. Der Mietvertrag von Havre-Caumartin laufe bald aus, somit gebe es ein günstiges Zeitfenster, um sich neu aufzustellen. Welche Optionen auf dem Tisch lägen? Nun ja, Bobigny könne gehen, oder zumindest die nähere Vorstadt im Nordosten, wo Grund und Boden noch nicht zu teuer sei, auch mit der Idee, näher an den operationellen Abteilungen zu sein. Außerdem habe er von einer Möglichkeit in La Défense gehört, von etwa zehn Etagen im Büroturm Galaxie, die frei werden sollten. Der Ort habe nach wie vor Prestige, der Platz sei ausreichend, wenn etwas zusammengerückt würde, könnten alle tausend Mitarbeiter in dem einen Hauptsitz unterkommen, und wenn in dem Zuge Havre-Caumartin gekündigt und das ehemalige Castel-Gebäude verkauft oder vermietet würden, hätte man echt Wasser unterm Kiel.

Édouard sagt vorerst nichts. Als das Thema zwei Wochen später wieder auf die Tagesordnung kommt, hat er sich im Vorfeld mit Mathilde Rameaux, Pauline Louvier und Simon Keller ausgetauscht, hat mit ihnen Argumente gesammelt und lässt sie den Anfang machen. Mit vereinter Stimme erklären sie, dass der Umzug zweifellos nötig sei, aber sorgfältig und von langer Hand vorbereitet werden müsse. Wenn das Vorhaben sei, die Kosten substanziell zu senken, merkt Simon Keller an, wäre es dann nicht logisch, andere Optionen als La Défense zu prüfen, wo es ja kaum günstiger sei als in der Pariser Innenstadt? Sobald die möglichen Orte bestimmt seien, sagt Mathilde Rameaux, könne die Personalabteilung eine schnelle Umfrage durchführen und herausfinden, welchen die Angestellten am liebsten hätten, wie sie die einzelnen Orte sähen und wie sich die durchschnittliche Anfahrtszeit für sie verändern würde. Die Leute alle im selben Gebäude zusammenzubringen, damit sie einander vertrauter würden, sei ja an sich lobenswert, doch falls die Fahrtzeiten vom Wohnort zur Arbeitsstätte dadurch exorbitant würden, stelle es kaum noch eine Zeitersparnis dar, dass man sich nicht mehr von einem zum anderen Standort bewegen müsse.

Sie haben noch andere Punkte anzubringen. Aber je länger die Besprechung dauert, desto klarer müssen sie feststellen, dass ihre Argumente nicht diskutiert werden, sondern teils im Stimmengewirr untergehen, teils auf höfliches Schweigen stoßen. Auf der anderen Seite hat sich ein Lager gebildet, ein einheitliches, besser vorbereitetes, abwechselnd geführt von Éric Pertuis und Franck Tommaso, das die Mehrheit zu haben scheint. Aus Sportsgeist, aus neckischem Übermut oder einfach aus Ungeschicklichkeit lässt Franck sie dennoch einmal punkten: »Na, und wo finden wir das Geld? Da ihr bei nichts nachgeben wollt, euch nicht bewegen und alles aufschieben wollt?« Édouard hat eine Antwort darauf. Man finde das Geld dort, wo es sei. In dem Bereich, in dem es am meisten davon gebe und wo es, nebenbei bemerkt, all die letzten Jahre aus dem Fenster geworfen würde. Denn falls man das Problem an seiner Wurzel angehen wolle, und darum säßen sie hier um diesen Tisch und diskutierten über Kostensenkung, müsse man sich, am Rande bemerkt, vielleicht eingestehen, dass die Abteilungen zu viel hätten ausgeben dürfen, vor allem aber, dass man einen dicken Batzen verloren habe. Dass Borélias Bilanz gemeinsam mit den Banken, an die sich das Unternehmen am engsten gebunden habe, den Bach runtergegangen sei, stelle für niemanden ein Geheimnis dar. Man müsse aus dem zu starken Einfluss der Banken heraus. Einen Teil der Aktien loswerden und den Rest ausgewogener aufstellen, ohne allzu risikobeladene Anlagen. Sollte die Verwaltung der Aktiva besser gelingen, unterstreicht Édouard, würde die Gruppe nicht über jährlich hundert Millionen für Investitionen verfügen, sondern über das Doppelte und Dreifache. Um entsprechend viel Spielraum aus den Gemeinkosten zu gewinnen, müsste man hingegen Pi mal Daumen fast ein Viertel der Belegschaft feuern …

»Und was, glaubst du, ist dann passiert?«, fragt Édouard Cora. »Sie haben nichts erwidert. Weil sie darauf nichts zu erwidern hatten. Ich glaube, einer hat gegrummelt, die Verwaltung der Aktiva sei immerhin Kerngeschäft unseres Metiers. Und ein anderer, ich hätte dazu nichts zu sagen, weil das nicht meine Aufgabe sei … Und Franck … Weißt du, was er rausgehauen hat, kurz bevor alle auseinandergegangen sind? Man müsse mit der Trillerpfeife kommen, um die Kinder aus der Pause zu holen. Ein Unternehmen, verstehst du, das sei wie ein Haufen Kinder, die machen wollen, was ihnen gefällt, und immer weiter machen wollen, was ihnen gefällt, genau wie immer schon. Kriegt man die Kinder am Abend leicht ins Bett? Nein. Kriegt man sie morgens aus dem Bett raus? Nein. Und doch müssen sie ja irgendwie schlafen gehen und wieder aufstehen … Ich habe ihn natürlich gefragt, ob er Kinder hat. Er ist der Frage ausgewichen, aber ich weiß ganz genau, dass er keine hat. Ich habe ihn gefragt, ob unsere Abteilungen wie Kinder wären. Er meinte, das sei eine Metapher. Nicht wörtlich zu nehmen. Etwa so, als würde er über mich sagen (ein weiteres Beispiel zur Veranschaulichung, da ich etwas langsam sei), ich sei ein barmherziger Samariter.«

Ist es Tommaso oder Pertuis, oder sind es andere? Édouard kriegt es nicht heraus. Jedenfalls hat er das Gefühl, es sei ein abgekartetes Spiel. Statt sich sorgfältig Argumente zurechtzulegen, haben sie einfach überlegt, was Mangin wohl hören wollte, und haben die anderen so lange bearbeitet, bis die Gruppe groß genug war. »Ich weiß nicht, was ihnen versprochen worden ist, aber es gibt drei, vier, die vor einem Monat ungefähr so dachten wie ich und nun eine Hundertachtzig-Grad-Wende gemacht haben.« Zur Vorbereitung eines Gegenangriffs nimmt Édouard sich in den darauffolgenden Tagen die Zeit, jeden Einzelnen in seinem Büro aufzusuchen, alle, zu denen er ein gutes Verhältnis hat. Er befragt sie, will wissen, was sie wirklich denken. Er gibt sich Mühe, ihnen zuzuhören, aber die meisten haben nicht viel zu sagen. »Wir sehen dann schon, was dabei herauskommt«, antwortet Éric Pertuis, als wäre er ein völlig unbeteiligter Zuschauer. »Mangin gibt die Marschrichtung vor, ich glaube, wir haben da wenig Einfluss«, ist die ausweichende Antwort von Mathilde Rameaux. Und wenn er sie fragt, wozu es dann einen Vorstand gebe, der sich regelmäßig trifft – Schweigen.

Es ist kurz vor Weihnachten. Draußen schneit es Flocken, die sofort wieder schmelzen. Mangin hat Édouard zu sich gebeten. Offenbar nimmt auch er sich die Zeit, mit jedem unter vier Augen zu sprechen, bestimmt, um die Wogen zu glätten. Édouard erinnert sich, wie gründlich er dieses Treffen vorbereitet und wie er sich zu jedem Thema, das er zu besprechen hoffte, zwei, drei schlagende Argumente aufgeschrieben hat.

Das Büro von Mangin ist genauso nüchtern wie er selbst. Keine Aktenstapel auf dem Tisch, nur ein schicker, schräg platzierter Füllfederhalter auf der Schreibunterlage, das unvermeidliche Gruppenbild aus Bandiagara und ein Familienfoto. Mangin posiert vor einem Weinberg, vielleicht in Bordeaux, vielleicht in der Provence, in rötlich-warmem Herbstlicht, zusammen mit seinen drei Kindern und seiner Ehefrau, von der Édouard zu wissen glaubt, dass sie als Önologin arbeitet. Vor dem Panoramafenster, das den Blick über die Dächer von Paris freigibt, halten zwei Statuen die Wacht. Zur Linken ein Paar aus Stammvater und Stammmutter, das den ganzen weiten Weg vom Land der Dogon hierher zurückgelegt hat. Sie sitzen, die Augen halb geschlossen, den ovalen Kopf voll unergründlicher Gedanken, sehr würdig auf ihrem kleinen Hocker. In einer Geste anhaltender Zärtlichkeit umfasst der spitzbärtige Mann den Rücken der Frau, deren spitz zulaufende Riesenbrüste auf Höhe der Schultern sitzen. Beide haben kurze, fest im Boden verankerte Beine, die jedoch von Termiten oder der Krankheit der Zeit in Mitleidenschaft gezogen sind. Auf der anderen Seite steht eine hinduistische Skulptur, eine Steinbüste mit drei Gesichtern, die schweren Kopfschmuck tragen. Ihre dicken Nasen, ihre fleischigen Lippen, ihre herabhängenden Ohrläppchen ähneln einander, als wären sie Brüder. Das Gesicht in der Mitte blickt den Betrachter direkt an, die beiden anderen zeigen sich im Profil. Auch sie halten die Augen geschlossen. Édouard hat das Gefühl, sie tun das nicht, um sich aus der Welt herauszunehmen, sondern um sie besser zu beherrschen.

Ein paar Minuten lang sprechen sie über dies und jenes. Dann, nach einem Schweigen, geht Mangin in medias res. »Ich bin ratlos, Édouard.« Auch wenn er ihn erst seit Kurzem kenne, schätze er ihn sehr, aber die Anti-Haltung, die er, Éduouard, in letzter Zeit systematisch an den Tag lege, störe und enttäusche ihn. »Man könnte meinen, Sie wollten alles aus der Vergangenheit beibehalten. Es ist, als setzten Sie Ihre Ehre daran, den Tempelwächter zu spielen, versteiften sich auf eine Rolle, die mir für jemand so Begabten wie Sie recht unproduktiv erscheint.« Mangin spricht langsam, lässt Raum zwischen den Worten, so als wolle er sich von den Begriffen, nach denen er sucht, zunächst erleuchten lassen, doch zugleich wirkt er gar nicht zögerlich und bringt seine Sätze alle zu Ende.

Nach einer Weile erhebt er sich, geht auf die Steinskulptur zu und bedeutet Édouard, ebenso näher zu treten. Er deutet darauf, nicht wie auf einen Gegenstand, sondern so, wie man Personen miteinander bekannt macht, von denen man glaubt, sie sähen einander zum ersten Mal. »Wissen Sie, wer das ist?« Édouard lässt die obligatorische Denkpause verstreichen. »Gottheiten, nehme ich an. Hinduistische Götter.« Mangin nickt. »Ich habe sie von einer Reise mitgebracht, die schon etwas zurückliegt. Ein ziemlich seltenes Stück. Die Trimurti, die hinduistische Dreifaltigkeit, von der manche meinen, sie habe auch die christliche Trinität beeinflusst. In der hinduistischen Kosmologie, ich weiß nicht, ob Sie damit vertraut sind, gibt es drei Götter. Vishnu ist der Erhalter. Der den Zustand der Dinge bewahrt und die Welt so fortbestehen lässt, wie sie ist. Shiva ist der Zerstörer und Brahma der Schöpfer. In ihrem fortwährenden Wirken bestimmen sie zusammen den Kreis des Lebens.« Pause. Die Sekunden tröpfeln. »Ich will mich natürlich nicht gleichsetzen, aber ich glaube, das sind genau die Aufgaben, die man als Unternehmenslenker hat. Diese drei Dinge zugleich. Nicht nur erhalten, sondern auch überholte Dinge zerstören, nach vorn schauen, sich die Zukunft ausmalen und Neues erschaffen. Das Problem vieler Führungskräfte ist (und ich sage das nicht im Allgemeinen, ich könnte ganz konkret Namen nennen), dass sie auf das Bewahren der Dinge fixiert sind, statt überkommene Ansichten zu hinterfragen, deren hinausgezögerter Siechtod niemandem nützt. Sie haben nicht den Mumm, die anderen vor den Kopf zu stoßen, und noch weniger den, sich selbst zu hinterfragen. Ich möchte diesen Fehler nicht begehen. Und? Ich brauche Menschen um mich herum, die mich vor diesem Fehler bewahren.«

Édouard fällt darauf keine Entgegnung ein. Er versucht, schnell einen Gedanken zu fassen, sucht im leeren Blick von Vishnu, Shiva und Brahma nach Hinweisen, versucht, von ihren geschlossenen Lippen zu lesen, weiß aber nicht so recht, was die Skulptur hier soll. Präsentiert Mangin sie als Zeichen seiner Zugehörigkeit zum Club der Achtundsechziger, die nach Indien gefahren sind, um festzustellen, wie sinnlos materieller Reichtum ist, und nach ihrer Rückkehr in Europa trotz dieser Überzeugung schöne Karrieren gemacht haben? Oder verkörpert sie eine Art Hippie-Diplom, an das ein junger Mann aus gutem Hause mit Leichtigkeit kommt, denn diese Art von Reflex ist bei ihm zu tief verankert, als dass ein bisschen Gekiffe ihn vergessen ließe, bei den Antiquitätenhändlern in der Altstadt von Delhi oder Benares nach ein, zwei erschwinglichen Schätzen zu suchen? Was Mangin ihm gerade erzählt hat, ist das die individuell angepasste Argumentationslinie, um ihm mit dem Anstrich des Mythos die klassischen Sätze Joseph Schumpeters zur »schöpferischen Zerstörung« nahezubringen? Édouard hat ihn vor langer Zeit gelesen, im Original sogar, und Mangin müsste es ahnen: Der ewige Sturm, der eine Wirtschaft von innen heraus revolutioniert, manche Märkte zerstört, manche Produktionsweisen obsolet macht, dafür aber in einer allgemeinen Mutation, in der man fortwährend hofft, die Schöpfung gewinne die Oberhand, neue Bereiche eröffnet… All diese Gründe drängen sich bestimmt in Mangins Kopf. Doch das schließt nicht aus, denkt Édouard, dass für ihn diese Götter von einer halben Tonne im Laufe der Jahrzehnte zu wahren Weggefährten geworden sind, dass er sich bei ihnen Rat holt in Zeiten von Ungewissheit, ab und zu auch von Not oder Einsamkeit, wenn er folgenreiche Entscheidungen zu treffen hat.

»Um es mal in Ihrer Sprache zu sagen«, sagt Édouard schließlich, ohne zu merken, dass der gereizte Ton seine übliche Gelassenheit überdeckt: »Es gibt zwei Arten, Veränderung herbeizuführen. Die eine hat die Klarheit dessen, was von oben vorgegeben wird, ausgehend von der Vorstellung, die sich die Armeeführung oben von ihren Hügeln herab von der Lage macht, sie ist aber dogmatisch und brutal, liefert viele Leute ans Messer und funktioniert nur kurzfristig. Und es gibt eine andere, die in den Bereich der Schwarmintelligenz fällt und das Vorgehen gemeinsam mit denen erarbeitet, die später in erster Reihe stehen werden; sie ist natürlich langsamer, aber auch moderner und viel besser akzeptiert und mittelfristig wirksamer. Für welche der beiden Arten entscheiden Sie sich? Spricht man mit Aktionären, die schnell Ergebnisse wollen, ist es bestimmt verlockend, einfach etwas durchzudrücken. Aber ich hoffe doch, die Brüder Frémont haben dieses Unternehmen nicht in der Absicht gekauft, es zu einer Gelddruckmaschine zu machen, es nach ein, zwei Jahren wieder abzustoßen und sich hinterher die Hände in Unschuld zu waschen. Das hoffe ich für uns, aber auch für sie. Denn falls das ihre Absicht ist, werden sie enttäuscht sein: Ich glaube, Borélia ist nicht die Art von Unternehmen, bei der sich solche Erwartungen erfüllen. Einige Kollegen wollen selbst glauben und andere glauben machen, die Alternative sei: alles erhalten oder alles verändern. Dieses binäre Denken ist falsch. Es ist zu pessimistisch, finde ich. Glücklicherweise haben wir viel mehr Möglichkeiten. Hier im Haus gibt es auf allen Hierarchieebenen kompetente, engagierte Menschen, die wissen, wovon sie reden. Warum wird denen nicht vertraut? Ich bin sicher, wenn wir diese Menschen mit einbeziehen, haben wir die Möglichkeit, gut durchdachte Veränderungen anzustoßen, schnell, ja, aber nicht brutal.« Er schweigt einen Moment. Er weiß nicht, ob er damit alles gesagt hat oder noch etwas hinzufügen soll. »Wissen Sie … es macht keinen Spaß, immer der Bremser zu sein, vor allem, wenn man damit so gut wie allein ist … aber wenn man das Gefühl hat, die eingeschlagene Richtung wird uns in große Schwierigkeiten bringen, ist es geradezu eine Pflicht.«

Wieder Schweigen. Gelassen oder angespannt? Jedenfalls Schweigen. Das alte Dogon-Paar sagt nichts. Auch die hinduistischen Götter bleiben ihrer beklagenswerten Gewohnheit treu und schweigen. Mangin mustert Édouard ein wenig zu starr. Er sagt es jetzt nicht, doch wirkt er tatsächlich ratlos, viel mehr als vorhin, als er behauptet hat, es zu sein.

»Nun, Édouard. Dann werde ich mich von Ihnen trennen müssen. Ich glaube, Sie besitzen alle guten Eigenschaften, nur nicht die nötige Motivation für das, was getan werden muss. Denn, sehen Sie, ich kann Ihre Einschätzung nicht teilen. Wir kommen in einen Wettlauf mit der Zeit, und ich weiß nicht, ob Sie dafür unser Mann sind. Sie intellektualisieren alles bis zum Gehtnichtmehr. Sie denken zu viel. Nehmen Sie es mir nicht übel, aber … Sie vertreten die Art von Humanismus, die alles zum Stocken bringt und die Leute apathisch und unentschlossen macht.«

»Das glaube ich überhaupt nicht. Ich bin nur anderer Ansicht in Bezug auf das, was getan werden soll.«

Mangin schweigt erneut, als unternehme er die nötige Anstrengung, dieses Argument zu bedenken. »Gut, das ist Ihr Recht. Aber wenn ich einmal entschieden habe, gibt es keinen Widerspruch mehr. Es muss vorwärtsgehen, es muss gefolgt werden. Können Sie mir versichern, dass Sie bereit sind zu folgen?«

»Unter der Bedingung, dass ich weiterhin meine Meinung sagen kann. Ich kenne dieses Unternehmen. Ich kenne seine Geschichte, und ich kenne die Leute. Ich glaube, Ihnen stehen große Schwierigkeiten bevor, und es wäre feige von mir, Sie davor nicht zu warnen.«

»Nein, nein«, sagt Mangin mit einem Seufzer. »Sehen Sie. Das wird nichts. Sie sind mit der kulturellen Wende, die Borélia vollziehen muss, nicht einverstanden, und Sie sind auch nicht die Sorte Mensch, die gegen ihre Überzeugung eine Politik umsetzen kann. Das ist für Sie vielleicht umso besser und Pech für uns. Sie würden sich nicht wohlfühlen. Sie können zu guten Bedingungen gehen, seien Sie unbesorgt. Das ist besser für Sie. Wirklich. Das ist besser für Sie.«

Was passiert danach noch? Der Schnee ist nicht liegen geblieben draußen, das war von vornherein klar. Édouard geht zurück in sein Büro, schließt sich für mindestens eine Stunde ein. Dann ruft er Cora zu sich. Er erzählt nur die Grundzüge – zu mehr fehlt die Kraft. Erst im Laufe des folgenden Jahres berichtet er ihr Details. Und mir, dem Chronisten Mathias, wird er erst sehr viel später bei passender Gelegenheit anvertrauen, dass er diesen Ausschluss wie das Ende einer Liebesbeziehung erlebt hat. Als mache eine Frau, die sich verändert hat, die man nicht mehr wiedererkennt, mit einem Schluss. Oder als hätten sich Unbekannte bei ihm zu Hause eingenistet, und er müsse sie wohl oder übel willkommen heißen und beherbergen, bis sie ihn nach einiger Zeit packten und vor die Tür setzten und vor seinen Augen die Möbel aus den Fenstern warfen.

Zuallererst plagt ihn Reue. Das demütigende Gefühl, naiv und ungeschickt gewesen zu sein. »Ich weiß, dass ich nicht genug Lobbyarbeit mache. Ich habe nicht die Kraft oder keine Lust auf Innenpolitik im Unternehmen. Und weil mir das keinen Spaß macht, bin ich nicht besonders gut darin. Es ist schon erstaunlich –«, er spricht schwerfällig, sehr langsam, »hören Sie? –, dass mich das nicht schon früher in Schwierigkeiten gebracht hat.«

Manchmal verfällt er, weil Cora ihm mit gerunzelter

Stirn, aber widerspruchslos zuhört, in leichte Häme und in Bitterkeit. »Sie wollen Wertschöpfung, Werte erschaffen. Na großartig. Will denn jemand welche zerstören? Nur stellt sich die Frage: Für wen? Auf wessen Kosten? Unter welchen Opfern? Mit welchen sozialen Nebenwirkungen?« Dann wieder denkt er an sie, die im Unternehmen bleiben wird, malt sich aus, wie es weitergeht, versucht, schonend mit ihr umzugehen. Es werde eine Leitung Marketing und Digitales eingerichtet, mit Tommaso an der Spitze. Ihm sei unklar, was dabei herauskommen solle. Man baue sich aus der Digitalisierung doch keine Strategie. Die Digitalisierung sei eine industrielle Revolution, die sich überall niederschlage; als es die ersten Telefone gab, habe man ja auch keinen Direktor für Telefonie ernannt. Kurz: Sie wollten vor allem das Beziehungsmarketing ausbauen, für die Vorsorge- und die Gesundheitsprodukte, und das sei gut für sie, denn sie könne diese Themen besetzen und damit aufsteigen.

Das sei nicht das Ende, sagt er Cora noch im Vertrauen. Nicht nur, weil sie in Kontakt blieben. Ihre Wege würden sich wieder kreuzen. »Ich weiß nicht, wie. Das klingt vielleicht seltsam, aber ich bin mir sicher.« Tatsächlich: Für sie beide, die immer die Sprache der Vernunft gesprochen haben, ist das ein seltsamer Satz, voller Schicksalsgläubigkeit. So denken sie eigentlich nicht, aber unter diesen Umständen ist er Balsam für die Wunden. Sie wird sich an diese Worte erinnern. Sie werden ihr lange im Kopf herumspuken, und drei Jahre später wird sie feststellen, dass die Vorhersage stimmte.

Als sie ihn so sieht, in diesem Zustand, schwankend, verletzlich, fernab von seinen Sprachgewohnheiten, steht Cora auf und nimmt ihn in den Arm. Sie legt die Arme um ihn und drückt ihn fest. Er erwidert die Umarmung, seine Arme umschließen ihre Schultern, sein Oberkörper drückt gegen ihre Brüste, seine Hände liegen zwischen ihren Schulterblättern. Sie fragt sich, ob sie gleich, wenn sie die Umarmung lösen, nach seinen Lippen suchen wird. Sie beschließt, sich zurückzuhalten, die Situation ist schon kompliziert genug. Dann entscheidet sie sich um, weil sie Lust darauf hat. Aber da geht die Umarmung auseinander, sie sieht wieder sein Gesicht vor sich, weit entfernt, und es ist zu spät, viel zu spät – der Moment ist verflogen.

Als Cora am darauffolgenden Montag ins Büro kommt, ist er nicht mehr da. Das Schild an der Tür ist ausgewechselt worden. Die Tür bleibt geschlossen. Sie fühlt, in dem kleinen Theater des Unternehmens, das gegen ihren Willen auch das Hauptgeschehen in den Kulissen ihres Lebens ist, beginnt ein neuer Akt. Abgang Bories, Auftritt Mangin. Abgang Édouard Verzack, Auftritt Franck Tommaso.

IV LASST UNS EINEN TURM BAUEN

Irrsinn, denkt und sagt Astou Djiguiba. Irrsinn unter dem Deckmantel der Vernunft. Astou glaubt nicht, dass man sich für einen alleinigen Gott entscheiden muss. Wenn es in den Religionen verlockende Formen von Weisheit und Mystik gibt, im Namen welches masochistischen Reflexes freiwilliger Enthaltung sollte man sich irgendetwas davon versagen? Die Geschichte ihrer Eltern, ihrer katholischen Mutter, die sich in Saint-Denis in ihren muslimischen Vater verliebt hat, nachdem sie beide aus nur ein paar Dutzend Kilometer voneinander entfernt liegenden Dogon-Dörfern nach Frankreich ausgewandert waren, macht es für sie natürlich leichter, doch neigt sie zu der Annahme, sie hätte sich diese Gedanken auch sonst nicht verbieten lassen, auch auf die Gefahr hin, hier wie dort als Ungläubige zu gelten. Wenn Cora sieht, wie Astou einen Koran und eine Bibel mit ins Büro bringt und beide den Tag über neben dem Lippenstift, dem Nagellack und einigen Kondomen in ihrer Handtasche liegen, dann weckt das in ihrem atheistischen Geist eine wachsende Neugier, wie der Umgang mit orthodoxeren Gläubigen sie bei ihr nie hat hervorrufen können.

Seit einigen Wochen, seit dem Umzug an die Défense, liest Astou die *Genesis* und erzählt ihr von Babel. Damals haben alle Menschen noch dieselbe Sprache gesprochen und dieselben Wörter benutzt. Sie fanden eine Ebene in der Gegend von Schinar und ließen sich dort nieder. Und sie sprachen untereinander: »Wohlauf, lasst uns Ziegel streichen und brennen!« Und weiter sprachen sie: »Wohlauf, lasst uns einen Turm bauen, dessen Spitze bis an den Himmel reiche, dass wir uns einen Namen machen; denn wir werden sonst zerstreut über die ganze Erde.« Warum haben die Menschen das gemacht? Warum haben sie einen Turm gebaut und keine Stadt aus flachen Häusern? Sie haben wohl nicht so richtig gewusst, was der Himmel ist, dass sie glaubten, er ließe sich erreichen. Und wenn sie sich einen Namen machten, inwiefern sollte sie das davor schützen, über alle Kontinente gescheucht und hinauf aufs salzige Meer gefegt zu werden, wo sie verdursteten?

Diese Dinge seien nicht ganz klar, kommentiert Astou. Jedenfalls fuhr der Ewige hernieder, um sich den Turm genau anzusehen – oder er führte von dort oben heimlich eine strenge Bauüberwachung durch. »Siehe, es ist einerlei Volk und einerlei Sprache unter ihnen allen und dies ist der Anfang ihres Tuns«, stellte der Ewige fest. »Nun wird ihnen nichts mehr verwehrt werden können von allem, was sie sich vorgenommen haben zu tun.« Also verwirrte er, ohne zu zögern, ohne Mahnung, ohne dass man genau wusste, wie er es bewerkstelligte, die Sprache der Menschen, dass keiner mehr des anderen Sprache verstehe. Dann sah er ihnen zu, wie sie sich mühten und entzweiten, einander die unerwarteten Verspätungen beim Bau anlasteten, ihre Werkzeuge wegwarfen und fortan Dolche und Schwerter trugen. Und er verurteilte sie zu genau dem Schicksal, das sie hatten vermeiden wollen, und zerstreute sie über die ganze Erde.

Fest stehe, merkt Astou an, dass dieses Babel-Projekt ordentlich in die Hose gegangen sei. Diese Menschen hätten nichts verstanden. Und auch heute, erläutert sie Cora, die schon ahnt, wohin die Argumentation führt, hätten wir nichts verstanden. Irrsinn!, beharrt sie. Irrsinn die stolzen Türme, die im Süden Manhattans eingestürzt sind. Teuflischer Irrsinn der Hass derer, die Flugzeuge umgeleitet und die Türme zum Einsturz gebracht haben. Irrsinn der 800 Meter hohe Burj Khalifa in Dubai, unter dem schwarzen Blick der Wüste erbaut von Menschen, deren Wert vier Dollar am Tag betrage, damit jene darin arbeiteten und sich im Oasenwind der Klimaanlage erquickten, deren Wert laut dem allwissenden Markt viertausend Mal so hoch sei. Dubai, Manhattan, La Défense, aber auch Chicago, Tokio und Singapur: ein kindisches Wettrennen in die Höhe, das in ihren Augen den gesunden Menschenverstand beleidige. Sie wisse nicht, wie es zu bewerten sei, dass der Ewige die Menschen sich auf ihren Stolz versteifen lasse und zugleich mit der ihm eigenen Genauigkeit für alle ihre Fehler Strafen ersinne. Sie habe nicht übel Lust, ihm zu sagen, es reicht, du hast gesehen, was daraus wurde, mach jetzt deine Arbeit. Mein Gott, greif doch ein. Wenn er sich außerstande sehe, sich später nicht einzumischen, warum stoppe er sie dann nicht sofort? Ob es ihm denn so wichtig sei, aus Gründen der Berufsethik oder im Sinne von Methode, jedes Mal von Neuem zu sehen, bis wohin die Menschen gehen werden und ob sie vielleicht von selbst darauf kommen und erkennen, was sie tun?

In der Broschüre, die in den Tagen nach ihrem Umzug in den Turm Galaxie an sie ausgeteilt worden ist, von einer Agentur, die damit betraut war, die Angestellten, so sie es wünschten, das Viertel entdecken zu lassen, hat das geistige Erwachen, das Astou sowohl Gott als auch den Menschen gegenüber anmahnt, noch nicht stattgefunden. »Vom *Homo neanderthalensis* bis zum *Homo oeconomicus*«, steht darin, »kennen nur wenige die unglaubliche Erfolgsgeschichte dieses Hügels hin zum bedeutendsten Geschäftsviertel Europas. Ursprünglich eine einfache Anhöhe. Ihr Name, Chantecoq, klingt nach einem Spaziergang durch ländliche Umgebung, im ersten Licht der Morgensonne entlang der sich schlängelnden Seine. Die Sonne ist immer noch dieselbe, aber heute spiegelt sich ihr Schein in den Fassaden aus Stahl und Glas. Als Symbol einer ambitiösen Zukunft verlängert das Viertel La Défense die Königsachse vom Louvre über den Triumphbogen hinaus und schreibt die Geschichte von Paris und seinen Erfolgen fort.« Angesichts solcher Gedankenfolgen, bekräftigt Astou, lese sie lieber die Bibel. Cora sieht es etwas differenzierter. Sie hat auch für die Architektur immer ein großes Interesse gehegt und hat im Prinzip gar nichts gegen die Kühnheit der Wolkenkratzer. Wenn sie am Morgen den großen Hauptplatz betritt, hält sie gern einen Augenblick inne, dreht sich mit erhobener Nase um sich selbst und betrachtet die dicht gedrängten Türme, wie sie in ihrer Drehung mitgerissen werden und ebenso zu tanzen beginnen. Sie findet es interessant, dass die Planung des Viertels auf eine Idee von Leonardo da Vinci zurückgeht, die Le Corbusier wieder ausgegraben und 1933 der Charta von Athen beigefügt hat: Die Stadt der Zukunft sei eingeteilt in unterschiedliche Funktionsbereiche für Wohnen, Arbeit, Freizeit und Verkehr. Sie umfasse zwei Ebenen, erstens die *commoditas* mit ihren Zufahrtsstraßen, Bahnhöfen, Parkplätzen, Ladezonen und der Kanalisation und zweitens die darüber liegende, der Schönheit gewidmete *voluptas*, in der die Passanten sich Schaufenster ansehen oder an Lichtspiegelungen auf den Fassaden erfreuen könnten.

An einem Mittag, an dem sie Zeit hatte, war Cora noch einmal im Museum der Défense, das sie bei der Führung nur im Laufschritt durchquert hatte. Sie hat sich über die Modellbauten gebeugt, die das Viertel so zeigen, wie man es sich im jeweiligen Jahrzehnt vorgestellt hatte, und so, wie es tatsächlich gebaut, abgerissen, umgestaltet und wiederbelebt worden ist. Von wegen, Frankreich sei Opfer von langsamem Wachstum oder bewege sich nur in Zeitlupe… Auf den Zeitstrahlen sieht man deutlich die Starre kurz nach wirtschaftlichen Einbrüchen, Leerstände und Baustopps bei Großprojekten, doch dieser Zustand hat nie lange angedauert, und die Neustarts gestalteten sich um so emsiger. Cora hat sich gedacht, die künftigen Generationen, Historiker, deren Eltern einander noch nicht einmal kennen, oder Hobbychronisten wie ich einer bin, würden die die Zeit um die Jahrtausendwende, in der dieses Viertel errichtet wurde, mit etwas Abstand nicht als Epoche von Erschlaffung und Langsamkeit sehen, sondern im Gegenteil als eine Zeit von Leistungen außergewöhnlichen Ausmaßes, einer großen Beschleunigung, die einen, je nachdem, welches Verhältnis man zu Ehrgeiz und Intensität hat, je nachdem, ob man fühlt, über diese kollektive Kraft zu verfügen oder gegen den eigenen Willen von ihr mitgerissen zu werden, in einen Zustand der Faszination oder der grenzenlosen Beunruhigung verfallen lässt.

Sie entdeckt, was ein Büroturm ist. Was es heißt, seine Tage im 27. Stock zu verleben, hundertzehn Meter über dem Boden. Bereits während der ersten Stunden erfasst sie mit wachsender Beklommenheit, dass es nirgends, weder in den Büros noch auf den Fluren, Fenster gibt, die sich öffnen lassen, und die Sache mit den Fenstern drängt sich ständig in ihre Gedanken. Sie sucht nach Gründen dafür. Man kann sich in dieser Höhe gewiss nicht erlauben, den gemeinhin kompetenten, aber fraglos gewöhnlichen Menschen die Entscheidung zu überlassen, wann sie es für angebracht halten oder auch nicht, die von ihnen geatmete Luft zu erneuern. Schon zwei von ihnen an unterschiedlichen Ecken des Turms würden genügen, so der Geist der Initiative sie zeitgleich heimsuche, dass ein Windstoß hereinfahre, der jeden zwänge, sich tief vornübergebeugt dagegenzustemmen und inmitten der Böen aus Büroartikeln, Post-its, Heftklammern, Stiften und Schmierpapier an den Wänden festzuhalten. Schon ein geöffnetes Fenster würde bei Regen und Kälte das gesamte Klimatisierungssystem durcheinanderbringen, würde die teilnahmslose, aber hochgenaue Arbeit der Computer, die dafür angeschafft worden sind, Temperaturschwankungen und den Feuchtigkeitsgehalt der Luft zu berechnen, zunichtemachen. Und bestimmt gebe es dann auch bislang unauffällige Führungskräfte oder Angestellte, denen niemand ein Innenleben zugetraut hätte, die dann aber doch Lust bekommen könnten, sich am Tag eines Börsencrashs oder einer Massenentlassung oder im plötzlichen Glauben, ihr Leben hätte keinen Sinn mehr, hinauszulehnen, nach unten zu schauen und zu springen, zurück auf den Asphalt.

Wie gewöhnlich, wie im Kleingedruckten einer Versicherungspolice, wo erläutert wird, was abgedeckt ist und was nicht, oder wie in den Durchsagen der Verkehrsbetriebe, sind die genannten Gründe sehr gut geeignet, um den Status quo zu erklären. Aber das Herz will, ebenfalls wie gewöhnlich, nichts davon wissen. Ihr Herz konstatiert den riesigen Unterschied zwischen einem Fenster zum Selbst-Öffnen und einer geschlossenen Scheibe zum Erleiden. Ihr Gehörsinn gewöhnt sich nicht an das ständige Gebläse, glaubt ständig, in einem Flugzeug festzusitzen, das nie von der Startbahn abhebt. Ihre Haut und ihre Nebenhöhlen spüren, dass die im Büro zirkulierende Luft zwar trocken und von aller Verschmutzung und allen krank machenden Mikroben gereinigt, aber eben auch aller umherziehenden Gerüche und Lebenskeime beraubt ist. Es ist, als lege diese Luft von Montagmorgen an unsichtbare Pigmente einer Farbe auf die Gesichter, die sie ab Dienstagabend gräulich getönt hat.

Allein ihren Augen gibt der Turm etwas Interessantes zu tun. Nicht während der allzu häufigen Tage und Wochen, da die Altostrati eine durchgehende Masse bilden und das Grau die Landschaft zusätzlich zubetoniert, sondern an den anderen Tagen: den wechselhaften. An denen die Kumulonimbi ihre weißen Gespensterkinder-Regenponchos über der Stadt spazieren führen. Der blassblaue Herbsthimmel wird lediglich von Zirruswolken und den doppelten Wattestreifen der Flugzeuge zerkratzt. Einige Fassaden sind übergroße Spiegel, in denen sich, ein wenig verschoben und verzerrt, der Büroturm zeigt, in dem man sitzt. Oder der Regen verschluckt alles: Wir arbeiten in einem Nebel, der unsere Gespräche unwirklich macht; Türme, die in dreißig Meter Entfernung stehen, scheinen nicht mehr da zu sein, und wenn es etwas aufklart, tauchen sie wieder auf (zunächst die Umrisse, dann die Farben), allerdings sehr langsam, wie Schauspieler, die von der Bühnenrückwand nach vorn kommen, in einer Theaterbeleuchtung, die unmerklich von dunkel zu hell wechselt. Dann bedauert Cora, ihren Fotoapparat nicht dabeizuhaben. Manchmal überlegt sie, ihn im Büro zu lassen, da sie hier, wenn man realistisch ist, den Großteil ihrer Zeit verbringt. Doch glaubt sie nicht, dass Franck Tommaso das schätzen würde. Also hält sie die Hände als Rahmen vors Gesicht und bedient mit einem Zwinkern des linken Auges den Auslöser.

Verlässt man die Aufzüge, die sich im Mittelpunkt des Büroturms Galaxie befinden, zeigt eine in den dicken Teppich eingelassene Windrose die Himmelsrichtungen an, damit man sich nicht verläuft. Die Leitung Marketing und Digitales belegt das untere linke Windrosenviertel der 27. Etage. Coras Arbeitsplatz geht nach Westen hinaus, das Büro ihrer Vorgesetzten Agathe Kerlann nach Südwesten, das von Franck Tommaso direkt nach Süden. Die Fenster der Unternehmensleitung, zwei Etagen höher, befinden sich auf der anderen Seite, sie gehen nach Osten und Südosten, da man von dort die beste Sicht auf Paris hat. Als sie Pierre erklärt hat, dass nichts dem Zufall überlassen worden ist, dass die Verteilung der Landschaften einer strengen Hierarchie folgt, nämlich je nach der Bedeutung einer bestimmten Person wie auch der Wertigkeit, die man einer bestimmten Abteilung beimisst, dass der Turm eine Art Gesellschaftspyramide oder ein mineralisiertes Organigramm darstellt, konnte der ironische Ton ihre Gereiztheit nur schlecht verbergen. Pierre hat geantwortet, das sei natürlich so, was sie denn erwarte? Die Reichen wohnten im Westen unserer Städte und atmeten eine leichte Meeresbrise, die Armen im Osten hätten den Fabrikrauch. Die Reichen wohnten oben, hätten Terrassen und Balkone, seit ein gebräunter Teint vorgezogen werde, gern nach Süden, und verbannten die Armen nach unten, in Wohnungen ohne Tageslicht, oder nach sehr weit oben, dann aber in hässlichen Wohnblocks ohne interessanten Ausblick. Und die Sache mit den Etagen sei bei Balzac genau andersherum gewesen, hat Pierre hinzugefügt, denn Balzac habe *Die Menschliche Komödie* geschrieben, bevor es Aufzüge gab, aber im Grunde sei es dasselbe. Weil das immerhin schon zweihundert Jahre her sei und wir in einer Demokratie lebten, hätte es sich doch ändern können, hat Cora widersprochen. Es sei schockierend, dass sich nichts geändert habe. Es sei schockierend, dass niemand geschockt sei.

Da die ewige Sonne als amtliche Aristokratin sich im Westen davonstiehlt, wird Cora gelegentlich Zeugin von Untergangszeremonien in allen möglichen Rottönen, die wie geschaffen scheinen, sie mit den ungeschriebenen Gesetzen der Raumverteilung auszusöhnen. Hinter den anderen Türmen des Viertels Arche Nord sieht sie den Friedhof von Neuilly und südlich davon, sozusagen gleich nebenan, den von Puteaux. Astou Djiguiba und Nadège Galtier glauben, einen Friedhof in seinem Gesichtsfeld zu haben sei ein schlechtes Omen, aber Cora mag Friedhöfe schon seit Kindertagen, und diese beiden beruhigen sie. Sie findet es gut, dass die Toten Widerstand leisten und bis jetzt durchsetzen konnten, dass man ihre Ruhe respektiert, die winzige Bitte des *requiescat in pace*, was angesichts der hiesigen Bodenpreise ein andauernder Kampf sein muss. Noch davor, vor den Tausenden von Gräbern, sind die Tausenden von Scheiben, in die sich die Fassaden gliedern, immer gleiche Rechtecke, wie ebenso viele Rechenzellen einer unendlichen Tabelle, die angeklickt werden, sobald die Cursor-Männchen in den Gebäuden die Räume betreten. Die Wände scheinen zu frieren. Die Fenster gleichen Augen ohne Gedanken. Von oben reizt es

Cora, die wimmelnden Liliputaner unten auf dem großen Hauptplatz beim Kragen zu packen und zwischen Daumen und Zeigefinger zu zerdrücken. Sie meint, das würde sie entspannen. Eines Abends schreibt sie: »Unsere Anzahl ist das Problem. Früher war das sehr theoretisch, aber jetzt habe ich verstanden: Wir sind viele, viel zu viele.«

Will man den Himmel erreichen, wird der Boden unerreichbar. Trotz der drei Aufzuganlagen ist es ein wahrer Hindernislauf, den Turm zu verlassen. Die Aufzüge fahren leise und behutsam, findet Cora. Darin liegt nicht das Problem. Nadège Galtier behauptet, dass an windigen Tagen die Kabine wackelt – Cora schreibt das lieber Nadèges Ängsten zu, als nachzuforschen, ob dieses Gefühl in irgendeiner Weise auf soliden Beinen steht. Wer jedenfalls zur Mittagszeit, zeitgleich mit der ganzen Belegschaft, hinunter in die zweite Etage zur Kantine oder bis ganz ins Parterre fahren will, muss mit Sicherheit fünf Minuten warten, bis ein Aufzug kommt, der dann in jeder Etage hält, bis nach unten zehn Minuten braucht und sich später für den Rückweg mindestens genauso lange Zeit lässt.

Jeder geht damit auf seine Weise um. Manche haben nie verstanden, wozu es gut sein soll, Mittag zu essen, und verzichten einfach auf ihre Pause. Manche verschieben die Essenszeit, machen ihre Mittagspause etwas früher oder später, da sie finden, nach dem Gedränge zur morgendlichen Hauptverkehrszeit könne man sich unmöglich noch das Gedränge des Mittags-Rushs geben. Die Frage, wann genau die Stoßzeit beginnt und endet, und die Überlegung, lieber die Treppe zu nehmen, zumindest für den Weg nach unten, sind in dieser Gruppe der Gegenstand einer Expertendiskussion. Im Sommer gehen offenbar viele Angestellte mit ihrem Lunch auf die Stufen des Grande Arche, anstelle eines Picknicks im Grünen, doch da der Umzug Mitte September stattgefunden hat, liegt diese Aussicht für Cora in weiter Ferne. Ihr fällt auf, dass viele sich ihr Essen nach oben bringen lassen, statt dafür nach unten zu fahren. Das, denkt sie, ist der größte Unterschied zwischen den Neandertalern, ihres Zeichens Jäger und Sammler, und den Menschen in den Geschäftsvierteln, die sich Sandwiches, Sushi und Pasta liefern lassen und vor ihren Bildschirmen essen, wobei sie vage überlegen, wie sie in der Woche noch ein Zeitfenster fürs Joggen finden. Cora findet das ein wenig dekadent und verweigert sich dieser Art von Nahrungsaufnahme, wann immer möglich. An besonders stressigen Tagen kauft sie sich, wenn sie an der Défense ankommt, einen Salat, oder sie bringt die Reste des Abendessens vom Vortag mit. An den anderen Tagen nimmt sie sich die Zeit für die Cafeteria und akzeptiert das Rumgewarte vor den Aufzügen wie auch später in den langen Schlangen. Dabei bekommt sie immerhin mit, wie Jacqueline Mazel in ihrer Funktion als Personalerin wie auch als nunmehr gestürzte Kantinenkönigin jedem, der es hören will, erzählt, die Geselligkeit leide unter der Situation. Von einigen bekommt sie zur Antwort: Was soll man machen? Andere zucken die Schultern, die Architektur des Ortes wolle es eben so. Und wieder andere gehen gar nicht auf sie ein.

Sie entdeckt, was es heißt, im Großraumbüro zu arbeiten. Das ist noch eine große Veränderung, die dem Körper weitere animalische Anpassung abverlangt. Cora ist übrigens bei Weitem nicht die Einzige, die diese Erfahrung macht: Der Trend dieser Jahre: große Büroflächen, die Platz sparen und Licht durchlassen, das Entfernen aller Zwischenwände, um den Austausch zu vereinfachen. Jetzt, da Cora ihr eigenes Büro verloren hat, merkt sie, wie wertvoll dieser Ort für sie war, dass sie seine Einrichtung mochte, den Akt von Willy Ronis, das Foto vom Mont Aigoual, und welch bemerkenswerten zivilisatorischen Fortschritt die Tür bedeutet hat, die man, in etwa wie ein Fenster, nach eigenem Wunsch schließen oder öffnen konnte.

Entscheidungen der Art sind nun Vergangenheit. Dem Fassadenbogen folgend, sind die Arbeitsplätze in Vierergruppen angeordnet, getrennt durch 1,5 Meter hohe Schränke mit abschließbaren Fächern, in denen man auch, um es neutral auszudrücken, seine »persönlichen Dinge« unterbringen kann. Cora sitzt gegenüber von Astou, die sie großartig findet, sowie schräg gegenüber von Nadège, manchmal etwas sonderlich, und rechts von sich hat sie Damien Tourret, dessen Dasein ihr, seit sie ihn kennt, weder positiv noch negativ aufgefallen ist. Auf dem Gang, der an ihrer Bürolandschaft entlangführt, herrscht ständig Betrieb. Cora fragt sich, was die Leute alle hier rumzulaufen haben, außer wenn sie selbst rumläuft, Informationen einholt, auf die Toilette geht oder, was am häufigsten der Fall ist, sich einfach mal die Beine vertritt – in höchst geschäftig wirkender Gangart.

Von allen Seiten Geräusche. Gespräche, die ihr zufliegen, geschäftliche wie private, die sie so oder so nichts angehen. Manchmal – darin erfüllt sich das gewünschte Ziel der Transversalität – hört sie eine Frage, zu der sie die Antwort weiß, ein Problem, zu dem sie eine Meinung hat, und könnte sich einbringen, wozu sie aber, auf die Gefahr hin, nicht so leicht wieder reinzukommen, ihre Arbeit unterbrechen müsste. Manche ihrer Kollegen stört es nicht, alle naselang unterbrochen zu werden: Sie hören ganz nebenbei alle Gespräche mit und schalten sich ein, sobald etwas sie interessiert, auch dann, wenn sie überhaupt nicht angesprochen waren. Einige Stimmen erheben sich einfach ständig, frei von jeder Kontrolle durch ihre Besitzer. Man wird dazu verleitet, sein Repertoire an verärgerten Gesichtsausdrücken zu erweitern. Eine Kollegin hat einmal Schilder mitgebracht, auf denen in Großbuchstaben stand: *MACH'S KURZ*, und: *LEISER!*, und: *WIR HABEN VERSTANDEN*. »Und da wird einem bewusst, dass nicht alle Stimmen schön sind«, sagt Cora zu Pierre, »wahrlich nicht. Einige sind unerträglich. Wohingegen Gesichter... ich weiß nicht, aber die finde ich immer interessant...« Und wenn Pierre dazu sagt, es gebe aber doch Fratzen, die man schwer in seinem Gesichtsfeld ertragen könne, Köpfe die gern unter die Guillotine dürften, entgegnet sie: »Stimmen sind fieser.« Ist das zentrale Nervensystem einmal auf Störgeräusche aufmerksam geworden, ist man geliefert: Wird eine Tastatur benutzt, klappert sie; auch Leute, die beim Schreiben den Inhalt ihrer Mails mitsprechen oder halblaut jedem Klick ihrer Maus zustimmen, machen Lärm; wenn jemand, um sich Elan zu geben, nervös mit dem Fuß oder dem ganzen Bein wippt; auch das Öffnen von Post verursacht Geräusche. Und dann die Leute, die lachen – es trifft sie keine Schuld und umso schöner für sie, aber vielleicht könnten sie sich absprechen und alle dasselbe lustig finden und alle ihre Witze gleichzeitig machen?

Von allen Seiten Blicke. Auch wenn die Neulinge und Assistenten auf der Gangseite dem am stärksten ausgesetzt sind, reicht ein Blick über die Schulter, um zu erfassen, was auf der Fensterseite passiert. Alle lernen möglichst bald den Shortcut für das Wechseln von ihrer privaten Inbox oder ihrer Ablenkung im Internet zurück zu dem Dokument, an dem sie gerade arbeiten. Agathe Kerlann hat eine besondere Art, beim Begrüßen ihrer Kollegen den Schritt zu verlangsamen, als handele es sich um einen Kontrollgang. Aber nicht nur bei ihr ist das so, und nicht nur das: Man sieht, wer wann kommt und wann geht, und könnte sich zum Spaß die Pausenzeiten jeder beliebigen Person notieren. Tatsächlich etabliert sich eine Hierarchie der Blicke, die ebenso wenig erstaunt wie die Hierarchie der Bürobelegung. Die Vorgesetzten behalten ihre Untergebenen im Blick, die Untergebenen kontrollieren sich gegenseitig. »Das ist das Prinzip des Panoptikums«, erklärt ihr Édouard eines Abends, als sie ihn mal telefonisch erreicht hat. »Das geht im Großen und Ganzen auf Jeremy Bentham zurück, der im 18. Jahrhundert die Idee entwickelte, die Wächter eines englischen Gefängnisses sollten doch all die lieben kleinen Insassen, die sie zu beaufsichtigen hatten, gleichzeitig im Blick haben. Er war Philosoph«, unterstreicht Édouard. – »Aber woher weißt du das?«, fragt Cora nach kurzem Schweigen. »Wann hattest du Zeit, die englischen Philosophen des 18. Jahrhunderts zu lesen?« – »Das ist Allgemeinwissen, glaub mir«, entschuldigt sich Édouard und merkt erst dann, dass er sich damit nur weiter reinreitet. »Ich habe Bentham auch nicht direkt gelesen. Aber Foucault erörtert das alles in seinem *Überwachen und Strafen.* Kritisiert es. Die Disziplinartechniken ... Er untersucht die Zusammenhänge ... das weiß ich noch ziemlich sicher ... zwischen der Disziplinierung der Körper und der Steigerung der Produktivität.« – Seitdem spuken ihr diese beiden Begriffe im Kopf herum: Überwachen und Strafen; ein vielversprechendes Programm.

Wenn sie ihrer eigenen Erfahrung traut, kann sie nicht mit Sicherheit sagen, dass diese Kontrollmethoden die Produktivität steigern würden. Sie entdeckt, was es heißt, Kopfschmerzen zu haben. Sie wusste, dass es so etwas gibt, doch war das bisher für sie so vage wie das, was Leute über Länder erzählen, aus denen sie zurückkommen, von denen man sich aber keine Vorstellung machen kann, da man kein einziges Buch gelesen und keinen einzigen Film gesehen hat, der dort spielt. Manchmal sitzt sie, die Hände auf der Tastatur, reglos vor dem Bildschirm und kann sich einfach nicht erinnern, was sie gerade gemacht hat. Oder sie antwortet einer Kollegin, spürt, wie die Muskeln zwischen ihren Brauen sich verhärten, und spricht ihren Satz nicht zu Ende. Je mehr Zeit sie im Turm verbringt, desto mehr tut ihr Kopf es dem Turm nach, er wird zu einem von der Außenwelt abgeschnittenen Raum mit allzu starren Wänden, in dem immer dieselbe Luft zirkuliert und sich mangels Öffnung nach draußen Druck aufbaut. Wenn sie früher gern mit Kollegen geredet und im Gespräch von ihnen gelernt hat, nimmt sie mittlerweile jede sich nähernde Gestalt als Bedrohung wahr, ahnt die zigste Unterbrechung, die sie wahrscheinlich der wenigen Konzentration, die sie gerade noch aufbringen kann, berauben wird. Manchmal muss sie sich zusammenreißen, muss sich geradezu zwingen, nicht zu vergessen, dass die anderen da sind, um mit ihr gemeinsam die Arbeit zu erledigen, und nicht in erster Linie eine Bedrohung darstellen.

Staatsfeind Nummer eins bleibt das Telefon. Da sie nicht mehr in Paris sind, vereinbart sie seltener Außentermine, um den Arbeitstag nicht so zu durchlöchern, und verbringt dafür lange Stunden mit dem Ohr fest am Hörer. In der Mitte des Turms, also weiter vom Tageslicht entfernt, sind Räume dafür vorgesehen, sich einzeln zurückzuziehen. Es handelt sich um winzige Kammern mit dicken, lichtdurchlässigen Wänden, darin jeweils ein mit grauem Stoff bezogener Sessel vor einem Beistelltisch, auf dem mit der nervenaufreibenden Indifferenz unbelebter Dinge ein Festnetztelefon darauf wartet, abgehoben zu werden oder zu klingeln. Man könnte glauben, sie stammten aus einem immer wiederkehrenden Albtraum. Wenn sie sich darin isoliert, hat sie das Gefühl, dass die vorbeigehenden Kollegen sie mit einem Blick betrachten, wie Tiere im Zoo oder die Körper in den Amsterdamer Koberfenstern ihn hervorrufen. Sie nutzt die Kammer nur als letzte Rettung, nur wenn sie weiß, das Gespräch wird länger dauern, und wenn ihr Ruhebedürfnis über ihr Bedürfnis nach Licht obsiegt. Ansonsten betreibt sie den Risikosport des Telefonierens im Großraumbüro. Fast zeitgleich mit ihrer Ankunft im Büroturm hat sie den Gebrauch des Telefons auf berufliche Notwendigkeiten beschränkt. Sie erträgt schon genug Privatgespräche anderer Leute und möchte denen nicht ihre eigenen zumuten, außerdem wäre es ihr peinlich, in ihrer Anwesenheit über Manon, anstehende Einkäufe, ihre Tagesform oder geplante Ausgehtermine zu sprechen. »Vielleicht bin ich übermäßig schamhaft«, sagt sie, als sie Pierre bittet, lieber per SMS oder E-Mail Kontakt zu ihr aufzunehmen. »Ich habe Kollegen, die das anscheinend überhaupt nicht stört …« – »Nein, mein Schatz«, antwortet Pierre, »du bist genau so schamhaft, wie man sein sollte.«

Sogar für ihre Arbeit stellt die Anwesenheit indiskreter Ohren, die sich aus der Abwesenheit von Wänden ergibt, sie vor neue Herausforderungen. Cora hat keine Lust, merkt sie, dass ihre Kollegen mitbekommen, wie sie sich mit ihren Gesprächspartnern austauscht oder mit ihnen verhandelt. Sie hat ihre Art zu sprechen, ihren Stil, der nicht unbedingt hoffähig ist, mit dem sie aber offen und ehrlich zur Sache kommt. Sobald man aber wisse, alles werde mitgehört, erklärt sie, fange man an, sich zu überwachen und zu zensieren: Man sage nicht ganz das, was man sagen wolle, man werde ein kleines Rädchen im Getriebe, das seine Arbeit erledige, aber man klinge falsch und habe schrecklich wenig Persönlichkeit. Man könne seinen externen Gesprächspartnern nicht mehr von den Problemen erzählen, die man innerhalb des Unternehmens oder mit bestimmten Kollegen habe, und wenn sie nicht verstünden, was ihnen in der Art diplomatischer Telegramme auf höchster Ebene mit Andeutungen gesagt werde, fehlten ihnen letztlich entscheidende Informationen zur richtigen Fortsetzung der Arbeitsbeziehung. Angesichts dieser Lage passt Cora ihre Strategie regelmäßig an: Manchmal gibt sie klein bei und akzeptiert das Farblose, Glatte, Neutrale, dann wieder ignoriert sie die Gepflogenheiten und geht in die Offensive. Wenn jemand aus der Personalabteilung anrückt, fürchtet sie, er könnte bei ihr stehen bleiben, sie nicht ansehen und, während er weiter steht und sie weiter sitzt, vor versammelter Mannschaft sagen: Sind Sie Cora Salme? Frau Salme, Sie haben laut Zeugen so einige Dinge über das Unternehmen gesagt. Unsere Kommission hält das Gesagte zu dreißig Prozent für kritisch und zu zwanzig Prozent für offen feindlich. Wenn Sie mir bitte folgen wollen … Wir haben alles aufgezeichnet und würden Sie gern bestätigen lassen, dass es sich wirklich um Ihre Stimme handelt.

In den Kladden erwähnt sie diese Tagträumerei. Und sie schreibt dazu: »Im Grunde ist alles Vorgefertigte traurig.

Die Massenproduktion von allem. Postkarten, auf denen sämtliche Gefühle schon vorformuliert sind. Die hedonistischen Slogans der Souvenirläden. Ton und Duktus der News-Journalisten. Die Restaurantketten, die Ladenketten. Wir wollen doch alles selbst zusammenbasteln. Wollen Dinge auf unsere Art machen, sie mit unserer Note versehen, unserer Unterschrift. Das erscheint vielleicht hochmütig und eitel, doch glaube ich, es ist ein Bedürfnis, das wir haben. Wird es über lange Zeit vernachlässigt, verschwindet es aber nicht: Es bleibt in uns und beginnt, an uns zu nagen. Es zerfrisst uns das Herz.«

Sie beginnt, sich wohl oder übel ein dickes Fell zuzulegen. All das ist nicht sehr erfreulich, aber Hauptsache, man lässt sich nichts anmerken. Wieso sollte man der alltäglichen Last noch die Bürde des Sich-Beschwerens hinzufügen? In diesem Punkt wäre Cora gern wie ihr Vater. Ist etwas schwer erträglich, ist es auch schwer erträglich, es immer wieder durchzukauen, heißt es in Alain Salmes stillschweigendem Credo. Entweder man kann etwas daran ändern, dann tut man das augenblicklich. Oder man kann nichts daran ändern, zumindest im Moment, dann erträgt man es erst einmal still, um die anderen nicht zu belasten. Und da sie mit Pierre in dieser Hinsicht ein fast vollkommenes Double des *pater familias* gefunden hat, versucht Cora umso mehr, dieser Maxime zu folgen. Alles schön und gut, aber das sagt sich so leicht …

Wenn sie trotz allem versucht, sich an diese Verhaltensmaßregel zu halten, dann auch, weil sie im Austausch mit Nadège Galtier die bittere Erfahrung macht, wie unerschöpflich das Klagen sein kann. Ein Beispiel: Möglicherweise gibt es eine Raumtemperatur, bei der Nadège Galtier sich wohlfühlt, aber zahlreiche Wissenschaftler, die über diesem Thema brüten, konnten bisher nicht herausfinden, bei welcher. Mal ist sie kurz vor dem Ersticken und wedelt verkrampft mit einem chinesischen Fächer, den sie in ihrer Schublade bereithält, dann wieder warnt sie vor dem Anzug einer Polarfront, die Cora, die sich als Frostbeule eigentlich für unschlagbar hält, als eher harmlose Brise empfindet. Um nicht dem Raureif anheimzufallen, verfügt Nadège Galtier über ein Arsenal aus Pullovern und Schals, die nur im seltensten Fall zusammenpassen. Franck Tommaso hat schon zwei-, dreimal erklärt, das sei doch *kein Aussehen*, und Cora war versucht, ihm beizupflichten – da auch sie es satthat, diese unförmigen, faltigen Fetzen zu sehen, in die Nadège sich offenkundig einzupacken gedenkt, bis sie glaubhaft eine Greisin am Kamin abgibt –, spürt aber, dass die Bemerkungen Nadège zum einen verletzen und die Angesprochene zum anderen nicht weiß, wie sie ihre Garderobe erneuern soll, also lässt sie das Thema ruhen. Lieber toleriert sie die Schals, als sich mit einer gekränkten Nadège herumschlagen zu müssen. Für Franck liegt die Sache anders. Nadège ist ihm nicht direkt unterstellt und sitzt auch nicht in seinem Gesichtsfeld. Er kann seine Abneigung gegen sie nur schlecht verbergen, doch das hat für ihn keine Konsequenzen. Einmal hat Cora ihn zu Agathe Kerlann sagen hören, es sei schon verrückt, dass Nadège erfolgreich *alles Schlechte am Frausein auf sich vereine* – was in ihr jedoch eher einen Schutzreflex ausgelöst hat. Nadège ist zehn Jahre älter als sie, Nadège kommt beruflich kein bisschen voran, Nadège hätte von einer festen Beziehung und Kindern geträumt, was sie beides nicht hat: Da muss man nicht unbedingt noch einen draufsetzen.

Außerdem muss man einräumen, dass Nadège sich über all das nicht beklagt. Die wirklichen Probleme, und erst recht die tieferen Ursachen der wirklichen Probleme, sind sicher zu schmerzlich, als dass sie darüber sprechen wollte. Entdeckt sie hingegen ein Hindernis, das zu geteiltem Verdruss führen könnte und das zu benennen durchaus Berechtigung hat, so gibt es kein Halten mehr, und die Klage ergießt sich in einem konstanten Schwall, der spüren lässt, das genannte Hindernis dient hier nur als Vorwand, um einen seit sehr viel Längerem und durch vielerlei Anlässe angestauten Frust abzubauen. Darüber hinaus ist ihr eigen, dass sie jedes Problem, von dem sie bei anderen hört, sofort auf Schwierigkeiten beziehen muss, die sie selbst oder Menschen um sie herum einmal gehabt haben. Beim Lärm im Großraumbüro ist es wie mit den Nachbarn in der Wohnung über ihr, »die es einfach nicht merken, die abends ohne Ankündigung irgendwelche Partys veranstalten und die Stühle übers Parkett schieben, ja, das muss es sein, anders kann ich mir das Geräusch nicht erklären, statt sie einfach anzuheben, und sie trippelt schon morgens mit ihren hohen Absätzen den Flur entlang, und er hört ständig Gangster-Rap mit fetten Bässen, und wenn sie sich dann spätabends anschreien und danach Versöhnungssex haben, merkt man wirklich, die inszenieren sich gern, und ich sage dir, das ist echt anstrengend«. Und die fiesen Kopfschmerzen, die der Turm macht, die sind wie bei ihr, wenn sie Zug fährt, wenn sich die Waggonwände um ihren Kopf zusammenziehen, sie war schon bei mehreren Ärzten, aber keins von den Medikamenten, die sie ihr empfohlen haben, hat irgendwas gebracht, was noch harmlos ist im Vergleich zu ihrer Cousine Margaux, die, seit sie fünfzehn ist, an Ohrgeräuschen leidet, so einem schrillen Tinnitus, der immer kommt, wenn sie den Kopf bewegt, das muss echt schrecklich sein, das kann man sich gar nicht vorstellen …

Dank Nadèges Auftaktformel, *das ist wie bei mir, das ist wie bei ihm, das ist wie bei ihr*, kommt ein Problem niemals allein, was seine Schwere vielleicht kurzfristig relativiert, auf längere Sicht aber den Eindruck verstärkt, die ganze Welt sei ein Jammertal. Und wenn Nadège sich mit entwaffnender Freundlichkeit erkundigt, wie es ihr gehe, hegt Cora mitunter den Verdacht, sie wolle vor allem in eines ihrer Probleme eingeweiht werden, um anschließend ihrer großen Sammlung ein weiteres Element hinzufügen zu können. Das ersetzt bei ihr wohl das eigene Denken, sagt Cora sich boshaft. Dann bereut sie ihre Boshaftigkeit. Dann sagt sie sich, Nadège lege es auch wirklich drauf an. Am Ende sagt sie sich, dass Nadège wohl eine latente Lust daran verspürt, sich zu beklagen, und zudem ein perfektes System der Selbstverblendung entwickelt hat, um nicht zu merken, wie viel Aufmerksamkeit und wie viel Energie sie den anderen mit diesem schrecklichen Verhalten raubt.

Zu den Vorteilen des Klagens zählt, das muss man zugestehen, dass es Dinge fassbar macht. Dass es einen verlässlichen Indikator für den Zufriedenheitsgrad und das vorherrschende soziale Klima darstellt. Nach einigen Wochen in diesen Umständen schätzt Cora die Unzufriedenheit als so umfassend ein, dass ihr ein Versuch, dagegen vorzugehen, lohnend erscheint. Sie spricht mit den Menschen ihres Umfelds darüber. Man ermutigt sie. So schlüpft sie in die Rolle der informellen Fürsprecherin und bringt die Sache bei Agathe Kerlann zu Gehör. Agathe schließt die Tür, damit sie etwas mehr Ruhe haben, und kaut, während sie zuhört, ein Nikotinkaugummi. Da man bis runter auf den Vorplatz selten weniger als zehn Minuten braucht und die Windböen einem den Aufenthalt dort verleiden, versucht sie, mit dem Rauchen aufzuhören. Wie lange schon?, erkundigt sich Cora. Grosso modo seit siebenundsechzig Tagen. Alles habe also auch positive Seiten. Und wegen des Lärms und so, sagt Agathe, verstehe sie das Problem, wisse aber nicht, was genau sie tun könne. Sie rät Cora, sich ohne überflüssige Vermittler direkt an Tommaso zu wenden: »Du kannst ihm das besser erklären.«

Am darauffolgenden Tag klopft Cora, gestärkt durch die offen bekundete Rückendeckung, an Francks Tür. Die Lamellenrollos sind heruntergezogen, es ist schwer zu sagen, ob er da ist. Er öffnet und zeigt sich erfreut, sie zu sehen. Sie gehört allemal zu denen, die er mag. Er grüßt sie immer; lächelt ihr zu, wenn er ihr begegnet; erteilt ihr in Besprechungen bereitwillig das Wort. Offensichtlich ist er nicht der Meinung, dass sie alles Schlechte am Frausein auf sich vereint. Vor ein paar Tagen hat sie, auch wenn sie es schrecklich konventionell und in gewisser Weise traurig findet, ein gerahmtes Foto von Pierre und Manon auf ihren Schreibtisch gestellt, um für Klarheit zu sorgen. Das Lächeln ist dezenter geworden, aber verschwunden ist es nicht.

»Also, was sind die Forderungen?«, fragt Franck, sobald er verstanden hat, aus welchem Grund sie gekommen ist. Und drängt sie mit nur einem Wort in die Rolle der Gewerkschafterin, die fürs Unzufriedensein bezahlt wird. Sie muss kurz schlucken. Dann geht sie darüber hinweg. Zählt die Probleme auf, sagt, der Arbeitsraum sei nicht gut konzipiert, was aber nicht ungewöhnlich sei: Oft müsse man Räume erst mal beziehen, bevor man merke, was nicht geht. Das sei ja nicht das erste Mal in der Geschichte, dass Architekten die Bedürfnisse der Nutzer nicht genau hätten vorausdenken können … Ein Vorschlag, bei dem die Vierergruppen erhalten bleiben könnten, sei es, durchsichtige Trennwände aufstellen zu lassen, damit sie zumindest vor der Lärmbelastung vom Gang her geschützt wären. Auch ein Raum für Stillarbeit würde sich abtrennen lassen. Und ein Büro mit Tageslicht, das die Mitarbeiter für ihre Telefontermine reservieren könnten. Franck notiert sich sämtliche Punkte. Was sie da vorschlage, seien keine kleinen Änderungen … Er werde das nach oben weiterleiten, aber niemand solle sich Illusionen machen: Der Handlungsspielraum sei extrem klein. Das Ziel des Umzugs hierher sei es schließlich gewesen, Geld zu sparen. Und wenn das mit der Immobilie getan wurde, dann nur, und das sollte vielleicht allen klar sein, damit man es nicht beim Personal tun müsse. Er könne sich schwer vorstellen, dass Mangin für kleinteilige Nachbesserungen tief in die Tasche greifen werde. »Ich glaube, es ist vor allem eine Frage der Gewohnheit«, sagt Franck. »Anfangs ist es schwierig, aber wir wollen mal nicht heulen: Der Turm ist brandneu, die Einrichtung ist gut, wir haben eine echt tolle Aussicht. Wir arbeiten nicht im Keller. Wir sind nicht ewig weit draußen. Mit dem Rest werden wir schon zurechtkommen. Wer sich bemüht, findet immer Wege, mit Gegebenheiten zurechtzukommen.« Und damit steht er auf, um sie zu verabschieden, öffnet galant die Tür und schließt sie hinter ihr wieder.

Egal, wie anpassungsfähig sie sei, es bleibe doch ein Aspekt ihres neuen Lebens, an den sie sich wohl nie ganz gewöhnen werde. Schlimmer als der Turm, schlimmer als der Lärm und die Blicke im Großraumbüro, wiege nach allgemeiner Auffassung der Weg zu Arbeit. Eine weitere Vorstufe zum taumelnden Sturz, zur Fahrt in die Hölle, noch dazu eine de facto unterirdische. Von zu Hause zum Gare Saint-Lazare hat sie von Tür zu Tür ungefähr vierzig Minuten gebraucht. Jetzt muss sie mit einer Stunde rechnen, und zusätzlichen zwanzig Minuten Puffer, wenn der Arbeitstag mit einer Besprechung beginnt, bei der sie sich ein Zuspätkommen nicht erlauben kann. Es ist kein Geheimnis und auch keine Überraschung: Linie A, in die sie jeden Morgen bei Nation steigt, ist immer hoffnungslos überfüllt.

Verschlafen mischt sie sich unter die disziplinierte, scheinbar stoische Menge, die aber beim kleinsten Zwischenfall die Nerven verliert und in der der nichtigste Anlass zum Konflikt führen kann. Wenn beim Einsteigen der hinnehmbare Verdichtungsgrad ihres Körpers überschritten würde, lässt sie ein, zwei Züge vorbeifahren, denkt an etwas anderes, atmet langsam ein und aus, doch mehr darf sie sich nicht erlauben: Ab einem bestimmten Zeitpunkt muss sie hinein, muss die Ellbogen zum Einsatz bringen, um eine Verspätung, die man ihr später vorhalten würde, auszuschließen. Also drängt sie andere zur Seite, hält dem Druck stand, bittet immer wieder um Verzeihung mit einem halbgaren Entschuldigungslächeln, von dem sie hofft, es wirke auf die anderen als Tröstung: Wir sitzen alle im selben Boot, und wir halten das durch, keine Sorge… Dieses angestammte Gefühl der Zusammengehörigkeit ist noch gesteigert, wenn ihr Kopf geradewegs unter die Achsel eines Typen geschoben wird, der weder Dusche noch Deo kennt, oder wenn ein Mitreisender direkt gegen ihren Hintern drückt, wobei sie nicht wissen will, ob das, was da drückt, sein Schwanz oder etwas anderes ist, und ob er extra fest drückt, ob er dabei womöglich einen Ständer hat. Gelingt es ihr ein paar Stationen weiter, nachdem sie an mehreren Bahnsteigen mit der Masse aus- und sofort wieder eingestiegen ist, durch irgendein Wunder, einen freien Sitzplatz zu ergattern, tut sie manchmal so, als würde sie ältere oder besonders erschöpft wirkende Passagiere direkt neben sich, die stehen müssen und den Platz viel dringender bräuchten als sie, nicht sehen. Dann nutzt sie die Gelegenheit, Ruhe zu haben, zu dösen, ein wenig zu lesen ... bleibt selbstvergessen sitzen, trotzt der Stimme in ihrem Kopf, die immer wieder sagt, nein, Cora, du doch nicht, was machst du denn? Nein, du, das bist du nicht ... Manchmal sagt die Stimme allerdings auch: Du weißt doch, dass das alles Quatsch ist. Das mit der Solidarität. Dass alle in einem Boot sitzen. Wie kannst du so was sagen? So ein Schwachsinn. Akzeptier deine Privilegien. Es gibt so viele, die du noch nicht mal siehst, die um fünf aufgestanden sind, während du um neun anfängst. So viele sind vor dir eingestiegen und müssen viel weiter fahren als du. Hauptsächlich Leute, die gefeuert werden, wenn sie nicht pünktlich sind. Deren Gehalt bei vermehrtem Zuspätkommen gekürzt wird, das kennst du natürlich nicht ... Immer häufiger hat diese Stimme den Tonfall von Franck. Und es fühlt sich an, als hänge sie hinten an jeden Satz: Da gibt es nichts zu heulen, wir werden doch nicht heulen.

Tränen hin oder her, Klagen hin oder her: Die Morgen mit Pierre sind jedenfalls vorbei. Früher hat sie sich, sogar unter der Woche, am gemeinsamen Erwachen erfreut, am gemeinsamen Frühstück. So haben sie gelebt, für Cora als

Morgenmensch war das eine Wonne. In der Frühe ist sie tatkräftig, hungrig, beißt ins Leben, pflückt den verheißungsvoll anbrechenden Tag. Pierre war mit dabei, denn er braucht keinen Rhythmus, kann überall und immer einschlafen, ist nie so müde, dass er früh ins Bett muss, und nie vorzeitig so wach, dass er vor dem Weckerklingeln aufstehen würde. Sie erinnert sich aus der Zeit vor Manon, in ihrer Wohnung bei Gambetta und in den ersten Wochen im Haus in Montreuil, an das wundervolle Aufwachen. Sie hat den Arm ausgestreckt, Pierre war da. Sie waren aneinandergekuschelt eingeschlafen, und sie fragte sich immer, in welchem Moment der Nacht ihre Körper sich entwunden und sie jeweils auf ihrer Seite des Betts geankert hatten. Einmal, zweimal, dreimal zögerten sie das Erwachen hinaus, schmiegten sich wieder aneinander, er auf dem Rücken, sie in seinem Arm, oder Bauch an Rücken. Die Welt draußen war noch da. Langsam glitt der Himmel zurück ins Dasein. Durchs geöffnete Fenster war im Frühling das Zwitschern der Vögel zu hören. Man konnte miteinander schlafen und dann frühstücken oder erst essen und dann einander vernaschen. Man musste nur die Hand ausstrecken und auf Pierres Oberkörper legen, darauf nach unten fahren, dabei das Relief seiner Rippen und die Masse seines Bauchs in den Fingern spüren und leicht über seinen Schwanz streicheln mit dem Hinweis, das sei natürlich nicht sexuell gemeint, sondern solle ihm nur beim Aufwachen helfen. Ein wenig später war zu entscheiden, ob es vernünftig war, Pierre hinausgehen zu lassen. Draußen gab es bestimmt Leute, die sich bei diesem appetitlichen Körper nicht würden zurückhalten können und ihn aufessen wollten. Pierre ging trotzdem das volle Risiko ein, eilte mit dem Gesichtsausdruck eines Raubtiers die Treppe hinunter und machte sich auf die Jagd, folgte der Fährte, die Baguettes und Rosinenbrötchen bei ihren nächtlichen Aktivitäten hinterlassen hatten. Mit dem scharfen Blick des Spurenlesers machte er immer welche in ihrem Bau ausfindig und fing sie ein, noch lebendig und warm. Nachdem er dem ofenfrischen Brot, kaum dass er die Bäckerei verlassen hatte, mit seinen Fangzähnen das Genick gebrochen hatte, machte er daraus mit seinen Händen einen Teil von Coras Körper.

Nach Manons Geburt mussten sie das Tempo ändern, wollten aber dennoch dabei bleiben, selbst wenn sie den Wecker früher stellen mussten, um Zeit für sich und Zeit fürs Frühstück zu haben. Wer zuerst angezogen war, deckte den Tisch, Tassen und Teller, Joghurt und Marmeladen, Milch für den Kaffee und Obstkorb, während der andere Manon wickelte und umzog. Zum Essen stellte Pierre oft Opernarien an. Er wollte sich die gute Laune nicht gleich mit Nachrichten und Politik verderben. Wenn Cora das Radio einschaltete, kam er in die Küche und schaltete es in der Hälfte der Fälle wieder aus: Oh nee, nicht der! Nicht dieser Schwachkopf, bitte … Mit seinem Dreitagebart und dem so schlanken Körper, der eindeutig nach Fehlbesetzung aussah, sang er lieber nach Lust und Laune die Instrumentalstimmen mit, die Männer- und Frauenrollen des klassischen Repertoires. Er sang Mozart-Arien. Das »Voi che sapete« und das »Porgi amor« aus *Figaros Hochzeit*. Cora saß derweil im Parkett, Manon auf ihrem Hochstuhl wandte von Zeit zu Zeit für ein unterdrücktes Lachen oder ein vertrauliches Flüstern den Kopf, wie die Damen von Welt es in ihren Logen tun. Am Ende der *Zauberflöte* verwandelte Cora sich in Papagena, die Pierre vergebens mit der Panflöte anzulocken suchte, sein *liebes Weibchen*, sein *Herzenstäubchen*, das nicht wieder auftauchte, obwohl er kurz davor war, sich umzubringen, sich an einem Baum zu erhängen, und bereits anzählte: eins ... zwei ... drei ... Doch als alles verloren schien, als der Moment gekommen war, dieser schwarzen, falschen Welt Gute Nacht zu sagen, stand sie plötzlich da. Er sah sie. Sie sah ihn. Und beide begannen schüchtern, mit Überraschung und Ergriffenheit in der Stimme, ein tastendes Pa-Pa-Pa, ein stotterndes Pa-Pa-Pa, ein erkennendes Pa-Pa-Pa-Pa, das offenbarte, sie waren niemand anderer als Papapapapapapageno und Papapapapapapagena – was Grund genug war, sich in die Arme zu fallen und viele Kinder zu machen.

Vor allem kam Pierre immer wieder auf Gluck zurück, den guten Christoph Willibald, der von seinem Vater, einem Förstermeister im Königreich Böhmen, dazu bestimmt worden war, seinen Posten zu übernehmen, aber von zu Hause floh und das durchquerte, was noch nicht Deutschland war, wobei er seinen Lebensunterhalt mit der Maultrommel verdiente, bevor er in Italien und später in London und Wien Karriere machte. Dieser Kerl hat Dutzende Opern geschrieben, aber die für Pierre wichtigste und zugleich die bekannteste ist die 30., die erste Reformoper des Komponisten, in der er die Übergänge zwischen Arien und Rezitativen fließender gestaltet hat. Es handelt sich um *Orpheus und Eurydike,* die bei ihrer Uraufführung im Wiener Burgtheater im Oktober 1762 von Kaiserin Maria Theresia beklatscht worden ist und später, im August 1774, auch in Paris zur Aufführung kam, auf Französisch diesmal, auf Einladung der jungen Marie-Antoinette. *Orpheus und Eurydike.* Die Oper von Cora und Pierre, die sie zweihundertdreißig Jahre später in Berlin entdeckt haben, in den Wochen, in denen sie auch einander entdeckten. Und da diese Geschichte sie bis zum Ende verfolgt, sie bis zum Ende umtreibt und heimsucht, muss ich an dieser Stelle ein paar Worte dazu sagen.

Wie Pierre es Manon zu Beginn immer wieder in Erinnerung ruft, weil man mehr mit der Musik anfangen kann, wenn man das Libretto kennt, ist Eurydike eine Baumnymphe. Man nennt sie auch Dryaden. Sie heiratet Orpheus, den nach allgemeinem Dafürhalten größten aller Dichter und Sänger: Seine Musik lässt Tiere erstarren, Bäume herbeilaufen und Felsen weinen. Doch kaum sind zwischen ihnen zarte Bande geknüpft, wird Eurydike von einer Schlange in den Knöchel gebissen und stirbt. Manche halten das für einen dummen Unfall, der sich ereignet hat, als sie auf der Wiese ein paar Blumen pflückte, für andere ist es ein weiterer Fall von sexueller Belästigung: Sie ging nicht einfach so spazieren, nein, sie floh, so schnell ihre Beine sie trugen, vor Aristaios, einem trotteligen Imker, der sie mit seinen Avancen verfolgte und nicht einsehen wollte, dass sie weder seine Prinzessin noch sein Häschen, aber deshalb noch lange keine Schlampe war.

Als der Vorhang sich hebt, weint Orpheus an Eurydikes Grab. Er weint wie ein Dichter, mit einem Reim am Ende eines jeden Schluchzers. Er gedenkt ihrer früh, wenn der Tag erscheint, und spät, wenn er schwindet, ruft seine Stimme immer noch nach ihr. Unermüdlich fordert er sie von der gesamten Natur zurück, doch der Wind trägt sein Bitten und Flehen davon. Als er sieht, dass nichts hilft, beschließt er, sein Leben zu beenden. Genau wie Papageno, Manon. Siehst du, Manon, wie unglücklich wir Männer sind, wenn ihr plötzlich nicht mehr da seid? Weil er aber nicht vollkommen verrückt ist, versucht er es wie Papageno mit einer letzten kleinen Erpressung und sagt:

»Götter, gebt Leben ihr wieder, oder gebt auch mir den Tod!«

Also kommt Amor, taucht genau zum richtigen Zeitpunkt aus dem Nichts auf, erzählt Cora weiter. Sagt dem unglücklichen Dichter und Sänger, sein Schicksal habe die Götter bewegt. Orpheus dürfe in die Unterwelt hinabsteigen, dürfe dort seinen Fall vorbringen. Um Eurydike wieder mit nach oben nehmen zu können, muss er zunächst die Minister des Schattenreichs mit seinem Gesang rühren, obwohl es keine Garantie dafür gibt, dass die Töne seiner Leier die Art Musik sind, die sie gern hören. Und eine weitere Bedingung wird ihm gestellt: Auf dem Rückweg, Manon, darf er mit Eurydike nicht sprechen, darf nicht ihre Hand halten und darf sie auch nicht in irgendeiner Weise ansehen. Oh, kleine Sterbliche!, sagt Pierre. Such nicht nach dem Sinn einer solchen Bedingung! Fragst du die Götter nach dem Warum, bekommst du keine Antwort. So ist es eben, Punktum, weil der Weg des Helden nun mal mit Fallen übersät ist oder um an die Spielregeln zu erinnern und klarzumachen, wer den Hut aufhat. Und natürlich ahnt Orpheus schon, ergänzt Cora, dass die Prüfung schlecht ausgehen könnte, doch hat er keine Wahl, er kann das Angebot annehmen, wie es ist, oder es bleiben lassen, also willigt er ein.

Zu Beginn des 2. Akts, in einer Felsengegend voller Fumarolen, trifft er auf die Furien. Mit einem Bläsersturm und entfesselten Streichern kreisen sie ihn *maestoso* ein, um ihn von diesem Ort, an den sonst kein Sterblicher seine Schritte lenkt, zu vertreiben. Und während Manon, als ob sie wüsste, was auf dem Spiel steht, zu zappeln beginnt, wild strampelt und den Furien mit dem Holzlöffel droht, den sie immer besser hält, bittet Orpheus, zu zart herabregnenden Harfenklängen, mit seiner zumindest für Pierre unerreichbar hohen Counterstimme, sie möchten ihn doch in seinem Unglück erhören. Sie schreien im Chor ein großes Nein, aber sein Gesang ist so mächtig, dass er sie verzaubert, entwaffnet, besänftigt, bis sie schließlich sagen, doch, er dürfe hinabsteigen, die Wege stünden ihm offen.

Dort treffen wir auf Eurydike. Sie schmort nicht auf irgendeinem ewigen Grill – da müssen wir genau sein, Manon, und dürfen die Hölle nicht übertrieben darstellen. Sie befindet sich im Elysium: Bei einer Beleuchtung, die weder Tag noch Nacht ist, zieht sie mit ihren toten Gefährtinnen an einem kühlen Bach entlang und umrundet ziellos kleine Baumgruppen. Das ist die Balletteinlage: der »Reigen seliger Geister«. So heißt sie. Den Namen hat Gluck ihr gegeben. Und sollte ich diese Chronik eines Tages zu Ende bringen, wird das wohl meine Überschrift für das letzte Kapitel sein: »Reigen seliger Geister«. Doch ist das Seligkeit, da im Elysium? Na, Manon, ist es das? Was meinst du? Immerhin ist sie tot. Die Querflöte erhebt sich, zart und schön, gebrochen durch alles, was sie verloren hat, und man spürt bei diesem Solo in d-Moll, verhalten begleitet von den Streichern, dass der Frieden und die Ruhe ihren Tod nicht aufwiegen können. Pierre und Cora in der Staatsoper haben einander in diesem Moment angesehen. Sie waren zutiefst ergriffen und nahmen sich bei der Hand. Du weißt das noch nicht, Manon, aber diese winzigen Gesten am Anfang einer Liebe, die zählen. Du hörst es, wenn du darauf achtest: Der ganze Reigen braucht keine Worte. Pierre kann dann nicht anders, als auf Höhe seiner Lippen mit den Fingern eine unsichtbare Querflöte zu spielen oder mit einem ebenfalls unsichtbaren Taktstock das Orchester zu dirigieren.

Der Chor der seligen Geister bringt Eurydike zu Orpheus. Er weiß, dass keine Zeit zu verlieren ist, dass man sich, wenn gefunden wurde, was gesucht war, an solch einem Ort nicht lange aufhält, und möchte sie davonführen, damit die Hölle hinter ihnen nur noch eine böse Erinnerung ist. Auf dem Weg durch die unterirdischen Gänge darf er ihre Hand noch halten, doch sobald sie zu den Treppen gelangen, die sie hinauf ans Licht führen sollen, muss er sie loslassen und allein vorangehen. Sie kommt bei seinem schnellen Schritt nicht hinterher. Versteht seine Eile nicht. Warum schweigt er? Warum flieht er ihren Blick? Erscheint sie ihm anders, ist sie gealtert, ein Zombie? Lohnt es sich, wieder einen auf Paar zu machen, wenn er sie überhaupt nicht beachtet? Orpheus sieht oben das Tageslicht, fahl und verheißungsvoll. In Gedanken fleht er sie an, sagt: Eurydike, folge mir, das Wichtigste ist, wieder bei den Lebenden zu sein, groß rumknutschen, alles erklären, sich aussprechen, dafür haben wir später Zeit. Doch wenn auch das Publikum, also Manon, hört, was er zur Seite spricht, Eurydike hört ihn nicht. Mit pochendem Herzen gerät sie auf den Stufen ins Stolpern, gibt die Opernheldin, sagt, er sei grausam, ja barbarisch. Sie überhäuft ihn mit Vorwürfen, irrationalen und vollkommen ungerechtfertigten, wie Pierre nachdrücklich anmerkt. Der arme Orpheus kann bald nicht mehr. Er dreht sich um – sieht sie an – und verliert sie. Der Atem verlässt sie, o Himmel, sie fällt. Er schüttelt sie, sie regt sich nicht mehr, und er fühlt sich wie der Idiot, der sie umgebracht hat.

Also singt er seine Arie. Seine bekannteste. Und die von Pierre am häufigsten gesungene. »Ach, ich habe sie verloren«, singt Orpheus auf Deutsch. Im Italienischen fragt Orfeo: »Che farò senza Euridice?«, fragt sich, ja, was er ohne sie anfangen solle. Singen, Singen sei alles, was ihm bleibe. Die Arie schwankt zwischen Verzweiflung und Zärtlichkeit und dient Pierre mit seiner feinen Ader, während er den Frühstückstisch abräumt, zur Matrix für so viele feinsinnige Reime auf »-oren« wie seine Fantasie überhaupt nur hervorbringen kann. Als Cora ihm mit Blick auf Manon untersagt, das durchaus elegante »Ich spür die Lust in allen Poren« zu verwenden, verlagert er sich auf das klassische »Und lutsche dir die süßen Ohren«, und stellt die These auf, die Zeile »All mein Glück ist nun dahin« beziehe sich für eine kindliche Zuhörerschaft ganz deutlich auf die Zeit nach dem Stillen und dem tröstenden Daumenlutschen, in der nichts mehr ungestraft gelutscht werden darf.

Und dann musst du noch wissen, Manon, dass Amor in Glucks Oper ein weiteres Mal auftaucht, ganz am Ende des Leidens und der Partitur, er hindert Orpheus daran, sich umzubringen, bescheinigt ihm, dass er Beständigkeit und Glauben bewiesen habe, beugt sich über Eurydikes Leichnam, murmelt ihren schönen Vornamen, sagt: »Atme«, und erweckt sie langsam von den Toten. Doch, doch, mein Butterböhnchen, so ist das. Vielleicht ist es so geschrieben worden, um allen Butterböhnchen im Zeitalter der Aufklärung eine Freude zu machen, denen, die sich immer für die glücklichsten oder die unglücklichsten Menschen hielten und deren Tränen die bittersten oder die süßesten waren, doch ist dieses Ende mit seinem *deus ex machina* bis zum Abwinken zu optimistisch und zu gewollt, um ganz glaubhaft zu sein, Manon. Die Wahrheit ist: Er dreht sich um, und sie stirbt. Da kann man machen, was man will. Sorry, mein Schnuckelchen. Es ist traurig, aber so ist es. Alle, die sterben, die sind tot, und dabei bleibt es, die holt niemand wieder.

Dieses Leben war das große Leben. Cora hat das Gefühl, es sei für immer vergangen. Unternehmen, die umziehen, um Kosten zu sparen, sorgen sich eher selten um die Folgen des Umzugs für den Operngesang. Pierre und Cora sind in ein durchgetaktetes Leben geraten, in dem die allmorgendlichen Bewegungen der immer gleichen Choreografie folgen, weil diese laut Erfahrung am effizientesten ist. Als Erstes den Wasserkocher anstellen. Dann Blick aufs Smartphone, um nach dem Wetter zu schauen. X macht den Kaffee und deckt den Tisch, während Y sich anzieht, dann macht X sich fertig, während Y Manon weckt. Die soll bloß nicht quengelig sein, die kleine Maus, das hält schrecklich auf. Ein Handgriff nach dem anderen, und das Gefühl macht sich breit, man habe am Vortag schon genau dasselbe getan, also, da die Wiederholung alle Zeit komprimiert, vor einer Sekunde. Silué wohnt zehn Minuten entfernt, auf der anderen Seite vom Marché de la Croix-de-Chavaux, und sie wechseln einander damit ab, je nach Arbeitsbelastung, Manon zu ihr zu bringen. Pierre fährt mit dem Auto nach Roissy, Cora steigt hinab in die Métro und durchschreitet die unterirdischen Gänge, die einander alle gleichen, immer auf der möglichst kürzesten Strecke. Die Langeweile ist groß genug, dass sie die Muße hat, sich auszurechnen, wie aus den täglichen zwei Stunden im Jahr zwanzig ganze Tage werden, die sie auf dem Weg zur Arbeit verbringt, oder vielmehr dreißig, wenn man vom Tag die Stunden abzieht, die man zum Schlafen braucht. Sie malt sich aus, was sie mit den dreißig Tagen, die sie dort im Untergrund verliert, alles machen könnte.

Um die Schwermut abzuwehren, fährt sie mit Musik und hat sich dafür Kopfhörer gekauft. Die isolieren und schützen ein wenig. Sie erinnert sich, wie sie sich im Herbst ihres Abschlussjahres, wenn sie mit einem von Liebeskummer zermalmten Herzen, mit Kopfhörern auf den Ohren und einem klobigen Discman in der ausgebeulten Manteltasche zu Fuß zur Schule ging und die Dire Straits hörte, die »Bitter Sweet Symphony« von The Verve oder Portishead, wieder und wieder sagte: Musik wird die Welt retten; sie rettet ja auch mich jeden Tag. Heute würde sie pathetische Sprüche dieser Art nicht mehr machen, doch glaubt sie immer noch fest daran. Die Zeit der Discmans war schnell vorbei. Und was aus Maxime geworden ist, weiß sie nicht. Im Gedränge von Châtelet-Les Halles bleibt das Kabel ihrer neuen Kopfhörer eines Tages an den Riemen einer Tasche oder an irgendwelchen verfluchten Knöpfen hängen und reißt. Zu Weihnachten schenkt Pierre ihr neue Kopfhörer, robuster und noch ausgefeilter, die Umgebungsgeräusche reduzieren, bis man nur noch Stille oder Musik hört. Und auch wenn sie eigentlich kein Mensch ist, der sich den Sirenen der Innovation allzu leicht hingibt, überredet Pierre sie zum Smartphone, damit sie Pressemeldungen auch im Stehen lesen kann, wenn sich unmöglich eine Zeitung aufblättern lässt. Sie erkennt an, dass ein solches Gerät wirklich nützlich sein kann. Etwa um Porträts von Menschen zu schießen, deren Gesichter sie markant findet, oder um die Geometrie der Lichtspiegelungen an der Défense einzufangen.

Mathilde Rameaux von der Personalabteilung hat den Mobilitätsausschuss verstärkt. Cora vereinbart einen Termin. Sie kann sich schon denken, wie im Vorfeld des Umzugs einkalkuliert wurde, dass einige, denen der weitere Weg das Leben allzu schwer machen würde, nicht mitkamen oder, sobald sie hier waren, das Unternehmen verließen. Wenn sie das wünsche, könnten sie ihr eine Verwaltungsstelle in Bobigny (was den Weg zwar verkürzen würde, aber eine andere Arbeit mit sich brächte) oder eine Marketingstelle in einer der Regionalleitungen in Clermont-Ferrand oder Straßburg anbieten. Mittelfristig ist das nicht undenkbar, aber es wäre doch seltsam, wo sie gerade ein Haus gekauft haben, ihre Freunde in Paris sind und Pierre bei Air France eine Stelle hat, mit der er zufrieden ist. Cora merkt auch, dass es sich wie eine Niederlage anfühlen würde: Oft genug hat sie mit Édouard über das Thema gesprochen, sie weiß, dass der Hauptsitz ein Karrierebeschleuniger ist und man besser hier arbeitet, wenn man an Projekte kommen will, die interessant sind und mit denen sich punkten lässt. Also fährt sie eine andere Taktik und bittet Franck darum, einen Tag die Woche von zu Hause aus arbeiten zu dürfen. Sie bringt an, dass das die Zukunft sei: ein Gewinn an Zeit und Energie und letzten Endes ein Zuwachs an Produktivität. Franck erklärt, er habe vor, das demnächst mit der ganzen Gruppe auszuprobieren, aber in ihrem konkreten Fall sei es noch zu früh: Erst müsse das neue Team sich eintakten und lernen zusammenzuarbeiten. Und wenn sie sich über die verfahrene Situation aufregt und ungeduldig wird, ist das Schlimmste, dass auch Pierre die Geduld verliert: Sie sei einfach verwöhnt gewesen, jetzt habe sie es eben weniger bequem, aber alles in allem sei es doch nicht so schlimm. Wenn sie dadurch lerne, geduldiger zu sein, ausdauernder, weniger anspruchsvoll, wäre das nicht das Schlechteste. Sie hasst es, wenn er ihr so kommt, wirklich. Erstens, weil er es in der Hinsicht leichter hat, aber so was von leichter. Und zweitens, weil dieser Ton, bei allen Unterschieden, sie an Franck erinnert, was echt überhaupt nicht geht.

An manchen Abenden, wenn die Schwermut überhandnimmt, stürzt sie sich mit ungesunder, süßer Nostalgie in ihre Erinnerungen an Berlin. Sie sieht sich dort gemachte Fotos an. Liest ein wenig in den dort geführten Kladden. So kann sie verfolgen, wie die urbane Landschaft in ihrem Kopf eine geistige Landschaft erschuf, die wiederum die Straßen in ein anderes Licht setzte. Sie denkt sich, wenn sie diese Archive angelegt hat, dann doch, um dorthin zurückzukehren, sich zu erinnern, wie sie als ganz junge Frau getickt hat, mit zweiundzwanzig, und auch, wie diese Stadt damals aussah, denn weder die junge Frau noch die Stadt, wie sie damals war, wird es jemals wieder geben. In anderen Momenten wiederum findet sie es idiotisch, damit ihre Zeit zu vergeuden. Sie wird sich doch nicht schon mit dreißig der Nostalgie hingeben, was soll sie denn dann mit fünfzig machen oder, schlimmer noch, mit achtzig? Und dennoch …

Sie erinnert sich. Sie kam im Juli an, suchte einige Tage lang eine WG mit ausschließlich Deutschen, weil sie große Stücke auf die Immersion hielt, und zog in eine frisch renovierte Wohnung im Prenzlauer Berg. Dicke Wände, richtiges Parkett, großartige Deckenhöhe. Da sie nicht wusste, womit und wie sie ihr fünfunddreißig Quadratmeter großes Zimmer einrichten sollte, pinnte sie Poster an die Wände, kaufte sich eine Eins-sechziger-Matratze, die sie direkt auf den Boden legte, und rollte vor dem von Kletterpflanzen zugewucherten Fenster eine Yogamatte aus, wogegen die in Paris nie aus dem Schrank gekommen war. Sie hatte gehört, es sei besser, im Sommer herzukommen und Freunde und geliebte Orte zu finden, bevor die »*Winterdepression*« die breiten Straßen wieder fest im Griff ihrer eiskalten Hände hatte.

Kurz vor der Abreise hatte ihre Mutter sie eingeladen, sich ihre erste digitale Spiegelreflexkamera auszusuchen. War sie von der Sparsamkeit, zu der das Analoge sie zwang, frustriert gewesen, hatte Cora nun das Gefühl, sie könne die Zügel schießen lassen. Den Riemen schräg über der Schulter, damit der Apparat ihr nicht vor die Brust schlug, fühlte sie sich ganz im Augenblick und mächtig, gerüstet und bereit. In den ersten Wochen besuchte sie im Martin-Gropius-Bau die große Cartier-Bresson-Retrospektive und woanders noch eine Willy-Ronis-Ausstellung. Sie kannte beide nur dem Namen nach. Und sie kann nicht erklären, warum, aber diese Fotos waren für sie – die zum ersten Mal weit entfernt von Paris, den Freunden und der Familie lebte, was sie vielleicht empfänglicher machte – so etwas wie eine Offenbarung. Das 20. Jahrhundert zog in Schwarz-Weiß an ihr vorüber, vom Schrecken der Kriege bis zu den flatterhaften Freuden von Alltag und Urlaub … Nichts war wertvoller, als seine Zeit mit diesem bezeugenden Blick zu betrachten, einem Blick bis ins Innerste der Seelen, der das Geheimnis rund um die Menschen wahrt und sie am Leben erhält. In einem der Museen blieb sie eine Minute lang vor einem Seismografen stehen. Auch sie fühlte sich seismografisch – auch sie konnte kleinste Erderschütterungen aufzeichnen, allein schon, weil sie sich ihr einprägten. Die Hausarbeiten für die Uni würde sie schnell erledigen können, ein wenig zusammengeschustert: Damit dieses Jahr ihren Erwartungen gerecht wurde, musste es mit Musik und Fotografie angefüllt sein.

Sie erinnert sich. Jonas. Der Fünfte oder Sechste, mit dem sie geschlafen hat, je nachdem, wie man zählt. Es war an einem Abend im August auf dem kaputten, kippenübersäten Uferrasen entlang des Landwehrkanals. Sie hat ihn nicht sofort entdeckt: In der Gruppe ihres Mitbewohners Anton gab es viele neue Gesichter, sie wusste überhaupt noch nicht, wer wen kannte und seit wann. In den Geruchsschwaden des Grills, auf dem Bratwürste lagen, wurde Becks aus der Flasche getrunken. Sobald es dunkel war, zündeten einige Ölfackeln an, die ihre rußigen Flammen zu den Wolken hinaufschickten, ein Feuerkreis über dem Durcheinander ihrer liegenden Körper. Jemand fragte, wie kalt das Wasser wohl wäre. Und wie tief? Eine Minute später öffnete ein braunhaariger Typ mit langem, spitzem Gesicht seinen Gürtel, Cora war in Slip und BH, und wie Papageno, nur mit etwas mehr Drive, zählten sie eins, zwei, drei und warfen sich ins Wasser. Der Kanal war nicht beleuchtet, das andere Ufer kaum vorhanden, sie schloss bei jedem Untertauchen die Augen und schwamm einfach blind. Sie sagte sich: In diesem Kanal trieb die Leiche von Rosa Luxemburg. Sie spürte die Kühle und sah Jonas ganz nahe, sie schwamm Brust, er Kraul, aber er atmete nach rechts, um zu ihr zu schauen. Sie freute sich an ihrer stillschweigenden Übereinkunft, kein Rennen zu schwimmen, sondern die Strecke nach drüben zu genießen. Sie sagte sich: Es ist der 15. Januar 1919, und Rosa Luxemburg wird von Soldaten eines Freikorps mit Gewehrkolbenschlägen und einem Schläfenschuss umgebracht.

Den Rest des Sommers hat sie in Jonas' Gesellschaft berlinisiert. Sie schlief fast genauso oft bei ihm in der WG in der Schönleinstraße wie in ihrer am Zionskirchplatz. Nach dem gemeinsamen Vormittag im Bett gingen sie hinaus auf den Markt am Maybachufer und kauften Oliven und Ziegenkäse, wo die türkischen Händler ihre Stoffe auseinanderrollten und kopftuchtragenden Frauen mit schwarz ummalten Augen zeigten, oder Rastamädchen, deren Dreads genauso blau waren wie die Adern unter ihrer Haut. Oder sie gingen zum Brunch in die Ankerklause mit ihrem Balkon, der über den Kanal ragt. Sie legten *Die Zeit* auf den Tisch, dieses Papierkonvolut von faszinierendem Ausmaß, nahmen sich die Teile heraus, die sie interessierten, tauschten sie untereinander aus und kommentierten sie. Ab und an bat Cora Jonas, ihr ein Wort oder einen Bezug zu erklären. Schon seit einigen Wochen musste sie, wie sie fand, für schnelles, flüssiges Deutsch kein Bier mehr getrunken haben. Sie stolperte immer seltener über Barrieren aus fehlenden Wörtern, konnte langsam auch humorvoll sein und schlagfertig antworten. Sie fand es ziemlich schick, auf Deutsch Sex zu haben, brachte in passenden Momenten ein »Mein Gott!« an den Mann, was gut ankam, ein kleines, gut platziertes »Wie wunderbar!« oder andere, nicht immer ganz artikulierte Ausrufe, die ihr hinreichend idiomatisch und doch leicht exotisch erschienen, wie unerwartete Zärtlichkeiten.

Sie ging auch viel allein spazieren, um zu vermeiden, dass jemand ihren Rhythmus oder das Fokussieren ihres Blicks störte. Es gab in diesem Sommer einen Moment, in dem zwei türkische Jungen, die am Ufer des Landwehrkanals lagen, Schwäne anlockten, ihnen Kiesel hinhielten und hofften, sie würden sie fressen. Cora fotografierte. Die beiden Schwäne näherten sich mit langsamen Beinschlägen, stiegen aus dem Wasser, klick, reckten den Hals, um genauer zu sehen, klick, verstanden, dass man sie fangen, ihnen vielleicht Federn ausreißen wollte, wandten sich ab und flogen davon. Cora fotografierte. Auf ihrem Display zeigten die Gesichter der Jungen so widersprüchliche Ausdrücke, dass sich schwer sagen lässt, ob sie ihre Aktion eher für einen Erfolg oder eher für einen Misserfolg hielten. Es gab in diesem Sommer einen Moment im Viktoriapark, einen Abend, der die Körper mit einem Lichtkreis aus Goldstaub umhüllte. Eine Blondine in rosafarbenen Minishorts, gehalten von einem dünnen weißen Gürtel, und mit entsprechend lackierten Fußnägeln hatte gerade einen Joint fertig gerollt; neben ihr stand ein Tetrapack Orangensaft. Den Kopf im Nacken, die Augen zusammengekniffen, stolz, kurz vor einem Lachen, schaute die junge Frau sie an, und Cora fotografierte sie. Weiter hinten im Park saß ein überall tätowierter Typ mit freiem Oberkörper, angegrautem Pferdeschwanz und kleiner runder Brille im Schneidersitz und war so vertieft in seine Meditation, dass er ihre Anwesenheit nicht bemerkte. Sie freute sich an dem Gedanken, sein Bild mitzunehmen; es würde sie ihr ganzes Leben begleiten, obwohl er sie nicht gesehen hatte und nie wissen würde, dass es eine Cora Salme überhaupt gab. Sie dachte an Cartier-Bresson. Ich bin nicht losgezogen, um die Befreiung der Konzentrationslager oder das Begräbnis von Gandhi festzuhalten, sagte sie sich. Aber die kleinen, funkelnden Alltagserfahrungen und die Gesichter der Menschen, denen ich begegne, festhalten im Strom der Zeit – vielleicht zählt das ja auch.

Wenn sie müde war vom Herumlaufen und der Fotoapparat ihr schwer an der Schulter hing, setzte sie sich in Cafés. Dort war es nie voll und nie teuer. Der Gedanke, dass in allen Ecken der Stadt Cafés auf sie warteten, beglückte sie, dass viele ihren ganz eigenen Charme hatten, ihre Identität, und sie das ganze Jahr über so lange dort sitzen konnte, wie sie wollte, ihre Bücher rund um sich ausgebreitet und den Laptop auf einem großen Holztisch.

 Neben diesen Rückzugsorten wirkten die metalleingefassten, dicht an dicht stehenden Tische der Pariser Caféterrassen kleinlich, beschränkt, fast schon boshaft.

Ruhe von Zeit und Raum. Sie erinnert sich an Jonas am frühen Abend, wie er am Fuß einer Trauerweide saß, während die Mücken ihr Leben lebten und im braunen Wasser des Kanals Tausende kleine Blätter dahinschwammen, wie er ans Handy ging und auf die Frage, was er gerade mache, nach einigen Sekunden, in denen er sich das auch zu fragen schien, antwortete: *Ich sitze am Kanal und trinke Bier*. Ein kurzer Satz, der alles sagt. Cora spürt, dass die wortwörtliche Übersetzung ins Französische, die ihr durch den Kopf geht, es nicht ganz trifft. Aber wenn sie versucht, es idiomatischer zu übersetzen, geht etwas verloren. Er hat nicht gesagt: »Ich kippe ein paar Biere – *je bois des coups*«, was aggressiv und nervös klingt, und auch nicht: »Ich trinke ein Bier – *je bois une bière*«, was nicht die richtige Dauer wiedergibt. Jonas' zufriedener Satz scheint keine zeitliche Grenze zu haben, das Bier fließt so dahin, wird vom Kanal zum Fluss, vom Fluss zum Meer. Nach diesem Anruf kreuzten noch ein paar Freunde auf, bekannte und unbekannte, und nach einem Katzensprung mit der U-Bahn waren sie alle im Osten, kauften noch ein paar Sixpacks und klingelten bei Katja, holten alle Stühle der Wohnung in die Küche, setzten sich zusammen und machten die Nacht durch, obwohl gar nichts weiter geplant war. Auf dem Nachhauseweg von dort hat Cora ein Foto gemacht, das sie später *Die Pfütze* nannte, darauf lässt das erste Tageslicht die feuchten Pflastersteine glänzen, in einem morgendlichen Blau, in dem das Gelb einer Straßenlaterne flackert, es erzählt auch ohne menschliche Kontur darauf von einer Feier und ist in ihren Augen eins ihrer ersten guten Bilder, um nicht zu sagen: ein erstes Kunstwerk.

Eines Abends – ja, kommen wir jetzt zu *dem* Abend – ging sie ins Tageslicht, zu einer dieser Partys, die es offiziell gar nicht gab und deren Ort am Dienstag für den Mittwoch im Geheimen weitergesagt wurde. Sie ist sich nicht sicher, in welchem Viertel es war, und könnte die Adresse gewiss auch nach langem Herumsuchen nicht wiederfinden, obwohl kaum ein anderes Ereignis ihr so viel Veränderung gebracht hat wie dieser Abend, dessen Auswirkungen in ihrem Leben und in den Leben derer, die ihres begleiten, immer noch spürbar sind.

Ort der Zusammenkunft ist eine ehemalige Brauerei mit großen, kaum ausgeleuchteten Hallen, Böden aus rohem Beton, efeubewachsenen roten Ziegelwänden und wilder Vegetation. Über der Eingangstür hängt ein Verkehrsschild, auf dem ein Mann im Anzug, vom Blitz getroffen, im Rückwärtsfallen seinen Aktenkoffer loslässt, darunter für alle, die schwer von Begriff sind, die Worte: *Hier ist kein Spekulant.* Drinnen lässt der DJ zwischen Wellen von Jazz Lieder von Weill und Chansons von Piaf durchscheinen, taucht die Stimmen für wenige Takte in die Elektro-Gischt und zieht sie, erfrischt und verändert, wieder daraus hervor in einem Mix, der einen immer wieder wohlwollend lächeln lässt. In der Mitte der Tanzfläche wirft eine junge Frau im Rollstuhl die Arme in die Höhe, tanzt mit den Handgelenken, tanzt und tanzt, tanzt mit den Schultern, tanzt und tanzt – und raubt den Typen um sich herum den Verstand. *It don't mean a thing if it ain't got that swing*, setzt Duke Ellington ein. *It don't mean a thing all you got to do is sing*, antwortet Ella Fitzgerald. Louis Armstrong gibt sich kurz die Ehre. Nina Simone bringt sich ein. Acht Minuten, *doo ah doo ah*, zehn Minuten, *doo ah doo ah*, zwölf Minuten, *Just give that rhythm ev'rything you got*, eine Fassung, die in den Bauch geht und die Knie zittern lässt, bis niemand mehr weiß, welches Jahr es ist oder wie man heißt.

Außer Atem und erschöpft dreht Cora eine Runde. Sie hatte noch gezögert, den Fotoapparat mitzunehmen – oft fragt sie sich, ob das nicht ein bequemer Trick ist, sich vor dem Leben zu schützen und in die Beobachterrolle zu schlüpfen –, doch hätte sie es schwer bereut, nichts vom Geist dieses Ortes einfangen zu können. Sie steigt die Doppeltreppe mit dem gusseisernen Geländer hinauf, spürt den Schweiß auf der Haut abkühlen, entdeckt den Raum mit den riesigen Braukesseln, deren Kuppeln aus dem Boden ragen wie die Köpfe von Seeungeheuern, während die gewaltigen Bäuche die Decke des darunter liegenden Stockwerks durchbrechen. Die rot-nachtblauen Fliesen sind zum Teil herausgerissen worden, einige der großen Fenster sind von oben bis unten gesplittert oder stellenweise geborsten. Der Ort hat wohl schon die eine oder andere Apokalypse erlebt. Sie fragt sich, was diese Braukessel, wenn sie besser sehen könnten, alles mitbekommen hätten, in der Weimarer Republik und im Dritten Reich. An den Fenstern stehen kaputte Sessel, die vielleicht vor einem halben Jahr hergebracht worden sind, vielleicht auch vor fünf Jahren. Eine schöne Vorstellung, darin zu sitzen und zuzusehen, wie der Schnee fällt, oder alle Gedichte zu lesen, die in dieser Stadt geschrieben worden sind.

Über eine bescheidenere Treppe, deren Wände mit einem Wust an Graffiti überzogen sind, geht sie hinunter in den Innenhof. Auf der gegenüberliegenden Seite ragen von wildem Wein umrankte Eisenträger aus einer Gebäuderuine hinauf in die Herbstnacht, die ein roter Mond erhellt. Cora geht ein paar Schritte, hebt den Fotoapparat ans Auge, stellt Blende und Belichtungszeit ein und hört eine Stimme entschlossen und spöttisch auf Französisch sagen: »Das wird so nichts, das Bild …« Sie hält eine Weile inne. Drückt den Auslöser, spürt die tiefe Befriedigung, als das Klicken sagt, alles sei im Kasten, und erwidert ohne einen Blick auf das Ergebnis: »Und ob, du Nudel!« Dann dreht sie sich um. Ein Typ steht an die Wand gelehnt, einen Fuß angehoben, die Umrisse eines Reihers im Kreis einiger junger Frauen und Männer, er hält den Hals einer Bierflasche zwischen den Fingern. Die Gruppe ist von ihrer Antwort überrascht, einige fangen an zu lachen, und Cora fotografiert auch sie.

Sie hat ohne Vorwarnung geschossen, fast ohne hinzusehen. Jetzt sieht sie hin. Der Typ fragt, ob er die Fotos sehen könne. Sie gibt ihren Apparat ungern in fremde Hände, aber es reizt sie, Ja zu sagen, also sagt sie: »Ja.« Schaut zu, wie er die Bilder anschaut. Er hat zerzaustes blondes Haar, ein knochiges Gesicht, markante Wangenknochen und Augenbrauenbögen, interessant, er wäre ein gutes Modell für ein Porträt. Einen Kopf größer als sie ist er, schwankt beim Reden vor und zurück, ist etwas nervös oder hat noch den Swing in den Beinen. Was er sagt, sagt er laut und deutlich, doch ahnt sie, dass er das nicht tut, weil er die Dinge so ernst nimmt, sondern weil er findet, zu vorsichtig ausgedrückt hätten sie nicht die gleiche Intensität. Was ihre Fotos angeht, gibt er zu, sich geirrt zu haben. Sie hätten Unschärfen, Tiefe, rätselhafte Schatten, genau wie der Ort. Ob er so weit gehen dürfe zu sagen, sie hätten Charme? Cora sagt, sie werde darüber nachdenken. Sie denkt an Willy Ronis' Äußerung zum Zufall. Ronis schreibt: »Zufälle spielten in meiner Arbeit eine sehr große Rolle. Es waren unvorhergesehene Dinge, die einfach passierten. Man musste bereit sein.« Der Typ schaut sie an.

Sein Gesichtsausdruck wirkt verlegen, oder doch ironisch? Schwer zu sagen. Er sagt: »Übrigens.« Sie fragt: »Übrigens was?« Er sagt: »Übrigens heiße ich Pierre.«

Den ganzen Herbst und Winter über ist sie mit beiden zusammen. Sie trifft sich mit Pierre und trifft sich mit Jonas. Manchmal weiß sie nicht mehr, wo ihr der Kopf steht, ist im Gewirr der Gefühle verloren, aber so ist es eben gerade: große Freiheit, neue Macht. Mit Jonas lebt sie mehr im Augenblick, denn er hält nicht viel von Vergangenheit und Zukunft, mit Pierre eher in der Vision kommender Dinge. Mit Jonas probiert sie Sachen aus, die sie weit von sich selbst wegführen, ist bereit, in Rollen zu geraten, die nicht wirklich zu ihr passen. Ist sie abends eher müde, möchte sie lieber Pierre sehen, ruft also ihn an. Sie sagt sich, das sei die einfachere Wahl, was vor allem daran liege, dass sie bei ihm ohne Anstrengung sprechen und sich zu Hause fühlen kann, in der Behaglichkeit der Muttersprache. Doch ist es nicht nur das. Sie erinnert sich an das erste Mal mit ihm, wie irre und irgendwie feierlich es war, als er in sie eindrang. Sie dachte: Da zeigt sich etwas, das in dieser Art oder so sehr noch nie wahrzunehmen war. Es ist schwarz und ungeheuer, es steigt auf, verzweigt sich, explodiert als Sternenfeuer. Auch wenn er nicht so exzentrisch ist wie Jonas – er teilt seine Kräfte und seine Zeit geschickter ein, was bei jemandem, der Luft- und Raumfahrt studiert und seinen Flugplan recht gut kennt, nicht weiter verwundert –, bleibt dieses Gefühl in ihrem Kopf und tief in ihrem Bauch doch bestehen und ist zu selten und zu kostbar, als dass sie im Namen des immersiven Spracherwerbs oder des Undergroundlebens darauf verzichten wollte.

In der ersten schneereichen Winterwoche haben Pierre

und Cora Last-minute-Tickets für *Orpheus und Eurydike* in der Staatsoper gekauft. Zur Einstimmung haben sie auf dem Weihnachtsmarkt am Opernpalais Glühwein getrunken und Brezeln gegessen. Von ihren Plätzen im zweiten Rang sind sie in die Hölle hinabgestiegen und sind wieder hinaufgekommen, ohne einmal die Hand des anderen loszulassen. Dann sind sie mit den Rädern durchs Schneetreiben nach Hause gefahren, die Finger eiskalt trotz der Handschuhe, wobei Pierre sich von Zeit zu Zeit umdrehte, ohne ein Wort, um zu sehen, ob Cora Salme besser hinterherkam als Eurydike, bis Cora ihn überholte und ihm mit schattenreichkreatürlichem Lachen die Mütze vom Kopf riss. Als sie völlig verfroren am Zionskirchplatz ankamen, schlüpften sie zusammen unter die Decke. Nach der eisigen Flockenwatte genossen sie nun die Baumwollhöhle. Cora kletterte den Baum seines Körpers hinauf, hielt sich an den vielen Ästen fest, und während die Zeiger der Uhr schnell eine Runde drehten, blieben sie so liegen, ohne miteinander zu schlafen und ohne einander einen Zollbreit loszulassen.

Am nächsten Tag, fünf Minuten nachdem er gegangen war, schickte Pierre ihr eine Nachricht: »Wärst du nicht so schamhaft, du liebe Baumnymphe, die sich ungern zeigt, könnte ich dir lange erzählen vom Blick deiner Brüste, der Spannkraft deiner Schenkel, deinen Füßen, deinen traurigen Vögelchenaugen, die diagonal angreifen, und davon, dass ich jeden Quadratzentimeter an dir begehre. Aber könnte sich deine Schamhaftigkeit solche Abscheulichkeiten anhören?« Sie antwortete: »Obacht, Pierre Esterel. Schreibst du weiter in diesem Ton, wird dir Unbill widerfahren.« Und er darauf, prompt: »O nein! Keinesfalls soll mir Unbill widerfahren!« So steht es in den Kladden aus Berlin. Sie schreibt viele ihrer Wortwechsel ab oder schneidet sie aus und klebt sie ein. Und allein die Tatsache, dass sie selbst seine dreizeiligen Mails und unbedeutenden SMS aufbewahren möchte, lässt sie schlussfolgern: »Es ist offensichtlich: Der Krieg ist erklärt.«

Im Frühling fragten sie sich, ob sie noch ein Jahr dranhängen sollten. Bei einem wochenendlichen Fahrradausflug zu den Schlössern und Seen in Potsdam, stellten sie gemeinsam folgende Gleichung auf: Gemessen an Paris gab es hier weniger Menschen auf mehr Raum, was weniger Druck bedeutete und weniger Energieaufwand, um zu bekommen, was man wollte, also weniger Erschöpfung und mehr Zeit. In ihrer R.E.R.-Bahn, in der sie ihr Fahrrad nicht so einfach mitnehmen könnte, denkt sie an diesen Tag zurück, an ihre Potsdamer Konferenz. Wir sind hier zwei junge freie Elektronen, kosmologisierte der Ingenieur Pierre auf ihrer Fahrt entlang des Havelufers. Wir sind leichtfüßige Götter, mythologisierte Cora. Und diese Freiheit, diese Leichtigkeit war teilweise in den Berliner Gegebenheiten begründet, teilweise aber auch darin, dass sie Anfang zwanzig, studentisch und ausländisch waren. Sie kamen von woanders, waren keine Täter und keine Opfer: Sie mussten nicht aufklären, was ihre Großeltern im Zweiten Weltkrieg gemacht hatten; mussten sich nicht fragen, was sie anstelle ihrer Eltern gemacht hätten, eingezwängt von russischen Panzern, auf der einen oder der anderen Seite der Mauer. Sie trugen weder den Beton der Nazis noch den Beton Stalins auf den Schultern, sie teilten nur die Euphorie der Berliner, denen die Last gerade genommen worden war, sie streunten freudig durch das Niemandsland, das der Fall des Eisernen Vorhangs in den

Gemütern geöffnet hatte. Die Mauer war nur noch eine Reihe von Pflastersteinen, die zum Gedenken durch die gesamte Stadt verlief und die sich mit einem Schritt überqueren ließ, manchmal, ohne dass man auch nur daran dachte. Und dieses geistige Niemandsland, das keinem gehörte, gehörte allen.

Sie erfreuten sich der guten Dinge, ohne sich für die schlechten verantwortlich zu fühlen. Das Glück ließ sich mit Händen greifen. Die Kehrseite der Medaille war, dass es für sie, sollten sie bleiben, sicher schwierig wäre, wirklich dazuzugehören, die Rolle der hedonistischen Gäste abzulegen und einen aktiven Part zu spielen. Pierre zweifelte nicht daran, dass seine Aussichten, in der Luft- und Raumfahrt unterzukommen, in Frankreich besser waren. Und wenn Cora sich als Fotografin etablieren wollte, was schon an sich eine unsichere Kiste war, dann würde es ihr in Paris bestimmt leichterfallen, sich ein Netzwerk aufzubauen. Heute bereut sie es manchmal, denkt, dass Pierres Sichtweise sich durchsetzen konnte, weil er es durch seine Art, die Dinge darzustellen, wie so oft geschafft hatte, sie schleichend davon zu überzeugen, dass seine Position die vernünftige sei – und ihr gemeinsames Interesse nur zufällig mit seinem Einzelinteresse übereinstimme. Wären sie länger geblieben, wären sie Berliner geworden, hätte sie ihrem Traum vielleicht länger nachgehen können, den Riemen ihres Fotoapparats schräg über der Schulter, denn dort wäre es nicht so schlimm gewesen, wenig Geld zu verdienen. Sie hätte hartnäckig weiterkämpfen können, ohne den Eindruck haben zu müssen, dass sie verrückt war. Hätte durchhalten und es schaffen können. Und statt in der Métro oder in ihrem Büroturm eingesperrt zu sein und, an ihrem Schreibtisch festgenagelt, auf die Uhr zu starren, hätte sie mittlerweile in einer alten, leer stehenden Brauerei nach ihren eigenen Vorstellungen ein Studio eingerichtet, mit riesigen Fenstern, die sie öffnen könnte, wann sie es will, und roten Ziegelwänden und wildem Wein im Herbst und im Winter Schneeflocken, denen sie manchmal zuschauen könnte, wie sie fallen und am Boden nicht schmelzen …

Das alles liegt schon recht weit zurück. Na ja … Sie hat bei ihrer Rückkehr nicht nur verloren. Orpheus spielt die Lyra ihres Körpers immer noch genauso virtuos, ist immer noch lustig und klug, und sie haben ein Haus gekauft und eine kleine Tochter gemacht. Sie hat Freiheiten verloren, aber auch Dinge erreicht und aufgebaut. Es gibt in ihrem Leben diese von allen Manon genannte Herzensräuberin. Wenn Cora am Abend bei Silué ankommt, torkelt die Kleine, die gerade laufen lernt, auf sie zu wie ein betrunkener Muschik und wirft sich ihr in die Arme. Beim Anblick ihres durch eine unbändige Macht erhellten Gesichts wird Cora bewusst, dass sie noch nie für irgendwen so bedeutsam gewesen ist. Für Manon ist sie die Sonne, eine unverzichtbare und nicht wegzudenkende Präsenz. Kommt sie mal etwas später, gerät die Natur aus dem Tritt, und Manon lässt sie für die still ertragene Unruhe büßen, indem sie den Kopf wegdreht oder ihr Brabbeln beschränkt. In diesen Fällen spricht Cora das Problem auf dem Nachhauseweg offen an: »Statt groß zu schmollen, Fräulein Schmolli, schau erst mal, wie du später zurechtkommst, ja? Ich weiß nicht, wie es deiner Generation ergehen wird, aber ich glaube, auch du wirst dich ganz schön abstrampeln, um all deine Leben unter einen Hut zu bringen.«

Am Wochenende drehen sie, sobald Manon aus dem Mittagsschlaf erwacht, eine kleine Runde draußen, am häufigsten in Richtung Parc des Guilands. Unter der Mütze schleichen sich kreisförmige rosa Reizungen auf ihre runden Wangen, so klar umrissen, dass sie aussehen wie mit dem Buntstift gemalt. Sitzt sie angeschnallt in ihrem Wagen, ist das Gesicht nicht mehr zu sehen, und man muss immer wieder hineinschauen, um zu wissen, ob ihr Schreien ein ironischer Kommentar zum Allgemeinzustand der Welt ist, eine private Beschwerde oder ein Gesetzesvorschlag, der berücksichtigt werden sollte. Ist Manon ruhig und geduldig, bleibt Cora stehen, schießt ein paar schnelle Bilder: die schwarzen, weit aufgespannten Bäume über den Torbögen, die Schaukeln in den leeren Gärten, der stetig vernarbende Asphalt. Die geparkten Autos hindern sie so oft daran, einen vernünftigen Vordergrund aufzubauen, dass es verboten sein sollte, Autos zu parken. Sie fotografiert nicht für Hochglanzreportagen, sondern zeigt ein nüchternes, manchmal niedliches, manchmal kitschighässliches Frankreich mit seinen Eckhäusern unter Straßenlaternen und seinen Restaurants, deren Schilder dazu einladen, Geburtstage oder Hochzeiten rund um ein Couscous oder eine Paella zu feiern.

Im Park machen sie halt am Spielplatz, mal zu dritt, mal unter Frauen. In ihrer höchst kleidsamen Strumpfhose mit den rosa Sternen trippelt Manon mit fest an den Körper gepressten Armen umher. Wenn sie zur Überwindung eines Hindernisses den Fuß heben muss, beispielsweise zum Erklimmen einer mehrere Zentimeter hohen Stufe, ruft sie seit ein paar Wochen die immer gleichen, vielleicht nicht ganz verständlichen, aber offenbar ernsten, konzentrierten Worte: »Achtung bumm. Achtung bumm.« Sie hockt sich an den Fuß eines Baums, gräbt ein bisschen mit einem kleinen Stock herum, sammelt etwas klumpige Erde zusammen und legt sie vor ihnen ab. Hat sie ihre Großbaustelle dann abgeschlossen, geht sie zurück und beginnt von vorn.

Anders gesagt, sie liefert ihnen jeden Tag Beweise ihrer wachsenden Eigenständigkeit. Es ist schon verrückt zu beobachten, aber sie kommen dabei unfreiwillig ins Alter der negativen Imperative, was ihnen an sich gar keinen Spaß macht. In einem dieser pseudowissenschaftlichen, aber dennoch einleuchtenden Artikel, die im Internet kursieren, hat Cora gelesen, dass ein durchschnittliches Baby zwischen elf und siebzehn Monaten alle neun Minuten eine Ermahnung oder Warnung zu hören bekommt. Ich will nicht, dass du ein durchschnittliches Baby bist, entrüstet sich Mama Cora. Aber es gibt keinen Grund, warum es anders sein sollte, wirft die Borélia-Angestellte Cora ein. Kleine Kinder sind so. Sie müssen in ihrer Triebhaftigkeit und Neugierde gebremst werden. Müssen lernen und darin geschult werden, Risiken einzuschätzen und vorherzusehen. Die Besonderheit des Menschenjungen ist es, hat sie in einem anderen Artikel gelesen, dass es viel länger abhängig bleibt als die Jungen anderer Säugetiere. Auf sich selbst gestellt kann es nicht überleben. Man muss es überwachen und sich die ganze Zeit darum kümmern, wirklich die ganze Zeit.

An manchen Tagen geht sie an den von Ginster umrandeten Teichen entlang und durch Brombeergestrüpp bis hinauf zum höchsten Punkt des Parks. Zu dieser Zeit des Jahres ist es seltsam wild und leer dort oben, aber Cora liebt den Blick über Montreuil und Vincennes. Sie zeigt Manon ihr Haus, diesen ockerfarbenen Fleck am Fuß der großen Wohnanlagen. Der Wind trägt die Bassstimmen der Fußballspieler herüber, sie hört sie rufen, Hand, verdammt, das war Hand. Oder auch: Los, Jungs, alles geben, nichts schenken, dranbleiben! Sie sagt sich, dass Manager ihre Inspiration unter anderem beim Fußball finden, dass die Sonntage mit den Kumpels sie auf ihre Ansprachen am nächsten Tag vorbereiten. Manchmal ist Pierre dabei. Als sie in Gambetta waren, hat er nicht mehr gespielt, aber seit dem Umzug unternimmt er wieder mehr, um in Montreuil Kumpels zu finden und sich abzureagieren, wozu das Leben mit Manon ihnen, und das ist noch untertrieben, sehr wenig Gelegenheit gibt. Ist er auf dem Platz, geht Cora mit Manon nahe ans Spielfeld heran, damit sie sieht, mit welch angeborener Eleganz Pierre seine Pässe schießt, dribbelt und sich die Lunge aushustet. Bevor sie nach Hause zurückkehren, tun sie, was Manon am liebsten tut, nämlich den schwarzen, wohlgenährten Ziegen, die auf den nach Bagnolet hin abfallenden Hängen leben, ihre Aufwartung machen. Manon rupft Grasbüschel aus, steckt mit Coras Hilfe ihre kleine Hand durch das Gitter und schreit jedes Mal, wenn eine Ziege ihre raue Zunge herausstreckt, um ihr die Finger zu lecken, begeistert auf.

So vergehen manche Tage. Wenn sie so ruhig vergehen, verdienen sie es wahrlich, erlebt und in Erinnerung gehalten zu werden. »Ich habe keine Stadt gebaut«, schreibt Cora eines Sonntagabends in ihre Kladde, nachdem sie einige Details über diese Momente festgehalten hat. »Ich habe keinen Turm errichtet. Mein Kopf kommt dem Himmel nicht näher. Ich habe mir keinen Namen gemacht. Der Ewige hat nicht das Bedürfnis verspürt, mich in kleine Stücke zu zerreißen und die Fetzen über die ganze Erde zu zerstreuen. Aber ich habe dieses Glück gebaut.« Sie ist reifer geworden, älter, hat einen Teil ihres jugendlichen Größenwahns hinter sich gelassen. Sie liebt dieses Leben mit aller Kraft, auch alles Alltägliche, Gewöhnliche darin. Kann sie unter diesen Umständen die heraufziehende Gefahr erkennen? Sollte sie sich daran erinnern, dass ein bescheidenes Glück nicht unbedingt beständiger ist als überzogene Ambitionen? Und selbst wenn sie ständig daran dächte, sagt mir, ihr großen Engel, die ihr von dort oben ganz ungeniert alles überwacht, ihr Höllenkreaturen, die emporkommen, um uns in die Ferse zu beißen: Was würde das ändern?

V KLEINER STANDHAFTER SOLDAT

Franck Tommaso zum Reden zu bringen war nicht das Einfachste an dieser Sache. Seit ich beschlossen hatte, über diese Zeit Nachforschungen anzustellen, und daher öfter, auch wenn ich an etwas ganz anderes denken wollte, von der Verkettung der Ereignisse tagträumte, erschien mir Franck als der Hauptverantwortliche für das, was sich nach dem Umzug von Borélia an die Défense im Frühling 2012 ereignet hat – einem Frühling, der von Schauern durchzogen und von ungewöhnlich heißen Tagen gespickt war. Für das Wetter konnte Franck bestimmt nichts, aber er war der Hauptverantwortliche für das, was Cora so hart traf, und damit in gewisser Weise auch für den Skandal und die nachfolgenden Prozesse, die Borélia ein paar Wochen später bewegten.

Es gibt kaum Komplexeres, als Kausalzusammenhänge zu erfassen, das ist mir bekannt. Es müssen viele Bäche zufließen, bis ein Wasserlauf auf seinem Weg zum Meer ein Fluss wird. Es müssen unberechenbar viele Druck- und Temperaturveränderungen in einer Luftmasse zusammenkommen, bis Zyklone und Antizyklone ihre auf- oder absteigenden Spiralen am Himmel bilden. Genau wie die Meteorologen bei ihrer Arbeit muss auch ich bei meinen Nachforschungen einige kleinere Hürden überwinden. Dennoch unternehme ich den Versuch. Einen Versuch, die direkten und indirekten Verantwortlichkeiten zu ermitteln. Die indirekten springen einem nicht immer ins Auge, manche sind nur schwer zu ermitteln und noch schwieriger nachzuweisen, wenn es Beweise zu erbringen gilt; dabei sind sie oft nicht die unwichtigsten. Die Hauptverantwortlichen sitzen selten auf der Anklagebank. Und wenn die Justiz sie doch einmal zwingt, dort Platz zu nehmen, bleiben sie von den erhobenen Vorwürfen durch so viele Mittelspersonen und unklare Umstände entfernt, dass sie schnell wieder aufstehen und ihren Weg fortsetzen können.

Mit einigen Jahren Journalismus auf dem Buckel sind mir solche Dinge bekannt. Ich ahne auch, dass Franck nicht der einzige Schuldige ist. Im Übrigen spricht Cora sich von nichts frei. Sie trägt ihren Teil der Schuld, unvermindert, auch nach all der Zeit. Und ich habe bei ihrer Befragung herausgefunden, dass der 8. Juni anders verlaufen wäre, hätte sie in jenem Frühling nicht einen Mann namens Maouloun Haïdara kennengelernt, von dem ich noch berichten werde. Und der Skandal wäre abwendet worden, hätten Mangin und Astou nicht diese Leidenschaft für Mali geteilt. Und dennoch zeigten viele Pfeile auf ihn: Franck Tommaso. Weshalb ich, als ich sah, wie einfach seine Adresse herauszufinden war, der Versuchung erlag, ihm ebenfalls einen Besuch abzustatten.

Natürlich hatte ich Angst. Ich fragte mich, Mathias, gehst du da nicht zu weit? Zu meiner Beruhigung überzeugte ich mich selbst davon, dass ich meinen anderen Zeugen, also Cora, Astou und Édouard, nichts davon erzählen musste. Sie konnten es genauso gut erst erfahren, wenn das Buch abgeschlossen war, und auch dann nur, wenn dieses Treffen etwas gebracht hatte. Ich stellte diese Nachforschungen nicht an, weil ich etwa an ihrer Darstellung zweifelte, sondern um einen möglichst neutralen Bericht verfassen zu können – und damit derjenige, der in zahlreichen Punkten angeklagt war, selbst wenn er von meinen Ermittlungen nichts wusste, die Möglichkeit hatte, sich zu verteidigen. Außerdem wollte ich ihn sehen: mir meine eigene Meinung bilden. Vielleicht weil der Ruf, bösartig zu sein, eine Faszination ausübt; vielleicht um nicht nur den Ruf zu kennen, den Franck sich selbst aufgebaut hatte, und um die Hypothese zu prüfen, laut der es keine an sich bösen Menschen gibt, sondern nur Geschichten und widrige Umstände, die Personen, die ursprünglich, seien wir ehrlich, nicht böser sind als wir alle, dazu bringen, Gewalt auszuüben.

All das hatte ich im Kopf, als ich eines Tages Ende März Franck Tommaso auf seiner Terrasse gegenübersaß und er mir beim Einschenken des Kaffees erklärte, wie viel Pflege und Zuwendung sein Pflanzenreich verlangte. Seit über fünfzehn Jahren lebt er in Le Vésinet, dieser im Zweiten Kaiserreich in einer Seine-Schleife errichteten Mustersiedlung, in der jegliche Industrie verboten und nur Gärtner und Floristen zulässig waren. Forsythien verdeckten die Mauern rund um seinen Garten mit Myriaden gelber Blüten. Es kam regelmäßig ein Unternehmen vorbei, nur das Rosenschneiden behielt er sich vor, das wollte er selbst erledigen. In den kommenden Wochen müsse er das, zusammen mit seiner Frau, mal anpacken, wenn er wolle, dass die Pergola im Juni nach etwas aussähe. Und wenn er sich die Zeit nähme, vor ihrer Fahrt in die Ferien noch die welken Blüten und vertrockneten Zweige abzuschneiden, würde er Ende August von der Herbstblüte empfangen, die noch größeren Charme hätte. Zum Glück gebe es Gärten, sagte Franck Tommaso.

Seine Assistentin habe ihm von meinem Vorhaben erzählt, diesem Buch über die Geschichte von Borélia, doch sei er verwundert, neugierig – wählen Sie selbst – und wüsste gern Details. War dies eine Auftragsarbeit? Wen hatte ich schon kontaktiert? Und wie kam ich darauf, ihn treffen zu wollen? Ich antwortete, so gut ich konnte, konzentrierte mich auf die Antworten, die ich mir zurechtgelegt hatte, achtete aber vor allem darauf, keine Anzeichen von Angespanntheit zu zeigen. Ich sagte, er erscheine mir als ein wesentlicher Zeuge der Zeit unter Mangin, dem ich eines meiner längsten Kapitel widmen wolle. Er hob das Kinn, bewegte den Blick nach links oben, wie man es tut, um in der Erinnerung zu kramen. Das alles lag weit zurück… Er hatte das Unternehmen bereits vor… fast zweiundzwanzig Jahren verlassen. Und hingerissen von der entwaffnenden Natürlichkeit seines Lächelns registrierte ich, wie gut er aussah. In jungen Jahren muss er bildschön gewesen sein. Etwas stämmiger als Pierre und in klassischer Weise männlicher als Édouard. Cora hatte das nebenbei erwähnt, ohne jedoch näher darauf einzugehen. Er war wahrscheinlich nicht ihr Typ; oder die Konflikte zwischen ihnen verfälschten ihren Blick. Doch wenn sie diese offenkundige Tatsache ausblendete, was blendete sie sonst noch aus? Beim letzten Schluck Kaffee sagte ich mir, auch wenn er mich in zehn Minuten vor die Tür setzt, habe ich wenigstens das erfahren und bin nicht umsonst hier gewesen.

Nachdem Franck eine Zeit lang über die Geschichte von Borélia und einige Projekte unter seiner Federführung gesprochen hatte, merkte ich, dass ich in eine Sackgasse geriet. Wenn er diese Art des Erzählens beibehielt, würde ich über ihn nicht viel erfahren und noch weniger über seine Sicht auf die Angelegenheit. Ich sagte ihm also, dass ich auch für das Portal *One in Nine Billions* arbeitete – das, wie er bestimmt wisse, sich dem Ziel verschrieben habe, über das Leben, die Träume und die Ambitionen eines jeden Menschen auf dieser Erde zu berichten. Ich hatte tatsächlich einige Porträts für die Webseite verfasst: Falls er sich die Mühe machte und es überprüfte, würde er sie finden. Daher, fügte ich hinzu, würde ich am liebsten seinen persönlichen Werdegang erzählt bekommen, wenn das für ihn in Ordnung sei.

Ich bin noch einige Male bei ihm in der Avenue du Grand-Veneur in Le Vésinet gewesen. Bei unserer zweiten Unterredung bot er mir ungeachtet unseres Altersunterschieds das Du an – um es einfach und direkt zu machen oder weil er mich mochte. Ich wusste nicht, ob ich das auch wollte, aber da unser Verhältnis sonst gelitten hätte und das meinen Interessen entgegenstand, sagte ich, in der Sekunde, in der mein Schweigen unhöflich geworden wäre, ja, sehr gern, natürlich. Immer wieder machte er sich überrascht, gequält – wählen Sie selbst – laut Gedanken über die Richtigkeit meines Unterfangens. Die Geschichte von Borélia, das Thema fand er für ein erstes Buch nicht sehr geschickt gewählt. »Glaubst du, das verkauft sich?« Da ich für Wirtschafts- und Politikredaktionen gearbeitet habe, hätte ich mein Hirn doch auf die Untersuchung eines heißeren Themas ansetzen können. Und wenn ich meinte, eine Gabe für Porträts und Interviews zu haben, warum machte ich dann nicht etwas Ghostwriting für einen CEO oder einen dieser Management-Gurus, die vier, fünf Ideen pro Minute hätten, aber selten dazu kämen, sie in die Welt zu bringen? Zwar brächte ich mich damit um das narzisstische Vergnügen, meinen Namen auf dem Cover zu lesen, aber wenigstens würde ich vorab bezahlt, und zwar bestimmt zehnmal besser als von meinem Verleger oder dem Webportal. So komme es dann, antwortete ich, dass am Ende niemand die Geschichte der Unternehmen schreibe, die doch das Leben der meisten Menschen wesentlich bestimmten. Und fast hätte ich noch das Unsägliche behauptet, nämlich dass ich mich damit abfände, Hungerleider zu sein. Dass ich mich im intellektuellen Prekariat wohlfühlte wie ein Fisch im Wasser. Dass mir daran gelegen sei, nicht mehr den Anweisungen oder Erwartungen eines Chefredakteurs Genüge zu tun, sondern endlich Geschichten zu schreiben, die mir etwas bedeuteten. Dass er vielleicht in seiner ganzen Laufbahn dem Ruf des Geldes gefolgt sei, ich aber auf andere Stimmen tief in mir hörte, Stimmen, deren Überzeugungszauber sich nicht so leicht brechen lasse. Nun ja, seufzte er, als könne er Gedanken lesen. Mit dreißig sage es sich so leicht, dass Geld kein Problem sei. Später sei man in vielen Lebensumständen sehr froh, welches zu haben.

Geld hatte bei den Entscheidungen von Franck Tommaso eine Rolle gespielt, aber nur als eines von verschiedenen Vergeltungsmitteln. »Mir ist nichts geschenkt worden«, unterstrich er. Sein Vater war orthopädischer Chirurg in einer Klinik im 16. Arrondissement, aber er kam als uneheliches Kind zur Welt. Drei Wochen nachdem Franck gezeugt worden war, trat sein Vater mit einer sehr schönen Frau, die nicht Francks Mutter war, in den heiligen Stand der Ehe. Am Samstag, den 6. Oktober 1973, als es am Ausgang einer kleinen Kirche im Chevreuse-Tal, unweit des Landhauses der Dampierres, Reis auf die Neuvermählten regnete, erhob sich Sonia Tommaso aus bleiernem Schlaf, stellte das Ausbleiben der Monatsblutung fest, schaltete zur ersten Zigarette den Fernseher ein und verfolgte starren Blicks, wie die ägyptische Armee an diesem Jom Kippur den Suezkanal überquerte, bis eine plötzliche Übelkeit sie zur Toilette eilen und sich erbrechen ließ. Patrice Dampierre versuchte, sie zu einer Abtreibung zu bewegen, hatte Franck zu verstehen geglaubt, aber die Legalisierung sollte erst zwei Jahre später erfolgen, und Sonia hatte Angst. Ohnehin waren es ihr Körper und ihr Baby: Wenigstens das würde von ihrer Geschichte bleiben. Dampierre erkannte das Kind nicht an, zahlte aber monatlich Alimente, ohne dass Sonia je darum bitten musste. Im Bois de Boulogne oder im Jardin du Ranelagh sind die Geliebte und der ahnungslose kleine Junge mehrfach der offiziellen Familie über den Weg gelaufen, mit den obligatorischen Kinderwagen, die die Richtung ändern, Blicken, die ausweichen, und Wunden, die wieder aufbrechen. Manchmal kam Francks Vater zu Besuch, unter der Woche, am späten Nachmittag. Er spielte mit ihm Kämpfen und mit Autos, sprach ein bisschen mit Sonia und knallte sie im Schlafzimmer, wenn auch immer seltener, mit weniger Appetit als zu Beginn und dann, nach einigen Jahren, gar nicht mehr. Von Zeit zu Zeit, wie es ihm gefiel, holte er Franck von der Schule ab und ging mit ihm in einem Café am Trocadéro Eis essen. Sonia glaubte, dass Louise Dampierre nichts von ihnen wusste und dass es deshalb für Patrice so schwierig sei, sich auszuklinken und Zeit für sie zu finden. Später hat Franck festgestellt, dass Frau Dampierre durchaus im Bilde war. Sie hatte sich nur mit ihrem Ehemann darauf geeinigt, dass zwischen ihrem würdigen Familienleben und den Irrungen der Jugend eine sichere Grenze gezogen wurde sowie darauf, dass seinen Kindern von der wenigen Zeit, die die Klinik ihm ließ, nichts vorenthalten wurde, das ihnen rechtmäßig zustand. Sehr früh verstand Franck die Wahl seines Vaters: Er sah genau, weshalb Louise Dampierre vielleicht nicht anziehender, aber eleganter und gesellschaftsfähiger war als Sonia Tommaso. Die wenigen Male, da er sie als Jugendlicher irgendwo im Pariser Westen zufällig auf der Straße sah, stellte er ihr heimlich nach, um Schweinereien über sie herauszufinden, mit denen er sie würde erpressen können, wenn nicht, um sie in einer Sackgasse zu vergewaltigen oder ihr zumindest die Handtasche zu klauen, doch ließ er es, als sie sich umdrehte und ihn möglicherweise erkannte, ihn jedenfalls unerschrocken musterte, kleinmütig bleiben. Stattdessen ging er nach Hause und holte sich mit der Vorstellung, wie er sie verführen könnte, und dem Gedanken, dass es, wenn auch seltsam, so doch wenigstens kein Inzest wäre, einen runter. »Mir ist nichts geschenkt worden«, wiederholte er gedankenverloren. Kaum ausgesprochen, erschienen ihm seine Worte weinerlich, und er formulierte es anders: »Ich will sagen, schon sehr früh habe ich verstanden, dass ich auf mich selbst gestellt war.« Er sagte das, als hätte man ihn auf die Straße gesetzt, wo er sich das Geld für Schule und Handelsakademie Cent um Cent hätte erbetteln müssen.

In Wahrheit war er nicht sicher, ob sein Vater den Halbbruder und die Halbschwester in irgendeiner Weise besser behandelt hatte, denn der gehörte zu den Menschen, die Kinder erst ab dem Tag ihrer Diplomübergabe interessant finden. Und dennoch: Wäre er als Mitglied der Familie Dampierre aufgewachsen, hätte Franck in einem Umfeld gelebt, das aus Führungskräften großer Unternehmen und aus Unternehmensgründern bestand. Sogar vom Katzentisch aus hätte er bei Familientreffen im Umgang mit diesen Leuten Weltkenntnis und Geschäftssinn erworben. Er hätte seine ersten Praktikumsplätze bei ihnen zugeschanzt bekommen. Er wäre mit Kapital für sein weiteres Leben ausgestattet worden. Vielleicht hätte er gelernt, selbst Ideen zu entwickeln, seiner Intuition zu folgen, geistreich zu sein, statt nur in einem vorgefertigten Rahmen eine gute Figur zu machen. Der Beweis dafür ist, falls es bei solchen Herzensgewissheiten Beweise braucht, dass seine Halbschwester und sein Halbbruder es in Paris auf die HEC geschafft haben, während er drei Jahre in Rouen durchstehen musste. »Aber was soll man sagen? Ich war in Mathe kein großes Licht. Und niemand hat mir Nachhilfe bezahlt.« Am Tag der Ergebnisverkündung gratulierte ihm seine Mutter: »Hauptsache, du hast dein Bestes gegeben. Da gibt es nichts zu bereuen.« Und Franck, der sie über alles liebte und oft von seiner Liebe zu ihr in Momenten überrascht wurde, in denen er es am wenigsten erwartete, griff sie bei den Haaren und zertrümmerte ihren Kopf an der Küchenwand. Nein: Er sah sich bloß, wie er das tat, er fühlte sich dazu imstande. Nach ihren zwanzig Jahren Zweisamkeit (dieser lästigen Aufpasserei, dieser Zugewandtheit, die er ihr nicht dankte, weshalb ihn hin und wieder ein schlechtes Gewissen plagte), kannte sie ihn also so schlecht, dass ihr nichts anderes einfiel? Wenn er im Fernsehen bei den Olympischen Spielen, der Tour de France oder den French Open die unglücklich genannten Finalisten auf dem zweiten Siegertreppchen sah, schwor er sich, mit diesem Platz nie zufrieden sein zu wollen. Denn sie hatten ihr Unglück niemandem zuzuschreiben als sich selbst. Er wollte nie zu den verdienstvollen Verlierern gehören, denen man zugestand, sie hätten sich gut geschlagen. Er war zwar mit Verspätung gestartet in diesem blödsinnig konservativen Land, in dem der Name der Uni, die man besucht hatte, mehr zählte als der persönliche Werdegang, doch würde er aufholen. Und auch wenn das für Sonia brutal war, musste er sie dafür sich selbst überlassen mit ihren Sorgen um sinkende Kaufkraft, Ärztemangel und Straßenbau, all diesen kleinbürgerlichen Ängsten, die in ihr Leben einfielen und die sie trotz allem, was er ihr, mal freundlich, mal hämisch, dazu sagte, nicht einmal ansatzweise unterdrückte.

Mangin lernte Franck Tommaso bei Redex kennen, dem Wasserwirtschaftskonzern der Brüder Frémont. Davor hatte er fünf Jahre lang im Bereich Fusionen und Übernahmen gearbeitet, war Businessclass nach Brasilien und Südkorea geflogen, hatte das Gepäck von Seniorchefs getragen, bis spät in die Nacht riesige Tabellen mit Zahlen gefüllt und die Hotel-Minibars geleert. Bei Redex wurden die Vorgesetzten schnell auf ihn aufmerksam. Sie sagten: »Sie sind gut.« Sie sagten: »Wir spüren, Sie haben das Zeug zum Gewinner, aber um es ganz nach oben zu schaffen, brauchen Sie uns.« In der gerade anbrechenden Ära, erklärte man ihm, werde es nur wenige Gewinner geben, und die würden sich alles unter den Nagel reißen. Um nicht auf der Strecke zu bleiben, müsse man der Beste sein und dürfe nicht aus Dummheit damit hinterm Berg halten, dass man der Beste sei. »Alle müssen es wissen, Sie müssen ihnen zeigen, dass es in ihrem Interesse ist, Sie an

Bord zu haben.« Wenn der Kapitalismus in seiner aktuellen Form die Mehrheit der Menschen zum Scheitern verurteile, war Franck schnell überzeugt, dann nicht wegen seiner Härte – er zeige sich viel sanfter als noch ein Jahrhundert zuvor –, sondern weil die Menschen verweichlicht seien und nicht mehr daran gewöhnt zu kämpfen. Am besten stellst du dir vor, du wirst jeden Freitagabend gefeuert und trittst am darauffolgenden Montag eine neue Stelle an: So verfällst du nicht in Routinen, hast immer einen frischen Blick und sagst dir, dass alles, falls nötig, auch anders sein könnte.

Er las sich in die Business-Bücher ein, wie man sie in allen Winkeln der Welt an Flughäfen kaufen kann und die erklären, wie man reich wird, Freunde findet, seine Feinde besiegt, Vertrauen weckt, andere manipuliert und sich mal vom amerikanischen Milliardär mit dem ultraweißen Grinsen, mal vom Strategen aus dem alten China mit dem unergründlichen Gesicht inspirieren lässt. Er fing an, Geld zu verdienen. Einen ziemlichen Batzen. Das war, als er in den Dreißigern war, sein wichtigstes Ziel im Leben, was er keineswegs versteckte und für nichts Ungewöhnliches hielt, da es, das hatte er irgendwo gelesen, auf 58 Prozent der Franzosen zutraf – wobei Frankreich nicht unbedingt ein Land ist, in dem man das offen zugibt. Das Geld räumte Hindernisse aus dem Weg, sobald sie sich auftaten, ermöglichte hemmungslosen Genuss, Fehltritte, Meinungswechsel, ein Leben mit Impulsen und Allüren. Es befriedigte seine Bedürfnisse und ließ bei anderen welche entstehen, insbesondere bei, und das war für ihn von Interesse, Vertreterinnen des weiblichen Geschlechts.

Die Frauen waren, neben dem Traum vom Erfolg, seit der Kindheit seine zweite große Leidenschaft. Man brauchte ihn nicht darauf anzusprechen: Er kam von sich aus auf dieses Thema und war nicht mehr zu bremsen. Er habe sich bestmöglich an den guten Rat von Tony Montana gehalten, verkörpert von Al Pacino, der in Brian De Palmas *Scarface* mit seinem dicken kubanischen Akzent erklärt: *In this country, you gotta make the money first. When you get the money, you get the power. When you get the power, you get the women.* Ein super Film! Er kannte viele Zitate auswendig. Viel Geld und einige Macht zu haben, sah er als Mindestgarantie für langfristige Erfolgsaussichten beim Erobern. Auch in dieser Hinsicht habe er einiges aufzuholen gehabt, gestand er. Als Schüler hatte Franck solche Angst vor einer Abfuhr, dass er sein Interesse an einem Mädchen gewöhnlich zum Ausdruck brachte, indem er sie vollends ignorierte oder auf ihre Kosten Witze riss, die neckisch gemeint waren, aber bisweilen so abfällig daherkamen, dass die Umworbene die zarte Flamme, die darunter schwelte, nicht immer entdeckte. Selbst wenn sie ihm oberflächlich vorkamen, waren die sechzehnjährigen Mädchen schon Frauen, während er sich voll und ganz seiner Ungeschlachtheit bewusst war. Komplimente zu wagen oder sich romantisch zu zeigen, hätte ihn allzu verletzlich gemacht.

Von dem Moment an, da er ein Mann war und sich frei bewegen konnte, und einige ihn spüren ließen, dass sie ihn sehr schön fanden, machten die Frauen ihn zunehmend kirre. Es gab so viele. So unterschiedliche, so schöne! Franck konnte nicht umhin, ständig die Landschaft nach Anwärterinnen auf einen Platz in seiner Falle abzusuchen. Er überholte sie auf dem Gehweg mit großen Schritten, blieb stehen und drehte sich um, als warte er auf jemanden oder als habe er die Orientierung verloren, nur um zu prüfen, ob ihr Gesicht das Versprechen der Rückenansicht auch hielt. Im Turm Galaxie, wo er mit ihnen die Stille des gemeinsamen Fahrstuhlfahrens teilte, lenkten sie seinen Blick, ohne dass er etwas daran ändern könnte, in den Ausschnitt ihres Oberteils (auf diesen zarten, leichten Schatten, der gleich dunkler wurde, sobald eine Armbewegung ihre Brust etwas zusammenschob) und verdrehten ihm zuweilen so sehr den Kopf, dass er genötigt war, später eine Kaffeepause in der Etage einzulegen, in der er sie seiner Erinnerung nach ausgestiegen waren, weil er die winzige Chance einer weiteren Begegnung nutzen wollte, um vielleicht herauszufinden, in welcher Abteilung sie arbeiteten, und ihren Vornamen aufzuschnappen. Ein-, zweimal im Monat verpasste er, mal vorsätzlich, mal in Träumerei verloren, seine Métrostation, um eine Frau ein paar Sekunden länger bewundern zu können. Er liebte das Netz der Blicke, das sich in den Wagen spann: Blicke, so flüchtig, dass man nie sicher sein konnte, ob es sie wirklich gegeben hatte; erst wenn einer von beiden kurz vor dem Aussteigen aufstand, bestätigte ein letzter, von einem kaum wahrnehmbaren Lächeln untermauerter Blick, dass hier zwei Körper einander anziehend fanden.

Durch einen glücklichen Zufall hatte er in *Sciences et vie* gelesen – der Wissenschaftszeitschrift, die er liebte und seit dem siebten Lebensjahr abonniert hatte –, dass das Ausschauhalten nach möglichen Sexualpartnerinnen, was die Männchen betreffe, nicht nur vollkommen natürlich, sondern auch für die gesamte Spezies überlebensnotwendig sei. Der Mann sei ein Jäger, das war in Franks Erinnerung die Quintessenz des Artikels. Der Mann trage die Polygamie wie auch das Bedürfnis, seinen Samen zu verbreiten, im Schritt. Die lauernde Frau wiederum schicke einen ködernden Blick, mache eine leichte Andeutung. Daraufhin sei es an ihm, etwas deutlicher zurückzuschauen, eine halbe Sekunde länger als zuvor, ansonsten verlöre sie gleich das Interesse. Der Voyeur, plädierte Franck vor einem kleinen inneren Gerichtshof, verdiene es nicht, mit Sexbesessenen gleichgesetzt zu werden, da sich in seinem Verhalten biologische Konstanten zeigten, die ändern zu wollen illusorisch wäre. Natürlich ist er mehr als ein Tier, das beweisen seine Manschettenknopfsammlung und die Mitgliedschaft im Tennisclub vom RC Paris, doch erhebt er nicht den albernen Anspruch, bar jeder Animalität zu sein. Auch Frauen würden andere Menschen anstarren. Aus schwer verständlichen Gründen seien sie dabei nur etwas diskreter.

Befragt zu seinen Anfängen bei Borélia, erwähnte Franck Cora mit keiner Silbe. Ich wollte natürlich, dass er etwas über sie erzählte, wusste aber nicht, wie ich das anstellen sollte, ohne möglicherweise aufzufliegen. Damals häuften sich jedenfalls die Hinweise darauf, dass er sie im Visier hatte. Im Übrigen stellte er sich dabei nicht sehr geschickt an. Nachdem sie gerannt war, um Manon abzugeben, und in der Bahn fast erstickt wäre, kam sie schweißüberströmt im Büro an, schon vollkommen k.o. von den ersten Stunden des Tages, und er begrüßte sie mit den Worten, an diesem Morgen sei sie besonders hübsch anzusehen. Er kam ihr beim Sprechen zu nahe, drang in den unsichtbaren Bereich vor, der nur ihr gehören sollte. Tatsächlich schien er zu glauben, alle Frauen wären auf der Suche nach einem Alphamännchen. Aber was bringt ihr ein solcher Macker, der sie vor den anderen und den Gefahren der Welt schützt, wenn er sie zunächst spüren lässt, dass er sie nicht für stark genug hält, sich selbst zu verteidigen? Franck hielt endlose Monologe, ohne anhand ihrer Mimik zu prüfen, ob das Gesagte sie interessierte. Bisweilen jedoch stellte er ihr Fragen, um herauszufinden wer sie ist, was sie denkt, auch wie sie das Tagesgeschehen einschätzt, konnte sich aber nicht merken, dass sie in Montreuil wohnt und ihre Tochter Manon heißt, was seine intellektuellen Fähigkeiten ja grundsätzlich nicht übersteigen sollte. Sie konnte nie wissen, ob seine Komplimente zu ihrer Arbeit wirklich ihrem Urteilsvermögen galten oder vielmehr ihren Beinen und Brüsten.

»Um dir nichts zu verschweigen, Cora«, sagte er in jenem Herbst, »ich kann nicht durch irgendein Wunder deine Fahrzeit verkürzen oder Trennwände wachsen lassen, ich bin nicht allmächtig. Dafür kann ich dich aber auf gute Projekte ansetzen, du bist ja eine der Guten. Wir haben gerade ein Großprojekt in Planung«, erklärte er. Die Homepage würde umgestaltet, Mangin wolle damit das allzu verschwommene Unternehmensimage aufpolieren, da die Kunden mit Borélia offenbar nichts Klares verbanden. Cora könne bei diesem Projekt mit ihm zusammenarbeiten, könne sich um den Austausch mit der PR-Agentur kümmern. Sie würde die Ergebnisse ihrer Arbeit sehen, und alles würde von oben mit großem Interesse verfolgt. Wenn sie sich geschickt anstellte, könnte sie in die Reihen derer aufrücken, die das Gesundheits- und Vorsorgeportal entwarfen, das nach einem von Franck erarbeiteten und vom Vorstand bewilligten Dreijahresplan bald entstehen sollte. Cora registrierte beiläufig, dass nur Menschen mit Allmachtsfantasien einem in Erinnerung riefen, dass sie nicht allmächtig seien, aber die Arbeitsaussichten interessierten sie, und sie sagte enthusiastisch zu.

In den folgenden Wochen vermehrten sich die gemeinsamen Besprechungen. Ihre Aufgabe war es zu sichten, was die Konkurrenz tat. Sie stürzte sich in Bilddatenbanken, bis ihr schwindelig wurde. Franck war für sie jederzeit ansprechbar, unterstrich regelmäßig die Bedeutung des Projekts und motivierte sie so zu noch mehr Einsatz. Sie lachten zusammen über die einschläfernde Kommunikation vieler Versicherungsunternehmen. Manche der Clips, die nach dem Vorbild bekannter Fernsehserien kurze, komische Familienszenen zeigten, hatten Pep, aber die Fotos waren oft hoffnungslose Langweiler. Etwa das Seniorenpaar in schicker Sportkleidung, das sich in aller Seelenruhe ein Bergmassiv anschaut. Oder das junge Elternpaar mit dem frisch geschlüpften, lächelnden Baby, während der Mann die Frau unendlich zärtlich von hinten umarmt. Cora war der Meinung, das könne man sehr viel besser machen, auch in nüchtern-sachlicher Ästhetik. Sie hat mehrere Abende lang, sobald Manon im Bett war, ihre Bücher Humanistischer Fotografie durchblättert, hat eine Auswahl an Bildern vorbereitet, von Situationen im Haus und auf der Straße. Ein wenig zitterig und mit dem Gefühl, sich preiszugeben, hat sie Franck Fotos von Robert Doisneau und Dorothea Lange gezeigt, von Édouard Boubat und Marc Riboud. Sie wollte ihm vermitteln, welche Aura sie anonymen Gesichtern gegeben und wie sie auf unterschiedlichen Wegen ihre Not dargestellt hatten, ganz ohne diese bloßzustellen. Vielleicht könne man Fotografen engagieren, die Verunfallte zeigten, und dazu Berichte von Versicherten sammeln, denen Borélia tatsächlich geholfen hatte? So etwas wäre weder glatt noch vorgefertigt, man könne das echt Erlebte dahinter spüren, es würde authentisch wirken. Wolle man die Nostalgie der

Nachkriegszeit heraufbeschwören, könnte man die Fotografen bitten, in Schwarz-Weiß zu arbeiten – oder, um alle Kommunikationskanäle bedienen zu können, sich an der humanistischen Fotoästhetik zu orientieren und sie neu in Farbe zu setzen.

Franck fand das schön, sie solle die Idee weiterverfolgen. Im Moment müsse sowieso groß gedacht und das gedankliche Spektrum weit gefasst werden, sogar mit diametral gegensätzlichen Optionen. Er hingegen, vielleicht weil er in seinem Umfeld, auch ohne selbst welche zu haben, immer mehr Kinder sehe, denke an Zeichentrick, an Cartoons, die uns die Verunglückten zeigen könnten, ohne ins Pathos zu kippen, ohne Angst zu schüren. Die drei kleinen Schweinchen pfeifen fröhlich *Wer hat Angst vorm bösen Wolf?*, während sie die Wände und das Dach ihres Häuschens mit großartig rosaroter Sorglosigkeit reparieren, da sie eine der besten Wohngebäudeversicherungen mit Mehrgefahrendeckung abgeschlossen haben. Rotkäppchen durchquert den dunklen Wald, um der Großmutter einen Korb voller personennaher Dienstleistungen zu bringen. Die Maus Jerry lässt Kater Tom so einiges an Ungemach erleben – alle Haare stehen ihm zu Berge, wenn er ans blanke Elektrokabel fasst, wenn die Vase zu Boden fällt und durch ein geniales Flaschenzugsystem auch sämtliches Geschirr und der ganze Geschirrschrank auf ihn drauffallen –, doch muss man sich keine Sorgen machen, in der nächsten Folge ist er unversehrt wieder dabei, denn Borélia sichert ihn großartig gegen Unfälle mit Personenschaden ab.

Bis zu der Besprechung, bei der sie das Ganze vor den Mitgliedern des Vorstands und vor Antoine Mangin präsentieren sollen, haben sie gemeinsam und jeder für sich daran gearbeitet. Es würde das erste Mal sein, dass Cora vor Mangin sprach, ihre Einführung in exklusive Kreise – wenn auch nur punktuell, doch wenn es gut liefe, würde es vielleicht der Anfang von etwas Neuem sein –, ein Termin, dessen nahes Bevorstehen sie in einen Zustand nervöser Anspannung versetzte, sie aber auch ungemein freute.

In diesem Moment trat Delphine Cazères auf den Plan. Der Flurfunk im Turm kündete schon seit einigen Wochen davon: Die Beratung durch die externe Firma habe begonnen, die Leute von Nielsen seien im Haus. Und die Männer fügten hinzu: »Da ist diese Beraterin. Hast du die schon gesehen? Nein, dann mach dich auf etwas gefasst.« Zusammen mit Étienne Lavaux, einem weiteren Junior-Berater, sollte Delphine Cazères prüfen, was in der Marketingabteilung verbessert werden könnte. Währenddessen arbeiteten die beiden Senior-Berater von Nielsen mit Simon Keller zusammen, dem frisch ernannten Strategieleiter, und besprachen alle zehn oder vierzehn Tage die anstehenden Punkte mit Mangin. Die Berater hatten Franck gebeten, zwei interne Ansprechpartner zu bestimmen, die ihnen helfen sollten, Probleme zu erfassen, und er wollte, dass Cora dabei war. Da sie in dieser Zeit nicht genau wusste, wie sie Franck auf Abstand halten sollte, ohne ihn zu verprellen, kam ihr die Gegenwart von Delphine zunächst sehr zupass; dem von seiner Libido gequälten Franck wiederum machte die junge Beraterin das Leben zur Tortur.

Delphine war, so wie sie mir beschrieben wurde, die Schönheit in Person. »Eine der unglaublichsten Frauen, die ich je getroffen habe«, erinnerte sich Franck, und seufzte voll Bedauern oder Kummer, als wäre sie hier bei uns im Garten in Le Vésinet gewesen, hätte mit an dem kleinen Tisch gesessen oder auf dem Rasen gelegen und wäre soeben aufgestanden, hätte auf dem Absatz kehrtgemacht und wäre hinter den Pfeilern der Pergola verschwunden. Eine junge, hoch aufgeschossene Frau Ende zwanzig mit heller, aber nicht bleicher Haut unter einem Wirbelsturm rotblonder Haare. »Wie die von Botticelli gemalte Frau, die in den Florenzer Uffizien ihrer Muschel entsteigt, du weißt, welche ich meine?« Aber mit mehr Power und nicht so melancholisch. Franck hatte schnell begriffen, welches Risiko Delphine für seinen Puls, seine Produktivität und seine geistige Gesundheit darstellte. Es war kaum eine Woche vergangen, seit sie dem Fahrstuhl in der 27. Etage entstiegen war, da dachte er mit Sorge an die viral gegangene Geschichte des amerikanischen Zahnarztes, der eine Arzthelferin entlassen hatte, weil sie ihn zu sehr anzog, ablenkte, seine Ehe zu ruinieren drohte und weil eine Dauererektion (das wird viel zu selten deutlich gesagt) zu einer psychosozialen Gefahr werden konnte oder zumindest einer gedeihlichen Arbeitsbeziehung unangenehm im Wege stand. Auch wenn er diesen Abwehrreflex nur zu gut verstand, hoffte Franck jedoch, der Gefahr mit ausreichend Mut entgegenzutreten – und spürte zugleich eine seltsame Lust, sich ihr auszusetzen.

Dabei hatte Delphine keineswegs perfekte Züge oder die Figur eines Models. Auf den Fotos, die Cora mir gezeigt hat, sehe ich, dass sie leicht schielt, ihr Kinn etwas flieht, die Kieferpartie sich nicht markant abzeichnet, die Schultern etwas breit sind. Darum geht es aber nicht. Schönheit entscheidet sich nicht anhand einzelner Merkmale. Ihre Augen leuchten. Wenn sie den Raum betritt, kippt jede Situation, die Elektronen, die sie umkreisen, wissen nicht mehr, wohin. Man sieht sie an, kann sich nicht sattsehen, will sie weiter ansehen, von noch näher sehen, am besten alles von ihr sehen. Delphine selbst bleibt im Understatement: Sie trägt schlichte weite Hosen mit Beinschnitt in der Form eines Samuraischwerts, Kleider, die weder kurz noch besonders eng sind, und Stiefel, die sie nur zwei, drei Zentimeter größer machen. Aber als Cora mit ihr durch die Abteilung geht, um zu zeigen, wie die Abläufe sind, wer alles da ist und wer was macht, hat sie das Gefühl, im Schatten eines bedeutenderen Körpers zu stehen, Satellit eines größeren Gestirns zu sein und für die meisten, denen sie begegnen, unsichtbar. Bei Besprechungen ruht Francks Blick nicht mehr auf ihr, er hat ein neues Ziel oder zumindest eine neue Priorität. Das ärgert sie in einer Weise, aber die Erleichterung überwiegt. Ist es denn überhaupt möglich, sich im Umgang mit solch einer Frau normal zu verhalten? Sogar wenn sie nur zu zweit sind, passiert es Cora, dass sie nicht Delphine zuhört, sondern sich fragt, warum manche Gesichter das Licht in besonderer Weise einfangen, wie eine Erscheinung Aura bekommt und eine Bewegung Eleganz.

Delphine rattert los wie ein MG, beendet die Sätze ihrer Gesprächspartner, als hätte sie alles nach dem dritten Wort verstanden. Da sie weiß, wie sehr das einschüchtern kann, kompensiert sie, so gut es geht, beruhigt. Sie erklärt Cora, die Partner von Nielsen hätten nicht vor, die gesamte Unternehmensleitung in die liebliche Zauberwelt von PowerPoint und Excel einzusperren. Es stimme, dass mit einigen Grafen, einer Kurve nach oben, einer nach unten, einer, die sich brav zwischen beiden schlängelt und damit plötzlich glaubhaft wird, oder durch das Austauschen zweier Variablen in einer Tabelle, das reihenweise die Ergebnisse ändert, die Illusion entstünde, die Wirklichkeit sei einfach, und man könne mit ihr machen, was man wolle. »Je mehr Präsentationen ich fahre«, erklärt Delphine, »desto deutlicher merke ich, dass die Welt von PowerPoint eine Parallelwelt ist, die völlig anderen Regeln folgt, aber durch eine seltsame Alchemie ab und zu mit der physischen Welt interagiert. Manche Berater kommen in ein Unternehmen, haben die Weisheit gepachtet, streichen in zwei, drei Jahren so viel Geld ein, wie sie nur können, und verduften wieder. Und wenn die Ergebnisse ausbleiben, halten sie sich bedeckt, warten ab, bis die einstigen Manager ausgetauscht sind, und verkaufen in der Annahme, das Unternehmen hätte kein Gedächtnis, ihren Hokuspokus ein weiteres Mal. Wir gehen das anders an«, sagt sie. »Der Grundgedanke ist, wir erstellen die Diagnose mit Ihnen zusammen, erzählen keine Geschichten, sondern stellen uns Ihrer Wirklichkeit und sehen, was passend zu Ihren Vorgaben alles möglich ist. Und wir versprechen: Die Arbeit mit uns läuft anders.«

In der Nacht vor der Präsentation hat Cora schlecht geschlafen oder überhaupt nicht geschlafen, sie weiß es nicht mehr. In der vorangegangenen Woche hat sie bis abends spät gearbeitet, und Pierre ist Manon abholen gegangen, was er nicht weiter kommentiert hat, da er genau weiß, dass es üblicherweise andersherum ist, auch wenn er findet, sie hätte ein ähnliches Ergebnis auch in weniger Zeit und mit weniger mentalem Einsatz erreichen können. Was für eine Idee auch, sich mit einer Perfektionistin zusammenzutun! Sie erinnert sich an die zufällige Begegnung mit Delphine in der Toilette: Cora steht vor dem Spiegel, kämpft gegen den Eindruck, anstelle eines Gesichts nur eine Tabelle voller Augenringe und Hautrötungen zu haben, versucht, ihre Kleider glattzustreichen, die extra knittern, und ihre widerspenstigen Strähnen zu ordnen, während Delphine so wirkt, als hätte sie sich ein für alle Mal vor dem Losgehen am Morgen zurechtgemacht, und munter verkündet, sie freue sich darauf, sie zu hören, sie sei sicher, alles würde gut laufen.

Nachdem Franck das Projekt noch einmal in groben Zügen vorgestellt hat, lässt er die Leute der Beratungsfirma ihre Hauptmarschrichtung erklären. Ob »Humanistische Fotografie« oder Zeichentrick, so oder so gehe es darum, Borélia in ein neues Licht zu rücken, indem man an die Macht der Bilder glaube und jedes Bilddetail bedenke, auch wenn der Informationsgehalt der Werbung dabei vielleicht ein wenig in den Hintergrund trete. Die Leute hätten sowieso keine Lust, immer noch mehr Informationen zu empfangen, sie seien übersättigt und würden es schätzen, Bilder zu sehen, die sich aus der Masse abheben, eine ideale Welt, verlockend, nicht aggressiv, die ihrem Blick Erholung bietet und ihnen jederzeit offensteht. Beim Zeichentrick seien Kampagnen recht teuer, erklärt Franck (egal, ob man Bildrechte erwerben oder neue Figuren erschaffen würde, um Cartoon- und Märchenhelden in ein grafisch einheitliches Universum einzubringen), aber die Wiedererkennungsquote sei bestimmt sehr hoch und man könne mit solchen Entnahmen aus dem kollektiven Gedächtnis alle Altersschichten ansprechen. Vielleicht schaffe man es damit auch ganz nebenbei, den Kundenbestand von Borélia zu verjüngen, denn das sei dringend nötig. Humor sei Trumpf, aber ohne die Launigkeit der Fernsehwerbung, vielmehr seien wirklich charmante und lustige Dinge gefragt. Bei der Fotografie … Er macht eine Handbewegung, und Cora hat für zehn Minuten das Wort und sagt sich bei jedem Blick auf die Uhr: Der ganze Scheißstress für zehn Minuten... Bei der Fotografie also sei die Idee, den Versicherten das Gefühl zu vermitteln, es gebe in ihnen eine zu bewahrende Kraft, Schönheit und Integrität und Borélia nehme sie so an, wie sie sind, mit ihren Falten, mit ihren Fehlern, ohne ihnen die Erniedrigung und Diskriminierung der üblichen Werbestrategien zuzumuten. Man könne Größen aus dem Sport, Segler·innen, Tennisstars, Skifahrer·innen bitten, für Plakate zu posieren und in Clips aufzutreten, werde aber neben ihren Gesichtern auch die von unbekannten Menschen zeigen, denn der Geist der Humanistischen Fotografie sei es, dass niemand die Aufmerksamkeit nicht verdient habe. Franck Tommaso nimmt das Mikro wieder an sich, wiegt das Für und Wider ab, bekundet seine eigene Vorliebe; dies seien zwei gute Optionen; der Zeichentrick würde sich leichter anbringen lassen, so scheine es ihm, ob als Mini-Fernsehserie oder als Comics auf der Website, die gegenwärtig viel zu textlastig sei, voller Texte, die niemand mehr lesen wolle; Cora Salmes Idee gefalle ihm auch, er frage sich nur, ob die Kunstfotos nicht auf ein unhaltbares Versprechen hinausliefen, denn sie hätten ja nicht die Mittel, jede Kundin und jeden Kunden wie einen Star zu behandeln.

Eine Stunde lang wurde diskutiert. Nachdem Antoine Mangin die anwesenden Vorstandsmitglieder um ihre Einschätzung gebeten hatte, wandte er sich unvermittelt an Delphine. Eine Meinung von außen, das wäre doch schön, ein unverstellter Blick. Und mit ihrer leicht heiseren Stimme, die jedem Satz Leben einhauchte, jeden zu einem Ereignis machte, argumentierte Delphine, mit leicht zusammengekniffenen Lidern und einem Nicken, mit dem sie das Wesentliche ihrer Aussage herauszufiltern und nur die ihr wichtigsten Punkte auch zu sagen schien, ohne zu zögern zugunsten der Fotografie, die eleganter sei, kultivierter, natürlich auch stärker, woraufhin sie mit einem Anflug von Belustigung, wie Cora wahrzunehmen glaubte, sah, wie Franck die Kiefer zusammenpresste. Mangin führte den Gedanken weiter. Ganz genau. Es gebe da eine zeitliche Konstante, die besser zur Geschichte des Unternehmens passe. Zwar könnten Zeichentrickfiguren mit Sicherheit neue Kunden anlocken, doch wären sie ein ziemlicher Affront für die vorhandenen. Es gehe um Kohärenz, fuhr Mangin fort: Wenn sie wollten, dass die Leute die Risiken ernst nähmen, sollten sie ihnen zeigen, dass sie ihrerseits jeden Versicherten ernst nähmen, und das wäre etwas schwierig, wenn suggeriert würde, das Schlimmste, was einem passieren könne, sei ein Schlag auf die Zwölf. Fotos seien gut. Das werde Leute anziehen, die vernünftig seien. Das werte die Marke auf: Der Kunde solle bei Borélia behandelt werden wie ein Mitglied eines nicht völlig versnobten, aber doch schicken Clubs, nicht wie ein Fernsehjunkie, dessen Sucht man bedient, oder wie ein großes Kind. So müsse es jetzt weitergehen: Beispielbilder auswählen, mit Fotografen und den angedachten VIPs in Kontakt kommen, ein Budget aufstellen, die Idee von den PR-Beratern in allen Aspekten gegenprüfen lassen. Bis zum nächsten gemeinsamen Termin, bitte.

Am Abend bekam Cora einen Anruf von Édouard, der sie beglückwünschte, sagte, es sei großartig, sie werde Schönheit an Orte bringen, an denen man keine erwarte, und selbst wenn die Fotos vornehmlich dazu bestimmt seien, der Marke und ihren kommerziellen Zielen zu dienen, würden sie doch von viel mehr Menschen gesehen als in Ausstellungen oder Galerien. Als Édouard noch einmal sagte: »Gut gemacht, ich freue mich wirklich sehr für dich«, fühlte sie sich auf seltsame Weise erleichtert, mit sich selbst versöhnt. Er fügte noch lachend hinzu, wie gern er dabei gewesen wäre, um wenigstens Francks Gesicht zu sehen, und Cora sagte, absolut, der habe sich zusammengenommen, doch sei klar gewesen, dass er schwer enttäuscht war, und Édouard sagte, Pech für ihn, dem tue es gut, auch mal ein paar Straußenfedern zu lassen, und auch wenn Édouard am anderen Ende der Leitung weiter witzelte und es schön war, ihn in so heiterer Stimmung zu erleben (sie wusste von anderer Seite, dass er gerade sehr deprimiert war), beschlich Cora das Gefühl, dass die heutige Entscheidung für sie vielleicht nicht so gut war und sie Grund hatte, das, was kam, zu fürchten.

Und so war es. Was Franck da entgegenschlug, war, im Klartext, der altvertraute, leidige Vorwurf, dass er zwar wunderbar nett und klug und das alles sei, seine Ideen aber eher plump. Wenn das Marketing einen solchen Feinsinn brauchte, dann war das Arbeit für die empathischen Tanten, die ihren Grüntee bloß nicht zu stark tranken und auch nicht über Witze lachten, die ein bisschen saftiger waren. Das sollten sie schön unter sich regeln … Das Beste für ihn war, möglichst schnell hier raus und in den Vertrieb zu kommen, zu Strategie oder Finanzen, wo ihm niemand mehr Plumpheit vorwerfen würde. Mangin, dieses Arschloch, hätte seine Entscheidung auch einfach aufschieben und später treffen können, in kleiner Runde (das machte er doch oft genug! warum nicht dieses Mal?), statt sich dermaßen taktlos hinter seine Untergebene zu stellen und ihm vor allen anderen eins reinzuwürgen. Vielleicht … ja, das war nicht auszuschließen … hatte er das auch nur wegen Delphine getan, um ihr zu schmeicheln, sich ihr anzunähern. Er bezahlte die Leute von Nielsen schließlich teuer genug, da war er bestimmt überzeugt davon, dass er sie sogar würde bumsen können, wenn ihm danach wäre. Auch wenn zwischen den beiden mindestens fünfundzwanzig Jahre Altersunterschied lagen.

Um sich abzureagieren, dreht Franck einige Runden durchs Großraumbüro. Agathe Kerlann nimmt es ihm krumm, dass er Cora diese Gelegenheit verschafft hat, sich zu profilieren. Nadège Galtier zieht sich immer noch genauso schlecht an. Étienne Lavaux und Delphine Cazères haben den kleinen Besprechungsraum mit den durchsichtigen Wänden okkupiert und lassen die Angestellten, wenn sie Fragen an sie haben, dort antanzen. Manchmal arbeiten sie mit Cora, und Franck beobachtet die beiden Frauen, die kleine Brünette und die große Rotblonde. Cora denkt nach, formuliert langsam, macht Pausen, Delphine sprudelt los, unterstreicht das Gesagte mit einem Lächeln und Gesten, die den Beobachter immer wieder verzaubern. Wie ärgerlich, dass diese Frau, die das Weibliche in Perfektion verkörpert, sich so gar nicht einwickeln lässt. Bestimmt hat sie verstanden, dass sie das besser sein lässt. Als wüsste sie, dass ihr Körper gefährlich ist, dass sie mit ihm lieber keine solchen Spiele spielen, sondern logisch-rational verfahren sollte, vorsichtig, wie man eine Bombe handhabt. Sie gehöre zu den Frauen, überlegt Franck, die sich immer nur falsch entscheiden können: Zeigen sie sich kühl, nennt man sie Mannsweiber und schwarze Witwen, aber bringen sie ihre Verführungsmacht zum Einsatz, heißt es, sie schliefen sich nach oben. Er überlegt, ob Delphine sich wohl auch mit dieser Frage beschäftigt – welche Priorität sie setzt und wie sie die gute Mitte findet – oder ob das nur seine Fantasie ist. Manchmal arbeitet sie lange, bleibt bis 22, 23 Uhr im Büro, manchmal bis nach Mitternacht. Setzen die Partner bei Nielsen sie unter so wahnsinnigen Druck? Oder hat sie niemanden, zu dem sie hinwill? Sogar wenn sie sich über ihre Unterlagen beugt, sich allein glaubt und nicht weiß, dass man sie beobachtet, zeigt sich auf ihrem Gesicht all ihre Intelligenz. Wenn sie sich konzentriert, kneift sie die Mundwinkel ein wenig zusammen … stützt den Ellenbogen auf den Tisch und das Kinn in die Hand … Wer hat ihr das beigebracht? Wer bringt so was bei, vermittelt so was? Diese Anmut? Da keine anderen Beobachter mehr da sind, klopft er an, geht hinein, sie plaudern ein bisschen, sie lächelt bei einigen seiner Witze, wirft ihm sporadisch einen amüsierten Blick zu, aus dem er nicht schlau wird, der in ihm aber wieder Hoffnung keimen lässt.

An jedem dieser Tage kommt Cora zu ihm, als liefe sie auf rohen Eiern, informiert ihn über ihre Fortschritte, zeigt die Arbeiten verschiedener Fotografen, berichtet über ihre Treffen mit den PR-Beratern und den Webdesignern. Er hat keinerlei Lust, sich das genauer anzusehen. Die Leute von der Marktforschung, sagt Cora, werden unter potenziellen Kunden eine Befragung zu diesem Entwurf machen … Franck betrachtet ihre zusammengepressten Lippen, bemerkt ihren matten Blick, glanzlos und bronzen, obwohl ihre Augen eigentlich grün sind. Unglaublich, sie hat die Visage einer Verliererin, auch wenn sie gerade gewonnen hat. Er antwortet: »Verzettle dich damit aber auch nicht. Mit dem kleinen Budget, das du dafür hast, seien wir ehrlich, bringen solche Umfragen nicht wirklich was. So was macht man, um sich selbst zu beruhigen, wenn einem nichts anderes einfällt. Man stellt sich am Strand mit einem Fuß ins Wasser, um rauszufinden, wie tief der Ozean ist. Ob die neue Grafik, die Website und die Kampagne angenommen werden, ob sie funktionieren oder ob die Leute einen Scheiß drauf geben, im Ernst, das kann keiner vorhersehen, darüber wissen wir gar nichts …«

Drei Wochen später folgt die zweite Besprechung, Antoine Mangin todschick in einem Anzug mit rotem Nadelstreifen, der Vorstand so gut wie vollständig vertreten, Cora noch müder und angespannter als beim letzten Mal, weil sie weiß, dass sie diesmal in vorderster Reihe stehen wird. Da Manon die gute Idee hatte, sie mit einer Winterkrankheit zu beglücken, glüht ihre Nase vom vielen Schnäuzen, ihre Stimme ist rau und kraftlos, ihr Vortrag eintönig und von Hustenanfällen unterbrochen. Es ist ein harmloses Virus, gegen das aber kein Medikament hilft, sondern allein Geduld, und die ganze Zeit, bis es gedenkt, sich wieder zu verziehen, lebt man wie in einer Nebelwolke.

Obwohl Franck die Zwischenergebnisse präsentiert, als sei er daran beteiligt, ist spürbar, dass er nicht ganz dahintersteht, seine Worte klingen wenig überzeugend, sondern so aufgesetzt, dass Cora nicht übel Lust hätte, ihn zu unterbrechen und noch einmal richtig von vorn anzufangen. Das hätte vielleicht Delphine getan, auch auf die Gefahr hin, sich Ärger einzuhandeln. Aber sie ist nicht Delphine, sie wartet, bis sie dran ist. Glücklicherweise ist das bald der Fall. Sie atmet tief ein, soweit möglich, und los geht's: Tempo lebendig, aber nicht zu schnell, energisch, aber nicht übertrieben, damit sie nicht zu sehr gegen Franck absticht, sie zeigt die ersten Fotos, verteidigt die Idee, erklärt, dass, selbst wenn alles schwarz-weiß sein sollte, es nicht trübe wäre, nein, sondern besonders eindrucksvoll, schauen Sie, welche Tiefe das hat, was für Schattierungen, dann erklärt sie mithilfe von vielen Screenshots, wie alles auf der Website Platz finden könnte, kommentiert jede Seite der PowerPoint-Präsentation, die sie am Vorabend zu Hause noch bis Mitternacht immer wieder gelesen hat, um sich alles einzuprägen und die letzten Tippfehler zu beseitigen. Sie kommt gut und stetig voran und beantwortet Fragen, die sie größtenteils vorausgeahnt hat, mit einem anwachsenden, berauschenden Gefühl von Stärke und Kontrolle über die Situation: Es läuft, sie haben den Blick nicht aufs Handy gerichtet, sie hat alle Aufmerksamkeit, ab und zu wird genickt, nonverbale Sprache, die ermutigt.

Nach etwa zwanzig Minuten fragt Antoine Mangin: Und die Umfragen, was ist damit? Die haben Sie noch gar nicht erwähnt. Wie viele Personen konnten Sie befragen, wie sind die Rückmeldungen? Cora öffnet den Mund, um zu antworten. Kein Laut. Alles passiert binnen Sekunden. Nach einer halben Sekunde weiß sie, das ist die Schwachstelle, sie hat nicht, was er will. Sie sieht die E-Mail, sie sieht die angehängte Datei, sieht, wie sie sie speichert und überfliegt, die gesammelten Rohdaten, und dann, nichts. Sie hat die Auswertung nicht einfach nur nicht dabei in diesem Computer, den sie für die Präsentation aufs Rednerpult gestellt hat, sie haben sie noch nicht gemacht. Nach einer weiteren halben Sekunde spürt sie eine gewaltige Stresswelle in sich heranrollen und mit ihr einen verfluchten Hustenanfall. Eigentlich hätte Nadège sich damit herumplagen müssen, aber von sich aus hat sie es nicht gemacht, und Cora hat sie auch nicht darum gebeten, und weder Agathe noch Franck hat sich je bei ihr erkundigt, wie denn da der Stand sei. Noch eine Sekunde vergeht, sie muss etwas sagen. Vierhundert. Vierhundert Personen wurden befragt. Ob das alles sei, fragt Antoine Mangin weiter nach. Ob ihr das ausreichend erscheine? Sie denkt, Franck Tommaso hat gesagt, es würde sich nicht lohnen, viel Zeit oder Geld da hineinzustecken, aber sie hält sich zurück und sagt es nicht laut. Sie hustet. Hat Franck das alles ausgeheckt, um sie in diese Situation zu bringen? Oder hat er wirklich geglaubt, Mangin würde dem keine große Bedeutung beimessen? Sie sucht Francks Blick, die Unterstützung ihres Vorgesetzten, vergebens, Francks Blick weicht aus, ist woanders, da steht sie nun vor den dreißig Zuhörern. Sie hofft, Mangin möge sich nach Franck umsehen, in die nächste Hierarchieebene gehen, aber das geschieht nicht, Mangin bleibt auf sie fokussiert, lässt nicht von ihr ab. Und die Ergebnisse?, fragt er. Wie sehen die aus? Sie hustet. Sehr gut, sagt sie. Das Grundgefühl … ähm, die Kunden mögen die Idee, wirklich. Umso besser, schnaubt Mangin. Aber wo sind die Ergebnisse? Zeigen Sie mal, statt aus dem hohlen Bauch zu reden. Sie spürt den Schweiß an ihren Haarwurzeln austreten, bald werden dreißig Augenpaare dicke Tropfen ihre Schläfen hinabrinnen sehen.

Dabei hatte es auf ihrer To-do-Liste gestanden. Sie schreibt alles auf ihre To-do-Liste, sonst vergisst sie alles – nun, vielleicht nicht alles, aber doch mal etwas, das durchaus etwas Wichtiges sein kann. Das Phänomen hat sich verstärkt, seit Manon da ist, aber Manon ist diese Schwäche nun wirklich nicht zur Last zu legen. Cora sieht sich mit fünf oder sechs, wie sie beim Kindergeburtstag das Spiel mit dem Tablett gespielt haben. Wenn sie an der Reihe war, kurz hinauszugehen, wieder reinzukommen und dann zu raten, welchen Gegenstand die anderen Kinder vom Tablett genommen hatten, wurde sie nervös, als hinge ihr Leben davon ab. Auf der schwarz lackierten Fläche inmitten des Kreises konzentrierter kleiner Gesichter war der Fingerhut noch da, der rote Stift auch, der Kofferschlüssel, der Springer aus dem Schachspiel… Aber was fehlte dann? Der Plastikelefant? Der Pirat mit dem Holzbein? Der kleine standhafte Zinnsoldat? Bei der Reise nach Jerusalem war sie, um ehrlich zu sein, auch nicht besser. Den anderen zuvorkommen, auch auf die Gefahr hin, mit voller Wucht mit jemandem zusammenzuprallen, nur um einen Stuhl zu ergattern, das lag ihr auch nicht. Sie mochte lieber Sportarten und Beschäftigungen, bei denen man gegen sich selbst kämpft, innere Grenzen überwindet. Wenn sie an das Spiel mit dem Tablett zurückdenkt (was ihr tatsächlich häufiger passiert), sieht sie darin schwerlich etwas anderes als eine pädagogisch gewünschte und vollführte Kinderdressur. Es war das erste Training dafür, später niemanden zu vergessen, wenn man der ganzen Gruppe dankte, ohne die das alles nicht möglich gewesen wäre, oder nicht vom Einkauf zurückzukommen und im zentrifugalen Wahnsinn der Supermarktregale die gemahlenen Mandeln oder den Zucker vergessen zu haben. Und was die Reise nach Jerusalem angeht…

Schusselchen, sagte ihr Vater Alain, ihre Mutter Marianne. Cora, das Schusselchen. Sie vergaß ihren Fußball auf dem Hof, ihren Schal in der Schule, ihre Schwimmbrille in der Umkleide. Und einmal auch Schlimmeres. Als Kind hat sie so gern Musik gehört, fing so deutlich an, von innen zu leuchten, wenn das Radio spielte, dass ihre Eltern sie an der Musikschule anmeldeten, damit sie Geige lernte. Nach einigen Monaten war die Begeisterung gewichen: Die Musiklehre war für sie eine ähnliche Folter wie in der Schule der Algebraunterricht; die Diskrepanz zwischen dem Klang der von ihr gestrichenen leeren Saiten und dem der von ihr gehörten Aufnahmen mit all den aufwühlenden

Harmonien schien ihr zu gewaltig, um sich überbrücken zu lassen. Andere Kinder durften schon die Aufkleber entfernen, die auf dem Griffbrett anzeigten, wo sie die Finger aufsetzen sollten, während sie ihre eingekerbten, ungeschickten Finger betrachtete, als wären sie die Schuldigen. Eines Samstagnachmittags, als sie sich, völlig fertig von der Probe für ein anstehendes Konzert, mit einem Comic auf ihr Bett warf, wurde ihr bewusst, dass sie keine Geige mehr hatte. In Zimmer, Flur und Wohnzimmer: keine Geige, nirgends. Sie hatte sie auf dem Rückweg vergessen, und weil sie noch genau vor Augen hatte, wie sie mit der Geige unterm Arm die Stufen der Musikschule hinuntergegangen war, tja, musste es in der Métro gewesen sein …

Sie war den ganzen Abend in Angstschweiß gebadet, wie gelähmt vor Scham, und wagte nichts zu sagen. Um ein Uhr nachts lag sie noch wach. Als sie in die Küche ging, um etwas zu trinken, kam sie an ihrem Vater vorbei, der im Wohnzimmer auf dem Sofa lag und las, und hoffte einen Moment lang, dass er merkte, wie furchtbar es ihr ging, doch schaute er nicht auf. Auf den Spitzen ihrer von den Fliesen eiskalten Füße stehend, angelte sie aus dem Küchenschrank ein Beutelchen Aspirin, von dem ihr tausendmal gesagt worden war, dass es nur für Erwachsene sei. Sie schüttete es, ohne nachzudenken, in ihr Glas Wasser und trank es in dem Glauben, es könnte ihr Problem auflösen, die Geige irgendwie zurück in ihr Zimmer holen. Und da ihr Fieber nicht zurückging, holte sie sich noch ein zweites. Erst danach, also zu spät, ging ihr auf, dass dadurch nichts besser wurde, sondern ihre Lage sich sogar noch verschlimmerte. Die Dosis war für ein kleines Mädchen wie sie viel zu hoch. Sie legte sich wieder in ihr Bett und sagte sich, dass sie nach ihrer ersten Dummheit eine weitere, viel schlimmere begangen habe. Das Medikament würde in ihr Blut gelangen, sie vergiften. Jetzt war sie dazu verurteilt zu sterben. Es gab keine Wahl. Sie konnte unmöglich zu ihrem Vater gehen und zugeben, was sie getan hatte, sie konnte ihm auch nicht sagen, dass sie sich nicht wiedersehen würden. Nach langem Kampf mit den Tränen ist sie eingeschlafen, traurig, dass es so zu Ende ging, dass ihr Leben nur so kurz gewesen war und sie sich auf diese dumme Weise umgebracht hatte, obwohl sie den Tod doch so fürchtete. Als Bruno sie am nächsten Morgen wecken kam und ein orgiastisches Frühstück vorschlug, mit dreihundert Gramm geschmolzener Schokolade auf halbierten Bananen, schlug ihre Freude Purzelbäume. Das Leben lag noch vor ihr, unversehrt und wunderschön. Sie hatte es nicht verdient, doch diese Gnade wurde ihr zuteil. Die Geige ist nie wieder aufgetaucht, weder in der Musikschule noch im Fundbüro, und somit war ihre Instrumentalausbildung beendet: Ihre Eltern ließen in dem Jahr das Haus streichen und das Geld war knapp, aber vor allem betrachteten sie die ganze Sache als Freud'sche Fehlleistung. Später, als sie sah, wie viel die Musik in ihrem Leben veränderte, hat sie es noch ewig bereut, so abrupt und so früh aufgehört zu haben.

Die schreckliche Geschichte von der Geige und dem Selbstmord mit Aspirin hatte keine merkliche Wirkung auf ihr Erinnerungsvermögen. In der Oberschule, auf dem Lycée, schrieben die Eltern ihr immer noch Erinnerungsnotizen auf die Tafel am Kühlschrank, und hin und wieder klebte Bruno ihr ein Post-it auf die Stirn. In ihrem Alltag als erwachsene Frau hatten sich die Erinnerungsnotizen in To-do-Listen und Checklisten verwandelt: was noch gemacht werden musste und was schon genüsslich abgehakt werden konnte ... Es gab für die Listen keine bessere Namen als die aus den einsilbigen englischen Wörtern. Dieser Pragmatismus! Genau deswegen war das Englische wahrscheinlich zur weltweiten Geschäftssprache geworden. Um sich nichts vorzumachen, damit sie nicht glaubt, es sei irgendwann damit vorbei, hat sie auf ihrem Desktop eine Datei angelegt, die sie »Endless-to-do-Liste« getauft hat. Aber das reicht nicht. Viel Streit mit Pierre dreht sich um dieses Thema: Sie weiß nicht, was sie mit ihrer Bankkarte gemacht hat oder mit ihrer Monatskarte; plötzlich weiß sie nicht mehr, wo sie das Auto geparkt hat; das passiere ihm auch, aber man müsse anerkennen, dass er besser sei als sie. Und sie hasst sie, die Stereotype vom rationalen Mann und der zerstreuten Frau. Sie hat schon mehrmals Google gefragt, ob Frauen vielleicht zerstreuter sind als Männer, aber Google weiß nichts und hat ihr nie überzeugend geantwortet. Seit einigen Wochen gibt es einen wiederkehrenden Moment, wenn Pierre in der Haustür wartet und Manon bereit ist, den sie *ihre Demenz* nennt, in dem sie, sagen wir es ganz offen, kein Gehirn mehr hat, in dem sie weiß, dass etwas fehlt, aber nicht sagen könnte, was ...

Aber wo sind die Ergebnisse? Zeigen Sie mal, statt aus dem hohlen Bauch zu reden! Sie muss antworten, jetzt. Ich habe nicht gedacht, sagt sie, dass wir die heute schon brauchen ... Wir haben sie noch nicht ... Das stimmt nicht ganz, fällt Franck ihr ins Wort. Er spricht, ohne sie anzusehen, schneidend. Sie hat es vergessen. Wir müssen da nicht lange nach Ausreden suchen: Sie hat es ganz einfach vergessen. Weil in seiner Stimme aber statt Verlegenheit ein kleiner Triumph mitschwingt, den er sich nicht verkneifen kann, fällt nun Antoine Mangin ihm ins Wort: Sie habe vielleicht vergessen, die Auswertung zu machen, aber er habe vergessen, sie daran zu erinnern, er solle sie also hier nicht vorführen. Verbringen Sie die ganze Nacht damit, wenn es sein muss, aber machen Sie das unter sich aus, und schicken Sie die Auswertung, damit wir anderes angehen können, danke schön, wir müssen vorwärtskommen, danke schön.

Und ihr ganzes Leben lang wird Cora nach diesen Monaten im Winter und Frühjahr, in denen sich ihre To-do-Liste albtraumhaft verlängerte, und nach dem 8. Juni, über den hier noch zu berichten ist, also diesem anderen Tag sieben Monate später, an dem sie nicht an alles gedacht hat, ihr ganzes Leben lang wird sie in ihrem Kopf die schneidende Stimme hören: Sie hat es vergessen. Wir müssen da nicht lange nach Ausreden suchen: Sie hat es ganz einfach vergessen.

Als ich bei meinem siebten Gespräch mit Franck Tommaso spürte, es würde das letzte sein, denn er ließ durchscheinen, dass er mir in den nächsten Wochen keine Zeit mehr widmen könne, ich hätte ohnehin genügend Material für mein Buch und das geplante Porträt (letztlich seien die Texte auf *One in Nine Billions* ja allgemein recht kurz, und ich könne ihm bei Rückfragen auch einfach schreiben), da wusste ich, dass es meine letzte Chance war, etwas herauszufinden, jetzt oder nie.

Also fragte ich ihn im Verlauf der Unterhaltung, nicht erst gegen Ende, damit es nicht das Letzte war, worüber wir sprachen, sondern möglichst unauffällig zwischendurch, als es sich scheinbar ganz natürlich ergab, ob er sich an die Sache mit Cora Salme erinnere, daran, was mit Cora Salme passiert sei. Es folgte ein Schweigen. Ein Auto fuhr die Straße hinunter, in einem weit entfernten Garten brummte ein Rasenmäher, vielleicht summten auch einige Insekten. Er sagte: Na, das ist seltsam, warum fragst du mich danach? Ich antwortete, ich hätte darüber in der damaligen Presse gelesen. Die Sache habe ja einiges Aufsehen erregt, oder? Er wirkte nachdenklich, gedankenverloren. Er sagte, natürlich. Ich habe das aus nächster Nähe mitbekommen. Eine menschliche Tragödie, schrecklich. Und ich war in gewisser Weise ein kollaterales Opfer. Mir spukte der Begriff *menschliche Tragödie* im Kopf herum. Ich wusste nicht, was ich davon halten sollte. Ich fragte: Warum sagst du, es sei seltsam? Warum ist es seltsam, dass ich dich danach frage? Er wirkte noch abwesender, noch weiter weg in seinen Gedanken. Es ist seltsam, sagte er, weil ich kürzlich wieder an sie gedacht habe. Ich war über Weihnachten in Chile. Und habe mir La Silla angesehen, weißt du, den Berg in der Atacama-Wüste mit dem Observatorium drauf, das ist einer der Orte, von denen ich als kleiner Junge geträumt habe. Es gibt dort keine Lichtverschmutzung … Der Himmel ist vollkommen dunkel … Da ist es noch besser als am Débo-See. Und eines Nachts, als die Temperatur sehr stark fiel und nichts in meinem Hotel mich aufwärmen konnte, weder der Matetee, den sie dort trinken, noch die Heizung … auch keine Decke oder Wärmflasche … da habe ich von ihr geträumt, ich weiß nicht warum. Ich habe von Cora Salme geträumt.

Danach erzählte er lange von der schweren Zeit, die er damals durchlebt habe, und den Gründen, aus denen, wie er glaube, so etwas passieren könne. Wer diese Art Karriere macht, kommt zwangsläufig an einen Punkt, wo er mit solchen Geschichten konfrontiert wird. Angesichts des Drucks in den Unternehmen, in denen ich gearbeitet habe, kann ich mich glücklich schätzen, dass ich nicht öfter in solche Geschichten verwickelt worden bin. Ich bohrte etwas nach, und auch wenn ich nicht so weit ins Detail gehen konnte, wie ich es gern getan hätte, ist es mir gelungen, ihn dazu zu bringen, ungefähr das zu erzählen, was ich hören wollte. Und drei, vier Stunden später habe ich mich in seinem Garten in Le Vésinet von ihm verabschiedet, bis zum nächsten Mal, Mathias, von schüchterner Sonne beschienen, die Gartenschere in der Hand, du hältst mich auf dem Laufenden, Mathias, mit dem Vorhaben, die Rosen zu schneiden, damit sie schön blühen, später, im Juni.

VI HAUSDÄMONEN

Es vergeht noch mehr Zeit. Doch wenn Zeit vergeht, macht das nichts besser. Sechzehn Monate ist es her, dass Antoine Mangin die Leitung von Borélia übernommen hat, vierzig unendliche Monate, seit in New York eine Bank namens Lehman Brothers Pleite machte und eine der größten Versicherungsgruppen fast mit in den Abgrund gerissen hätte, die AIG, hätte Washington nicht entschieden, sie und andere mit Finanzspritzen in Höhe von Hunderten Milliarden zu retten, da diese Institutionen für das wirtschaftliche Gleichgewicht als zu bedeutsam galten, um sie bankrottgehen zu lassen. Die Schockwelle breitet sich kreisförmig aus: Nicht nur US-amerikanische Familien haben ihre großen Häuser mit Garten auf Sand gebaut, auch viele europäische Regierungen erweisen sich als zu ausgabefreudig oder können nicht genug Steuern einnehmen, ihre Kreditlast wird immer schwerer, der Schuldenschlund öffnet sich weiter und weiter, und überall blinken rote Zahlen als schlechtes Omen durch die Nacht. In den Zeitungen, die Cora eisern weiterhin liest, befehden die Ökonomen einander darüber, ob Sparpolitik im Verbund mit einer Liberalisierung des Arbeitsmarkts die Arbeitslosigkeit, die sich kurzfristig durch sie zu verschlimmern scheint, mittelfristig eindämmen könnte. Auf öffentlichen Plätzen versammeln sich Menschenmassen, mit Thermoskannen und Spruchbändern und Megafonen, zu Füßen des Reiterstandbilds auf der *Puerta del Sol*, unter den gelben Blättern der Akazien im Zuccotti Park, den die Wolkenkratzer der Wall Street erdrücken, oder auf der Esplanade von La Défense, wenn Cora aus der Métro kommt; Menschenmassen, die sich erheben und sagen, sie seien das Volk, die Mehrheit, die neunundneunzig Prozent und ihre Wut herausschreien gegen die Herrscher, die kleine Minderheit der Ultraprivilegierten, das eine Prozent, die, die beim Wirtschaftswachstum absahnen und eine immer weniger versteckte und teuflisch wirksame Isolationspolitik betreiben, um immer weniger umverteilen zu müssen. Die Politiker würden nur zu gern den Aufschwung verkünden, sie behalten die Gewinnspannen der Unternehmen, die Auftragsbücher und die Konsumstimmung der Haushalte genau im Auge, doch derzeit verkaufen sich weniger Autos, weniger Wohnungen und auch bei Borélia sind die Zahlen besorgniserregend.

In seinem Büro an der Défense, wo er eintrifft, eine Stunde bevor die Sonne über Paris aufgeht, frönt auch Antoine Mangin der leidigen Gewohnheit, sich über die Weltnachrichten zu informieren. So erfährt er, zum guten Start in den Tag, dass eine Rebellenarmee der Tuareg, knapp gefolgt von Dschihadisten und Deserteuren aus dem libyschen Bürgerkrieg, sich gerade des Nordostens von Mali bemächtigt: Sie schneiden Soldaten von Garnisonen, die sich ergeben, die Kehle durch, steinigen Paare, die uneheliche Kinder gezeugt haben, fordern die Anwendung der Scharia und die Unabhängigkeit dieses Teilstücks des Landes. Antoine Mangin liest weitere Artikel zu dem Thema, schaut im Internet nach, wo die gefallenen Städte liegen: Sie gehören nicht zu denen, die er besucht hat, aber das Grauen kriecht ihm dennoch den Rücken hinauf, sehr viel konkreter als bei Nachrichten über irgendein vom Krieg versehrtes Land, das er nicht kennt. Ihn fröstelt. Er seufzt. Er ist nicht General wie sein Urgroßvater, er kann den Maliern nicht helfen. Seine Aufgabe besteht, im Guten wie im Schlechten, darin, Borélias Börsenwerte nach oben zu bringen, bevor die Aktionäre ungeduldig werden. In der aktuellen Konjunkturlage fühlt der Chef, dem jede Extravaganz fremd ist und der findet, der Medienrummel gehe für die, die ihn angezettelt haben, immer nach hinten los, dieser Chef fühlt sich verpflichtet, auf den Plan zu treten.

In dem Interview mit der Zeitschrift *Challenges*, das seine Kommunikationsberaterin ihm hat vermitteln können, vier ganze Seiten und sein Bild auf dem Titelblatt, sagt er, er sei hier, um zu bleiben. Seit einigen Jahren wechselten viele Chefs den Posten zu schnell. In den USA habe sich die durchschnittliche Dauer, die jemand an der Spitze eines Unternehmens verweile, von neun Jahren zu Beginn des Jahrtausends auf vier Jahre verkürzt, was wirklich weder seriös noch vernünftig sei. Es verstehe sich von selbst, dass der Return on Investment zu seinen Prioritäten gehöre – die Aktionäre hätten Erwartungen, es sei schließlich ihr Geld, von dem sie bestimmt nicht wollten, dass es untätig herumliege –, er sei aber auch kein Söldner, dem es nicht darum gehe, etwas aufzubauen. Es sei ihm nicht egal, ob er Weinbrand oder Brandversicherungen verkaufe. Er hätte auch wenig Spaß daran, Sand an Leute in die Wüste oder Eis an Leute am Nordpol zu verkaufen, das könnte sein Leben nicht ausfüllen. Die große Schwierigkeit bestehe darin, sagt er, sich eine langfristige Perspektive zu bewahren. Also halte er im Terminkalender Platz frei für längerfristige Probleme mit Relevanz von über einem Jahr: Wenn er nicht mindestens ein Drittel seiner Zeit darauf verwende und das Tagesgeschäft ihn zu sehr vereinnahme, riskiere das Unternehmen, sich festzufahren.

Bevor das Echo der Presseaktion verhallt, veranstaltet Borélia einen Investorentag. Éric Pertuis gibt die ersten Ergebnisse der Kostensenkung bekannt und verkündet ehrgeizig lächelnd, da gehe noch mehr, das sei bei Weitem nicht alles. Die Rationalisierung der Einkäufe und der Informatik würde zu Einsparungen führen, doch auch die Personalabteilung könne einen Beitrag leisten. Er nennt das Brutto-Betriebsergebnis, die Eigenkapitalrendite, die für das darauffolgende Jahr angestrebte Solvabilitätsspanne, all die Zahlen, die das anwesende Publikum brauche, um ruhig schlafen zu können. Wenn Mangin in den folgenden Wochen mit einem Tastendruck die Börsenkursanzeige auf seinem Computer aktualisiert (was er bis zu dreißigmal am Tag macht, auch mitten in einem Termin, mit dem Gefühl, er verfolge die Ausschläge seines Elektrokardiogramms), dann sieht er, dass die Anstrengungen sich gelohnt haben, dass die Kurve ansteigt, ein bisschen, dass sie eine Gnadenfrist bekommen haben.

Am Abend, als sie das Interview in *Challenges* gelesen und am Esstisch mit Pierre darüber gesprochen hat, entdeckt Cora im Spiegel ein paar graue Haare. Silberfäden in ihrem dunkelbraunen Schopf, nicht die ersten, aber ausreichend viele, um von anderen gesehen zu werden. Sie hat auch ein Gerstenkorn am Augenlid, wiederholt Aphten und Kreuzschmerzen. Vor allem aber ist sie müde, grenzenlos müde, wie ihr scheint, so als wäre sie ein viel schwächerer Mensch als zuvor. Ungerechte Grausamkeit und grausame Ungerechtigkeit: Sie wird zunächst jung gewesen sein, ein bisschen zu jung, unfertig, ungehobelt und dann übergangslos alt, ohne Hochstand, von dem aus sie das Leben hätte betrachten können wie von oben. Mit ihrer feinen Schrift notiert sie in die Kladde: »Ich habe eine weit verbreitete, zeitweilig ruhende, aber unheilbare Krankheit. Momentan erlebe ich einen Rückfall. Sie heißt: die Zeitkrankheit. Wenn Zeit vergeht, macht das nichts besser. Jeden Tag taucht eine Falte mehr auf, der Weg verengt sich und führt abwärts, die Sonne verblasst, Schatten strecken ihre Arme aus, der Abhang wird steiler und gefährlich glatt.«

Zu den entscheidenden Augenblicken ihres Lebens zählt jener Spätsommer in den Cevennen, in dem Jahr, als sie fünf wird. Das Haus in Valleraugue ist zur Zeit des Mittagsschlafs vor lauter Langsamkeit eingedöst, ihre Mutter schickt sie, dem Großvater mitzuteilen, dass sie gleich zum Spaziergang aufbrechen, dass sie mit dem Auto bis auf den Gipfel des Aigoual hinauffahren, dort eine kleine Runde drehen und am Bonheur entlang, so heißen hier der Fluss und der See, in dem sie baden, zurückgehen wollen. In Großvaters Schlafzimmer schlägt der Vorhang ein wenig in der leichten Brise und im Licht. Der Großvater liegt auf dem Rücken, in diesem massiven Bett, das für ihn gerade so ausreichend groß ist, ohne Schuhe und Strümpfe, aber weiter nicht ausgezogen. Coras erster Impuls ist es, auf ihn draufzuklettern, ihm auf den Magen zu trommeln, in dem er, wie er ihr erzählt hat, einen Teil der Wintervorräte sammeln muss, aber irgendetwas in ihr rät ihr, das besser nicht zu tun. Sie ruft mit halblauter Stimme, bekommt keine Antwort. Er bewegt sich nicht mehr, schläft still, atmet nicht mehr. Da sie nichts weiß von dem, was die in der Hölle herrschenden Wesen als Verhaltensmaßregeln ausgeben, tritt sie näher an ihn heran, betrachtet ihn, drückt seine Hand, legt ein Ohr auf sein Herz, küsst seine vom Bart stachelige Wange, spricht mit ihm.

Es ist die Zeit, in der sie die analoge Kamera ihrer Eltern klaut, sobald sie unbeaufsichtigt ist. Sie versteckt sich beim Trockenmäuerchen und fotografiert die Eidechse, deren winziger Kopf mal hier, mal dort zwischen den Steinen hervorguckt, knipst aber meist zu spät, sodass auf den sehr experimentellen Fotos nicht das kleine Reptil, sondern nur das Mäuerchen zu sehen ist. Sie fotografiert die Vögel in der dunklen Masse der Bäume oder am Rand einer Wolke, von so weit weg, dass sie ganz verloren wirken. Im Rückzug vor der Stille schnappt sie sich an diesem Tag die Kamera vom Couchtisch im Wohnzimmer, sagt ihrer Mutter, die gerade die Trinkflaschen mit Wasser füllt, kein Wort, kehrt ins Schlafzimmer zurück, steigt auf den Stuhl voller Kleider und beobachtet ihren Großvater durch den Sucher. Netterweise bewegt er sich nicht, bleibt liegen, ist kooperativer als die Eidechsen und Vögel, sie kann sich Zeit lassen, wählt sorgfältig den Bildausschnitt, stellt scharf. Ein einziges Foto macht sie von der Leiche, dann wartet sie eine Minute lang, ob etwas passiert, ob das Klicken des Auslösers ins benommene Bewusstsein ihres Großvaters dringt, ihn an die Sonne erinnert, ans Spazierengehen, an seine Enkelin, ihn dazu bringt, die Augen zu öffnen. Aber er ist schon zu weit weg, er hört nicht mehr, oder will es nicht, und kommt nicht zurück. Es ist ihr erstes gelungenes Foto. Auf den Terrakottafliesen flitzt der schwarze Kater vorbei, der ihnen in diesem Sommer ständig die Kalbsrippchen stibitzt, quicklebendig, mit vom Bildrand gekapptem Schwanz.

Sie bleiben über die Ferien hinaus, um das Begräbnis vorzubereiten. Da sich das Ende des Sommers ankündigt, werden am 1. September die Stautore des Hérault geöffnet: Das Baden im Fluss ist nun verboten, und im ganzen Dorf stinkt es nach Schlamm. Die Erwachsenen organisieren, diskutieren. Man erklärt ihr den Tod, denn es ist ihr erster Toter. Sie findet das skandalös. Was, so ist das? Nachts bekommt sie kein Auge mehr zu, nimmt alle Kraft zusammen, um zu verstehen, denn könnte sie verstehen, glaubt sie, käme sie auch auf eine Lösung. Wenn die Berge rötlich werden, erikarot, purpurviolett und farnbraun, dann ist es der Tod, der das macht. Der Kater, der kleine Nager auf die Terrasse trägt, sie häutet und zerlegt, ist einer der Mörder des Todes. Gewaltige Gewitter lassen abends die Sicherungen herausspringen, ziehen von einem Berghang zum anderen, entreißen der Nacht die Kastanienwäldchen, bis die Landschaft zuckt und wackelt wie ein alter Schwarz-Weiß-Film. Am Tag der Beerdigung fragt sie, um sich zu vergewissern, ihre Mutter, ihren Vater und die Onkel und Tanten, ob sie auch sterben werden. Sie sagen, nicht sofort, sie sagen, erst nach langer, langer Zeit, aber sie behaupten, es sei so. Anscheinend gibt es keine Ausnahme. Und doch lässt sie sich das noch gut einhundert Mal bestätigen. Was soll das für eine Regel sein, die für wirklich alle gilt? Da sie in Paris eine Viertelstunde von dem Park entfernt wohnen, der auf dem Gelände eines ehemaligen Schlachthofs angelegt wurde und nach Georges Brassens benannt ist, dessen Lieder ihren Weg bis nach Valleraugue untermalen, fragt sie auf gut Glück, ob auch Georges Brassens sterben wird. Und erfährt, dass das bereits geschehen ist, dass genau in dem Jahr seine geliebte Pfeife für immer erkaltet ist und er der Jugend Platz gemacht hat, in dem sie geboren wurde: Aber ist er denn froh, dass er tot ist? Ist er in Sète begraben, wo er geboren wurde, am Strand, wie er es sich in seinem Chanson »Supplique pour être enterré sur la plage de Sète« so innig gewünscht hat? Macht er, während er tot ist, einfach Ferien? Sie will Antworten, denn ihr scheint, Brassens hat in seinem Lied eine Lösung erfunden.

Bald kommt ihr eine Ahnung, was auch sie erwartet. Auch sie kommt dran, na klar. Unmöglich, sich das vorzustellen, aber unmöglich, dass es anders wird. Plötzlich hat sie überhaupt keine Lust mehr, in die Schule zurückzukehren. Ihre Tage sind gezählt, also hat sie Besseres zu tun. Durch vieles Nachfragen bei ihrem Vater, der ihr damals nähersteht als die Mutter und einen deutlicheren Hang zur Metaphysik hat, wird sie sich mit Schrecken der Abfolge der Stufen bewusst: Schule, wo man keine Wahl hat, Studium und die Angst davor, wohin es danach geht, ob man es schaffen wird, dann vierzig Jahre Arbeit, fünf Tage die Woche, siebenundvierzig Wochen im Jahr, dann die Rente, um sich zu langweilen und zu spüren, wie man altert, und schließlich – Unzutreffendes bitte streichen – Krebs oder Herzinfarkt, vorausgesetzt, dass man bis dahin allen Autounfällen, Badeunfällen, Morden, Bränden und Abstürzen im Gebirge entgangen ist. Was, so ist das? Das passt ihr ganz und gar nicht. Ihr Herz geht in die radikale Verweigerung.

Vielleicht ein Jahr lang ging sie vermehrt in Kirchen, um die Sache mit den zuständigen Stellen zu verhandeln. Ließ sich nicht wenigstens eine passive Unsterblichkeit ausbedingen, ein Weiterleben der Seele, sodass sie, wenn sie einst tot wäre, von oben mitverfolgen könnte, wie es weiterging, oder auch von Zeit zu Zeit an die Orte, wo sie gewohnt hat, zurückkommen und die ihr lieben Menschen besuchen? Und ließ sich nicht auch die Möglichkeit in Betracht ziehen (das war doch wahrlich nicht viel verlangt), dass sie den Freunden, die sich an ihr Grab setzten, etwas zuflüstern könnte, um ihnen zu zeigen, dass sie entgegen allem Anschein da war, sie nicht vergaß, ihnen zuhörte und sie unterstützte? Die Kirchen waren kalt. Sie verstand, dass man ihr den Glauben gern lässt, dass die Mehrheit der Menschen auf der Welt sich nach wie vor zum süßen Glauben hinreißen lässt, doch glaubte sie nicht. Der Materialismus hielt Einzug in ihrem Kopf und blieb. Ihr Countdown lief, man sollte keine Minute daran verlieren, sich in falschen Illusionen zu wiegen.

Nachdem sie die Tragik dieser Tatsache anerkannt hatte, wenn auch etwas halbherzig, versuchte sie, die richtigen Konsequenzen daraus zu ziehen. Der Tod war für sie ein guter Grund, viel vom Leben zu verlangen, jede Stunde, jeden Tag bewusst zu erleben, sich von den Pflichten in keine Falle locken zu lassen, nicht irgendwo hinzugehen, wohin kein Verlangen uns rief, sondern ein Leben aufzubauen, das auf jene Dinge zielt, die schöner und beständiger sind als die Menschen. Diese gütliche Einigung hatte jedoch auch ihre Haken und Ösen und ließ einen, sobald es an die praktische Umsetzung ging, in eine Hölle von Widersprüchen stürzen. Sollte man in der Gegenwart leben und alles mögliche Vergnügen nur aus ihr schöpfen? Oder aus jeder Stunde der Gegenwart einen Stein formen, um das Haus der Zukunft zu bauen und das Glück einer Zeit vorzubereiten, in der man freier entscheiden kann, näher dran ist an dem, was man gern tut, und anderen nützlicher ist und nicht ganz so zum Verzweifeln bedeutungslos?

Als sie zwanzig Jahre später in die Welt der Versicherungen einstieg und von Sterbetafeln erfuhr, die Demografen und Versicherungsmathematiker anlegen, um die Lebensspanne einer Generation zu untersuchen, um Kohorte für Kohorte die Anzahl der Todesfälle und die Anzahl der verbleibenden Jahre zu bestimmen, traten Beklommenheit und Faszination noch einmal für ein Tänzchen auf die Bühne. Alle Kultur, alle Philosophie überall auf der Welt unterstrich, wenn sie vom Tod sprach, vor allem seine Unvorhersehbarkeit. *Von dem Tage aber und von der Stunde weiß niemand*. Das blieb natürlich wahr, man sollte am besten so leben, als könnte das Schwert jederzeit niedergehen, aber die Statistik setzte dieser Sicht auf die Dinge hart zu. Wer nachforschte, der konnte, abgesehen von dem Tage und von der Stunde, herausfinden, in welchem Alter der eigene Tod wahrscheinlich war. Deshalb hat Cora Salme den weit vorausschauenden Blick. Wenn sie vor einem sitzt und mit einem spricht, ist sie auch am Horizont. Auf der Liste von Dingen, an die sie sich erinnern muss, gibt es wenigstens eines, das Cora nie vergisst: Sie weiß immer, dass sie sterben wird.

Aber womit verbringt sie ihre Zeit? Seit einigen Wochen ist sie vor allem damit beschäftigt, das Projekt Clarifix voranzubringen. Es besteht darin, den größten Teil des Contents auf der Website und in den Werbeheften lesbarer und verständlicher zu machen, weniger trocken und idealerweise: attraktiv. Zusammen mit Agathe Kerlann hat Cora Textproben von acht externen Redakteurinnen und Redakteuren anfertigen lassen, aber als Agathe bei Franck war, um ihm die besten drei vorzustellen, kam sie mit rot geflecktem Gesicht zurück und teilte Cora mit, es gebe kein Budget dafür, die Arbeit sei intern zu vergeben – anders gesagt,
 Cora müsse sich, da sie am besten schreiben könne, selbst

daransetzen. Cora hat protestiert, sie könne nicht gut schreiben und überhaupt, sie habe anderes zu tun, das sei nicht ihre Arbeit, doch Agathe hat geantwortet, mach dich mal nicht kleiner, als du bist, ich habe da überhaupt keine Sorgen, du machst das bestimmt sehr gut. Cora hat zwar noch versucht, das Baby an Nadège Galtier und Damien Tourret weiterzureichen, aber die kurzen Proben, zu denen die sich bequemten, waren so vollkommen daneben, dass sie ahnte, falls sie diese Arbeit delegierte, würde sie alles noch mal überarbeiten beziehungsweise neu schreiben müssen.

Seitdem wird sie von Sätzen verfolgt. Cora hört sie auf dem Heimweg in der Métro. Sie hört sie nachts, dreht und wendet sie in der Hoffnung, sie klängen ein bisschen besser. Wir sind alle geboren, um zu bewahren und zu schützen, wir bei Borélia aber haben es zu unserem Beruf gemacht. Vielleicht haben Sie es schon bemerkt, unsere Welt wandelt und verändert sich, ich würde sogar sagen: Sie tut das mit einem Affenzahn. Und die Menschen sind mit Unsicherheit und Schwierigkeiten konfrontiert. Auch Sie! Vielleicht sind Sie bereits in Schwierigkeiten? Hatten schon mit Ungewissheit zu kämpfen? Richtig? Nicht nur Ihnen geht es so, seien Sie beruhigt. Die Welt ist ungewisser und gefährlicher denn je. Als beispielsweise im Hundertjährigen Krieg die Schinder durch die Lande zogen, die Männer niedermetzelten und systematisch die Frauen vergewaltigten, war das vergleichsweise harmlos. Oder die Flüchtlingstrecks im Mai 1940 unter dem tödlichen Schatten der Stuka-Bomber und die zum Foltern in Algerien eingezogenen Wehrpflichtigen – in der damaligen Welt hatte man noch Orientierung, wusste, was der nächste Tag bringen würde. Zugegeben, Klimawandel und Konkurrenz aus China waren damals noch kein Thema. Investitionen waren sicher. Aktienkurse weniger wechselhaft. Aber auch wenn sich die gesamte Lage geändert hat, steht Borélia trotz aller Unwägbarkeiten des Lebens fest an Ihrer Seite. Lassen Sie mich kurz erklären, wer wir sind und was wir Ihnen vorschlagen. Zuallererst sollten Sie wissen, dass wir Werte haben. Wir haben mindestens drei Werte, denn zwei sind etwas wenig und vier klingt nicht wirklich seriös. Sie stehen im Zentrum unserer Philosophie, steuern unsere Strategie, wecken unsere Energie. Diese Werte sind: Ehrgeiz, Effizienz, Gemeinschaft. Doch bilden sie zusammengenommen einen einzigen. Also wenn man sich auf einen beschränken müsste. Dieser eine wäre Menschlichkeit. Menschlichkeit ist unsere Geisteshaltung, und wir füllen sie jeden Tag mit Leben. Denn, unter uns gesagt, was wäre das: eine Geisteshaltung, die nicht täglich mit Leben gefüllt würde, oder ein Mensch, der nur jeden zweiten Tag Leben in sich hätte?

Sie haben es verstanden: Wir sind an Ihrer Seite. Was wir mit Ihnen erreichen wollen, ist höchste Qualität durch echte Innovation. Keine Qualität, die erst mal ganz okay scheint, aber letztlich unter aller Sau ist. Keine Schnickschnackinnovation. Wir bieten unseren Kunden sehr konkret Dienstleistungen an, die sie wirklich brauchen. Wohnen Sie in der Wüste, müssen Sie wissen, dass wir Ihnen keinen Sand verkaufen. Wohnen Sie am Nordpol, bieten wir Ihnen kein Eis an. Denn wir sind unseren Kunden nahe. Wir weinen, wenn jemandem das Haus abbrennt oder wenn jemand ein geliebtes Wesen verliert. Braucht er Trost, gehen wir früher aus dem Büro, um mit ihm einen zu heben, egal, ob wir am nächsten Tag arbeiten oder nicht.
 Unser Hauptgeschäftsführer Antoine Mangin trägt jeden

Tag Trauer. Niemals würden Sie ihn in einem himmelblauen, türkisfarbenen oder kanariengelben Anzug erwischen: All diese Farben sind zu weit von Ihnen und unseren Werten entfernt. Außerdem, müssen Sie wissen, sind wir entschieden zukunftsorientiert. Nicht entschieden vergangenheitsorientiert. Wir standen vor der schwierigen Wahl zwischen diesen beiden Richtungen; wir haben Gruppen gebildet, die lange über diese Frage nachgedacht haben: Die meisten kamen zu dem Ergebnis, dass wir uns Richtung Zukunft orientieren sollten, und wir beherzigen ihren Rat.

Ich sagte *Ehrgeiz, Effizienz, Gemeinschaft*. Das Ganze natürlich auf der Grundlage gegenseitigen Vertrauens. Wir glauben an die Menschlichkeit, wir vertrauen unseren Kunden ganz und gar. Sollte es vorkommen, dass wir einige Nachweise und amtliche Papiere sehen wollen, und zwar lieber das Original als die Fotokopie, den genauen Kilometerstand Ihres Autos, die vollständigen Kontaktdaten aller Unfallzeugen oder Fotos von allen Gegenständen in Ihrem Wohnzimmer, mit sämtlichen Rechnungen, von denen einige auch älter als zehn Jahre sind, dann doch nur, um zu prüfen, ob Menschlichkeit auch für Sie ein Wert ist, ob Sie nicht zu den Betrügern gehören, die alles verdrehen, bis hin zum Begriff des *gegenseitigen Vertrauens*. In einem Wort, wir wollen, getreu der Zielsetzung von Eroberung und Bindung, die Kundenzufriedenheit auf jeder Stufe der Beziehung garantieren. Und Sie? Wie steht es mit Ihnen? Haben Sie die teuren Beiträge satt? Verträge, die sich nicht an individuelle Gegebenheiten anpassen? Wie wäre es, wenn Sie mit wenigen Klicks unser personalisiertes Angebot auswählen würden? Wenn Sie keine speziellen Probleme haben, dafür aber eine gute Arbeit, dank derer

Sie stets solvent sind, dann wäre es uns eine große Freude, Sie zu versichern, und zwar zu Beiträgen, die weder günstiger noch teurer sind als bei der Konkurrenz. Denken Sie nicht lange nach. Was zögern Sie noch? Wozu soll das gut sein, dieses lange Zögern? Sie vergeuden Ihre Zeit. Sie haben doch bestimmt Interessanteres zu tun? Also schenken Sie uns Ihr Vertrauen. Unterschreiben Sie dieses Formular, das eine jährliche Überweisung von Ihrem Konto auf unser Konto vorsieht, und genießen Sie in aller Ruhe das Leben.

Und bei dir, wie ist es heute gelaufen? Was kann sie Pierre in solchen Fällen abends erzählen? Manchmal macht sie die Schotten dicht, nichts Besonderes, erzähl lieber du. Manchmal muss sie darüber reden, ist sich aber nicht sicher, ob Pierre zuhört. In der Erschöpfung nach einem langen Tag scheinen unsere eigenen Gedanken wichtiger zu sein; deren Lautstärke müsste man runterdrehen, um den anderen wahrzunehmen, doch weiß man nicht mehr, wo die Fernbedienung abgeblieben ist, und selbst wenn, es sind viel zu viele Knöpfe darauf. Außerdem sind Franck Tommaso, Agathe Kerlann, Nadège Galtier, diese wandelnden Probleme, die ihr mit ihrem Lebendgewicht auf der Seele liegen, für ihn nur gesichtslose Schemen, nichtssagende Namen, angedockt an irgendwelche Anekdoten, die in erster Linie erklären, warum sie schlechte Laune hat. Umgekehrt trifft das genauso zu. Egal, wie lebendig, lustig und detailliert Pierre erzählt, sie hat nur eine vage Vorstellung von dem, was er den Tag über macht. Sie weiß, dass die Piloten von Air France nichts von ihren Privilegien abtreten wollen, dass sie die Fluggesellschaft in eine ganz schöne Schieflage bringen. Sie weiß, dass British Airways wettbewerbsfähiger ist, genau wie die Billigflieger bei den kurzen und mittleren Strecken, und dass die Geschäftsführung plant, mehrere Verbindungen in die Golfstaaten stillzulegen. Aber ansonsten …

An manchen Tagen, die nicht die schlechtesten sind, hat sie Lust, Pierre all ihren angestauten Ärger zu zeigen, aber er überrumpelt sie, erzählt als Erster und bringt sie, die sich eigentlich hatte beschweren wollen, in die Rolle der beruhigenden, tröstenden Ehefrau, die überlegt, was eine gute Lösung sein könnte. An anderen Abenden hingegen, wenn sie den Tag mit langweiligen, zeitfressenden Arbeiten von demütigender Absurdität verbringen musste, sich aber fest vorgenommen hat, das alles für sich zu behalten, merkt Pierre, dass etwas nicht stimmt, oder irgendeine Kleinigkeit nervt Cora, und sie reagiert nolens volens mit einem Wutausbruch oder einem Weinkrampf, beziehungsweise, wie in den meisten Fällen, einer feinen Mischung aus beidem. Aber auf diesem dünnen Seil balanciert man besser Wort für Wort, Schweigen für Schweigen, immer kurz vor dem gegenseitigen Anschreien, aber es kann auch misslingen, eine kleine Geste, ein taumelnder Blick genügen, und sie bespringen einander und sagen sich empörende Dinge.

Aber selbst wenn alles in Ordnung ist: Ein Tag folgt auf den anderen, noch einer und noch einer, die Zeit vergeht, das Leben im Alltag. Manchmal denkt sie über dieses Wort nach, *Alltag*, bis die Buchstaben auseinanderpurzeln und nichts mehr bedeuten. Die Abende ähneln einander wie die Morgen und die zurückgelegten Arbeitswege. Manon will nicht in die Wanne, will nicht raus aus der Wanne, will nicht essen, will noch eine Geschichte, das ist aber die letzte, ja?, will nicht schlafen, nein, nein, wir haben gesagt, das ist die letzte, will einen Kuss, da ist kein Monster unterm Bett, noch einen Kuss, auch kein Monster hinter den Vorhängen, will keine völlige Dunkelheit, sondern ein kleines Licht, steht unerträglich oft wieder auf, legt sich goldig wieder hin, schläft ein. Und auf dem Sofa, nachdem das kleine Monster endlich unschädlich gemacht ist: Hast du an die Reinigung gedacht?, nein, hatte keine Zeit, und du, hast du wegen des Wasserschadens nachgefragt?, Scheiße, so lange geht das jetzt schon, und die Schreibtischlampe spinnt auch, keine Ahnung, ob das die Halogenbirne ist, und der rechte Vorderscheinwerfer vom Auto, ja, die beiden haben sich abgesprochen, wann könntest du denn zur Werkstatt, Freitagnachmittag, Samstag früh?, am Wochenende müssen wir Marc Bescheid geben wegen der Einladung, egal, ob wir hingehen oder nicht, wir müssen ihm was sagen, und die Putzfrau, wir müssen uns entscheiden, ob wir sie nehmen oder nicht nehmen, und ob das Geld reicht oder nicht?, ich weiß nicht, jedenfalls muss wieder Geld aufs gemeinsame Konto, und fahren wir Ostern nun weg?, und wenn wir wegfahren, wohin? Valleraugue?, lieber mit dem Auto, lieber mit dem Zug?, mit dem Auto sind es neun Stunden, das ist für Manon sehr lang, beim Zug müsste man sehen, was es kostet, und dann ist es da vielleicht noch kalt, doch lieber Venedig, oder Rom, aber wenn Venedig oder Rom, dann eher keine Putzfrau, also was machen wir?, letzten Endes, wer macht was?, also ich müsste, warte, du müsstest, ich hole mal was zu schreiben, wir müssten, ich behalte sonst nicht alles.

Cora schreibt nicht nur Listen. Sie schreibt in dieser Zeit insgesamt mehr: Nachts füllen sich die Kladden mit ängstlicher Kritzelei. Sie fürchtet, dass sich bei ihr eine, wie sie es nennt, *allgemeine Verfadung des Lebens* vollzieht. Ihr Sinnesempfinden verliert an Kraft, an Licht, an Glanz. Als Kind, wenn da eine Feier ins Haus stand, erwartete sie die Gäste mit der Art von Ungeduld, bei der man die Stunden zählt, stürzte sich mit vollkommener Hingabe in jedes Spiel, genoss jedes Essen mit dem Gefühl, noch nie etwas so Leckeres gegessen zu haben, und versteckte sich, wenn die Gäste sich anschickten aufzubrechen, unter dem Bett, um der Traurigkeit des Abschieds zu entgehen. Und in der Sekundarstufe, wenn sich nach dem wochenlangen Regenvorhang des Schulunterrichts die bronzegrüne Tür zu den Ferien öffnete, tanzte in ihr die Freude, ließ sie herumrennen und durch die Luft wirbeln. Was sie nun aus dem Grau der Tage reißt, vorausgesetzt sie ist gut organisiert und ständig effizient, ist ein *nettes* Abendessen bei Freunden oder ein *wirklich sehr angenehmes* Wochenende auf dem Land, umso mehr, da sie echt *ein Riesenglück mit dem Wetter* hatten. Sie könnte die alte Intensität zusammen mit Manon wiederentdecken, das ist übrigens einer der Gründe, warum man Kinder macht, und es funktioniert unbestreitbar, wenn Manon im Park auf sie zugelaufen kommt und Cora im Krebsgang ein paar Meter zurückweicht und Manon *Mama, Mama* ruft und immer lauter lacht, fast an ihrem Lachen erstickt und sich dann in ihre Arme wirft. Aber das reicht nicht: Sie würde gern in der ersten Person etwas spüren, nicht durch eine Stellvertreterin. Wäre gern aufgewühlt durch ein Musikstück, das man eines Abends im Konzert hört, durch das Gesicht eines Unbekannten, durch irgendein erstes Mal. Ist es vorrangig die Gewöhnung, die alles verschleißt, stumpf werden und verblassen lässt, oder sind es eher die Müdigkeit und der Stress? Würde sie ein ruhigeres Leben führen, könnte sie dann freudige Ereignisse wieder als solche wahrnehmen, oder verliert sich diese Gabe mit der Zeit genau wie die Jugend? Sie findet, die eintretenden Veränderungen könnten anstandshalber wenigstens einer gewissen Form von Symmetrie unterliegen und ihr zu einem harten Panzer verhelfen, mit dem sie alle Unbilden mühelos abwehren könnte. Aber so ist es nicht: Sie hat immer noch diese bloße Haut, die allen Schmerz empfindet, diesen Kopf voller düsterer Gedanken, nur das Glück spürt sie nicht mehr mit gleicher Stärke. Oft denkt sie an eine Zeile von Saint-John Perse, dessen Gedichte sie auf dem Lycée auswendig lernten, sie ist alles, was sie von dem Dichter noch weiß, spukt ihr aber seitdem im Kopf herum: »Wenn nicht die Kindheit, was denn war damals, das nicht mehr ist?«

Eines Abends, als sie erfährt, dass eine Freundin von ihr wegen verschlimmerter Depressionen ins Krankenhaus gekommen ist und dass die Beziehung ihres Bruders Bruno den Bach runtergeht und er daran denkt, sich von Leïla zu trennen, versucht sie einen abgeklärten Blick auf die Lage: »Als Erstes hören wir auf, die Welt verändern zu wollen, also die Welt im Allgemeinen; uns wird bewusst, dass wir auf die Dinge um uns herum keinen Einfluss haben, der diese Bezeichnung verdient, und dass die Welt ohne uns und die Welt mit uns bis auf ein Detail, das nicht groß zählt, die gleiche ist. Uns schwant, dass die Welt im Moment unseres Todes keine bessere sein wird, und wir verstehen, dass *das Leben verändern* Größenwahnsinn voraussetzt und dass diejenigen, die uns einreden, *auf uns komme es an*, uns auch nur mit Opium ruhigstellen. Uns wird bewusst, dass wir auch auf das Leben unserer Lieben keinen Einfluss nehmen können und, falls ein Unglück sie heimsuchte, auch nur als Zuschauer an ihrer Seite wären. Am liebsten würde man sagen: Jeder für sich, und rette sich, wer kann. Statt die Welt zu verbessern, zumindest um eine privilegierte Position kämpfen oder sich mit einer bescheidenen Stellung zufriedengeben. Aber dieser Traum, diese Bemühungen lassen ganz außer Acht, dass uns das eigene Leben entgleitet, dass wir fast nichts mehr selbst entscheiden, dass wir unerreichbar weit weg von unseren Wünschen bleiben, dass alles, dem wir aus dem Weg gehen wollten, an der nächsten Ecke auf uns lauert, und dass diese absolut willkürliche Macht, die wir irgendwann *das Leben* nennen, uns ständig in irgendwelche Sackgassen und Fallen schickt. Ich höre das in Gesprächen: Das Leben hat es anders entschieden; das Leben wollte es anders. *Das Leben* ist der Name für das Auseinanderdriften von dem, was wir gerade werden, und dem, was wir gern geworden wären. Und um es klar zu sagen: Das Leben ist eine *bitch*.«

Beim Schreiben dieser Zeilen streicht sie kaum etwas durch: Man merkt, dass sie sich ihre Sätze genau überlegt, dass sie abwägt, was sie schreibt, damit sie näher an der Wirklichkeit bleibt als bei den Sätzen, die sie zu Borélias Ehren erfindet, und damit das Bild, das sie zeichnet, ein klares ist, wenn auch ein schwarzes.

Der große Dialog mit Pierre klingt auch ein wenig nach wiederkehrenden Maschen und Mustern. Als er sie noch nicht gut kannte, schnappte er jedes ihrer Angstmotive auf, ließ es die nötige Zeit die Neuronenbahnen seines Ingenieurgehirns entlangziehen und holte es, gebührend begleitet von mehreren Lösungsvorschlägen, wieder hervor, Vorschlägen, die er im Weiteren, so er dazu ermuntert wurde, auf ihre Vor- und Nachteile abklopfte und noch hierarchisierte – woraufhin er, wenn sie ihn mit Beschimpfungen überzog, da sie nicht bereit war, auch nur eine seiner klugen, frei Haus gelieferten Empfehlungen zu beherzigen, mit seiner Weisheit am Ende war und die Waffen streckte. Schon lange weiß er, dass diese Bemühungen vergebens sind, dass die beste Reaktion, beziehungsweise die am wenigsten idiotische, darin besteht, sie in den Arm zu nehmen, zu wiederholen, dass alles gut werde, dass er zuhöre, dass er da sei, und darüber hinaus, dass alles gut werde, dass er zuhöre, dass er da sei, auch wenn das ein wenig repetitiv ist und für ihn frustrierend, denn auch diese Methode bringt keine befriedigenden Ergebnisse. Kommt sie erfüllt von großer, gerade noch im Zaum gehaltener Abgeschlagen- oder Verdrossenheit nach Hause, versucht er zu relativieren, sagt, das sei nur ein schlechter Tag, jeder habe mal einen schlechten Tag, in allen Berufen gebe es undankbare Aufgaben, sie solle sich auf die guten Seiten konzentrieren. Hat ihre Beklemmung aber eine gewisse Schwelle überschritten, bevor sie über die Schwelle des Hauses tritt – kann sie nicht mehr frei atmen, kann das Thema nicht mehr loslassen –, schreit Cora, er verstehe wirklich gar nichts und täusche sich gewaltig, was sie da tue, sei vollkommen zwecklos, es sei ein Scheißjob, alles sei zu spät und verkackt und hirnverbrannt, dann wird auch Pierre laut und ruft, na super, wenn du findest, du vergeudest deine Zeit und dieser Job versaut dir das Leben, dann schmeiß ihn doch hin, such dir was anderes, beweg deinen Hintern, statt dich zu beschweren, wechsel halt den Job.

Auf diese Worte folgt Stille: ein Atemschöpfen. Aber was darauf folgt, ist die ungestüme, zweistimmige Aufzählung all der Gründe, warum das nicht möglich ist, zumindest nicht sofort. Sie hat diese Stelle noch nicht lange genug, um sich gut woanders bewerben zu können; die Unternehmen in dieser Branche haben die Neueinstellungen auf null gesenkt und entlassen sogar eher; sie kann das Arbeitsgebiet nicht wechseln, weil sie das schon mal gemacht hat; nach der Fotografie und dem Versicherungsmarketing schwebt Ihnen jetzt was vor?, ohne indiskret sein zu wollen, eher der automatisierte Handel oder die Metallwarenindustrie? Und sie haben sich einen zu großen Kredit ans Bein gebunden, das wird jetzt klar, einen Kredit, dessen Tilgung ihnen die Luft abdrückt, sie sind wie Sklaven mit Händen und Füßen an ihre Arbeit gefesselt, aber die Falle war geschickt gewählt, denn im Moment der Unterzeichnung wussten sie, dass sie keine andere Möglichkeit hatten, nicht zu weit vom Zentrum an einem Ort zu wohnen, der ihnen beiden gefiel. Wenn sie jetzt kündigte, würde sie binnen weniger Monate ins Prekariat abrutschen und es ist nicht so, als hätte sie davor keine Angst und als würde sie den Zustand nicht kennen, sie hat das alles durchgemacht und ist heilfroh, es hinter sich zu haben, sie kennt sich gut genug, um zu wissen, dass sie das nicht noch einmal so gefasst ertragen könnte, schon gar nicht jetzt, mit Manon.

Es lässt sich nicht sagen, sie habe nach der Rückkehr aus Berlin ihr Glück nicht versucht mit einer künstlerischen Laufbahn, einer Karriere als Fotografin. Wenn du es nicht jetzt machst, machst du es nie, und wenn du es nie machst, bereust du es bis ans Ende deiner Tage. Sie hat sich wirklich berufen gedacht und gefühlt. Sie hat fest daran geglaubt, dass das ihr Beruf wird: mit Licht Geschichten und Gesichter zu schreiben. Wenn ihr etwas Schönes begegnet und sie ihren Apparat nicht dabeihat, oder nicht genügend Zeit, um ihn einzustellen, und es zu spät ist, vorbei, unwiederbringlich, öffnet sich in ihr eine kleine Wunde; wenn sie es aber einfangen und aus dem flüchtigen Moment ein bleibendes Bild machen konnte, schließt sich die Wunde, verheilt, dann verrinnt ihr Leben nicht, sondern ihr Erfahrungsschatz wächst, wird reicher, dichter. Und jedes Foto zeugt davon, dass sie, Cora, existiert: Man sieht sie nicht, da sie hinter dem Sucher ist, aber sie hat das Motiv eingefangen, genau diesen Ausschnitt aus genau dieser Perspektive, mit genau dieser Tiefenschärfe. Sie selbst lässt sich nur ungern fotografieren: Sie will nicht ein Bild ihres Körpers festhalten, sondern die Spur ihres Blicks. Sie macht sich lieber unsichtbar, sagt aber gern: Schaut ihnen ins Gesicht, all diesen Männern und Frauen, erinnert euch, dass sie gelebt haben, dass es diese Dinge gegeben hat und dass auch ich gelebt und mitgeholfen habe, dass sie sichtbare Spuren hinterlassen. Und trotz dieses Kampfs gegen den Tod lag in der Ausübung dieser Kunst eine Art Bescheidenheit, die ihr entsprach. Die Fotografen, die sie über ihr Werk sprechen hörte, hielten sich nicht für Genies oder Schöpfergötter, zumindest weniger als andere Künstler. Selbst wenn sie Karriere gemacht und im Laufe ihres Lebens tausend oder zweitausend Fotos veröffentlicht hätte, wären diese Fotos nie mehr gewesen als ein paar dem Fluss der Zeit entrissene Sekunden, die sie gerettet hätte.

Anfangs ist es gar nicht schlecht gelaufen. In ihrem letzten Jahr an der Handelsakademie hat sie parallel eine Ausbildung an einer Fotoschule gemacht, und im darauffolgenden Sommer, nachdem sie von den Meeresbildern in den Amsterdamer Museen dazu angeregt worden war, ist sie nach Indonesien gereist, ohne genaue Vorstellung, hat einfach ein Flugticket gekauft, um zu sehen, was sie dort so machen könnte. Pierre war vierzehn Tage auch dabei, sie blieb einen Monat länger und kam mit zwei Bilderserien zurück, die sie für geglückt hielt, die eine zeigte Begräbnisse im Land der Toraja, die andere die Bajau-Fischer in einer Bucht der Togian-Inseln nördlich von Sulawesi. Beim Sichten und Auswählen der Fotos nach ihrer Rückkehr, zunächst bei ihren Eltern, dann in der Einraumwohnung, die sie am Fuß des Butte Montmartre gefunden hatte (sie wollte ihre Unabhängigkeit, es schien ihr verfrüht, mit Pierre zusammen etwas zu suchen), war sie enttäuscht. In den wenigsten Bildern fand sie noch etwas von der Verblüffung, die sie vor Ort gespürt hatte. Die Farben schienen ihr zu rein, naturalistisch und dennoch unwirklich, von absurder Brutalität. Aufgenommen in der Froschperspektive aus einer Piroge, mit der sie dort hingefahren worden war, sah man die Pfahlbauten der Bajau-Fischer über dem grünen Wasser, das Labyrinth wackeliger Stege und die Dächer aus getrockneten Palmwedeln, doch fehlten menschliche Gestalten, die für etwas Bewegung gesorgt hätten. Im Gegensatz dazu fehlte den Porträts der Frauen, die sich unter dem Wasserhahn des Betonbrunnens die Haare waschen, oder der zahlreichen Kinder, die doch leichte und lächelnde Ziele gewesen waren, eine Einbindung in ihre Umgebung. Bei genauerem Hinsehen entdeckte sie jedoch einige gute Dinge, die zu bewahren sich lohnte. Als sie wieder sah, wie bei den Zeremonien im Land der Toraja Frauen und Männer Kreise um einige riesige Büffel bildeten, die mit einem Messerstich geopfert wurden, damit sie die Seelen der Verstorbenen bis an die Pforten des Jenseits begleiten, fand sie darin das diffuse und doch drängende Geheimnis wieder, das sie bei anderen Fotografen so mochte. Und trotz ihrer eher vagen Kenntnisse zu Nachtaufnahmen zeigte sich in den Gesichtern der Bajau, die zum Harpunenfischen hinausfuhren, an der Stirn eine von einem Gummiband gehaltene Taschenlampe und um die Taille einen langen Plastikschlauch, durch den sie unter Wasser atmen und auf den sie ihre Fänge spießen würden, welcher Gefahr sie sich in ihrer Not aussetzten und mit welch schrecklicher Unbekümmertheit sie ihr trotzten.

Rund um diese beiden Themen legte sie ihre Mappe an, stellte noch ein paar Bilder von ihren Berliner Streifzügen voran, erlaubte sich den wahnwitzigen Luxus hochwertiger Papierabzüge und versuchte damit ihr Glück bei einigen Zeitschriften. Nach einem Monat luden die Fotoredakteure sie tatsächlich, wie erbeten, zu einem Treffen ein, einem kurzen Gespräch, das sie zwischen zwei faktisch wichtigere Besprechungen quetschten, legten ihre Mappe auf eine freie Ecke ihres Schreibtischs, blätterten darin, wurden vom Telefon unterbrochen, blätterten, waren Kollegen bei einem dringenden Problem behilflich, wandten sich schließlich ihr zu und sagten, die Bilder hätten schon was, ja, aber die Präsentation ginge so nicht, die Übergänge seien nicht gut, da zum Beispiel, sehen Sie, Sie können nicht von dem hier zu dem springen, da erzählt sich nichts. Sie brachten sie zur Tür, drückten ihr die Hand, schicken Sie gern wieder etwas, in drei Monaten vielleicht, okay, halten Sie mich auf dem Laufenden, woran Sie arbeiten, und als sie sich wieder meldete, nach langem Hadern mit der Frage, ob es nicht zu früh sei, ob sie sich womöglich von ihr bedrängt fühlten, sagten sie, ja, ich erinnere mich, aber wende dich damit bitte an den Art Director, solange der nicht zusagt, kann ich dir keinen Auftrag geben.

Für die Wartezeit hat sie einen kleinen Job vermittelt bekommen, Unternehmensfotografie, Seminarfotografie, Serienporträts für Firmenorganigramme, ich warne dich, das ist wirklich kein Spaß mit all den Schlipsträgern, aber tausend Euro pro Tag an fünf aufeinanderfolgenden Tagen, das lehnt man nicht ab. Danach schickte man sie Bilder für Reportagen machen, soziale Randgruppen in Aveyron, Jurten, Gemüsegarten, Baumhütten, wenn du wissen willst, worauf es ankommt, ruf den Journalisten an, der brieft dich, dann zu einem großen Gutshaus auf dem Weg Richtung Normandie, verlassen, von Künstlern besetzt, ich fühlte mich an deine Bilder aus Berlin erinnert und dachte, das interessiert dich doch bestimmt, und als sie von der Expedition zurückkam, vollkommen fertig, ein bisschen zitterig, denn die Leute hatten sie eingeschüchtert, sind das schon alle Bilder, mehr hast du nicht?, da kommt man nicht rein, weißt du, man bleibt so außen vor, verstehst du? Sie erlebte ihre Viertelstunde Ruhm, VSD nahm ihre Toraja-Reihe, sechs ganze Seiten Reportage, willst du die Texte nicht auch machen?, und obwohl sie sich dazu nicht berechtigt fühlte – ewig her kam es ihr vor, die Reisfelder, der Schlamm, die hölzernen Statuen der Verstorbenen, die Augen der Tiere in der Sekunde, da ihnen die Kehle durchtrennt wurde, eine seltsame, für immer beendete Episode –, arbeitete sie wie eine Verrückte, Tag und Nacht, und es klappte, und die Leute sagten, ja, ich habe Ihre Arbeit gesehen, und im Gegenzug murmelte die Stimme in ihr, es geht los, langsam geht's los, das ist der Durchbruch.

Eine Illusion allerdings: Weiter passierte nichts. Sie hatte erhebliche Mühe, die Honorare für ihre Beiträge einzutreiben und zwischen zwei Aufträgen die Starre des Wartens zu überleben. Sie müssen wissen, Reportagen machen wir immer weniger, vielleicht sollten Sie mehr Richtung Porträt gehen. Die Telefone klingelten, wann immer sie den Fuß in eine Zeitschriftenredaktion setzte, sie klingelten bis in ihre Träume, alle, alle gleichzeitig, mit Ausnahme ihres eigenen, das sie zunehmend hasste, das sie aber immer bei sich trug, um ja keine Gelegenheit zu versäumen. Sie müssen uns nicht erklären, dass Sie aus der Humanistischen Fotografie kommen, das sieht man sofort, aber wissen Sie: Da kommen alle her, oder fast alle. Die Sache ist, wenn man sich Ihre Mappe anschaut, weiß man nicht so richtig, machen Sie Journalismus oder Humanistische Fotografie? Da müssen Sie sich entscheiden… Solche Bemerkungen empfand sie als verletzend, weil sie wusste, dass sie zutrafen. Tatsächlich wollte sie ihre Fotos voller Anmut, überbordend von Trost, schrill vor Revolte, doch nachdem sie das für sich geklärt hatte, wusste sie nicht, wie es umsetzen, wo suchen und, vor allem, wie Brotjobs und Kunst miteinander verbinden? Sie fühlte sich außerstande, als Kriegsfotografin umherzureisen, zu groß war ihre Angst, dass sie auf eine Mine treten, als Geisel genommen werden oder an einem Gas ersticken könnte, das bekanntlich zwischen Soldaten und Zivilisten, Männern, Frauen und Kindern keinen Unterschied machte. Schon in der Annehmlichkeit friedlicher Gegenden musste sie kolossale Kräfte mobilisieren, um Unbekannte anzusprechen und ihr Vertrauen zu gewinnen, selbst wenn es sich um ganz gewöhnliche Menschen handelte, und noch schlimmer war es mit jenen aus sozialen Milieus, die ihrem sehr unähnlich waren und die sie mit Insignien ihrer Macht oder den unauslöschlichen Stigmata ihres Außenseitertums beeindruckten. Sie war bereit, sehr hart zu arbeiten, setzte aber nicht ihre Gesundheit oder ihr seelisches Gleichgewicht aufs Spiel, indem sie für jedes Foto alles riskierte wie bei einem Sprung ins Leere. In diesem Freibeuterberuf, überlaufen von ausgemergelten und bindungslosen Typen, die von nichts lebten und es für normal hielten, sechs Monate ans Ende der Welt zu verschwinden, wenn sie nur eine Chance witterten, mit Bildern zurückzukehren, die niemand sonst hatte, mangelte es Cora zum Durchhalten an manch entscheidendem Charakterzug.

Beispielsweise hatte sie größte Schwierigkeiten, allein und bei sich zu Hause zu arbeiten. Mit neunzehn Quadratmetern war die Wohnung tatsächlich zu klein dafür. Nach Berlin fühlte sie sich darin wie eine in ein Puppenhaus eingesperrte Riesin, die im Kreis herumtigert und sich an den Möbeln stößt. An Tagen, an denen sie nichts erwartete, stand sie manchmal erst um zehn oder elf auf, und wenn beim Blick in den Spiegel ihr Gesicht wie ein Schlafzimmer mit auf ewig ungemachtem Bett wirkte, dann ballte sie die Faust, schaute sich tief in die Augen und schwor, dass sie von nun an ranklotzen werde, dass dies das letzte Mal war, dass sie so spät aus den Federn kam. Die Schläfrigkeit in ihrem Bauch war nicht einfach Faulheit oder Schwäche, sondern ein Dämon, der ihren Träumen zusetzte, der ihnen schleichend die Möglichkeit nahm, wahr zu werden, der ihr aus welchem Grund auch immer Böses wollte und sie zerstörte. Wenn sie im Café an der Ecke saß, um sich das Gefühl zu geben, sie habe ein soziales Leben, las sie Zeitungen, bis ihr der Ekel kam: All diese Arbeit, die die anderen niederstreckte, all dies langweilige, aber nützliche Herumgewusel, an dem sie nicht teilnahm! Sie sah sich dazu angehalten, Medienbeobachtung zu betreiben, um herauszufinden, welche Ereignisse für sie vielleicht als Motive interessant wären, die Zwangsräumung von Mietern kurz vor der winterlichen Schutzfrist, die Demonstrationen der Oberschüler im Frühling – aber auch da war sie nie allein, fand sich in der Menge, fing sich Ellenbogenhiebe ein, bekam weniger gute Bilder hin als die Erfahrenen, und ihre Fotos wurden von den Redakteuren seltener angesehen als die der Etablierten.

Als sie dann bei Borélia war, fragte sie sich rückblickend, wie sie in dieser Zeit ein so umfassendes Gefühl des Scheiterns in sich hatte heranziehen können, wo ihre Lebensweise es ihr doch erlaubt hatte, jeden Tag, wenn zwischen zwei Schauern ein bisschen Sonne durchbrach, ein paar Stunden Spaziergehen zu genießen, zu lesen, ausgiebig zu schlafen – Stunden, die andere in vollen Bussen und Bahnen saßen oder in Besprechungen, die alle für entbehrlich hielten. Mit welcher Leichtfertigkeit sie sie geopfert hatte, diese freien, wenn auch teuer bezahlten Stunden, die sie zwischen ihrem Kühlschrank und dem Sofa verbrachte, auf dem sie lag und im Internet einen tollen Artikel über die Brustvergrößerung las, die sich diese Hollywoodschauspielerin gegönnt hatte, und dann den Blog einer jungen Frau, die sich über das Geklüngel in der zeitgenössischen Kunstszene ausließ, zu sehen auf vielen Fotos von schicken Menschen, Arm in Arm im schicken Dekor abendlicher Zusammenkünfte, dann die erste und zweite und dritte Kommentarseite unter den Artikeln des *Figaro*, in denen ein erstaunlicher Streit tobte zwischen den erbitterten Kritikern dieser Nichtsnutze von Beamten und den Verteidigern der ehrenwerten staatlichen Funktionsträger, die nun einmal unser kulturelles Erbe seien, ob einem das nun gefalle oder nicht, das Erbe insbesondere derer, die sonst kein kulturelles Erbe hätten … Nach diesen Anstrengungen genehmigte sie sich eine wohlverdiente Pause mit Gang zur

Küche, wo sie reflexhaft die Schublade mit dem Schokoladenvorrat aufzog, zwei Stücke herausnahm und sie wieder schloss, um dann, zurück im Wohnzimmer, mit leiser Überraschung festzustellen, dass ihr das zumindest echt Spaß machte, also zurück in die Küche, vier weitere Stücke holen und diesmal die Alufolie um den Schokoladenrest herumbiegen, als könnte dieses Siegel sie daran hindern, wieder von vorn anzufangen, wofür es mindestens einen Safe gebraucht hätte, dessen Code niemand kennt. War sie bei Pierre, der etwas mehr Platz hatte, spürte sie abends beim Klacken des Türschlosses Panik, und beim Blick auf ihn, der von einem normalen Arbeitstag nach Hause kam, wurde ihr – wenn sie innerlich aufzählte, was sie hätte tun können, was sie hätte tun müssen, was sie aber nicht getan hatte – bewusst, dass sie wahrlich ein Kind ihrer Zeit war, jawohl, dass jeder Tag, an dem sie nichts schaffte, ein unbefriedigender war, dass das Arbeitsethos ihr in Fleisch und Blut übergegangen war, dass die Arbeit ihr Leben beherrschen musste, damit die Freizeit, die sie sich zugestand, sich nicht fade oder verwerflich anfühlte.

Die Freunde in ihrem Umfeld begannen, richtig Geld zu verdienen. Im Restaurant war sie die Einzige, die nur einen Gang nahm und sagte, sie hätte schon vorher etwas gegessen und daher nur wenig Hunger, ein Glas Wein reiche ihr, daher sei es vielleicht unnötig, eine zweite Flasche zu bestellen, oder, wenn sie unbedingt wollten, tue der kleine Côtes-du-Rhône es doch auch und ob es wirklich so schlimm sei, dass er ein wenig rau schmeckte? Sie erinnert sich an ein Abendessen im Rocher de Cancale, auf der überfüllten Rue Montorgueil. Sie kannte die Geschichte des Hauses, hätte ihren Freunden erzählen können, dass Balzac hier geschmaust hatte, übergewichtig geworden war und sogar einige seiner Figuren verköstigt hatte, dass namentlich Lucien de Rubempré, der sich für jemand Großen hielt, solange er in Angoulême lebte, hier feststellen musste, dass er im Pariser Treiben ein Nichts war und nicht nur literarische Verdienste brauchte, um sich in den Kreisen der Literaten durchzusetzen, das hätte sie erzählen können, wenn ihre Freunde nicht damit beschäftigt gewesen wären, gebratene Calamari mit Piment d'Espelette und Thunfischtatar zu bestellen, gefolgt von *noix d'entrecôte* und Meeresfrüchte-Platten, während sie selbst zwischen einem italienischen Salat und den Ravioli mit Parmesan schwankte.

In ihrer Clique von der Handelsakademie (aber bei ihren alten Schulfreunden oder auch bei Pierres Kumpels war es dasselbe) gab es einige, die nicht zuhören konnten und es nicht ertrugen, länger als eine Minute mal nichts zu sagen. Cora verstand nie, wie sie so viel Freude daran finden konnten, ihre Gesprächspartner mit ihren Meinungen und ihren Ideen zu überschwemmen, derart, dass sie den anderen keinen Raum ließen, sich auch einmal zu äußern und ihnen vielleicht etwas mitzuteilen, das sie nicht bereits wussten. Auch wenn sie sich gern von den Erzählungen anderer mitreißen ließ, litt sie an diesem Abend wie so oft daran, sich kein Gehör verschaffen zu können. Im Lärm der Gespräche über die Immobilienpreise, die im Juni und Juli anstehenden Hochzeiten, die Tipps zur Vorbereitung auf einen Halbmarathon wusste sie nicht, wie sie über etwas so Sensibles wie ihre Beziehung zur Fotografie sprechen sollte. Das fiel ihr schon in Gesellschaft von Freunden schwer, die sie absolut wohlwollend wusste und die wunderbar zuhören konnten, aber wenn man sich das Wort erkämpfen musste wie einen freien Sitzplatz in einer vor zwei Monaten eröffneten Cocktailbar, ein bezahlbares Hotelzimmer mit Meeresblick an einem Frühsommer-Wochenende, oder ein paar Sekunden Einsamkeit vor einem Lieblingsbild in einer Ausstellung, dann verzichtete sie lieber.

Zu dem Zeitpunkt im Obergeschoss des Rocher de Cancale, als die Kellnerin die Rechnung brachte, wir machen uns doch nicht den Spaß und klamüsern jetzt alles auseinander, oder?, ach wir teilen einfach durch acht, wandte sich die Freundin des Typs, der immer zu viel redete, zu Cora um und fragte, um sie ins Gespräch einzubeziehen: »Und du, willst du weiter fotografieren, oder fängst du an zu arbeiten?« Sie hatte die Frage ohne böse Absicht gestellt, und Cora überlegte sich gerade eine freundliche Antwort darauf, möglichst ohne sich aufzuregen, denn Sich-Aufregen raubte zu viel Energie, und im Nachhinein hatte sie es noch jedes Mal bereut, hatte nun aber das akute Gefühl, so zu tun, als wenn nichts wäre, würde sie auch zu viel kosten, sodass sie sich in den folgenden Tagen ihre Freundlichkeit vorhalten und über Stunden nach einer ebenso stoischen wie scharfen Antwort suchen würde, die genau gepasst hätte – denn ihre Gegenüber hatten nicht gelernt, sich zuvorkommend zu zeigen, Freundlichkeit wurde in ihrer Erziehung nur der Form halber wertgeschätzt, gewiss hatten ihre Eltern ihnen tausend Mal mit eigenem Verhalten, ohne auch nur ein Wort über das Thema zu verlieren, gezeigt, dass dies vor allem eine Eigenart von Schwachen war, eine Eigenart, die ihnen später, wenn sie unbedingt wollten, dass man sie ihnen zuschrieb, in entscheidenden Momenten nur ungelegene Gewissensbisse einbringen würde. Doch bevor sie die Zeit hatte, ihre Antwort zu formulieren und ein für alle Mal den gesunden Mittelweg zu finden zwischen zu viel Nachsicht, die bei ihr gewiss ein Gefühl von Erniedrigung hinterlassen würde, und zu viel Aggressivität, die bestimmt nicht verstanden würde, nutzte der Typ, der immer zu viel redete und dem sie seine Ungeniertheit bisher immer nachgesehen hatte, weil sie in den fünf Jahren, die sie ihn kannte, auch viele kultige Abende gemeinsam erlebt hatten, der Typ, der ihnen einige Minuten zuvor in einer unglaublichen Quasselparade seine ersten Erfahrungen als Trader für eine Investitionsbank erzählt hatte, nutzte also das betretene Schweigen, um ihr anzuvertrauen: »Auch ich fotografiere jetzt, ich habe mir eine Superausrüstung gekauft, und ich komme irre schnell voran, echt, muss ich dir zeigen!«

Sie hatte Fotografin werden wollen, damit ihr, wie sie hoffte, einigermaßen besonderer Blick auf die Welt sie selbst überdauerte, doch wenn sie damit scheiterte und es nicht schaffte, ihrer Empfindsamkeit Form zu verleihen, dann würde ihr Leben noch viel unbedeutender sein als das derer, die in gewisser Weise bescheiden ihre Kräfte für größere Strukturen einsetzten, größer als sie selbst, und in Kauf nahmen, dass diese Kräfte versiegten, sich verloren und in einer kollektiven Arbeit untergingen, die zu verwoben und komplex war, als dass sich hätte nachvollziehen lassen, wer was beigetragen hatte. Es gab mehr schlechte denn gute Tage, und die schlechten Tage flüsterten ihr zu, Künstlerin zu sein heiße, ihre eigene Chefin und ihr eigenes Opfer zu werden, ihr eigenes Verderben herbeizuführen, systematisch die Voraussetzungen für ihr eigenes Scheitern und ihre soziale Ausgrenzung zu schaffen. Sie musste den Tatsachen ins Auge sehen: Sie war als Fotografin kaum talentierter als der Durchschnitt eines Milieus, innerhalb dessen nur besonders Talentierte, Mutige und Charismatische auf ein Auskommen hoffen konnten. Von seiner Berufung leben, einen Beruf mit Leidenschaft ausüben erlaubte vielleicht das höchste und am ehesten kindheitskonforme Leben, aber was, wenn man von seiner Berufung nicht leben konnte …? Warum einem Traum nachhängen, wenn er uns unglücklich macht? Wenn sie noch zwei weitere Jahre durchhielt, würde sie zu sehr in ihren Verpflichtungen, im eskalierenden Commitment, gefangen sein, hätte schon zu viel in diesen Weg investiert und müsste daran festhalten, während es jetzt noch nicht zu spät war, etwas ganz anderes zu beginnen: Sie hatte ein gutes Studium hinter sich, konnte sich gut präsentieren, würde eine Stelle finden, für die sie am Monatsende einen Lohn bekäme, den sie weder erkämpfen noch eintreiben müsste. Und sie wurde in diese Richtung getrieben. Die Freunde, zu denen sie sagte, weißt du, unsere heutige Wirtschaft ist eine Art Diktatur, die uns nur zwei Möglichkeiten lässt, verhungern oder irgendwelche Scheißjobs machen, antworteten versöhnlich, sie sei einfach zu idealistisch, oder bezogen ihre Systemkritik auf sich und ließen sie spüren, wie snobistisch ihre Bemerkung war.

Da es mit Pierre gut lief und sie so oft bei ihr oder bei ihm zusammenhockten, dass es abwegig wurde, zwei Mieten zu zahlen, suchten sie eine gemeinsame Wohnung. Sie besichtigten einige sehr charmante Objekte, eins hatte beispielsweise freiliegende Deckenunterbalken in 1,80 Meter Höhe, die bei Pierre zu zahlreichen Aufenthalten in der glücklicherweise nahe gelegenen Notaufnahme geführt hätten, von der permanent Martinshörner herüberschallten; oder dieses andere, so großzügig lichtdurchflutet, dass Ende Juni um zwei Uhr nachmittags tatsächlich die Hoffnung angebracht war, darin etwas Sonne zu erblicken. Die Besitzer und Makler verbargen ihre Begeisterung angesichts der Mappe, in der sie ihre veröffentlichten Fotos präsentierte, und studierten stattdessen, wie sie zu erkennen meinte, mit einer gewissen Schadenfreude ihre Steuererklärungen als die in ihren Augen am klarsten zu lesenden Vorzeichen ihres anstehenden Erfolgs beziehungsweise Misserfolgs. Als sie den Vertrag für die Wohnung bei Gambetta mit dem großen Innenhof unterschrieben, in dem bunte Terrassen stufenförmig anstiegen wie bei einem Bühnenbild im Theater, sagte sie sich, dass es diesmal geklappt hatte, dass sie Glück hatten, dass sie aber, solange sie beim Fotografieren blieb, nicht darauf hoffen durften, jemals eine größere Wohnung mieten, geschweige denn kaufen zu können. Mit der Zeit ließen die kleinen Sätze der Bankangestellten zusammen mit den kleinen Sätzen der etwas bürgerlicheren Freunde, zusammen mit den kleinen Sätzen, die ihren oder Pierres Eltern herausrutschten, die als Bürgen für sie einstehen mussten, zusammen mit denen, die von Pierre kamen, wenn er schlecht gelaunt war oder es satthatte, sie ein weiteres Mal in ihrer Niedergeschlagenheit aufzubauen, zusammen mit dem immer größer werdenden Verlangen, sich irgendwo niederzulassen, ein bisschen Ruhe zu finden, ein Kind zu kriegen, diese Ansammlung kleiner Sätze und das immer größer werdende Verlangen ließen ihren Traum in den Hintergrund treten, brachten sie dazu, von ihm abzurücken oder ihn zumindest auf später zu verschieben. Manchmal, wenn sie von Agathe Kerlann oder Franck Tommaso eine Reihe von Anweisungen und Gegenanweisungen erhält, abwechselnd vernünftige und absurde Anweisungen, Gegenanweisungen, die sie mal erleichtern, mal zur Verzweiflung bringen, sagt sie sich, dass sie damals sehr unter dem Übermaß an Freiheit gelitten hat und nun daran leidet, diese Freiheit so weit verloren zu haben – was in ihrer Vorstellung ein wenig rühmliches Bild von ihr zeichnet, ein Selbstporträt der immerwährend unzufriedenen Künstlerin, der allzeit verdrießlichen Nichtsnutzin. Doch die sich streitenden Dämonen in ihrem Bauch drängen sie dazu, eher die Entfremdung hinter den Scheiben des Büroturms in Kauf zu nehmen als das sich im Kreis drehende Leben in der Neunzehnquadratmeterwohnng, eher die Tage, an denen sie ohne einen Augenblick für sich herumrennt, als die, an denen niemand irgendetwas von ihr will, eher das Zuviel zum Daran-Ersticken als die Leere zum Darin-Ertrinken.

Und das auch wegen des Traums, des sehr alten Traums von der Bettlerin, von der Hexe. Es ist der einzige ihrer Albträume, den sie schon als Kind hatte, der erstmals auftauchte, als sie sieben oder acht war, und seitdem wiederkehrt, wann immer er will.

Hinten im Innenhof des Gebäudes, in dem sie aufgewachsen ist, stand hinter den Wäscheleinen, verdeckt vom Appetit des Efeus, am Ende einer kleinen, von Blumentöpfen und Pflanzen angedeuteten Allee, ein einstöckiges Haus, das aus einer weniger metropolenhaften Welt stammte. In den 1980er-Jahren lebte darin eine Frau, Mitte vierzig, mit braunen Haaren sowie prallen Wangen und Brüsten, die keinen Mann hatte, oder sie hatte ihn verloren, die keinen Freund hatte oder nur flüchtige, heimliche, nächtliche Freunde. Wenn Cora mit Bruno und den Nachbarn aus dem vierten Stock Seilspringen spielte, Gummitwist, Ball-an-die-Wand oder Fangen und wenn der Fußball die Blumentöpfe umwarf und die Scheiben zittern ließ, lud die Frau sie manchmal zu sich ein, bewirtete sie mit einem Glas Grenadine und bot ihnen Bonbons aus einer Blechdose an. Sie konnte Klavier spielen. Bei ihr an den Wänden hingen Plakate von Theaterstücken, von Theaterfestivals vielleicht oder von Kleinkunstbühnen. Und auf einem Beistelltisch stand ein Schälchen, in dem sie Armenisches Papier verbrannte.

Die Frau verlor dann ihren Arbeitsplatz. Cora weiß nicht, was genau sie gearbeitet hatte, fest steht aber, dass sie gefeuert wurde, und in einem Gespräch ihrer Eltern, das sie belauschte, hörte Cora erstmals das Wort *Arbeitslosigkeit*. Die Tür des kleinen Hauses blieb immer öfter verschlossen. Die Läden der beiden Fenster auch. Das Fahrrad verschwand. Immer mehr leere Weinflaschen kreisten die Hortensien und den Ficus ein, und einige Pflanzen kamen nicht über den Winter. Manchmal flog die Tür auf, und die Frau bat Cora, ihr den Fernseher anzumachen, sie könne es selbst nicht, das gehe nicht mehr. Die Knöpfe am Fernseher klebten wie die Tasten vom Klavier. Angebrochene Tablettenpackungen lagen in den Teppichfransen. Coras Mutter wollte, dass sie der Nachbarin Nudeln brachte, Sardinenbüchsen und Äpfel, die sie für sie gekauft hatte, aber Cora wollte nicht mehr zu ihr gehen, zumindest nicht allein.

Die Frau wurde aus ihrem Haus geworfen. Cora begegnete ihr öfter mal auf den Straßen des Viertels; mit einer Dose Bier in der Hand und hängenden Lidern erbettelte sie von den Passanten Geld. Einmal, als ihr Vater zu ihr ging, um mit ihr zu sprechen, sah Cora, wie der Mund der Frau sich nicht öffnete, sondern ihre Lippen horizontal aufeinander hin- und herglitten. Die Frau erkannte sie nicht. Plötzlich hob sie die Hand vors Gesicht und sagte:

»Tun Sie mir nichts… Ich tue niemandem was Böses…« Die Arbeitslosigkeit, die ihr die Augen und den Rest des Körpers genommen hatte, nahm ihr am Ende auch den Verstand. Statt weiter durch die Straßen zu ziehen, richtete sie sich zwanzig Meter neben der Bäckerei über einem Belüftungsschacht ein, erledigte dort ihre Notdurft und blieb zusammengekauert sitzen. Sie war Kälte und Regen ausgeliefert, aber auch wenn die Sozialarbeiter sie mal wegholten, sie kam immer wieder zurück. Eines Nachmittags, als sie ihre Schlüssel vergessen hatte, verbrachte Cora eine ganze Stunde in der Buchhandlung um die Ecke und beobachtete durchs Schaufenster die Frau, die einen Monolog hielt, irgendwelche hinter den Wolken versteckten Kräfte beschimpfte, dann sich selbst beschuldigte und sich mit der Faust auf den Kopf schlug.

All das ist die Wirklichkeit. Der Traum ist anders. Im Traum klingelt die Frau an der Tür ihrer Wohnung. Sie trägt ein Nachthemd, über das sie einen Mantel gezogen hat, einen billigen Anorak, der trotz der Sicherheitsnadel an einer aufgerissenen Stelle seine Federn verliert. Sie habe ihre Anzeige gesehen, sie bewerbe sich als Tagesmutter für die Kinder. Cora folgt dem Verlauf der erweiterten Äderchen auf ihren Wangen. Die Frau steht an der Schwelle und darf sie um keinen Preis überschreiten, das gilt es zu verhindern. Cora weiß, als hätte sie das alles bereits in einem früheren Leben erlebt, wenn die Frau eingeladen wird, sich auf einen Kaffee ins Wohnzimmer zu setzen, um ein wenig zu plaudern, wird ihr Vater innerhalb der nächsten fünf Minuten bemerken, dass sie, Cora, barfuß herumläuft, und sie bitten, schnell in ihr Zimmer zu gehen und ihre Hausschuhe anzuziehen. Und auch wenn die Hausschuhe wie durch ein Wunder an der richtigen Stelle stehen, auch wenn sie keine Sekunde durch Herumgesuche im Schrank oder unter dem Bett verliert, wird ihr Vater, wenn sie zurück ins Wohnzimmer kommt, lang gestreckt auf dem Boden liegen, tot, und ihre Mutter und die Frau werden sprachlos und verwirrt über ihn gebeugt stehen. Darauf folgen die Stummheit ihrer Mutter, die Abstumpfung ihrer Mutter, die Komödie der Frau, die verhaltene Trauer in ihrem Gesicht, und Cora wird die Einzige sein, die weiß, dass sie die Schuld hat, dass sie gekommen ist, um in diesem Haus den Tod zu verbreiten, der ihr anhaftet, um einen Hexenwind durchs Haus ziehen zu lassen. Und das ist noch nicht alles. Die Frau wird beim Begräbnis ihres Vaters dabei sein, wird Cora die Hand in den Nacken legen, während ihre Mutter vorn am Grab zusieht, wie nach und nach Erde den Sarg bedeckt. Sie wird die freundliche Nachbarin sein, die immer Zeit hat und der Marianne ihre Kinder anvertraut, wenn sie mal einkaufen gehen muss oder für ein paar Tage verreist. Die Mutter wird nichts mehr sehen, nichts mehr hören, wird nicht mehr sie selbst sein. Und erst wenn Cora mit ihr allein ist, ohne irgendjemanden, der ihr helfen könnte, wird die Frau ihre Masken abnehmen, wird sie an Nägeln über dem Klavier aufhängen, wird sich zu Cora umdrehen und ihr wahres Gesicht zeigen.

Im Traum bleiben ihr nur wenige Sekunden, um diesen Horror abzuwenden. Sie darf nicht für ein Kind gehalten und ihre Angst darf nicht als albern abgetan werden. Also zieht Cora ihre Mutter am Ärmel und versucht mit aller Vehemenz, nein, nein, mit der Heftigkeit derjenigen, die weiß, dass Leben davon abhängen, sich ihr entgegenzustellen, nicht die, nicht die. Unmöglich zu erklären: Ihr würde nicht geglaubt. Ihre Mutter sagt, sie solle still sein, solle mit dem Theater aufhören, ihre Mutter wiederholt, sie sei unausstehlich, und schließlich entschuldigt sie sich bei der bibbernden Frau: »Es tut mir leid, ich glaube, sie hat Angst vor Ihnen.« Und die Nachbarin bittet mit einem kleinen, flackernden Leuchten im Blick: »Die Arbeit als Tagesmutter war meine einzige Hoffnung. Wenn Sie Nein sagen, weiß ich nicht mehr… Dann ist das mein Ende.« Und Cora schreit: »Nein, nein, nein!« Und ihre Mutter schaut die Bettlerin an und sagt: »Es tut mir leid, die Kleine will nicht.« Die Schultern der Frau sacken herunter. Sie steckt ihre schmutzigen Hände in die Taschen und kehrt ihnen langsam den Rücken.

Manchmal bleibt es dabei, und Cora ist erleichtert. Manchmal aber spürt sie plötzlich die Kälte von draußen, dann läuft sie die Treppe hinunter, um die Frau noch einzuholen, sich bei ihr zu entschuldigen, sie hereinzubitten. Sie könne bei ihnen duschen, sie hätten warme Kleider, und der Kaffee stehe bereit. Aber die Frau vor ihr zwängt sich die Stiege hinunter, bis sie sich darin verliert, oder rennt mit vollem Schwung gegen eine Wand, die sie verschluckt. Cora spürt, wie in ihr das schlechte Gewissen explodiert, weil sie so schlecht gehandelt hat, sie läuft barfuß der Frau hinterher, doch ist es viel zu spät: Die Frau ist verschwunden.

VII CORA UND WIE SIE DIE EROTIK SAH

Eines Tages ein Brief. Auf ihrem Schreibtisch, ein Umschlag aus etwas dickerem Papier, weißer als die Wolken, die den Turm in eine Insel verwandeln, darauf, von Hand mit schwarzer Tinte geschrieben, allein ihr Vorname, *Cora*. Sie sucht nach einer Schere, um das Papier nicht mit dem Zeigefinger zu zerreißen, zieht ein in drei ungleiche Abschnitte gefaltetes Blatt heraus. Es ist leer bis auf einige Worte, die ebenso von Hand geschrieben sind: *Wir sollten mal reden*. Sie schaut auf die Rückseite, dreht und wendet den Umschlag. Keine Unterschrift, weder Briefmarke noch Absender, nichts weiter. Sie schiebt den Umschlag in eine Schublade, stürzt sich in die Arbeit und denkt nicht mehr daran.

Am folgenden Tag empfängt sie ein weiterer Umschlag: *Cora*. Und ohne zusätzliche Erklärung setzt sich der Satz vom Vortag fort: *Damit du weißt, was kommt*. Diesmal fragt sie sich den ganzen Tag lang, wer hinter diesen Briefen steckt, zeitweise neugierig, dann wieder besorgt, was die Person will und warum von ihr. Am Wochenende träumt sie von Kameras, die das leere Großraumbüro filmen, und bemerkt eine Gestalt, die neben ihrer eigenen steht und stundenlang dort verharrt, ohne sich zu bewegen, ohne etwas zu sagen, sogar ohne die Wolken zu beobachten. Am Montag, nach einer Besprechung in der Stadt, geht das Spielchen mit einem dritten Umschlag weiter: *Donnerstag, 19:30 Uhr, Jin Ping Mei*. Eine erste schnelle Recherche ergibt, dass es sich dabei um einen Roman handelt, der am Ende der Ming-Dynastie entstand und als pornografisch gilt, dass der unbekannte Autor in hundert Kapiteln das Leben des Händlers Xīmén Qìng, seiner Frauen und Konkubinen erzählt. Doch als sie weitersucht, entdeckt sie, dass es auch ein gleichnamiges Restaurant gibt, in einer kleinen Straße zwischen dem Gare de Lyon und dem Marché d'Aligre. Sie wird dort nicht hingehen, sagt sie sich. Sie hat anderes zu tun, als einen groß angelegten chinesischen Roman zu lesen oder anonymen Einladungen dieser Art zu folgen. Zwei Tage lang beobachtet sie ihre Kollegen und überprüft, ob sie ihrem Blick ausweichen oder ihr irgendein Zeichen geben. In einem Moment, in dem (wie sie hofft) niemand sie beobachtet, legt sie die drei Briefe ausgebreitet auf ihre Schreibunterlage, als könne allein das, sie noch einmal zu lesen und sie so nebeneinander liegen zu sehen, noch etwas erhellen. Sie sieht ein, dass nichts passieren, dass sie nichts weiter erfahren wird, wenn sie sich weigert, diesen Schritt zu wagen. In der Denkblase über ihrem Kopf steht immer deutlicher geschrieben: *es wissen wollen*.

Der Donnerstag kommt, mit winterlichem Regen, einem Wetter, bei dem man sich am liebsten zu Hause einigelt. Auf dem Vorplatz des Gare de Lyon wartet eine Menschenmenge mit Koffern auf Taxis und Busse. Die Haussmann'schen Dachrinnen sprechen die Sprache des Regens, die Schilder und Ampeln der Kreuzungen fließen als rote Pfützen über den Asphalt. Sie geht durch die Straßen dieser Stadt, die sie immer häufiger Grautown nennt, und schimpft auf das Wetter und ihre Verabredung. Wenn das wieder eine Nummer von Franck war, ein Einfall, um sie außerhalb der Arbeitszeit anzumachen, dann weiß sie, dass sie ihm eine Ohrfeige verpassen, auf der Stelle kehrtmachen und mit ihrer Entrüstung nicht hinterm Berg halten wird. Sie entdeckt das Jin Ping Mei und geht, das Gesicht durch die Kapuze ihres Mantels und den Schatten ihres Schirms doppelt geschützt, schnell daran vorbei, aber eine Bambusmatte hindert sie, von draußen in den Raum zu sehen: Wer wissen will, muss hineingehen.

Drinnen wird sie, kaum dass sie durch den Zugluft abwehrenden Vorhang getreten ist und ihren triefenden Schirm loswerden konnte, von Wärme umhüllt: Der Raum ist nicht sehr groß, die Tische sind durch hölzerne Wandschirme getrennt, die kleine Alkoven bilden, dunkelrote Laternen beleuchten die Ziegelwände. Am Boden ein lackiertes Parkett, das man hier nicht vermuten würde. Das einzige bekannte Gesicht ist das von Delphine Cazères, die nun aufsteht und auf sie zukommt. »Ich bin froh, dass du gekommen bist«, sagt sie lächelnd und begrüßt sie mit zwei Küsschen. »Entschuldige die Art und Weise … Ich wollte aber lieber diskret sein.« Cora findet darauf keine Antwort. Diese Frau hätte im Büro tausend Möglichkeiten gehabt, mit ihr zu sprechen, unter vier Augen, sie werden ja schließlich nicht abgehört … Aber wie sinnvoll wäre es, ihr das vorzuhalten, wenn sie sich von vornherein entschuldigt? »Magst du dich nicht setzen?«, fragt Delphine. Cora spürt ihre Knie weich werden, die nervöse Anspannung lässt nach. Statt in unmittelbarer Gefahr findet sie sich in Gesellschaft dieser jungen Frau, deren Energie und Nachdruck sie beruhigen.

Sie bestellt einen Mangosaft ohne Eis; Delphine trinkt bereits einen Cocktail, in dem eine Linie Himbeerlikör den Hirseschnaps dunkel einfärbt, und als sie die Gläser heben und anstoßen, bleibt Coras Blick an ihren langen schlanken Fingern hängen, an ihrem sorgfältig oder kunstfertig aufgetragenen dunkelvioletten Nagellack, als betrachte sie einen Ausschnitt aus einem Bild, das niemand zu malen geschafft hat und das es nicht gibt. Mit leisen, schnellen Worten kommt Delphine gleich zur Sache. Sie wolle mit ihr reden, da die Geschäftsführung sich für ein Kostensenkungsprogramm entschieden habe, das noch umfangreicher sei als ursprünglich geplant. Ihnen bliebe keine Wahl, sagten sie, und die Zahlen zeigten tatsächlich, dass der Karren im Dreck stecke. Bei den Immobilien sei die Arbeit so gut wie gemacht, und auch wenn es sicher anders verpackt würde, gehe es bei der Maßnahme, die im März beginnen solle, doch vor allem darum, die Lohnkosten zu senken. *Optimo* solle das Ganze heißen, sagt Delphine. Die Idee dahinter sei, in einer ersten Welle etwa zwanzig Geschäftsstellen zu schließen – in dem Wissen, dass in zwei, drei Jahren sicher eine zweite folge, auch wenn das jetzt noch niemand sage. Die große Schlacht werde in den Reihen der Verwaltung geschlagen, da gebe es die meisten Reserven, vor allem dank der heutigen IT. Den Vertrieb und die Technik würden sie in Ruhe lassen, die Abteilungen seien Schlüsselbereiche der Wertschöpfung und bei Borélia tendenziell eher unterdimensioniert. Dafür aber (sie spricht jetzt langsamer, hebt den Blick) sei es wahrscheinlich, dass sie bei Marketing und Kommunikation Einschnitte machen würden, allein schon um zu zeigen, dass der Hauptsitz nicht über alles erhaben sei und unangetastet bleibe. Das heiße nicht, dass sie diesen Bereichen keine Bedeutung beimäßen, wolle sie klarstellen, es heiße aber, sie glaubten, dort könne mit weniger mehr gemacht werden. Und Tommaso kämpfe auch nicht groß dagegen an, einerseits um sich anzubiedern, andererseits weil er im Grunde derselben Auffassung sei. »Versuchst du mir damit zu sagen«, fragt Cora schwerfällig nach, »sie werden einen Sozialplan erstellen?« Delphine trinkt einen Schluck, schweigt eine Weile. Es werde nicht zwangsläufig so kommen. Noch sei nichts entschieden, es laufe nicht zwangsläufig darauf hinaus, und vielleicht gebe es einen Plan, aber wenn, dann nur in kleinem Maßstab. Sie hätten Angst vor zu hohen Kosten. Sie wollten kein Freiwilligenprogramm, da sie befürchteten, nur die Besten, die schon woanders gute Stellen in Aussicht hätten, würden die Gelegenheit nutzen und freiwillig gehen. Das inoffizielle Ziel (und sie sage jetzt nicht, was sie gerade sage) werde eher sein herauszufinden, welche Angestellten unterperformen, und diese zur Kündigung zu bewegen oder unter Druck zu setzen und möglichst viele aus personenbedingten Gründen zu entlassen. Cora fällt ihr ins Wort: Sie verstehe nicht. Die Kultur in ihrer Branche sei sozial. Selbst Versicherer, die in großen Schwierigkeiten steckten, würden nicht so hart vorgehen, da sie mit einem unsozialen Image seltener herangezogen würden, um die Wirtschaft zu finanzieren. Vielleicht ist es so üblich, antwortet Delphine ein wenig schroff, vielleicht war es früher so, offenbar haben sich die Zeiten aber geändert.

Cora legt die Arme um ihren Körper, um sich vor dem Winter zu schützen, vor der Kälte, die nun trotz des Vorhangs wieder zu ihr vordringt, vor der zurückgekehrten Gefahr. Von allen Fragen, die ihr einfallen, stellt sie die drängendste: »Warum erzählst du mir das alles?« Na ja, sagt Delphine, nach den Bekanntmachungen an den Betriebsrat, die für Anfang März geplant seien, werde eine Bewertungsphase folgen, eine unangenehme Zeit, in der es besser wäre, auf der Seite zu sein, die bestimmt, welche Stellen gestrichen werden oder wer gehen muss, statt womöglich selbst in den Schinderkarren steigen zu müssen. Nein, nein, setzt Cora nach, das war nicht die Frage. Warum sie ihr das erzähle, obwohl sie das gar nicht dürfe und ihre Arbeit doch darin bestehe, im Hintergrund zu wirken, ohne dass jemand davon erfährt. Delphine kommt aus dem Konzept. Weibliche Solidarität, gibt sie an. Es sei ein Macho-Milieu, Typen, die immer unter sich blieben, immer unter sich entschieden, sie finde es furchtbar, dass die Frauen sich untereinander beharken, statt einander zu helfen, obwohl es so viele Kämpfe zu kämpfen gebe ... Ihr Gesichtsausdruck ist ernst, sogar ein wenig trostlos, als sitze sie in einer Falle, als drohe ihr selbst ein Unglück. »So richtig weiß ich nicht, warum ... Ich hätte mich schlecht gefühlt, dich nicht zu warnen.«

Sie bestellen noch etwas zu trinken, da so viel Interessantes auf der Cocktail-Karte lockt oder weil Cora jetzt eine Ablenkung braucht, einen Stärkungstrunk, um die Nachricht zu verkraften. Sie sprechen über dies und das. Sie sprechen über Antoine Mangin, den Delphine bei der Arbeit erleben konnte: seinen scharfen Verstand, die Fähigkeit, binnen einer halben Sekunde von einem Thema zum nächsten zu wechseln und sofort zu erfassen, worin der Kern eines Problems liege. Er sei einer von denen, sagt sie, die ihre Gegner nicht im direkten Kontakt kaltstellen, sondern wie beim Billard über mehrere Banden. Die Kugel macht klack, klack, klack, und hoppla, siehe da, dieser oder jene ist außer Gefecht gesetzt. Sie findet ihn elegant, auf seine Art liebenswert, sympathisch, wenn auch gefühlskalt, und Cora fragt sich, ob es sich lohnt, dazwischenzufunken und ihr entgegenzuhalten, dass es leider nicht möglich sei, das über jemanden zu sagen, dass gefühlskalte Menschen nicht sympathisch sein könnten. Sie sprechen über Franck Tommaso. Sie fragen sich, warum Franck so ist, wie er ist – und auch wenn sie ihn damals täglich sehen, wissen sie darüber weniger als ich und auch etwas weniger als Sie. Das Problem sei, erzählt Cora, dass sie nicht anders könne, dass sie den Menschen zeige, was sie von ihnen hält, auch wenn sie sich damit schade. Delphine ist ihrer Meinung: Man muss eine Maske tragen, bei der Arbeit, in Gesellschaft, in Familie und Beziehung, sonst kommt man auf keinen grünen Zweig. Delphine glaubt, im Umgang mit Franck sei etwas Abstand geboten, um Angriffen aus dem Weg zu gehen, stattdessen solle man selbst angreifen, um zu zeigen, dass man nicht konfliktscheu ist, solle, ohne geistige Kraft darauf zu verschwenden, abwechselnd mal die und mal jene Taktik fahren und alle seine Bemerkungen an sich abperlen lassen. Wenn du dich Franck gegenüber schwach zeigst, machst du ihm eine riesige Freude. Wenn du vor Franck weinst, braucht es mindestens einen Monat Anstrengungen, um in seinen Augen rehabilitiert zu sein. Schade übrigens, dass er so pedantisch sei, sonst würde sie ihn gern mal vernaschen, wenn sie sicher sein könnte, ihn danach auch wieder loszuwerden. »Wie findest du ihn denn?« Cora gibt zu, dass er ganz ordentlich aussehe. Doch angenommen, er wäre in der Kiste genauso unaufmerksam wie im sonstigen Leben, dann dürfte der Verzicht auf ihn kein wahnsinniger Verlust sein … Oder aber, sagt Delphine, man müsse herausfinden, wie man ihn zwingen könne, aufmerksam zu sein. Sie hat das Gefühl, das sei doch mal einen Versuch wert … vielleicht am Ende ihres Einsatzes …

»Hast du keinen Hunger?«, fragt Delphine. »Die Leute hier sind sehr nett, sie kochen Gerichte aus Yunnan, du wirst sehen, lecker und nicht teuer.« Eine chinesische Freundin, die sie aus ihren drei Jahren in Shanghai kenne, habe ihr das Restaurant gezeigt, jetzt komme sie häufig hierher. Die Arbeit dort sei super fordernd gewesen, aber trotzdem habe sie so einige Ecken des Landes bereist. Ihre töchterlichen Frömmigkeitspflichten habe sie durch das Abbrennen von Räucherstäbchen am Grab von Konfuzius erfüllt. Sie habe *Der Traum der Roten Kammer* gelesen, in den Gärten und Innenhöfen der Provinz Shanxi, in unendlich weitläufigen, von Bankiers erbauten Gebäuden, die teilweise, stell dir vor, durch den Verkauf von Tofu zu Reichtum gekommen waren. Und was ist mit *Jin Ping Mei*?, fragt Cora weiter. Ist auch sehr gut. Älter, aber sehr lebendig, sehr lustig. Eine ihrer schönsten Erinnerungen sei es, wie sie einige Stellen oben auf dem Gipfel des Huang Shan gelesen habe. Sie sei von Shanghai aus mit dem Nachtbus dorthin gereist, mit einem Maler, achtundzwanzig, Chinese, den sie fünf Tage zuvor in einer Galerie in der Moganshan Lu getroffen hatte, super talentiert, umwerfend schön, aber auch sehr kompliziert, unter anderem weil sein Vater zu den Protestierenden gehört hatte, die auf dem Tian'anmen-Platz von den Panzern zu Brei gewalzt worden waren. Sie erfinde leider nichts: Er selbst habe es so formuliert, habe von einem Brei aus Fleisch und Knochen gesprochen. Als die Morgensonne durch den Nebel drang, kletterten sie durch eine Bambusplantage den Hang hinauf, und dann machten sie fast den gesamten Aufstieg (immerhin viertausend Stufen) in heftig strömendem Regen, der sie völlig durchnässte und die Treppen in Wildbäche verwandelte. Und als sie auf dem Gipfel ankamen, sah man von dort nichts, absolut nichts. Also nahmen sie sich ein Zimmer in einem riesigen, ziemlich unpersönlichen Hotel, aßen im Hotelrestaurant, dessen große runde Tische so gut wie menschenleer waren, eine Suppe und vögelten sich in ihrem *king size* kreuz und quer durch den Rest des Tages, schliefen ein bisschen, lasen, übersetzten Koseworte aus ihrem gemeinsamen Englisch ins Französische und ins Mandarin, spähten aus dem Fenster hinaus in die dichte Watte und fingen wieder von vorne an, bis sich am nächsten Mittag der Nebel verzog und sie plötzlich das Bergmassiv sahen, Kiefern, die an den unmöglichsten Stellen aus Felsspalten wuchsen, all die Granitspitzen, die nun aus der Wolkenmasse herausstachen, all die Granitwände, die steil zu den Reisterrassen der Täler hin abfielen, so eine Pracht auf dieser Erde, so eine Anmut. »Einige Freunde wollten nichts anders sehen als die Ausgehläden am Bund und die Boutiquen in der Najing Xi Lu, und ich gebe zu, an dem Tag habe ich mich sehr weit weg von denen gefühlt.«

Cora merkt, dass sie herausfinden möchte, wer diese Frau ist. Sie möchte auch wissen, warum die Gemüsekroketten zwischen ihrem Gaumen und ihrer Zunge ein solches Feuerwerk zünden, worauf Delphine versichert, das sei kein unerklärliches Wunder, sondern einfach der Szechuanpfeffer. Delphines Gesicht ist so lebendig, so feurig, dass man ihr leicht verzeiht, wenn sie sich öfter in den Vordergrund drängt. Sie spricht schnell, nimmt einen mit, macht einen schwindelig, springt von Thema zu Thema, hört auf, bevor sie nervt, schweigt, lässt Stille walten, kehrt die Gesprächsrichtung um und stellt Fragen, mit einem so ausgeprägten Appetit, so begierig, dass weder Ausweichmanöver noch Vagheiten möglich sind. Cora erzählt ein wenig von Berlin, von Indonesien, wie es ihr gerade einfällt, mit dem Gefühl, dass ihr dort nichts vergleichbar Abenteuerliches passiert ist – und dass Delphine in den gleichen Gegebenheiten intensivere und überraschendere Erlebnisse gehabt hätte. Dennoch fliegen ihr die Sätze zu, begeistert aber nicht auftrumpfend, mit einer Ausgewogenheit, die sie nicht hätten, wären sie vorher zurechtgelegt worden. Ihre Hände erzählen lautstark mit, ganz von allein, hingerissen zu einer Mimikry, die aus lustvollem Mithaltenwollen wie aus wachsender Komplizenschaft entsteht. Der Tisch schrumpft. Delphines Hände sind fortwährend damit beschäftigt, Teller umzustellen, leere Cocktailgläser, in denen Eiswürfel wegschmelzen, die Pfeffermühle und den Salzstreuer, vollführen regelgetreue Bewegungen, intuitiver und machiavellistischer als bei Schach und Dame, vernichten jedes Hindernis. Sehr schnell entsteht ein Graben zwischen ihrem Zwiegespräch und der Außenwelt, bald gibt es weder Kellner noch andere Gäste, und Cora spürt, säße sie an einem anderen Tisch, hätte sie das Gefühl, etwas Großes zu verpassen, und würde vergehen vor Lust, sich zu ihnen zu setzen und heimlich in die Kristallsphäre ihrer Unterhaltung einzutauchen.

Sie verlassen das Restaurant. Das Nachtblau des klargespülten Himmels breitet sich über die Konturen der Gebäude und Dächer, ein prächtiges, kosmisches Nachtblau, da und dort durchbrochen durch die gelben Lichthöfe von Laternen. Und als Delphine die schwere Tür zurückhält, durch die gerade jemand in ein Gebäude gegangen ist, Cora mit sich in die Eingangshalle zieht, sie gegen die

Wand drückt und küsst, weiß Cora, die ihrerseits Delphines Nacken packt und ihre Lippen entert, dass sie es in diesem Moment wollte, dass sie es wollte, ohne es zu wissen oder herbeizuführen, dass sie nichts anderes wollte als das.

Als sie sich am darauffolgenden Tag dem im Nebel chinesischer Malerei gefangenen Büroturm nähert, spürt sie in ihrem Körper eine Schwere und eine Wolke. Die Schwere setzt sich zusammen aus Aufregung und der Angst, was wohl passiert, wenn sie Delphine wiedersieht. In gewisser Weise ist diese Schwere ein Glück: Ansonsten würde sie davonfliegen. Heute Morgen, als sie die Druckknöpfe an Manons Nachtstrampler geöffnet hat, zog sich ein großer Frauenkörper in einer schnellen Bewegung das Kleid über den Kopf und warf sich aufs Bett, ein Körper, der sich offensichtlich allein ausziehen konnte, ins Hohlkreuz gebogen, kurvig und kraus, rotblondes Haar, das zu allen Seiten übers Kopfkissen floss. Als sie Manons Windel wechselte, sah sie Schenkel, die sich spreizten, spürte muskulöse Beine, Füße mit Spitzentänzerinnenspann, die sich hinter ihren Rücken verirrten, sich um ihre Hüften verschränkten, sie näher zogen. Als sie den BH anzog, sah sie sich zögern, ihn auszuziehen, unsicher, ob ihre Brüste womöglich eine Enttäuschung wären (sie haben, seit sie nicht mehr stillt, an Festigkeit verloren, und die Dehnungsstreifen sind immer noch da), bis sie dunkelviolette Fingerspitzen spürte, die an ihrer Stelle die Häkchen lösten, die voll zupackten, sich mit Spucke befeuchteten, ihre Spitzen berührten, und sie die Stimme murmeln hörte, du bist schön, du bist aber so was von schön. Beim Quetschen in der Bahn und dem Getrampel durch die

Gänge stieg sie leicht auf den Roller, legte die Arme um den Bauch der Fahrerin, die mehr getrunken hatte als sie, sah die kleinen Straßen vorbeifliegen, die Schaufenster, spürte ihre Finger im Wind der Boulevards erstarren, von der Rue d'Aligre bis zur Rue Oberkampf, dann torkelte sie über das Pflaster von Hauseinfahrt und Innenhof – die vier Stockwerke ohne Fahrstuhl hinauf. Die Tür, die sich hinter ihnen schloss, überall auf ihr die Hände, die in ihre Jeans glitten, ihren Slip beiseiteschoben, die Finger, die sie streichelten, in sie eindrangen. Sie hat sich in den Besprechungsraum gesetzt, hat ihren Laptop aufgeklappt und den Notizblock herausgeholt, um sich Contenance zu geben, und als sie aufschaut, sieht sie von Weitem, am anderen Ende des Tischs, diesen Blick, den sie nun von sehr nahe kennt, diesen heute klaren Blick, der gestern glasig und kurzsichtig war, dieses wieder maskierte Gesicht, dessen Züge gestern weicher waren, kindlicher, und in dem flüchtigen Herüberschauen bestätigen sich die Bilder, bekommt sie die Bestätigung, dass all das wirklich passiert ist.

Anfang, Versprechen: einen neuen Morgen im Herzen, einen neuen Start. »Es geschieht etwas mit mir«, schreibt Cora. Es überrascht sie, sich selbst überrascht zu haben. Sie liebt das. Sie denkt zurück an dieses erste Mal. Sie will, dass es mehr davon gibt, und das trifft sich gut: Delphine will genau das Gleiche. Sie sehen sich wieder. Es ist merkwürdig, jemanden kennenzulernen, zu entdecken. Vor allem: jemanden, der wirklich jemand ist. Und dann noch im Vergleich zu einem selbst jemand so anderes. Cora fragt sich: Was an ihr zieht mich an? Was an mir zieht sie an?

Seit ihrer Rückkehr aus Shanghai fährt Delphine einen Roller, damit sie, wenn sie über die Pont de Neuilly braust und die Türme der Défense ihre stählernen Hände um sie legen, das Gefühl haben kann, ihr Herz wäre von deren Größe, damit sie nicht den unterirdischen Herden angehört, die sich jeden Morgen nach dem Liegen in ihren Betten in die Métro schleppen und dort stehen, um dann den Arbeitstag lang zu sitzen, bis sie irgendwann im Schlachthof enden. Und wenn ihr Roller in der Werkstatt ist, Opfer eines Autofahrers, der sie seitlich gerammt hat, weil er sie unbedingt aus nächster Nähe angaffen musste (schön, die Strähnen, die unterm Helm hervorkommen; und das Gesicht, wie sieht das aus?), dann nimmt sie die echten Treppen neben den Rolltreppen oder hält sich, wenn die zu voll sind, auf der Rolltreppe links, kündigt sich mit lautem Absatzklappern an und überholt, überholt die anderen, ohne sich je überholen zu lassen. Ich habe zu viele Wünsche und zu viel Verlangen, sagt sie sich, die Stadt ist ein Stau, und das Leben ist zu kurz.

Wenn sie mit ihr spazieren geht, in ihrem Viertel, in Oberkampf, merkt Cora, dass Delphine alle Welt kennt. Sie gibt den Kellnerinnen und Kellnern in allen Cafés vertraute Küsschen, hat nicht eines, sondern fünf oder sechs Stammlokale, biegt sich auch die Unliebenswertesten zurecht. Mit der chinesischen Gemüsehändlerin, von der sie alle Kinder kennt, macht sie genauso entspannt Small Talk wie mit Generaldirektoren. Die Verkäuferinnen in den Secondhandläden legen ihr Kleider und Handtaschen beiseite, die ihr gefallen könnten oder in denen sie Delphine einmal sehen wollen. Die senegalesische Bäckerin, die Delphine mit einer Lobesflut zu ihren Frisuren und ihrer Schminke überschüttet, bezweifelt immer mehr, ausschließlich hetero zu sein. Wenn sie einen Korb bekommt, stört sie das nicht weiter, sie stellt sich nicht infrage: Nicht ihr Annäherungsversuch war deplatziert, sondern die anderen sind nicht offen oder schlecht drauf, dann haben sie eben Pech. Im Gefolge von Delphine lässt es sich jedenfalls sehr gut leben in einer Welt, wo alles zum Ritual, aber nicht zum Zwang werden kann, wo ständig das Abenteuer winkt und wir einander so viel zu sagen haben.

Am Morgen weckt ihr Handy sie mit »Rise and Shine«. Ein- oder zweimal in der Woche geht sie morgens noch schnell ins Schwimmbad, zieht in einem braven Einteiler ihre Bahnen und schenkt sich auf dem Rückweg zur Belohnung Pfingstrosen oder eine Lilie. Wenn sie sich im kleinen Tabakladen mit Mentholzigaretten eindeckt, versucht sie auch ihr Glück mit einem Rubbellos, bei dem sie auf ihre Glückszahlen oder auf ihr Sternzeichen setzt. Und sobald die Zigarettenschachteln leer sind, verwandelt Delphine sie in kleine Origamis, in Schiffchen oder Schwäne, die in Brunnen auf Reisen gehen oder Rinnstein-Flüsse hinabfahren, dem sicheren Untergang entgegen, aber, solange es noch geht, den Nervenkitzel der Stromschnellen und die Sonne auskosten. Das heißt natürlich nicht, dass Delphine immer der lachende Sonnenschein ist. Sie fläzt sich auch gern mal mit einer Packung Cookies oder Marshmallowbären auf ihr altes Sofa, trägt ihre Mauspantoffeln mit den Ohren und sieht sich eine dieser Liebesschnulzen an, in denen die Heldin sich im verschneiten New York mit einem Tannenbaum abschleppt, bis sie durch einen unglaublichen Zufall des Drehbuchs (der Film ist schon bei »1 h 18 min«, es bleibt nur noch eine Viertelstunde) dem so hilflosen wie ungeschickten Mann mit den Grübchen über den Weg läuft, von dem sie, an den Rahmen ihres Schiebefensters geschmiegt, all die Regentage geträumt hat und der mit unschuldigem Lächeln die ganze Preiselbeersoße, die er im Auftrag seiner Mutter für den Truthahnbraten hatte holen sollen, auf ihrem weißen Wollmantel verschüttet. Aber selbst bei so einem Programm oder wenn sie drei Abende hintereinander nur Tee trinkt, Comics liest und um neun einschläft, sind diese Rendezvous mit sich selbst in ihren Erzählungen unglaublich schön und aufregend, Ereignisse, bei denen nicht eingeladen gewesen zu sein ein echter Verlust ist.

Fliegen und dahintreiben. Wolke im Kopf, Himmel unter der Haut. In den folgenden Wochen ist Cora, wie die Kladden erzählen, wieder die Frau mit dem Blick in die Ferne, die offensichtliche Heldin jener Liebeslieder und -gedichte, die bewusst im Vagen lassen, wer das angesprochene *Du* ist und wie *er* oder *sie* genau aussieht, sodass Raum für unsere Geschichten bleibt. Gedichte haben ihr wieder etwas zu sagen. Auch ihr Handy hat ihr etwas zu sagen: »*Quiero hacer contigo / Lo que la primavera hace con las cerezas.*« Und fünf Minuten später: »Ich möchte mit dir tun / Was der Frühling mit den Kirschbäumen tut. Der war ein ganz schöner Kitschbolzen, dieser Neruda. Fühlst *du* dich wie eine Blume?« Mit einem Lächeln auf den Lippen sucht Cora nach der richtigen Antwort, fängt an zu tippen, hat eine bessere Idee, löscht, tippt etwas anderes, schickt: »Kitschig, aber schön: Sollten wir mal ausprobieren.« Obwohl sie das immer unmöglich fand, schaut sie jetzt achtzigmal am Tag aufs Handy. Und egal, was der Satellit überträgt, Icons mit diversen Gesichtsausdrücken, Koseworte, Augenzwinkern, Körperteile, die alle dort hinauffliegen, um sogleich wieder zur Erde zu purzeln, letztlich zählt vor allem der Austausch, das Geben und Nehmen, das Aufrechterhalten der Bewegung.

In den folgenden Wochen macht sie die objektive Beobachtung: Nirgendwo ist der Sex so gut wie in der Cité de Crussol – Eingang über Rue Oberkampf Nr. 7. Wenn Cora zum Rendezvous geht (dafür musste sie zunächst ihr Arbeitstempo steigern und dann Pierre sagen, sie bliebe länger im Büro, weil sie nicht hinterherkäme), schreitet sie vor sich hin singend durch die Straßen. Jeder Schritt ist ein Fest. Grautown ist nicht mehr grau. Es ist so schön, zu jemandem hinzugehen, als wäre die Person ein Ort, der auf einen wartet – und die Arme, die sich um einen legen werden, die schönste Landschaft der Welt. Hinter dem schmiedeeisernen Eingangsgitter gabelt sich die dunkle Gasse, die unter dem Gebäude hindurchführt, in mehrere Innenhöfe, und der Lärm der Stadt verstummt. Cora liebt die Schaufenster des kleinen Architekturbüros, des Uhrmachers, der Textilwerkstatt im Erdgeschoss, die mit ihren gelben Lampen dem Winter die Härte nehmen. Entlang der Mauern, an denen unzählige Fahrräder lehnen, stehen Stühle und Tische, auf denen in vollgeregneten Aschenbechern Zigarettenstummel vor sich hin schwimmen. Delphine sagt, im Frühjahr träfen sich die Leute hier oft zum Apéro und das sei wirklich schön. Wenn sie sich der Tür nähert, kann Cora keine Sekunde lang vergessen, dass sie ein Herz hat. Es pocht. Und die vier Stockwerke lassen den Puls sich noch verdoppeln.

Delphines Wohnung besteht aus zwei Zimmern mit niedriger Decke und ist kaum größer als Coras frühere Einraumwohnung. Ein extrovertiertes Zuhause, in dem sich alle Gegenstände zeigen. Das Geschirr auf den Regalen, das Basilikum im Topf, die Nudelpackungen und die Gewürze, die Flaschen mit Rum und Mezcal. Im Schlafzimmer die Kleiderständer mit all ihren Kleidern und Jacken, das Dutzend Stiefel, die aufgereiht neben ihrem Bett stehen wie verschiedene Persönlichkeiten, in die sie nach dem Erwachen nur hineinzuschlüpfen braucht. Zwanzig oder dreißig Paar Ohrringe hängen auf der Kommode vor dem Spiegel an metallenen Baobabs. Dabei sind auch Amandinen, Ringe mit ovalem Stein, die in der griechischen Polis und der römischen Stadt den lesbischen Frauen als Erkennungszeichen dienten, wie Delphine erzählt. An den Wänden hängen Fotos von ihr: auf der Schaukel im Garten ihrer Mutter in einem Vorort von Toulouse, mit fünfzehn vielleicht, zurückgelehnt, mit freien Schultern in blauem Spaghetti-Top; zusammen mit ihrer Halbschwester auf einem Pariser Zinkdach, Kippe im Mund, die baumelnden Beine über dem Abgrund, vor einer Dächerwelt mit Schornsteinwildwuchs überall und dem moralischen Ordnungsruf des Sacré-Cœur im Hintergrund. Manchmal, wenn sie mit einem Bier oder einem Glas Wein an dem winzigen Tisch sitzt, wo sie, um nichts umzustoßen, jede Bewegung millimetergenau abpasst, fragt sich Cora, warum Delphine in einem solchen Puppenhaus wohnt, wo sie doch offensichtlich gern Dinge sammelt und seit fünf Jahren gut verdient, aber anfangs stellt sie keine Fragen.

Nirgendwo ist der Sex so gut wie in der Cité de Crussol – Eingang über Rue Oberkampf Nr. 7 –, und das zu entdecken ist ein großes Ereignis. »Etwas passiert mit mir«, schreibt Cora. Anfangs fühlt sie sich klein, glaubt, sie wisse nicht, wie sie einen Frauenkörper anfassen soll. Aber das Verlangen bringt ihre Hände an die richtigen

Orte, lässt ihren Körper sich richtig bewegen, einzelne Berührungen oder ganze Streichelserien wie von Zauberhand fließen. Sie imitiert die Bewegungen von Pierre, übernimmt das, was sie selbst mag – denken wir in Analogien, sagt sie sich, warum sollte das nicht funktionieren –, hat das Gefühl, an seine Stelle zu treten und eine erotische Erfahrung zu machen, die natürlich nicht seine ist, aber doch nahe an dem, was er mit ihr erlebt, und das ist verstörend, ist lustig. Sie beobachtet Delphine, die wiederum ein Stück Knetmasse spielt, sich führen und nehmen lässt, dann ein plötzlicher Gegenangriff, und sie sagt sich, o ja, genau das hätte ich auch gemacht. Die Fensterscheibe ist beschlagen. Der Kühlschrankmotor springt an. Die Aufmerksamkeit wandert in einen anderen Körperbereich, die Lust wandert mit. Delphines Geschlecht ist anders als ihres: Ihre kleinen Vulvalippen sind voller und die Spitze der Klitoris lässt sich direkt berühren, während sie bei Cora nur durch die kleine schützende Hautfalte gestreichelt werden kann, die etwas weniger sensibel ist. Freudenfluss, Meer von Kythera: Sie entdeckt die Genüsse des Wünschelrutengängers, von denen Pierre ihr oft erzählt hat, die Lippen mit den Fingern oder der Zunge spreizen, wie auf der Suche nach etwas Verstecktem, Heimlichem. Weicher Ring, glattwandige Höhle, den unteren Hals als hartes Ei ertasten, sie spürt ihre Macht.

Sie hören die Möwen, die von der Seine über den Port de l'Arsenal heraufgekommen sind, wie sie nun über dem Blauglockenbaum im Innenhof kreisen, dessen kahle Äste nur trockene Kapselfrüchte tragen, und *Ma Chérie* rufen, meine von Wasserzungen beleckte Sandbank, mein Schatz, die Möwen, deren verlorene Federn im Wind dahinfliegen, bevor sie von Gischt und Schaum durchtränkt auf zarter

Haut landen, die ihnen als Einzige in Zartheit nicht nachsteht. Warte, jetzt ein bisschen tiefer. Cora gehen die Fotos aus *Née de la vague* von Lucien Clergue durch den Kopf, die am Strand in der Nähe von Arles entstanden sind, die Mulde im Bauch, in der sich das Wasser sammelt, die vorgestreckte Brust, gegen die es rinnt, spritzt, doch plötzlich ist alles in Farbe, und sie erlebt es, berührt einen anderen Körper, keinen Körper unter Glas, den sie sich nur anschaut. Dreh dich um, los, dreh dich um ... Delphine liebt es, beim Sex zu reden, liebt Lautmalereien, sagt Cora, dass sie irre erregend sei, Ausrufe, die sie gefangen nehmen, sagt, Cora sei eine Pracht, eine nachtblaue Frau, eine Mondin, Beschwörungsformeln, die neue Flammen entfachen, die es noch steigern, du machst mich verrückt, weißt du, ja, du machst mich verrückt!

Zu anderen Zeiten schweigen sie und horchen auf das, was in ihrem Inneren passiert. Sie schließen die Augen, dann öffnet eine sie wieder, sagt, sieh mich an, und sie versinken im riesigen Blick der anderen. Cora hat das Gefühl, sie balanciere mit winzigen Schritten auf einem vibrierenden Drahtseil, das zwischen ihrer beider Augen gespannt ist. Sie sieht Delphine unter sich, ihr Gesicht, das sich ständig verändert, das mal vor lauter Vergnügen in flehender Unruhe die Brauen zusammenzieht, dann heftig atmend den Mund weit öffnet, abwartet, dann plötzlich nach oben kommt, wo er möglicherweise auf einen anderen Mund zum Küssen trifft, auf andere Lippen zum Beißen. Nebel zieht durch das Fenster herein, und sie, Cora, schlägt überrascht die Augen auf, sie wusste noch nicht, dass ihr Körper so etwas spüren kann, die Spielarten und Nuancen ihrer Bewegungen, bei denen Cora erstaunt aufstöhnt und in uneingeschränkter Dankbarkeit alles entdeckt, in direkter, unsäglich nasser Dankbarkeit, während sie mit jedem Stoß des Beckens eine Stufe der großen Körpertreppe hinaufsteigt, geduldig Grad um Grad erklimmt, auf den Absätzen Pausen einlegt, damit das Herz sich beruhigt, Pausen, um den Rhythmus zu ändern, ganz langsam, ja, so ist es auch gut.

Nachdem sie gekommen ist, lässt Cora sich an Delphines Schulter fallen, schmiegt einen Moment lang ihre Wange an die von Delphine, entfernt sich dann ein paar Zentimeter, um ihr Gesicht besser sehen zu können. Die Grübchen, die Narben, den feinen Schatten der Mundwinkel, die leichte Wölbung zwischen Augenlid und Braue, die ihren Blick anschrägt, Delphine asiatisiert, die ihre Wimpern zum Teil verdeckt, sie – was für ein Unglück – daran hindert, Mascara zu tragen. Keuchend, bebend steht Cora auf, holt den Wein, das Bier, den Fruchtsaft. Sie trinkt gierig aus der Flasche. »Gehst du weg?«, fragt Delphine. Cora bleibt eine Weile stehen und betrachtet sie auf dem Bett, wie sie sich in die Kissen drückt, den rechten Knöchel auf dem angewinkelten linken Knie, während der Fuß den Takt schlägt. Sie macht ein paar Fotos mit den Augen, legt sich wieder hin, ruht rundum satt im Puls ihres Herzens. »Und wenn ich nachtblau bin, welche Farbe hast du dann?« Ein paar Minuten lang schlafen sie zusammen einen Liebesschlaf. Lassen sich in Kurzträumen forttragen, wachen auf, wenn eine Möwe schreit oder Regen gegen die Scheibe schlägt, erzählen sich etwas. Oberhalb des Betts hat Delphine an der Wand einen Traumfänger der Ojibwa, den sie aus Toronto mitgebracht hat, bestehend aus einem Holzring, in dem Fäden gespannt sind wie ein Spinnennetz; der fängt die von den Geistern geschickten Traumbilder ein, bewahrt die schönen auf und verbrennt die schlechten. »Aber wenn ich mit dir schlafe, habe ich keine schlechten Träume«, sagt sie.

Eng aneinandergekuschelt im Bett, einander gegenüber am Tisch oder gemütlich zusammen auf dem Sofa, halb bekleidet, in pheromonschwerer Luft, da reden sie. Cora stellt Fragen, versucht, das Geheimnis zu durchdringen. Wie erklärt sich dieser so lebendige Körper, diese Kraft? Delphine gibt nur ab und an kleine Fetzen über sich preis, die Cora über die Wochen zusammennäht. Die Geschichte einer Jugend in Toulouse. Mit vierzehn Anhängerin eines Rugbyvereins, stürmte sie beim Abpfiff aufs Spielfeld, um sich in die Umkleiden zu schmuggeln, und rechnete es sich als Ehre an, dass die Security-Männer sie erst abfingen, nachdem sie ausreichend Aufmerksamkeit auf sich gelenkt hatte. Die Spieler trafen sie am Ausgang wieder und nahmen sie fast brüderlich und etwas aufgereizt mit in ihre dritte Halbzeit. Einer von ihnen hat sie im Gers auf einer Autotour von Hotel zu Hotel entjungfert, auf sehr freundliche, sehr romantische Weise. Echte Liebe aber, die erste Liebe kam später mit einem älteren Mann – er war erst fünfunddreißig, wenn ich so zurückdenke, aber fünfunddreißig war damals unglaublich alt –, kennengelernt im Sommer beim Volleyball am Strand von Capo di Feno, nördlich von Ajaccio. Zunächst ist nichts passiert. Aber ein halbes Jahr später ist sie nach Paris gekommen und hat sich Unis angesehen, um besser entscheiden zu können, was sie machen wollte, und obwohl er ihr mittlerweile gestanden hatte, dass er verheiratet war und einen dreijährigen Sohn hatte, sind sie sich in einer Bar in die Arme gefallen – einer Bar, von der sie nicht sagen könnte, wo sie sich befand, ich war gerade erst angekommen, wirklich, ich kannte nichts – und dann die ganze Nacht durch die Stadt gegangen. Sie sind über den Gitterzaun der Buttes-Chaumont geklettert, heimlich bis zum Sibyllentempel oben auf der Insel des Belvedere gelaufen, gleich am See, der in einiger Entfernung unter ihnen düster plätscherte, haben sich einen komplizenhaften Baum gesucht, ein Fleckchen klumpiger, feuchter Erde, haben sich dort niedergelassen und sich geliebt.

Wo wir gerade von lieben sprechen … bemerkt Cora mit quasi übernatürlicher Geistesgegenwart. Sie beginnen von Neuem damit. Mund oben erkundet Mund unten. Das Herz schlägt unter den Lidern, schlägt in Bauch und Vagina. Hautarbeit und Atemarbeit bis zu einem noch sanfteren Orgasmus. Danach halten ihre Hände einander, streifen einander, tanzen die Finger einen Tanz, der sagt, was sich nicht sagen lässt, oder zumindest einige Sachen, für die es keine Worte gibt. Aber warum älter?, fragt Cora noch einmal nach. Delphine denkt, sie sei dazu verdammt gewesen, anfangs zumindest, denn sie habe zu den allzu selbstsicheren oder allzu hübschen Mädchen gehört, die anzugraben gleichaltrige Jungs mit Sicherheit erst im glorreichen Zustand kurz vor der Alkoholvergiftung wagten. Und mein Vater hat da wohl auch eine Rolle gespielt, seufzt sie mit einem Lächeln. Ein mustergültiger Achtundsechziger, der eine Buchhandlung mit Café betrieb und sie gehen und streunen ließ, wohin es sie trieb, der nicht wollte, dass sie nachdenklich zu Hause hockte, der generell großartig fand, was Delphine tat, sich dadurch aber nicht davon abhalten ließ, sie zu verlassen, ihre Mutter und sie, für irgendein junges Ding (und dann das nächste junge Ding und noch eines, letztlich die ewige Jugend), und schließlich auf Teneriffa Feigen anbaute und, mit Goldring im

Ohr, eine Art Boot reparierte. Während Delphine diese Bilder heraufbeschwört, sieht Cora vor ihrem inneren Auge Alain Salme um 19:15 Uhr vom Büro in der Gemeindeverwaltung des 14. Arrondissements nach Hause kommen, seine Krawatte lösen, sie fragen, ob sie den Tisch gedeckt habe, ihr nicht sagen, dass sie schön sei, weil Marianne, die bei allem Muttersein ebenso eine Frau ist, sonst eifersüchtig werden könnte, und sie sagt, wir hatten nicht die gleiche Kindheit, und fügt im Stillen hinzu, aber wem es besser und wem es schlechter ergangen ist, lässt sich nicht so leicht sagen, alles hat sein Für und Wider.

Und wo waren die Frauen in der ganzen Geschichte? Die anderen Frauen, das Verlangen nach Frauen? Das kam erst später. Als Delphine einmal in letzter Sekunde in einen Zug sprang, um einen Typen zurückzuerobern, der nach Marseille abgehauen war. Er hatte ihr deutlich zu verstehen gegeben, dass er Schluss machen wollte, aber sie dachte, wenn sie ohne Vorwarnung bei ihm auftauchte, verrückt vor Verlangen, einem Verlangen, das jeden kopflos machte, würde er seine Meinung ändern müssen. Sie landete auf einer Viererbank, gegenüber von einem Paar, das bei hochgeklappter Armlehne aneinandergeschmiegt dasaß. Während der Mann eindöste, schaute die Frau immer öfter zu ihr herüber, verdattert und ungewollt so augenfällig, dass sie zunächst Schiss bekam, dann wurde es komisch, und ihre Blicke mieden sich ein, zwei Minuten lang, sie wandten das Gesicht zur Scheibe, steckten die Nase in eine Zeitschrift, starrten dann wieder einander an, jedes Mal faszinierter und entschlossener, bis sie in schallendes Gelächter ausbrachen. Der Typ wachte auf, fragte, was los sei. Seine Freundin erzählte ihm, der Schaffner habe sich im Gang auf die Fresse gelegt. Sie trafen sich im Übergang zwischen zwei Wagen, wurden bei jedem Ruck durchgerüttelt und fingen im penetranten Geruch angesengten Gummis an, sich gegenseitig aufzufressen. »Tut mir leid«, sagte die Frau, »niemand hat so eine Wirkung auf mich.« Nach der Ankunft am Gare Saint-Charles brauchte Delphine keine zwei Stunden, bis klar wurde, dass der Typ, dessentwegen sie gekommen war, wirklich nichts mehr von ihr wollte. Sie zog durch die Kneipen rund um den Cours Julien, stellte im Toilettenspiegel fest, wie hässlich Tränen sie machten, und schickte beim fünften Bier eine SMS an die Frau aus dem Zug, die prompt zurückrief und sie in ihrem Hotel besuchte. Der Verdruss war vorbei, und ihr eröffnete sich ein neues Leben, das das vorherige nicht auslöschte, sondern erweiterte, als gebe es hinter ihr ein bisher unentdecktes Fenster mit zwei großen Flügeln, das den Raum plötzlich mit Licht durchflutete und so vergrößerte.

Unersättliche, weißglühende Herzen, immer wieder entflammende Glut… Cora Salme und Delphine Cazères sehen sich in recht unregelmäßigen Abständen, mal alle vier, mal alle zehn Tage, in der Cité de Crussol. Bei der Arbeit sehen sie sich ständig, halten sich aber zurück – arbeiten nur zusammen, wenn es sein muss, gehen selten mittags essen, vermeiden jede Nähe. Manchmal ist das eine harte Prüfung, der Entzug frisst sie innerlich auf, und Cora denkt immer öfter und ernsthafter darüber nach, wie genial es wäre, mit Delphine als Werbeträgerin die Außenkommunikation in Schwung zu bringen, einer nahbaren Werbeträgerin, die auf riesigen Plakaten zu bewundern wäre, das versteht sich von selbst, der man aber ebenso im Aufzug begegnen könnte, in der Toilette oder einem dieser unnützen Winkel rechts und links in allen Fluren des Büroturms, wo man von ihrem Körper Besitz ergreifen könnte, bis sie sich nicht mehr auf den Beinen halten kann, ganz außer Atem ist, ohne Kraft, ohne Stimme, um zu schreien. Oft ist es eine schwere Prüfung, aber sie ist gepaart mit der Beruhigung, eine Komplizin zu haben, die sie, wie damals Édouard, vorab über das informiert, was oben an der Spitze passiert, eine Verbündete, die nicht nur die relevanten Informationen liefert und dafür sorgt, dass sich der *Nebel des Krieges* ein wenig lichtet, sondern bei Bedarf auch nicht davor zurückschreckt, mal auszuteilen.

Eines Abends, als Franck über die Fortschritte des Projekts Clarifix befragt wird und ausweichend antwortet, ergreift Delphine das Wort und sagt, er kenne die nötigen Einzelheiten nicht, denn um dieses Projekt kümmere sich Cora Salme. Nur könne Cora Salme nicht zugegen sein, da dieses Treffen großartigerweise erst vor zwei Tagen anberaumt und auf 19:00 Uhr gelegt worden sei. Und fügt, in Mangins Richtung, hinzu, es sei schon erstaunlich, wie wenig sich das Marketing in der Lage sehe, den Frauen entgegenzukommen, obwohl der Frauenanteil der Abteilung bei über fünfundsechzig Prozent liege. Und ungeachtet aller nonverbalen Zeichen, die der Kollege von Nielsen ihr gibt, damit sie das Theater beende, fügt sie hinzu, nur weil zwei Frauen im Vorstand säßen, sei die Arbeit noch lange nicht getan. Als Delphine Cora davon erzählt, möchte die alle Einzelheiten wissen und wäre nur zu gern dabei gewesen, um die Gesichter zu sehen, sie lacht und erschrickt zugleich, sagt, hast du denn keine Angst, fürchtest du dich nicht vor Vergeltung? Delphine zuckt die Schultern: »Was soll mir schon passieren? Franck wird mich deswegen nicht rauskicken. Vor allem, weil er genau weiß, dass Mangin mich mag und sich gern kitzeln lässt. Und selbst wenn sie beschließen, mich von dem Projekt abzuziehen, wäre das nicht das Ende der Welt …« Bei diesen Worten gefriert tief in Cora das Lachen und wird zu einem harten, unangenehmen Gefühl, für das sie keinen Namen hat, das ihr aber schmerzlich bewusst macht: Sie selbst ist nicht in einer Position, in der sie so was tun, so was sagen könnte.

Eines Freitags Mitte Februar, fährt Pierre mit Manon zu seinen Eltern, in das Dorf nahe Nancy, und Cora, die von der Reise wenig gehalten hat (zu viel Arbeit, zu müde, zu viel Strecke), steht eine Minute nach den Abschiedsumarmungen vor dem Spiegel im Bad, als Single, nicht mehr Familienmensch und Mutter, scheinbar das gleiche Gesicht, doch nicht mehr ganz dieselbe Frau. Sie schminkt sich für ein Treffen mit Delphine und merkt, dass sie dies sehnlicher erwartet, als sie sich in letzter Zeit auf ihre Wochenenden zu dritt oder ihre Abende mit Pierre freut. Sie zieht Strumpfhose und Shorts an, da die Luft heute etwas lau ist, kleidet sich sexy wie selten und hat prompt ein schlechtes Gewissen. Dabei geht das nicht gegen Pierre. Mit Pierre hat das nichts zu tun, es liegt auf einer anderen Ebene. Sie könnte ihm sogar davon erzählen, würde sie nicht fürchten, dass er ihre ganze Beziehung dadurch infrage gestellt sähe. Das Treffen ist ein anderes, wird von einer anderen erlebt. Sie zieht den schwarzen Strich unter ihren bronzegrünen Augen nach und sagt sich: Was redest du, meine Holde? Mach dir nichts vor! Zumindest in den letzten Wochen hat sie für die Zeit, die sie Delphine gibt, Raubbau an ihrem Schlaf betrieben, an ihrer Geisteskraft, die sie für die Arbeit braucht, an der Zeit für Tochter und Freund. Aber ihr Glück entspricht nun mal nicht immer dem der beiden Wesen, deren Leben sie teilt. Manon braucht Ruhe, Nächte zu Hause, braucht Halt und Rituale. Cora muss aus sich selbst herauskommen, der Routine das Genick brechen, Gefahren begegnen. Sie kann nicht nur für die nächste Generation leben. Sie kann sich nicht auslöschen, auch nicht nur für einige Jahre, denn die nächste Generation müsste dann ihrerseits ihre Sehnsüchte und Wüsche unterdrücken, für die übernächste. Doch wer von Opfer zu Opfer durch den Strom schwimmt und immer der Zukunft den Vorrang gibt, bleibt im Schlamm der Gegenwart stecken, könnte darin ersticken, vielleicht darin untergehen. Pierre Esterel braucht beispielsweise … Sie weiß nicht, was er braucht. Dass sie sich damit abfindet, dass ihre Liebe durch berufliche und elterliche Pflichten ihr Prickeln verloren hat und weder die eine noch der andere diese Entzauberung als Versagen sieht? Oder dass im Gegenteil sie, Cora, aufbegehrt und Mittel und Wege findet, um ihr öfter wieder den alten Glanz zu geben? Sie weiß es nicht, dazu, wie zu vielen anderen Dingen, äußert er sich nie. Seit knapp zwei Wochen flüstert sie Delphine mit einer Leichtigkeit *Ich liebe dich* ins Ohr, die sie bei Pierre längst verloren hat. Bei ihm hat sie den Eindruck, der Satz sei viel zu banal für ihre Beziehung mit all den Ablagerungen, die sie über die Zeit geschaffen und gestärkt haben, mit all ihren Farben, ihren Höhen und Tiefen. Delphine ins Ohr geflüstert wird *Ich liebe dich* wieder leicht, drei Worte, die aus dem Körper sprechen, dringend und genau richtig wie nichts anderes, Worte, neben denen andere wie allzu ferne Synonyme oder Umschreibungen wirken.

Es ist ein interpoliertes Frühlingswochenende, das sich in den Februar geschummelt hat. Sie gehen etwas trinken, dann tanzen, dann spazieren sie unter einem sehr weißen Mond, der ihnen folgt, endlos durch Paris, durch den Zauber der Hügel, vom Père-Lachaise zu den Buttes-Chaumont. In den Gassen an den Hängen sind die Terrassen geöffnet, die Gespräche werden, je mehr der Alkohol sie befreit, immer lebhafter, immer interessanter, denn man versteht nicht genau, was gesagt wird. Gläser erheben sich, dann Gelächter, und Cora hat das Gefühl, all diese Menschen sprächen begeistert über die Welt von morgen und könnten Freunde werden. *In einer durchgemachten Nacht lernt man mehr als im Schlaf eines Jahres*, raunt eine Fassade in Belleville ihnen zu. Hin und wieder geben sie die Zurückhaltung auf, nehmen einander an der Hand, küssen sich unter den für Coras Empfinden zu zahlreichen Blicken, die weder böswillig noch missbilligend sind in diesem linken Viertel, aber fasziniert, aufdringlich. Delphine sagt, dass sie nicht ausschließlich lesbisch sein könne. Sie wäre glücklich in einer längeren Beziehung mit einer Frau, aber es sei zu aufreibend, das zu leben. Der Kampf sei noch lange nicht zu Ende. Sie nehme auf ihre Weise daran teil, indem sie sich nicht verstecke und es ganz offen sage, aber sie habe nun einmal das Glück, bi zu sein, mit allen Möglichkeiten, das sei vielleicht feige, nicht mutig, aber sie habe es lieber einfach. Sie habe zu viele andere Projekte, als dass sie auch noch Aktivistin sein könne. Es werde sich finden. Sie wisse noch nicht, ob sie Kinder wolle, sie wisse noch nicht, ob sie in einer Beziehung leben wolle. Alle Menschen wären glücklicher, wenn sie unabhängiger wären und nicht der Norm entsprechen müssten. »Entschuldige, dass ich das so direkt sage, aber ausschließlich in einer festen Beziehung, da bin ich sicher… für mich ist das nichts.« Und als Cora ihr entgegenhält, dieses Modell funktioniere immerhin weniger schlecht als die anderen, antwortet Delphine, langfristig funktioniere kein Modell: Wir alle basteln uns was zurecht, leben unser Glück, so lange es eben dauert, bis wir uns eingesperrt fühlen und im Kaputtgehen alles um uns herum kaputtmachen, oder wir fühlen uns eingesperrt und sind bereit, an Langeweile zu sterben; alle, die wir die Regeln beachten oder improvisieren, alle, die wir genau planen oder irgendwie vor uns hin leben, wir alle fallen auf die Nase: rennen gegen die Wand, die wir haben kommen sehen, oder gegen eine andere, ungeahnte, heulen ein bisschen und stehen wieder auf, ein bisschen zerbeult, ja, mit weniger Illusionen, aber wir stehen auf und gehen weiter.

Lustiger- oder unlustigerweise legt sie denselben Pragmatismus an den Tag, als sie am Sonntag beim Brunch in der Cité de Crussol, als ihre Stunden gezählt sind, anfangen, über ihren Beruf zu reden – und zwangsläufig über die Wirtschaftskrise – und zwangsläufig über den Zustand des Kapitalismus. Consultant, erklärt Delphine irgendwann, werde sie nicht ihr Leben lang bleiben. Sie könne nicht irgendwann zurückblicken und sich sagen: Das habe ich die ganze Zeit gemacht – das biete ihr nicht genug Sinn. Nur sei es im Moment die beste Option, etwas zu arbeiten, das nütze und sie nicht langweile. Sie begegne massenhaft Leuten, klugen Leuten, erfolgreichen Leuten. Man habe die Möglichkeit, groß zu denken, in die Unternehmen zu gehen und alles noch mal neu zu denken. Sie weiß nicht, was ihr Gehirn objektiv gesehen wert ist, aber wenn sie es so von innen erlebt, wenn es loslegt, dann ist es eine irre Freude zu sehen, dass es sehr gut funktioniert: Dann ist ein Problem kein Problem mehr, sondern eine Gelegenheit, diesem wunderbaren Ding freien Lauf zu lassen. Stört es dich nicht, fragt Cora etwas harsch (weil ihre Toleranzschwelle für Eigenlob mal wieder erreicht ist), dass du das ganze Geld verdienst, indem du rätst, andere sollten für weniger mehr leisten, damit die Aktionäre sich noch voller fressen? Delphine reagiert auf die Bemerkung, ohne auf den Ton einzugehen, wie sie es von den Fragestunden gewohnt ist. In all dem liege eine Logik. Sie verdiene gut, weil die Partner, ihre Vorgesetzten, acht- bis zwölfmal so viel verdienten; die verdienten einen solchen Batzen, weil die Mannstunden bei Nielsen nach Preislisten veranschlagt würden, die auf den ersten Blick extrem hoch schienen; ihre Beratung dagegen koste so viel, weil sie den Umsatz eines Unternehmens enorm steigern könne, in einem Maß steigern, dass ihre Bezahlung dagegen Peanuts sei. Da gebe es weder Skandal noch Geheimnis, sagt sie und wickelt eine Strähne um ihren rechten Zeigefinger. Die Bezahlung hänge von der Wirkung ab. Abgesehen von der Politik sehe sie keinen Beruf, in dem sie so viel Einfluss auf das Leben anderer Menschen haben könnte. Im Guten wie im Schlechten natürlich. Aber neben den Unternehmen, die nach der Beratung durch Nielsen Leute entließen, gebe es genügend andere, die danach besser aufgestellt seien. »Du kannst nicht nur die schlechte Seite sehen. Der Saldo zählt. Und der Saldo ist positiv.« Und mit *Optimo*, erwidert Cora, diesmal eher beunruhigt als provokativ, wird er auch positiv? Schwer zu sagen, gesteht Delphine. Aber wenn Borélia weiterhin Leute so teuer für Aufgaben mit so wenig Mehrwert bezahlt, für superlangweiliges Verwaltungszeugs, das du selbst nie machen würdest, fressen euch die Klitschen, die rechtzeitig in Datenmanagement investiert haben, in zehn Jahren einfach auf.

»Der Saldo zählt«, wiederholt Delphine mit Milchschaum vom Kaffee an der Oberlippe so nachdrücklich, dass Cora sich fragt, inwiefern sich darin ihre Freude am Analysieren zeigt oder doch eher Rechtfertigungsbedarf. Wenn man vor Macht und Einfluss eine Heidenangst hat, weil man überzeugt ist, sie würden einen verderben und beschmutzen, und sich freiwillig von ihnen fernhält, dann geht man natürlich kein großes Risiko ein. Sie fährt sich mit der Zunge über die Lippe, bevor Cora Gelegenheit hat, sich den Schaum mit einem Kuss zu holen. Um etwas Gutes zu bewirken, sagt Delphine, müsse man überhaupt erst mal etwas bewirken können. Ob es uns gefällt oder nicht: Verbessert wird das Leben der Menschen vor allem von Philanthropen, die erst ein Imperium erschaffen, sicher mit knallharten Geschäftsmethoden, und später ihre Stiftung gründen und in Gesundheit und Bildung investieren. Das täten sie doch nur gegen ihr schlechtes Gewissen, erwidert Cora, das sei zu einfach. Wir dürfen uns da nichts vormachen lassen. Außerdem können sie das, weil sie zunächst einen ganz und gar ungerechtfertigten Anteil des von all ihren Angestellten zusammen erschaffenen Reichtums eingesackt haben. Delphine steht auf, umrundet den Tisch, setzt sich auf ihren Schoß, küsst sie auf den Mund. Ich kann nichts dafür, sagt sie, du bist unwiderstehlich mit deinem Revoluzzerbart. Ich weiß nicht, ob du dir darüber im Klaren bist, diese Typen geben Milliarden aus! Niemand zwingt sie dazu. Ich glaube, ein gutes Gewissen kann man sich schon für weniger kaufen.

In ihren Augen seien diese Menschen eher zu bewundern als Freiwillige, die drei schäbige Stunden pro Woche in irgendeinem Verein hülfen, oder Intellektuelle, die Bücher über Emanzipation schrieben, die von den Unterdrückten nie und nimmer gelesen würden, weil die erstaunlicherweise weder das Geld zum Bücherkaufen noch die Zeit zum Lesen hätten, und die, selbst wenn sie gelesen würden, völlig an den Leuten vorbeigingen. »Für mich, musst du wissen, ist eher das die billige Art, sich ein gutes Gewissen zu kaufen …«

Cora sieht die Zeit verfliegen. Keine wird die andere überzeugen können. Ein sinnloser Streit, besser, sie lieben sich noch einmal. Dennoch regt es sie auf. Und Delphine liebt es sichtlich, das Diskutieren, die intellektuelle Auseinandersetzung, vielleicht nicht ganz so wie den Sex, aber auch nicht viel weniger. Also weist Cora darauf hin, dass die Umverteilung so nicht funktioniere, dass für eine Krise die Leute bezahlten, die sie nicht verbockt hätten, dass die Ungleichheit irre zunehme und wieder ein Niveau wie zu Beginn des 20. Jahrhunderts erreiche, darüber gebe es übrigens viele Studien, die genau zeigten, wie die Zeit der Erben zurückkomme, die Gesellschaft der Privatiers, und es sei ein Skandal – aber Delphine schaut sie an, als wäre sie ein kleines Kind, und erwidert, sie sehe das alles mit viel zu wenig Abstand. »Du kannst nicht nur die Statistiken rausholen, die dir in den Kram passen! Du nicht! Nicht bei der Arbeit, die du machst!« Natürlich funktioniere das System. Zugegebenermaßen bringe es auch Ultrareiche hervor, umso besser für sie, das sei doch nicht schlimm, ziemlich kleinlich dagegen sei es, sie darum zu beneiden. Es könne doch wurst sein, ob es Reiche gebe, solange die Armen weniger würden. Und seit den

1980ern hätten es eine Milliarde Menschen aus der Armut geschafft… »Denkst du auch mal an die, rechnest du die mit ein, diese Milliarde Menschen, oder sind die dir egal?«

Wenn Delphine hört, was in jüngster Zeit zur Beruhigung der Lage lautstark behauptet wird: man werde den Kapitalismus moralischer machen, muss sie leise lachen. Es stecke in der Natur des Systems, unmoralisch zu sein. Darin liege der Grund für seinen Fortbestand, seine Kraft. Der Kapitalismus komme ohne jegliche Ideologie aus. Er basiere nicht auf guten Absichten, auf Großzügigkeit und Altruismus, glücklicherweise, denn die fänden sich nicht an jeder Straßenecke. Vielmehr verfolge er hartnäckig, stumpfsinnig nur die Gewinnoptimierung, Kosten-Nutzen, Kosten-Nutzen – sehr viel realitätsnäher und effizienter, denn das führe zu mehr Entwicklung und langfristig auch, das glaube sie zumindest, zu mehr Gleichheit. Witwen und Waisen hätten natürlich nie im Fokus des Systems gestanden und würden das auch nie tun. Und dennoch werde der Kapitalismus menschlicher. Es gebe weniger Diktaturen als zuvor. Weniger Kriege als in den 1990er-Jahren nach dem sogenannten Ende der Geschichte. In immer mehr Ländern sei es erlaubt zu streiken, und immer seltener lasse man bei Streiks die Polizei auf Demonstranten schießen. »Betrachte die Dinge mit mehr Abstand, nicht nur uns, sondern die Welt… Wir verfangen uns schnell in unserer Schwarzmalerei… Wie wir den Jahren des Wirtschaftswunders nachtrauern! Unsere Eltern konnten vielleicht wild herumvögeln, nette Drogen ausprobieren und die Partys des Jahrhunderts schmeißen – aber hat irgendjemand die vietnamesischen Soldaten oder die algerischen Frauen gefragt, was sie von dieser Zeit halten?«

Sie sage nicht, es gebe keine Gewalt: Sie blende nicht aus, dass sie sich vielerorts in unerträglicher Weise zeige; sie sage nur, gerechterweise und auch, um nicht ständig deprimiert zu sein, man müsse sich klarmachen, dass es vielleicht noch nie so wenig Gewalt gegeben habe. Shanghai habe beim Abstand-Gewinnen geholfen. Die meisten Menschen dort hätten ein Hundeleben, aber vor fünfzig Jahren seien sie im Namen der Gleichheit zu Zehntausenden verhungert, also beschwerten sie sich nicht, nein, sie schauten nach vorn, auf das, was zu tun bleibe. Ihre größte Herausforderung sei die Umweltverschmutzung. Sie könne das einigermaßen beurteilen, sie habe in ihrer Wohnung dort einen Luftreiniger einbauen lassen müssen, denn an manchen Tagen sei das Gebäude gegenüber nicht zu sehen gewesen, dann sei sie gar nicht erst rausgegangen – doch hätten sie eine Energiewende begonnen, und wenn sie sich bald ernsthaft dahinterklemmten und die richtigen Technologien einsetzten, täten sie das mit aller Kraft …

»Es stört mich ja überhaupt nicht, wenn du den Kapitalismus kritisierst«, sagt Delphine abschließend und nimmt ihre Cora Guevara fest in die Arme. »Im Gegenteil, ich finde das sehr gut. Auf scharfe Kritik muss das System reagieren, es muss sie irgendwie in sich aufnehmen … So kann es sich verbessern, und das hat es ganz offensichtlich nötig. Ich kritisiere es lieber von innen heraus, um auch seine durchaus vorhandenen Vorteile nutzen zu können. Wenn ich die sehe, die es niedermachen und karikieren, während sie in vielfältiger Weise davon profitieren, teils ohne sich dessen bewusst zu sein … tja, dann finde ich das ein bisschen verlogen … Aber wenn sie das brauchen, um sich in ihrer collagencremesatten Haut wohlzufühlen … nun ja, sie können es sich erlauben, wir leben in einem freien Land …«

Als es Abend wird und Zeit auseinanderzugehen, umarmen sie sich, von der anderen geleert und von ihr gesättigt, noch einmal auf dem Bett, küssen sich im Wohnzimmer, auf wackeligen Beinen, nähern sich der geschlossenen Tür, geben sich auf der Schwelle der geöffneten Tür einen letzten Kuss, schicken einander, zerrissen und zerreißend, noch einen von den Fingern durch die Luft, und die Tür schließt sich wieder.

Zurück in Montreuil sitzt sie, bevor sie sich auf das Wiedersehen mit Pierre und Manon einstimmt, noch am Schreibtisch, lässt ihren Blick sich immer wieder zwischen den vom Nieselregen glänzenden Zweigen des Kirschbaums verlieren und schreibt im Taumel alles auf, notiert sie in die Kladden, die Details des Wochenendes, die Worte, die sie einander gesagt haben, die unerwarteten Sinneseindrücke, um sich später erinnern zu können, wie es gewesen ist, um Spuren zu sichern, bevor alles ausgelöscht wird, um sich wieder hineinstürzen zu können, wenn diese Liebe vergangen ist und sich nicht noch einmal so findet – damit alles wiederauferstehen und ihr wieder einfallen kann, zumindest in Splittern.

Eines Tages ein Brief. *Wir sollten mal reden. Donnerstag, Jin Ping Mei. Es wissen wollen.* Entschuldige die Art und Weise, ich wollte aber lieber diskret sein … Vielleicht war es früher so, offenbar haben sich die Zeiten aber geändert. Warum erzählst du mir das alles? So richtig weiß ich nicht, warum … Ich hätte mich schlecht gefühlt, dich nicht zu warnen. Man muss eine Maske tragen, bei der

Arbeit, in Gesellschaft, in Familie und Beziehung, sonst kommt man auf keinen grünen Zweig. Hast du keinen Hunger? Das Kleid über den Kopf. Ins Hohlkreuz gebogen, kurvig und kraus. Neuen Morgen im Herzen, einen neuen Start. Rotblondes Haar, das zu allen Seiten übers Kopfkissen fließt. Es geschieht etwas mit mir. Was an ihr zieht mich an? Fliegen und dahintreiben. *Rise and Shine*. Grautown ist nicht mehr grau. Wolke im Kopf, Himmel unter der Haut. Fühlst *du* dich wie eine Blume? Hände an die richtigen Stellen. Die andere spielt Knetmasse: sich sagen, o ja, genau das hätte ich auch gemacht. Freudenfluss, Meer von Kythera. Weicher Ring, glattwandige Höhle, den unteren Hals als hartes Ei ertasten. Verstecktes, Heimliches. *Née de la vague*, aus der Welle geboren, aus dem Mond geboren, Liebhaberinnen. Ein bisschen tiefer. Heftig atmend, der Mund weit geöffnet. Hautarbeit und Atemarbeit: die Stufen der großen Körpertreppe hinaufsteigen, mit jedem Stoß des Beckens weiter, auf den Absätzen Pausen einlegen, um den Rhythmus zu ändern, schnelle, harte Stöße und wieder ganz langsam, ja, so ist es auch gut. Den Gnadenstoß geben. Niederfahrender Kopf, ihn abwenden, vergraben. Den Gnadenstoß bekommen. Die Grübchen, der feine Schatten der Mundwinkel. Gehst du weg? Sonnen pulsieren an den Fingerspitzen, pulsieren in Bauch und Vagina. Den Kurven mit der ganzen Hand folgen, den Mulden, den Wellen. Unersättliche, weißglühende Herzen. Quicklebendige, durstige Vulva. Überschwemmungen und Brände. Mund oben auf Mund unten. Mit Zunge und Fingern forme. Mit Mund und Fingern sauge, streichle, forme. Mit Händen knete. Mit Blicken rege an. Der Puls geht durch, überschlägt sich. Aus der Welle geboren, aus dem Mond geboren, Liebhaberinnen. Mit den Fingern klammere dich an beide Schultern, leg die Schenkel um die Hüften, zieh sie näher heran, muskulöse Beine, Füße mit hohem Spann, umfasse sie fester. Mit der Zungenspitze, die sich zwischen die Lippen wagt, entdecken sie eine neue Sprache. Eine Sprache, die sich zu zweit erfindet. Unbändig, meine Süße, mein Schatz, unbändig, mein Herz, zurückhalten: meine Liebe. Unbändig bist du schön, unbändig weißt du, dass du mich verrückt machst? Unbändig, all die Lust, die du mir verschaffst, sich nicht mehr zurückhalten können, nicht mehr zurückhalten wollen, nicht mehr zurückhalten, sagen: meine Liebe.

VIII IMPRESSIONEN, DRÄNGENDE MASSE – GARE SAINT-LAZARE

Die erste Feststellung: Es ist 19:29 Uhr. Die zweite: Sie hätte niemals diese Schuhe anziehen dürfen. Die dritte Feststellung: Es ist 19:32 Uhr, der Zug bremst noch einmal, kommt ohne eine Erklärung zum Halten und gleitet, als er wieder anfährt, viel zu gemächlich dahin. Da sitzt sie, das Gesicht an der Scheibe, den Blick auf der Uhr, das Herz voll von Wut über die schnelle Zeit und den langsamen Zug. Dabei hatte sie heute extra viel Puffer eingeplant, hatte alles bedacht, um sich schon eine halbe Stunde vor Konzertbeginn am Eingang des Salle Gaveau mit Pierre zu treffen und so den Andrang an der Garderobe und die langen Toilettenschlangen zu meiden, ein bisschen im Programm lesen und sich kurz austauschen zu können, was den Tag über passiert ist, bevor sie sich auf ihre Plätze begeben und im Gemurmel des sich füllenden Saals, dieser freudigen Gespanntheit, auf den ersten Ton warten. Aber Franck war heute in Redelaune, hat ihnen ein Ohr abgekaut und die Besprechung um mehr als eine Viertelstunde überzogen, sodass sie genötigt war, seine Unhöflichkeit ihrerseits unhöflich zu parieren, »Es tut mir leid, ich muss jetzt wirklich los«, und als sie auf dem Weg zu den Aufzügen noch einmal schnell den Kopf durch die Tür steckte, um sich zu verabschieden, hat ihr niemand in die Augen geschaut, sondern alle haben auf ihr Kleid gestarrt, die Kette, die Schuhe, allesamt Symbole einer unangebrachten Eitel- und Aufmüpfigkeit, woraufhin, als würde sie desertieren, niemand ihr »Schönen Abend« oder »Bis Morgen« zurief.

Danach ging es ungut weiter: Für den Weg hinunter ins Erdgeschoss hat sie nur die üblichen zehn Minuten gebraucht, aber der Métroverkehr auf der Linie 1 war unterbrochen, und sie musste eilig auf den Zug ausweichen; die Karte auf ihrem Smartphone hat ihr zwar versprochen, dass man vom Vorplatz des Gare Saint-Lazare bis zur Rue La Boétie zu Fuß nur zehn Minuten braucht, doch war das letztlich keine gute Idee, denn nun sitzt sie in einem Wagen fest, der seinerseits nicht vorankommt, weshalb sie, sobald sie den Bahnhof erreichen, wird rennen müssen, nicht im Sinne von »sich beeilen«, sondern regelrecht sprinten, mit den acht Zentimeter hohen Absätzen ihrer aberwitzig violetten und aberwitzig neuen Pumps, die ihr schon beim bloßen Drandenken Schmerzen bereiten. Aber selbst wenn sie es noch rechtzeitig schafft, wird nicht Pierre sie erwarten, sondern ein entnervter Mann mit schnurgeradem Mund, der sie nicht küsst, sie nicht ansieht. Er hasst es, zu spät dran zu sein, und noch mehr hasst er es, wenn sie zu spät dran ist. Das sei eine Missachtung der anderen: derer, die sich anstrengen und beeilen und dann ewig warten müssen, als wären sie nicht so wichtig. Noch schlimmer ist es, wenn man möglicherweise einen Zug, ein Flugzeug oder eine kulturelle Veranstaltung verpasst: Statt sich auf die Reise oder Darbietung zu freuen, wird man zum lauernden Tier mit blödsinnig pochendem Herzen. Sie weiß nicht, ob sie ihm besser simst oder ihn anruft, doch sollte sie sich schnell entscheiden, denn sie hat kaum noch Akku. Bestimmt scharrt er schon mit den Hufen unter dem roten, mit dem Schriftzug *Gaveau* versehenen Vordach oder in der schwarz-weiß gefliesten Vorhalle, schaut beharrlich, wer alles kommt, welche Umrisse ihr ähnlich sehen, sondiert in der Menge von Frauen, die alle nicht sie sind, und denkt, er hätte sich besser eine andere aussuchen sollen.

Es ist ihr erster gemeinsamer Ausgehabend seit Wochen. Reserviert haben sie schon vor Monaten, Anfang September, als sie noch nicht mal an der Défense gearbeitet hat und – es kommt ihr vor wie eine andere Welt – Delphine noch nicht kannte. Coras Mutter, die keinen Hehl aus ihrer Auffassung macht, Montreuil liege am Hintern der Welt, hat dennoch den Weg auf sich genommen, um Manon zu hüten, damit sie Monteverdis wunderbares *Teatro d'Amore*, aufgeführt vom Ensemble L'Arpeggiata, erleben können. Sie haben es im Sommer entdeckt, auf einer Fahrt im glühend heißen Auto, verloren in der Trockenheit der Causses, als Christina Pluhar lachend in ihrem leicht staksigen österreichischen Französisch im Radio erzählte, wie sie nach Den Haag gegangen sei, um Laute zu studieren, zusammen mit vielen jungen Menschen aus der ganzen Welt, die kein Geld hatten und deren größter Wunsch es war, irgendwann Psalter oder Theorbe zu spielen, oder noch andere Instrumente, die man nicht im Laden findet, die speziell gebaut werden müssen, und wie da für sie der Himmel aufgegangen sei – so habe sie ihren Weg gefunden. Ihr gehe es darum, die Musik des Barock zu neuem Leben zu erwecken; die Noten ließen sich in Bibliotheken ausgraben und studieren, doch gesungen würden sie, wie man alte Sprachen spricht, nämlich ohne genau zu wissen, ob Betonung und Intonation, wie wir sie uns heute vorstellen, wirklich dem entsprechen, was damals an allen Höfen und in allen Kirchen Europas zu hören war. Auf den Alben des Ensembles, die Cora seitdem in Dauerschleife hört, verstecken sich heitere Götter in den Wolken oder Sturmwirbeln, die aus aufgeblasenen Backen auf die Bassi continui hinunterpusten, auf dass sich Jazzimprovisationen von ihnen erheben. Da haben sie sich einmal den Luxus gegönnt, lange im Voraus gute Plätze zu nehmen, und nun läuft sie Gefahr, diese Freude zu verpassen oder zumindest zu verderben.

Auch die Pumps waren eine kleine Verrücktheit. Wegen ihrer empfindlichen Füße und ihrer insgesamt schlechten Durchblutung lässt sich Cora in diesem Punkt normalerweise auf kein Risiko ein. Im Januar hatte sie nicht die Kraft, sich im Schlussverkauf in die Menge zu stürzen. Das Herumgerenne in der Vorweihnachtszeit, um Spielzeug für Manon zu kaufen, hatte ihr gereicht. Die Vorstellung, dass sie, laut beschallt von schlechter Musik, ihre Ellenbogen gebrauchen müsste, um an die Schnäppchen zu kommen, dann vor den Ankleidekabinen anstehen und die Größe nehmen, die übrig bleibt, auch wenn sie ihr nicht richtig passt, hat ausgereicht, um sie davon abzuhalten. Als sie mit Delphine einmal nach den Gründen für ihr Unbehagen suchte, hat sie gesagt, weißt du, angeblich sollen Sonderangebote das gute Leben mehr Menschen zugänglich machen, aber gleichzeitig werden diese Menschen immer wieder daran erinnert, dass es eben nicht für sie ist, dass sie nur an wenigen Tagen im Jahr teilhaben können, und an diesen Tagen müssen sie sich dann noch um die Dinge kloppen – wie um die Kita-Plätze, wie um ausgeschriebene Stellen oder um passable Wohnungen, wie um alles letztlich.

Vor zwei Wochen hingegen entdeckte sie in einem Schaufenster der Passage du Havre ein Paar Riemchenpumps, das ihr sofort gefiel: feinstes Leder, schöne Form, das lebensfrohe Violett, ausgefallen und ohne Kitsch – nicht die Art Schuhe, die sie sonst trägt, aber die Art, die sie bei anderen bewundert, Schuhe, die Beine derart schmücken, dass auch Pierre sich nach ihnen umdreht. Es war ein kleiner Laden mit nur wenig Kundschaft darin, doch waren die Schuhe natürlich nicht heruntergesetzt. Sie hat sie anprobiert, denn Anprobieren kostet ja nichts. Die Absätze waren hoch, aber nicht verrückt hoch, sie fühlte sich schön, so aufgebockt. Schnell rechnete sie aus, dass vier Tagesgehälter dafür draufgehen würden, nach Steuern vielleicht fünf. Sie fragte sich, ob ausreichend viele ihrer Kleider dazu passten, damit sie sie nicht nur ganz selten würde tragen können. Mit zwanzig oder fünfundzwanzig hätte sie so was nicht gewagt, da hatte sie nicht mal genug, um sich ab und zu neue Basics zu kaufen, aber wenn sie jetzt so hart arbeitete, dann doch vielleicht auch, um sich von Zeit zu Zeit so einen Spontankauf zu gönnen.

Als Rückversicherung hat sie ein Foto an Pierre geschickt und gehofft, er würde gleich reagieren. »Sie sind teuer, aber sehr schön. Gefallen sie dir?« Und eine Minute später, aus einem Impuls heraus, dasselbe Foto an Delphine: *»What do you think?«* Sie ist durch das Geschäft scharwenzelt, hat gewartet, dass die eine oder der andere sich meldet. Eine Verkäuferin hat versucht, mit ihr zu plaudern, aber Cora war angespannt wie vor einer folgenschweren Entscheidung – was, wenn sie sich täuschte?, wenn sie ihr überhaupt nicht standen? –, und als sie merkte, dass ihr darüber fast die Tränen kamen, hat das ihre Verunsicherung noch verstärkt und doch deutlich gemacht, dass bei ihr irgendetwas nicht stimmte. Pierre antwortete: »Ja, sind schön«, Delphine: »Wahnsinn! Go, baby, go!!«, und erlöst von den Zweifeln durch ihrer beider Benediktion, so komplementär, wie sie beide in ihrem Leben waren, hat sie ihre Bankkarte gezückt und das Geschäft mit einem freudigen Lächeln auf den Lippen und in der Gewissheit verlassen, einen guten Kauf getätigt zu haben.

Der Zug fährt wieder, diesmal wirklich. Rund um ihre Füße, die Pierre total scharf machen und Delphine total scharfmachen, hat sich die Falle der Schuhe geschlossen. Obwohl sie diese in den vergangenen Tagen mit Lederdehner besprüht hat, tun ihr Ferse und Riemchen entsetzlich weh. Sie hat sich für schlau gehalten, als sie für alle Fälle Blasenpflaster einsteckte, aber sie trägt eine Strumpfhose, und zum Aufkleben müsste sie die vor aller Augen ausziehen. Es ist 19:45 Uhr, die Ankunft ist in wenigen Minuten, wenn sie ihren Sprint gut hinbekommt, besteht etwas Hoffnung. Mit abwechselnd »Entschuldigung« und »Darf ich?« bittet sie die Passagiere, die die Fahrt über im Mittelgang gestanden haben, zur Seite und arbeitet sich vor an den Kopf des Zuges, entdeckt die Toilette, schließt sich hastig darin ein und zieht, gelobt sei, was hart macht – der Boden ist überschwemmt, es stinkt –, die Strumpfhose herunter, vorsichtig, damit es keine Laufmasche gibt, erwärmt die Pflaster in der Hand und klebt sie dorthin, wo ihre Füße schon jetzt übel aussehen.

Als der Zug wie am Ende seiner Kräfte den Bahnhof Saint-Lazare erreicht und unter dem zwischen Nachtdunkel und diffusen Lichtern eingefassten Glasdach hält, steht Cora an der Tür eines der vorderen Wagen bereit und beendet eine SMS, in der sie Pierre mitteilt, er solle nicht auf sie warten, sondern ihre Karte am Eingang hinterlegen, sie werde die Platzanweiserin schon dazu bringen, sie noch hineinzulassen, und vor allem: Es tue ihr leid. Sie will die Nachricht gerade senden, als ihr Telefon ausgeht.

Was dann geschieht, ist derart schaurig, dass sie später nicht weiß, ob sie sich wirklich daran erinnert oder ob es ihr jemand erzählt hat. Auf dem Bahnsteig will sie losrennen, aber die unglaublich große abendliche Menschenmasse hindert sie daran, eine Masse dunkler, wintersteifer Konturen, die in Richtung Bahnhofshalle eilen, sie schaut nur nach vorn, sieht nur Hinterköpfe, braune Haare, blonde Haare, die unter Mützen hervorragen, manche Köpfe sind auf ihrer Höhe, viele überragen sie, sie möchte rennen, sie sieht nichts, die Rücken der Leute bilden eine Mauer, sie zwängt sich hindurch, wo immer sie kann, nutzt jeden Spalt, macht sich so kompakt wie möglich, die Tasche fest unter den Arm geklemmt, denkt immer wieder, unsere Anzahl ist das Problem, wir sind so viele, viel zu viele. Trotz Lederdehner und Pflastern schneiden die Schuhe ihr in die Haut, sie reißt sich zusammen, um nicht zu schreien, macht ganz kleine Schritte, geht für ein paar Sekunden zur Seite, löst die Riemchen, nimmt die Schuhe in die Hand. Der Boden ist eiskalt, aber, gelobt sei, was hart macht, jetzt kann sie wenigstens rennen. In der Bahnhofshalle wächst die Menge um sie herum noch weiter an, sie versucht, die Schilder zu lesen, weiß nicht, ob sie zum Ausgang Cour de Rome oder Cour du Havre muss, überlegt, jemanden zu fragen, dann ist es, als bräche ein Feuer aus, ihr Blick wird hektisch, Panik greift um sich und kein Notausgang da, immer wieder denkt sie, wir sind so viele, viel zu viele – und es ist aus, jemand tritt ihr auf den Fuß, oder sie selbst stolpert, sie rempelt oder wird gerempelt, sie stößt oder wird gestoßen, auf jeden Fall verrenkt sich ihr Fuß, ihr Knöchel gibt nach, sie stürzt, ihr Kopf prallt gegen etwas, es ist aus, alles wird dunkel, sie stürzt.

Als sie die Augen wieder öffnet, blickt sie in ein Gesicht. Ein Mann steht über sie gebeugt, sie kennt ihn nicht, seine Lippen bewegen sich. Er versucht bestimmt, mit ihr zu sprechen. Der Sinn seiner Worte entgeht ihr, aber seine tiefe Stimme hüllt sie ein. Sie braucht einige Sekunden, um sich zu erinnern, wer sie ist. Gern würde sie nun nach ihrem Namen gefragt, um ihn zu sagen und sicher zu sein. Sie weiß überhaupt nicht, warum, aber sie denkt an Valleraugue, an die Trockenmäuerchen im Garten ihrer Großeltern, an das Leben der Eidechsen dort. Ich war ein ganz kleines Mädchen, denkt sie. Und dann: Ich bin ohnmächtig geworden, habe das Bewusstsein verloren. Die seltsamen Worte hallen kreuz und quer durch ihren Kopf. Da sie es selbst noch nie erlebt hat, war sie der Auffassung, diesen Zustand gebe es nicht wirklich oder nur andere könnten in ihn geraten. Der junge afrikanische Mann spricht weiter mit ihr, sie merkt, dass sie nicht antwortet und wie ihn das beunruhigt. Sein Blick tastet sie ab, sucht an ihrem Körper nach Hinweisen darauf, was ihr fehlt. Sein Gesicht, das sie nicht kennt, hat hohe Wangenknochen und außergewöhnlich ebenmäßige Züge. Sie möchte den Kopf drehen, herausfinden, wo sie ist, aber der Schmerz stoppt sie, und der Mann bedeutet ihr mit der Hand, das lieber sein zu lassen. Es ist so weit: Sie kann nichts mehr entscheiden. Und es ist eine Erleichterung. Es sind viel zu viele Menschen da, aber sie ist nicht mehr allein. Wenn sie mutlos ist, wenn die Kraft sie verlässt, kommen ihr oft diese Worte: Ich möchte, dass sich jemand um mich kümmert.

»Können Sie mich jetzt hören?« Wieder die Stimme des jungen Mannes. Sie blinzelt, nickt, so gut sie kann. »Sagen Sie sofort, wenn ich Ihnen wehtue.« Er schiebt eine Hand unter ihren Nacken, den Arm unter die Kniekehlen und hebt sie hoch. Manche Bereiche ihres Körpers sind schwer, einige spürt sie nicht, doch weiß sie noch lange nicht, welche … Leute bleiben neben ihnen stehen, schauen zaudernd – kann man etwas tun? Und rund um den Kreis der Gestalten, die stehen bleiben, verschwinden, durch andere ersetzt werden, strömt weiterhin der Fluss der Menge. »Lassen Sie uns durch«, sagt er, »die Dame ist verletzt.« Ich male mir aus, wie der junge Mann sich nach einer Bank umsieht und merkt, oder sich erinnert, dass es in der Abfahrtshalle keine einzige gibt, damit Obdachlose nicht in allzu große Versuchung geraten. Also geht er noch ein paar Schritte weiter, findet ein ruhigeres Eckchen, bittet einen Passanten, die Isomatte, die er an seinem Rucksack trägt, auszurollen, und legt Cora darauf ab.

»Hier ist es gut«, sagt er, »hier können wir in Ruhe Ihre Beulen zählen.« Später wird sie wissen, wenn er etwas halb im Ernst und halb ironisch sagt, wie er es immer tut, dann ist das seine Art, eben seine Art, sich auszudrücken, doch im Moment weiß sie davon nichts und sagt sich, so wolle er sie wohl beruhigen. Weniger beruhigend ist aber, dass seine rechte Hand Blut bedeckt, das nur von ihr sein kann. »Finden Sie das vernünftig, die Leute so vollzuschmieren?« Durch Abtasten bestätigt sich der Verdacht auf eine Wunde in der Kopfhaut, aus der sie zwar recht stark blutet, die aber oberflächlich scheint. Es werden noch andere schmerzende Stellen ausgemacht: Ihre Hüfte schmerzt, ein Handgelenk ist aufgeschürft. Vor allem aber ist ihr linker Knöchel verstaucht oder gebrochen. Jetzt, da der Mann neben ihr kniet, verliert sie sich ganz beduselt in dieses ihr unbekannte Gesicht. Er hat sehr dunkle, sehr glatte Haut, abgesehen von der Narbe am Augenbrauenbogen. Am Hals und auf dem linken Handrücken gibt es pigmentfreie, weiße Stellen, wie die Bisse von Tieren, die sich von Melanin ernähren und ihm in der Nacht ein paar Fetzen Haut herausgerissen haben. Sind diese Stellen angeboren? Würde sie, wenn sie sich die Umrisse vor Augen führte, darin Inseln sehen – sich bewegende Wolken? Er sagt, er heiße Maouloun Haïdara, und sie sagt, sie sei Cora Salme.

Jemand in Uniform kommt näher, jemand vom Bahnpersonal oder vom Sicherheitsdienst, vielleicht auch von der Polizei – Cora weiß es nicht, erinnert sich nicht, und Uniformen verwechselt sie immer –, eine leicht untersetzte Frau mit Pferdeschwanz jedenfalls. »Haben Sie ein Problem, Madame?« Maoulouns Körper wird steif, er senkt geringfügig den Blick, und seine Schultern verspannen sich, unmerklich fast, aber sie spürt es. Sie nimmt all ihre Kraft zusammen und sagt, ihr sei schwindelig geworden und sie sei gestürzt, habe sich aber nur leicht verletzt und ihr Freund habe ihr geholfen. Langsam lässt die Frau ihren Blick über Coras Abendkleid wandern, über die zerrissene Strumpfhose, die violetten Pumps, die unversehrt auf der Isomatte liegen, dann über Maoulouns mottenzerfressenen Pullover, seinen ausgebleichten Rucksack, die Blutflecken auf seinen ausgewaschenen Jeans. Cora sieht, was für ein Paar und was für ein Schauspiel sie beide abgeben in den Augen dieser Frau, in deren Blick Dienstvorschriften, Bilder vorläufiger Festnahmen und Debatten über Immigranten gegeneinander auf dem Schlachtfeld stehen, vor einem Hintergrund aus gewaltiger Müdigkeit, Verdrossenheit und sehr menschlicher Traurigkeit – und wie dieser Hintergrund den Sieg davonträgt, denn die Frau wendet sich ab, sollen die beiden doch machen, was sie wollen, sagt nichts weiter, jeder lebt sein Leben, und geht davon. »Wir müssen trotzdem einen Krankenwagen rufen«, sagt Maouloun.

Sie habe echt noch Glück gehabt, bemerkt Pierre Esterel aka *Mister-das-Glas-ist-halb-voll*, als sie später am Abend das Krankenhaus verlassen und in ein Taxi steigen. Fünf Stiche und eine Schiene am verstauchten Knöchel, es hätte wirklich viel schlimmer kommen können – und das erklärt nicht, warum ihr während der ganzen Woche, in der sie krankgeschrieben ist, wegen jeder Kleinigkeit die Tränen kommen. Sie verbringt sechs seltsame Tage eingesperrt in Montreuil, liest immer wieder mit Manon die Geschichte von der blauen Wolke, die gern ein Fisch wäre, und die von der Giraffe, die ein Stück vom Mond fressen möchte, erkundet allein vor dem Bildschirm dieses verlassene Haus in Baltimore, in dem schwarze Jugendliche die Leichen derer, die sie nicht mögen, in Kalkwasser auflösen. Wenn sie im halbdunklen Schlafzimmer Katzenkorb spielen, versucht Cora, leise zu weinen, ohne zu schluchzen, damit die Kleine nicht aufwacht. Oder aber sie entknotet sich von Manons Körper, schließt sich auf der Toilette ein und schreibt Delphine, zoomt Fotos von ihr, masturbiert leise und ohne zu stöhnen, aber das ersetzt nichts, es reicht nicht, das Mangelgefühl bringt sie gleich wieder zum Weinen, und das Pierre verständlich zu machen ist kompliziert. Sobald Manon aufwacht, gehen sie im Garten spazieren, Manon schwankend, Cora mit ihren Krücken, oder sie machen ein paar Schritte vor die Tür, den Sentier du Tourniquet entlang, erfreuen sich am Schnee, der während des Mittagsschlafs gefallen ist, leise auch er, ein knapper Zentimeter, leise, ohne jedes Geräusch.

Manon redet mit sich selbst in der dritten Person und nennt sich *Non-Non*, sodass, wenn man die Gedanken gerade woanders hat und sie es mehrfach wiederholt, nicht immer klar ist, ob die Kleine gerade ihre Selbstwahrnehmung trainiert oder pauschal alles ablehnt, was man sagt. Cora sieht ihr kleines Gesicht sich vor Angst verziehen, als sie zehn Minuten vergebens nach Spuren der mal wieder ausgebüxten Krabbe Sebastian aus dem Film *Arielle* suchen, die Manon kürzlich in die Reihen der Kuscheltiere aufgenommen hat. Und dann, als Cora auf dem Badewannenrand sitzt und die Wunden am Knie, die der Sturz ihr eingebracht hat, mit Betadine desinfiziert, deren Geruch und dunkle, blutrote Farbe Manon so sehr gefallen, dass sie sie trinken möchte, strahlt dasselbe Gesicht vor Glück. Ich war auch mal ein ganz kleines Mädchen, sagt sich Cora.

Wenn Manon bei Silué ist, verliert Cora sich in der Zeit. Sie wirft sich mitten am Nachmittag aufs Sofa und taucht erst zum Einbruch der Dunkelheit wieder auf, ausgebrannt und überzeugt, dass alle Hoffnung, die es früher in ihrem Herzen gegeben haben mag, gestorben sei. Sie versucht, nicht in ihre E-Mails zu schauen, denn anscheinend sind Franck und Agathe im Büro der Meinung, sie hätte das absichtlich gemacht. Astou hat ihr von einer Äußerung Francks berichtet, er soll gesagt haben: »Sie erspart uns auch nichts!«, und Cora kann kaum glauben, dass jemand so über sie denkt, und hofft, dass es eine Verwechslung war und er eigentlich Nadège gemeint hat – es beschäftigt sie dermaßen, dass Astou es letztlich bereut, ihr davon erzählt zu haben. In ihren Schlafkomas befindet sie sich am Gare Saint-Lazare und stürzt erneut. Sie würde Maouloun gern wiedersehen, um sich richtig bei ihm zu bedanken. Da sie mit seinem Handy schließlich Pierre verständigen konnte, hat sie seine Nummer, aber er reagiert nicht, weder auf SMS noch auf Anrufe.

Seit dem Ende ihrer Krankschreibung fährt sie immer über Saint-Lazare zur Arbeit. Sie möchte abergläubisch sein, möchte in einer Welt leben, in der es ein Schicksal gibt, doch ist es nicht einfach, daran zu glauben. Die Züge sind weniger überfüllt als die Métro und der RER, manchmal sitzt sie und schaut bereitwillig auf, wenn ein Schimmer ihr anzeigt, dass sie die Seine überqueren. Morgens durchquert sie den Parc des Guilands und sieht den Tag anbrechen. Sie spürt in der beißenden Kälte, dass ihre Beine wieder Muskeln kriegen, wenn sie den Hügel hinaufsteigt und die vielen Treppen wieder hinunter. An der Einfahrt zum Busbahnhof Gallieni sieht sie Schüler aus ganz Europa, die sich nach ihrer Nacht im Schlafbus die müden Augen reiben, sich vor Gähnen den Unterkiefer ausrenken und sich darauf einstimmen (darum beneidet sie sie ein wenig), Paris zu entdecken.

Es dauert, bis sie begreift, dass Maouloun keine eigene Bleibe hat und am Gare Saint-Lazare schläft. Auf dem Heimweg, wenn sie mehr Zeit hat, sucht sie nach seiner Gestalt, in der riesigen Halle, im Übergang zur Métro, in den verwinkelten Bereichen, die gerade renoviert werden. Immer wieder schreibt sie ihm: »Hallo. Hier ist Cora. Geht es dir gut?«, jedes Mal mit dem Gefühl, eine kleine

Flaschenpost ins große Meer zu werfen, aber auch mit der Furcht, dass, wenn er weiterhin nicht antwortet, etwas Schlimmes passiert. Als eine Nachricht von ihm kommt, in der steht, es sei schwierig in letzter Zeit, aber er würde sich freuen, sie wiederzusehen, lacht und weint sie vor Erleichterung. Sie treffen sich in einem Café nicht weit vom Bahnhofsvorplatz. Sie wird das Bild nie vergessen: wie er mit langsamen Schlucken seinen Traubensaft trinkt, das Glas mit beiden Händen umfasst. Er ist im Januar aus Mali gekommen, weil dort Krieg ist. Ob Cora davon weiß? Der Krieg habe sich im Norden des Landes ausgebreitet. Es gebe Tuareg-Rebellen, die von Islamisten unterstützt würden. Der Krieg nähere sich Timbuktu, wo er gelebt hat und aufgewachsen ist. »Ich musste weg«, flüstert er. Da ist noch mehr, aber mehr sagt er nicht.

Nach seiner Ankunft am Gare du Nord haben ihm mehrere Leute von einem Wohnheim für malische Arbeiter in Pierrefitte erzählt. Wenn er kann, geht er dorthin, um sich zu waschen, manchmal bleibt er zum Essen, aber länger als ein paar Nächte dort schlafen geht nicht, die Zimmer sind brechend voll. Er war in sämtlichen Notunterkünften, aber es ist überall das Gleiche, er ist überzählig. Eine Zeit lang konnte er, weil er zur Hälfte Songhai ist, bei Bekannten in Montreuil bleiben, hat sich um den Haushalt gekümmert und eingekauft, aber das ging nicht lange gut. »Sie fanden mich sonderbar. Sie mochten nicht, dass ich allein bin.« In den Einrichtungen vom Sozialdienst ist kein Platz frei. Ein Hotel? Das zu bezahlen ist er außerstande. Zurzeit muss er halt auf der Straße leben. Er ist vorher nie in Frankreich gewesen, aber weil er die Sprache kennt und sich das Leben hier so oft schon ausgemalt hat, behält er den Kopf oben. »Ich war im Internet: Einige Viertel kenne ich, weil ich da schon langspaziert bin.« In der Realität ist er nicht viel unterwegs. Er geht gern spazieren, muss aber mit seiner Energie haushalten, um nicht zu großen Hunger zu kriegen und die Kälte zu ertragen, die man auf Google Earth nicht spürt. Er sagt: Hoffentlich später mal. Wenn wieder Sonne da ist, die diesen Namen verdient. »Der Frühling kommt doch, oder?« Cora bestätigt, dass dem so ist. Zwar kommt er nicht immer zum gleichen Zeitpunkt, schlägt manchmal Finten und erleidet Winter-Rückfälle, aber ihrer Erfahrung nach ist er doch immer irgendwann da. An milderen Tagen geht Maouloun nach Beaubourg und setzt sich auf den großen Platz, sieht sich die Zauberkünstler und Pantomimen an. Er hat sich mit einem Straßenbuchhändler von den Quais angefreundet, der ihn, wenn er neben dem Stand auf der steinernen Brüstung sitzt, seine Kunstbücher ansehen lässt, während die Frachtkähne und Ausflugsboote im Fluss Wellen machen. Der Pariser Untergrund mit seinem Netzwerk von Gängen und Stollen im Kalkstein zieht ihn an, da man bei ihm, wenn man da im Sand gräbt, auf nur immer noch mehr Sand stößt oder auf harten Fels. Und er verbringt natürlich Zeit am Gare Saint-Lazare, weil er dazu hergekommen ist. Cora beobachtet seine schwarzen Augen, die jetzt auch leicht belustigt scheinen. Da ist noch mehr, aber mehr sagt er nicht.

Es beginnt ihrer beider Zeit. Sie machen es sich zur Gewohnheit, sich zu treffen, zumindest kurz. Manchmal ist es nur eine Viertelstunde, da kauft sie ihm etwas zu essen, einen Tee, den er sofort trinkt, und einen zweiten, den er vorausschauend in seine Thermosflasche füllt, um sich nachts aufwärmen zu können. Wenn sie merkt, dass sie früher Schluss machen kann, überlegt sie sich, ob sie Maouloun schreiben, sich mit Delphine verdrücken oder nach Hause gehen soll. Was da in ihr entscheidet, weiß sie nicht. Irgendeine Macht, ein Engel oder Teufel, drängt sie zu weiteren Verpflichtungen, von denen sie im Leben bereits zu viele hat. Kurz bevor sie Maouloun verlässt, spürt sie manchmal die schneidende Kälte, denkt an den Traum von der bettelnden Nachbarin und spielt mit dem Gedanken, ihn mit nach Hause zu nehmen. Pierre versteht, dass ihr das am Herzen liegt, bleibt aber bei seiner Weigerung. Es sei schon kompliziert genug und für so etwas wirklich nicht die richtige Zeit. Als sie einwendet, dass es in solchen Dingen eine richtige Zeit nicht gebe, antwortet er, ihr fehle es an der nötigen Härte, sie müsse lernen, sich zu schützen. »Du kannst dich nicht von Hacke bis Nacke in alles hineinstürzen.« Und da er diese Wendung auch noch wiederholt, *von Hacke bis Nacke*, fragt sie sich, ob er nicht etwas ahnt, ob er verstanden hat, was sie gerade durchlebt, ob er es weiß und nur nichts sagt.

Anstatt Maouloun anzubieten, bei ihnen zu übernachten, bringt sie ihm also Sachen, die er gebrauchen könnte. Pierre sieht seine Jeans, Pullover und Hoodies durch, und alles, was er aussortiert, gibt sie Maouloun. Obwohl ihm die Sachen zu groß sind, nimmt er sie, behält einige und verteilt den Rest an andere Migranten und Obdachlose, die häufig am Bahnhof sind. Es bringe ihm nichts, mehr Kleider zu haben: Sein Gepäck muss in den Rucksack passen, den er sich zum Schlafen unter den Kopf legt. »Das ist nicht böse gegen die Leute. Ich tue es auch, weißt du: Die Sneakers habe ich einem geklaut, der schlief. Schuhe sind so wichtig.« Einige seiner Kleider stammen aus einem geklauten Koffer aus dem Zug zwischen Rom und Genua. Er hatte keine Wahl, ihm war kalt, und sein Geld war alle. Da er nicht gern Bart trägt oder lange Nägel hat, bittet er sie um Flüssigseife, eine Nagelschere und Einwegrasierer. Sie verkauft die verfluchten Pumps im Internet und kauft von dem Geld ein gebrauchtes Smartphone, damit er sich Videos ansehen und nach Jobs suchen kann. Als sie es ihm überreicht, starrt er auf das schwarze Display, und sie merkt, dass er plötzlich woanders ist. Weit weg. Lange. Mit alterndem Gesicht und einer Stimme, die keine Stimme mehr hat: »Das ist das dritte, das ich habe, seit ich weggegangen bin.« Sie knüpft daran an. »Das ist für das Leben in Frankreich. Ein neues Stück Weg.« Aber sie kann ihn nicht zurückholen: »Genau so eins hatte ich. Und dann …«

Oft setzen sie sich auf eine Bank und erfreuen sich an erfülltem Schweigen. Maouloun kann das gut, er spricht davon wie von einem Spiel, dessen Anleitung sie in ihre Kladde notiert. Du bist in der Großstadt, hast aber viel Zeit. Um dich herum drängt sich die Menge, aber du gehörst nicht mehr dazu. Die Passanten passieren, sollen sie, die Reisenden reisen, ganz, wie sie wollen, aber du gehst nirgendwohin, auch nicht flanieren, du suchst dir dein Eckchen und parkst da deinen Hintern. Auf einer Bank, wenn's eine gibt, oder du sitzt auf einem Geländer und baumelst mit den Beinen, oder du hockst vor einem Mast auf dem Boden. Dann schließt du einfach die Augen und spürst die Luft an deinen Fingerspitzen. Oder du hörst auf die Geräusche, die es haufenweise gibt, versuchst, sie zu erkennen, was ist wiederkehrend, was einmalig, du versuchst, sie auseinanderzuhalten, genau zu verfolgen, wie sie anschwellen und weggehen. Dann musst du einfach die Augen wieder öffnen und das Rennen der Beine beobachten, das Wogen der Hüften und Schultern, welche Schnitte wer trägt, um was zu verstecken oder was zu zeigen, die Farben, die sie aufs Gesicht und auf die Haut abstimmen. Du hast weder Wünsche noch Aufgaben. Du bist da, einfach weil du da bist: Nichts drängt, niemand drängelt. Du kannst einen Bereich festlegen und dir die Leute anschauen, die darin vorbeimarschieren. Oder du siehst einem bestimmten Menschen hinterher, bis du ihn verlierst, und wenn er nicht mehr da ist, suchst du dir den Nächsten, das nächste anziehende Gesicht. Hier kommen die Leute von überall her, und auch wenn sie müde sind, egal, wenn sie gestresst sind, egal, es wird nie langweilig mit den so unterschiedlichen Körpern, mit so viel Anmut. Das kannst du überall machen, auch im Park, am Fluss. Dir mit dem Blick ein Boot aussuchen, es bis zum Horizont verfolgen, mit einer Möwe zurückkommen, möglichst lange mit ihr mitfliegen, nicht mit den Möwen, sondern mit einer, einer einzigen, egal, wohin sie fliegt, egal, wie sie herumflattert, du lebst in ihrer Bewegung. »Das habe ich als ganz kleines Kind gespielt«, sagt Maouloun. Das habe er stundenlang gemacht, auf den Straßen von Timbuktu und am Übergang zur Wüste. Das mache übrigens die Landschaften einander ähnlicher: Es verlangsame das Chaos an den Kreuzungen, es bevölkere und belebe die Dünen. »Das Spiel ist zu nichts nutze«, sagt Maouloun. Nicht einmal, um sich die Zeit zu vertreiben. Man spüre sie, die Zeit. Sich mit ihm gemeinsam da hineinzubegeben, und sei es auch nur hin und wieder für fünf Minuten, lässt in Cora eine selten gekannte Ruhe entstehen.

Wenn sie vom Schweigen genug haben, plaudern sie weiter. Vielleicht erwecke ich beim Schreiben dieser Zeilen den Eindruck, dass Maouloun öfter redet. Tatsächlich ist es hauptsächlich Cora, die ihm hier schon berichtete Dinge erzählt. Sie liebt die Art, wie er zuhört, ohne sie unbedingt anzuschauen, wie ihm ein Summen über die Lippen kommt, sein Kopf sich zur Seite neigt, wie um sein gutes Ohr zu öffnen, wie er Zustimmendes murmelt. Er steht ihrem Leben so fern, ist so wenig daran beteiligt, dass es leichtfällt, ihm etwas anzuvertrauen, vorausgesetzt, man überwindet die Scham. Es geht ihr schlecht, man stelle sich das mal vor, weil ihre Arbeit, die ziemlich sicher ist und gut bezahlt, den Hauptteil ihrer Woche auffrisst und in ihren Augen nicht mehr sinnvoll ist. Sie hat keine Zeit mehr zum Nichtstun und schafft nicht alles, was sie will, weil ihr Freund, ihre kleine Tochter und ihre Geliebte, sobald sie die Arbeit verlässt, all ihre verbliebene Kraft in Anspruch nehmen. Und das erzählt sie einem jungen Mann, der keinen Ort zum Schlafen hat, nichts zu essen, keine Perspektive, keine Familie hier und bestimmt auch kein Sexleben außer mit sich selbst. Doch die Scham lässt sich überwinden. »Du hast die Probleme von reichen Leuten, aber das sind auch Probleme«, sagt Maouloun eines Tages. Für ihn sei es beruhigend, dass alle Menschen ihre Schwierigkeiten hätten. In dieser Stadt seien die Adern voll mit ausgefallenen Begierden, mit Intensität, Geschwindigkeit, grenzenlosem Ehrgeiz. »Das sind auch Drogen, selbst wer das will, kommt nicht leicht davon ab.«

Eines Tages, als es zwischen ihnen leuchtet und lächelt, fasst sie Mut und fragt geradeheraus: Und er? Was er hier mache? Wenn die Stadt so viele Gefahren berge, ob es dann nicht verrückt sei, sich mit ihr anzulegen? »Verrückt, ja vielleicht«, sagt Maouloun, »das wurde mir oft erzählt, also stimmt es sicher ein bisschen.« Er steht kurz vor einem Geständnis, zögert. »Ich bin nicht anders als andere. Ich habe Träume, die größer sind als ich und mich nicht loslassen.« Damit öffnet er seinen Rucksack und holt einen Pappumschlag hervor. »Hier, ich zeig dir mal.« Darin befinden sich, mit leichten Eselsohren, recht große Reproduktionen der zwölf Bilder, die Claude Monet vom Gare Saint-Lazare gemalt hat. Da sitzen sie, Cora und Maouloun, am Ende der großen, nach endlosen Bauarbeiten frisch renovierten Bahnhofshalle, deren Boden nicht mehr durchgehend ist, sondern durchschnitten von zahlreichen Lichtschächten, die zur Geschäftezeile darunter führen, und Maoulouns Schatz zeigt einen anderen Bahnhof, farbige Geisterbilder einer Welt, die noch lebt, die man sieht und wiedererkennt und die doch teilweise verschwunden ist – verschollen in einer Vergangenheit, deren Bewohner bereits verblichen sind. Dort spucken die Schornsteine der Lokomotiven blaugrauen Rauch, der unter die Balken des Glasdachs steigt und den Monet sich verziehen und auflösen sieht, der auf den Bildern aber seit einhundertfünfzig Jahren gestockt ist, zu Wolken und Wirbeln im Himmel über Paris. Sein Onkel sei Lehrer am Lycée gewesen, sagt Maouloun, von ihm habe er sein Wissen in Kunstgeschichte. Weil er darin etwas Tröstliches fand, erzählte der Onkel von Zeit zu Zeit, dass Frankreich, das Mali nach der Devise *Teile und herrsche* kolonialisiert hatte, ihm Verträge aufzwang, die es dann selbst nicht einhielt, und bei Bedarf ein Blutbad anrichtete, auch das Land war, in dem der damals noch unbekannte Maler zum Direktor der Chemins de fer de l'Ouest ging und sagte: »Ich heiße Claude Monet und ich habe mir Ihren Bahnhof ausgesucht.« Er heißt Claude Monet und ist siebenunddreißig. Er stellt seine Staffelei in die Bahnhofshalle oder auch davor, um die Gleise und Signalanlagen zu malen, oder auch auf den Vorplatz, den die stoischen Fassaden der Haussmann'schen Häuser umringen. Die Eisenbahner lassen die Lokomotiven länger Rauch und Dampf ausstoßen als notwendig, während er an seinen Gemälden feilt; bei einem Zug verzögert der Bahnhofsvorsteher sogar die Abfahrt. Monet malt das Glas, das Eisen, die großen Rauchwolken und den braunen Schotter, nicht aber die Reisenden, merkt Maouloun an. Er hat keine Zeit, Leute für Porträts posieren zu lassen, nur ein paar Silhouetten queren die Gleise oder warten am Bahnsteig, nur zwei, drei fleischfarbene Tupfer bekommen sie als Gesicht.

Während Cora sich die Bilder genau ansieht, erzählt Maouloun ihr, welches im Musée d'Orsay hängt, welches in Chicago, welche in London und in Japan. Es sei die erste der großen Serien, sagt er, dreizehn Jahre vor den Getreideschobern, fünfzehn vor den Kathedralen und zwanzig vor den Seerosen. Gern würde man glauben, das sei sein Traum, den er da lebe, sagt er, so viele Farben, so lebendiges Licht, jeder Pinselstrich zeuge von Freude darüber, ein Werk zu erschaffen. Aber er kenne Monets Leben, denn er lese gern in Leben, um zu wissen, wo er selbst stehe, und ganz so rosig sei es nicht. In diesem Winter – im Jahr 1877 – weiß Claude bereits, dass seine Frau Camille an Gebärmutterkrebs leidet. Was er noch nicht weiß: Sie wird sich nie von der Geburt ihres zweiten Kindes erholen, sie hat nur noch zwei Jahre vor sich, sie wird mit zweiunddreißig sterben – und er wird sie auf dem Totenbett malen, steif wie die zugefrorene Seine. In Argenteuil hatten sie bessere Zeiten, aber Camilles Aussteuer ist aufgebraucht, Monets Erbe auch, sein Galerist hat kein Geld mehr für weitere Käufe, das Publikum lehnt ihn nach wie vor ab, sie müssen sich wieder darauf einstellen, von fast nichts zu leben. Und dann hat Monet, wie Cora vielleicht weiß, eine zweite Liebe: Alice, die Camille pflegt und später, nach deren Tod, mit ihm leben wird, Alice, die verheiratet ist und selbst Mutter von fünf Kindern. »Ich glaube, das alles hat er im Kopf, wenn er den Bahnhof und die Züge malt«, sagt Maouloun. »Das beschäftigt ihn natürlich. Also malt er gegen die Sorgen oder trotz der Sorgen oder mit den Sorgen.«

Die Saint-Lazare-Serie hing im Arbeitszimmer seines Onkels, das nach verstaubten Archiven roch, und Maouloun nahm sie, bevor er Timbuktu verließ, in aller Eile an sich. Er ist gegangen, weil er gehen musste, nicht um der impressionistischen Malerei Reverenz zu erweisen, aber jetzt, da er bis hierher gekommen ist und diesen Hektar Realität, von dem seine Träume angefüllt waren, vor Augen hat, will er da weitermachen, wo Monet aufgehört hat, will die Arbeit fortsetzen. Auf seiner Isomatte kniend breitet er um die zwanzig Zeichnungen vor Cora aus. »Ich bin noch schlecht, aber ich will besser werden.« Sie weiß sofort, dass das nicht stimmt: Sein Strich ist genau, und er macht seine Linien mit kleinen Schraffuren weicher oder verwischt den Bleistift mit dem Daumen, sodass Aspekte des Dargestellten hervortreten, die das Auge sonst nicht sähe. Sie sieht tausend erhobene Köpfe, die hoch zur Abfahrtstafel schauen. Sie sieht die bei Arman in Auftrag gegebene Skulptur auf dem großen Platz am Cour de Rome, die Säule aus Uhren, die alle möglichen Zeiten anzeigen; bei Maouloun erhebt sich von ihr gerade eine Vierergruppe Tauben. Die Wolken der Morgendämmerung erblassen unter seinen Buntstiften, wenn die Sonne erlischt, verfangen sich Spiegelungen von altem Gold unter dem Glasdach. Vielleicht wird er irgendwann auch malen, mit Gouache oder Öl, vielleicht auch mit Aquarellfarben. Im Moment zeichnet er auf ganz dünnem Papier, das er auf seinen Umschlag legt, der wiederum bei ihm auf dem Schoß liegt.

In der folgenden Woche trägt Cora, als sie aus dem Zug steigt, unter dem Arm eine Zeichenmappe und Papier mit höherer Grammatur. Sie stammen aus dem Schreibwarenladen, in dem sie auch jeden Monat die Kladden kauft, ohne die ich das alles hier nicht erzählen könnte, und sie hat das Papier ausgewählt, das auch sie als Vierzehnjährige in der Schule benutzt hat, Canson-Papier, bei dem sie, wegen mangelnden Talents, damals das Gefühl hatte, es zu vergeuden. Maouloun weiß nicht, wie er ihr danken soll. Noch nie hat ein Geschenk von ihr solche Freude ausgelöst. Sie gibt ihm damit das Material nicht nur zum Weiterkommen, sondern auch, um besser zu leben. Tatsächlich: Er verkauft einige seiner Zeichnungen, um sich etwas zu essen zu holen, und wenn die Wettervorhersage eine Kältewelle ankündigt, versucht er, ein paar mehr zu verkaufen, um sich ein Hotel leisten zu können. Betteln übersteigt seine Kräfte, aber eigene Zeichnungen verkaufen passt ihm gut. Er setzt sich an den Straßenrand und zeichnet Paris, Leute bleiben stehen, schauen ihm über die Schulter, wollen ihm Paris abkaufen, und damit hat er seine persönliche Droge, verkauft sie, nimmt sie, damit kommt er weiter in seinen Traum hinein. »Das Problem ist, dass ich besonders gelungene Zeichnungen nicht gern weggebe. Ich sehe sie in anderen Händen, und es schmerzt mir das Herz. Einmal ist eine Frau mit einem Bild weggegangen, ich bin ihr hinterher, habe das Geld zurückgegeben und gesagt, tut mir leid, ich kann nicht.« Sobald Frühling ist (der kommt doch, oder?) wird er auf dem Vorplatz von Beaubourg und vor Notre-Dame arbeiten, wird Kreidezeichnungen aufs Pflaster bringen, wenn man das darf, wird merken, wie immer mehr Leute rundum stehen bleiben, und egal, ob die Zeichnung gelingt oder missrät, der Regen wird sie wegwaschen.

Am Saint-Lazare wäre er gern mindestens ein halbes Jahr früher angekommen, als die Bauarbeiten noch in vollem Gange waren. Er hätte sich einen Helm geklaut, wäre nachts auf die Baustelle geschlichen und hätte sich das ganze Wirrwarr mal angeschaut, die riesigen Ausgrabungen, die Bewegungen der Baumaschinen, die Hundertschaften Bauarbeiter mit ihren gelben Westen, und er hätte Fotos gemacht, um das Gesehene am Tag dann auf Papier zu bringen, mit klarem Kopf, in seinem Tempo, als geduldiger Mann. Diese Arbeit muss getan werden, da Monet das so nie gesehen hat: Der Bahnhof war nicht mehr der von 1840, und auch wenn das Glasdach der großen Halle zugegebenermaßen noch da ist, genau wie die Europabrücke über die Gleise, leben wir doch in einer anderen Zeit, und vieles hat sich verändert, Monet hatte noch keine Ahnung von der Masse Menschen, von der drängenden Masse, von den zweitausend Reisenden pro Minute, die hier vorbeikommen, also muss das gezeichnet werden, das schnelle Vorbeigehen der Menschen und der Jahre, das moderne und immer modernere Leben, die immer wieder neue Welt.

Später, in einem Sonnenlicht, das nicht wärmt, am Rand eines Beckens im Parc des Tuileries, das bestimmt schon andere Maler auf vielen anderen Bildern dargestellt haben und über dem eine Schar Möwen Wache hält, verrät er ihr auch noch das: Sobald er mit seiner Arbeit am Saint-Lazare einigermaßen zufrieden ist, möchte Maouloun Haïdara, und wenn es noch so platt klingt, das Meer malen. Aber, und das muss er Cora sofort klarmachen, nicht das Mittelmeer. Vom Mittelmeer, da hat er genug. Er stellt sich ein kaltes Meer vor, gepeitscht von Regenschauern, wo die Wolken als Passanten rasch vorbeiziehen und ihren Schatten aufs Wasser werfen, ein Meer, das die Sonne jeden Tag zehnmal verliert und zehnmal wiederfindet, mit hellen Stellen und schillernden Farben. Als er das sagt, verfällt Cora in dunkle Gedanken. Sie sieht ihn in Calais, mit schlammigen Schuhen, einem dicken Rucksack, im Visier die Kreidefelsen jenseits des Ärmelkanals, dieselben, die Georges Bories (sie erinnert sich plötzlich) im Kessel von Dünkirchen vor Augen hatte – Maouloun zieht die Kapuze tiefer, rennt, versucht, die Hecktür eines Lastwagens zu öffnen, so wie Bories versucht hat, mit dem ersten Schiff mitzukommen, wobei Ersterer den Atem anhält, damit er nicht entdeckt wird, und betet, dass die Hunde ihn nicht erschnüffeln, während Letzterer sich in die Gräben wirft, um den Angriffen der Stukas zu entgehen, zwei ungleiche Leben, mit siebzig Jahren Abstand, aber zwei Leben junger Männer, die dem Krieg ausgesetzt sind, die zurückweichen, fliehen, am selben Uferstreifen stranden. Sie wünsche ihm das nicht. Und Maouloun bekräftigt, dass er das auch nicht wolle. Hier spreche er die Sprache, kenne die Kultur, Frankreich passe ihm sehr gut, wenn es ihn dabehalten wolle. Er brauche kein Meer zum Überqueren, einfach so das Meer reiche, es anzusehen, an der Küste zu stehen, und es sei auch nicht schlimm, wenn ein Sturm komme, der Sturm gehöre dann eben zu dem, was man sieht, was man malt, da solle der Sturm ruhig wüten und habe, vom sicheren Unterstand aus gesehen, alles Recht, schön zu sein.

»Ich meine das nicht abstrakt«, sagt Maouloun. Er habe erste Vorbereitungen für einen Antrag auf Asyl getroffen. »Die wissen, dass in Nordmali Krieg ist, oder?« Cora antwortet, dem sei natürlich so, aber das reiche vielleicht nicht. Sie kenne sich damit sehr schlecht aus und werde sich erkundigen, aber er müsse bestimmt nachweisen, über den Krieg hinaus, welche Gefahren ihm persönlich drohten, falls er zurückkehren müsste. Sie hat den Satz noch nicht beendet, da schreit Maouloun sie an. Hektisch springt er auf, tritt seinen Stuhl um, so hat sie ihn noch nie gesehen: »Ich kann nicht zurück! Ich weiß nicht, ob du das verstehst. Niemand kriegt mich dahin zurück!«

Sie braucht lange, um ihn zu beruhigen. Du hast recht, widerruft sie das eben Gesagte, der Krieg wird für dich ein Pluspunkt sein. Wenn er ihr etwas darüber erzähle, warum er weggegangen ist, könnten sie das Problem besprechen. Als Maoulouns Wut sich gelegt hat, verstummt er, ist niedergeschlagen und friert. Der Abend dämmert, der Park schließt, sie gehen mit den anderen mittels Trillerpfeifen vertriebenen Spaziergängern zu den Toren des Parc des Tuileries. Sie sagt mehrmals, sie werde ihm helfen. Sie werde nach Leuten suchen, die ihn beraten können, die wissen, wie man solche Geschichten am besten angeht. Und da auch diese Worte ihn nicht aus seinem Schweigen holen, sagt sie, ich werde mit dir nach Giverny fahren, Monets Garten anschauen, die Pergola, die kleine Brücke, die Seerosenteiche und die eleganten japanischen Frauen. Sie sagt, ich fahre noch viel weiter mit dir, dahin, wo die Züge nach Westen hingehen, wir steigen im Saint-Lazare in den Zug, das ist nicht weit und nicht kompliziert, das machen wir mal, bald, wenn der Frühling da ist, schon bevor er ganz da ist, wir steigen in einen Zug, ich versichere dir, ich verspreche dir, wir fahren zur Küste mit ihren Gezeiten, ihren Felsen, ihren Stürmen, wir fahren zum Meer.

IX WANDEL NACH PLAN

Der Winter war noch nicht ganz vergangen, als der Plan *Optimo* zur Anwendung kam. Es gibt dazu natürlich so viele verschiedene Erzählungen, wie Menschen es erlebt haben: In die jeweilige Welt derer, deren Spuren ich nachverfolge, traten damit zusätzliche Probleme, die ihre sowieso schon verspannten Körper sich noch einen Tick mehr verspannen ließen. In den Erzählungen mancher erscheint es als banale Reorganisation, eine notwendige Stufe bei der Sanierung eines Unternehmens, das in Schwierigkeiten steckt, andere erinnern sich daran als an eine große Zäsur in ihrem Leben. Als ich mit dem Schreiben dieser Chronik begann, vor mittlerweile anderthalb Jahren, habe ich gesagt, dass Coras Geschichte unter allen Geschichten der Welt nur eine ganz kleine sei. Und dann, gleich anschließend (gerade habe ich diese Zeilen noch einmal gelesen), dass es aber gar keine kleinen Geschichten gebe, dass alle Lebensgeschichten es wert seien, in Erinnerung zu bleiben. Ich träume von einer Welt, in der man sich eine nach der anderen die Lebensgeschichten aller Menschen erzählt, mit so viel Muße, mit Ungewissheiten und Wiederholungen, dass sie die Kraft von Mythen entwickeln. Getreu dieser Utopie träume ich von einer Gesellschaft, die dazu die Möglichkeiten bietet, in der man nichts Drängenderes zu tun hätte. Aber mir ist natürlich klar, dass faktisch niemand weiß, wer alles gelebt hat, hier auf der Erde. Wir kennen die Namen nicht. Wir mutmaßen einige Zahlen. Und selbst wenn die Kunst der Statistik plötzlich in der Lage wäre, sie – zaubergleich – zu erfassen und uns zu vermitteln, wären es doch nur Namen und Zahlen, und niemand wüsste, was diese Menschen erlebt, was sie gefühlt und gedacht haben. Um ihr Schaudern vor der Gewissheit des Todes ein wenig zu mindern, wurde Cora zur Archivarin ihrer eigenen Existenz und begann mit Kladden und Fotos eine Arbeit, die ich nun abzuschließen hoffe; sie erlebte dann in den Medien diese Viertelstunde Ruhm, auf die sie gern verzichtet hätte, und doch hinterlassen die meisten Leben deutlich weniger Spuren. Bedeutung haben die meisten Existenzen nur für diejenigen, die sie leben. Für die anderen, die weiter weg sind, die nichts davon wissen, die Statistiken ohne besondere Liebe zur Zauberei handhaben, gibt es sie nur theoretisch – und sie zählen überhaupt nicht.

Als ich beispielsweise nachforschte, welches Leben genau sich hinter dem Namen Nadège Galtier verbirgt, um zu verstehen, was der Start von *Optimo* in Coras Umfeld für Auswirkungen hatte, habe ich nur wenig gefunden. Da war die Anschrift ihrer Wohnung in Sartrouville, in der sie bis zu ihrem Tod vor etwa zehn Jahren gelebt hat. Ich sprach am Telefon mit einem Neffen, der mein Vorhaben nicht verstand und meine Fragen nicht beantworten wollte. Um es nicht bei diesem Fehlschlag zu belassen, begab ich mich vor Ort, in einen Teil der Banlieue, in dem ich noch nie gewesen war, aber die Nachbarn, die ich antraf, erinnerten sich nicht an sie. Wenn ich den Erzählungen von Astou und

Cora trauen kann, war sie eine Person, die vor so gut wie allem Angst hatte und ihre Ängste nach Herzenslust nährte, indem sie ihre Abende mit dem Schauen von Krimiserien verbrachte, skandinavische Krimis las und in den Medien die Berichte über Kriminalfälle verfolgte, die ihr geeignet schienen, ihr Vertrauen in die Menschheit mit jeder neuen Wendung weiter zu unterminieren. Sie ging gern am Ufer der Seine spazieren, die Leinpfade entlang, und plauderte dort mit den Anglern. Trotz mangelnder Helligkeit und der Luftverschmutzung, die sich auf den Blättern absetzte, beherbergte sie in ihrem Wohnzimmer und auf dem kleinen Balkon erfolgreich um die zwanzig Grünpflanzen, während sie sich in den Oster- und Sommerferien mit großer Freude im Garten des alten Hauses auslebte, das die Familie im Westen des Morvan noch in ihrem Besitz hatte. Astou hat mir erzählt, dass sie in angenehm einfühlsamer Weise vom Leben der Pflanzen sprach, sie damit zu würdigen Wesen machte. Hätte sie Kinder gehabt, hätte sie diese mit ihrem ausgeprägten Klagebedürfnis, ihrem blinden Drauflosgeplauder und ihrem ständigen Sich-einmischen-Wollen bestimmt auf die Palme gebracht, doch wäre sie ihnen eine sehr gute Mutter gewesen. Sie traf sich mit Männern, sie war bereit, die Anstrengung eines erfolgreichen Lebens zu zweit auf sich zu nehmen, doch es kam nicht dazu. Etwas an ihrem Wesen, an ihrer Art, sich zu bewegen oder Sex zu haben, brachte die Männer dazu, sich nach ein paar Wochen aus dem Staub zu machen, und sie wusste nie so recht, warum, und bekam bei keiner Trennung eine befriedigende Antwort. »Wie soll ich mich denn verbessern, wenn keiner ein vernünftiges Debriefing macht?«, hatte sie einmal entnervt zu Cora gesagt, während sie auf den Automaten einhämmerte, der sich weigerte, ihre Schachtel mit sechs Schoko-Madeleines auszuspucken. Sie kam mit dem Auto zur Arbeit und hatte Freude daran, mit erstaunlicher Detailfülle die aktuelle Verkehrslage zu erläutern. Während sie fuhr, konsumierte sie Nachrichten und Radiomeldungen so konzentriert, dass ihr schließlich die Angst durch alle Adern strömte und es in ihren Augen gerechtfertigt war, ihre Sätze einzuleiten mit: *Bei all dem, was in der Welt so passiert …* Manchmal blieb ihr Platz auch unbesetzt, dann wurde sie von einer dieser Migränen, die sie schon seit ihrer Jugend quälten, bei geschlossenen Fensterläden zu Hause festgehalten; sie hatte alle derzeit bekannten Heilverfahren ausprobiert, von heftiger Chemie bis Homöopathie, von Selbsthypnose bis Akupunktur, ohne dass irgendein Behandlungsplan sein Versprechen auf anhaltende Linderung gehalten hätte. Keinesfalls resigniert, informierte sie sich über diese Themen mit noch mehr Interesse als über die Botanik – weswegen Cora es für klug hielt, sie an der Konzeption des Gesundheitsvorsorge-Portals zu beteiligen, die ihr Team jetzt in Angriff nehmen musste.

Der Plan ging jedoch nicht ganz auf: Zwar teilte Nadège die Begeisterung ihrer Zeitgenossen für körperfokussierte Persönlichkeitsentwicklung und Gesundheitsfragen aller Art, doch war sie wenig überzeugt davon, dass die Erfindung des Internets wirklich hatte sein müssen. Ihre technologische Neugierde war in ähnlicher Weise blockiert, wie viele Menschen in ihrem Musikgeschmack festgefahren sind; sie wäre gern beim Festnetztelefon und den terrestrischen Fernsehsendern von 1993 geblieben – und zweiundzwanzig Jahre alt. Einige Monate zuvor, bei der Lektüre der vielen lobenden Nachrufe auf Steve Jobs, war sie auf diesen persönlich sauer gewesen; wie konnte es sein, dass ein Mann, der sich derart für Zen und Meditation interessierte, den gesamten Planeten vor diese hintergrundbeleuchteten Displays zwang, die einem die Augen versauten, und zu einem hektischen Leben verdonnerte, in dem man von einer Website zur nächsten sprang, von einem Video zum nächsten, von einem Flirt zum nächsten, ohne sich auf irgendetwas richtig zu konzentrieren? Im Namen welcher pervertierten Vorstellung von Gemeinwohl und sozialem Fortschritt hatte er alles darangesetzt, alle, die sich weigerten, seine neuesten Erfindungen anzunehmen, oder die Dreistigkeit besaßen, sich über die geplante Obsoleszenz dieser Objekte aufzuregen, selbst binnen kürzester Zeit als überholte Menschen dastehen zu lassen, die nur noch fürs Abstellgleis oder den Müll taugten? – Aber in dieser Hinsicht zeichnete sich das Projekt GesundheitPlus wenigstens dadurch aus, dass es die Macht des Internets offenkundig in den Dienst des gesunden Menschenverstands und der Entschleunigung stellte.

Sowohl nach Coras Auffassung als auch nach der des Teams vom Beziehungsmarketing erfolgt der Aufbau von GesundheitPlus in Ergänzung zur gerade neu entwickelten und relaunchten Homepage. Franck Tommaso hat das Projekt Mangin und dem Vorstand als ein Portal verkauft, das nach außen hin die Botschaft vermittelt, Borélia habe mehr zu bieten als eine gewöhnliche Versicherung. Da die marktweit gegebenen Garantien sich so gut wie gar nicht voneinander unterschieden, seien allein die Assistance und die damit verbundenen Dienstleistungen ausschlaggebend. Der internetaffine Franzose besuche regelmäßig nicht mehr als fünfzehn verschiedene Websites. Und man müsse sich nur die Buchverkäufe und die Einschaltquoten der Gesundheitssendungen ansehen, all diese Daten hatte Nadège für Franck recherchiert, um festzustellen, dass es Millionen waren, die sich brennend für diese Fragen interessierten. Wenn man ein so attraktives Portal entwickelte, dass die Internetnutzer in ihren Navigationsverläufen dort regelmäßig vor Anker gingen, würde man endlich eine Bindung zu jenen achtzig Prozent der Kunden aufbauen können, die keinen Schadensfall erlitten und für die »bei Borélia sein« bislang ausschließlich hieß, einmal im Jahr den Beitrag zu überweisen.

Seit drei Wochen arbeitet das Team daran, noch vor dem Sommer eine erste Version des Portals zu implementieren. Dabei geht es darum, eine hochwertige Alternative zu den Websites anzubieten, auf denen Hypochonder ihrem Laster nachgehen und derentwegen Ärzte bei jeder Untersuchung ausdrücklich darauf hinweisen müssen, dass man sich bitte nicht das Zeug im Internet ansehen solle. In Sachen Wellness verlässt Franck sich ganz auf Cora, sie werde schon einen Ton finden, der den Leuten weder ein schlechtes Gewissen mache noch ihnen vorgaukele, es gebe ideale Menschen, die nie über die Stränge schlagen und ganz ohne Süchte und Gelüste leben, und der trotzdem all jene, die abnehmen, mit dem Rauchen aufhören und wieder mehr Sport machen wollen, in ihrem Tun bekräftige. Damit das Projekt auch finanziell sinnvoll ist, muss es freien Zugang zu grundlegenden Informationen und einfachen Dienstleistungen bieten und in einen Borélia-Premiumservice zusätzliche Features anbieten, die es dann nur nach einem Vertragsabschluss gibt: Angedacht sind Beratung per Telefon, per Chat oder Videotelefonie durch Mediziner·innen oder Beratungsfachleute; Kontakte zu anderen Kunden, die zu bestimmten Themen Gruppen bilden, um sich auszutauschen oder einander bei der Umsetzung ihrer guten Vorsätze helfen; sowie Apps, mit denen die User ihre Ernährung, ihre Jogging-Aktivitäten oder ihre Schlafzyklen im Blick haben können. Da das Portal GesundheitPlus das Motto *Mit Borélia besser leben!* praktisch umsetzt und in konkretes Engagement zu verwandeln hilft, sehen Cora und ihr Team es als Aushängeschild des ganzen Versicherungsunternehmens. Franck sieht das Portal – diese Überlegung teilt er allerdings nur dem Vorstand mit – als nützliches Mittel zur marktvorteilssichernden Datenerfassung. Sobald das Portal gut laufe, könne die Borélia-Werbung jene ins Visier nehmen, die es regelmäßig besuchen und, sagen wir, mehr Zeit auf den Beratungsseiten für Sport verbringen als auf denen für Erbkrankheiten und Herzrisiken. Und wenn die Gesetzgebung endlich etwas flexibler wird, wenn der Gesetzgeber sich dazu durchringt, bei den Fragen zum Schutz persönlicher Daten weniger kleinlich zu sein, werden wir endlich die Beitragshöhen an die individuelle Geschichte anpassen können, an die Lebensweise, das Verhalten und das Verantwortungsbewusstsein eines jeden Einzelnen.

Daran arbeiten die Leute auf der Westseite der 27. Etage, einige wissentlich, andere, ohne wirklich eingeweiht zu sein, an dem Tag, als in ihrem Postfach der interne Rundbrief landet, der den Plan *Optimo* vorstellt. Cora liest ihn am Abend, bevor sie das Gebäude verlässt, und schickt sofort eine SMS an Delphine, die an diesem Tag leider nicht frei ist und am nächsten auch nicht. Erst am Donnerstag nimmt Delphine sie auf dem Roller mit rein nach Paris; Cora hat vorgeschlagen, in einem ruhigen Lokal etwas zu trinken, aber die Kneipen rund um République scheinen alle überfüllt, also landen sie in der Cité de Crussol, sitzen auf dem ungemachten Bett der Zweiraumwohnung mit der niedrigen Decke, die dieses Mal erdrückend wirkt, und während Cora noch überlegt, wie sie das Thema ansprechen soll, ist sie auf einmal nackt und hat Delphines Gesicht zwischen den Schenkeln, und die tut mit ihren Zungenbewegungen und dem Sturm ihrer Finger wie üblich ein Wunder und bringt sie zum Orgasmus, obwohl sie sich zu erinnern glaubt, mehrfach laut und deutlich gesagt zu haben, sie habe gerade so gar nicht den Kopf dafür. Erst später, vor dem großen Teller Sushis, die Delphine mit ein paar Klicks bestellt hat, kann Cora sich schließlich, in unverblümten Sätzen, die ihr nicht besonders gefallen, Gehör verschaffen: »Mir ist piepegal, wie sie uns das verkaufen, weißt du, ich will wissen, was da wirklich passiert.«

»Nichts weniger und nicht viel mehr als das, was angekündigt wurde«, beginnt Delphine zu erzählen. Sie sei nicht bei allem auf dem Laufenden, die Sache sei zwischen Mangin, Simon Keller aus der Strategie und Éric Pertuis von den Finanzen ausgemacht worden, flankiert von den Juristen der Personalabteilung, die prüften, ob alles im zulässigen Rahmen bleibe, aber bei Nielsen habe ihr der Verantwortliche für den Einsatz verraten, er sei froh über die erlassenen Schiedssprüche und finde den Plan ausgewogen und elegant. »Ich habe ihm gesagt, dass der Name dafür ein Griff ins Klo ist, doch er behauptet, das würde letztlich nicht zählen.« Wie vorherzusehen gewesen sei, würden viele Geschäftsstellen schließen. An einigen Orten werde man den Menschen vorschlagen, zum nächsten Regionalzentrum umzuziehen (die müssen dann selbst sehen, ob sie dafür mobil genug sind), während andere einen Sozialplan über sich ergehen lassen müssten, da

Informatikentwicklung, Beitritt, Schadensverwaltung und Direktvertrieb von Marokko aus erledigt werden, wo die Leute sehr gut arbeiten. Antoine Mangin habe sich in diese Richtung entschieden, auch wenn betriebsbedingte Kündigungen in dieser Branche eher unüblich seien. Delphine war nicht dabei, aber laut Protokoll des Vorstands, das später durchgesickert sei, hat er die Entscheidung damit gerechtfertigt, dass die Aufmerksamkeit, die dem sozialen Klima gewidmet werde, nicht zur Missachtung der finanziellen Gradmesser führen dürfe. »Wenn wir die aktuelle Lage, in der wir ernste Probleme haben, nicht zum Abspecken nutzen, dann machen wir das nie!«, wird Mangin im Protokoll zitiert »Wir dürfen nicht länger alle bemuttern. Wir können nicht mehr alle Leute schützen.«

Von betriebsbedingten Kündigungen wären nur drei- oder vierhundert Personen betroffen, damit die kritischen Blicke der Medien nicht zu sehr angezogen würden. »Das ist das Kluge an dem Plan«, erklärt Delphine, »er hat mehrere Facetten.« Die anderen werden ziemlich transparent im internen Rundbrief aufgelistet. Zum Beispiel ein Plan zur Frühberentung namens *Seniorenfrühling*. »Für den Namen können wir nichts, mit Verlaub, den hat die Personalabteilung verbrochen, allen voran Mathilde Rameaux.« Und ein breit angelegtes Freiwilligenprogramm, bei dem die Firma denen, die gehen, vier bis sechs Monatslöhne für jedes Jahr Betriebszugehörigkeit auszahlt, selbstverständlich gedeckelt für die, die schon seit Jahrzehnten da herumhockten. »Das bedeutet im ersten Jahr ziemlich viel Cash, sollte in der Projektierung die Kostenstruktur aber weiterhin entlasten.« Éric Pertuis habe, wo man schon mal dabei sei, einen generellen Einstellungsstopp vorgeschlagen sowie ein Aussetzen von Beförderungen und Gehaltserhöhungen, aber in dem Punkt, müsse Cora wissen, hätten die Leute von Nielsen dagegen argumentiert und bei Mangin Gehör gefunden: Die Aufstiegschancen blindlings derart einzuschränken hätte sich kontraproduktiv ausgewirkt, da hätten die Besten ihren Hut genommen oder sich abwerben lassen. Das Einfrieren der Löhne werde also auf ein Jahr beschränkt und gelte nur für weniger qualifizierte Kräfte, wohingegen für die dreihundert Angestellten der Führungsetagen das Programm *Talente* ausgebaut und mit zusätzlichen Mitteln ausgestattet werde.

In dem an alle Beschäftigten gesandten Brief hat die Geschäftsführung es nicht für nötig befunden, die Gesamtheit aller Maßnahmen dezidiert aufzuführen, und es somit den Gewerkschaftsvertretern und Wirtschaftsjournalisten überlassen, eigene Berechnungen anzustellen, doch vor dem Vorstand war Mangin weniger zurückhaltend: »Wir sind 8500 und müssen 1000 weniger werden«, ist im Sitzungsprotokoll zu lesen. 1000 ist eine runde Zahl, sie ist ehrgeizig, aber realistisch, ein deutliches Signal an die Investoren, aber kein Aderlass, der der restlichen Branche Grund zu der Annahme gebe, dass Borélia gerade den Bach runtergeht. »Aber machen wir denn Miese?«, fragt Cora Delphine. »Und muss das jetzt sein, weil sonst die Pleitegeier kommen?« Erstaunt über ihre eigene Phrase, sieht sie einen kleinen Mangin mit leeren Taschen und hängenden Schultern, eine Comicfigur, vor ihrem Wolkenkratzer stehen, wie er nach oben schaut und über dem großen Platz einige Geier kreisen sieht. »Verluste macht ihr keine«, antwortet Delphine. »Aber seit vier Jahren macht ihr jedes Jahr weniger Gewinn. Es ist nicht so, dass sie sich ein Alibi suchen und das zum Vergnügen machen: Es ist höchste Zeit, den Trend umzukehren.«

In den darauffolgenden Tagen spürt Cora in den Büros eine angespannte Atmosphäre, genau wie zwei Jahre zuvor, als Pascal Bories erklärt hat, er sei gezwungen zu verkaufen. Alle haben Redebedarf, aber solange die Liste der gestrichenen Stellen noch unbekannt ist, findet sie es schwierig zu wissen, ob ihre Freunde und Feinde immer noch dieselben sind, welche taktischen Allianzen jetzt klug wären und ob sie nicht im Gespräch vielleicht Dinge preisgibt, die nachher gegen sie verwendet werden können. Auch wenn der Hauptsitz weniger betroffen ist, auch wenn vornehmlich die Geschäftsstellen in den Regionen hart rangenommen werden, wie die Kollegen vor Ort ihr bei jeder Gelegenheit am Telefon in Erinnerung rufen, fühlt sie sich auf den Büroflurен bei jedem Schritt von Gefahren umzingelt.

Schließlich wird jedem Abteilungsleiter ein ideales Organigramm des Hauptsitzes übermittelt. Es sei nicht dazu gedacht, eins zu eins umgesetzt zu werden, aber es biete schon mal eine Richtschnur. Die Berater von Nielsen haben, ausgehend davon, wie die Konkurrenz erfolgreich arbeitet, detaillierte Ziele entwickelt. »Im Marketing«, erinnerte Franck sich bei einem meiner Besuche in Le Vésinet, »gab es, wenn ich mich richtig erinnere, bereinigt um unternehmensspezifische Besonderheiten eine Entsprechung von fünfzehn Prozent mehr Vollzeitstellen im Vergleich zum Branchendurchschnitt. Man trug mir also auf, die Gesamtsumme der Gehälter bis zum Ende des Jahres um fünfzehn Prozent zu reduzieren, und würde mir, so habe ich es verstanden, wenn ich es bis auf minus zwanzig schaffte, ohne dass die Leistung darunter litt, sehr dankbar sein.« In der Welt von Franck Tommaso war *Optimo* eine günstige Gelegenheit, um mit smarteren Menschen zu arbeiten: »Ich gebe zu, darauf hatte ich schon länger gewartet. So konnte ich im Marketing bleiben, ohne mich zu langweilen, auch wenn ich nicht die Absicht hatte, in der Abteilung Wurzeln zu schlagen.« Die Herausforderung habe darin bestanden, das Ziel ohne Kündigungen zu erreichen. »Für die Frühberentung und das freiwillige Ausscheiden hatte ich nur geringe Quoten. Bei der restlichen Belegschaft ging es darum, all denen, auf die man verzichten konnte, klarzumachen, dass sie vier Monate Zeit hatten, eine andere Stelle zu finden – intern, wenn sie da etwas auftun konnten, oder eben woanders.«

Für Franck Tommaso wäre es nicht wünschenswert gewesen, dass die Leitung das alles vorgegeben hätte. Es war an den direkten Vorgesetzten, diese Verantwortung zu übernehmen: Sie kannten ihre Arbeit und die ihrer Abteilungen besser als jeder Berater, wussten, welche Stellen ohne den Verlust von Kompetenzen zusammengelegt werden konnten, bei welchen Aufgaben es noch Spielraum gab und wo es schon knirschte, und vor allem, wer gut war und wer nicht. »Ich glaube, ich bin die Sache richtig angegangen. Ich habe die Teamleiter der Reihe nach einbestellt, habe mit ihnen die Lage besprochen, habe gesagt: Der Ball ist bei euch im Feld, zeigt, was ihr könnt. Und ich habe sie mit dem motiviert, was für sie zu gewinnen ist.«

Cora erinnert sich genauer als er an den Morgen Mitte März, als sie an der Reihe war. Sie hat so gut wie nicht geschlafen, Manon hat sich mehrmals übergeben, und Cora hat zu nachtschlafender Zeit, so spät, dass sie gar nicht auf die Uhr schauen wollte, irre Momente erlebt, in denen sie damit beschäftigt war, das Erbrochene im Flur wegzuwischen und sich währenddessen zu fragen, was die Kleine nur habe, ob Silué sie am nächsten Tag dennoch betreuen werde und was überhaupt diese Einbestellung bei ihrem lieben Vorvorgesetzten zu bedeuten habe. An diesem Morgen sitzt Franck, den sie üblicherweise sich an Kugelschreibern und Büroklammern abreagieren sieht, mit gefalteten Händen an seinem Schreibtisch und spricht mit einer Ruhe und Hingabe, die gar nicht zu ihm passen. Die Spielregeln änderten sich, sagt er. Für die Mitarbeiterbeurteilungen Ende März werde er alle Manager anweisen, die Überbewertung der Leistungen zu unterlassen, das nett gemeinte »A« für alle. Er werde sie anweisen, objektiv darzustellen, was jede und jeder beiträgt, und dabei das gesamte Notenspektrum auszuschöpfen. Damit niemand zum Schummeln verleitet werde, habe die Unternehmensleitung beschlossen, dass in jedem Fall wenigstens zwanzig Prozent der Belegschaft mit »D« zu bewerten seien. »Du hast sie und du weißt, wer sie sind, du musst aufhören, sie übermäßig zu behüten.« Dabei soll, fährt Franck nach einem kurzen Blick auf den Zettel vor sich fort, bei allen Mitarbeitern geprüft werden, ob sie den Anforderungen des Unternehmens entsprechen, ob sie das Feedback, das sie bekommen, auch beherzigen, ob ihr Fokus auf den Kunden gerichtet ist. Was ist der jeweilige Mehrwert, den sie erzeugen, wie viel Einfallsreichtum bringen sie ein, wie viel Mut? Cora blickt auf den geöffneten Aktenordner auf Francks Schreibunterlage und fragt, ob es dazu ein Handout gebe, ob sie das alles noch mal schriftlich bekämen. »Das ist, glaube ich, nicht nötig«, sagt Franck, »ich erkläre dir gerade die wesentlichen Punkte. Wenn du Fragen hast, dann stell sie einfach. Ist dir so weit irgendetwas nicht klar?«

Nachdem er einige weitere Kriterien aufgelistet hat, sagt er schließlich: »Bei deinen Ds musst du selbst sehen. Du hast zehn Leute unter dir. Um den Plan einzuhalten, bitten wir dich, zwei davon abzuziehen. Also nennst du mir zwei Namen, natürlich mit Zustimmung von Agathe, wir sprechen darüber, und ich melde sie der Personalabteilung. Sobald die geprüft haben, was zu prüfen ist, ist es, sagen wir, dein Job, es ihnen mitzuteilen, das ist am fairsten, aber danach, keine Sorge, übernimmt die Personalabteilung wieder und kümmert sich um alles.« – »Mir ist unwohl bei der Sache«, schafft Cora nach einigen Minuten zu äußern. – »Das wundert mich nicht«, antwortet Franck, »ich kenne dich ja doch ein bisschen. Unter uns gesagt, auch mir behagt das nicht. Aber das sind die Vorgaben. Zwei Namen, Cora. Zwei Namen. Das ist kein Weltuntergang.«

»Und er hatte recht: Ein Weltuntergang würde natürlich anders aussehen«, erklärte Cora in einem unserer Gespräche. »In seinen Augen war das sogar ein Nicht-Ereignis. Ich konnte es nicht einfach abtun. Es hat mich verfolgt, wenn ich nur daran dachte, konnte ich schon nicht schlafen, sicherlich ein Beweis dafür, dass ich für das Leben im Unternehmen nicht gemacht war – oder fürs gesellschaftliche Leben – oder fürs Leben überhaupt.« Sie goss mir eine Tasse von dem sehr roten Lindenblütentee ein, den ihre Nachbarin vom Land mitbrachte, und schwebte in einem traurigen Lächeln. »Ich habe kurz danach mit Delphine darüber gesprochen, und auch sie fand das ganz normal. Na klar: Deshalb war sie bei uns, sie wurde dafür bezahlt, das zu tun, genauer gesagt dafür, dass sie anderen sagte, sie sollten es tun. Sie hat erklärt, bei Nielsen gehe es *up or out*. Nach jedem Einsatz bekam sie eine Note zwischen Eins und Fünf. Blieb sie in einem Jahr unter einem Schnitt von Vier, wurde sie vor die Tür gesetzt, und wenn sie regelmäßig eine Eins einfuhr, stieg sie auf. Ich habe gesagt, na gut, vielleicht, aber schau dir mal euer Bildungs- und Gehaltsniveau an. Damit riskiert ihr nichts. Damit kommt ihr immer irgendwie zurecht. Ich habe gesagt: In welcher Welt lebst du?

Delphine behielt sich das Recht vor, harsch zu sein, aber wenn man nur ein bisschen harsch mit ihr war, ertrug sie das nicht, dann ging sie die Wände hoch und zahlte es dir heim. So war es auch dieses Mal. Sie antwortete so etwas wie: In welcher Welt lebst denn *du*, du armes Ding? Im öffentlichen Sektor beschweren sich die Leute ständig über Reformen, in der Privatwirtschaft über Restrukturierungen, aber Firmen sind nun mal lebende Organismen: Wenn sie immer beim Status quo bleiben, wenn sie den Personalbestand nicht anpassen, wenn sie kein frisches Blut kriegen, dann müssen sie unweigerlich sterben.

Es war sehr schwer für mich, dass unsere Sichtweisen so weit auseinandergingen… Das hast du sicher gemerkt, als du meine Aufzeichnungen von damals gelesen hast. Ich musste zwanghaft an sie denken… wäre es nur nach mir gegangen, hätte ich mich jeden Abend mit ihr getroffen… aber wenn ich nach unseren Treffen nach Hause ging, war ich immer öfter niedergeschlagen, hatte den Eindruck, jemand ohne eigenen Willen zu sein, jemand Schwaches, ein Nichts. Immer wieder habe ich mir gesagt, ich sollte reagieren wie sie, keine Angst mehr haben, dass hart mit mir umgegangen werden könnte, sondern selbst härter sein. Und zugleich war mir klar, dass ich das nicht konnte…«

Auf meinem Diktiergerät hört man, wie sie aufsteht, ans Fenster geht und zwischen den Regentropfen, die auf die Bäume im Garten fallen, nach Worten sucht. Ich höre mir die Aufnahme noch einmal an und noch einmal, so oft es eben sein muss, um zu transkribieren, was ich brauche, und frage mich, wie ich mit den Wiederholungen umgehen soll und wie mit ihrem häufigen Zögern – weglassen? Ich verwandele die gesprochenen Worte, so gut es eben geht, in einen Lesetext.

»Ja, also was Francks Anweisung angeht … die habe ich nicht sofort befolgt. Ich wollte wissen, wie viel Spielraum mir blieb. Ungefähr zwei Tage später habe ich gesagt, ich würde die Gespräche führen, aber die Entscheidungen müsse Agathe treffen. Sie sei die Abteilungsleiterin, sie kenne die Leute und ihre Profile ebenso gut wie ich und habe mehr Distanz. Aber Franck sagte: ›Nein, Agathe hat anderes zu tun, jeder macht seine Arbeit. Ich möchte, dass du nicht weiter unsere Zeit damit vertust. Wenn wir in schwierigen Situationen nicht auf dich zählen können, dann sag mir das klipp und klar, und du kannst sicher sein, dass ich die Konsequenzen daraus ziehen werde.‹«

Eine absolut widerwärtige, aber auch absolut banale Situation, befand Pierre, als sie ihm ihr Dilemma anvertraute. Er rief ihr eine Stellung beim Schach in Erinnerung – das er manchmal abends gegen künstliche Intelligenzen von entmutigender Genauigkeit spielte –, und zwar die sogenannte »Gabel«. So oder so werde sie beim nächsten Zug eine Figur verlieren. Sie könne nun entscheiden, ob das eine weniger wichtige Figur sein solle, ein Pferd, ein Läufer, will heißen, jemand anderes, oder aber ihre Dame, mit anderen Worten: sie selbst. Da sie keinen der wenigen Plätze für ein freiwilliges Ausscheiden habe ergattern können und auf die Handvoll der von ihr verschickten Bewerbungen keine Rückmeldung gekommen sei, habe sie nicht groß die Wahl. Sie werde sich woanders umsehen, aber erst mal ihre Stelle noch behalten müssen – oder, um es mit einer Wendung zu sagen, die Pierre nach ihrem Geschmack viel zu häufig benutzte, wenn es um sie und ihre Situation ging: lieber eine Blinde im Bett als eine Taube auf dem Dach.

In derselben Woche teilte die Finanzabteilung ihnen mit, dass das Budget für GesundheitPlus um zwanzig Prozent gekürzt würde. »Nach Francks Vorstellung bedeutete das unter anderem, ähnlich wie bei Clarifix, dass wir auf die Zuarbeit einer externen Webredaktion verzichten sollten. Eigentlich hätte er sich darüber ärgern müssen, dass an einem seiner Projekte gesägt wurde, aber stattdessen … Ich weiß nicht … Ich nehme mal an … die strenge Einhaltung der Sparmaßgaben zu vertreten, so als wären die absolut notwendig, war ihm offenbar wichtiger. Das machte ihn zu einem gewissenhaften Menschen. Damals haben gewissenhafte Menschen häufig etwas *vertreten*, um deutlich zu machen, dass ihre Entscheidungen, auch wenn sie auf breiten Widerstand stießen, wohlüberlegt waren, dass sie keinerlei Kritik daran duldeten und keinen Deut davon abrücken würden. Die Welt unterteilte sich immer klarer in jene, die Kosten verursachen, und jene, die Geld einbringen beziehungsweise die Ausgaben minimieren. Und das Recht auf Kostenverursachung erwuchs immer nur aus absehbar hoher Kapitalrentabilität. Glaub mir, so haben die Leute gesprochen, um sich gut darzustellen und hervorzutun: ›Ich bin ja sehr return-orientiert‹ – und sie haben nicht verstanden, was daran problematisch sein könnte. Ich für meinen Teil fand, das ließ tief blicken, aber ich war ja nur eine Marketingtante …

Wie dem auch sei … In einer Phase der Kostensenkung … war es normal, dass sie in einem Projekt wie GesundheitPlus rumkürzen: Die Kapitalrendite eines solchen Portals ist schwer erfassbar, sie zeigt sich erst nach zwei, drei Jahren, und niemand sieht im Voraus, ob es zu vielen Vertragsabschlüssen führen kann. An sich hat es mir nichts ausgemacht, auf die Zuarbeit der externen Webredaktion zu verzichten, ich fand die ohnehin teuer und verworren, aber den ganzen Start-Content intern schreiben und die geplanten Interviews mit Leuten aus den Gesundheitsberufen selbst führen, das ergab eine riesige Mehrbelastung, die überhaupt nicht anerkannt würde, umso weniger, als ich angewiesen war, mich von mehreren Mitarbeiterinnen zu trennen. Macht dieselbe Arbeit schneller und mit weniger Mitteln, aber besser: Das bekamen die Leute in vielen Branchen regelmäßig zu hören, und es hat ihre Verbundenheit mit der Arbeit zerstört oder zumindest stark beeinträchtigt.

Was danach passierte... Das erzähle ich nicht gern, aber es hat eine Rolle gespielt... Nadège Galtier hat einen Fehler gemacht. Ich hatte die baldige Umstrukturierung des Projekts in einer E-Mail angekündigt, transparent und klar, damit niemand sich ausgeschlossen fühlte, und Nadège hat es fertiggebracht, ich weiß nicht wie, die E-Mail an drei unserer Gesprächspartner in der externen Webredaktion weiterzuleiten. Ich vermute, die Namen sind ihr, als sie mir geantwortet hat, vom Mailprogramm in der Adressleiste vorgeschlagen worden, da wir oft mit ihnen hin- und herschrieben. Ein Augenblick der Unachtsamkeit. Drei Klicks. Kurzum: Durch Nadège erfuhren sie, dass wir nicht mehr mit ihnen arbeiten würden, und vor allem, dass Franck uns aufgetragen hatte, nach Vorwänden zu suchen, damit wir die Zusammenarbeit beenden konnten, ohne Schadensersatz zahlen zu müssen...

Du kannst dir vorstellen, was das hieß … Jetzt musste ich Franck diesen riesigen Klops erklären. Das war ein weiterer Anlass, bei dem ich sah, wie … *seltsam* er tickte, *pervers* will ich nicht sagen, weil der Ausdruck so abgenutzt ist. Jedenfalls habe ich in seiner Wut etwas Freudiges gesehen. Er spielte sie eher, als dass er sie spürte. Er sagte: ›Was meintest du noch kürzlich? Dass dein Team erstklassig arbeitet? Dass keiner von denen Mist baut? Über so was können wir nicht einfach hinwegsehen. Das ist ein Kündigungsgrund, sofort, ein ernster, gravierender Fehler, ich will nicht mal hören, womit du sie verteidigen willst: Sie ist unhaltbar.‹«

Cora erzählt, wie sie dennoch ihr Möglichstes versucht hat, wie sie anbrachte, dass das jedem im übermüdeten Zustand hätte passieren können. Doch Franck wollte nichts hören. Er kannte Nadège kaum, aber er statuierte an ihr ein Exempel. Sie war für ihn das Musterbeispiel der Art von Angestellten, die große Versicherer zu unrecht in ihren Reihen duldeten, als Reminiszenz an Zeiten, in denen der Rubel rollte, in denen die Mittelmäßigkeit vieler Einzelner für den Gesamterfolg des Unternehmens keine Bedrohung darstellte und Minderleistung nicht weiter ins Gewicht fiel. »Das Schlimmste war, dass ich in gewisser Weise genauso dachte. Auch mir ging sie tagtäglich auf den Wecker, auch ich war genervt. Dabei war sie nicht uninteressant oder etwa dumm, aber sie wusste nie, was anlag, brauchte immer genaue Anweisungen und hatte vor der kleinsten Unklarheit Angst … Und sogar wenn man dachte, etwas sei abgesprochen – wenn man noch mal fragte: Ist so weit alles klar?, musste sie die ganze Erklärung noch mal von vorn hören, erklärte noch mal, was sie befürchtet hatte, dass man ihr auftrüge, obwohl man es ihr ganz klar *nicht* auftrug, und musste dann jeden Schritt selbst noch einmal wiederholen, um sicher zu sein, dass sie auch alles verstanden hatte. Auch schon vor dieser Fehlleistung hätte ich ihr keine wichtige Aufgabe anvertraut. Ich habe kommen sehen, dass sie Schwierigkeiten haben würde, etwas anderes zu finden, aber da ich, ob ich nun wollte oder nicht, das Team verkleinern musste und sie nach meinem Wissen keine Kinder hatte, für deren Unterhalt sie aufkommen musste, dachte ich mir, sie zu opfern sei das geringste Übel.«

Auf meinem Diktiergerät zieht Cora ein Schweigen in die Länge, von dem ich mir jede Sekunde aufmerksam anhöre. Sie sieht mich nicht an, und ich vermute, dass sie sich schämt. In diesem Augenblick würde sie sich ein Glas Wein einschenken, wenn wir nicht gerade bei Lindenblüten wären, oder eine Zigarette anstecken, wenn sie noch gelegentlich rauchte. »Also bin ich zu Nadège gegangen. Habe sie über die Lage informiert, gesagt, dass wir ein Kündigungsverfahren gegen sie einleiteten, und ihr geraten, besser selbst zu kündigen, um sich nicht den Lebenslauf zu vermiesen und woanders bessere Chancen zu haben. Ich wollte diplomatisch sein, war aber wütend auf sie, und nicht nur auf sie: auf die ganze Welt, wenn man so will. Und ich habe gesehen, wie sie in sich zusammenfiel. Sie brach in Tränen aus. Sie stammelte unter Tränen, sie sei sich der Schwere ihres Fehlers vollkommen bewusst. Sie schrie, sie wolle alles wiedergutmachen, und flüsterte wieder und wieder: ›Ich bin zu allem bereit, um es wiedergutzumachen, wirklich.‹ Ich erinnere mich, als wäre es gestern gewesen. Und ich dachte mir, so weit ist es gekommen, so weit ist es mit uns, dass wir uns unterordnen und derart erniedrigen.

Als ich ihr sagte, dass die höheren Vorgesetzten ihr keine zweite Chance geben würden, dass aller Einspruch vergebens sei, starrte sie mich entgeistert an und rief: ›Wer bist du, dass du mir so was antust? Wie kannst du mir so was antun?‹ Ihre Beine fingen an zu zittern, ihre Knie gaben nach, sie brach im wahrsten Sinne des Wortes in sich zusammen. Mir war, als wäre ich am Bahnhof Saint-Lazare, als würde ich erneut stürzen. Wir riefen den Rettungsdienst, die Security kam, dann die Sanitäter. Ich weiß noch, wie seltsam die Krankentrage im Großraumbüro wirkte. Die Handgriffe und Bewegungen der Sanitäter waren sehr professionell, dagegen nahm sich unser alltägliches Getue eher lächerlich aus. Manche Menschen haben richtige Berufe. Aber um es kurz zu machen … Nadège hatte einen Herzanfall. Sie haben sie zwei Wochen im Krankenhaus behalten, und ich weiß, dass sie sich nie davon erholt hat, dass Herzbeschwerden geblieben sind und ständig überwacht werden mussten. Als Franck von der Diagnose hörte, verkündete er lauthals, das ändere nichts, davon lasse er sich nicht beeindrucken – so seine Worte, ›ich lasse mich nicht beeindrucken‹ –, das Kündigungsverfahren solle eingeleitet werden, sobald Nadège nicht mehr krankgeschrieben sei.

Durch diese Begebenheit ist etwas in mir zerbrochen. Etwas, das durch den Sturz am Saint-Lazare schon Risse hatte, das nun nicht mehr hielt und nachgab. Nicht das Herz, da stimme ich zu, aber wenn man schaut, wohin es mich geführt hat, in welche Hölle, dann war es nicht besser. Ich wiederhole noch einmal: Ich war dafür nicht gemacht. Ich hätte an einem Ort zur Welt kommen sollen, wo die Menschen nicht um begrenzte Ressourcen kämpfen müssen, wo es nicht vorkommt, dass jemand Vergnügen daran hat, anderen Leid zuzufügen, wo Macht etwas ist, das die Leute abwechselnd ausüben, weil es eben sein muss, aber nicht etwas, das alle an sich reißen müssen, weil die, die keine haben, untergebuttert werden. So einen Ort gibt es nicht, Mathias – aber da hätte ich leben sollen.«

Was tun nach alledem? Delphine war für fünf Tage nach Shanghai gereist, sie schickte ihr Fotos von jungen Chinesen in Parkas, die am Ufer des Huangpu Bier aus der Flasche tranken, im Hintergrund die schwindelerregenden Wolkenkratzer des Pudong, und mitten in der Nacht aus ihrem Hotelzimmer, von ihren Brüsten, die üppig aus einem Bademantel hervorschauten. Cora war nicht danach zumute, ihr über die Entfernung hinweg die Situation zu erklären, und sie wusste auch nicht, ob sie sie verstehen würde oder zumindest mit ihr fühlen. Sie rief Édouard an, das tat ihr gut. Pierre gebührt das große Verdienst, ihr stundenlang zugehört zu haben, fast ohne sich einzumischen, bis sie selbst zu dem Schluss kam, dass sie Alarm schlagen musste. Sie kontaktierte die Gewerkschaftsvertreter und die Leute von der Aufsichtsstelle, die die Arbeitsbedingungen im Blick hat. Sie kannten Cora nicht, notierten sich einiges von dem, was sie darlegte, versprachen aber nichts: Oberste Priorität hätten die Schließungen der Büros in kleineren Orten; dabei noch über die Konflikte zu sprechen, die *Optimo* in Teams im Hauptsitz heraufbeschwor, würde eher verwirren als nützen.

Parallel dazu bat sie, ohne das mit Agathe und Franck abzusprechen, um ein Treffen mit Mathilde Rameaux, der Chefin der Personalabteilung. Und als es hieß, Mathilde vergebe derzeit keine Termine, ging Cora direkt in die Abteilung, wo sie, seit Jacqueline Mazel in Rente gegangen war, niemanden mehr kannte, und blieb so lange im Sekretariat stehen, bis Rameaux aus ihrem Büro schaute, um zu sehen, woher der Radau kam, die Wut in ihrem Gesicht sah und beschloss, doch kurz mit ihr zu reden. »Ich bin vielleicht nicht sehr geschickt vorgegangen«, gesteht Cora, »oder was ich zu sagen hatte, passte ihr nicht in den Kram. Jedenfalls meinte Mathilde Rameaux, sie verstehe ja, dass mich das mitnimmt, dass ich mir Vorwürfe mache, aber darüber müsse ich jetzt mal hinwegkommen: ›Weder Sie noch Franck Tommaso sind für den Gesundheitszustand von Nadège Galtier verantwortlich.‹« Cora erwiderte, das sei kein Unfall gewesen, kein Einzelfall, sondern Symptom eines aggressiven Managements, ein erster Beweis dafür, welche Gefahr von *Optimo* für die Teams ausgehe. Ganz unabhängig vom Ziel der Kostensenkung sei es eine Frage der Vorgehensweise: Man könne auch Stellen streichen, ohne die Leute fertigzumachen. Mathilde Rameaux lachte: Wenn Cora sich so auskenne, könne sie ihre Arbeit gern übernehmen, doch sei Nadège Galtier nicht nach einem Termin in der Personalabteilung aus den Latschen gekippt, nur um das mal klarzustellen.

»Sie hat mehr oder weniger wortwörtlich gesagt: ›Wenn man Sie so hört, könnte man glauben, dieses Unternehmen ist die reinste Hölle. Und die, die um drei Uhr morgens aufstehen, um die Mülltonnen zu leeren? Und die Fernfahrer, die Leute vom Bau, die Krankenpfleger, die Polizei, was sollen die sagen? Sind Sie einigermaßen auf dem Laufenden? All die Fahrzeughersteller, die dichtmachen, die Stahlindustrie, die Hütten … Die schrecklichen Dinge passieren nicht bei uns. Doch nicht hier. Da muss man die Verhältnismäßigkeit wahren.‹ – Diese Tirade, oder etwas in der Art, durfte ich mir anhören. Und da ich just ganz gut auf dem

Laufenden war und wusste, was in den Zeitungen stand, weil ich sie eben weiterhin las, so wie ich ihnen Sand ins Getriebe streute und Édouards Rolle übernahm, eben *weil* ich ein bisschen soziales Gewissen hatte, hat sie mit den Beispielen, die sie anführte, dafür gesorgt, dass bei mir die Sicherung durchbrannte. Ich habe erwidert: ›Dazu haben Sie kein Recht; Sie können nicht sagen, es gibt Schlimmeres; überall werden die Leute dazu gedrängt, sich mit dem Schlimmsten abzufinden, weil es eben ständig heißt, woanders gibt es Schlimmeres.‹«

Daraufhin sagte Mathilde Rameaux, eine recht schicke blonde Pariserin in den Fünfzigern, die von Bories ausgesucht und von Mangin auf ihrem Posten belassen worden war, weil sie sich durchsetzen, aber auch vermitteln konnte, plötzlich mit eisiger Stimme: »Da gehen Sie zu weit, Madame Salme, es gibt Grenzen.« Cora konnte vielleicht für ihren kleinen Bereich gute Hinweise geben, aber Mathilde Rameaux bezweifelte doch ernsthaft, dass sie überblickte, wie weit Borélia die Fixkosten senken müsse, bis ein akzeptabler Solvabilitätskoeffizient erreicht wäre. Sie bestreite ja nicht, dass sich in Zukunft die Arbeitsmenge erhöhen werde, das Management werde sie bestimmt zu Überstunden verdonnern, der Rhythmus sich beschleunigen. Aber es sei an jedem Einzelnen, sich mit der Situation zu arrangieren und zu lernen, mit Stress umzugehen. »Nur weil *Sie* nicht einmal versuchen wollen, ob es sich schaffen lässt, dürfen Sie nicht überall Krach schlagen, dass hier Unmögliches verlangt wird. Ich habe Verständnis für jede und jeden, aber ich dulde nicht, dass Leute erst mal alle anderen beschuldigen, bevor sie kritisch mit sich selbst sind. Offenbar gehen Sie gern auf Konfrontationskurs, ich erinnere mich, nach dem Umzug kam von Ihnen ja schon eine ähnliche Nummer, aber das ist hier noch mal etwas anderes, jetzt haben Sie jeden Bezug zur Realität verloren. Und um es in aller Klarheit zu sagen: Wenn Sie das Klima hier unerträglich finden – wissen Sie, es steht Ihnen völlig frei zu gehen, wir halten niemanden auf, und in diesen Zeiten schon gar nicht.«

Später am selben Tag kam Franck Tommaso, den die Personalchefin verständigt haben musste, zu Cora an den Schreibtisch: Sie hätten zu reden. Sie nahmen unter sehr freundlichem Schweigen den Aufzug bis in den 33. Stock, wo auf der Ostseite eine neue Cafeteria eröffnet hatte. Der Himmel lichtete sich nach einem heftigen Schauer, die Umrisse der Bürotürme und das Spinnennetz aus glänzenden Brücken, Straßen und Boulevards zeigten sich in einem sanften, schräg einfallenden Licht, das eigentlich in den Herbst gehörte. Der Ort war menschenleer. Auf einem Bildschirm lief die Rede, die Mangin am Vortag bei einer Versammlung gehalten hatte. Sie holten sich Kaffee und setzten sich in Clubsessel mit Blick auf ganz Paris. Franck zog eine Tüte Pralinen aus der Jacketttasche, »Ich habe heute Morgen auf dem Weg an dich gedacht und habe die gekauft, ich glaube, die sind ganz gut«, und da sich in seinem Gesicht keinerlei Wut andeutete, sondern etwas Versöhnliches, fast Verlegenes, nahm Cora die Pralinen an und prüfte bei einigen sogleich, ob stimmte, was er gesagt hatte.

Franck ging mit ihr noch einmal durch, was mit Nadège passiert war. Er hatte die Situation vielleicht nicht richtig eingeschätzt, nicht ermessen, wie unangenehm es gewesen sein musste, sie zusammenbrechen zu sehen. »Ich glaube, das hat uns alle geschockt und aufgewühlt.« Er sprach von posttraumatischem Stress und vom schlechten Gewissen, das er habe. »Weißt du, von Zeit zu Zeit würde ich euch wirklich gern Neuigkeiten mitteilen, die euch erfreuen. Ich würde gern sagen, heute machen wir früher Feierabend. Dass unsere Performance in den letzten Monaten so überwältigend war, dass die Unternehmensleitung unsere Prämien neu berechnet und uns einlädt, neu einzustellen. Ich werde dir nicht mein Leben erzählen, ich bin keiner, der viel von sich redet ... Jeder hat sein Päckchen zu tragen, beruflich wie privat, und jeder geht damit um, wie es ihm eben möglich ist. Du kannst nicht deinen Mitarbeitern alles nachsehen und von deinen Vorgesetzten verlangen, dass sie sich immer einwandfrei verhalten. Wir sind auch nur Menschen. Uns gelingt nicht alles, und manchmal, wenn wir sehr gestresst sind, leidet der gute Umgang ... Bei den Managern ist es so, das bleibt aber unter uns, manche verstecken es gar nicht mehr, die schlucken ganz offen in der Besprechung ihre Antidepressiva ... Und ich ... Ich weiß, dass ich streng sein kann. Ich tendiere eher zu Temperament als zu Intellekt, ich denke nicht immer, was ich sage. Nimm es nicht so schwer, achte nicht so sehr darauf. Nimm es nicht so schwer, Cora.«

Es kommt zu dem, was sie unbedingt vermeiden wollte: Sie ist erleichtert, dass er das alles unumwunden zugibt, und eine Träne steigt ihr ins Auge. Verwirrt denkt sie, vielleicht ist das Glück im Unglück und erweist sich als wirksame Waffe, die sie, seit sie ihn kennt, nur noch nie einzusetzen gewagt hat. Also lässt sie die Träne fließen, wartet ab, welche Wirkung sie haben wird. Franck seufzt verlegen. »Ich bedaure, dass wir uns nicht besser vertragen.« Sie antwortet nicht, lässt ihn baumeln, prüft ihn weiter, und er weiß gar nicht mehr, was er sagen soll. Nach einem langen Schweigen: »Das Schlimmste ist, dass du schön bist, auch wenn du weinst.« Er legt ihr die Hand aufs Knie, das war nicht vorgesehen, sie will die Hand wegschieben, aber ihre eigene Hand will nicht, gehorcht nicht, bewegt sich nicht. Er schiebt eine Haarsträhne, die ihr vor die Augen gerutscht war, zur Seite, nähert sich ihr, um sie zu küssen. Seine Bewegungen sind so langsam, das erschwert es, sich mit schnelleren dagegen zu wehren. »Findest du nicht, wir sollten Frieden schließen?« Seine Lippen sind ganz weich, sie versteht nicht, warum in ihrer Vorstellung seine Lippen genauso hart waren wie die Form seines Kiefers und seine Worte. Sie ist an diesen Sessel gekettet, sieht sich wieder in einem der letzten besetzten Häuser von Mitte im Treppenhaus mit Jonas vögeln, denkt zurück an den Dozenten in der Handelsakademie, der sich eines Tages in seinem Büro vor ihr hinkniete, um sie zu lecken. Francks Gesicht hat sich einige Zentimeter entfernt, jetzt weiß sie nicht mehr, soll sie ihn wegschubsen, einfach wortlos aufstehen und weggehen, ihn richtig gut küssen und die Macht spüren, die sie über ihn hat, wenigstens auf dem Gebiet, ihn sich ausziehen lassen und dann abhauen oder ausgiebig mit ihm Sex haben? Zu viel Chaos in ihrem Kopf, Verlangen, Ekel, irgendwelche Taktiken, die vielleicht alles verändern oder auch überhaupt nichts bringen, ein starkes Pochen, das sie nicht zuordnen kann, breitet sich in ihrem Körper aus und verliert sich wieder im Nichts.

Am nächsten Tag in der Cité de Crussol, bei Delphine, die gerade vom Flughafen kommt und aufgekratzt ist von der Zeitverschiebung, kann sie nichts davon sagen. Sie ist sicher, Delphine hätte in derselben Situation das Blatt zu ihrem Vorteil gewendet, während ihr mit jeder Stunde klarer wird, dass sie ihre Lage beträchtlich verschlimmert hat. Als sie die Augen schließt, um Delphine zu küssen, sieht sie die Szene noch einmal vor sich, Francks Lippen auf ihren Wangen, seine Hände unter ihren Kleidern. Sie hat alle Entscheidungen falsch getroffen: Getrieben von vielleicht jahrtausendealten Reflexen, hat sie sich sanft aus dem Sessel erhoben, als wolle sie sich nicht gleich ganz hingeben, sich ihm nicht ganz überlassen, wobei sie jetzt besser weiß, sie hätte entweder klar Ja sagen und die Initiative ergreifen oder klar Nein sagen müssen, sodass keinerlei Zweifel geblieben und kein Einspruch möglich gewesen wäre.

Du fühlst dich natürlich schuldig, befleckt. Traust dich nicht, was zu sagen, weil Delphine zu erzählen, dass du dich wie ein Opfer verhalten hast, deine Kräfte übersteigt, und so werden die Befleckung, das Schweigen und die Schuldgefühle zur Falle, schließen dich ein, du reagierst weiterhin genau so, wie alle Aggressoren es sich von ihren Opfern wünschen. Delphine würde dich gern ausziehen, du entziehst dich, niemand soll dich mehr ausziehen, weil du die Szene sonst wieder vor dir siehst. Beim zweiten Glas werden deine Gedanken klarer: Du bist das Wagnis eingegangen, Delphine zu imitieren, die risikofreudige Delphine, aber das Wagnis hat sich nicht ausgezahlt, diesmal nicht und für dich nicht, und wenn du dir eingestanden hättest, dass du mit ihr nicht mithalten kannst, hättest du das vorhersehen können. Zwischen deiner Zunge und dem Gaumen spielt der Weißwein ein herbes Solo, vollmundig, mit kurzem Abgang. Und nach dem vierten Glas, während du Delphine von dem neuen Projekt erzählen hörst, das sich gerade für sie auftut, einem Auftrag für eine französische Bank, die in Zentralchina Fuß fassen möchte, wird dir in aller Herbheit bewusst: Es gibt auf der Welt die Starken und die Schwachen, und du hast eben Pech und gehörst zur falschen Gruppe.

»Ich habe nächste Woche noch ein paar Termine, dann ist die Sache durch.« Delphine steht vor ihr, im ärmellosen Top, einen Fuß an die Wand gestützt, raucht eine Mentholzigarette und streckt von Zeit zu Zeit den nackten Arm aus dem Fenster, um abzuaschen, mit einer Bewegung des Handgelenks, die Cora gut kennt, die sie anmutig findet, die sie liebt. Das ist nicht schwer: Sie liebt alle ihre Bewegungen, jedes Detail ihres Körpers. Es dauert ein paar Augenblicke, bis der Satz zu ihr durchdringt. Wovon redet Delphine? Ach so … Von Borélia, von ihrem Einsatz bei Borélia. Der ist so gut wie vorbei. Als sie das hört, erinnert sich Cora, dass sie zunächst dachte, sie würden die Sprache der Liebe ganz wunderbar miteinander sprechen, seien für Gespräche über die anderen Themen des Lebens aber wirklich nicht begabt. Ich werde mich weiterhin oben in diesem Turm einsperren müssen, denkt sie, Franck wird hinter jeder Tür lauern, aber nicht mehr Delphine, die elegante Erscheinung, die man schon von Weitem erkennt, die heimlichen Zärtlichkeiten, ihre Schlagfertigkeit, die bewirkt, dass du dich auf sie verlässt, ihr Lachen, das dich woandershin entführt. Nicht schlimm: Dann sehe ich sie eben draußen, weniger heimlich, das ist viel besser. Aber nein, du hörst nicht zu: In den kommenden Monaten wird sie immer wieder nach China fliegen, und wenn sie Zeit hat, dann spät am Abend oder mal am Wochenende, aber da kannst du nicht. Sie hat ihre Arbeit getan, *Optimo* läuft an, auf dem Papier sieht das gut aus, in einem Jahr wollen sie überprüfen, was daraus geworden ist, wenn es funktioniert, umso besser für sie, wenn nicht, haben wir eben Pech – und sie wäscht derweil ihre Hände in Unschuld.

Während sie sich sagen hört, ist ja super, das wird sicher geil, und du wolltest da ja auch wieder hin, kann Cora das Gefühl, verraten worden zu sein, und die Welle von Bitterkeit, die sie überkommt, nur schlecht verbergen. Sie will nicht weiter über Shanghai reden, sondern über Nadège Galtier, die immer noch im Krankenhaus liegt. »Ich bin mit dir traurig«, kommentiert Delphine, »aber ihr Schicksal beweinen werde ich nicht für dich.« Cora erzählt und möchte gar nicht mehr aufhören, sagt, der Plan werde mit Härte umgesetzt, sie drängten die Leute zum Ausgang und wollten dabei so wenig wie möglich bezahlen, einige würden dadurch Depressionen bekommen, das sei sicher, und andere vor den Schiedsausschuss wollen. Delphine nickt, ja, das sei ziemlich wahrscheinlich, doch aus Sicht der Firma sei das kein Problem, die vom Schiedsausschuss festgesetzten Abfindungen würden erst nach einigen Jahren fließen, eine beachtliche Summe vielleicht, aber einmalig, und wenn man dafür teure Leute mit zweifelhaftem Mehrwert losgeworden sei, bleibe das ein gutes Geschäft. »In einem Setting wie bei Borélia, musst du wissen, gehören Rechtsstreitigkeiten einfach dazu und sind bei den Personalkosten eingeplant. Ich weiß, das hörst du nicht gern, aber was genau ist der Schiedsausschuss für Borélia? Ein Risiko. Du bist ein Versicherungsunternehmen und läufst ein bestimmtes Risiko, was machst du? Du kalkulierst es ein, fertig. Du stellst Mittel bereit und guckst, was passiert.«

Delphine hat recht mit ihrer Einschätzung: Das hört Cora nicht gern. Sie macht ihrem Ärger Luft. Sie greift ein Wort von Pierre auf und sagt, diese Buchhaltermentalität sei widerwärtig, all die Energie, die aufgewendet werde, nur damit es in keinem Leben mehr irgendeine Stabilität gebe. »Ich empfinde mich als Abenteurerin, aber ich erkenne an, dass das nicht für jeden was ist, und das muss es auch nicht. Nicht jeder hat Lust, für den Job zu reisen oder regelmäßig abends und am Wochenende zu arbeiten.« Und um konkreter über sich selbst zu sprechen: Sie hat Dinge getan, die unsere sozialen Normen uns nahelegen, sie hat eine Familie gegründet, hat einen Kredit aufgenommen und ein Haus gekauft – und damit ist man nicht mehr so frei. Man kann von den Leuten nicht verlangen, zu investieren und sich ein Leben aufzubauen und dann noch ständig flexibel zu sein. Niemand kann gleichzeitig der ideale Arbeitnehmer und der Konsument sein, von dem die Ökonomen träumen. Delphine erwidert: »Warum machst du das auch? Wer hat dich gezwungen, dich so zu entscheiden, außer deinem Konformismus? Dein Gefängnis in deinem kleinen Kokon, das hast du ganz allein gebaut.«

Man muss sich vorstellen, dass es in diesem Ton weitergeht, dass tiefe Wunden entstehen und viel Gift versprüht wird: Weder die eine noch die andere kann ein Zugeständnis machen, etwas Nettes sagen, eine Geste andeuten, eine Umarmung. Als die Tür hinter ihr zufliegt, wird Cora bewusst, dass sie die Wohnung in der Cité de Crussol zum ersten Mal verlässt, ohne darin Sex gehabt zu haben. Jedes Mal, wenn sie hier war, hat sie ihr Herz gespürt, wenn sie die Treppe runter und durch den Hof ging, und auch an diesem Abend spürt sie es, doch strahlt es nicht mehr: Es ist ein Stück rohes Metall, schrecklich schwer, das sie nach unten zieht.

Sie treffen sich wieder und streiten sich. Sie schicken einander SMS, lange SMS, die versuchen, Klarheit zu schaffen, die ihre Körper heranziehen, die mit dem Skalpell Tumore aufschneiden, versöhnen, wieder Salz in die Wunden streuen – bis sie diese Telefone, die ihnen akribisch genau mitteilen, wann ihre Nachricht gelesen wurde, verfluchen. Ihnen wird auch bewusst, dass die Tech-Riesen ihnen verlässlich anzeigen, welchen Marktwert ihre flüchtigsten Gefühle haben: Eigentlich geht es um Erotik, aber es wäre doch grausam, die beiden jungen Frauen in Zeiten des Unglücks einfach so fallen zu lassen, das werden sie nicht tun, sie werden da sein, die Bindung durch das Telefon verstärkt die Bindung durch die Liebe, denn die beiden haben das Recht, wenn sie wollen, die Heldinnen eines modernen Briefromans zu werden. Ihre vernetzten Herzen leiden daran, dass sie nicht wissen, in welcher Verfassung sich das Herz der jeweils anderen befindet, sie sind per Satellit miteinander verbunden, aber das reicht nicht, sie bräuchten Telepathie – und so schlagen diese Herzen den Takt des Wartens, leiden am Warten, wissen dann plötzlich und leiden am Wissen: Beide sehen sie, wann die andere ihre Nachricht öffnet, es steht ihnen frei, aus der Länge der Reaktionszeit etwas herauszulesen, doch wissen sie nicht, was die andere über die Nachricht denkt und ob sie darauf antworten möchte, und in wie vielen Minuten oder Stunden, oder Tagen, und ob die Antwort, so sie denn kommt, auf taktischen Überlegungen beruht oder das aufdeckt, was heimlich gedacht und gelebt wird.

»Ich schäme mich etwas, allzu sehr ins Detail zu gehen«, erklärt mir Cora, »aber du verstehst: Eine solche Liebe, tja… Viele habe ich davon nicht erlebt. Auch wenn ich, wenn ich an die Zeit der Trennung zurückdenke – zwei Wochen hat das gedauert, länger nicht –, nicht weiß, ob diese Leidenschaft Liebe war. Denn in vielen Romanen und Filmen ist die einzige wirkliche Liebe die leidenschaftliche, ungezügelte, aufregende, die, die nicht in den Alltag passt. Die anderen Lieben werden dann oftmals als Formen von Zuneigung dargestellt, die eher mittelmäßig sind, nur aus Gewohnheit oder Bequemlichkeit fortbestehen. Aber in den SMS, dem Rumgestreite mit Delphine, meiner schrecklichen Trauer, wenn ich dachte, wir würden uns nie wiedersehen, darin hat sich auch eine Abhängigkeit gezeigt … Was ich sagen will, es gibt vieles an ihr, das ich nicht mochte, das mir wehtat oder das ich nicht mehr bewunderte. Dennoch hatte ich in dieser Zeit wirklich schlimmen Liebeskummer. Ich konnte nicht mehr schlafen. Manon hat gespürt, dass ich traurig war, und hat auch schlecht geschlafen.

Und eines frühen Morgens, nach einer schrecklichen schlaflosen Nacht, habe ich mich bei Delphine vors Haus gestellt, denn sie antwortete mir nicht mehr. Es war klirrend kalt, und ich kam nicht mehr rein; der Code war erneuert worden. Ich stand wartend in der Rue Oberkampf auf dem Gehweg, bedrängt vom Hin und Her der Müllautos und Lieferwagen, und dachte, wenn sie die Nacht nicht zu Hause verbracht hätte oder ich sie aus irgendeinem Grund verpasste, würde ich schlichtweg zusammenklappen. Und gegen acht sah ich jemanden kommen. Ich erkannte ihre Schritte auf dem Pflaster. Der rotblonde Kopf trat aus der Nacht … Sie schob ihren Roller, ich ging auf sie zu und versuchte, ihr zu sagen, dass ich es nicht ertrug, dass zwischen uns etwas sehr Schönes war und wir das gerade alles kaputtmachten. Sie antwortete, du hast recht, vielleicht wäre es klüger, wenn wir einfach nur vögeln und nicht mehr über Politik reden würden. Aber ich sah die Ironie in ihrem Blick. Sie sagte, mach dir keine Sorgen, meine Große, du wirst überleben. Ich will nur, dass du einen Schlussstrich ziehst. Wir hatten viel Spaß, wir beide, und jetzt ist gut: Ich hatte nie die Absicht, dich fünfzehntausend Mal zu sehen. Sie setzte ihren Helm auf, zwinkerte mir zu, klappte das Visier runter und startete den Motor. Bevor sie losfuhr, legte sie mir die Hand auf die Schulter und sagte noch etwas, ich weiß nicht genau, was, vielleicht: pass auf dich auf. Sicher bin ich nicht, ich habe es nicht gut verstanden. Dann gab sie Gas. Und das war's. So habe ich Delphine verloren.«

X ANLEITUNG ZUM ABSTIEG IN DIE HÖLLE

»Wenn man überlegt, wo mich das hingebracht hat, in welche Hölle…« Das Wort kam von Cora selbst. Bis zum Hals in Arbeit, Kummer und Sorge, hatte sie in den darauffolgenden Wochen das Gefühl, in die dunkelsten Bereiche ihrer Psyche und der Welt um sie herum gezogen zu werden. Alles verbündete sich und suchte nach ihren Schwächen, lauerte auf jeden noch so kleinen Fehler, wollte ihren Sturz. Mächte ohne Namen und Gesicht zogen sie nach unten, und sie wusste nicht einmal mehr, ob sie ihnen widerstehen oder besser folgen sollte bis hinab zum Grund, um eines Tages hoffentlich zurück ans Licht zu kommen. Sie sagte sich: Während man absteigt oder andere absteigen sieht, ist das Problem, dass man glaubt, wir würden alle dort bleiben. Um wieder hochzukommen, sagte sie sich immer wieder, braucht man einen zähen Willen und eine Wahnsinnskraft, denn nach unten geht es einfacher, alles rutscht von selbst. Unsere Körper sind dafür gemacht: Sie fallen ohne Gegenwehr. Und die Welt hinter uns drein, wenn wir nichts dagegen tun, uns nicht wehren, mit der Welt geht es genauso, sie fällt ins Chaos, sie versinkt.

Um der Hölle zu entkommen, erfährt Cora im Internet bei ihrem mehr oder weniger bewussten Versuch, sich selbst zu heilen, muss man lernen zu trauern. Wenn Sie in Ihrer Beziehung zu sehr leiden, passen die andere Person oder die Umstände nicht mehr zu Ihnen. Da Sie nicht unbedingt vorhaben, das gleiche Debakel noch einmal zu erleben, halten Sie einen Moment inne und versuchen Sie zu verstehen, was schiefgelaufen ist. Es ist nie der Böse, der geht, und der Gute, der verlassen wird, sondern einer von beiden sieht die Sackgasse, in die das Paar geraten ist, und steigt aus. Sie sollten diese Phase als eine große Chance begreifen. Und haben Sie einige Tage als angeschossenes Reh unter Ihrer Bettdecke verbracht, kommt die Zeit zu handeln: Probieren Sie eine neue Lebensweise! Kaufen Sie sich das kleine Top, von dem er fand, es sei nichts für Sie. Lassen Sie sich beim Friseur verwöhnen. Organisieren Sie eine Maniküre-Party mit Ihren engsten Freundinnen. Der Liebeskummer lässt Sie glauben, dass ein Teil von Ihnen fehlt, ein existenzieller. Ist die narzisstische Kränkung zu groß, erwartet Sie eine Depression. Um andererseits nicht eine eventuelle Niedergeschlagenheit mit einer Depression zu verwechseln, fragen Sie sich: ob Ihre Trauer tief ist und lange anhält; ob Sie jedes Interesse an zuvor geschätzten Aktivitäten verloren haben, Hobbys etwa oder Sex; ob düstere Gedanken Sie heimsuchen, vielleicht sogar Selbstmordgedanken, und das über mindestens zwei Wochen. Lauter kleine, einzelne Symptome, die Sie, wenn Sie eine Chance haben wollen, wieder auf den Damm zu kommen, nicht ignorieren dürfen.

Am Samstag, den 31. März, geht Cora ins Bal. Sie hat den Ort bei seiner Eröffnung entdeckt, vor zwei Jahren, sie mag diese fast verborgene Galerie hinter dem Place de Clichy, und die Fotoausstellungen, die sie hier gesehen hat, sind ihr im Gedächtnis geblieben. Astou und Édouard sind da wie verabredet, Maouloun, der sich verspätet, antwortet nicht auf ihre SMS, also beginnen sie schon mal ohne ihn, sich die Ausstellung über Ponte City anzusehen, diesen Wohnturm aus den 1970ern, der sich hoch über Johannesburg erhob und der weißen Bourgeoisie vorbehalten war, bevor er nach dem Ende der Apartheid zunehmend verfiel und zum Obdach für Schwarze aus den Townships wurde. Cora und Astou stellen sich die Büroflächen im Turm Galaxie als notdürftig eingerichtete Schlafstätten vor, wo von Campingkochern Essensdünste aufsteigen, wo Kinder gegen die Panoramafenster Ochs am Berg spielen, und diese Vorstellung gefällt ihnen. Nach dem Rundgang nehmen sie auf der Terrasse Platz und bestellen sich Tee und süße Teilchen. Alles lässt vermuten, dass Édouard ein schweres Jahr durchlebt: Sein Haar ist noch weißer geworden, und als sie ihn fragen, was er derzeit so mache, bleibt er vage, sagt, er denke darüber nach, seine eigene Firma zu gründen, aber es sei noch zu früh, darüber zu sprechen. Er wolle kein Salz in die Wunde streuen, aber es überrasche ihn nicht, wie sich die Dinge bei Borélia entwickelten: Manager von der Sorte eines Franck Tommaso, Berater von der Sorte der Nielsen-Leute, da wisse er nur zu gut, wie die ticken. Astou beschwichtigt mit ihrer langsamen Sprechmelodie: Man dürfe sie vielleicht nicht alle in einen Topf werfen. Es seien auch einige Gute dabei. Wie diese Delphine Cazères. Hochintelligent, die habe sich ihre Position ganz allein erarbeitet. Ihre Mutter sei Langzeitarbeitslose, ihre Großeltern hätten furchtbare Schulden, mehr als die Hälfte ihres Gehalts gebe sie den dreien, das tue nicht jeder. Cora verschluckt sich, stößt ihre Tasse um. Ob es ihr nicht gut gehe? Es zerreißt ihr den Magen, doch sie behauptet, es sei alles in Ordnung – und wechselt beiläufig das Thema.

Von allen in der Tischrunde ergeht es Astou derzeit am besten. Sie hat es Cora schon vorab erzählt und will es vor Édouard nicht ausbreiten, aber sie hat jemanden kennengelernt: ein bisschen älter als sie, gebürtiger Tunesier, der seine eigene IT-Firma gegründet hat, ein Arbeitstier, superintelligent, und er bringt sie auch noch ständig zum Lachen. Er heißt Salim. Sie sind Nachbarn in Saint-Denis, sie hat ihn oft im Pavillon gesehen, der Bar unten bei ihr im Haus, und so hat es sich dann ergeben, ganz unbefangen und natürlich. Und weil ein Glück selten allein kommt, ist sie drei Wochen zuvor in das sehr exklusive Trio von Mangins persönlichen Assistentinnen aufgenommen worden. Auf diese Beförderung stoßen sie mit ihr an – umso besser, wenn *Optimo* wenigstens einige glücklich mache – und fragen, wie es denn laufe. Sie gesteht ein, dass es sehr zu ihrem Vorteil sei, aus Mali zu kommen. Ausnahmsweise erstaune es dort niemanden, dass sie sich in einem gepflegten Französisch ausdrückt, darüber werde sie sich nicht beschweren. Mangin verlange eine irre Exaktheit, sei aber immer sehr höflich. Sie seien einander sympathisch, vor allem seit sich mit diesem Offiziersputsch in Bamako in Mali die Ereignisse überschlugen. Verantwortungslose Kerle, empört sich Astou: Das wird die Lage im Norden nur noch verschlimmern. Mangin ist überzeugt davon, dass Frankreich eingreifen könnte, meint aber, vor Ende des Präsidentschaftswahlkampfs werde nichts passieren. Sobald ihm klar geworden sei, dass Astou aus dem Land der Dogon stamme, habe er ihr auf seinem Computer die Fotos von der Malireise zeigen müssen und sie zu ihrer familiären Herkunft befragt. Er baggert dich an, er baggert dich an, neckt Édouard: Ich hoffe, er bringt dich nicht ganz um deinen kritischen Geist.

Da erscheint Maouloun mit scheuen Bewegungen und angstvollem Blick. Er hat den Anfang des Tages in dem Wohnheim in Pierrefitte verbracht, ist von den schlechten Nachrichten aus Mali dort aufgehalten worden. In Bamako haben Soldaten auf dem Rollfeld eine Delegation von Vermittlern, die aus anderen westafrikanischen Staaten angereist waren, daran gehindert, das Flugzeug zu verlassen, die Wahlen Ende April werden möglicherweise nicht stattfinden, und unterdessen haben im Norden die Tuareg und die Dschihadisten von Ansar Dine verkündet, Kidal sei eingenommen und Oberst Gamou, der mit seinen Leuten eingekesselt worden sei, hege die Absicht, sich Ansar Dine anzuschließen. »Das kann gar nicht sein«, sagt Maouloun mit bitter verzogenem Mund. »Er doch nicht. Elhadj Ag Gamou, ihr hier wisst das nicht, war ein Anführer der Tuareg-Rebellion in den 1990ern, aber vor fünfzehn Jahren hat er sich entschlossen, in der malischen Armee zu kämpfen... Mein Onkel kannte ihn und hat sehr viel auf ihn gehalten.« Diejenigen im Wohnheim, die aus der Region stammen, haben durch Anrufe und SMS erfahren, dass die Kämpfe mit der Geschwindigkeit der Jeeps auf Timbuktu zurollten. »Da werden Aufständische und Armee aufeinandertreffen, und ich habe auf beiden Seiten Freunde. Und eingesperrt zwischen beiden sind Teile meiner Familie, meine Mutter, meine drei jüngeren Geschwister. Vielleicht hätte ich bleiben sollen, um sie zu beschützen, um irgendwas zu tun, irgendwas.« Cora sieht in seinem Blick ein Zögern,
 sich ausführlicher Menschen anzuvertrauen, die er gerade

erst kennengelernt hat. Alle drei suchen nach Worten, um ihn zu beruhigen. Was den Krieg angeht, können sie absolut nichts machen, aber sie denken laut über Möglichkeiten nach, wo Maouloun wohnen könnte, und Édouard gibt ihm die Adresse eines befreundeten Anwalts, der ihm mit seinem Asylantrag helfen könnte. In der Grünanlage neben der Sackgasse spielen Kinder Fangen, rennen zwischen den Geräten des Spielplatzes hintereinander her, lachen mit dem ganzen Körper. Die Gruppe am Tisch sieht den Kindern in einem andauernden Schweigen zu. Ganz schön langweilig, so ordentlich gekämmte Kinder und die Nachmittage auf dem Spielplatz, flüstert eine Stimme in Coras Kopf, aber zugegeben, es gibt Schlimmeres. Als sie am folgenden Abend ausnahmsweise mal den Fernseher anschaltet, um die Nachrichten zu sehen, erfährt sie, dass es passiert ist: Timbuktu ist gefallen.

Um der Hölle zu entkommen, schreibt Cora in ihren Texten für GesundheitPlus, ist es ratsam, Gewalt, die über einen ausgeübt wird, zu erkennen, damit ihr Einfluss nicht noch größer wird. Manche Männer halten manche Frauen systematisch von ihrem Umfeld fern; sie kontrollieren, wie sie sprechen, wie sie sich kleiden, wie sie andere ansehen; die von Psychoterror betroffenen Frauen fragen sich, was sie falsch gemacht haben, die Frauen, die unter häuslicher Gewalt leiden, verzichten auf ihre Freiheit, um ihre Beziehung aufrechtzuerhalten – und entschuldigen ihren Mann, der von Schulden geplagt wird, der auf der Arbeit Stress hat, der gerade eine schwere Zeit durchmacht, sonst aber ein guter Mensch ist. Nehmen Sie das nicht hin. Suchen Sie sich Hilfe und lassen Sie sich helfen. Dasselbe gilt im Fall von Tierbissen. Bewegen Sie sich möglichst nicht, das würde die Verbreitung des Gifts und der Krankheitskeime im Körper beschleunigen. Werden Sie von einer Schlange gebissen, versuchen Sie, sich deren Länge zu merken, ihre Farbe und die Form ihres Kopfes, aber versuchen Sie nicht, sie zu fangen. Beim Biss durch einen streunenden Hund versuchen Sie, diesen tierärztlich testen und feststellen zu lassen, ob er Überträger der Tollwut ist. Vor allem aber hierarchisieren Sie Ihre Ängste: In Frankreich werden mehr Personen vom besten Freund des Menschen gebissen als von einer Schlange, und noch mal sehr viel mehr Frauen werden von den Fäusten ihres Partners verletzt.

Das 27. Stockwerk des Turms Galaxie hat sich in ein freudloses Terrain verwandelt. Der Frühling hält zaghaft Einzug, aber die Sonne geht nicht mehr auf. Keine Schönheit des goldenen Zeitalters mehr, keine Delphine, mit der zusammen Cora in inniger Freude über komplexen Problemen brüten und lange Arbeitstage schieben konnte, bis hin zum Höhepunkt ihrer Orgasmen. In ihre Kladden schreibt sie: »Wenn wir nicht mehr in dem Glauben zur Arbeit gehen, dass die Energie, die wir aufbringen, wenigstens im Kleinen die Welt um uns irgendwie verbessert; wenn wir dazu die Hoffnung verloren haben, dort geliebte Menschen zu treffen, dann fühlt sich das morgendliche Aufstehen, allein aus Pflicht oder vom Überlebenswillen erpresst, so an wie ein Absterben der Seele.« Auch wenn sie nicht gläubig ist, denkt sie manchmal: Ich hatte eine Flamme in mir, doch ist sie niedergebrannt; ich hatte eine Seele, doch ist sie verkümmert, ausgelöscht. Ihr bleibt gerade noch die Klarsicht zu merken, dass sie all ihre Klarsicht verliert, dass ihr Körper, zu dem sie keinen Zugang mehr hat, in einer Höhle sitzt, in der ringsum die Schatten wachsen und sie in unbesiegbaren Bedrohungen einkesseln. Ein altes, immer tiefer vergrabenes Ich in ihr sagt, dass sie neue Beziehungen knüpfen, sich bei Borélia eine andere Stelle suchen oder das Unternehmen verlassen sollte. Aber mehr, als ihren Lebenslauf durchzulesen, bringt sie nicht zustande, sie löscht einen Punkt oder ein Komma, verändert die Schriftgröße und sagt sich, wenn diese Seite in den Augen bestimmter Leute ihr Leben zusammenfassen und dazu führen soll, dass sie mit ihr arbeiten wollen, dann müsste wirklich hirnlos sein, wer behauptet, das Leben sei ein Wunder, und wir sollten dankbar sein dafür.

Franck Tommaso hingegen ist da. Sie weiß nie, auf welches seiner Gesichter sie gefasst sein muss. In seinen charmanten Momenten kommt er in das separate Büro, das er für sie hat bereitstellen lassen – dort habe sie mehr Ruhe, denn in nächster Zeit stehe ja viel zu schreiben an –, hört ihr zu, wenn sie erklärt, woran sie gerade arbeitet, spart nicht mit guten Vorschlägen, scherzt mit einem Feingefühl, das sie an ihm bisher nicht kannte, und es scheint, als hätte das, was zwischen ihnen gewesen ist, ihm zu neuem Selbstvertrauen verholfen und ihn zu neuer Eleganz inspiriert. Manche Zeichen, die er sendet, scheinen zu sagen, dass ihm bewusst ist, jeder Schritt weiter wäre ein Missbrauch seiner Macht: Jetzt, da sie ihn als legitimen Bewerber anerkannt hat, als Mann, der ihr gefallen könnte, mit dem sie unter anderen Umständen gern ins Bett gehen würde, kann er zu einer normalen Arbeitsbeziehung zurückkehren, zu seinem Wunsch, Frieden zu schließen, wie er es genannt hat. In anderen Momenten, die sich durch nichts ankündigen, sieht sie an der Anspannung seines Kiefers und seiner Mundwinkel, dass er kurz davorsteht, loszumetzeln. Da wünscht er ihr als Einziger keinen guten Morgen, bestellt sie in sein Büro und erklärt, sie trage eine kolossale Trauermiene mit sich herum, es sei keine Freude, mit jemandem zu arbeiten, der sein Lächeln derart verstecke, und sie könne sich schon etwas Mühe geben. Weder für Nadège noch für Astou gibt es Ersatz, sie kann sich kaum noch auf andere stützen und steht erstarrt vor ihm, als sie ihn sagen hört, das geht so nicht mehr, Cora, du bist so langsam, das geht nicht mehr, du vergräbst dich in deiner Ecke, aber Agathe und ich brauchen dich als Teamplayerin, und vor allem: Komm mal in die Puschen.

Und da er, um den Vorstand beruhigen zu können, genau wissen müsse, wie weit sie mit der Konzeption der Website nun sei, sehe er sich gezwungen, sie zu bitten, an manchen Tagen bis neun oder zehn zu bleiben oder, wenn das nicht möglich sei, noch von zu Hause weiterzuarbeiten, nachdem sie Manon ins Bett gebracht hat. Wenn ihr Telefon nun gegen Mitternacht oder am Sonntagnachmittag vibriert, stehen die Chancen hoch, dass es eine SMS von Franck ist. Sie widersteht ihrer Lust, sie ungelesen zu löschen, öffnet sie gewissenhaft und archiviert sie für alle Fälle. Es geht darin nur um die Arbeit: manchmal berechtigte, manchmal überflüssige Fragen, dringende, aber unnütze Aufgaben, die er ihrer To-do-Liste hinzufügt, Anweisungen von manischer Genauigkeit. Sie hätte es lieber, er würde ganz austicken und ihr mitten in der Nacht einen Schwall Beschimpfungen schicken oder ihr schwarz auf weiß erklären, in welcher akrobatischen Verrenkung er sie bald zu nehmen gedenkt, doch bleibt er innerhalb der Grenzen – und scheint ein Meister der Kunst, genau zu wissen, bis wohin er zu weit gehen kann. Immer, wenn sie sich entschlossen glaubt, die Gewerkschaft oder die Personalabteilung zu informieren, erinnert sie sich daran, wie man ihr dort begegnet ist. Und wenn sie sich entschieden glaubt, Pierre davon zu erzählen, schmiegt sich in ihrer Erinnerung Francks Körper an sie, dann kommen die Gefühle wieder, und mit ihnen die Scham, und hindern sie daran.

Ein Licht vielleicht. Immerhin ein schwacher Schein. Mit weit geöffneten Augen sucht sie den Ausgang. Bei ihrem Treffen im Bal hat Astou ihr zugeflüstert: »Du hättest nie mit dem Fotografieren aufhören sollen. Auch wenn du zu viel zu tun hast. Trotz Manon, trotz der Arbeit. Du solltest wieder anfangen. Wenn dir die Luft zum Atmen fehlt, ist der ganze Rest doch sinnlos.« Zwei Monate zuvor hätte Cora die Bemerkung noch abgetan, hätte sie wohlmeinend, aber unangebracht gefunden, hätte gedacht, man übt nicht als Amateur die Kunst aus, die man mit mehr Mut zum Beruf hätte machen können, man lädt sich keine zusätzliche Arbeit auf, wenn der Körper vor Erschöpfung schreit und die Nerven blank liegen. Doch diesmal ist sie gewillt, den Hinweis aufzugreifen, denn er passt gut zu einem Vorhaben, das ihr im Kopf herumgeht. Sie möchte sich von Maouloun leiten lassen, ihm in der Unruhe seines Umherirrens folgen, in seinem Traum vom Malen, möchte ihn fotografieren und durch seine Augen das Paris sehen, das sich ihm zeigt, durch den Blick derer, die mitten in der Stadt leben und doch kaum darauf hoffen können, sich darin einen Platz zu schaffen. Seit dem ersten Tag weiß sie, dass sein Gesicht eigentlich eine große Porträtfotografin verdient hätte. Sie weiß, sie kann dem nicht gerecht werden, und trotzdem möchte sie es versuchen. Maouloun ist bereit, sich darauf einzulassen – unter der Bedingung, dass sie ihm, wenn sie eine Reportage verkauft, alle Tantiemen überlässt, nicht nur die Hälfte, sondern alles: Er brauche es dringender als sie.

Für Cora und Maouloun beginnt also eine neue Zeit. Am Samstag oder Sonntag vertraut sie Manon der Pflege ihrer Eltern oder von Pierre an und nimmt sich ein paar Stunden, um mit ihm loszuziehen. Das ist einfacher und leichter als bei den Treffen mit Delphine, sie muss die anderen nicht belügen, braucht nur zu sagen, es sei wichtig, und über die vage Skepsis hinwegzusehen, die in ihrem Blick aufflackert, die sie aber oft rücksichtsvoll von sich aus verdecken. Man hört noch nicht jede Woche von kenternden Booten im Mittelmeer, noch belegen nicht Flüchtlings-Camps jede Freifläche im Norden von Paris, die im Flurbuch nicht zu anderem Zweck ausgewiesen ist, aber entlang des Kanals nach La Villette oder unter Autobahnbrücken stehen schon etliche Igluzelte in dichten Reihen. Cora leert ihre Vorratsschränke, packt Thunfischdosen, Reis, Zahnpastatuben in einen Rucksack, begleitet Maouloun zu den Camps, wo er Leute kennt, und sucht sich, um Streit zu vermeiden, Migranten oder Helfer, die die Sachen verteilen, während sie sich zu den Leuten setzt und unter den Plastikplanen, die den Regen abhalten, mit ihnen Tee trinkt. Maouloun behauptet zwar, er sei ein Einzelgänger und schöpfe seine Kraft aus der Stille, doch kann er mit Leuten reden und mit einigen Gesten oder Sätzen in seinem rudimentären Englisch auch die Sympathie derer gewinnen, die kein Französisch sprechen: der Afghanen, die vierzig Kilometer am Tag zu Fuß gegangen sind, um herzukommen, der Syrer, die sich für den Weg hierher in den Kofferraum eines Autos haben einsperren lassen, immer abwechselnd, um nicht zu ersticken, die in iranischen oder

 türkischen Städten verprügelt und von der ungarischen

oder serbischen Polizei wochenlang eingesperrt worden sind und bei ihrer Ankunft teilweise nur *Bonjour, Merci* und *Gare de l'Est* sagen konnten. Obwohl Maouloun selbst erst seit zwei Monaten hier ist und zehn Jahre jünger als sie und obwohl er nach einigen Nächten auf der Straße vor Müdigkeit schwankt, lernt sie dank seiner Hilfe einige dieser Menschen kennen, mit denen sie allein niemals ins Gespräch gekommen wäre, kann lange mit ihnen sprechen, manchmal über ihre Lage, manchmal über alles Mögliche, und, sobald sie eine erste Komplizenschaft spürt, fragen, ob sie bereit wären, gleich oder später irgendwann, sich fotografieren zu lassen. Sie notiert sich ihre Telefonnummern, um ihnen die Fotos schicken oder sie über eine Veröffentlichung informieren zu können, aber nur mit Maouloun hält sie wirklich Kontakt: Sie hätte sonst Angst, dass sich in ihrem Gehirn die Karte der von ihnen zurückgelegten Wege zu sehr einprägt. Wenn die Fotos auf ihrem Bildschirm vorbeiziehen und vor ihren Augen langsam zur Reportage werden, eröffnet das Gefühl, etwas Nützliches zu tun, in ihrer Brust wieder mehr Raum zum Atmen.

Wenn das Wetter furchtbar ist oder ihre Müdigkeit zu groß, treffen sie sich bei ihr in Montreuil und denken darüber nach, was Maouloun bei seinem Gespräch im OFPRA sagen könnte. Anfänglich wollte er sie nicht zu Hause stören, er hatte Pierre bei der Begegnung am Gare Saint-Lazare als recht kühl, um nicht zu sagen abweisend empfunden, aber Cora hat zu Pierres Verteidigung vorgebracht, er sei an jenem Abend voller Sorge um sie gewesen, und dann hat sie eine Lobrede auf ihren Freund gehalten, hat ihn als jemanden dargestellt, der sich anfangs vielleicht schwierig gibt, aber in Wirklichkeit ein großes Herz hat, und später Pierre wahrlich nicht nur unterschwellig gedrängt, ihren Freund nett zu empfangen. »OFPRA – Französisches Büro zum Schutz von Flüchtlingen und Staatenlosen«, sagt Maouloun und prägt sich jedes Wort ein. Er weiß, dass er in einem Land, das seine Abkürzungen und seine Bürokratie so sehr mag, gut daran tut, sich wenigstens die eine Abkürzung zu merken. »Was sie von dir wollen, ist, dass du erzählst«, sagt er. »Wenn du das nicht kannst, wenn du das nicht willst, wenn du keine gute Geschichte hast, wenn dein Unglück zu klein ist, dann kannst du alle Hoffnung begraben. Aber erzählen, ausgerechnet erzählen, kostet einen am meisten. Denn ich weiß nicht, ob sie das wissen, aber das Gedächtnis hat Löcher. Sodass du, wenn du die Geschichte wieder und wieder durchgehst und nach Einzelheiten suchst, fatalerweise in das eine oder andere Loch fallen wirst.«

Cora schweigt, wartet ab, ob er sich dazu entschließt oder ob er aufgibt. »Meine Familie …« beginnt Maouloun und zeichnet einen Kreis in die Luft. »Na ja, wie du schon weißt …« Er ist ein Bella, ein schwarzer Tuareg, von der Seite seines Vaters und ein Songhai von der Seite seiner Mutter. Als er geboren wurde, am 27. Juni 1990, war sein Vater nicht dabei, weil die Rebellion der Tuareg gerade in vollem Gange war und er beim Überfall auf Ménaka mitmachte. »Maman konnte mich nicht ertragen, ja, so war das, von Anfang an nicht. Vielleicht bin ich zu früh gekommen. Vielleicht habe ich ihr beim Rauskommen zu sehr wehgetan.« Auch sein Vater liebte ihn nicht. Und obwohl der Laden für Eisenwaren und kleine Elektrogeräte nach dem Ende des Aufstands in Timbuktu ein ziemlich gutes Einkommen brachte, war sein Vater wegen allem und jedem frustriert, war ständig wütend, sodass die Zurückweisung, die er Maouloun spüren ließ, sich wahrscheinlich nicht gegen diesen persönlich richtete, auch wenn er ihn ganz persönlich verdrosch. Sehr jung schon näherte sich Maouloun seinem Onkel an, der noch kein eigenes Kind hatte, und seine Eltern ließen ihn gewähren. »Das ist sowieso oft so bei uns, ich hoffe, die beim OFPRA wissen das.« Der Onkel hatte lange studiert und nach Jahren in Bamako, die ihm Bewunderung einbrachten und gelegentlich den Vorwurf, ein Snob zu sein, war er zurückgekehrt, um an einem städtischen Lycée Geschichte und Geografie zu unterrichten. »Wenn ich also *meine Mutter* sage, weißt du, meine ich meine Tante. Und wenn ich *meine beiden Schwestern* sage, oder *mein kleiner Bruder*, dann sind das die Kinder, die die beiden nach mir bekommen haben.«

Im letzten Winter habe es dann angefangen, dass die Leute von der NBBA durch die Stadt gestreunt seien. »Auch wir haben unsere Abkürzungen. Nicht so viele wie ihr, aber doch einige. Diese steht für Nationale Bewegung zur Befreiung des Azawad. *Azawad* ist ein Wort aus dem Tamascheq für das Gebiet der Tuareg.« Alte Bekannte tauchten wieder auf, Leute, die sein Onkel seit Jahren nicht mehr gesehen hatte, die in der Wüste und im Ifoghas-Gebirge gewesen waren oder bis zu Gaddafis Sturz in der libyschen Armee gedient hatten. Sie kamen, um alte Solidarität neu zu beleben, den Traum von der Unabhängigkeit zu wecken. Bei ihrem ersten Besuch beim Onkel blieben sie zum Essen, beschworen bestimmte Erinnerungen herauf und sagten schließlich, ihr habt vor zwanzig Jahren bei uns mitgemacht, dein Bruder und du, wir haben ein Friedensabkommen geschlossen, doch das hätten wir nicht tun sollen, diesmal wird es klappen, können wir auf dich zählen, dass du uns irgendwie hilfst? Der Onkel ließ sie ihre Argumente vorbringen. Spät in der Nacht hat er dann, mit einer Genauigkeit, die sie wahrscheinlich zutiefst erboste, jeden Punkt ihrer Darstellung der Lage widerlegt: Sie würden Chaos verursachen, Hunderten oder Tausenden Menschen den Tod bringen, aber durchsetzen können würden sie sich nicht; die Einzigen, denen das zugutekäme, wären die Islamisten der AQMI, der MUJAO und von Ansar Dine, deren Islam aber nicht der von Timbuktu sei. »Ihr spielt ihnen in die Hände und dann werdet ihr gefressen«, rief Maoulouns Onkel – wobei er vielleicht nicht sah oder nicht ausreichend berücksichtigte, wie dringend der Wunsch der fünf Männer war, recht zu haben. Sie gingen davon, warfen noch einen Blick auf Maouloun und sagten zum Onkel, Friede sei mit dir und deinen Kindern.

Als sie einen Monat später wiederkamen, ragten aus den Falten ihrer Kleider die Kalaschnikows hervor. Diesmal waren sie nicht gekommen, um vorzufühlen, sondern um einzuziehen und zu verpflichten. »Auch ich habe dafür Anzeichen gesehen«, sagt Maouloun. »Habe gesehen, wie ihr Einfluss wuchs.« Einige seiner Kommilitonen erschienen nicht mehr zu den Vorlesungen, waren zu sehr beschäftigt mit anderen Dingen, von denen sie nichts erzählten, und einige hatten die Stadt verlassen. Vor den Koranschulen und bei den Kasernen standen sieben- oder achtjährige Kinder schweigend im Kreis, hörten sich um und konnten der Versuchung, die Telefone zu zeigen, die ihnen in die Hände gekommen waren, nicht immer widerstehen – doch ging man auf sie zu, liefen sie schnell davon, verschwanden in die umliegenden Gassen. Leute von der NBBA kamen zum Onkel in den Innenhof, am helllichten Tag, ohne darauf zu warten, dass man sie einlud. Sie fragten den Onkel, ob er nachgedacht habe, ob er sich jetzt erinnere, dass er Tuareg war, und ob er anerkenne, dass die Tuareg eine gemeinsame Front bilden müssten, damit sie in Bamako nicht länger missachtet und geschlagen würden. Wenn du dich zu alt fühlst, wenn dein Herz nicht mehr mitmacht, dann gib uns Geld, oder du gibst uns deinen ältesten Sohn, damit er sein Leben nicht mit Lesen vertut, sondern einer wird, der kämpfen kann; oder du gibst uns deine Tochter, die uns helfen könnte, wir würden uns gut um sie kümmern, versprochen, würden sie achten, als wäre sie unsere eigene. Sie sagten, wie du siehst, hast du die Wahl, denk nach, was wirst du uns geben?

Stress strömte durch Maoulouns Adern und ins Gesicht des Onkels. Maouloun sah, wie der Onkel sich mühte, sich durch langsames Atmen zu beherrschen und eine Miene aufrichtigen Bedauerns aufzusetzen: Es tue ihm leid, aber er könne nicht, er habe nicht viel Geld, und alles Geld gehe in die Bildung der Kinder, die sie nicht zum Vergnügen bekämen, sondern in der Hoffnung, dass sie später einmal für die Entwicklung der Region nützlich seien. Und in Reaktion auf die verbalen und nonverbalen Reaktionen der fünf Bewaffneten erklärte er, auch auf die Gefahr hin, sich zu widersprechen, in einem Plädoyer, das sich an einige die Wichtigkeit des familiären Zusammenhalts betonende Zeilen aus dem Koran anlehnte, seine Kinder seien unerfahren und ungeschickt, sie fortzunehmen wäre ein Verlust für das Heim und ein Ärgernis für die Truppe, doch könne er ihnen einige Vorräte und etwas Geld geben, eine kleine Summe nur, aber für sein Budget beachtlich, aus Freundschaft und vor allem für ihr wichtiges Anliegen.

Cora betrachtet Maouloun. Sie kommen zum Kern dessen, was er erzählen soll, und er ist hin- und hergerissen zwischen der Hoffnung, sich davon zu befreien, und der Befürchtung, dass, wenn er das jedes Mal, wenn er darum gebeten wird, erzählt, die Erinnerungen sich in immer listigere Geister verwandeln. Um es kurz zu machen, die Männer der NBBA befanden die Angebote für unzureichend, fast für beleidigend. Sie griffen nur ungern zu so extremen Maßnahmen, aber da der Onkel ihnen keine Wahl lasse ... Sie packten seine Tochter von hinten, hielten ihre Hand dicht über das rauchende Kohlenbecken und fragten, ob sie vielleicht weniger ungeschickt wäre, wenn sie ihre Hand nicht mehr gebrauchen könne – und während das Mädchen furchtbar schrie und der Onkel immer wieder rief, sagt mir, was ihr wollt, stürzte sich Maouloun auf einen von ihnen, boxte blind drauflos und erhielt einen Schlag mit dem Gewehrkolben ins Gesicht, der ihn zu Boden warf. Wir wollen nichts von dir, sagte derjenige der fünf, der am meisten redete, zum Onkel, du bist ein räudiger Hund. Wir werden dich nicht mehr behelligen, trumpfte derjenige auf, der am nervösesten war, der einzige in Militäruniform, und während er diese Worte ausspuckte, gab er eine kurze Salve ab, die den Onkel gegen die Wand warf und sein Gesicht einen dümmlichen Ausdruck annehmen ließ, den Maouloun in den zwanzig Jahren unter seinem Dach nicht gesehen hatte. Als nun einige angesichts ihrer Tat beschämt waren, versetzten sie, in der Hoffnung, das unangenehme Gefühl damit loszuwerden, Maouloun in Magen und Unterleib befreiende Tritte, durch die er das Bewusstsein verlor.

Er weiß nicht, was als Nächstes passierte. Was für Schreie aus dem Bauch seiner Tante kamen, wie die Brandwunde an der Hand seiner Cousine aussah, er hörte nichts, sah nichts. Die Männer gingen davon, ohne jemanden mitzunehmen, sicher weil sie fürchteten, dass der Lärm der Tötung bis in die benachbarte Polizeistation zu hören gewesen war. Ob die Polizei kam und was sie tat, falls sie etwas tat, daran erinnert Maouloun sich auch nicht. Aber er sieht sich noch durch die Stadt eilen, immer im Schutz der Hauswände, sieht vor sich, wie er an jeder Ecke vorsichtig schaute, damit er ihnen bloß nicht wiederbegegnete, zwischendurch öfter stehen blieb, um sich zu übergeben, und dann möglichst unauffällig ins Hinterzimmer des Ladens seines Vaters schlüpfte. Woran er sich erinnert, ist, dass sein Vater, auf einer Trittleiter stehend, einige Kisten aufs oberste Regalbrett räumte und ihn, als er seine Stimme hörte, ohne sich umzudrehen und in noch aggressiverem Ton als sonst, fragte, warum er hier so aufkreuze. Auf die Nachricht hin, dass sein Bruder getötet worden war, schluckte er mehrere Schluchzer hinunter, seltsame Schluchzer, die gurgelten wie das Blut in der Stimme eines Menschen, dem man die Kehle durchschneidet. Dann wiederholte er mehrfach, mit Nachdruck, der Onkel hätte sich trotz seiner tollen Bildung wie der größte Idiot benommen.

»Mein Vater vertritt eine andere Linie«, erklärt Maouloun. Der habe an Vergeltung gedacht, ein Ventil für all seine angestaute alte Wut, und im Laufe des schrecklichen Streits, der folgte, verstand Maouloun, dass sich sein Vater bereit erklärt hatte, Material, Waffen und Munition für die NBBA zu lagern, weil er damit womöglich viel Geld verdienen konnte, doch vor allem, weil es für ihn das Einzige war, das ihrer Geschichte würdig und ehrenhaft sei. Da trat Maouloun vor seinen Vater hin, so nahe, dass er ihn mit Tröpfchen seines Bluts bespuckte, und brüllte, dass er in dem Fall Komplize der Mörder sei, die soeben seinen Bruder getötet hatten, einfach um sich an ihren Waffen aufzugeilen, woraufhin sein Vater noch lauter zurückbrüllte, er wisse, was er tue, wenn einst die Stadt erobert sei, werde die Bewegung sich daran erinnern, welche Familien sie unterstützt und welche sich aus der Verantwortung gestohlen hätten, und von diesem Moment an sei Maouloun nicht mehr sein Sohn, genauso wenig wie all die letzten Jahre, übrigens, und er wolle ihn nicht mehr bei sich sehen, am liebsten gar nie mehr, und zwar nicht nur, bis sich die Lage beruhigt oder entschieden hätte, sondern bis ans Ende des Lebens, das Gott ihm noch gebe.

»Also bin ich weggegangen«, flüstert Maouloun, »aus diesen Umständen.« Bevor der Krieg kam, denn diese Erfahrung hatte ihm als Krieg gereicht. »Ich musste gehen, weil ich diesen Fehler habe, Cora, diesen Schandfleck: Ich bin einer, der nicht gern kämpft.«

Um der Hölle zu entkommen, schreibt Cora auf ihrem Portal, müssen Sie die richtigen Reflexe haben. Auch bei Sommer, Sonne, Sonnenschein in den Ferien genügt ein einziger Moment der Unachtsamkeit, und der Traum wird zur Tragödie: Ertrinken kann man am Strand und im Schwimmbad, aber auch zu Hause; ein Baby kann in wenigen Zentimetern Wasser und binnen weniger Minuten ertrinken. Wenn Sie am Strand bei hohen Wellen bemerken, dass jemand zu ertrinken droht, unternehmen Sie selbst nichts: Niemandem ist geholfen, wenn eine weitere Person in Gefahr gerät. Besser, Sie verständigen den Rettungsdienst und werfen der Person ein schwimmendes Objekt zu, als dass Sie selbst ins Wasser springen. Wenn Sie mit einem Boot unterwegs sind, achten Sie darauf, dass ihr Wasserfahrzeug den europäischen Normen entspricht. Die maximale Zuladung sowie die maximale Anzahl der Personen an Bord sind unbedingt zu beachten. Die Schiffsführer sind gehalten, für eine angenehme Fahrt die Geschwindigkeit und die Motorleistung fortwährend an die Seeverhältnisse anzupassen. Als Passagier nehmen Sie sich die Freiheit und weigern Sie sich, mit einem ungeeigneten Boot in See zu gehen.

An einem anderen Sonntagmorgen klingelt Maouloun unangekündigt bei ihnen, er ist aufgedreht und hat gerötete Augen, zu wenig Schlaf, wie Cora hofft, vielleicht aber auch Drogen. Er hat einen Brief erhalten mit einem Termin für sein Gespräch im OFPRA. »Was soll ich denen sagen?«, ruft er mit seltsam hoher Stimme, während Cora kurz hinauf in den ersten Stock geht und ihr Negligé gegen Tageskleider tauscht. »Beruhige dich«, sagt Pierre, der selbst versucht, die Ruhe zu bewahren, und statt eines Kaffees lieber einen Kamillentee macht. »Sie werden nicht nur wissen wollen, warum du weggegangen bist, sie werden dich auch fragen, wie die Reise verlaufen ist. Sie werden die Akte gelesen haben, sie werden herausfinden wollen, ob du die Wahrheit sagst.«

Cora holt Stift und Papier, um alles ordentlich aufzuschreiben, während Pierre mit Manon in den Parc des Guilands geht, damit sie nicht mehr weint. »In der Sahara«, beginnt Maouloun nach einigen Minuten, »sind überall Betrüger… Ich habe den Bus bis Gao genommen, um einen Schlepper zu finden. Du handelst den Preis mit denen aus, du kannst nicht vorhersehen, was es kostet, Cora, die nehmen alle möglichen Preise.« Er hat 300 000 Franc bezahlt, 450 Euro, und ist am nächsten Tag auf einem offenen Laster mit fünfzig anderen Personen losgefahren, ausgestattet mit einem Rucksack, Keksen und einem Vierliterkanister Wasser, von denen die Schlepper gesagt hatten, dass er sie kaufen solle. In Talanta, kurz vor der Grenze, haben sie an einem Lagerhaus haltgemacht. »Ob du willst oder nicht, da setzen sie dich erst mal ab. Der Besitzer heißt Hamidou, und du musst in seinen Hof gehen, aber um aus dem Hof wieder rauszukommen, auch wenn du nur eine Sekunde drin warst, brauchst du 40000 Franc. Wenn du die nicht hast, bleibst du monatelang dort und arbeitest gratis für ihn, und alle Frauen, die dabei sind, müssen mit ihm schlafen, ganz egal, ob sie mit ihrem Mann da sind oder nicht, ganz egal, ob sie mit ihren Kindern da sind, und ich schwöre dir, Cora, wenn er fertig ist mit ihnen, sind sie blutig.«

Maouloun ist in Timiaouine nach Algerien eingereist und musste für den Weg nach Silet erneut bezahlen. Doch bevor sie dorthin kamen, hat der Laster sie, das war ein weiterer Betrug, am Fuß eines großen Hügels abgesetzt, und der Fahrer vom Autobus, der kam, um sie mitzunehmen, wollte noch mal 2000 Dinar für die Strecke bis nach Tamanrasset. »Ein Kollege sagte, komm, wir trennen uns von der Gruppe, wir gehen zu Fuß nach Silet, das ist hinter dem Hügel, ich weiß, das ist nicht weit, von da nehmen wir den öffentlichen Bus, der kostet 200 Dinar, das ist der eigentliche Preis.« Das hat funktioniert. Aber selbst in Tamanrasset war es noch nicht zu Ende: Sie hätten in Privathäusern übernachten sollen, die sich Reisequartier nannten, aber Maouloun hatte gehört, dass die Gastgeber die illegalen Flüchtlinge schlugen und folterten, damit sie ihre Angehörigen anriefen und sich per Telefon Geld schicken ließen. »Ich habe Sachen gesehen, Cora, so einiges.« Er hatte Glück, weil er noch Geld für die weitere Reise hatte, und musste nicht, wie viele andere, ein oder zwei Jahre dableiben, um Fliesen zu verlegen, dreckigen Typen den Schwanz zu lutschen oder Böden zu fegen, die sofort wieder von Sand bedeckt waren.

Der nächste Schlepper, den er fand, arbeitete auf der Strecke über Libyen. Maouloun fragte sich, ob er sich da nicht kopfüber in einen Krieg stürzte, der viel schlimmer war als der, vor dem er gerade floh, aber der Mann, dessen Zeigefinger auf der tausendmal auseinandergefalteten Karte von einem Ort zum anderen glitt, erklärte ihm, dass ihnen das Chaos just half, weil sie wegen des Chaos die Kontrollen umgehen konnten. Sechs Tage später war er in Deb Deb, wo es einfach nichts gibt, eine Tankstelle, ein Fußballstadion und eine Moschee in einer ansonsten mondähnlichen Landschaft voller Krater, und am Busbahnhof, wo er ein Ticket nach Libyen kaufen wollte, hörte er, dass sie an Schwarze keine verkauften, auch nicht für den fünffachen Preis. »Das hat mich ein bisschen verletzt, als ich es hörte.« Er fragte sich durch und fand schließlich einen Führer, der einen über die Grenze brachte – zu Fuß, nachts, weitab von der Straße. »Warst du allein?«, unterbricht ihn Cora. »Auf dieser Etappe des Weges?« Maouloun bejaht: »Ich wollte nie mit jemandem zusammen reisen, denn wenn der andere Probleme hat, egal, ob gesundheitlich oder finanziell, dann geht nichts mehr. Ich habe oft Leute getroffen, war mit vielen unterwegs, aber in meinem Empfinden bin ich allein gereist.« Der Schlepper habe verlangt, dass sie seine Anweisungen sofort und aufs Wort genau befolgten: losrennen, stehen bleiben, sich auf den Bauch werfen, zwei Stunden auf dem eiskalten steinigen Boden liegen bleiben, plötzlich wieder aufstehen und schnell weiterrennen. Von Ghadames bis in die Nähe von Tripoli hätten sie zehnmal das Auto gewechselt, dicht gequetscht unter so fest angebundenen Planen gesessen, dass die Januarsonne schrecklich heiß geworden sei, heiß wie die Junisonne. »Da drunter kann man schwer atmen und nichts sehen. Ist besser«, sagt Maouloun. »An dieser Straße liegen überall Verhungerte und Erschossene, erzählt man. Du kommst also ständig an Leichen von Leuten vorbei, die auf der Strecke blieben, und du fährst weiter und fragst dich, wann du auf der Strecke bleibst, wie das alles ausgehen wird, und ein Teil von dir will das wissen, und ein anderer sagt, nein, so schnell muss das nicht sein, weder, dass es passiert, noch, dass du es weißt.«

»Als wir in die Nähe von Tripoli kamen, sagten sie, gebt uns euer Gepäck, stellt es hierhin, alles, für die Rucksäcke ist hier Schluss. Die geben vor, das wäre, damit niemand erkennt, dass wir gerade angekommen sind, aber in Wahrheit nehmen sie dir alles, was dir noch geblieben ist, also Telefon und Kleider, du ziehst dich noch mal gut an, Jeans, Pullover, Jacke, Mütze, alles andere lässt du da, sonst bist du geliefert. Die Typen, die das verlangen, sind bewaffnet, wer sagt da Nein?« Ihm wurde zugestanden, einige Papiere zu behalten, auch die Monets vom Saint-Lazare als Erinnerung an seinen Onkel, das Telefon aber nicht; also schrieb er eilig die Nummern seiner Verwandten ab, trennte sich schweren Herzens von dem Gerät und prägte sich, während ein letzter Lastwagen sie zur Küste fuhr, nach Sabratha, die Nummern ein, wiederholte sie wie ein Gebet oder Wiegenlied, um sie auswendig zu lernen und währenddessen an nichts anderes zu denken. »Ich hatte gehört, dass die Leute im Mittelmeer sterben, das wusste ich, aber ich hatte nie lange darüber nachgedacht, wie sie eigentlich rüberkamen. Ich hatte mir vorgestellt, es gibt einen sicheren Weg, Cora, ich hätte nie gedacht, dass es so ein Glücksspiel ist.« In Sabratha stand er das letzte Mal auf afrikanischem Boden und erlebte das größte Chaos seines Lebens. »Ich weiß nicht, ob es was Schlimmeres gibt als Sabratha. Ich weiß nicht, ob es woanders schlimmer sein kann.« Die Schlepper haben sie in die Werkhalle einer Fabrik für Thunfischkonserven gesperrt, ein verlassenes Gebäude, in dem nachts die Temperatur auf fünf Grad fiel. Sie waren Hunderte, sie durften nicht rausgehen und taten das besser auch nicht, die Sniper auf den Dächern hatten den Finger am Abzug, und die örtlichen Milizen brauchten keinen besonderen Anlass, der sie in ihren Augen berechtigt hätte, sie auszurauben und ihnen den Schädel einzuschlagen: das mache immerhin einen Schwarzen weniger. »Ich musste unbedingt mein Geld behalten«, sagt Maouloun, »um jeden Preis. Wenn du kein Geld mehr hast, ist es den Schleppern egal, ob du rüberkommst oder stirbst.«

Am Abend, als es losging, mussten sie alle raus in den Hof und sich im Schneidersitz hinsetzen; dann wurden die Namen aufgerufen und diejenigen vermerkt, die wegkonnten; die mussten dann aufstehen und einzeln durch das Metalltor treten, hinaus ans Ufer. »Erst da hab ich das Schlauchboot gesehen, dieses Plastikding zum Aufblasen. Und damit sollte ich übers Meer kommen.« Der Wind war schwach und die Nacht recht lau, dennoch wuchs in ihm eine Angst, die viel schlimmer war als alle Ängste, die er bisher gekannt und bezwungen hatte, ein Kribbeln, das aus dem Sand kam, seinen Körper hinaufkroch, ihn lähmte. »Ja, ich muss dazusagen: Ich kann nicht schwimmen«, erklärt Maouloun. Er wollte eigentlich nicht einsteigen, aber es gab kein Zurück. Die im Boot ließen immer mehr Leute einsteigen, noch einen und noch einen, und wer dagegen protestierte, wurde ins Wasser gestoßen, musste zurück ans Ufer waten und konnte sich von dem Traum, irgendwie von dort wegzukommen, verabschieden. »Der Kapitän fuhr los, und wir sahen im Westen die Lichter von Tunesien. Und dann kriegte das Boot ein Loch. Es fuhr gegen irgendetwas und kriegte ein Loch. Einige haben gesagt: weiterfahren. Andere: umkehren. Das Wasser stieg langsam, Wasser vermischt mit Diesel, der auf der Haut brannte. Wir riefen die Helfer an, die uns losgeschickt hatten, die gingen nicht dran. Wir riefen unseren Schlepper an, sagten, dass wir hier alle sterben, und er rief die Helfer an, und die schickten andere mit Schlauchbooten, die uns holen sollten. Aber sie haben nicht alle gerettet. Neben mir hatte ein Junge gesessen, Souleymane, fünfzehn Jahre alt, aus dem Diré bei Timbuktu, also nicht weit von meinem Zuhause – und er, Cora, ist drin geblieben.« Die Schlepper haben gesagt, okay, versprochen, nächste Woche fahrt ihr noch mal. Und da waren sie dann noch viel mehr Leute, sie haben das am Tag gemacht, sechs Stunden lang direkt geradeaus nach Italien, Welle für Welle, sind unter einer Haube bläulicher Wolken auf Sizilien an Land gegangen, sind einen Hang hochgeklettert, auf dem Kaktusfeigen angebaut wurden, und Gott sei Dank sind sie angekommen, Gott sei Dank ist alles gut gegangen.

Um hier auf Erden ins Paradies zu gelangen, liest Cora in unseren besten Wochenzeitschriften, muss man manchmal etwas wagen. Unermüdlich steigen unsere Sehnsüchte und Erinnerungen zur Oberfläche auf und bereichern unser Sexleben: Lassen Sie sich nach Herzenslust im Meer der Fantasien treiben. Laut einer aktuellen Studie denkt über die Hälfte der Frauen beim Sex an andere Männer. Zumeist ist der Dritte im Bunde ein naher Freund oder ein Arbeitskollege. Psychologen vergleichen diese Art sexueller Fantasien mit der Angst vor einer Impulskontrollstörung – der Angst davor, die Kontrolle über sich zu verlieren und etwas

Gefährliches zu tun: Wenn die Métro einfährt, denken wir daran, uns davorzuwerfen, führen die Handlung aber nicht aus; in ähnlicher Weise sehen wir unter Einfluss des Sexualtriebs unangebrachte Bilder aufsteigen, als Spiel mit den Grenzen, ohne diese unbedingt zu übertreten. Auch wenn die Vorstellung uns stört, besteht kein Grund, sich deswegen Vorwürfe zu machen: Wir müssen mit unserem Partner nicht alles teilen. Wenn sich aber allzu oft ein Dritter in unser Liebesspiel schleicht, sollten wir uns dennoch fragen: Versuchen wir, ein starkes Verlangen zu unterdrücken? Verschließen wir die Augen vor einem Sexleben, das uns nicht mehr erfüllt?

Eine Freundin von ihr hat diesen Artikel gepostet. Cora entdeckt ihn zwischen einem Seebeben vor Sumatra, einem Neugeborenenarmband unterhalb einer kleinen Faust, einem Steuerfluchtskandal und einer Studie über das Aussterben der ostamerikanischen Pumas. Sie fühlt sich betroffen, da ihr Sexleben seit einigen Wochen nicht mehr viel hergibt. Der Grad an Müdigkeit, den sie erreicht hat, raubt ihr sämtliche Lust auf Sex, und wenn sie sich durch Pierres Zärtlichkeit oder Geschick doch dafür gewinnen lässt, ist sie nicht so ganz dabei, die Lust kommt mit quälender Langsamkeit und ist bei der kleinsten Unaufmerksamkeit wieder weg. Vor dem Gesicht, das sie allzu gut kennt, muss sie die Augen schließen, doch wer sie dann besuchen kommt, gefällt ihr auch nicht. Als noch Delphine diejenige war, fand sie es aufregend, in Gedanken zwischen ihrem und Pierres Körper hin- und herzuwechseln, von dem gewölbten Bauch zu dem flachen Bauch, von den spindeldünnen Fingern zu den Pranken. Will sie diese Bilder jetzt heraufbeschwören, ist es wie Tote beschwören, sie sieht einen Helm, dessen Visier sich schließt, *ciao bella*, pass auf dich auf. Lässt sie die Männer defilieren, die ihr gefallen haben, setzt Franck sich neben das Bett, streicht seinen Kinnbart und sieht ihnen zu, fragt, ob er stört, knöpft sich das Hemd auf und fragt in nachdenklichem Ton, ob sie etwa Angst hat zu vergleichen, steht auf, dreht eine Runde und kommt unvermittelt wieder, tritt ungehindert ein in ihre Psyche, die sich, wie es scheint, durch die letzten Monate in ein Großraumbüro verwandelt hat. Sie erinnert sich, dass sie noch die Wäsche aufhängen muss, formuliert im Geiste Entwürfe für E-Mails und umsichtige Tipps für Maouloun, sie denkt an alles, außer an das, was sie gerade tun, und kommt nicht. Und als Pierre aufgibt, kreidet sie nicht mehr ihm an, dass er derselbe ist wie immer, sondern sich selbst, dass sie so deprimiert, zerstreut, treulos und fürchterlich wütend ist. In die Kladden schreibt sie mit einer Kritzelschrift, die noch kryptischer ist als sonst: »Wenn du mit Pierre nicht mehr kommen kannst – also wirklich, mit Pierre! …« Und der Satz bleibt unvollendet, weil sie Angst davor hat, den Gedanken zu Ende zu denken.

In der darauffolgenden Woche sind zu Coras allergrößter Freude ihre Schwiegereltern in Paris, und während Manon vor den Tiergehegen im Jardin des Plantes aus dem Kinderwagen hüpft, um sich kurz mit Yumco und Zanda zu unterhalten, den Himalaja-Katzenbären, fragt Nicole, nachdem sie den Gesundheitszustand von fünfzehn Cora unbekannten Freunden referiert hat, mit großer Beiläufigkeit, ob Manon sich denn nicht langsam langweile so ganz allein, ob sie sich keinen kleinen Spielgefährten wünsche. Um sich bloß nicht durch zu großes Feingefühl zu versündigen oder weil sie vielleicht findet, Cora habe diesem Gesprächsthema nicht ausreichend Interesse entgegengebracht, erwähnt sie nebenbei die Kinder von Freunden, die sich mit dem zweiten leichtsinnig viel Zeit gelassen haben und jetzt das unerträgliche Programm der künstlichen Befruchtung über sich ergehen lassen müssen. Natürlich ist Cora bekannt, dass Einzelkinder sehr schnell die Gesellschaft ihres Telefons der ihrer Eltern vorziehen, dass sie ihre Geheimnisse lieber Freunden mit ansprechenden Pseudonymen erzählen, die sie übers Internet kontaktieren und, falls sie ihre Jugend überleben, ohne in der Auflaufform eines Kannibalen gelandet zu sein, übelste Manager von der Sorte eines Franck Tommaso werden, die ihren Kolleg·innen das Leben zur Hölle machen und sie der Reihe nach in die Selbstverbrennung treiben. Im ersten Moment hat sie nicht übel Lust zu sagen, lasst mich doch in Ruhe, glaubt ihr denn, ich hätte nicht selbst schon daran gedacht, versteht ihr nicht, dass es darum im Leben nicht geht, seht ihr nicht, dass ich total fertig bin? Doch erst am Abend, als sie im Gespräch mit Pierre die Selbstkontrolle runterfährt, kann sie anmerken, dass es wirklich erstaunlich ist, wie die prüdesten Eltern – denn es tut mir leid, deine Mutter ist ein bisschen prüde, sie ist sogar ein Paradebeispiel für Prüderie – ihren Kindern auftragen, los jetzt, fickt mal, fickt, da kommt doch bestimmt irgendwas bei raus.

Um der Hölle zu entgehen, schreibt Cora an anderer Stelle, überwachen Sie Ihre Kinder. Studien haben gezeigt, dass eine Entführung kaum eine Minute dauert. Bringen Sie Ihren Kindern schon im Kleinkindalter bei, fremden Personen zu misstrauen. Erklären Sie ihnen immer wieder, dass Erwachsene, die keine bösen Absichten hegen, im

Fall einer Notlage bei anderen Erwachsenen Hilfe suchen werden und nicht bei Kindern. Jederzeit zu wissen, wo sich der Nachwuchs befindet, ist der kaum verheimlichte Traum der besonders Angstbeladenen unter uns. Für Kinder ab fünf empfiehlt sich eine Kinder-Smartwatch mit GPS-Funktion, die den genauen Standort orten und Sie benachrichtigen kann, falls die Kleinen ein sicheres Gebiet verlassen. Psychologen hingegen warnen vor der widersprüchlichen Botschaft, die Sie dem Kind damit vermitteln: Sie suggerieren Freiheit unter Überwachung, so als würden Sie sagen: Ich behalte dich im Auge, denn ich vertraue dir nicht. Eltern, die glauben, sie könnten ihren Kindern eine sichere Umgebung bieten, laufen Gefahr, ihre Kinder den Umgang mit Gefahren nicht hinreichend zu lehren. Besser also, man bringt Technik und gesunden Menschenverstand zusammen – und behält im Gedächtnis, dass es risikofreies Leben nicht gibt.

Am Tag von Maoulouns Gespräch im OFPRA, zu dem sie ihn nicht begleiten kann, weil der Termin mitten am Nachmittag liegt, fällt das Licht nur in Fetzen auf das Pariser Becken, gleitet wendig durch dichte Schäfchenwolken, zieht in Wogen zwischen Bäumen und Häusern hindurch, und Cora verabredet sich mit Maouloun für den Abend am Gare Saint-Lazare, sie will sehen, ob sie im Abglanz dieses Lichts ein Porträt von ihm schießen kann. Obwohl er per SMS mitgeteilt hatte, dass das Gespräch einigermaßen gut gelaufen sei, kommt er nicht, sagt nicht ab und geht nicht ans Telefon. Eine halbe Stunde lang geht Cora zwischen der großen Haupthalle und der Abfahrtshalle im Kreis, schaut verloren in die Menge, schießt, um sich zu beschäftigen, Fotos, die sie nicht überzeugen, und fährt nach Hause nach Montreuil. Erst am nächsten Tag meldet sich Maouloun bei ihr, ruft von einem unbekannten Handy an und flüstert, er habe Probleme gehabt. Als sie ihn am Ausgang des Hôpital Lariboisière abholt, sieht sie ein von Trauer verwüstetes Gesicht und bemerkt sofort den Verband an seiner rechten Hand. Die Spannungen mit den syrischen Geflüchteten am Kanal waren seit Wochen gewachsen. Einige hätten eine zu große Klappe, rechtfertigt sich Maouloun: Sie seien der Auffassung, sie könnten sich mehr erlauben, weil sie mehr durchmachen mussten und die Lage bei ihnen die mieseste sei, und glaubten wohl, sie müssten bei allem Vorrang kriegen. Gestern hätten sie die kleinen Kocher, die alle im Camp zum Kochen benutzen, für sich allein beansprucht, der Streit sei heftiger geworden, und dann sei es eskaliert. »Ich hätte mich da raushalten sollen«, sagt Maouloun. Er sah, wie einer seiner Freunde zu Boden ging und verprügelt wurde, und da wurde etwas in ihm wachgerufen, etwas, von dem er gehofft hatte, es wäre tief vergraben, und er konnte nicht anders und fing an, wild um sich zu schlagen, mit aller Kraft, zu schlagen und geschlagen zu werden, bis er sah, dass sie ihre Messer rausholten, und dann rannten sie ihm hinterher bis zwischen die friedvollen Blumenbeete des Jardin Villemin, wo ein stämmiger Typ, den er nicht kannte, ihm mit seinem gesamten Gewicht die rechte Hand zerdrückte. »Ich bin so ein Idiot«, versucht Maouloun sich einzureden. »Ich hätte das einfach nicht tun sollen!« Und sehr zögerlich fügt er hinzu, was sie bereits ahnt: »Das ist doch die einzige Hand, mit der ich zeichnen kann.«

Von da an versinkt er. Er läuft kreuz und quer durch Paris, hat einige Aussetzer, gelangt an unvorhergesehene Orte. Er hat Angst vorm Einschlafen, da all seine Albträume ihn in die Vergangenheit ziehen, nach Talanta oder Tamanrasset, nach Deb Deb oder Sabratha. Im Traum hat er gerade den Fuß ans Ufer gesetzt und will sich als gerettet glücklich schätzen, da holt ihn eine Welle zurück in die Brandung, in der er ertrinkt. Auch wenn der Frühling kommt, möchte er nicht mehr draußen schlafen. »Ich möchte sie sehen, wenn sie kommen«, sagt er. »Damit ich weiß, wie ich sie abhängen kann.« Und als Cora ihn überreden will, es noch einmal in den Wohnheimen zu probieren, wo irgendwann sicher Plätze frei würden, schaut er zur Seite, als rede nicht sie mit ihm, und murmelt: »Zu gefährlich.« Und: »Ich will nicht, dass die auch da sind.«

Einige Tage vergehen, und er berichtet, dass Tristan, der Straßenbuchhändler von den Quais, mit dem er sich angefreundet hat, ihm die alten Abbaustollen unter der Rive Gauche gezeigt hat. »Sie werden Katakomben genannt, aber das passt nicht«, sagt Maouloun, »denn sie haben nie dazu gedient, Menschen zu begraben.« Es ist die Welt des Kalksteins, aus dem Paris erbaut worden ist. Ein Netz aus dunklen Tunneln und Gängen, ohne die es die Lichterstadt an der Seine nie gegeben hätte. Er erzählt davon mit einer Begeisterung, die sie beunruhigender findet als seine Niedergeschlagenheit. »Ich bin sicher, du bist noch nie da unten drin gewesen. Du kannst dir nicht vorstellen, wie es da ist. Vor vierzig Millionen Jahren war da der Meeresgrund, und jetzt ist es die Unterwelt, ein zweites Paris unter Paris.« Er kennt einige Eingänge, Tristan hat ihm Karten gegeben und einen Overall, von dem er sich nicht mehr trennt, und immer, wenn er Gelegenheit hat, geht er allein hinunter. Cora fragt vorsichtig, ob das nicht leichtsinnig sei, was wäre denn, wenn er sich verlaufe, oder auf jemanden von den Kontrollleuten träfe und festgenommen würde? »Du riskierst viel«, sagt sie. »Sei vorsichtig!« Aber Maouloun wiederholt nur ständig: »Das da unten ist für mich gemacht, Cora.« Sie könne das nicht verstehen, solange sie es nicht kenne. Sie müsse einmal mitkommen, mit hinuntergehen und selbst sehen. – Und da ihre Neugier über die Angst obsiegt, wie oft in letzter Zeit, sieht sie ihn an, denkt, er hat recht, und sagt, einverstanden, wenn du willst, machen wir das.

Eines Samstags dann trifft sie sich, gekleidet in sehr alte Jeans und ihre ollsten Turnschuhe, mit ihm an der Porte d'Orléans. Sie steigen hinunter auf die vor Jahrzehnten stillgelegten Gleise der Kleinen Ringbahn und gehen in den Tunnel de Montsouris. Das Gewölbe verstärkt das Knirschen ihrer Schritte auf dem Schotter, bis Maouloun sich nahe der Tunnelwand an einer Stelle, die ihr selbst nie aufgefallen wäre, niederkauert, seine Stirnlampe einschaltet und in einem engen Spalt verschwindet, der kaum breiter ist als er selbst. Sie atmet tief durch und klettert ihm konzentriert hinterher. Nach einem kurzen engen Verbindungstunnel, den die Stammgäste der Unterwelt gegraben haben, gelangen sie in einen schnurgeraden Gang, dort ist der Boden von immer tieferem Wasser bedeckt, das ihnen gelegentlich bis ans Knie reicht. Sie dachte, das Wasser hier unten wäre schmutzig, doch da hat sie das Netz der alten Abbaustollen mit dem der Kanalisation verwechselt, denn dies ist nur vom Kalkstaub getrübtes Regenwasser. »Schau nicht, wohin du trittst«, sagt Maouloun. Ihm sei klar, das gehe gegen die Intuition, aber am Boden gebe es keine Löcher, keine Fallen, dafür müsse man oben manchmal an niedrigen Stellen aufpassen, an Absenkungen, sogenannten Himmelsstufen: Da sie keine Helme hätten, wäre es dumm, sich daran den Kopf zu zertrümmern. »Der Himmel ist hart«, sagt Maouloun. »Dem Himmel muss man misstrauen.« Wie sie ihn so niedergeduckt vor sich hergehen sieht, ist sie froh darüber, kleiner zu sein und einen Körper zu haben, der überall durchpasst. Die Welt ihrer fünf Sinne wird sehr karg und schlicht: Es gibt nur noch ihren Atem, von der Anstrengung verstärkt, das Plätschern des kalten Wassers rund um ihre Beine, das Grau der Bruchsteinwände, durchbrochen von vielen bunten Tags, und den höckerigen Kalkstein über ihren Köpfen. Maouloun erzählt ihr Geschichten weiter, die er von Tristan hat: Die heutigen Stollengänge sind mit die niedrigsten, die Grabungen sind von Subunternehmern ausgeführt worden, die am liebsten afrikanische Migranten für sich schuften ließen, also Typen wie ihn, wobei es völlig egal war, ob die im Knien arbeiten mussten, während gegen Ende des 18. Jahrhunderts, als der Architekt Charles-Axel Guillaumot, der verhindern sollte, dass ganz Paris zusammenstürzt, nachdem hunderte Wohnungen rund um die Rue d'Enfer auf einen Schlag im Boden versunken waren, die Gänge höher machen ließ, damit die Männer mit ihren Schubkarren aufrecht durch sie hindurchgehen konnten. Maouloun fand es ziemlich erheiternd, dass die Achtsamkeit gegenüber den Arbeitern 1777 größer gewesen war als 1960 …

Nach etwa zwanzig Minuten gelangen sie in einen niedrigen Hohlraum. »Schalt deine Lampe aus«, sagt Maouloun. Sie tut, was er sagt, und denkt dabei, dass sie den Ton mag, den er anschlägt, bestimmt, aber nicht autoritär, ein Ton, der ihn zu einem guten Führer durch die Unterwelt macht. Sobald das Dunkel sie gänzlich umgibt, erscheint auf dem Erdboden ein heller Kreis. Sie setzen sich hin und heben den Blick. Über ihnen befindet sich ein mindestens dreißig Meter hoher Brunnenschacht mit Trittstufen, die man schnell nicht mehr zählen kann. Das runde Licht, das auf die Entfernung kaum größer ist als eine Münze, wächst auf dem Weg nach unten im reflektierten Hin und Her zwischen den Wänden zu einem Lichthof an. »Das Runde ist ein Gullydeckel«, sagt Maouloun. Ab und zu tritt jemand drauf, und man hört ein *Plong*, das im Brunnenschacht hallt, und es klingt härter, wenn es eine Frau mit hohen Absätzen war. Maouloun legt den Zeigefinger an die Lippen. »Hörst du?« Abgesehen von den gelegentlichen Trittgeräuschen hört man absolut nichts. Cora atmet ruhiger und versenkt sich in die Stille, die oben so selten ist und von der es hier so viel gibt, dass sie sich leicht in innere Stille verwandeln lässt. Sie braucht Maoulouns Gesicht nicht zu sehen, um zu wissen, dass das auch etwas ist, was er hier sucht.

Als sie geduckt weitergehen, an engen Stellen auch kriechen, durch Verbindungstunnel, die gegraben worden sind, um Betonauffüllungen zu umgehen, gelangen sie in die Gegend der alten Brauereien, wo die Hohlräume höher und die Wände über und über bemalt sind. In einem Winkel haben Untergrundkünstler die Szene aus dem ägyptischen Totenbuch gemalt, in der die Götter die Seelen wiegen und über sie richten. Im hinteren Teil des Hohlraums, den die *cataphiles*, die »Freunde der Katakomben«, den »Strand« nennen, ragt Hokusais große Welle aus der Dunkelheit, mit dem Fischerboot, nach dem die Wassermassen greifen, und dem Berg Fuji als weiterer Welle im Hintergrund, als unbewegliche, mineralische Woge, die nichts bedrohen kann. Neben diesem Bild der fließenden Welt haben die *cataphiles* seitlich anschließende Bilder angebracht, einen ganzen Landstrich aus grünen Hügeln, die über dem ruhigen Wasser einer Bucht aufragen, oder auch einen Reiher, der über einem verschneiten Vulkan auffliegt und dessen große Flügel mit den Fumarolen flirten. Als Maouloun das letzte Mal in diesen Winkel kam, hat er einen Trupp Studenten der Mines ParisTech getroffen, die ihn zum Plaudern brachten und ihm von ihren Chips und ihrem Rotwein abgaben. Bislang seien die Leute, die er bei seinen Erkundungen getroffen habe, immer sehr nett gewesen und zugänglicher als oben auf den Straßen, als erforderten hier unten die völlige Dunkelheit und die Angst, die einen packt, so man sie lässt, dass die Leute einander mit Wohlwollen begegnen.

Ausdauernd erkunden Cora und Maouloun die gesamte Umgebung. Cora lässt sich von den Gemälden leiten, von Höhlung zu Höhlung, bis sie nicht mehr weiß, wo sie sich befinden oder wie viel Zeit verstrichen ist. Als sie sich auf die Suche nach dem Ausgang machen und Maouloun auf die Karte auf seinem Telefon schaut, weil er sich beim Weg gerade nicht sicher ist, entdecken sie eine Wand, an der eine hochgewachsene, hagere Frau im blauen Kleid mit einer Fackel in der Hand über eine ländliche Gegend fliegt, deren Felder verbrannt oder überflutet sind, eine von unzähligen Katastrophen verwüstete Landschaft. »Das ist schön«, sagt Maouloun. »Was glaubst du, was das ist?« Cora tritt näher und besieht sich die Freske genau. Ihre Stirnlampe reißt einige Fragmente aus dem Dunkel, ein Mann peitscht seine schwarzen Rösser, links, die Arme um die Hüften einer sich wehrenden jungen Frau gelegt, und rechts sieht man ein Herrscherpaar, das in einer verwinkelten Höhle auf seinen starren Thronen sitzt. »Das ist Persephone«, flüstert Cora, »ein Mythos vom Abstieg in die Hölle.« Da Maouloun den Mythos nicht kennt, kratzt sie ihre Erinnerungen zusammen, versucht, die Geschichte zu skizzieren, und merkt, dass die Details ihr wieder einfallen, dass sie von ihren Lektüren aus der Kindheit nichts vergessen hat. »Die Geschichten der griechischen Mythologie waren die ersten, die ich allein lesen wollte. Mit fünf, sechs war ich fasziniert davon.« Persephone war also eine sehr junge Frau, ein Mädchen fast. Sie pflückte auf den Feldern Blumen, als ihr Onkel Hades sie erblickte, bewunderte und entführte, um sie in der Hölle zu seiner Frau zu machen. Die Gestalt dort, die in größter Eile den Himmel durchquert, ohne zu essen oder zu schlafen, das muss Demeter sein, ihre Mutter, die sie überall sucht. Sie fragt die Hirten und Bauern: Ist hier zufällig eine junge Frau vorbeigekommen? Und da sie die Göttin der Fruchtbarkeit ist, erklärt sie, dass die Erde so lange hungern soll, bis sie ihre Tochter wiedergefunden habe. »Deswegen gibt es diese Katastrophen«, erklärt Cora. »Plötzlich verändert sich das Klima, übermäßige Sommerhitze verbrennt die Ernte, und Regen lässt sie verfaulen. Ja, ich glaube, so war das. Und Helios, die Sonne, die als einzige Zeugin die Entführung gesehen hat, gesteht Demeter, was mit ihrer Tochter passiert ist.« Also geht die Göttin zu Zeus, mit dem sie Persephone gezeugt hatte. Cora sucht mit ihrer zu schwachen Lampe nach dieser Szene und findet sie: Da liegen die einstigen Liebhaber auf einer Wolke hoch über dem Olymp, doch lässt der König der Götter Demeter verkünden, dass ihre Tochter in der Hölle bleiben muss: Hades sei beileibe keine schlechte Partie, und geschehen sei geschehen. Als Demeter das hört, ist sie so verzweifelt, ebenso wie die Menschen, deren Hungerschreie bis an sein Ohr dringen, dass Zeus einen Kompromiss vorschlägt: Im Herbst und Winter ist Persephone bei ihrem Ehemann unter der

Erde, unsichtbar wie das gesäte Korn, aber im Frühling und Sommer ist sie bei ihrer Mutter, um sie zu erfreuen, und alles grünt und blüht. »Das erklärt die Jahreszeiten«, folgert Cora, »den Tod und die Wiedergeburt der Pflanzen um uns herum.«

Maouloun zieht sein Telefon aus der Tasche, tritt etwas zurück und macht einige Fotos. Ausgiebig betrachtet er die Wand, an der die Maler eine Vertiefung für ihr Bild genutzt haben. »Siehst du, wie schön«, sagt er. »Solche Sachen sollte ich auch machen.« Solange er seine rechte Hand nicht wieder gebrauchen könne, liege der Sinn der Tatsache, dass er lebe, vielleicht darin, dass er hier hinuntersteigt, sich Hohlräume mit leeren oder nur dilettantisch besprühten Wänden sucht und dort im Gestank der Sprühfarbe seine Geschichten malt, die Ufer des Nils, die Tiere von den Felsmalereien am Tassili n'Ajjer, die zeigen, dass die Sahara früher eine Savanne war, oder Welten, die er sich ausdenkt. Tristan, der alles wisse, habe ihm erzählt, dass die Versailler in der Blutigen Maiwoche von 1871 die Mitglieder der Pariser Kommune, die sich in den Katakomben versteckt hielten, mit Hunden verfolgten, doch hätten sie sich im Gewirr der Gänge verlaufen, sodass sie nicht alle töten konnten. »Ich werde einen Unterschlupf finden«, erklärt Maouloun. Ich werde kleine Ecken entdecken, die niemand kennt, Hohlräume, in denen keiner mich findet.« Und weil er in Coras Gesicht Besorgnis sieht, versichert er: »Ich werde sie abhängen, sie alle abhängen, das verspreche ich. Mach dir bloß keine Sorgen um mich.«

Sie folgt ihrem Katakombenführer Schritt für Schritt in Richtung Ausgang, geht, wenn sie sich bei einer seitlichen Abzweigung irren und in Sackgassen geraten, vor ihm her den Weg zurück und denkt, das haben wir schon immer gemacht: Sogar in den schrecklichsten Zeiten, vielleicht vor allem in denen, haben wir immer einen Schlupfwinkel gefunden, Höhlen zum Verstecken, oder wir haben uns in den Untergrund eingegraben, gegen Bombenangriffe, die Angst, den Feind, und haben uns Wände gesucht, deren Flächen und kleinste Vertiefungen wir nutzen können – um zu malen. Und während sie das denkt, ist ihr bewusst, dass sie diese sehr alte Geschichte bewegend findet, aber sie beginnt zu zittern. Das reicht jetzt, murmelt sie. Ihr Puls rennt davon. Sie möchte jetzt hinaus, möchte Tageslicht sehen, die Straßen von Paris, ihre Familie, ihr Haus. Als sie schließlich bei Anbruch der Nacht aus dem Labyrinth hinausklettern und sich vor dem Eingang zur Métro verabschieden, die Hose schlammbeschmiert, die Haare am Kopf verklebt, möchte sie Maouloun überreden, oben zu bleiben, nicht wieder da hinabzusteigen, aber ihre Lippen sind von einem Fluch versiegelt, und sie bringt diesen Wunsch nicht heraus.

An den folgenden Tagen kann Cora, obwohl sie sicher in die Oberwelt zurückgekehrt ist, nicht mehr einschlafen. Es ist ein Uhr, vier Uhr, sechs Uhr, die Nacht ist Geisel der Angst. Cora trägt ein Schlottern in sich, das hinausdrängt, ihre Beine ergreift und schüttelt, ihr in dicken Tropfen über die Stirn läuft, ihr Herz implodieren lässt, ein Schlottern, von dem sie will, dass es aufhört. Manchmal zerfrisst ihr eine Ratte den Bauch, nagt und nagt, ohne müde zu werden. Sie weiß, dass Pierre, wenn sie ihn weckt, herumschreien wird, weil er mit einer so zerbrechlichen und inkonsequenten Partnerin, die er ständig mit all seiner Kraft tragen muss, nicht mehr leben kann. Vielleicht fünf Minuten lang wird er ihr freundlich zuhören, aber dann, weil fünf Minuten eben nicht ausreichen, um die Angst zu vertreiben, wird er wieder losschreien oder mit unwiderlegbarer Arglosigkeit sagen, die Nacht sei zum Schlafen da, nicht dazu, alles, was man mit seinem Leben gemacht hat, infrage zu stellen, und dass es nichts nützt, mit ihr zu reden, wenn sie in diesem Zustand ist, weil sie irgendwelches Zeug erzählt, und überhaupt, dass alles, was sie da sagt, verdreht ist oder falsch, dass sie von der Welt um sie herum redet, als wäre alles ein einziger Horror.

Also steht sie lieber auf, geht hinunter ins Wohnzimmer, fängt an, aufzuräumen oder zumindest Gegenstände von hier nach dort zu tragen, oder geht barfuß hinaus in den Garten, um unter den Zweigen des Kirschbaums eine zu rauchen oder einen kleinen Schluck Cognac zu trinken, einen kleinen Schluck Rum, schaut in die Nacht und sucht nach Anzeichen, dass diese nicht nur eine Feindin ist. Oder sie schleicht sich in Manons Zimmer und setzt sich neben das Gitterbett. Manchmal schläft Manon auf dem Rücken, die Arme angewinkelt neben dem Kopf. Oder sie liegt auf dem Bauch und drückt die Nase, manchmal, in den weichen Panzer ihrer Kuschelkrabbe. Ihr Gesicht ohne einen Schatten, oft, der Atem so ruhig und regelmäßig. In den letzten Wochen spürt sie, dass es Cora schlecht geht, sie nimmt alles, was sie mitbekommt, in sich auf, wie jedes Kind, alle Gefühle ihrer Umgebung. »Es tut mir leid, kleine Maus, dass ich dir meine Angst aufbürde«, sagt Cora. »Gern würde ich dich vor dem ganzen Grauen schützen.« Und in manchen linden Nächten fragt sie sich, ob es nicht andersherum sein könnte, wenn sie Manons geschlossene Lider sieht, ohne an anderes denken zu müssen, den schön geschwungenen Mund – ob sie nicht ihre Ruhe in sich aufnehmen, in ihren so leichten Atemrhythmus einsteigen und sich, wenn auch nur für einen Augenblick, in ihre wunderbaren Träume schleichen könnte. Ganz zart, um sie nicht zu wecken, küsst sie ihre Wangen und Schläfen und hofft, dass diese Küsse in irgendeiner Form in ihrem Schlaf auftauchen. Dann setzt sie sich in den Sessel, ganz nah neben dem Bett, atmet tief und versucht es. Versucht es mit aller Kraft.

XI ZEFIRO TORNA

Die schönsten Tage in Coras Leben folgten wenig später. Auch dies ist wieder eine Einschätzung, die sie selbst so vorgenommen hat, die schönsten Tage oder mit die schönsten Tage. Hat ihr Gedächtnis sie verklärt, um den Kontrast zu dem zu vergrößern, was danach kam? Ich glaube nicht. Die detaillierten Notizen, die sie damals direkt gemacht hat, entwickeln eine Intensität, einen Eindruck von Glück, die aus dem Üblichen herausstechen. Auch dazu dienen ihr die Kladden: Sie kann jederzeit unabhängig von ihrem mehr oder weniger verlässlichen Gedächtnis in eine vergangene Phase ihres Lebens eintauchen, ohne sich ein, wenn auch vorübergehendes goldenes Zeitalter zu erschaffen, wo in Wirklichkeit ambivalente Gefühle herrschten, die wie vorbeiziehende Wolken das Licht veränderten, die wie die Gezeiten unter dem Einfluss des Mondes mal sehr tief fielen, dann wieder sehr hoch stiegen und ihr, wenn sie nicht aufpasste, den Boden unter den Füßen wegzogen.

Seit einiger Zeit probiert sie ein neues Verkehrsmittel aus. Als wären die Métro oder der Zug die Gründe ihres Unglücks, begibt sie sich mit dem Auto zur Arbeit, einem alten blauen Peugeot, den Pierre bei seiner Großmutter in Lothringen abgeholt hat, nachdem er ihr am Ende zu verstehen geben musste, dass die Polizisten und Augenärzte ihr das Fahren nicht verboten, weil sie sich gegen sie verschworen hatten, sondern weil sie kein Fahrzeug mehr steuern konnte, ohne das Leben anderer und ihr eigenes aufs Spiel zu setzen. Auch wenn sie fünfzig Jahre jünger ist, würde Cora nie behaupten, eine große Autofahrerin zu sein. Es sagt ihr durchaus zu, ein Auto zu fahren, bei dem ein paar Kratzer oder Beulen mehr nicht weiter auffallen, und Pierre hat den Peugeot auch nur auf ihre Bitte hin übernommen, während er selbst mit einer solchen Gurke weder bei der Arbeit noch bei Freunden aufkreuzen würde. Trotz der Staus auf dem Ring, der Zweiräder, die ohne Vorwarnung überholen, der aggressiven Werbung, die von den Neonreklamen auf den Unternehmenssitzen ausgeht und ihr als weitere visuelle Verschmutzung im Grau des feinstaubschweren Himmels doch recht willkommen ist, bereut sie ihre Entscheidung nicht. Auf Pierres Nachfrage, ob das Autofahren eine überzeugende Alternative sei, bekennt sie, die Seite der Menschheit, die sie auf der Straße sieht, rege eher zur Misanthropie an, doch schätze sie es eben darum, vor den anderen geschützt und nicht mehr dem lästigen Anblick ihrer Gesichter ausgesetzt zu sein, ihren Blechpanzer um sich herum schließen und in ihre Musik eintauchen zu können.

Darüber hinaus richtet sich alles nach den Notwendigkeiten: Die Geschäftsführung weist sie an, mit GesundheitPlus bis Ende Juni live zu gehen, damit das Portal die nötige Zeit hat, sein Publikum zu finden, bevor die für den Herbst angesetzte Vertragskampagne beginnt, und sie liegen bei Weitem nicht gut in der Zeit. Von Cora wird verlangt, dass sie ihre Content-Vorschläge direkt an Franck schickt, der sie unverzüglich absegnet oder ihr zur Überarbeitung zurückschickt, manche dreimal, viermal, nicht aus Perfektionismus, wie er sagt, sondern weil ihre erste Fassung ihn zu seiner Überraschung ziemlich regelmäßig enttäusche, nicht den Standards entspreche und sie das besser hinkriege. Die größte Anspannung solle nur einen Monat dauern, das habe er ihnen versprochen. Bis dahin macht das verbleibende Team jeden Abend Überstunden, bestellt sich Sushi-Sashimi-Boxen, die Cora schon nicht mehr sehen kann, oder Pizzen, deren Käsegeruch sich in die Kleider setzt und bei ihr eine Übelkeit hervorruft, dass sie speien könnte, auch wenn sie gar nicht davon gegessen hat. Bevor sie hinunter zum Parkplatz geht, steht sie manchmal noch kurz da und betrachtet die Reste ihrer Mahlzeiten, die mit Fett und Tomatensoße befleckten Kartons, die sich weigern, in die Papierkörbe hineinzupassen und in der schrecklichen Müdigkeit des Morgens von den armen Putzfrauen beseitigt werden, und während ihr Blick in langsamer Kamerafahrt über dieses neuzeitliche Schlachtfeld schwenkt, denkt sie sich, dass dies eine armselige Schlacht ist, die niemand hätte beginnen sollen und an der niemand, vor allem sie selbst nicht, bereitwillig teilnehmen dürfte.

An diesem Donnerstagmorgen, nachdem aus einem anscheinend blauen Himmel ein Sturzschauer sie auf ihr unerklärliche Weise vor der Haustür erwischt hat, ist sie sehr froh, sofort in ihr Auto steigen zu können, doch kühlt ihre Freude sich schnell ab, als aus den Tropfen eine Viertelstunde später auf der Ringautobahn riesige Hagelkörner werden, die ihr mit solcher Wucht auf die Windschutzscheibe knallen, dass sie sich fragt, ob sie womöglich das Glas zerstören und ihr den Schädel zertrümmern werden. Da sie nicht häufig genug Auto fährt, um die Situation zu kennen, verhält sie sich wie alle anderen, wird abrupt langsamer, rollt aber weiter und kämpft mit mäßigem Erfolg gegen die aufkeimende Angst. Schau morgen früh, wenn du reinkommst, bei mir vorbei, hat Franck ihr am Vorabend mitgeteilt. Ihr fällt auf, dass er jetzt immer auf diese Weise mit ihr kommuniziert, entweder kommt er zu ihr an den Schreibtisch, oder er bestellt sie zu sich ins Büro. So wie sie vor sechzehn Monaten, als noch Édouard ihr Chef war, bevor Franck seine Position übernahm, in dieser Vorgehensweise nur den Wunsch gesehen hätte, der obszönen Kühle der E-Mails zu entgehen, die man sich schickte, obwohl man nur fünfzig Meter voneinander entfernt saß, so lässt dieser Satz, der wie ein Refrain immer wieder auftaucht, sie nun vor Schrecken erstarren und an ihren Geschichtsunterricht in der Abschlussklasse denken, in dem ihr Lehrer, der den Stoff des Lehrplans ebenso langweilig vermittelte, wie er vor Begeisterung glühte, wenn er davon abwich, ihnen erklärt hatte, dass, wenn Diktatoren voller Unverfrorenheit behaupten konnten, nicht zu wissen, welche Grausamkeiten unter ihrer Herrschaft begangen wurden, und damit alle Verantwortung auf Untergebene abwälzten, die angeblich aus eigenem Antrieb gehandelt hätten, dann nur, weil sie ein Herrschaftssystem entwickelt hatten, in dem bei Gesprächen keine Zeugen zugegen waren und nichts mehr schriftlich festgehalten wurde. Und während Cora mit pochendem Herzen über die Autobahn rollt, in einem neuen Hagelschauer den Pont de Neuilly überquert und in den Tunnel einfährt, der unter der Défense hindurchführt, murmelt sie vor sich hin: Franck Tommaso achtet darauf, keine Spuren zu hinterlassen. Obwohl es wenige Dinge auf Erden gibt, die sie so von Herzen hasst wie Straßentunnel, ist sie über den Schutz vor der Wut des Himmels erleichtert. Er sagt, schau bitte bei mir vorbei, weil er keine Spuren mehr hinterlassen möchte, denkt sie immer wieder und sieht es als eine düstere Wahrheit, von der sie den Blick nicht mehr nehmen kann. Und genau in diesem Moment ruft die unmittelbare Welt sich bei ihr in Erinnerung, indem Cora bewusst wird, dass sie gerade ihre Ausfahrt verpasst. Auch wenn ihr Auto auf der linken Spur festsitzt, könnte sie vielleicht noch ausscheren, also schaut sie in den rechten Spiegel, setzt den Blinker, bremst ab, doch die anderen um sie herum fangen an zu hupen, rufen ihr bestimmt wüste Beleidigungen zu, finden berechtigterweise, dass sie gerade Bockmist baut und sich einfach rechtzeitig hätte einordnen sollen, und sehen keinen Grund, sich in Gefahr zu bringen, um sie die Spur wechseln zu lassen, weil sie Cora Salme nicht kennen und von Franck Tommaso nichts zu befürchten haben. Nicht schlimm, beruhigt sie sich, dann nimmst du eben die nächste. Das Viertel hat vom Auto aus gesehen nicht die gleiche Physiognomie wie zu Fuß, sie wird das Navi auf ihrem Handy einschalten müssen, um sich schneller zurechtzufinden, und kommt im schlimmsten Fall zwanzig Minuten zu spät … Sie erschrickt vor sich selbst. Du hättest lieber einen Unfall gebaut, als etwas zu spät zu kommen, du Schusselchen? Hättest lieber riskiert draufzugehen, als dass Franck dich anschnauzt? Wolltest dich in Lebensgefahr bringen, statt einfach bis zur nächsten Ausfahrt zu warten? So denkt sie, denkt, dass sie am besten vorsichtig die Spur wechselt und die nächste Ausfahrt nimmt, doch das ist nicht das, was sie tut, ihr Körper gehorcht nicht mehr, er sitzt allein am Lenkrad und fährt im zwielichtigen Schein der Strahler in der Tunneldecke immer geradeaus, folgt stur den anderen Autos, deren rote Rücklichter sich vom schwarzen Hintergrund absetzen, während in regelmäßigen Abständen grüne Schilder die Notausgänge anzeigen, auf denen ein Männchen in fliehender Eile zum nächsten Ausgang rennt.

Dann kommt das Tageslicht zurück. Der Wind hat die dichte Wolkenmasse aufgebrochen, der Hagel hat sich verzogen, es regnet noch nicht einmal mehr, sie hat den Tunnel verlassen und fährt auf der Autobahn, die direkt in den Himmel führt. Jetzt, stellt sie sich vor, kommt Franck aus dem Fahrstuhl, schaut sich nach mir um und findet mich nicht. Im Rückspiegel sieht sie die Türme der Défense, die schon weit entfernt wirken, ihr Turm schrumpft in Sekundenschnelle, erreicht schon nicht mehr die Höhe der Oberleitungsmasten der Eisenbahnstrecke, während die dicken schwarzen Wolken und die Sonnenschneisen immer mehr Platz einnehmen. Links vom Mittelstreifen schieben sich die Autos dicht gedrängt nach Grautown hinein, rollen im Schritttempo vorbei an Betonbrüstungen, die Tagger mit sehr viel weniger Talent als Maouloun oder die Katakombenmaler besprüht haben. Auf ihrer Seite hingegen fährt fast niemand mehr. Jetzt, stellt sie sich vor, ist Frank in seinem Büro, er hat die Tore der gestrigen Spiele zu Ende geschaut und betrachtet mich nun als offiziell verspätet. Sie quert erneut die Seine, weil der Fluss in Mäandern verläuft, und kommt kurz darauf zur Mautstelle von Montesson. Obwohl sie damit gerechnet hat, ein Ticket ziehen zu müssen, verlangt die Maschine sechs Euro. Sie zückt ihre Kreditkarte, sagt sich, dass alle Zahlungen Spuren hinterlassen und dass sich mithilfe der Zahlungen rekonstruieren lässt, wo jemand war und was er den Tag über gemacht hat. Als die Schranke sich hebt und sie beschleunigt, sieht sie rechts von sich, hinter der Böschung, bereits Bäume und keine Gebäude mehr, sagt sich, dass sie nicht weiß, was sie tut, dass es aber keine Möglichkeit gibt umzukehren. Jetzt, denkt sie dennoch vor sich hin, freut sich Franck darauf, mich ordentlich zusammenfalten zu können, er wird mich anrufen, er wird die richtigen Worte finden, um mich zu vernichten. Und tatsächlich vibriert eine Minute später in der Handtasche ihr Telefon. Sie zieht es ungeschickt heraus. Und der angezeigte Name ist Franck Tommaso. Sie redet sich gut zu, dranzugehen, in einer Notaktion auf dem Standstreifen zu halten, abzunehmen, irgendetwas zu erfinden, doch das ist nicht das, was sie tut, ihr Finger drückt auf Anruf ablehnen, dann lange auf den Ausknopf, gleitet nach rechts und bestätigt, dass sie das Gerät ausstellen möchte, woraufhin sie es auf den Beifahrersitz wirft, es misstrauisch ansieht, feststellt, dass es sich nicht mehr bewegt und sie nicht mehr ausspioniert, feststellt, dass sie gerettet ist.

Und wie der Name Franck Tommaso auf ihrem erloschenen Display sind auch die Namen Paris und La Défense verschwunden. Sie sind überholt, ausgelöscht, diese Orte existieren nicht mehr, denn sie liegen hinter ihr. Über ihr wird gefragt, wohin es gehen soll, nach Saint-Germain en Laye oder nach Rouen, und sie wählt: Rouen. Was ist in sie gefahren? Jedenfalls fährt sie nach Rouen. Zumindest sieht es stark danach aus, weil die Strecke dort hinführt und der Weg frei ist. Über ihr werden Les Mureaux und Meulan, oder aber Rouen, Caen und Le Havre vorgeschlagen – und diese Richtung schlägt sie ein, Rouen, Caen und Le Havre. Rechts und links der Autobahn erheben sich Siedlungen terrassenförmig an Hängen, neue Viertel kleiner Städte, in die sie mangels Gelegenheit nie den Fuß setzen dürfte und wo sich das Leben von Menschen abspielt, die sie nie kennenlernen wird. Im zarten Grün des Frühlings haben blühende Bäume ihren Auftritt, ganz in Rosa, ganz in Weiß, Bäume, an denen ihr Blick hängenbleibt, voller Dankbarkeit für das Wiedersehen mit den Farben. Kurz vor Mantes gesellt sie sich erneut zur Seine, mit den Schornsteinen des Wärmekraftwerks auf der anderen Seite des Flusses und linker Hand den wie zur Ankündigung der Normandie aufragenden Kreidefelsen. Sie ist jetzt nicht mehr allein, sondern umgeben von vielen Lastwagen, die sie entweder eingeholt hat, oder die hinter den Vorstädten aufgefahren sind. Ein weiterer Schauer fällt, sehr viel leichter als die Sturzbäche vom frühen Morgen, bei dem jeder Tropfen einzeln auf der Windschutzscheibe aufsetzt, bevor er sie in weinenden Strichellinien hinaufsteigt. Der Raps glänzt in einem Gelb, das auf sie schon immer übernatürlich, chemisch oder unheilvoll gewirkt hat. Als sie in die Normandie hineinfährt, ins Département Eure, erblickt sie einige Heuschober mit quadratischer Grundfläche vor einer Pappelreihe – wie ein klassisches Landschaftsmotiv, das Monet gemalt haben könnte.

Auch wenn Cora sich für eine ungeschickte Fahrerin hält, ihrer eigenen Wachsamkeit genauso wenig traut wie der Umsicht der anderen, auch wenn sie ein schlechtes Gewissen hat, weil sie Benzin verbrennt, Öl aus der jahrmillionenlangen Zersetzung tierischer wie pflanzlicher Stoffe, die durch geologischen Zufall hier und da eingeschlossen worden sind, Öl, das sie in tödlichen Rauch verwandelt, der unsichtbar in die unteren Schichten der Atmosphäre aufsteigt… spürt sie zugleich die riesige Macht, genau dann zu beschleunigen und zu bremsen, wenn sie es will, und, obwohl die Schilder Vorschläge machen, selbst zu entscheiden, wohin es geht, sie weiß, dass Fahren befreit. Nachdem es mit dem Salle Gaveau nichts geworden ist, wurde ihr die Musik, die sie an dem Abend hätten hören sollen, von Pierre geschenkt, das *Teatro d'Amore*, gespielt von L'Arpeggiata, und Cora schiebt die in letzter Zeit oft gehörte CD in den Player. In Berlin hatte sie zu Monteverdi noch keinen Zugang gefunden. Die damals gehörten Aufnahmen erschienen ihr altertümlich, und sie konnte sich schlecht vorstellen, so alte Musik zu mögen. »Ich fange im Barock an«, hatte sie zu Pierre gesagt. »Die Renaissance ist nichts für mich.« Doch dann hat sie bei einer Hochzeit das *Pur ti miro* aus *Die Krönung der Poppea* gehört – eine leicht provokante Auswahl, wie sie später festgestellt hat, da Nero und Poppea sich an Ottavias Verbannung erfreuen und daran, sich als Ehebrecher endlich ausleben zu können –, und dieses Duo zweier Liebender, deren Geschichte sie nicht kannte und deren Worte sie nicht verstand, hat sie zu Tränen gerührt. Daraufhin hörte sie sich durch den ganzen Monteverdi, die Madrigalbücher, die Opern, wobei die Interpretationen von L'Arpeggiata für sie die luftigsten und bewegendsten sind.

Die Musik und das Fahren sind Kräfte, die einander verstärken. Cora weiß das seit ihrer Kindheit, seit den Fahrten in die Cevennen, auf denen ihre Eltern sie haben Brahms' Klavierkonzerte und die Chansons von Brassens entdecken lassen, auch wenn die genaue Wirkweise dieser Alchemie ein Geheimnis bleibt. Man könnte meinen, die Musik wird der Kraftstoff, den das Auto auf den Linien der Strecke verbrennt. Man könnte meinen, die Töne schallen aus dem Auto hinaus, um zurück in eine Landschaft zu gelangen, die ihnen vertraut ist, die sie seit jeher kennen, die einst zu ihnen inspiriert hat, eine Gegend, auf deren Wegen der Komponist wanderte und schritt, als er begann, sie Takt für Takt auf geistigen Notenlinien anzuordnen. Der Countertenor ist Philippe Jaroussky, die Sopranistin Nuria Rial, und ihre Stimmen nisten im Gehölz, verfolgen einander in den Wipfeln der Bäume, wo große Misteln hängen, setzen sich dicht an dicht auf den Glockenturm einer Kirche, umkreisen einander, fliegen wieder davon, auf ein nur ihnen kenntliches Zeichen hin oder weil die Hügel sie rufen, ihnen einflüstern, was woanders auf sie wartet. *Harfe* ist ein anderer Name für leichten Niesel. Mit ihren Bogenstrichen durchlöchern die Celli die Wolken. Kurz vor Rouen sträubt sich der Himmel mit Fabrikschloten. Cora beschließt, zum Meer zu fahren, schräg hinauf nach Dieppe – Le Havre. Als sie den Pont Gustave-Flaubert überquert, erblickt sie die alten Docks, das Industriegebiet mitten im Strukturwandel, und fragt sich, wie Flauberts Grummeln ausgefallen wäre, wenn er gewusst hätte, dass er eines Tages zur Brücke würde, dass er die Geschäftsviertel überragen und seine hoch von den weißen Pylonen herunterreichenden Stahlkabel die schwere Fahrbahnplatte anheben würden, um Schiffe hindurchzulassen.

Nachdem sie Rouen umfahren hat, beschließt sie, die Autobahn zu verlassen und auf die Landstraße zu wechseln, die nach Fécamp führt. Ich will die kleinen Straßen nehmen, denkt sie sich. Fécamp kennt sie nicht, für sie ist das lediglich ein Name, der für nichts steht, aber das Versprechen in sich trägt, im Laufe dieses Tages einen Ort preiszugeben, den es bisher ohne sie und in weiter Entfernung gab. Bald hinter Barentin und seinem sonderbaren Viadukt sieht sie die ersten Kühe dösend um ihren Hof stehen, und die ersten Fachwerkhäuser. Auch die kleinen Straßen besitzen einen mächtigen Reiz: Sie könnte anhalten, wo immer sie will, könnte am Straßenrand parken, aussteigen und fotografieren oder mit einem Sprung den Stacheldraht bezwingen und über ein Feld laufen. Auf den Schildern steht Fécamp – Le Havre – Yvetot – Saint-Valéry-en-Caux. Sie denkt, dass darin eine Schönheit der Welt liegt: in all den Ortsnamen auf den Karten, die nicht auf einen warten, aber doch für einen da sind, wenn man sich nur zu ihnen begibt. Sie kommt durch flache Ortschaften, die sich eng an die sie durchquerende Straße schmiegen, die Straße mit ihren alternierenden Versätzen und den Bremsschwellen zur Verkehrsberuhigung, mit den Kreisverkehren, angesichts deren Hässlichkeit man sich fragt, wie wohl die Träume der Mitglieder des Gemeinderats aussehen, und denkt, dass man es lieber nicht wissen will. Es gibt zu neue Straßen und sehr alte Häuser. In Yvetot heißt die Metzgerei La m'Hachoir (Inh. Peter Hacke) und das Kino Le Drakkar (Wikingerschiff); der Ort bereitet sich auf das Pferdefest vor. Dahinter kommt das Pays de Caux, mit seinen Bauernhöfen, um die herum als Windschutz Reihen sehr hoher Bäume gepflanzt worden sind. Solange sie nicht krank werden, denkt sie, sind diese Bäume anders als die Straßen und Häuser und Menschen, sie bekommen jedes Jahr tiefere Wurzeln, werden immer schöner und stärker. Sie könnte einfach so abbiegen und dem Schild folgen, auf dem »Cidre« steht, oder dem Wegweiser zur alten Geflügelscheune »Ferme d'Autrefois«.

In der Talmulde, die von der Hochebene abfällt, öffnet sie das Fahrerfenster, um zu riechen, ob die Landluft hier bereits auf das Meer hinweist, und hört »Zefira Torna«. Mit diesem Stück beendet Christina Pluhar ihr *Teatro d'Amore*, und für Cora ist das kein Zufall. Dieses Lied wird durchwirbelt von einer Schönheit, die erlösender nicht sein könnte. Die Bürotürme der Défense, die Schleuser von Tamanrasset, der Pariser Ring, die Schlauchboote von Sabratha, der Stacheldraht Europas, an dem man sich die Hände zerschneidet, alles scheint ihr für die Dauer von »Zefira Torna« erlöst. Der Text, ein Sonett, passt gerade zur Saison, feiert die Rückkehr des milden Westwinds, Zephyr bringt den Frühling und die Narzissen in den Beeten, die gelben Blüten der Forsythie, die schüchternen Annäherungen der Sonne auf die bloßen Arme von Cora Salme.

Rhythmus und Aufbau sind die einer Chaconne mit einer durchlaufenden Basslinie, die sich ostinato wiederholt, ohne monoton zu sein, sich wiederholt, ohne sich zu wiederholen, uns bei der Hand nimmt, uns in den Reigen führt. Vor einigen Monaten hat Cora entdeckt, dass sie Chaconnes ganz aberwitzig liebt, derart, dass sie ihre Lieblingsstücke über Stunden hinweg hören könnte, ohne ihrer überdrüssig zu werden – und ihr gefällt der Gedanke, dass sie in eine Musikform verliebt ist, die vor vierhundert Jahren gespielt wurde, und aus voller Kehle einen Tanz mitsingt, der im Frühling 1632 gerade der Hit war. Die Stimmen von Philippe Jaroussky und Nuria Rial wirbeln durcheinander wie der Wind, dem sie Reverenz erweisen, zaubern kleine Wellen aufs Wasser der kleinen Teiche, lassen Laub rascheln und Wiesenblumen tanzen, weichen Theorbe, Tamburin und Zink, stimmen dann wieder ein und folgen weiter dem Frühling überallhin, klettern Oktaven hinauf, um Hügel zu erklimmen, steigen tief hinab in die Täler, in Liebesglut, in Verzückung voller Lebensfreude, die alles übertrifft.

Auf den Schildern steht »Fécamp – Cité marine«. Entlang der Straße, die in den Ort vordringt, reihen sich prunkvolle

Häuser aus dem späten 19. Jahrhundert hinter schmiedeeisernen Zäunen, abwechselnd mit Häuserblocks aus den 1970ern, der unvermeidlichen Tankstelle, großen Lagerhallen und einigen dicht an dicht stehenden einstöckigen Ziegelbauten, recht hübschen Fischerhäuschen. Cora weiß, dass das dem schnellen Bevölkerungswachstum geschuldet ist, findet aber furchtbar, dass just in dem Jahrhundert, in dem das Land über so großen Reichtum verfügte, so hässlich gebaut worden ist, dass man die Vororte als Rumpelkammern für alles genutzt hat, das nicht in der guten Stube herumstehen sollte. Tatsächlich kommen, sobald Cora das Ortszentrum erreicht, die Geschichte und ihre Patina wieder zu ihrem Recht, an den hohen Mauern der Abteikirche etwa und den Ruinen des Herzogspalasts. Sie fährt am Becken des Jachthafens entlang, wo die Takelagen hin- und herschaukeln, biegt nach links auf die Küstenstraße ab und parkt das Auto an der kleinen Strandmauer. Vor zweieinhalb Stunden hat sie Paris verlassen, und als sie beim Aussteigen, da sie zu abrupt aufsteht, von orthostatischem Schwindel erfasst ins Wanken gerät, beschließt sie, angekommen zu sein, fürs Erste zumindest.

Etwas langsamer steigt sie die Stufen zur Betonpromenade hinauf und geht vor bis zur Brüstung. Da ist das Meer, endlich. Sie hat es seit Ende Juli, als sie eine Woche in der Gegend von Collioure verbracht haben, nicht mehr gesehen. Diesmal ist es nicht das Mittelmeer. Es ist das kalte Meer aus Maoulouns Träumen, an einer Stelle der Küste, wo der Ärmelkanal sehr breit ist und England sehr viel weiter weg, als man sehen kann. Sie lauscht dem Meeresrauschen. Betrachtet den Brandungsstreifen. Der Strand ist aus Kieseln, auch wenn sie, ohne zu wissen, warum, Sand erwartet hätte. Als sie die Felsen sieht, die den Ort umrahmen, links in weitem Kreisbogen bis zu einer entfernten Landspitze, rechts jenseits der Hafenmole und ihres Leuchtturms mit der roten Laternen-Mütze steiler aufragend, denkt sie, natürlich Kies, wie könnte es anders sein? Das Meer ist türkisblau, eine unglaubliche Farbe, die Cora mit Blicken aufsaugt und von der sie sich sagt, wenn ich nur genügend Geduld aufbringe, werde ich sehen, wie sie sich verändert. Kein Anblick des Meeres hält sich länger als eine Stunde. Den Strand hat die Sonne erobert, Menschen sind dort fast keine, abgesehen von einer Frau im Anorak, um die sechzig, mit langen grauen Haaren, die einen Drachen tanzen lässt. Der Wind ist recht schwach, der Drachen gleitet kopfüber abwärts, aber die Frau scheint sich damit auszukennen und bringt ihn wieder hoch in die Luft, immer wieder und jedes Mal für länger. In einiger Entfernung baut ein sehr bärtiger Mann einen Steinhügel. Cora hat sie schon immer gemocht, diese übereinandergetürmten Steine und ihre unterschiedlichen Bedeutungen. Vielleicht liegt es an dem alten Mann oder an seinem Bart, oder auch an dem Steinhügel, aber sie muss an diesen Sonntag denken, irgendwann Ende Oktober, an dem sie mit Pierre auf den Sainte-Victoire gestiegen ist, obwohl sie für das Wochenende in Aix nur Straßenschuhe mitgenommen hatten, und wie sie dort oben vom Nebel überrascht wurden, plötzlich keine Wege mehr sahen und dachten, sie müssten dort bleiben und sterben allein aus dem blödsinnigen Grund, dass sie die Herbstfarben hatten einfangen wollen, ähnlich wie Cézanne, der auch nicht klüger war und, als er das Bergmassiv malte, bei einem Gewitter durch einen Schwächeanfall ohnmächtig wurde und zehn Tage später an einer Lungenentzündung starb. Nur indem sie den

Steinhügeln folgten, deren Spitzen knapp aus dem Nebel ragten, sich langsam von Steinhügel zu Steinhügel bewegten, haben sie den Weg hinunter unverletzt geschafft. Ich bin wie Maouloun, denkt Cora: Ich folge den Impressionisten, beziehungsweise sie verfolgen mich. Aber was hat eine Frau, die von den Impressionisten verfolgt wird, eingesperrt in einem Büro verloren?

In ihren Halbstiefeln, die auch nicht unbedingt geeigneter sind als die Schuhe vom Sainte-Victoire, aber doch etwas besser als die Pumps vom Gare Saint-Lazare, geht sie hinunter bis ans Wasser, und das Wasser weicht vor ihrer Hand zurück, rückt wieder vor und beißt ihr mit eisigen Zähnen in den Arm. Schwimmen und Sonnenbaden sind so bald nicht drin. Sie spaziert am Strand entlang in Richtung Steilküste. Eine vierzigjährige Frau am Telefon wendet ein: »Aber wir waren uns doch einig, dass ...« Zwei Paare, Engländer mit dicken Bäuchen, die Frauen genau wie die Männer, sitzen auf einem Wall aus Kieseln, suchen die rundesten Steine heraus und lassen sie ins Wasser plumpsen. Die Arme abgespreizt für mehr Gleichgewicht, klettert Cora zurück auf die Promenade und entdeckt ein Restaurant, dessen windgeschützte Terrasse eingedeckt ist, auch wenn um diese Zeit noch niemand an den Tischen sitzt. Es heißt Les Voiles Blanches, Die Weißen Segel. »Bedienen Sie schon?«, fragt sie. Beim Blick auf die Karte stellt sie plötzlich fest, es ist Donnerstagmittag, ich entdecke Fécamp und werde ganz allein essen – und ein tiefes Glücksgefühl ergreift Cora. Sie bestellt ein Dutzend Austern und ein Glas Muscadet sur lie. Über ihrem Kopf, auf dem Schutzdach über der Terrasse, hüpfen zwei Möwen hin und her: Sie sieht ihre grauen Schatten, ihre herbstlaubfarbenen Füße mit den Schwimmhäuten und findet ihre Schreie sehr viel unverständlicher als die von Manon, als sie ein Baby war. Auf dem Holzdeck stehen Klappstühle in der Art von Regiesitzen. Die Steine, die als Serviettenbeschwerer dienen, tragen die Nummern der Tische. Sie haben mitten am Tag das Licht angelassen, Sturmlaternen, staubige Lampenglocken über großen gelben Glühbirnen, bei deren Anblick Cora nur zu gern darum bitten möchte, sie auszuschalten; wenn sie Licht so grundlos brennen sieht, ist sie ganz die Tochter ihres Vaters, es macht sie am ganzen Körper kribbelig, und als der Kellner kommt, muss sie sich beherrschen, um nichts zu sagen. Er bringt ihr die Austern auf einem Bett aus zerstoßenem Eis und Algen, dazu ein Töpfchen Vinaigrette und ein Zitronenviertel. Sie hat Appetit von der Fahrt, aber sie nimmt sich Zeit, um alles genau zu betrachten. Der Wind, der die Terrasse von allen Seiten umweht, lässt das Austernwasser und das Goldgelb des Muscadet leicht erzittern. Beider Brandungslinie ist in Bewegung.

Da der Kellner nett aussieht mit seinen zusammengekniffenen Augen hinter der Hornbrille, hat sie keine Scheu, ihn um eine Austerngabel zu bitten. »Ich schau mal nach, was ich noch habe«, sagt er. »Vorhin war, glaube ich, noch eine da.« – »Werden die Ihnen geklaut?«, fragt Cora. »Nein… Aber die Kollegen sind manchmal sehr schnell beim Abräumen und werfen sie mit in den Müll.« Eine Minute später: »Sie haben Glück, ich habe noch eine gefunden.« Es stimmt, sie hat Glück. Das Muschelfleisch lässt sich mit der passenden Gerätschaft sehr viel besser lösen, die wurde ja nicht umsonst erfunden. Vor einiger Zeit hat Édouard, nachdem er von einem verregneten Wochenende an der Bucht von Arcachon zurück war, wo er Zeit gehabt hatte, das – übrigens gar nicht schlecht konzipierte – Austernmuseum zu besuchen, ihr erklärt, dass man auch den weißen Verbindungsmuskel, den Adduktor, mitessen könne. Sie schließt die Augen, da sie so besser schmecken kann. Vielleicht ist das bei einer Fotografin so: Wenn das Auge sieht, dominiert es alles, nimmt alles in Beschlag. Sie schmeckt das salzige Wasser, eine Ahnung Ozean, dann den zarten, aus der Schale gleitenden Körper, sie schlürft ihn ein, er gleitet zwischen ihren Lippen hindurch, sie kaut, er rutscht von einer Seite ihrer Zunge zur anderen. Denen, die Austern nicht mögen oder sie sogar ekelig finden, konnte sie nie richtig erklären, was daran so köstlich ist.

Obwohl sie niemanden zum Unterhalten hat und auch kein Buch und keine Zeitschrift dabei, sondern nur dieses Telefon, das sie nicht wieder anschalten möchte, nimmt sie sich Zeit, isst langsam, mit vielen Pausen – sie kann nicht sagen, warum sie sich Zeit für den Geschmack nimmt, da die Werbung diese Worte verdorben hat, und doch ist es so. Es ist ein erstaunliches Gefühl, einer einfachen Tätigkeit gewollt langsam nachzugehen. Das tut sie sonst nie. Wenn sie früh am Morgen den Parc des Guilands durchquert, sieht sie häufig eine Gruppe aus jungen, alten, schwarzen, weißen und asiatischen Menschen, die beim Qigong um eine runzelige Chinesin herumstehen und – scheinbar, ohne sie anzusehen – ihre Haltungen und Bewegungen nachahmen, und ist voller Neid, doch hat sie weder die Zeit, unter der Woche dort stehen zu bleiben, noch die Energie, am Wochenende früh aufzustehen und sich zu ihnen zu gesellen. Mit dem Nagel des kleinen Fingers entfernt sie einen Schalensplitter, der auf das Fleisch der angrenzenden Auster gefallen ist. Sie betrachtet die Schale mit ihren weißen Kratern, ihrem scharfen, bröckeligen Rand, dem perlmuttschimmernden, jetzt leeren Boden, auf dem sich etwas Grau ausbreitet wie die Tinte auf der Rolle eines Lithografen. Trotz ihres Mantels und des Schals spürt sie jetzt die Kälte, die sie in den Nacken beißt. Ein Reise-Allianz-Bus voller Rentner fährt vorbei. Die Algen auf ihrem Teller liegen da wie hingefallene Tänzerinnen. Sie nimmt abwechselnd Zitrone und Vinaigrette und fragt sich, ob Puristen die Austern lieber ohne alles essen und welcher Zubereitung sie wohl den Vorzug geben, ähnlich wie Kaffeeliebhaber sagen, wahre Kenner trinken ihn ohne Zucker, und Schokoladengourmets behaupten, wahre Kenner bevorzugen die ganz dunkle Variante. Der Weißwein ist von der Sorte, die bei jedem Schluck die gleiche herbe Frische besitzt, und erinnert sie an den, mit dem sie sich am Abend ihrer Trennung bei Delphine betrunken hat, doch das ist nicht mehr so schlimm. Die Sonne ist für sie da, und das Licht schärft alle Umrisse. »Sind Sie fertig?« – »Ich habe noch einige.« – »Oh, entschuldigen Sie, lassen Sie sich Zeit.« Gegenüber von der Terrasse steht eine Rutsche mit Kletterbrücke, Kletterstangen und -netzen, die sich vom grün-blauen Meer abhebt. Daneben ein kleines Häuschen mit geöffneten Läden, wo es Crêpes, Eis und Waffeln zu kaufen gibt. Sie betrachtet das alles, als bestätige ihr Blick das Dasein der Dinge und als spüre sie, andersherum, dank der betrachteten Dinge in sich die Gewissheit, dass sie da ist und voller Leben.

Beim Zahlen sieht der Kellner sie an, als sei sie nicht in ihrer normalen Verfassung oder als finde er sie attraktiv oder halte das, was sie tut, für alles andere als unbedeutend. Es gefällt ihr, auf Blicke zu treffen, die sie nicht zu deuten vermag. Das Meer steht noch hoch. Sie kehrt an den

Strand zurück, setzt sich auf einen Kieselwall, schlägt ihre Kladde auf und macht sich Notizen über diesen der gewöhnlichen Zeit entrissenen Tag, bis sie die Kälte, die ihre Fingergelenke erstarren lässt, nicht mehr spürt. Ich mache es wie die Freilichtmaler, denkt sie: Ich arbeite vor Ort. Wenn die Wellen zurücklaufen, das Wasser zwischen den Kieseln hindurchfließt und diese aneinanderstoßen, ertönt am gesamten Strand ein mineralisches Klackern. Draußen auf dem Meer ist jetzt ein einzelnes Boot zu sehen, mit weißen und blauen Segeln, das still zu stehen scheint. Die Mythen erzählen davon: Wenn die Mannschaft ein schwarzes Segel setzt, dann ist die Geliebte gestorben oder wurde der Geliebte getötet, dann muss man nicht warten, bis das Boot anlegt, man kann sich sofort umbringen. Aber manchmal vergisst die Mannschaft das, oder die Späher können die Farben nicht mehr unterscheiden, oder gewisse Seeleute wollen uns täuschen.

Weiter küstenabwärts erklärt ihr ein Schild, dass die Felsen aus mikroskopisch kleinen Algen entstanden sind, den Kalkflagellaten. Sie hat das Wort noch nie gehört. Es handelt sich um planktonische Algen, die zu ihrem Schutz winzige Kalkschuppen ausbilden. Und wenn sie im Wachstum ihren Schutz wechseln oder wenn sie sterben, fallen ihre Rüstungen auf den Grund des Ozeans, lagern sich dort ab, schließen die Skelette und Schalen anderer Tiere ein und verwandeln sie in Fossilien. In der Kreidezeit, liest sie, vor hundert Millionen Jahren, war die Normandie zweihundert Meter hoch von Meer bedeckt, Europa war eine Reihe von Inseln, zu denen es wieder würde, wenn sich die Erderwärmung verschlimmerte, und die dicke Kreideschicht aus den Panzern der Kalkflagellaten verdichtete und erhob sich, in einer Langsamkeit, die sich der menschliche Geist nicht vorzustellen vermag, bis die Felsen hervortraten, die sie jetzt entlang der gesamten Küste sieht wie auch jenseits des Ärmelkanals, in Dover. Sie weiß, dies ist ein Name, den Pierre, wenn er da wäre und das läse, ihr ganz bestimmt als Kosenamen verpassen würde: In den folgenden Tagen würde er sich beim Weckerklingeln auf die Seite drehen, sie betrachten und sagen: »Na, Kalkflagellatchen?« Der Boden, auf dem sie geht, hier wie in Paris, die so mineralische Stollengang-Decke, die sie im Grand Réseau Sud der Katakomben nicht aus den Augen gelassen hat, besteht aus den Panzern dieser winzigen Lebewesen, die hofften, sich damit gegen Fressfeinde schützen, den Wellen besser standhalten und etwas länger überleben zu können. Sie möchte das alles behalten, sich noch mal richtig schlaumachen dazu und es dann Maouloun erzählen, auch auf die Gefahr hin, dass seine Faszination sich noch steigert und er beschließt, endgültig in die Welt des Kalks zu ziehen.

Oberhalb des Casinos geht sie ein Stück den Weg zum Steilufer hinauf. Die Küstenstraße ist asphaltiert. Dort stehen auf hölzernen Unterbauten einige billige Wohnmobile mit Blick aufs Meer. Wenn das Wetter nicht allzu schlecht ist, muss es da drinnen wunderschön sein. Ruhiger kann man es jedenfalls nicht haben. Sie denkt darüber nach, dass *ruhig sein* in der Sprache der Rentner, Händler und Landbewohner bedeutet, dass nicht viel passiert, dass die Stille mit der Zeit allzu sehr dem Tod gleicht, während man nach ihrem Verständnis *ruhig sein* in der Großstadt für weniger unerträgliche Orte und weniger ermüdende Tage gebraucht. Das Leben an einem anderen Ort würde ihre Sprache verändern. Emma Bovary verzweifelt beispielsweise an der Ruhe der Bocage, der Rinderherden, ihres Charles, der sie zu festen Zeiten küssen möchte und sie im Bett mit Monotonie plagt, während sie Lust auf ein Gewitter an der Küste wie auch in ihrem Körper hätte. Cora erinnert sich, wie sie sich auf dem Lycée bei dieser Lektüre gelangweilt hat, aber wenn sie daran zurückdenkt – und das passiert unter anderem, wenn sie das hässliche Wort »Ehebruch« irgendwo hört –, weiß sie, dass Flaubert das natürlich absichtlich gemacht hat, versteht Emma besser und hegt glühende Sympathie für sie.

Oben auf der Steilküste angekommen, wird ihr klar, dass die Straße eher landeinwärts verläuft, dass man nicht direkt vorn an der Felskante geht, die stellenweise abrutscht, und niemand weiß, wann. Einige Anwesen mit ihren Bäumen und Zäunen behindern sogar den Blick aufs Meer. Fast will sie umkehren, doch dann beschließt sie durchzuhalten. Die Straße führt hinab nach Grainval. In den abfallenden Gärten rund um die Häuser haben unsichtbare Hände hier ein Holzbündel an den Stamm eines blühenden Apfelbaums gelegt, dort Tulpen gepflanzt. Sie geht den Taleinschnitt hinunter zum Meer, vorbei an Schildern mit der Aufschrift *Danger* und *Keep clear of cliffs*, die oben neben der Treppe stehen, und gelangt an einen anderen Strand. Hier sind die Kiesel größer. Sie sieht die Wellen kommen und gehen, sieht, wie sie den Fuß des Felsens zermürben, ihm jedes Mal etwas Kalkstaub entreißen. Sie betrachtet die Schichten weißer Kreide, die schwarzen Schichten, die härter zu sein scheinen, die von Oxyden grau oder rot gefärbten Bereiche, und sagt sich, darin ist die Geschichte der letzten hundert Millionen Jahre zusammengefasst – für Gemeinsterbliche fast unsichtbar und kaum zu deuten, in dieser Komplexität allein von

Geologen und Stratigrafen erfasst und verstanden. Ich bin ein Wimpernschlag in der Geschichte der Erde, denkt sie. Vielleicht sagt sie sich auch, dass niemand die Geschichte ihrer Jahre erzählen wird, von den Erfahrungen, die sich Schicht um Schicht ablagern und irgendwann ihr Leben bilden. Ich kann mir dessen nicht sicher sein, aber ich würde mir wünschen, dass sie das damals gedacht hat und dass dieses anwachsende Buch eine Art Dementi des hartnäckigen Gefühls der Bedeutungslosigkeit darstellt.

Später am Nachmittag lockt der Felsen sie weiter küstenaufwärts. Sie tut es den Seeleuten nach, die hier hinauf zur Kapelle Notre-Dame-du-Salut gingen, um für guten Wind und ruhige See zu beten, bevor sie zum Dorschfischen nach Neufundland fuhren. Sie liest, dass die Gewölbedecke der Kapelle während der Revolution eingestürzt, aber trotz der Rachsucht, die die Kirche damals gegen sich schürte, nicht zerstört, sondern im Gegenteil mit Schiffsmasten abgestützt und wieder aufgebaut worden ist, damit sie ein Orientierungspunkt für die Schiffe blieb, von denen einige sie heute noch, wenn sie in See stechen, mit drei Sirenenstößen grüßen. Im Inneren wiegt eine Marienstatue, durch schmale Sträuße brennender Kerzen von unten beleuchtet, einen Dreimaster in ihren Armen – ähnlich den Statuen an den Londoner Docks, die Mangin in seiner Rede bei der Weihnachtsfeier erwähnt hat. Hinter Glas erleben die Schiffe auf den Bildern eine Wasserhölle mit Wellen, die viel zu groß für sie sind und einige kentern lassen. »Wenn der Sturm in unseren Herzen losbricht«, heißt es in einem für jene ausgelegten Text, die nicht beten können, »erhöre die Schreie derer, die Dich niemals vergebens anrufen: Leite sie durch die Gefahren des Lebens; errette uns vor dem Untergang…« Cora ist nicht gläubig, aber Seemannskirchen rühren sie von allen am meisten an. Unter den Votivbildern und -tafeln, die aufführen, wer dem Meer zum Opfer gefallen ist, öffnet sie das Goldene Buch: »Ich weiß, dass es jetzt zwischen uns schlecht steht«, besagt ein anonymer Eintrag vom selben Tag, »und glaube nicht, dass es wieder in Ordnung kommt. Ich erwarte nicht, dass Du mir vergibst, ich will Dich nur bitten, wache über Céline, die gerade den Verstand verliert. Es wäre wirklich gut, wenn Du das tust. Das würde etwas helfen. Und auch ich gebe mir dann gern Mühe.«

Als sie die Kapelle verlässt, ist der Wind aufgefrischt. Sie geht um das Militärgelände rund um den großen Signalturm herum und bewegt sich in Richtung der immer noch bedrohlich wirkenden und kaum gesicherten Bunkeranlagen. Hier kommt man sehr viel näher an die Felskante heran. Vor ihr breitet ein Kormoran das schwarze Moirémuster seiner Flügel aus, schießt kopfüber fünfzig Meter in die Tiefe und verschwindet im Meer. Der Wind nimmt Cora in die Mangel, drängt flatternd zwischen ihren Fingern hindurch und raubt ihrem Bauch die Wärme. Weht er, geht sie vornübergebeugt, pausiert er oder bläst wieder los, fällt sie fast hin. Es bräuchte nur eine unerwartet heftige Bö, und sie würde Galileis Fallgesetz auf seine Richtigkeit prüfen. Trotz aller Kapellen und Leuchttürme, die wir bauen, fantasiert sie vor sich hin, trotz der Seestücke, die wir malen, der Dampfmaschinen und Verbrennungsmotoren, die wir erfinden, um nicht länger vom Wind abhängig zu sein, trotz der Satelliten, die wir in den Orbit schicken, um über die Schiffe zu wachen, sind wir dem Ozean egal. Wir sind ihm egal. Würde das Meer auch nur ein bisschen auf uns eingehen, ließe es uns zu jeder Jahreszeit in sich baden und sein Wasser wäre trinkbar. Von oben gesehen wirken die Konflikte, die sie beschäftigen, natürlich unbedeutend, aber sie verschwinden nicht: Sie weiß, sobald sie wieder im Gefängnis sitzt, wird das Wissen darum, wie läppisch sie sind, ihr Unvermögen, sich endgültig aus ihnen zu befreien, nur noch demütigender machen. Zu dieser Zeit am Nachmittag senkt sich die Sonne über die südlichen Felsen, verwandelt sie in Schatten oder lässt sie über dem schillernden Meer in Grautönen glänzen. Sie weiß nicht, warum, aber sie empfindet dies als den wichtigsten Moment ihres Lebens.

Im Bahnhof von Fécamp springt am darauffolgenden Abend Manon beidfüßig-beherzt vom Trittbrett des Waggons, in der festen Gewissheit, unbeschadet in den Armen von jemandem zu landen, dem sie mit einem Freudenschrei soeben »Mama« zuruft. Derjenige, der nach ihr aussteigt, ein langer Lulatsch mit einem sperrigen schweren Koffer und einem zusammengeklappten Kinderwagen, teilt zwar seit neun Jahren ihr Leben, doch schaut sie ihn, schon nach einem Tag Trennung, an wie einen Unbekannten, und es braucht eine gewisse Zeit, bis die Gesichtszüge sich wieder so anordnen, wie sie sie kennt. Obwohl sie bereits Meister der unfreiwilligen Kunst peinlicher Wiedersehen sind, fällt ihre Umarmung noch staksiger und unbeholfener aus als sonst. Cora merkt, dass der Ausdruck, mit dem Pierre sie ansieht, sich verändert hat. Er ist besorgt angesichts ihres Zustands oder in Erwartung dessen, was sie sagen wird, oder er ist sauer und hält seinen Ärger in Manons Gegenwart zurück, oder er fragt sich, ob sie an diesen zwei Tagen hier allein war, oder er ist scharf auf sie und ihre Gründe für das unerwartete Ausbüxen. Die Augen derer, die man liebt, sind zuweilen nicht einfacher zu deuten als die irgendwelcher Passanten. Entlang des Hafens und in den Nebenstraßen suchen sie nach einem Restaurant, doch sie werden überall abgewiesen: Die Tische sind alle belegt, die Küche schließt bald. »Stimmt, es ist ja gleich neun«, erlaubt sich Pierre ironisch zu bemerken. Da Cora am Vortag und auch heute bei ihren Gängen den Eindruck hatte, die Stadt sei leer, ist ihr nicht in den Sinn gekommen, dass man reservieren müsste, doch ist es Freitagabend und plötzlich treten bislang unsichtbare Bewohner in Erscheinung und beugen sich über Fischpfannen und Miesmuscheltöpfe. Pierre guckt verknautscht, wirkt müde von der Fahrt, sie fürchtet, dass er sich aufregen wird. Als sie am Eingang zum x-ten Restaurant, Le Forban (Zum Freibeuter) oder La Matelote (Zum Fischragout), durch die beschlagene Scheibe schauen, verrät er ihr, Manon habe im Zug schon gegessen und er könne aufs Abendessen ruhig verzichten – und so trollen sie sich ins Hotel de la Plage, wo sie gestern Quartier gefunden hat.

Nachdem gebadet ist und die beiden Bücher vorgelesen sind, die Pierre noch schnell in den Rucksack gesteckt hat, ist Manon zu Coras Gesang von »Le temps des cérises«, wenn die Nachtigall schlägt und die Spottdrossel singt, schnell eingeschlafen. Von der Dachluke aus erahnt man am Ende der Straße mit den Schieferdächern im Licht eines milchtrüben Monds das fortwährende Hin und Her der Wellen. Als an diesem Morgen das Licht von der Küste mit dem Blau der Wände zu spielen begann und Cora von allein, ohne Verpflichtungen, mit Tollheit im Kopf und Sonne im Herzen in diesem Zimmer erwacht ist, erschien es ihr noch als großer Luxus, doch jetzt, nachdem der Betreiber ein altes Klapp-Kinderbett hereingeschafft hat und überall Gepäck herumsteht, ist es wieder eng und banal.

Sie glaubt, einen Fehler gemacht zu haben; sie hätte nicht ständig denken sollen, er soll sich keine Sorgen machen, vielmehr hätte sie ihre Kurzschlusshandlung in die Länge ziehen und zu einer grundlegenden Erfahrung machen sollen, die ihn vielleicht zu irgendeiner Erkenntnis geführt hätte. Du hast eine gute Intuition, aber kannst sie nicht erkennen und noch weniger nutzen, flüstert Delphine in ihr. Sie schaut sich Pierre an, wie er sich auszieht, um zu duschen, wie sein Oberkörper zum Vorschein kommt, während er Pullover und T-Shirt auf den Stuhl fallen lässt. Und eine Minute später hängt sie mit den Armen an seinen Schultern und den Schenkeln an seiner Hüfte, voller Lust, führt mit den Fingern seinen Schwanz, um ihn in sich zu spüren. Er ist am Hals schon ein bisschen salzig von der Gischt, sie riecht frischen Schweiß, den sie unter Tausenden erkennt und der sie um den Verstand bringt. Sie drückt sich an ihn, drückt ihn in sich hinein, sucht mit langsamer Brutalität die besten Winkel, möglichst ohne ein Geräusch, um die Kleine nicht zu wecken. Als Manon ein Baby war, haben sie sich gesagt, sie müssten die Zeiten, in denen sie schläft, nutzen, um sich wieder ein wenig zu finden, aber Lust lässt sich nicht herbeikommandieren, und so waren sie oft einfach viel zu schlapp. Oder sie hatten gerade angefangen, und dann meldete sich Manon, leise zunächst, mit ihrer schönen Kehlstimme, die schnell in Geschrei und Geheul ausartete, also hielten sie mit Blicken, Stoßseufzern und Getuschel ein kurzes Konzil ab, um zu entscheiden, ob sie sich ein weiteres Mal vertagen oder weitermachen sollten, auch auf die Gefahr hin, dass ihr echte Tränen über die Wangen liefen, oder ob sie die Kleine besser dicht bei sich auf ein Kissen legen sollten, damit sie zur Beruhigung ihre Nähe spürte und ihre Stimmen hörte, ohne unbedingt viel zu sehen. »Ab welchem Alter ist es traumatisierend, seine Eltern vögeln zu sehen?«, wollte Pierre herausfinden. Statt nur auf die Quellen ihres sexuellen Frusts zu schauen, hätte Cora sich vielleicht vergegenwärtigen sollen, dass Sex etwas ist, das man zusammenbastelt, eine komplizierte Sache, die man mit dem angeht, was man eben gerade hat. Dieses Mal macht die Lust sie jedenfalls verrückt: Niemand Drittes drängt sich in ihre Gedanken, dort sind nur Pierre und Bilder von vielen Orten, an denen sie schon Sex hatten, Erinnerungen an viele Zärtlichkeiten, die den gegenwärtigen Zärtlichkeiten einen kurzen Besuch abstatten, und sie wünscht sich, dass es niemals aufhört.

Am Samstag beim Frühstück reißt Manon vor Genuss die Augen auf, als sie mit ihnen Apfelkaramell probiert, eine Spezialität der Gegend. Wenig kommt an das Glück heran, sie essen, sich das Gesicht beschmieren und ihre Vorlieben kundtun zu sehen… Die Betreiberin erzählt ihnen, dass sie früher in einem Restaurant bei Châtelet gearbeitet hat, gegenüber dem Tour Saint-Jacques, den sie vor allem eingerüstet als Baustelle kannte. Im Ruhestand hätten ihr Mann und sie dann hier die Ecke entdeckt und das Hotel gekauft. Das sei günstig zu haben gewesen, aber Fécamp sei doch zu klein. »Was macht man hier den ganzen Tag, im Winter? Es gibt ein Kino, aber der Film, den man sehen will, läuft nie zur passenden Zeit. Für Theater und Konzerte muss man sechzig Kilometer weit nach Rouen fahren oder vierzig nach Le Havre. Der Strand ist schön«, erzählt sie weiter, »aber wegen der Kiesel kommen keine Familien. Manchmal kommen Leute, da haben die Kleinen schon ihr Eimerchen und die Schaufeln in der Hand, dann frage ich die Eltern, wollen die hier Burgen bauen? Und die sagen, na klar, und ich sage, na, da bin ich mal gespannt, was sie nachher erzählen, der Sand bei uns ist nämlich eher grob.« Nachdem sie das Hotel verlassen haben, denkt Cora immer wieder an diesen Gesprächsfetzen, während Manon die Landungsbrücke entlangrennt, um sich den Leuchtturm genauer anzuschauen. Zwei Tage lang hat Cora mit dem Gedanken gespielt, ihr Leben zu entschleunigen, und das, warum auch nicht, in einer Gegend wie hier, so könnte sie all ihre Probleme loswerden, aber man braucht nur mit den Leuten zu reden, und schon sieht man ein, dass das Gras auf der anderen Seite nicht grüner ist.

Nach dem Mittagessen nehmen sie das Auto und fahren nach Norden. Die Landstraßen ziehen sich von der Küste zurück, verlaufen mitten durch Ackerland. In Varengeville halten sie an, um das Bois des Moutiers zu besichtigen. Im Gewächshaus, das als Einlasshäuschen dient, ist niemand, also betreten sie das Anwesen mit dem Gefühl, Einbrecher zu sein. Das Herrenhaus ist nicht zu besichtigen, aber man kann sich den Park anschauen, in dem seltene Pflanzen wachsen. Sie schlendern den Laubengang entlang, setzen sich auf eine Bank, um in der Harmonie des eingefassten Gartens die kurz herauskommende Sonne zu genießen. »So stelle ich mir das Paradies vor«, flüstert Cora Pierre zu. Auch Manon möchte sich einbringen und wiederholt das soeben gelernte Wort »Paradies« ganz unbekümmert auch ohne r. Ein Mann kommt auf sie zu, er hat ein Metallkästchen in der Hand. »Sie wissen, wo Sie sind?« Es ist der Besitzer, Marc Desmarets. Das Haus sei von seinem Urgroßvater erbaut worden, erzählt er, dessen Vermögen aus der Bank Mallet gekommen sei, der sich aber nicht für die Finanzwelt interessiert habe, sondern eher für Philosophie und Kunst. Desmarets hat ein gebräuntes Gesicht und trägt eine Daunenweste über einem grauen Pullover. Er sagt, er würde aus dem Anwesen gern einen Ort für Auszeiten machen, an den sich Menschen aus verschiedenen Disziplinen zurückziehen könnten, um in Ruhe zu arbeiten. Er glaube, dass ein Klavierstück einen Physiker und einen Banker auf die gleiche Wellenlänge bringen könne. Das Wort *Auszeit* gefalle ihm sehr, besser als *Residenz*, das die zeitgenössische Kunst für sich gekapert habe. Während sie ihm zuhört, denkt Cora, das wäre genau das, was sie braucht, eine längere Auszeit, aber sollte das Projekt zustande kommen, würde es sich an eine Elite von Denkern und Künstlern richten, nicht an Leute wie sie. Wenn ich reich wäre, überlegt sie im Rosengarten beim Gang von Beet zu Beet, würde ich mir gern so ein Haus kaufen oder bauen lassen. Aber Träumereien unter dem Vorzeichen »Wenn ich reich wäre«, so zauberhaft erquicklich sie für ein Kind zwischen sechs und elf noch waren, sind heute trüb eingefärbt: Dazu wird es nicht kommen. Die Entscheidungen, die sie dafür hätte treffen müssen, im Finanzwesen arbeiten, ein Unternehmen gründen und erfolgreich führen, eine ganz große Künstlerin sein und das Glück haben, schnell anerkannt zu werden, befanden sich weit außerhalb ihrer Möglichkeiten und jenseits ihrer Kräfte. »Erst dreißig, und immer weniger mögliche Leben«, schreibt sie in ihre Kladde. Sie gehen den Hang hinunter, mitten durch die Narzissen, die im sumpfigen Boden wachsen, sinken ein unterm Blätterdach rosa blühender Rhododendren, die in wenigen Generationen die Höhe eines Dschungels erreicht haben, und sprechen darüber, sie und Pierre: Wenn sie nun nicht in die Provinz ziehen oder im Lotto gewinnen, vielleicht könnte sie ihr

Gleichgewicht wiederfinden, wenn sie ein Häuschen auf dem Land hätten, um einfacher zwischendurch mal aus Paris rauszukommen? Aber würde es ihnen nicht langweilig werden, immer an denselben Ort zu fahren? Und dann noch außerhalb der Saison, wenn alle Sehenswürdigkeiten zu sind? In welcher Gegend sollten sie suchen? In der Nähe von Paris ist es zu kalt und ist die Landschaft zu flach; weiter südlich ist zu weit weg für nur zwei Tage. Die Frage stellt sich sowieso nicht wirklich: Sie können es sich nicht leisten. Sie setzt sich auf eine Bank, Pierre putzt Manon die Nase und hebt sie hoch, damit sie an den Kamelien riecht: »Alle meine Gedanken stoßen auf ein Nein«, notiert sie flüchtig. »Sogar in meinen Träumen merke ich, obwohl ich mich da frei fühlen sollte, dass meine Fantasien auf eine Festung aus Hindernissen und Einwänden stoßen.« Aber falls sie es doch irgendwann schaffen sollten … irgendwann, man weiß ja nie … dann könnte es hier sein, in dieser Ecke an der Küste, trotz des Regens und der Kälte, denn es ist wirklich schön hier.

Fünf Minuten mit dem Auto, um Manon nicht zu ermüden, und sie sind oben auf den Felsen, bei der Kirche und ihrem Seemannsfriedhof. Saint-Valéry de Varengeville-sur-Mer … Sie hatte diesen Namen noch nie gehört, weiß aber sofort, dass dies ein Herzensort für sie ist, einer der schönsten, die sie je zu Gesicht bekommen hat. Die Steinkreuze ragen aus dem Grün der Wiesen, überragen das sanfte Blau des Meeres und schauen in Richtung Dieppe in einer entfernten Einbuchtung im Küstenverlauf. Georges Braque und seine Frau Marcelle liegen hier begraben: Auf ihrer Stele breitet das Mosaik einer Taube, die er selbst gezeichnet haben muss, die Flügel aus, und es muss ihnen gut gehen. Ein paar Schritte weiter findet Cora das Grab eines Kindes: Jean-Claude Barcq, 1947–1948. Ja, es gab eine Zeit, in der Babys Jean-Claude hießen … Direkt daneben entdeckt sie ein weiteres: Claude Godellier, September–Oktober 1946. Diese Gräber zerreißen ihr das Herz. Warum sind die Kinder gestorben? Lag es an der Mangelernährung der Nachkriegszeit? An Müttern, die keine Milch hatten, an Ärzten, die nicht rechtzeitig zu ihnen kamen? Und ein paar Meter weiter: Nicole Basque, 3 Jahre, 1938. Jeannine Basque, 11 Monate, 1938. Nelly Basque, 9 Monate, 1939. Drei kleine Mädchen unter der Statue eines Engelchens, das seine dicken Beinchen kreuzt … Aber wie? Warum? Wie lässt sich so etwas verkraften?

Gleich neben der Kirche führt ein kleiner Weg hinab ins Tal und bis ans Meer. Die Schilder zeigen Bilder, die Monet hier gemalt hat, und zitieren aus seinen Briefen an Paul Durand-Ruel, er beschwert sich darin über das wechselhafte Wetter, das ihn daran hindert, über das Stadium der Skizze hinauszukommen, und ihn noch in den Wahnsinn treiben wird. Gerade ist Niedrigwasser, sie können auf dem Strand spazieren gehen, vorausgesetzt, sie halten sich von den Felsen fern. Manon ruft sie mit lauten Schreien, um ihnen zu zeigen, dass die Kirche sich in einer Pfütze spiegelt, die Kirche, die dort oben losgelöst im Himmel schwebt, aber auch hier zwischen zwei Sandbänken. Ist das nicht Zauberei? Die Kirche wird irgendwann zusammenstürzen, hat Desmarets gesagt: Sie steht zu nahe an der Felskante, in wenigen Jahrzehnten wird man sie abtragen oder den Gedanken akzeptieren müssen, dass sie ins Meer hinabrutscht mitsamt ihren Gräbern, mit den Gebeinen eines Malers, der Braque hieß, mit den Gräbern toter Kinder. Sie stecken Manon in Gummistiefel, die sie in Fécamp gekauft haben, und bringen ihr bei, darauf zu achten, wie feucht der Sand ist, mit der Fußspitze vorzufühlen, ob man einsinkt oder gut darauf laufen kann, und bei Pfützen flache, fest liegende Steine zu nutzen, um gut durch sie hindurchzukommen. Manon rennt den Möwen hinterher und bespritzt sich dabei den Hosenboden; sie entdeckt einen toten Taschenkrebs, der sie wegen seiner Ähnlichkeit mit ihrer Kuschelkrabbe Sebastian sehr beeindruckt – gern würde sie ihn aus seinem Grab im Sand herausholen und zurück ins Meer tun. Während sie Manons Tun mit ihrer ganzen Aufmerksamkeit verfolgt, sieht Cora immer wieder durchscheinen, wie sie später als Jugendliche oder sogar Erwachsene sein wird. Doch das hat noch Zeit; so schnell soll das alles gar nicht kommen.

»Ich bin kein trauriger Mensch«, schreibt Cora am Abend, als sie sich schließlich im Hinterland von Dieppe in ihrem Hotel eingerichtet haben. »Ich habe keine depressive Veranlagung. Ich hätte sogar einiges Talent zum Glücklichsein, ließe man mir dafür nur die Zeit.« Und tatsächlich kenne sie keine Phasen, in denen Lustlosigkeit oder Kummer alles lähmten. Bei ihr ist es eher der Drang nach Genuss und Glück, der sie innerlich zerreißt, der, weil sie ihn unterdrücken muss, unerträglich wird, extravagant, unersättlich. Und ihr kommt an dem Tag ein Gedanke, den sie in unseren Gesprächen mehrmals wiederholt hat: Sie war bei Weitem nicht die Einzige, der es so ging; die in Journalismus und Politik als grassierender Pessimismus bezeichnete Krankheit, deren zunehmende Verbreitung wir in den Zeitungen verfolgen konnten, war nichts anderes als eine Folge unterdrückter Lustauslebung. Auch wenn sie Allgemeinplätzen über die Psyche einer ganzen Bevölkerung nicht glaube, das Klischee vom ewig unzufriedenen Franzosen müsse doch, unabhängig von den sonstigen Vorurteilen, eine Portion Wahrheit enthalten. Da liegt sie auf dem Hotelbett, müde im guten Sinne, wie Landschaften, Orgasmen und Seeluft es mit sich bringen, und umkreist diese Wahrheit, nimmt sie prüfend in Augenschein: Die Ansprüche ans gute Leben waren in diesem Land so hoch, dass die Franzosen weniger bereitwillig Opfer brachten als andere, die durch ihre Geschichte an ständige Schrecken oder an ein brutales Klima gewöhnt waren und sich nicht in diesem Maße Dinge erträumten. In Frankreich stopften sich die Leute mit Psychopharmaka voll, weil sie das Leben so leidenschaftlich liebten, dass sie verzweifelten, wenn es durch ein plötzliches Unglück den Bach runterging. Sie gingen auf die Straße und demonstrierten, um das Renteneintrittsalter beizubehalten, da die Rente nach dem Verlust des Glaubens ihr Garten Eden war, ein zeitgenössisches Paradies, ein Versprechen auf kleine Straßen, müßige Spaziergänge und Mittagessen an Küsten und Ufern.

Deswegen hat es sie so gerührt, als Maouloun von Frankreich zunächst als dem Land der Maler sprach. Sie wird noch mal mit ihm hierher an die Küste kommen müssen, um ihr Versprechen, ihm das alles zu zeigen, zu halten. Denn in Sachen gutes Leben kann man den Impressionisten und ihren Freunden vertrauen. Sie haben ein Glück gemalt, das allen zugänglich schien: einen Korb mit Melonen auf einem Tisch im Garten; eine Frau mit leicht verträumtem Lächeln in einem Korbsessel, lesend oder kurz eingenickt; ein Segelboot, das den Anker lichtet und dem wir hinterherschauen. In erster Linie haben sie keine harte Arbeit und allzu schnell vorbeifliegenden Wochen gezeigt, sondern die Freuden des Alltags, ein Dasein voller Müßiggang, eine Art ewigen Urlaub, einen Zustand, dem unser

Leben im Grunde viel öfter ähneln sollte. Doch wo die Maler eine ganze Saison lang in einem kleinen Fischerhafen bleiben konnten, um die Form der Wellen genau zu studieren, wurden die gemeinen Sterblichen von der Schwere der Städte schnell wieder zurückgerufen mit den Worten, zurück, genug Eskapaden, wir brauchen hier alle und jeden, seid so freundlich und kommt wieder zur Arbeit.

Und am nächsten Tag ist es so: Sie schlafen aus, packen mühsam zusammen, sind schließlich bereit, das Hotel zu verlassen, und spüren, dass der Wind sich gedreht hat: Über dem Pays de Caux geht Regen nieder. Kein kurzer Schauer, sondern Regenschleier, von denen, ist einer fort, sogleich der nächste kommt, und über ihren Köpfen hängt eine schwerfällige Wolkenmasse, die nicht wissen will, wovon Cora vier Tage lang geträumt haben mag. Die Vögel drängen sich in den Bäumen aneinander. Am Mittag schließen die Geschäfte. Die Impressionisten haben nicht verraten, wie kalt es nach dem Tod der Sonne wird. Im Grunde haben sie bei allem gelogen: der Rauheit des Klimas, der Landschaft und den Farben. Es bleibt nichts mehr, als sich wieder auf den Weg zu machen und zu versuchen, zwischen zwei Bewegungen der Scheibenwischer die Schilder zu erkennen. Nach einer Stunde Fahrt laufen die Straßen und Autos nach Paris zusammen, immer nach Paris, und man weiß nicht mehr, wovor man flieht oder was man sucht, und fahren heißt nicht mehr sich befreien, sondern sich eingliedern, fügsam sein.

Nichts hatte sich verändert, um ehrlich zu sein, abgesehen vom Licht vielleicht – doch war es ja gerade das Licht, das alles veränderte.

XII IM HOCHDRUCKGEBIET

Laut Franck Tommaso war Paris, und er beharrte auf dieser Vorstellung, für den Juni geschaffen. Der Mai hatte noch etwas von der Manieriertheit des Frühlings, im Juli zerstreuten sich die Leute in alle Richtungen, flohen die stickige Luft, schwitzten lieber unter der unzweideutigen Sonne der Strände, aber im Juni erstrahlte die Stadt. Er erinnerte sich an Picknicks im Parc de Bagatelle, in seiner Jugend, die womöglich seine Liebe zu Rosengärten begründet hatten. Er sah sich noch mit seiner Clique im Laden an der Ecke fachsimpeln, Kenner, die nichts kannten und viel zu viele Flaschen eines gar nicht so schlechten Weins kauften, mit dem sie sich, während langsam der Abend heraufzog, es aber noch hell war, an die Quais setzten. Zum Teil lag das Wunder genau darin, dass die Sonne es mit dem Untergehen nicht eilig zu haben schien. Wenn er sich einen Platz am Ende des Square du Vert-Galant sichern konnte, bevor alles belegt war, und an der westlichen Spitze der Île de la Cité die Beine über der Seine baumeln ließ, kam er sich vor wie die Galionsfigur eines großen Seglers mit Notre-Dame als Achteraufbauten, und die ganze zweitausendjährige Stadt um ihn herum war von überwältigender Schönheit, einer Schönheit, die ihn schützte, sodass ihm auch nur Dinge geschehen konnten, die zu erleben sich lohnte. Einmal hatte er, als er dort saß, unter der Trauerweide auf den Pflastersteinen, mit einem etwas punkigen Mädchen geknutscht, das ihn eine halbe Stunde zuvor angesprochen hatte, und ein anderes Mal mit einer Mitschülerin aus dem Lycée, auf die er seit Jahren scharf war. Auf Partys suchte er, wenn mit Anita Ward gesungen wurde: *the night is young and full of possibilities*, nach komplizenhaften Blicken – und dieses Disko-Mantra, in das sie alle lauthals einstimmten, erschien ihm als Schlüssel zum Geheimnis der Welt oder fasste zumindest sein damals akutes Verlangen zusammen. Eigentlich hatte er es schon als kleiner Junge so erlebt, als es für ihn noch weniger Möglichkeiten gab rauszukommen, da war der Juni die Zeit, in der seine Mutter weniger Arbeit hatte und sich entspannter zeigte als sonst: Sie vergaß, ihn zu fragen, wie weit er mit seinen Hausaufgaben sei, improvisierte einen Salat aus Vorräten, statt aufwendig zu kochen, nahm ihn mit zum Flanieren durchs Viertel und war begeistert von der Lufttemperatur, die genau richtig war, spürst du das?, ein seidenweiches Streicheln über ihre bloßen Beine und Arme.

Der Auftakt zum Fest waren natürlich die French Open im Stade Roland-Garros. Als Schüler am Collège rannte er dann immer auf dem Heimweg, wobei der vollgekritzelte löchrige Leinenrucksack ihm gegen die Schulterblätter schlug, und freute sich riesig auf den Moment, da die berühmte rote Asche den Fernsehbildschirm einnahm. Er schloss die Fensterläden, damit weder die Spiegelungen der Scheiben noch das allzu helle Licht das Bild störten. Die Werbepausen zwischen zwei Sätzen nutzte er, um schnell in die Küche zu gehen und sich ein Zitronenwasser zu machen, mit einigen Löffeln Zucker gegen die Säure, dann fläzte er sich wieder aufs Sofa. John McEnroe fühlte er sich in dessen draufgängerischen Momenten verbunden, verstand seinen Impuls, den Journalisten anzuschnauzen und gegen die Entscheidung des Linienrichters zu protestieren, Björn Borg dagegen, mit seiner schwedischen Jesusmähne unter dem gestreiften Stirnband, beneidete er um seine Ruhe, fühlte, dass diese unverwüstliche Konzentration mental gesehen der sicherste Weg war, um sein Ziel zu erreichen. Nach ein oder zwei Spielen sprang er auf, imitierte die Bewegungen der Spieler in Zeitlupe, die astreine Rückhand von der Grundlinie, die knallharten Returns der Aufschläge, die zunächst unmöglich schienen, die verdeckten Stoppbälle, die bis zur letzten Sekunde niemand erahnte, die fünf Meter vor dem empörten Gegner zurücksprangen oder ihn durch den Sand rollen ließen. Was für ein Wille nötig war, um das durchzuhalten! Sich auf jeden Ballwechsel zu konzentrieren, als gebe es nichts anderes, sofort die Strategie zu wechseln, wenn man in die Klemme kam, bei den entscheidenden Punkten nicht zu zittern und vor allem den Sieg nicht zu fürchten …

Sonia hatte ihn natürlich zu einem Tenniskurs im Viertel angemeldet. Er fror sich im Winter den Arsch ab, wenn er in kurzen Hosen die Bälle einsammelte, und verpasste kein Training, aber sein Körper folgte nicht, er fand keine gute Position auf dem Feld, nahm die Bälle zu spät, wusste eigentlich genau, was er tun müsste, war für die richtigen Bewegungen aber zu ungeschickt und zu langsam. Seine Freunde vom Collège spielten in besseren Clubs und trainierten am Wochenende auf den Plätzen ihrer Landhäuser: Sie hatten im Vergleich zu ihm nicht mehr Schlagkraft, doch schienen sich ihre Schlagqualität, ihre Auge-Hand-

Koordination und ihre ausgefeilte Technik auf irgendeine Weise direkt proportional zur Gewichtigkeit der sechsstelligen Einkommen ihrer Väter zu verhalten. Er hat den Sport dennoch weiterhin geliebt. Auch nachdem er sich mit dem Gedanken hatte abfinden müssen, dass er nie ein guter Spieler werden würde, geriet er oft in den Gedankenfluss, dass er durch ein Missverständnis für die French Open eingeschrieben wurde, die Qualifikationsspiele meisterte, Spiel um Spiel gewann, auch gegen die Größten, es als völliger Outsider, der den eklatanten Mangel an Erfahrung mit unerschütterlicher mentaler Stärke ausglich, zur allgemeinen Überraschung ins Finale schaffte und eines schönen Sonntags im Juni, unter der brennenden Sonne des Center-Courts, ohne auch nur einen einzigen Satz zu verlieren, das Turnier gewann und allen vor Augen führte, dass er nur aufgrund massiver und unerklärlicher Ungerechtigkeit nicht bereits zwanzig Jahre früher entdeckt worden war und welches Talent er hatte, dieser Unbekannte namens Franck Tommaso.

Mit den Jahren kam diese Träumerei immer seltener. Besser, man schaute nicht genauer auf die Geburtsdaten der Spieler, das zog einen nur runter. Zwar hatte er das Turnier nicht gewonnen, doch saß er jetzt bei Borélia auf einem Posten, der es ihm erlaubte, in einem Modus von Geben und Nehmen einzuladen und eingeladen zu werden. Und es war schon nicht übel, im hellen Anzug und mit Strohhut auf dem Kopf auf den besten Tribünenplätzen zu sitzen und dem Sitznachbarn ein paar kluge Bemerkungen darüber zuzuraunen, wie der Spieler in Schwierigkeiten seine Spielweise anpassen müsste, wenn er noch irgendwie auf einen grünen Zweig kommen wolle. Er sagte sich, später, wenn er es zu etwas gebracht haben würde (ja, er sollte sich beeilen, noch jemand zu werden, die Vierzig rückte näher), würden die Kameras von Zeit zu Zeit sein Gesicht in Nahaufnahme zeigen, damit die Hausfrauen und Mütter, die Rentner an der Côte d'Azur, die Studentinnen in den Innenstädten überall im Land begriffen, was für großartige Momente uns das Turnier im Stade Roland-Garros bescheren musste, wenn sogar ein Franck Tommaso sich entschieden hatte, dem Match persönlich beizuwohnen.

»Aber zurück zu den Tatsachen ... Wenn du mich zu dem Juni damals befragst«, erklärte Franck bei meinem letzten Besuch in Le Vésinet etwas zögerlich, »dann sage ich dir gleich: An den Frühsommer damals habe ich nur schlechte Erinnerungen.«

Es kommt der Moment, da ich keine Wahl mehr habe: der Moment, da ich, auch wenn es mir schwerfällt, erzählen muss, was damals im Juni passiert ist.

Es beginnt nicht mit Franck, sondern vielmehr mit einem Brief. Abgeschickt am 24. Mai, trifft er am darauffolgenden Tag im Viertel der Goutte d'Or zwischen einem Schmuckgeschäft und einem Dönerladen in einer Abholstelle für postlagernde Sendungen ein, und einige Stunden später geht Maouloun Haïdara mit Kopfhörern in den Ohren den Boulevard entlang, kommt bei der Métro-Station Barbès an dem Geschäft für Brautkleider vorbei, das ein Jahr zuvor ausgebrannt ist, entschließt sich, zur Beruhigung des Gewissens nachzuschauen, ob er vielleicht Post hat, auch wenn das nie vorkommt, und weiß, als ihm der Brief gereicht wird und er den gedruckten Absender auf dem Umschlag sieht, nicht, ob er sich freuen oder zittern soll, den Brief öffnen oder lieber nicht.

Als Cora sich am frühen Abend in einem Café an der Rue Pajol zu ihm setzt – er ist den ganzen Nachmittag zwischen den Gleisen des Gare du Nord und denen des Gare de l'Est umhergezogen und hat von den Brücken, die über die Schienenstränge führen, Züge beobachtet –, ist bereits eine Stunde vergangen, seit er seinen Widerstand aufgegeben und den Brief geöffnet hat. Sein Asylantrag ist abgelehnt worden. Cora nimmt ihm den Bogen, ein einziges leichtes Blatt Papier, aus der Hand und liest die vier Absätze, wobei sie die Standardfloskeln überspringt. »Sie sagen, ich habe keinen Beweis geliefert, dass ich persönlich bedroht bin«, fasst Maouloun es zusammen. »Die Unterlagen, die bezeugen, unter welchen Umständen mein Onkel umgekommen ist, die Bestätigung, dass er mich großgezogen hat – ich habe denen das doch alles erklärt.« Wem, fragt Cora nach, und was? »An dem Tag, als ich das Gespräch hatte, dem Typen und der Frau. Ich hatte nicht alle Unterlagen bei mir. Ich habe meine Sachen nicht einpacken können. Und so viel ist auf dem Weg verloren gegangen. Wir kommen nackt an, haben nichts bei uns. Beweis ist, was aus meinem Mund kommt. Wie soll man, bevor man hier ist, ahnen, welche Papiere man brauchen wird? Glauben die denn, wenn man wegmuss, sagt man sich, pass auf, Maouloun, irgendwann in einem französischen Büro wirst du das brauchen? Ich konnte nicht wissen, dass die so was von mir erwarten.«

Sie legt die Hand auf Maoulouns Arm, den seine Nägel zerkratzt haben. Unter dem gräulichen Verband, den er offenbar nicht oft wechselt, sind die Finger seiner rechten Hand immer noch unbrauchbar. Im Verlauf des Gesprächs hatten gewisse Fragen ihn verunsichert wie böse Vorzeichen, und nun schweben sie wieder drohend über ihm: Hat er sich, nachdem er zusammengeschlagen worden war, im Krankenhaus von Timbuktu behandeln lassen? Hat er den Mord an seinem Onkel angezeigt? Ein medizinisches Gutachten, ein Polizeibericht, eine Sterbeurkunde, nicht alle Dokumente vielleicht, aber ein paar davon wären kein Luxus gewesen, um sein Anliegen zu untermauern. »Wenn du das Land und die Situation dort kennst«, sagt Maouloun, »hast du das Recht, an solche Fragen zu denken, aber du stellst sie nicht, aus Takt…« Er trinkt einen Schluck kalten Kaffee und rührt im Kaffeesatz. Seine Stimme grollt und bricht. »Das Schlimmste ist, dass ich einiges ja hatte. Nicht alles, was sie wollten, aber einiges schon. Zum Beispiel Fotos. Nur dass mein Telefon, ich habe es dir erzählt, mir abgenommen wurde, bevor ich nach Sabratha durfte, das war die Vorbedingung, dass ich überhaupt hindurfte.« – »Und, hast du ihnen das gesagt?«, fragt Cora. »Hast du ihnen das auch erklärt?« – »Ja, ja«, sagt Maouloun. Er erinnert sich, dass die beiden Sachbearbeiter einander in dem Augenblick ansahen, um zu entscheiden, ob sie ihm glauben sollten, was mit dieser Information anzufangen sei und wie sie das Gespräch weiterführen wollten. »Die Frau hat mich gefragt: Sie haben kein Backup gemacht?« Maouloun wirkt beschämt und bearbeitet wieder seinen Arm mit den Nägeln. Im Radio über ihnen ist von Sonderangeboten für Haushaltsgeräte die Rede. Die Fotos, um die es geht, seien unscharf gewesen, vielleicht hätten die gar nichts bewiesen, und er habe keine große Lust gehabt, sie sich noch mal anzusehen, aber dennoch stimme, was die Frau gemeint habe, es sei idiotisch gewesen, kein Backup zu machen: Er sei echt unvorsichtig gewesen.

»Stell dir mal vor«, wird Cora sich, wieder zu Hause, empören, während sie vor Pierre eine Zigarette raucht und dieser versucht, so gut es geht, das Abendessen zuzubereiten, »im ganzen Norden haben sie die Scharia eingeführt, sie verbieten Alkohol und Musik, verkünden stolz in ihren Poser-Videos, dass sie Ehebrecherinnen steinigen, man weiß nicht, ob Ansar Dine und die NBBA gemeinsame Sache machen oder sich gegenseitig auslöschen, und alles, was sie dazu sagen mit ihrem Protokoll und ihren Quoten, an die sie sich halten müssen, ist: Die Gründe für sein Weggehen seien nicht ersichtlich ...« Pierre gießt das Wasser der Farfalle ab, stellt den Topf wieder auf den Herd und gibt die vorbereitete Tomatensoße mit Kapern und Schalotten dazu. »Im Grund ist er zu früh weggegangen«, kommentiert er, »zwei oder drei Monate zu früh, da gab es offiziell noch keinen Krieg, keine Konfliktzone, ich kenne mich da nicht wirklich aus, aber für sie ist das sicher ein Grund, den sie vorschieben können.«

Wir geben nicht auf, wir werden Widerspruch einlegen, versichert Cora Maouloun spontan. Ihr entschlossener Ton soll die Trauer ausgleichen, die sie bei ihm so deutlich sieht, doch klingt es aufgesetzt, das merkt sie selbst, und schenkt keine Zuversicht. Der von Édouard vermittelte Rechtsanwalt hat Maouloun nur ein Mal empfangen, zwischen Tür und Angel, schien sich für den Fall nicht zu interessieren, aber das muss nichts heißen. Wenn sie sich an die Vereine halten, werden die jemanden beauftragen, der sich mit Überzeugung für ihn einsetzt. Wenn Timbuktu in den kommenden Wochen von der regulären Armee wiedererobert würde, spekuliert Cora, könnte Maouloun seine Tante oder Cousinen bitten, Beweise für das, was ihm geschehen ist, zusammenzutragen, und wenn die Lage dort schlimmer würde, hätten die Richter ein offeneres Ohr für malische Staatsangehörige, und er könnte bei dem Verfahren anbringen, dass er unmöglich zurückkehren könne.

Maouloun geht darauf nicht weiter ein. Er sitzt ihr gegenüber und nickt. Na los, sagt sie, du brauchst eine Nacht im Warmen, komm mit, übernachte bei uns. Er lächelt sie an und lehnt ab: »Du hast schon genügend Probleme, ich will bei euch nicht einfallen.« Sie fragt sich, ob er ihr noch nachträgt, dass sie ohne ihn in die Normandie gefahren ist und auch keinen Termin vorschlagen kann, wann sie noch mal gemeinsam hinfahren. Sie will gerade weiter in ihn dringen, da ist er schon aufgestanden, zieht mit seiner gesunden Hand den Gürtel seiner Jeans zurecht und ruft dem Kellner zu, er wolle zahlen. »Ich muss weiter lernen, wie ich allein zurechtkomme«, sagt er. Und er wisse nicht, ob sie es bemerkt habe, aber bei den aktuellen Temperaturen sei es draußen sehr gut. Und selbst wenn es zu warm würde, könne er immer noch in den Stollen schlafen. »Ich kenne mich da immer besser aus. Man trifft fast niemanden, glaub mir, das ist echt erholsam.« Dieser Tag sei kein guter für ihn, er wolle lieber allein sein und in Ruhe nachdenken, aber sie solle immerhin wissen: Manchmal sei er auch glücklich. Wann genau, könne er nicht bestimmen: Plötzlich sei die Freude da, und manchmal bleibe sie eine oder zwei Stunden. »Da kommt es nicht so drauf an, was um mich herum geschieht. Das ist da drinnen und kommt in Zyklen, weißt du.« Sie könne also nach Hause fahren und ganz unbesorgt sein, sie würden dann bald telefonieren, denn auch für die Reportage sei noch einiges zu tun.

Am Sonntag, dem 3. Juni, als die erste Turnierwoche bei wolkenfreiem Himmel zu Ende geht, hat Franck das Kuvert mit seinen Tickets auf der kleinen Ablage in der Diele liegen und beabsichtigt, den Nachmittag auf den Rängen des Stade Roland-Garros zu verbringen. »Ich weiß noch, ich habe mich gefreut, denn ich wollte in netter Gesellschaft hingehen.« Dabei handelte es sich um keine von den schnellen Eroberungen, zu denen er sich hin und wieder hinreißen ließ, sondern um eine junge Frau, fünfundzwanzig, die in einem Architekturbüro arbeitete und Anaïs hieß, auf Zack, mit Stil, vielleicht nicht so viel Persönlichkeit wie Delphine und nicht ganz so entwaffnend wie Cora in ihrer Zerbrechlichkeit, aber aus besserer Familie, die Tochter eines ehemaligen Ministers, mit der er sich, auch schon bevor er ihr näherkam, wirklich gut eine gemeinsame Zukunft vorstellen konnte.

Vor diesen Freuden sollte er noch bei seiner Mutter zu Mittag essen. Was sie anging, waren es schwere Zeiten. Er wusste nicht genau, wann der Anfang davon gewesen war, denn die ersten Untersuchungen hatte sie vor ihm verheimlicht, die Röntgenaufnahmen, die CTs, was sie ihm gegenüber damit rechtfertigte, dass es »doch nichts bringt, wenn du dir Sorgen machst«, oder mit: »Ich weiß, wie sehr du beschäftigt bist«, aber seit der Biopsie – am Vortag der Biopsie hatte sie sich entschlossen, ihm von der Sache zu erzählen – gab es eine Diagnose, die zwischen ihnen auf dem Tisch lag wie etwas Unangenehmes, über das unmöglich hinwegzusehen war. Sonia litt an Lungenkrebs oder, genauer, denn sobald man betroffen war, lernte man diese Worte, an einem kleinzelligen Lungenkarzinom, das sich über beide Lungenflügel erstreckte und von dem die Ärzte vermuteten, dass es in die Leber metastasiert hatte. Sie habe es ihm nicht am Telefon sagen wollen, was er beinahe bedauerte, denn vor ihr, im Angesicht des Grünblaus ihrer Augen, das auch die Farbe seiner Augen war, ergriff ihn Panik, er fühlte, dass er nicht wusste, was er sagen sollte; dass sie nun nicht mehr zu den Menschen gehörte, mit denen sich normal reden ließ: Über seine Projekte zu sprechen, vertiefte den unschicklichen Graben, der ihre Leben voneinander trennte, noch mehr als sonst, und über sie sprechen brachte sie, sobald es um Zukünftiges ging, unwillkürlich zu diesem Thema zurück. Er würde also lernen müssen, sehr vorsichtig zu sein, aber auch nicht zu vorsichtig, nicht, dass es nach Mitleid oder Angst aussah, und er klagte sich schon im Vorhinein an, dafür nicht sehr begabt zu sein.

Vor zwei Monaten hatte er also wieder begonnen, sie zu berühren, ihre Hand zu halten, sie zu umarmen. Das war schön und auch verwirrend.

Abgesehen von dem Haarausfall, der Übelkeit und extremen Müdigkeit hatte die erste Chemo nicht sehr gut angeschlagen, und nach den drei Wochen Erholungszeit war Sonia am 5. Juni, am kommenden Dienstag, wieder dran. Francks Vater hatte sie an befreundete Ärzte vermittelt, Onkologen am Institut Gustave Roussy, zeigte allerdings keinerlei Ambitionen, sie dorthin zu begleiten oder dort zu besuchen. »So ein Arsch«, echauffierte sich Franck manchmal. »Da muss man nicht lange grübeln: ein echter Arsch ist das.« Als er im Geiste die Freunde seiner Mutter durchging, war keine Person dabei, die ihn ersetzen konnte, außer vielleicht punktuell, und er merkte, wenn er nicht wollte, dass Sonia das allein durchmachte, musste er sich so einiges Gependel nach Villejuif aufhalsen. Das hat man davon, wenn man Einzelkind ist!, dachte er.

Beim Mittagessen, während er so tat, als hätte er Appetit, konnte er den Diagnosebericht nicht daran hindern, unangemessen viel Platz in seinen Gedanken einzunehmen und vorangegangene Episoden ihres Lebens retrospektiv in ein düsteres Licht zu tauchen: nicht nur aus den letzten Jahren, in denen Sonia schon bei ganz normalen Spaziergängen angefangen hatte zu japsen oder das Donnern ihrer Bronchitis häufiger geworden war, sondern vor allem aus ihren jüngeren Jahren, wie sie beim Frühstückmachen bereits die zweite Kippe rauchte, wie sie ihre Schachtel herumgehen ließ, wenn Freunde da waren, und am Wochenende zu egal welcher Tages- und Nachtzeit Franck der Nachbarin anvertraute, um zum Tabakladen zu flitzen, wie sie bei Zugreisen schnell raus auf den Bahnsteig ging, um eine zu qualmen, eine Flut von Bildern, die sich in Francks Gedächtnis drängten, als könne er, wenn er sie vorüberziehen ließ, all die Zigaretten, die sie sich angezündet hatte, einzeln zählen und das Ausmaß des Schadens ermessen. Er hielt sich zurück, sie direkt zu fragen: »Wie viel hast du eigentlich geraucht? Anderthalb Schachteln am Tag, vom 14. bis zum 55. Lebensjahr?« Das Schlimmste war ja, dass sie nach mehreren katastrophalen Versuchen schließlich doch aufgehört hatte, eine Zeit, die Franck die Pflaster- und Hypnose-Phase nannte, in der er sie so selten wie möglich traf, weil sie ihm dermaßen auf den Keks ging.

Als er sie gegen fünfzehn Uhr an der Tür noch mal in den Arm nahm, erinnerte er sich an seine Überlegung, dass sie doppelt so lange mit der Zigarette gelebt hatte wie in Gesellschaft ihres Sohnes, und am liebsten hätte er ihr ins Gesicht gesagt, dass er sie dafür verfluchte, dieser Abhängigkeit so viel Macht über ihr Leben gegeben zu haben, doch schon kurz darauf im Taxi, das ihn zur Porte d'Auteuil brachte, erinnerte er sich an ein Gespräch mit seinem Freund Laszlo, der ihn darauf hingewiesen hatte, dass alle oder fast alle Menschen mit irgendwelchen Abhängigkeiten lebten, denen sie meist ahnungslos verfielen, Abhängigkeiten, die zu ihrer jeweiligen Zeit gerade besonders verbreitet seien, die nicht auffielen und keinen zum Einzelgänger machten, und dass niemand ohne psychologische Krücken durchs Leben komme, wobei die Krücken, die er, Franck, sich ausgesucht habe oder, genauer, die sich ihn ausgesucht hätten, Abhängigkeiten seien, für die es vielleicht keine offizielle Diagnose gebe, die aber ganz offensichtlich mit Karriere und Geld und mit Verführung und Sex zu tun hätten und für ihn bestimmt auch sehr schädlich seien – woraufhin Franck sich gezwungen sah anzuerkennen, dass Laszlo nicht vollkommen falschlag.

Am späten Nachmittag trifft dann im Achtelfinale Jo-Wilfried Tsonga, den die Kommentatoren entweder Jo oder, da er in Le Mans aufgewachsen ist, den *Manceau* nennen, auf Stanislas Wawrinka oder auch *Stan* beziehungsweise *den Schweizer*. Damit Anaïs von dem, was an dieser Begegnung von Belang ist, nichts entgeht, hat Franck sich schlaugemacht und erklärt ihr nun, dass Tsonga im Februar unter die Top 5 gekommen ist und noch nie so weit oben in der Weltrangliste stand, dass Wawrinka sich gute fünfzehn Plätze unter ihm befindet und dass der Franzose ihm theoretisch nur die hierarchische Rangordnung verklickern muss. Andererseits hat Stan im letzten Jahr Jo in der dritten Runde in fünf Sätzen aus dem Turnier geschmissen, was ihm einen psychologischen Vorteil verschaffen könnte. Wie dem auch sei, Anaïs findet ohne Einschränkungen Gefallen an Tsongas äußerer Erscheinung, was in ihren Augen dafürspräche, noch sehr viel mehr Mischungen zwischen dem Kongo und der Sarthe zu erzeugen. Franck findet zunächst, sie hätte sich diese Bemerkung verkneifen können, doch wenn das Thema Schönheit somit gesetzt ist, bietet es sich ja durchaus an, über Anziehung, Verführung und tutti quanti zu sprechen... Und es geht gut los: Tsonga holt sich den ersten Satz, arbeitet sehr genau am Spielaufbau und strengt sich am Schluss noch mal richtig an, mit erfreulichem Ergebnis, 6:4. Im zweiten Satz schafft er einen Break, aber Wawrinka geht in die Offensive, nimmt ihm den Aufschlag ab, erkämpft sich mehrere Satzbälle, die Tsonga aber abwendet, sodass sie in den Tiebreak kommen. Tsonga greift an, spielt mehrfach auf die Rückhand des Schweizers, glänzt mit einigen Passierschlägen und gewinnt den Satz. Anaïs klatscht lauter als irgendwer sonst um sie herum, wendet sich mit komplizenhaftem Blick zu ihm um, beobachtet die La-Olas, die das Stadion kochen lassen, und Franck spürt, dass ihre Gunst und damit sein Schicksal heute hauptsächlich in den Händen des Manceaus liegen. »Zwei Sätze zu null«, erzählt mir Franck. »Ich dachte, das geht jetzt schnell. Los, Junge, gib's ihm, ein kurzes Match mit drei Sätzen zu null. Aber es kam anders. Nervig bei diesem Sport ist, dass man nie weiß, was kommt. Und gerade das ist großartig. Du guckst zu, wie die Spieler auf ihre Punkte hinarbeiten, du guckst dir ihre Gesichter an, aber du hast keine Ahnung, was in ihnen los ist, ob sie schon die Waffen strecken oder noch mal Vollgas geben und das Blatt wenden.« Im dritten Satz jedenfalls legt Wawrinka noch mal eine Schippe drauf, und Tsonga kommt nicht hinterher. Dito im vierten Satz, der Schweizer spielt königlich – wenn ein Eidgenosse königlich sein kann –, und der Franzose gerät ins Hintertreffen. Noch sitzt Anaïs zu seiner Linken mit ihrem weit ausgeschnittenen Kleid und den beeindruckend fein geformten

Knien, aber er merkt, wie sie sich ausklinkt. Er schaut abwechselnd zu den Spielern und hinüber zu dem Profil, das sie ihm zeigt, mit der Sonnenbrille, die dem Bogen ihrer Brauen folgt, den schweißgesäumten Lippen. Sie schaut abwechselnd zu Wawrinka und auf das Telefon in ihrer Hand, das sie nicht mehr weglegt. Ihm kommt derweil in den Sinn – in Schüben denkt er daran, sehr zu seinem Leidwesen –, dass die Fünf-Jahres-Überlebensrate bei Lungenkrebs unter sieben Prozent liegt, aber an was sie denkt, das weiß er nicht, ob an etwas ähnlich Abscheuliches oder etwas völlig anderes. Das Match zieht sich: Es kommt zum fünften Satz. Eigentlich soll das Publikum sich freuen an einem so ausgeglichenen Aufeinandertreffen, aber obwohl das Wetter schön ist, wird die Zeit lang, und Anaïs steht auf, sagt, es tue ihr leid, sie habe nicht gedacht, dass es so lange gehen würde, sie habe spontanen Besuch von Freunden aus New York, die gerade ein Baby bekommen hätten, sie müsse jetzt los, zu einem Abendessen mit ihnen im Marais. Tut mir leid, sagt sie nur der Form halber, sie sieht nicht aus, als täte es ihr leid. Sie hat nie die Absicht gehabt, den Abend mit ihm zu verbringen. Oder sie hat darüber nachgedacht, hat abgewogen und schließlich gefunden, sie habe Besseres zu tun. Franck starrt auf den leeren Platz neben sich und kann dem Spiel nicht mehr viel abgewinnen. Als Tsonga den Break macht, mit einem wunderschönen Return direkt in Wawrinkas Lauf, der besser nicht vor ans Netz gegangen wäre, bringt ihn der Stadionjubel nicht mal mehr zum Lächeln. Dann wird es dunkel auf dem Center-Court, und der Schiedsrichter, auf dem seit einer Weile alle Blicke ruhen, vertagt, als Tsonga gerade mit 4:2 führt, die Fortsetzung des Spiels auf den Folgetag. Es ist einer dieser strahlenden Juniabende: Ihm bleibt nichts, als nach Hause zu gehen, etwas beim Thai zu bestellen und sich eine gute Tab-Reihe Pornos aufzumachen, um über den Kummer hinwegzukommen.

An diesem selben Sonntag, dem 3. Juni, an dem sie sich daran erfreuen sollte, in ihrem Garten Kirschen zu pflücken, in den Parks von Montreuil spazieren zu gehen oder an die Marne zu fahren und dort zu picknicken, erwacht Cora von Ängsten gemartert. Sie ist spät eingeschlafen, die Albträume sind gekommen, die Nacht heilt nichts mehr. Seit acht Tagen hat sie nichts von Maouloun gehört. Seit sie am Freitag, dem 25., auseinandergegangen sind, reagiert er weder auf ihre Anrufe noch auf ihre E-Mails, noch auf die SMS, in denen sie mittlerweile fleht, bitte antworte, sag mir, ob alles in Ordnung ist. Es ist nicht das erste Mal, dass er so völlig von der Bildfläche verschwindet, sie hat sich schon oft über diese Unberechenbarkeit geärgert, doch so lange hat das noch nie gedauert: Irgendwann ist er immer drangegangen, manchmal hat er sich entschuldigt, oder er hat zumindest ein Lebenszeichen gepostet.

Wie oft in diesen Fällen kommen ihr nacheinander verschiedene Hypothesen jeweils am wahrscheinlichsten vor und setzen sich als Knoten in ihrem Denken fest, ohne dass irgendetwas sie bestätigt oder entkräftet: Vielleicht hat er noch an der Ablehnung seines Asylantrags zu schlucken, der Schock war doch größer, als er hat zeigen wollen; oder er hat keine Lust mehr auf ihre ungeschickte Hilfe und ihre Treffen, die zu nichts führen; oder er hat schlechte Nachrichten von seiner Familie; oder es ist ihm etwas zugestoßen, das ihn daran hindert, sich mit ihr in Verbindung zu setzen, etwas Schlimmeres als eine zertrümmerte Hand. Seit Donnerstag führen alle Gedanken, die ihr durch den Kopf gehen, zu diesem Schweigen, und sie begibt sich auf die Suche nach Maouloun Haïdara. Per SMS kontaktiert sie die Geflüchteten, die sie dank seiner Vermittlung am Ufer des Kanals fotografiert hat, zunächst jene, von denen Maouloun gesagt hat, sie stünden ihm nahe: die zwei Malier aus Segu, den kleinen, gedrungenen Karim und den schlaksigen Boubacar, die meist zusammen unterwegs sind; Mustafa, der Streetworker in Kabul war und ihr einmal erzählt hat, er sei wegen der Drohungen einer Kinderhändler-Bande fortgegangen; und dann Abdulrahman, einen sudanesischen Menschenrechtsanwalt, der um die dreißig ist, aber nach Folter und Monaten im Gefängnis fünfzehn Jahre älter aussieht. An diese schreibt sie in einem Englisch, das ihr voller Fehler und schrecklich machtlos erscheint: »I haven't been in touch with Maouloun lately. Do you have some news? I hope he's well …« Es trudeln Antworten ein, manche umgehend, manche am nächsten Tag. Niemand hat etwas gehört. Abdulrahman schreibt: »He was sad. Do you know his asylum request was denied? I'm worried too.« Und Mustafa fügt hinzu: »Maybe he's underground?« Daran hat Cora auch schon gedacht, an die Katakomben.

Sie geht alle Kontakte in Maoulouns Profil durch und stößt auf einen Tristan Gil. Auf Französisch ist alles einfacher: Sie schreibt ihm zwei Zeilen, er bestätigt, dass er der Straßenbuchverkäufer ist, mit dem Maouloun die ersten Male hinuntergegangen ist, und sie telefonieren. Tristan hat Maouloun seit mindestens zwei Wochen nicht gesehen. Ob er sich in den Tunneln und Stollen verlaufen haben könne?, fragt Cora. Er habe dort immer mehr Zeit verbracht. Es sei seine Obsession geworden. Mit rauer Stimme sagt Tristan, das glaube er nicht, aber er werde ein paar Leute anrufen. Am Abend teilt er ihr mit, dass weder die Katakomben-Aufsicht, noch einige eingefleischte *cataphiles* von einem Verschwinden oder irgendwelchen Vorkommnissen wissen. Wenn man die Gänge nicht kenne, kämen sie einem endlos vor, sagt er, aber das Gebiet sei bis in den letzten Winkel kartografiert, und es gingen jeden Tag Leute runter, wenn man oft unten sei, bleibe man nicht unbemerkt. Mehrere Personen, mit denen er gesprochen habe, wüssten zumindest ungefähr, wer Maouloun sei, und seien ihm in letzter Zeit nicht begegnet. Es komme nicht oft vor, dass sich jemand dort für länger als ein paar Stunden verlaufe, erklärt ihr Tristan Gil.

Was kann sie nun tun? Soll sie das Verschwinden von Maouloun Haïdara der Polizei melden? Etwas in ihr lehnt diese Idee ab. Nach dem, was sie gehört hat, kümmern sich die Freunde und Helfer eher darum, Geflüchtete mit Tritten und Tränengas zu vertreiben, wenn ihre Camps irgendwo zu viel Straßenraum belegen, als denen, die verlustig gehen, zu helfen. Am Freitag, dem 1. Juni, hat sie sich auf dem Heimweg von der Arbeit den Gare Saint-Lazare genauer angeschaut, von oben bis unten, ist an die Orte gegangen, an denen sie ihn schon mal hat sitzen sehen, hat die Inhaber der Boutiquen befragt, die Sicherheitsleute, die Verkäuferinnen in den Backshops, die allerdings alle nicht wussten, wen sie meinte. Mit rot-schwitzigen Wangen und zerzausten Haaren ist sie umhergeeilt und hat in Kauf genommen, dass man sie für eine Verrückte hielt. Immerhin liegt er nicht irgendwo und erfriert, hat sie gedacht. Sie haben es gestern Abend im Fernsehen gesagt, das Azorenhoch weitet seinen Einfluss bis nach Schottland und zu den Friesischen Inseln aus, drängt die Tiefdruckgebiete nach Skandinavien und Osteuropa und stabilisiert im ganzen Landesgebiet dieses unbestreitbar schöne Wetter – das Manon beim Blick auf die Wetterkarte mit »viele Sonne regnet« bezeichnet, wobei sie bestimmt davon ausgeht, dass alle Regionen jeweils eigene Sonnen haben, die abwechselnd scheinen und die Arbeit untereinander aufteilen. Das ganze Wochenende denkt Cora an Maouloun und merkt gar nicht mehr, dass die Sonne scheint, und Manon muss schon arg weinen oder schreien, um ihre Aufmerksamkeit auf sich zu lenken. Was kann sie noch tun? Die Stadt ist viel zu groß, vielleicht hat er die Stadt auch verlassen. Es gibt weder Hinweise noch Zeugen, und sie weiß nicht mehr, wo sie noch suchen könnte. Ist das der Lauf der Dinge? Man verliert die Leute aus dem Blick. Es ist ihnen freigestellt, unser Freund zu sein, aber auch, sich nicht mehr zu melden und aus unserem Leben zu verschwinden?

Am Montag, dem 4. Juni, fährt sie mit der Métro zur Arbeit – sie ist zu erschöpft, um das Auto zu nehmen, hat Sorge, unaufmerksam zu sein –, und zum hundertsten Mal seit Tagen geht sie auf Maoulouns Facebook-Profil und schaut, ob es nicht etwas Neues gibt. Das gibt es. Vor wenigen Minuten erst hat Abdulrahman ein Video gepostet, in dem Maouloun zu sehen ist, in Nahaufnahme, das Gesicht in den rechteckigen Rahmen gepfercht, der Wangen und Stirn umschließt. Sie versucht, es abzuspielen. Die Verbindung ist schlecht, der Clip muss lange laden. Daran, dass das kleine Rädchen, das sich auf dem Display dreht, einige Geduld verlangt, merkt sie, dass sie keine mehr hat. Jetzt aber: Das Video kann angesehen werden. Es dauert dreißig Sekunden. Sie begreift, dass Maouloun sich mit seinem Telefon selbst filmt, versteht aber nicht, warum. Er schaut
 wortlos in die Kamera, tieftraurig. Etwas abwesend, etwas

schwankend. Von Zeit zu Zeit blinzelt er. Oder bewegt die Lippen, man glaubt, er will etwas sagen, aber nichts passiert. Immer wieder zittert das Telefon, als könne er es nicht halten. Am Ende der dreißig Sekunden wird sein Blick noch verschwommener, seine Hand bewegt sich, der Clip ist aus. Direkt darüber hat Abdulrahman etwas auf Arabisch geschrieben. Sie klickt auf den »Übersetzen«-Button. *Jetzt ruhe in Frieden.* In der Kommentarleiste zeigen drei springende Punkte, dass jemand gerade etwas schreibt. Cora schaut auf. Ihr Zug steht in der Station Parmentier, die Warntöne der Türen erklingen, gleich werden sie schließen, schnell steigt sie über ihre Sitznachbarn hinweg und drängelt sich nach draußen, eilt hoch auf die Straße, um besseren Empfang zu haben, verschnauft kurz, sucht Abdulrahmans Nummer raus. Er geht nicht dran. Sie schreibt ihm und läuft los Richtung Place de la République, wobei sie alle hundert Meter versucht, Abdulrahman zu erreichen. Die Sonne steht in ihrem Rücken und knallt ihr auf den Kopf. Flüchtig muss Cora daran denken, dass das Café, in dem sie vor fünf Jahren ihr Bewerbungsschreiben an Borélia abgeschickt hat, nur ein paar Häuserreihen und Delphines Wohnung nur zehn Gehminuten entfernt sind. Gerade denkt sie, dass die Straßen von Paris ihr Jahr für Jahr mehr wichtige Momente aus ihrem Leben erzählen können, deren Zeuge sie waren – als Abdulrahman zurückruft. Maouloun hat sich vor einen Zug geworfen, gestern am späten Nachmittag, am Gare Saint-Lazare. Er ist ins Krankenhaus gebracht worden, dort ist er in der Nacht gestorben. Jemand vom Krankenhaus oder von der Polizei, Abdulrahman weiß es nicht genau, hat ihn informiert, weil sein Name in der Kontaktliste auf Maoulouns Telefon an erster Stelle stand. Maouloun hatte nichts bei sich, das auf seine Identität hätte schließen lassen, keine Papiere, keine persönlichen Gegenstände, er war einfach ein junger Mann, also haben sie Abdulrahman angerufen, um zu erfahren, wer der junge Mann ist. »Are you still there?«, fragt er leise. Und da sie nichts sagt: »Hören Sie noch?« Cora stammelt ein Ja. Sie fragt, wie das, ein Zug? Einer, der wegfuhr, oder einer, der ankam? Abdulrahman scheint nicht zu verstehen, warum sie das fragt. Darüber weiß er nichts. Das Video hat Maouloun ihm gestern geschickt. Er hat es nicht sofort angeschaut, sonst hätte er versucht, noch zu ihm zu kommen... aber er sagt sich, dass Maouloun sowieso nicht drangegangen wäre, das hätte nichts geändert. »Weißt du, wo er ist?«, fragt Cora, spricht jedes Wort einzeln und deutlich aus. Abdulrahman ist sich nicht sicher. Im Krankenhaus, nicht weit, aber in welchem, weiß er nicht. Er wird ihr die Nummer der Person schicken, die ihn angerufen hat, die kann ihr das dann besser erklären als er. Cora ist stehen geblieben. Sie steht auf dem Gehweg in der brennenden Sonne. Sie sagt, danke. Sie sagt, wir sprechen später noch mal, ja? Als sie auflegt, weiß sie nicht mehr, wohin sie gehen soll. Ich werde Pierre anrufen, denkt sie, aber als sie das Telefon wieder herausholt, rutscht es ihr aus der Hand und landet zwei Meter weiter auf der Bordsteinkante. Als sie es aufhebt, laufen ihr Tränen über die Wangen. Sie wischt das gesprungene Display an ihrem Kleid ab, will das Gerät wieder anstellen. Es reagiert nicht mehr.

Am Dienstag, dem 5. Juni, kommt Franck um 7:30 Uhr ins Büro und schafft es tatsächlich, sich sofort an die Arbeit zu machen. Um 11:30 Uhr ist sein Geist klar wie eine frisch geputzte Scheibe, und er hat schon das Gefühl, ein gutes

Stück seines Tagespensums erfüllt zu haben, sodass er sich, während er vor den Aufzügen wartet und der bestellte Wagen ihn mit Zahlungshinweisen für jede Warteminute bedrängt, sagt, das sollte er öfter machen: früh aufstehen, früh herkommen. Auf der Fahrt nach Villejuif, mit seiner Mutter, die ihm geschrumpft zu sein scheint und den Geruch der neuen Ledersitze nicht gut ertragen kann, reden sie über die Parlamentswahl, das Jubiläum der Queen, das vorprogrammierte Verschwinden von Minitel und über vollkommen unwichtige Dinge, einfach um die trüben Gedanken, die ein Schweigen mit sich bringen würde, zu verscheuchen.

Da der behandelnde Arzt Sonia erst in fünf Wochen wiedersehen will, um den Fortgang der Krankheit zu bewerten, nimmt sich eine Krankenschwester ihrer an, eine, die klingt wie eine erfahrene Frau, sie führt sie zum Behandlungsraum, tätschelt seine Mutter unterhalb des Schlüsselbeins und ertastet den Port, in den die Infusion fließen soll. Zunächst ein Beutel, um zu hydrieren, genau wie beim letzten Mal, dann kommt das Medikament. Die Assistenzärztin, die hereinkommt und die sie beide nicht kennen, fragt Sonia, wie es ihr in der Zeit zwischen den Behandlungen ergangen sei. Franck hört, wie sie alles herunterspielt, die Erschöpfung, das viele Sich-übergeben-Müssen; glücklicherweise ist er dabei, um der Wahrheit zu ihrem Recht zu verhelfen und zu betonen, wie sehr sie leidet. Auf dem anderen Behandlungsstuhl im Zimmer sitzt ein Brille tragender, vielleicht 75-jähriger Mann, der wissen will, ob sie nicht auch finden, dass die Krankenhäuser besser dran wären, wenn sie nicht mit derart viel Personal von den Antillen besetzt wären, also Leuten, die vor allem daran denken, ihren Sonderurlaub bewilligt zu bekommen, damit sie nach Hause fliegen können (auch er hätte Heimweh, wäre er Exilant, das will er gar nicht bestreiten), und deshalb bei der Arbeit schludern. Franck richtet sich auf und bittet ihn, solche Bemerkungen für sich zu behalten. Er weiß nicht, wie Sonia das hinbekommt bei all den Türen, die ständig aufgehen, dem Hin und Her, dem Stress und dem unausstehlichen Sitznachbarn, aber kaum läuft die Infusion, sinkt sie in Schlaf. Der alte Mann versucht, das Gespräch fortzusetzen, und sagt, er wisse, wovon er rede, er habe schon mal mit Voodoo zu tun gehabt, und mit Voodoo sei wirklich nicht zu spaßen; Franck geht hinaus auf den Flur, setzt sich ins Wartezimmer und versucht, wieder zusammenhängende Gedanken zu fassen.

Am Tag zuvor ist Tsonga, kaum dass er wieder auf dem Platz stand, von Wawrinka gebreakt worden, doch dann fand er wieder zu sich und gewann. Zum ersten Mal in seiner Laufbahn erreicht er bei den French Open das Viertelfinale, vielleicht wird dies sein Durchbruch. Problematisch ist nur, dass sein heutiger Gegner Novak Đoković heißt, seit einem Jahr die Rangliste anführt und sich in der vergangenen Saison den Luxus erlaubt hat, drei Grand-Slam-Titel zu holen und einundvierzig Spiele in Folge zu gewinnen, womit er sich dem Rekord von McEnroe annähert – natürlich ohne diesem gleichzukommen, wie Franck in Treue zu seinem Kindheitshelden denkt. Als er sich das Match aufs Display seines Telefons holt, befinden wir uns am Ende des ersten Satzes, und Tsonga wird auseinandergenommen. Gerade stehen alle Zeichen auf einen Sieg des Serben, sagt ein Kommentator. Wir müssen weiter hoffen, manchmal kommt doch noch alles anders, versucht der andere zu relativieren. Mittlerweile steht es 6:1, und

 Tsonga ist kein Spieler, der sich nach einem so katastrophalen Einstieg wieder berappeln könnte, schon gar nicht gegen einen Spieler, von dem er weiß, dass er besser ist als er. Die Bitterkeit, die dieser Spielstand in seinem Rachen auslöst, ist Franck nur allzu bekannt. Ein zufälliges Beispiel? Seit fast drei Monaten hält man ihn hin bei der Entscheidung, ob er möglicherweise zum Verkaufsleiter aufsteigt, sobald Enrique Guerrero zurück nach Mexiko geht und dort die Leitung der Axa-Filiale übernimmt. Unter vier Augen haben ihm sowohl Simon Keller als auch Arnaud Guillemard versichert, dass dieses »Bäumchenwechsle-dich« von Mangin abgesegnet sei. Gestern, beim Mittagessen nach der Vorstandssitzung, schien diese Aussicht jedoch in weitere Ferne gerückt. Franck hat mehrere Anläufe gestartet, um auf das Thema zu kommen, Mangin aber ist nie darauf eingegangen, hat sein dämliches Pokerface gewahrt und ihn manchmal angesehen, als wisse er überhaupt nicht, worauf er, Franck, hinauswolle. »Mach dir bloß keine Sorgen«, hat Guillemard ihm zugeraunt, »er weiß, dass du an der Reihe bist, aber vor Anfang Juli wird er nichts entscheiden.« *Mach dir keine Sorgen* ist ein sprachlicher Tick von Arnaud Guillemard, der seine Ängste jedoch erst recht entfesselt hat. Und als er Simon Keller zu seinem Strategieleiter-Büro begleitete – sehr viel geräumiger als sein eigenes –, wobei sie beide wussten, dass Franck, auch wenn es nach nettem Plaudern aussah, um Informationen bettelte, erhielt er, im Vertrauen, nur den Hinweis: »Du musst auch etwas die Zügel anziehen. Ihm ist wohl zu Ohren gekommen, du hättest deine Leute nicht ganz im Griff.« Mehr wollte Keller nicht sagen, und damit ließ er ihm alle Freiheit, sich zu fragen, ob er ihm das – in typisch Keller'scher Ambivalenz – gesagt hatte, um ihm zu helfen oder um ihn zu verunsichern, und seitdem zerbricht Franck sich den Kopf, woher dieses Gerücht stammen könnte, was es alles beinhaltet, welcher Mund es wohl an Mangins Ohr getragen hat und wie begründet es in den Köpfen derer erscheint, die für gut befunden haben, es zu verbreiten.

Die Bitterkeit kommt Tropfen für Tropfen, denkt er, wie eine giftige Infusion. So gesehen würde er ganz oben auf die Liste der Verdächtigen diese Bitch von Mathilde Rameaux setzen. Mehrere Personen aus dem Marketing haben sich bei ihr oder bei ihrer Stellvertreterin über Francks Arbeitsstil beschwert, über seine Wutanfälle, seine Schwierigkeit, ihre sogenannte Überlastung und ihre Angst vor Veränderung zu verstehen. Rameaux hätte gut daran getan, ihm diese Beschwerden zurückzumelden, aber es von allen Dächern zu posaunen – also wirklich, was für eine Schweinerei… Wenn man genauer hinsieht, merkt man nämlich, dass nicht er das Problem ist: Es ist doch nicht seine Schuld, wenn die Tanten vom Marketing derart großen Wert darauf legen, früh rauszukommen, damit sie Zeit mit ihren Kindern verbringen oder sich ihre Dates auf den frühen Abend legen können, während die Arbeit wirklich die letzte Priorität hat. Was er gerade erst und nur langsam versteht – und in dieser Hinsicht kann Kellers Warnung rettend sein –, ist, dass sie ihm, wenn er sie weiter so machen lässt, die Karriere versauen. Dieser Mangel an Engagement… Das entspricht ihm so wenig, dass er zugegebenermaßen nicht immer weiß, wie er damit umgehen soll. Ein zufälliges Beispiel? Erst gestern Nachmittag hat Agathe ihn darüber informiert, dass Cora den ganzen Morgen nicht im Büro war und keinerlei Erklärung dazu geliefert hat, und einen Moment lang hat er gedacht, diesmal komme sie um Strafe nicht herum. Aber als er sie dann zufällig traf, hat irgendetwas in Coras Gesicht ihn total entwaffnet, etwas Unbekanntes, Rätselhaftes, Unerbittliches, das ihn vollends überfordert hat, als würde sie sich zwar noch in derselben physischen Welt befinden wie er, sich aber nicht mehr in derselben Dimension bewegen.

An diesem selben Dienstag, dem 5. Juni, ist Cora um 5:30 Uhr aufgestanden, hat eine Weile die sehr menschliche Morgensonne und den Schlaf von Manon beobachtet, dann ihr Auto genommen und Astou an ihrer Wohnung nahe der Kathedrale von Saint-Denis abgeholt. Mit ihrem Telefon hat Astou sie nach Pierrefitte gelotst, fünf Kilometer weiter im Norden, wo sie Maoulouns Sachen aus dem Wohnheim abholen wollen. Obwohl Cora ihren Besuch angekündigt hat, will sie als weiße Frau lieber nicht allein hingehen. Es ist einfacher für sie, sich im Hintergrund zu halten, während Astou, je nach Gesprächspartner, mal auf Bambara, mal auf Französisch immer wieder erklärt, wer sie sind und was sie hier wollen. Um diese Zeit bereiten die Bewohner, die nicht bei der Arbeit sind, den Tee vor und tragen die Matratzen, die nachts für jene auf die Fußböden gelegt werden, die keinen offiziellen Platz bekommen haben, in den Abstellraum zurück. Aus den Informationen, die Astou zusammenträgt, leitet Cora ab, dass die Zimmer oft von Männern aus demselben Herkunftsdorf belegt sind, dass einige seit zwanzig Jahren hier wohnen und dass sie, wenn sie im Rentenalter zurück in die Heimat gehen, ihren Schlafplatz oben oder unten im Etagenbett nur an ihren Sohn oder Neffen abtreten werden. Wenngleich es viele Wohnheime dieser Art auch in ihrer Nähe gibt, in Montreuil, musste erst ein Freund sterben, damit Cora mal eines betritt – am anderen Ende vom Département Seine-Saint-Denis. Der zuständige Mitarbeiter, ein hagerer, bärtiger Mann, zerdrückt mit seinem Flipflop ein Insekt, während er ihnen erzählt, in welch schlechtem Zustand das Gebäude ist, dass man es abreißen und neu bauen müsste, und auch wenn sie nicht genau hinhört, meint Cora seine Stimme zu erkennen.

Am Vortag, als sie zurück im Sentier du Tourniquet war und wieder Festnetztelefon, Internetverbindung und blickschützende Wände hatte, hat sie sich doch imstande gefühlt, sich trotz des Unwohlseins, das unbekannte Stimmen in ihr auslösen, von Apparat zu Apparat verbinden zu lassen und fünfzehnmal die gleichen Erklärungen zu liefern, bis im Hôpital Lariboisière jemand sagte, kommen Sie her, er ist zu uns gebracht worden, Ihr Freund ist hier. Sie hat den Großteil des Nachmittags im Büro Präsenz gezeigt, gespenstisch stoisch, wie sie es von sich gar nicht kannte, und ist am frühen Abend durch den Innenhof des Krankenhauses getrippelt, den sie auch noch nicht kannte mit seinen Rasenflächen und der schönen klassischen Symmetrie seiner steinernen Pavillons. Sie hat nach der Leichenhalle gefragt, aber man sagt nicht *Leichenhalle*, man sagt *Sterbezimmer*. Man hat sie in dem Bereich empfangen, der den Familien vorbehalten ist, sie ist Menschen begegnet, die weinten, wodurch auch ihr zum Weinen zumute wurde. Vor ihren Augen hat jemand den Reißverschluss der Leichenhülle geöffnet: Er sah übel zugerichtet aus, aber ja, es war der junge Mann. Siehst du, hat sie gesagt, ich habe dich doch gefunden. Ihr ist das Buch von Claude Ponti eingefallen, das sie Manon noch vor drei Tagen vorgelesen hat, die Geschichte vom endlosen Baum, auf dem Hipollène wohnt, die eines Abends Tausende leuchtende Tropfen sieht: Hipollène, die schon fast groß ist, glaubt, jemand leuchte ihr, damit sie sich nicht verläuft, aber ihr Papa sagt, es seien Tränen, der Baum weine, es sei etwas passiert. Zu Hause erfahren die beiden, dass die Großmutter gestorben ist. Sie ist da, stellt Hipollène fest, aber es ist niemand mehr drin. Cora beschloss, es gleich, wenn sie zu Hause wäre, Manon so zu erzählen, weil sie ihr möglichst oft Dinge erklären will – auch wenn sie dafür noch zu klein ist. Erinnerst du dich an Maouloun? Ich habe ihn besucht, weißt du, aber ich bin traurig, denn es war niemand mehr drin.

Sie erfuhr, dass sein Selbstmord außer Zweifel steht, die Polizei habe mehrere Zeugenaussagen, von der Seite sei alles geregelt. Um die Leiche mitzunehmen, müsste sie allerdings bei den Behörden seine Identität nachweisen. Wenn es sich wirklich, wie sie behaupte, um einen malischen Staatsangehörigen handele, der in Frankreich weder Verwandte noch sonstige Bezugspersonen habe, sei der vorgeschriebene Weg der, bei der Botschaft anzurufen und abzuklären, inwiefern Anlass bestehe, die Leiche nach Mali zurückzuführen. Das müsste aber schnell gehen, da sie ihn sonst, bei ungeklärter Identität, nach Thiais schicken würden. Was heißt das?, hat sie gefragt. Nun ja, wissen Sie, in Thiais gibt es an der Stelle des einstigen Massengrabs einen Armenfriedhof. Nach einem unfreiwilligen Schaudern hat sie gedacht, dass Maouloun seinen Rucksack oder seine Sachen, wenn er sie nicht in den Kanal geworfen oder in den Katakomben versteckt hat, im Wohnheim in Pierrefitte gelassen haben muss. Für die Botschaft war es gestern zu spät, die Büros waren geschlossen. Im Wohnheim ging jemand dran, man hat ihr die Stimme des Mannes gereicht, der nun vor ihr steht. Sie hat ihn über den Todesfall informiert, worüber er sich nicht erstaunt zeigte, und er hat bestätigt, ja, Maouloun sei am Samstag da gewesen, sie könne morgen vorbeikommen, es seien noch Sachen da. Ich hätte nicht gedacht, dass er sich etwas antun würde, vertraut der Mann ihnen jetzt an, aber ich muss sagen, dass es mich nicht überrascht. Sogar viele von denen, die hier ein Zimmer haben und eine Arbeit, sterben jung, durch Krankheiten, die langen Wege jeden Tag, die unmöglichen Arbeitszeiten, die die Chefs verlangen, und vor Traurigkeit darüber, dass sie so weit weg von der Familie sind, umso mehr die, die auf der Straße leben ... Dazu noch ein Bella ... Das hat ihm bestimmt nicht geholfen, dass er Bella war, denn die sind in Paris und Umgebung nicht gut vertreten. Die Tuareg haben bei den meisten anderen Maliern keinen guten Ruf, und durch den Krieg gerade ist es noch schlimmer als sonst ... Aber er ist vor dem Krieg geflohen, erwidert Cora, er wollte keinen Krieg, er wollte nicht sterben. Ich weiß, sagt der Mann und sieht sie an, ich weiß.

Hinten im Lagerraum, zwischen den Matratzenstapeln und den Vorräten an Winterkleidern, warten Maoulouns Sachen, sein Rucksack, die Isomatte, auf der er schlief, wenn er am Gare Saint-Lazare war, und auf der er Cora mit ihrem verstauchten Knöchel gelagert hat, die Zeichenmappe, die sie ihm später geschenkt hat. Sie erlaubt sich, die Sachen durchzusehen, langsam, reicht Kleider und Gegenstände an Astou weiter, die sie in Haufen aufteilt. Sie stellen fest, dass er nichts weggeworfen hat. In einer Plastikhülle stecken die Unterlagen vom OFPRA und die Eingangsbestätigung seines Antrags, all das, was Cora für die Formalitäten braucht, und plötzlich findet sie es unerträglich, dass ihn nicht die Lust gepackt hat, diese Papiere zu zerreißen, wegzuwerfen oder zu verbrennen. In der Mappe liegen Zeichnungen von Paris, die zu verkaufen er nicht übers Herz gebracht hat, die Postkartenreihe von Monet und eine mit Zeichenkohle gemachte Skizze, vor der ihr für ein paar lange Sekunden der Atem stockt, bevor sie zugibt, dass es sich um ein Porträt von ihr handelt, das er aus dem Gedächtnis gemacht haben muss, denn sie erinnert sich nicht, ihm Modell gesessen zu haben. Das Gegenteil war doch der Fall: Er hat für sie posiert. Einen Abschiedsbrief gibt es hingegen nicht, nicht mal ein paar Zeilen, nicht die kleinste Notiz. Vielleicht war der Abschied zu schwierig.

Als ihre Armbanduhr 8:00 Uhr zeigt, fragt sie Astou, ob sie bereit wäre, die malische Botschaft anzurufen. Astou wird ihrerseits von einem Apparat an den nächsten vermittelt und gibt einige Auskünfte, die sie mehrfach wiederholen muss, als schreibe jemand mit. Eine Viertelstunde später ruft die Botschaft zurück: Da der Konflikt in Timbuktu es unmöglich mache, eine Rückführung der Leiche innerhalb einer annähernd vernünftigen Frist zu erwägen, werde man zwar die Angehörigen benachrichtigen, doch sei der Verstorbene hier zu bestatten. Im selben Atemzug bekommen sie die Kontaktdaten des Imams genannt, der auf dem Cimetière de Pantin den Abschnitt für muslimische Bestattungen verwaltet. Auf ihrer Fahrt zur Défense kann Astou, während Cora im Rückspiegel die Zeichenmappe auf der Rückbank sieht, als säße dort ein sehr braves Kind, den Imam erreichen – eine weitere unbekannte, schnell und elegant sprechende Stimme, die ihnen bestätigt, dass er einen weniger kurzfristigen Aufenthaltsort für Maouloun habe. Beim Bestattungstermin gebe es aber wenig Auswahl: Der einzige noch freie sei Freitag, der 8. Juni, 15:00 Uhr. Während sie sich dem Turm Galaxie nähern, sagt Cora sich, dass ganz normal ist, was seit einigen Stunden mit ihr passiert, nämlich dass keine Tränen fließen: Eine tiefere Trauer wird sie später ergreifen, denn jetzt lässt der Tod ihr keine Zeit zum Nachdenken, erst mal muss sehr viel erledigt werden. Zu dem, was sie heute zu erledigen hat, gehört es, bei Franck im Büro vorbeizuschauen – am späteren Nachmittag bestimmt, denn im Moment scheint er nicht da zu sein – und ihn darüber zu informieren, dass sie Freitagnachmittag freinehmen muss, kommenden Freitag, ja, ja, Freitag, den 8. Juni, und zwar den ganzen Nachmittag, egal, was er davon hält.

Technik hat auch schon ihr Gutes, freut sich Franck im Wartezimmer: Vor wenigen Jahren noch wäre er dazu verdammt gewesen, runterzugehen und eine Zeitung zu kaufen oder diese idiotischen Gesundheitsmagazine durchzublättern, während er sich jetzt das Match anschauen kann. Im zweiten Satz hält Tsonga besser mit. Dank seines Aufschlags kann er weniger ermüdende Punkte einfahren, und er zeigt seine Schlagqualitäten immer besser, auch wenn er zwei Meter hinter der Grundlinie festgeklebt bleibt. Mit einem scharfen Cross-Return schafft er den Gegenbreak und gleicht aus auf 4:4. Đoković spürt, dass sich das Blatt wenden könnte, und spielt noch härter: Das Match bekommt Züge eines Festivals, mit irren Stoppbällen, in den Lauf gespielten Returns. Sogar als Novak sich Gelegenheiten zum Schmettern erarbeitet, kann Jo parieren und den Lauf des Spiels umkehren, sodass der Serbe zwischen den Punkten die Arme zum Himmel streckt und hilflos dreinblickt, dass es eine Freude ist. »Jetzt geht es los!«, jubelt der Berichterstatter, nachdem auch der Franzose einen Satz gewonnen hat und mit geballter Siegerfaust über den Platz hüpft.

Franck kehrt zurück zu seiner Mutter, bei der sie bereits den Infusionsbeutel gewechselt haben und die wieder wach ist. Sie sagt, sie fühle sich nicht wohl. »Für mich sieht's gerade gar nicht rosig aus«, sagt sie und sucht mit betrübter Miene seinen Blick. Er protestiert, aber nein, man kümmere sich jetzt gut um sie, eine bessere Behandlung als hier könne sie gar nicht bekommen. Sonia lässt sich nichts vormachen: »Der Vorteil ist, dass du dich nicht mehr lange um mich kümmern und nicht mit ansehen musst, wie ich als Tatteroma vor die Hunde gehe.« Worauf will sie mit solchen Aussagen hinaus? Will sie, dass er anfängt zu weinen, oder was? »Wenn ich dich aber als Tatteroma sehen will?«, versucht er zu flachsen. »Komm, wir schauen uns das Match zusammen an, Tsonga steht wieder besser da, vielleicht wird das noch schön.« Er fühlt sich echt mies, derart vom Thema abzulenken, aber er möchte das Match wirklich gern weitergucken, und sie weiß doch ganz genau, dass er nicht länger als zwei Minuten mit Gefühlsdingen umgehen kann. Đoko breakt zum 2:1, dank eines schwierigen Schmetterballs, den Tsonga schlecht trifft, dann schafft Tsonga den Gegenbreak zum 2:2. Er spielt vermehrt mit der Vorhand longline, um die Rückhand des Serben zu ermüden, und die Taktik zahlt sich aus. »Oui, Monsieur!«, rufen die Kommentatoren, wenn sie ihn im vollen Besitz seiner Möglichkeiten sehen; wenn er eins auf die Mütze bekommt, rufen sie eher: »Los, Jo!« Für einen kurzen Moment überkommt Franck die Lust, zu zeigen, dass er Gefühle doch nicht so sehr fürchtet, er will seiner Mutter sagen, wenn du gehst, weißt du, dann werde ich sehr einsam sein, denn ich habe niemanden, also niemanden, der wirklich zählt – doch eine verdeckte psychische Instanz lässt ihn diese obszönen Sätze verdrängen.

Beim Stand von 6:5 für den Franzosen schlägt Đoković auf, geht vor ans Netz und bringt Tsonga mit seiner Rückhand in Zugzwang, aber sein Volley fliegt etwas weit, nach einem unglaublichen Sprint – für so was muss man beizeiten den Turbo zünden – kann Tsonga mit einem cross geschlagenen Vorhandball den Satz für sich entscheiden, und das Stadion gerät in Begeisterung.

Noch ein paar Jahre, träumt Franck auf der Rückfahrt im Auto, dann kenne ich den Turnierleiter und kann, wenn ich vor dem Fernseher merke, das Match verspricht, spektakulär zu werden, spontan noch dazukommen. Sonia hat den Kopf an seine linke Schulter gelehnt. »Schau ruhig weiter, wenn du möchtest«, sagt sie bemutternd. Er geht nicht darauf ein. Er faltet die Rezepte für Antiemetika und Antidiarrhoika ordentlich zusammen und verstaut sie in der Handtasche, die er ihr zu Weihnachten geschenkt hat, dann ruft er die Nachbarin an und fragt, ob sie zu Hause ist und Sonia Gesellschaft leisten kann. Als sie sich dem Haus nähern, in dem er seine Kindheit verbracht hat, in diesem Viertel um die Rue du Commerce, südlich von La Motte-Picquet, wo jede Straßenecke in seinen Körper eingebrannt ist, denkt er, dass er Lust hätte, noch etwas bei ihr zu bleiben, einen Schluck Zitronade zu trinken und sich das Ende des Matchs anzusehen, das würde schöne Erinnerungen wachrufen, eine gewisse Behaglichkeit bringen – aber es wäre unvernünftig, er muss zurück ins Büro, muss versuchen, mit Keller zu sprechen, um Klarheit zu kriegen. Um in einer anderen Sache vorzufühlen, fragt er seine Mutter, wie sie es fände, wenn ihr regelmäßig von einer Pflegerin geholfen würde: Das würde sie beide entlasten, es würde Sicherheit bringen, und über Borélia bekäme er wirklich sehr günstige Konditionen. Er präsentiert ein Argument nach dem anderen, während er bei sich denkt, dass er selbst, sollte sich eines Tages die Frage für ihn stellen, so eine Abmachung mit größter Wahrscheinlichkeit ablehnen würde, dass er lieber den Moment bestimmen und eine gute Handvoll Medikamente schlucken würde, als erleben zu müssen, wie ihn langsam die Kräfte verlassen und er in Abhängigkeit gerät.

Zurück im Büro, fährt er den Rechner hoch und wirft einen Blick auf den Spielstand. Unglaublich, aber wahr, im vierten Satz führt Tsonga bei einem Stand von 5:4, mit 40:15, und hat zwei Matchbälle. Er kann es tatsächlich schaffen! Was für eine Freude es sein muss, sich gegen die Nummer eins durchsetzen zu können! Đoko schlägt auf, behält die Nerven, schlägt fest, wehrt den ersten Matchball ab, indem er Tsonga mit einem Schmetterball nach hinten treibt und vorn am Netz den Punkt holt. Der zweite Matchball wird genauso abgewehrt, er wendet die Gefahr mit einem knallharten Return longline ab, zeigt sich ganz als Champion, der bei entscheidenden Punkten nichts dem Zufall überlässt. Jetzt steht es 5:5, ist aber noch nicht zu Ende. Franck merkt, in welch sonderbarem Zustand er sich befindet: Das Spiel löst eine tiefe Freude in ihm aus, stresst ihn aber in gleicher Weise, als wenn er auf dem Platz stünde; ihm ist nach lautem Lachen zumute, doch bräuchte es nicht viel, dass ein Weinen daraus wird; vorsichtig schiebt er sich als Tänzer auf dem abgewetzten Drahtseil seiner Nerven voran, in dem Bewusstsein, dass sein Monatsziel für Juni weder sein kann, Roland-Garros zu gewinnen, noch, jemandem zuzusehen, der Roland-Garros gewinnt, sondern vielmehr darin bestehen sollte, die richtige Taktik zu entwickeln, damit er diese beschissene Stelle kriegt und seine steile Karriere fortsetzt. Dennoch entschließt er sich gerade, wenigstens das Ende des Satzes zu schauen, um nicht einen großen Moment des französischen Sports zu verpassen – und er ist ja nicht naiv, sehr wahrscheinlich macht Keller in seinem Büro gerade dasselbe –, als jemand dreimal an seine Bürotür klopft.

Vor ihm steht Cora Salme, mit dunklen Schatten unter vorwurfsvollen und verstörenden Augen. Vor ihr steht Franck Tommaso mit komisch geneigtem Kopf, halb geschlossenen Augen und feindseligem Blick. Musst du mich sprechen?, fragt er. In einer Viertelstunde bin ich für dich da, ich muss nur etwas zu Ende bringen. Sie sagt, nein, bitte, ich müsste dich sofort sprechen. Ihre Stimme klingt so rau und sexy, dass er zu allem, was sie will, Ja sagen möchte, doch weiß er, dass er sich davor in Acht nehmen muss. Sie erzählt ihm, dass ein Freund von ihr gestorben ist und sie gern den Freitagnachmittag freihätte, um zur Beerdigung zu gehen. Er sagt: »Oh, tut mir leid. Wer war dieser Freund? Woher kanntest du ihn?« Benommen vor Trauer steht sie da, steif wie jemand, der fürchtet zusammenzubrechen, und merkt, dass selbst diese wohlmeinenden Fragen sie unvorbereitet erwischen, dass sie sich besser hätte rüsten sollen. Die Begebenheit am Saint-Lazare möchte sie nicht erzählen, da ihre Intuition ihr aber sagt, wie gefährlich es wäre zu lügen, sucht sie Unterschlupf in der weniger wackeligen Welt der Halbwahrheiten: Er habe Maouloun geheißen, ein malischer Freund, den sie in einem Wohnheim in ihrer Nähe in Montreuil kennengelernt habe.

»Ach …«, kommentiert Franck. »Und wann hast du das erfahren? Agathe hat mir gesagt, dass du gestern Vormittag nicht da warst.« Cora nickt: Genau deshalb sei das gewesen. Sie habe erfahren, dass er gestorben sei, auf wirklich grausame Weise, und habe sich um einen ganzen Haufen Formalitäten kümmern müssen. »Warum das?«, erkundigt sich Franck mit noch weiter zusammengekniffenen Augen. »Hatte er keine Verwandten, keine engen Freunde, kümmern sich nicht die Leute vom Wohnheim darum?« – »Leider nein«, seufzt Cora. Und da sie merkt, dass er sich mit vagen Erklärungen nicht zufriedengeben wird, dass er aus rätselhaften Gründen mehr darüber wissen möchte, erläutert sie, dass Maouloun manchmal im Wohnheim geschlafen hat, dass sie ihn ja auch von dort kenne, dass er aber erst vor Kurzem nach Frankreich gekommen sei und einige Zeit auch auf der Straße gelebt habe. Franck wirft einen Blick zu seinem Bildschirm, so als zögere er, das Arbeitsfenster, an dem er gerade sitzt, zu schließen und sich auf das zu konzentrieren, was sie ihm erzählt. »Und … wie ist er gestorben?«, fragt er etwas sanfter. Cora spürt, dass ihr Tränen in die Augen steigen, und sie bekommt schreckliche Angst: Letztes Mal, als sie vor ihm geweint hat … Sie erinnert sich genau, das verfolgt sie immer noch. »Entschuldige, aber das geht dich nichts an.« Er macht einen Schritt auf sie zu, hält sich leicht vornübergebeugt, spürt vor Erschöpfung ein Ziehen in den Beinen. Sie ist ihrerseits am Ende ihrer Kräfte, versucht, sich einen Weg zu seiner Empathie zu bahnen: »Bitte, Franck. Kannst du mir diesen halben Tag freigeben? Ich bitte nur darum, weil es wichtig für mich ist.« Leider will Franck nicht. Jedenfalls nicht so und nicht sofort. Es wäre sehr viel einfacher, ihr die Einwilligung zu geben, zu sagen, ich verstehe, das ist ein schwerer Schlag, nimm dir zwei Tage frei, wenn du das brauchst, erhol dich ein bisschen, und komm mit neuer Kraft wieder – um dann am Bildschirm zu verfolgen, ob Jo-Wilfried Tsonga angesichts des greifbaren Siegs in Panik verfällt oder ob er den Weg bis zu Ende gehen kann –, doch schafft er es nicht: Cora führt ihn an der Nase herum, sie lügt, bastelt sich alle möglichen Vorwände zusammen, um seine Weisungen zu ignorieren und sich ihren Pflichten zu entziehen.

»Und dieser Typ, hast du mit dem geschlafen?« Er sieht sie zurückweichen und hört sie trotzig wiederholen: »Das geht dich nichts an.« Zum Bremsen ihrer Wut hebt er abwehrend-versöhnlich die Hände und ändert instinktiv seine Taktik: »Du hast recht. Es ist dein Leben, das geht mich nichts an. Entschuldige.« Was ihn hingegen etwas angehe, seien die Qualität ihrer Arbeit und die Anzahl ihrer Abwesenheiten. Und was das angehe, sei sie ja eine wahre Meisterin geworden, offenbar sammle sie jetzt unentschuldigte Fehlzeiten und Alibi-Krankschreibungen. »Man hat ein Recht auf Sonderurlaub bei Todesfall«, pariert sie. Er wartet eine Sekunde, bis ihre Aussage wieder herunterkommt, und schickt sie wuchtig zurück, mit Spin, unretournierbar: »Ja, aber stell dir vor, bei nahen Verwandten, das natürlich, glücklicherweise, aber Freunde zählen nicht dazu. Ich könnte dir den Gefallen ja tun, das steht vollkommen in meiner Macht, aber weißt du, was, dazu habe ich keine Lust.« Denn sie habe sich, fährt er mit entfesseltem Sarkasmus möglichst verletzend fort, ihm gegenüber auch nicht gerade nett gezeigt, um es milde auszudrücken. Aber er durchschaue jetzt ihr kleines Spiel: Sie wolle ihrer aller Arbeit unterminieren und versuche mit allen Mitteln, ihm zu schaden.

Trotz all der Zeit, die seitdem vergangen ist, weiß Cora noch genau, wie sich in diesem Moment ihr Gesicht verhärtet hat und zu einer Maske wurde. Keine diffuse Traurigkeit mehr, kein Zucken der Lippen. Unter dieser Maske ist alles so hart geworden, dass sie viel zu schnell alterte, dass jede Minute wie ein ganzes Jahr zählte, aber wenigstens war sie darunter geschützt, fortan würde es sehr viel härtere Schläge brauchen als die eines Franck Tommaso, um sie noch irgendwie zu treffen. Statt zurückzuweichen, wie er es erwartet hätte, trat sie ihm mit einem großen Schritt entgegen: »Weißt du, was? Ich bitte dich gar nicht um deine Erlaubnis. Ich informiere dich. Ich gehe am Freitag um dreizehn Uhr, ob dir das nun gefällt oder nicht.« Franck fühlte sich vom Stress überrannt: So reagierte sie also; sie forderte ihn heraus; spielte auf Mann. Er wollte sich freilaufen, mit einem Chasséschritt, und hart zurückspielen, damit sie verstand, wer der Chef war: »Das lasse ich dir nicht durchgehen. Wenn du das tust, beschwere ich mich über dich und lass dich feuern. Was glaubst du denn, wo du hier bist? Wir bezahlen dich nicht dafür, Mutter Teresa zu spielen oder auf Beerdigungen zu gehen.« Und ohne ihm Zeit zum Verschnaufen zu lassen, oder dazu, sich neu aufzustellen, startete die kleine Schlampe ein liederliches Gegenmanöver: »Das werden wir ja sehen«, hörte er sie sagen. »Wir werden sehen, wer sich hier über wen beschwert.« Und damit machte sie auf dem Absatz kehrt und schlug, wie das ganze Großraumbüro bezeugen konnte, hinter sich die Tür zu. Sie sammelte ihre Sachen zusammen, und damit er sie nicht noch einholte, eilte sie, statt auf den Aufzug zu warten, ohne weiter nachzudenken hinein ins Niemandsland der Treppen. Und während sie sich die bescheuerte Spirale der siebenundzwanzig Stockwerke hinunterschraubte, außer sich, außer Atem, hörte sie Francks letzte Worte, also die letzten Sätze, die er gesagt hatte und die ihr Gehirn bisher nicht hatte wahrnehmen wollen: »Ich werde dich zerstören. Wenn ich mit dir fertig bin, wird nicht mehr viel von dir übrig sein, das kannst du mir glauben.«

Als Franck Tommaso – der später mehrfach und auch mir gegenüber abstreitet, diese Worte jemals gesagt zu haben, so vehement, dass sogar Cora selbst Zweifel kommen –, als Franck sich also wieder dem Match zuwendet in der Hoffnung, über diesen Umweg seine Gefühle in den Zaum zu bekommen, hat der fünfte Satz längst begonnen, Tsonga ist mental schwer angeknackst, und er kommt unter die Räder. Bei sich zu Hause schaut Franck sich die Spiele, die er dank seiner charmanten Unterredung verpasst hat, noch einmal an und erkennt, dass Tsonga sich hinsichtlich seiner beiden Matchbälle am Ende des vierten Satzes nichts vorzuwerfen hat. Wenn er aufschlug, spielte Đoković meisterhaft. Im Tiebreak hingegen, in dem Jo zwischenzeitlich 4:2 führte, zeigte er sich ein wenig passiv, also ganz klar nicht aggressiv genug, und das, denkt Franck, könnte er bedauern, so wie man große Versäumnisse über lange, lange Zeit bedauert. Bevor er in die Umkleide ging, hat der Betroffene eingeräumt: »Ich hätte dieses Match so gern gewonnen, hätte so gern mehr gekämpft, aber ich hatte keine Kraft mehr in den Beinen.« Genau, sagt sich Franck, während er sich einen Whisky eingießt, das genau ist der französische Kampfgeist: Die Leute verbringen ihr Leben damit zu versichern, wie gern sie gewonnen hätten, sie betrachten es als Ehre, die Rolle des großartigen Verlierers zu ergattern. Aber in diese Falle werde ich nicht gehen. Ist nichts für mich. Dieser Losergeist, der ist wirklich nichts für mich.

Und all das bringt uns gefährlich nahe an Freitag, den 8. Juni. Manchmal nimmt das Erzählen seltsame Formen an: dass wir die Dinge, die zu sagen wir uns schwertun, möglichst lange zurückhalten, möglichst lange noch versuchen zu verstehen, was sie ausgelöst hat, warum sie uns beharrlich verfolgen – und sie schließlich verraten, weil der Moment gekommen ist, aber von vornherein mit dem Wissen, dass wir uns damit nicht von ihnen befreien.

In dieser Woche kennen Cora und der Schlaf einander nicht. Sie irrt durchs Haus oder durch die Straßen der Gegend. Da das recht häufig vorkommt, kennt sie mittlerweile die verschiedenen Schattierungen der Nacht, weiß, wie sie erst dunkler und dann wieder heller werden, kennt ihre erdigen Gerüche. Es ist die Hitze, die sie am Schlafen hindert, oder der einfallende Kummer, oder Wortwechsel, die sie wieder im Ohr hat, Sätze, die sie Maouloun hätte sagen können oder Franck hätte entgegnen sollen – all das wird von ihrer Psyche aus großzügigen Mengen dieser Zutaten zu einem Cocktail gemixt. Sobald der Morgen naht, regen sich die Vögel auf den Bäumen, und sie fragt sich, ob von denen auch einige an Schlaflosigkeit leiden. Sie fände das gut: Es würde sie beruhigen. Am Mittwoch und Donnerstag sind Cora und Franck sich begegnet, ohne einander anzusehen, ohne selbst zu wissen, ob sie ihre Kräfte für eine weitere Konfrontation aufsparen oder alles tun, um genau die zu vermeiden. Sie will nichts mehr mit ihm zu tun haben. Sie wird am Freitagvormittag ganz normal zur Arbeit erscheinen, gegen 13 Uhr wird sie gehen, und wenn Franck sie daran hindert – dafür müsste er physisch werden –, tja, dann geht sie direkt ins Büro von Mathilde Rameaux und überreicht dort ihr Kündigungsschreiben. Sie hat mit Pierre darüber gesprochen, und seit sie sein Einverständnis hat, fühlt sie sich unantastbar.

Am Mittwoch, dem 6. Juni, zieht Venus vor der Sonne vorbei. Cora hat das Himmelphänomen 2004 verpasst, warum, weiß sie nicht mehr genau, sie hat keine Ahnung, was sie an dem Tag gemacht hat, aber diesmal ist sie bestens vorbereitet, und sie weckt Pierre und Manon, um mit ihnen zusammen auf die Anhöhe im Parc des Guilands zu steigen und von dort zu beobachten, wie der schwarze Tropfen langsam über die rotorangefarbene Scheibe zieht. »Von hier gesehen wirkt sie winzig«, erklärt sie Manon, »aber Venus ist eigentlich ein riesiger Planet, kaum kleiner als die Erde. Sie wirkt so klein, weil sie so weit weg ist und weil die Sonne riesig ist, stell dir vor, die ist über hundert Mal so groß.« Manon versteht natürlich nicht alles, aber das ist nicht schlimm, sie wird es ihr in ein paar Jahren einfach noch mal erklären. Auch wenn sie früh aufstehen mussten und nichts wirklich Spektakuläres zu sehen war, hätte sie es sich übelgenommen, wenn sie das Phänomen erneut verpasst hätte: Das nächste Mal wird Venus 2117 vor der Sonne vorbeiziehen, da wird sie lange tot sein, auch Manon wird tot sein oder extrem alt, und angesichts der zunehmenden Erwärmung, Jahr für Jahr, ist sie sich nicht sicher, ob es bis dahin auf der Erde überhaupt noch menschliche Zivilisation geben wird, die diesen Namen verdient.

Am Morgen des 8. Juni hat Cora das genau abgestimmte Programm für diesen Freitag im Kopf, ihre To-do-Liste, auf der sie alles vermerkt hat. Der Wecker klingelt um 6:00 Uhr, holt sie aus dem Halbschlaf, in den sie trotz allem gefallen war: Pierre muss an diesem Tag zu einem Termin nach Lyon und beeilt sich, um seinen Zug zu bekommen. Kurz vor 7:00 Uhr steht sie ihrerseits auf, bereitet das Frühstück vor, weckt Manon, weniger sanft und nervöser, als sie eigentlich gewollt hätte, bewegt sie dazu, schneller zu essen als gewöhnlich, windelt sie und zieht sie an. Während die Kleine im Wohnzimmer mit ihrer Würfelpyramide spielt, macht sie sich selbst zurecht, überschminkt hastig die Augenringe und zieht das weiße, am Vorabend gebügelte Kleid an. »Komm jetzt, wir fahren los.« Sie trägt Manon zum zwei Straßen weiter geparkten Peugeot, setzt sie in den Kindersitz, fährt behutsam los und legt wie geplant einen Zwischenstopp bei Julie ein, der Blumenhändlerin, die sie mag, gleich am Marché de la Croix-de-Chavaux. Damit sie an diesem vollen Tag keine Zeit verliert, hat Julie ihre Bestellung bereits vorbereitet, einen riesigen Strauß weißer und rosafarbener Pfingstrosen, wie er auf manchen Bildern Monets zu sehen ist. Sie hat sich vorgenommen, später Sträucher auf sein Grab zu pflanzen, die dann länger halten, aber für die Beisetzung heute sind die Pfingstrosen genau richtig. Damit sie die lange Fahrt und die Hitze besser überstehen, borgt Julie ihnen einen Eimer, in den sie etwas Wasser füllt, und Cora stellt den Strauß auf die Rückbank, wo sie den Eimer, damit er sicher steht, rund um den Bauch mit dem Gurt festschnallt, was bei Manon das schöne, perlende Lachen auslöst. Als sie bei Silué ankommen, ist Manon wieder eingeschlafen. Zu dem leichten Kleid trägt sie blaue Sandalen mit Schnallen, die nicht mehr gut halten. Eine Sandale ist in den Fußraum gefallen, und Cora hebt sie auf, zieht sie ihr wieder an und küsst das weiche Fleisch an ihrem Fuß. Beim Wiederaufrichten spürt sie die Müdigkeit, die ihr im Körper steckt, und stützt sich kurz an einer Mauer ab, bis der Schwindel vergeht. Die Sonne wird später auf dem Friedhof ganz schön braten, da muss sie vorher viel trinken und Acht geben.

Als sie an der Défense ankommt, ist es schon fast 9:00 Uhr, der Parkplatz am Turm, wo sie üblicherweise parkt, wird als belegt angezeigt, und sie stellt sich ein paar Straßen weiter an die Allee entlang des kleinen Parks, in den sie zum Mittagessen geht, wenn sie die Zeit dazu hat. Sie überlegt, ob sie die Pfingstrosen mitnehmen soll, entscheidet sich aber dafür, sie in ihrem Eimer ausharren zu lassen, um bloß mit dem riesigen Strauß nicht Franck zu begegnen. Der würde das als Provokation auffassen, und sie möchte keine Konflikte und hat beschlossen, ihm weder Anlass noch Vorwand zu liefern. Vielleicht ist es mein letzter Tag hier, sagt sie sich, als sie im Turm nach oben fährt. Um 9:15 Uhr geht sie zur Besprechung über den Stand von GesundheitPlus, jetzt, zwei Wochen bevor das Portal live gehen soll. Immer wenn sie gerade nicht dran ist, geht sie im Kopf die Punkte ihres Zeitplans durch. Falls sie rechtzeitig loskommt, kann sie im Krankenhaus vorbeifahren und an der kleinen Gedenkfeier für den Toten teilnehmen, auch auf die Gefahr hin, dass sie in den Staus der Innenstadt hängen bleibt. Sollte es knapp werden, wird es das Klügste sein, direkt zum Cimetière de Pantin zu fahren, wo sie dann Abdulrahman, Mustafa und Karim trifft. Für die Beisetzung werden sie a priori zu viert sein, zu fünft, wenn man den Toten mitzählt. Sie muss auf jeden Fall einigen Puffer einplanen: Da sie keine Zeit hatte, ihr Handy reparieren zu lassen, wird sie ohne Navi zurechtkommen und besser auf die Schilder achten müssen als sonst. Am Mittag, die Besprechung ist noch nicht vorbei, klopft es an der Tür. Ihr Kollege Damien steckt den Kopf herein und wendet sich an sie: »Dein Mann versucht dich zu erreichen, er sagt, es ist dringend.« Sie denkt, das ist nicht mein Mann, wir sind nicht mal verheiratet. Was kann Pierre nur wollen?

Mitten am Arbeitstag anrufen, das macht er sonst nie. Sie geht an ihren Platz und wählt seine Nummer, mehr oder weniger die einzige, die sie noch auswendig kann. »Du bist im Büro?«, fragt Pierre mit tonloser Stimme. Natürlich, wo, glaubt er, solle sie sonst sein? »Silué hat mich angerufen«, sagt er, »sie wollte wissen, was los ist, warum du Manon nicht gebracht hast.« Cora denkt nach und entgegnet genervt: »Was erzählt sie denn für Mist, natürlich habe ich Manon hingebracht.« Pierre lässt eine Sekunde verstreichen. »Silué sagt, nein. Manon ist nicht bei ihr. Was hast du da wieder verbockt? Hast du sie bei dir?« Hinter der Scheibe fliegt ein Vogel vorbei. Cora denkt nach und legt auf.

Sie rennt zu den Aufzügen, es dauert, bis einer da ist. Bei jedem Halt auf der Fahrt nach unten, wenn die Türen aufgehen und der freundliche Gong erklingt, schreitet Cora ein, hindert die Leute am Einsteigen, sagt, tut mir leid, ich muss sofort ins Erdgeschoss. Sie rennt über den großen Platz vor dem Turm, quert den Kreisverkehr, rennt den Gehweg entlang, biegt nach links ein, biegt nach rechts ein. Bei ihrem Auto steht eine kleine Menschenansammlung. Ein Mann rennt ein paar Dutzend Meter vor ihr her, als er eintrifft, gehen die anderen zur Seite, er hat einen Hammer dabei und schlägt umstandslos die Scheibe ein. Als Cora sich nähert, erkennen die Leute an ihrem entsetzten Gesicht, wer sie ist, und treten einen Schritt zurück. Einige rufen etwas, eine Frau weint, sie spürt die Blicke auf sich. Jemand sagt, dass die Feuerwehr kommt, und das scheint zu stimmen, man hört das Martinshorn. Mit dem Hammerkopf entfernt der Mann die Glasreste aus dem Rahmen des eingeschlagenen Fensters, beugt sich ins Auto hinein, dreht den Kindersitz und zieht Manon heraus. Cora sieht ihr knallrotes Gesicht. Die Pupillen in ihren weit aufgerissenen Augen sind geweitet. Ihr Kleid ist voll mit Erbrochenem. Der Mann dreht sich zu Cora um, den Körper der Kleinen fest an sich gedrückt, macht eine Bewegung, um sie ihr zu reichen, aber etwas hält ihn zurück. Auch Cora wagt es nicht, die Arme auszustrecken. Sie sieht eine herabhängende, schlaffe Hand. Auf dem brennend heißen Asphalt, neben dem Hammer und den Glasresten sieht Cora die blaue Sandale, die nicht mehr gut hält, auf der Erde.

XIII AUCH NICHT MIT MUSIK

Am Samstag, dem 28. Juli, bahnt Astou sich einen Weg durch die Menge auf dem Markt in der Rue de la République, grüßt jene, die sie grüßen, zurück, wenn auch ohne stehen zu bleiben, Küsschen zu geben oder zu plaudern, überquert den großen Platz, der in der späten Vormittagssonne glänzt, wickelt sich ein Tuch um die Schultern und begibt sich in die Kühle der Kathedrale von Saint-Denis. Auch wenn sie nur zwei Schritt entfernt wohnt, ist es nicht ihre Kirche: Die Wände hier sind zu hoch, die Vergangenheit ist gewichtig und voll von Toten, sie findet das Leben der Gemeinde Saint-Denis-de-l'Estrée sehr viel interessanter. Dennoch, das weiß sie, hat sie dieses Mal keine Wahl, nichts darf vernachlässigt werden. Am Vorabend war sie in der Moschee des Tawhid-Zentrums zum Ischa-Gebet, zu dem die Gläubigen in der ersten Hälfte der Nacht zusammenkommen, und hat sich selbst das Versprechen gegeben, bevor sie die Stadt verlässt, auch der Kathedrale einen Besuch abzustatten, um über das nachzudenken, was sie auf dem Herzen hat.

Als sie aufgewacht ist, waren Ferien. Mounir hat sie schlafen lassen, der beunruhigend teeniehafte Achtjährige, der er gerade wird, steht immer später auf, und

Salim und sie konnten sich im Bett der Faulheit hingeben, und sie muss sagen, der Sex mit ihm wird immer besser. In ihrem Bauch ist immer noch das behaglich-lustvolle Strahlen, das ein erster Grund für ihre Danksagung ist. Morgen oder vielmehr heute Nacht, um möglichst vielen anderen Augusturlaubern zuvorzukommen, fahren sie runter in die Camargue. Salim ist aus Montpellier und möchte ihr die Ecke zeigen, die Stimmung bei den Stierfesten, die Flamingos, die, auf einem Bein stehend, Salinenkrebschen aus den Salzgärten fischen. Zwischen den beiden Jungs ist der Umgang bislang noch etwas reserviert, aber Salim hat versprochen, dass er Mounir auf einem Pferd reiten lässt, und mit der Aussicht auf wilden Galopp über den Plage de l'Espiguette, Jahrmärkte mit Achterbahnen und die spektakulären Massen von Kreuzrittern auf den Wehrmauern von Aigues-Mortes hält der Sommer Möglichkeiten bereit, die das vielleicht in Ordnung bringen. Es ist das erste Mal, dass sie denkt, ja, ich will wieder eine Paarbeziehung, ohne dass sich in ihr die Befürchtung regt, sie könne sich eingesperrt fühlen, und sie hält diesen Beginn von Vertrauen in ihrem Herzen fest, als einen weiteren Grund, danke zu sagen – Gott oder dem Leben.

Sie geht durch das Kirchenschiff nach vorn, dreht eine Runde durch den Chorumgang und betrachtet lange die liegenden Grabfiguren der Souveräne. Hundewelpen liegen zusammengerollt einer unbekannten Prinzessin zu Füßen, lecken ihre marmornen Beinkleider. Die Kathedrale ist der Ort für die unvergessenen Toten. Alle sind sie da, Könige und Königinnen, die alten Merowinger mit ihren Fantasy-Namen und die bekannteren, deren Namen man in der Schule aufsagen muss, die Kapetinger und die Valois, bis zu Ludwig XVI. und Marie-Antoinette, die auf dem

Betstuhl kniend in Stein gehauen sind, sie ein wenig vornübergebeugt, die Arme vor den prallen Brüsten gekreuzt, ein Perlenband um den Hals, die Dynastie von Gottes Gnaden, durch nichts vom Thron zu bringen, bis die Guillotine das lange Band ihrer Geschichte durchtrennt. Gibt es irgendwo einen schönen Ort für die schnell vergessenen Toten? Für alle ohne ein Anrecht auf Prunk und Ehren? Was könnte man für die tun, damit ihr Tod weniger brutal erscheint? Während sie blinzelnd in das Licht schaut, das die Kirchenfenster beugen, ist sie sich unsicher, ob sie hier ist, um zu beten, oder nur, um nachzudenken, über das Andenken an die kleinen Toten, die wirren Rachegelüste, die sie seit einigen Wochen fest im Griff haben, darüber, was die Justiz den Menschen Gutes tun kann, und über das, was sie nie erlangen wird, über die Belohnung unserer Taten und die Vergebung unserer Fehler.

Seit Freitag, dem 8. Juni, hat sie das Gefühl, ihren Arbeitsplatz in diesem Büro ohne direktes Tageslicht, das als Vorzimmer für Antoine Mangins Büro entworfen worden ist, nicht verlassen zu haben, am Bildschirm festzukleben, nur immer wieder die Suchmaschine mit den Worten *Mädchen, Auto, Überhitzung* zu füttern und zu verfolgen, wie sich die AFP-Meldung im Netz verbreitet. Schon am 8. Juni wusste sie, dass man das nicht tun soll, dass man überlebt, indem man sich schützt, den Blick abwendet, an anderes denkt, doch der Drang war so viel stärker als sie. Sie erinnert sich an das tiefschwarze Buchstabengewirr vor ihren Augen und die außerordentliche Konzentration, die es gebraucht hat, um darin Sätze zu sehen. Als die Feuerwehr eintraf, konnte Astou entziffern, sei das Mädchen bereits tot gewesen. Es habe an diesem warmen, sonnigen Tag fast drei Stunden im geschlossenen Auto zugebracht, las Astou. Das Telefon auf ihrem Schreibtisch klingelte, aber sie ging nicht dran. Antoine Mangin steckte den Kopf zur Tür herein, fragte nach irgendwelchen Unterlagen, sie verstand nicht, was er meinte, fragte aber nicht nach, bis er zu ihr kam, sich neben sie setzte, sagte: »Stimmt, Sie waren im Marketing. Sie kennen Cora Salme also«, und ihr riet, nach Hause zu gehen – wenige Sekunden bevor sie in heftiges Weinen ausbrach. Als sie in Saint-Denis ankam, waren die Artikel länger geworden. Dieser Vorfall sei nicht der erste seiner Art, las Astou: Jeden Sommer würden unbeaufsichtigt in Autos zurückgelassene Kinder Opfer von Dehydration. Die Kommission für Verbraucherschutz habe seit 2007 insgesamt fünfundvierzig ähnliche Unfälle erfasst, von denen elf tödlich waren. Sie lag in ihrem Schlafzimmer, dessen Fensterläden sie am Morgen geschlossen hatte, damit es nicht zum Backofen würde, und lachte bitter auf, puh, was für ein Glück, dass es Statistiken gibt, die uns die Wirklichkeit erklären. In der Angelegenheit aus Arche Nord, schloss der neue Artikel, seien Ermittlungen wegen fahrlässiger Tötung eingeleitet und die Mutter in Untersuchungshaft genommen worden.

Am Sonntag hat sie den ganzen Tag versucht, Cora zu erreichen. Ihr fiel ein, dass Coras Handy kaputtgegangen war, merkte, dass sie die Festnetznummer nicht hatte, weil man das Festnetz der Leute nicht mehr zu kennen braucht, fand die Nummer schließlich im Intranet von Borélia und rief immer wieder im Sentier du Tourniquet an, hing wartend am Freizeichen wie an einem Stück Seil, das frei herumbaumelt, doch es ging nie jemand dran. Sie war mehrfach versucht, Nadège Galtier, Damien Tourret oder auch Édouard anzurufen, schreckte aber jedes Mal zurück, schaudernd bei der Vorstellung, dass sie sich Wörter sagen hörte, die sie überwältigen und ihr eher schlecht- als guttun würden.

Am Montag musste sie wieder zur Arbeit gehen. Viele Leute standen auf den Fluren herum und sprachen davon, mit finsterem Blick, aber angeregt, auf unerträgliche Weise erregt davon, Menschen, die es noch nicht gehört hatten, eine solche Geschichte erzählen zu können. Auch im Internet interessierte man sich zunehmend dafür. Ein Sprecher von Borélia, den die Artikel nicht beim Namen nennen, teilte mit, die Unternehmensleitung sei entsetzt über den Unfall, bekunde der Familie ihr aufrichtigstes Beileid und werde im Laufe der Woche Maßnahmen der »Stressbearbeitung nach belastenden Ereignissen« (SbE) zur psychologischen Betreuung anbieten. Ein ebenfalls anonymes Vorstandsmitglied erklärte, in diesem Unfall liege eine grausame Ironie, da einige Autohersteller, mit denen Borélia zusammenarbeite, gerade Warnsysteme entwickelten, die die Anwesenheit von Personen in Fahrzeugen feststellen könnten und den Besitzer eine Viertelstunde nach Verlassen des Vehikels mit einer Alarmmeldung darüber informierten. Sobald sämtliche Pkw mit den entsprechenden Wärme- und Bewegungsmeldern ausgestattet wären, sei zu hoffen, dass es zu dieser Art von Unglücken nicht mehr komme.

Der Journalist, der diese Äußerungen wiedergegeben hat, muss noch andere Leute angerufen haben, vielleicht Kollegen oder Personen, die Cora nahestehen, denn er hat hinzugefügt, dass die 31-jährige Frau und Mutter – es war seltsam, diese Bezeichnung für sie zu lesen – von ihrem Arbeitspensum im Zusammenhang mit der Umstrukturierung des Unternehmens überfordert gewesen sei und mit Vorgesetzten in Konflikt gestanden habe. Der Versuch der

Kontextualisierung beschränkte sich auf diesen einen Satz, aber er hat eine Bresche geöffnet: Wenn Sie mehr darüber wissen wollen, suchen Sie in dieser Richtung, gehen Sie den schlecht beleuchteten Flur hinter dieser angelehnten Tür entlang. Von den Kommentatoren im Internet, die ihre Redefreiheit genutzt haben, eine Freiheit, die sich bekanntermaßen nur abnutzt, wenn sie ungenutzt bleibt, ist lediglich eine geringe Anzahl diesen Weg gegangen. Die meisten haben Cora verurteilt: Sie verdiene es nicht, sich eine Mutter zu nennen. Sie schilderten lakonisch oder breiteten mit großem Detailreichtum aus, was sie ihr sagen oder mit ihr tun würden, wenn sie ihr gegenüberstünden. Nachdem sie zweimal gelesen hatte, dass für diese Art von Fällen die Todesstrafe wieder eingeführt werden sollte, meinte Astou, dass sie nun genug gelesen hätte, doch es zog ihren Blick weiter runter und noch weiter runter. Solch eine Tat zu erklären, las sie dort beispielsweise, oder, schlimmer noch, für diese Frau Entschuldigungen zu finden, sei ein moralisches Verbrechen.

In der Mittagspause ging sie hinaus, um etwas Luft zu schnappen, ging durchs Viertel bis zu den Stufen unter dem Grande Arche, auf denen die Leute zu Mittag aßen, obwohl es sich wieder abgekühlt hatte; sie schauten das Finale zwischen Đoković und Nadal, das am Vortag wegen Regen unterbrochen worden war, sprachen über ihre Arbeit oder machten über alles und nichts ihre Witze. Kurz überlegte Astou, sich auf all diesen Websites Accounts einzurichten, um den Strom der Kommentare umzuleiten, doch ihr dämmerte schnell, dass dieses Vorhaben dumm, masochistisch und vollkommen aussichtslos wäre. Aber wenigstens mit Journalisten hätte sie gern gesprochen. Hätte sie am Telefon oder bei einer direkten Begegnung gespürt, dass die Person verständnisvoll ist und zuhören kann wie sie selbst, hätte sie erzählt, was sie weiß. Ich war Zeugin gewisser Dinge, hätte sie der Person erklärt, gewisser Methoden, und ich wusste nicht, wie ich darauf reagieren soll. Ich werde Ihnen einige Schuldige nennen und kann Ihnen gleich sagen: Auch ich gehöre dazu.

Als sie zurück ins Büro kam, hat Mangin gemerkt, dass sie in einem schrecklichen Zustand war, und sich Zeit für ein Gespräch genommen. Ich war mit Cora befreundet, hat Astou gestammelt. Nicht sehr eng, aber doch befreundet. Wir haben drei Jahre zusammengearbeitet, und sie war unter den Kollegen eine der wenigen, mit denen ich mich außerhalb des Büros getroffen habe. Das ganze Jahr hindurch, jeden Tag der Woche, den ganzen Tag lang, dachte sie, ohne es auszusprechen, haben wir am Schreibtisch einander gegenübergesessen. Habe ich aufgeschaut, sah ich sie, Cora, ihre besorgte Zornesfalte, ihren schönen Vogelkopf. Ich bin nicht sicher, ob ich weiß, wer das war, antwortete Mangin in seiner vorsichtigen Art. Daraufhin merkten sie, dass sie von ihr in der Vergangenheit sprachen, und versuchten, gegen die Verlegenheit, die das auslöste, anzugehen. Doch, doch, stellte Astou richtig, Sie kennen sie, sie hat mindestens eine oder zwei Präsentationen gemacht, bei denen Sie dabei waren. Und Mangin setzte sich vor seinen Computer, ging ins Intranet, öffnete die individuellen Personenbögen, die er für alle Angestellten hatte anlegen lassen, damit jeder die Möglichkeit hatte nachzuschauen, welches Gesicht sich hinter welchem Namen verbarg und umgekehrt, und betrachtete Coras Porträt, eine schlechte Fotografie übrigens, auf der sie eher einer Beschuldigten gleicht, die in U-Haft kommt, als der Frau, die sie ist, und dann sagte er, ah ja, okay, ich erinnere mich – doch klang er nicht sehr überzeugend, zu entspannt, nicht betroffen genug oder eher zu verunsichert, um seine Rolle gut zu spielen, und Astou hat genau gesehen, dass dem nicht so war, dass er sich nicht erinnerte, er hatte sie vergessen, Cora Salme, das sagte ihm nichts. Sie hat nicht weitergebohrt, weil sie sich mittlerweile sehr unwohl fühlte. Er war es, der noch mal auf das Thema zurückkam und fragte, stimmt es, was die Personalleitung mir berichtet, dass sie sehr empfindlich war und gerade mit persönlichen Problemen zu kämpfen hatte? Worauf Astou sagte, eigentlich nicht, nein, sie war nur sehr erschöpft. Und es brannte ihr auf der Zunge hinzuzufügen: Vor allem hat sie sich mit Franck Tommaso nicht gut verstanden, oder: Sie hatte gerade einen Freund verloren, der am Nachmittag beigesetzt werden sollte – aber der erste Bereich war zu heikel, um sich darin auf Glatteis zu wagen, und der Rest ging Mangin nichts an. Sie war schon dabei, nach Auswegen aus diesem Gespräch zu suchen, da hörte sie ihn weitersprechen, wissen Sie, Erschöpfung erklärt nicht alles, es ist schon ein Ding zu vergessen, sein Kind abzugeben, und es dann im Auto einzuschließen … Es tut mir sehr leid für Ihre Freundin, es ist schrecklich, was ihr passiert ist, aber man muss doch einräumen, dass es Menschen gibt, die … wie soll ich sagen, die schon durch die kleinste Verantwortung überfordert sind … Nach dieser Äußerung von himmelschreiender Ignoranz hat Astou ihn angesehen, oder vielmehr hat sie ihn angestiert und konnte die Gedanken, die ihr durch den Kopf schossen, nur schlecht verstecken, weshalb sie ihr Gesicht möglichst gut verbarrikadierte und schwieg.

Am Mittwoch, dem 4. Juli, verlässt Pierre bei leicht bedecktem Himmel und milden Temperaturen zwischen 18 und 24 Grad das Haus und setzt sich aufs Fahrrad, um Cora in Saint-Mandé im Klinikum zu besuchen. Pierre liebt das Radfahren seit eh und je, in seiner Kindheit in Lothringen hat das Rad ihm dazu gedient, sein Leben zu erweitern, über die Landschaften, die seinen Alltag einfassten, hinauszukommen, sich davonzumachen und was anderes zu sehen, nicht viel weiter weg, aber weiter, und dieser Wunsch kommt in letzter Zeit mit unbezwinglicher Wucht über ihn, der Drang nach körperlicher Erschöpfung, sich erwärmenden Muskeln, nach einem gesammelten Geist, der sich auf den höchsten Punkt der Steigung konzentriert, auf die nächste Kurve. Mal fährt er an der Marne entlang, mal an der Seine, gibt sich Rundfahrten zwischen achtzig und hundertzwanzig Kilometern und kehrt erst nach Hause zurück, wenn der Tag nur noch Erinnerung zu sein scheint. Das Haus ist ohnehin leer. Und er hat überdies mehrere Wochen Urlaub genommen, er hat nichts anderes zu tun. Manchmal geht er zu Fuß los – Gehen eignet sich schlechter zum Dampf-Ablassen, aber es hilft nachzudenken –, geht auch zu Manon auf den Gemeindefriedhof, um ihr Gesellschaft zu leisten. Er spricht mit ihr, deutlich hörbar, und zwar offener und direkter als während der Zeit, als sie bei ihnen war; wie mit einer Großen, auf Augenhöhe, wie mit jemandem, der immer schon einen Schritt weiter ist. Der Friedhof befindet sich hinter dem Grundstück, auf das demnächst das Cinéma Georges Méliès umziehen soll, vor einem Monat hat er sich beim Vorbeifahren an der Baustelle noch auf die ersten Filme gefreut, die er mit Manon dort sehen würde, und sich gefragt, mit welchen Zeichentrick- und später Spielfilmen sie die Stille der dunklen Säle und den Puls der darin angehaltenen Zeit entdecken würde. Er hatte das in einem alten Kino in Nancy, daran erinnert er sich, als wäre es gestern gewesen: Basil der große Mäusedetektiv, der sich im Inneren von Big Ben einen Kampf mit Professor Rattenzahn liefert, in der ständigen Gefahr, dass die gewaltigen Zahnräder sie zermalmen könnten, sie und die winzige Maus Olivia Hampelmann oben in Big Ben, dessen goldene Zeiger im Gewitter glänzen und dessen Uhr beim Glockenschlagen Rattenzahn erzittern und in die Tiefe stürzen lässt, wohin er Basil mit sich reißt, doch im Gegensatz zu diesem taucht er aus dem Londoner Nebel nicht wieder auf – denn die kleinen Kinder verdienen es, dass man sie vor allem Bösen bewahrt und ein paar Happy Ends erleben lässt.

Jeden Tag macht er seine zwei Besuche, den bei Manon und den bei Cora. Seit ein paar Tagen ist das Reden mit Manon leichter. Er sieht sich wieder an dem Tag, als er sie anzog und es das letzte Mal sein würde, als sie nicht mehr zappelte und sich wand; lange hat er sich gefragt, was er ihr anziehen sollte, Sommer- oder Wintersachen, ob es besser wäre, Manon gegen Kälte zu schützen – denn es würde kalt werden, das sagte ihm eine Stimme –, oder ob es ihr dieses Mal, im Gegenteil, nicht zu warm wäre. Schließlich hat er sich für ein Kleid für die Übergangszeit entschieden, ein grünes Kleid aus weichem Stoff, mit etwas Spitze an den Ärmeln. Und damit sie nicht allein wäre, gab er ihr die Kuschelkrabbe Sebastian mit, ihr liebstes Plüschtier, das in einem andern Walt-Disney-Film zusammen mit einer wild spielenden Jazzband aus seinen Freunden, den anderen Meerestieren, der kleinen Meerjungfrau erklärt, dass das Gras woanders nicht grüner ist, dass sich im Meer besser leben lässt, dass alle dort glücklich sind, unten im Meer, unten im Meer – die Krabbe mit ihrem kreolischen Akzent singt aus vollem Hals über das bessre Leben als in diesem Land ›das oben sitzt… hier im Gewässer…‹.

Er hat lange neben der kleinen Leiche gesessen. Der geheimnisvolle Funke, der sich knapp zwei Jahre zuvor entzündet hatte und zu einem lodernden Feuer angewachsen war, war ohne Verabschiedung verschwunden. Er musste zurückdenken an das Februarwochenende, an dem er bei seiner Großmutter väterlicherseits am Sterbebett gewacht hatte, sie hatte einen langen Todeskampf, fuhr immer wieder von ihrem Kissenstapel hoch, und man musste ihr ständig zu trinken geben und eine Creme aufs Zahnfleisch auftragen, damit ihr Mund sie nicht zusätzlich quälte. Sie ist mit einhundert Jahren gestorben. Bisher, oder vielmehr bis zum Donnerstag, dem 7. Juni des Jahres 2012, hatte er großes Glück: Die Todesfälle kamen in der richtigen Reihenfolge. Der Tod hielt sich gediegenerweise ans Erstgeborenenrecht, an die Statistiken oder zumindest an eine Art Chronologie. Es gab die Ausnahme von Yuri, einem Freund, der sich umgebracht hatte, als sie fünfzehn waren, aber seine Großväter hatte er in etwa in der richtigen Reihenfolge verloren, dann eine seiner beiden Großmütter und die ältesten Onkel und Tanten. Bei seiner Arbeit hatte er oft Anlass, Verteilungskurven in Glockenform anzuwenden, die Gauß'sche Glockenkurve, und dabei entdeckte er, dass diese Verteilung vielleicht die schmerzlichste von allen war: Rechts von all den Leben, die zwischen fünfundsiebzig und fünfundachtzig zu Ende gingen, lag noch eine Handvoll Ausnahmen, die weit darüber hinauskamen, einige als rüstige Greise, andere auf dem letzten Loch pfeifend wie seine Großmutter in den letzten fünfzehn Jahren im Altenheim, die zwar Tag um Tag weiterlebte, aber an fast nichts mehr Freude finden und sich nicht mehr allein waschen und anziehen konnte, während auf der anderen Seite, links des Durchschnitts und des großen Kurvenbauchs, in dem sich die wahrscheinlichen Existenzen stapelten, lag der fatale Streifen derer, die zu jung starben, der Personen, bei denen man noch überhaupt nicht wusste, wer sie werden würden, wie sich ihr Leben gestalten würde, Maouloun der seine Menschenmengen von Sainte-Lazare noch nicht zu Ende gemalt hatte, Manon, deren Augen nicht verrieten, ob sie nussbraun bleiben würden, der es schwergefallen wäre, auch wenn sie sie gekannt hätte, die Namen derer auszusprechen, deren Lippen sie küssen würde, ein kleines Mädchen, das lachte und weinte, das aber noch nicht wusste, welcher Humor ihm lag und über welche Dinge in der Welt es sich aufregen würde – an all das dachte Pierre, während er im Sterbezimmer versuchte, sich, so gut es ging, ihr Gesicht einzuprägen, und später, wenn er sich in den darauffolgenden Wochen in der Stille des Hauses Fotos ansah, Hunderte von Fotos, doch brachte es nichts, sich Gedanken zu machen, rein gar nichts, denn keinem Versprechen war es gestattet, Wirklichkeit zu werden.

Am Empfang der Clinique Jeanne-d'Arc sitzt eine oft lächelnde kabylische Frau um die vierzig, mit der Pierre immer kurz plaudert und die, wenn es gerade mal nicht klingelt, mit halblauter Stimme Gedichte liest. Die Pavillons tragen Namen von Bäumen und Blumen, der von Cora heißt Zedernwald. Wenn das Wetter es erlaubt, trifft er sich am liebsten im Garten mit ihr, auf einer Bank im Schatten der Baumgruppen, oder er zieht zwei Metallstühle auf den Kies, bis in einen Teich sanfter Sonne, denn auch wenn der Ort gut ausgewählt ist – Bruno hat ihn mit gutem Grund empfohlen –, sind die Zimmer zu steril, funktional und anonym, eine Art intermediärer Bereich zwischen Leben und Tod, der es ihm schwermacht, Cora auf die richtige Seite zu holen. Sie ist hier seit zwanzig Tagen, weil sie nicht mehr schlief, nichts mehr essen wollte und mit niemandem mehr sprach. Man kann nicht sagen, dass irgendetwas besser geworden ist, doch wenigstens ist sie hier unter Beobachtung und in der Obhut kompetenter Menschen wie Dr. Amaro, der sagt, momentan passe er seine Behandlung noch an, doch seiner Einschätzung nach sollte sie schon bald Wirkung zeigen.

Cora spricht kaum mit ihm. Was sollte sie auch sagen? Es wäre eher an ihm, sie zum Sprechen zu bringen, und das ist nicht einfach, denn ihr Dialog hat immer auf Symmetrie basiert, war immer ein Spiel aus Nachfrage und Erwiderung, das sie für sich entwickelt haben in Abgrenzung zu den Paaren, bei denen einer von beiden alles an sich reißt, und weil die Gedanken, die ihm den Kopf versengen, allesamt nicht angeraten sind, bleiben sie lieber dort, im Rohzustand, sollten vor allem keine Sätze werden, es sei denn, es wäre sein Ziel, ihrer beider Selbstzerstörung zu beschleunigen. Bei dem Besuch, den ich hier beschreiben will, hätte er nicht übel Lust, ihr die Website von *Mediapart* zu zeigen, und dort den just an diesem Morgen veröffentlichten Artikel über Borélia, der den Anfang einiger verstörender Enthüllungen zu machen scheint. Er hat das Dokument auf dem Display seines Telefons griffbereit, weiß aber überhaupt nicht, wie Cora darauf reagieren könnte, und außerdem sitzt in seinem Bauch die Angst, die stärker ist als die in jedem Fall bittere Freude, den Beitrag mit ihr zusammen zu lesen. Manchmal schweigt er auch, weil er die anwachsende Besessenheit spürt, den Reigen der verschiedenen Hypothesen, die er im Laufe der Tage die *Sinfonie der Wenn-Sätze* nennt, in der die Ereignisse des 8. Juni oder ihr Leben während des letzten Jahres oder ganze Teile der zeitgenössischen Geschichte umgeschrieben werden, um den Unfall zu verhindern.

Wenn Coras Handy nicht kaputt gewesen wäre, denkt Pierre, hätte Silué sie früher erreicht. Wenn Cora zu dem Konzert im Salle Gaveau nicht zu spät dran gewesen wäre, wäre sie nicht gerannt, hätte sich nicht den Knöchel verstaucht und hätte Maouloun nie kennengelernt. Wenn Manon nicht zu den Kindern gehört hätte, die schon auf der kleinsten Autofahrt tief und fest einschliefen, hätte Cora sie bei ihrer Ankunft an der Défense sich regen hören. Wenn Sarkozy nicht die französische Armee in den Libyenkonflikt hätte eingreifen lassen, hätten die Dschihadisten nicht Mali überfallen und Maouloun würde noch bei seinem Onkel leben. Wenn die Brüder Frémont für die Leitung von Borélia jemand anderen ausgesucht hätten als Mangin, wäre Édouard, dessen Verdienste sie ja unablässig lobte, Coras Vorgesetzter geblieben. Wenn Maouloun in seinem geliebten Frankreich Asyl erhalten hätte, wäre es in ihrem kleinen Haus zu sehr viel weniger schlaflosen Nächten gekommen. Und was ihn selbst angeht, Pierre … Er hätte merken können, *wie* erschöpft Cora war, hätte seine Reise nach Lyon absagen und Manon selbst zu Silué bringen können. Und dann wieder hätte es nicht viel gebraucht, keine großen Anstrengungen, kein Umschreiben der Geschichte … und Cora hätte einen Parkplatz im Schatten gefunden, oder der Regen, der am Sonntag die elektrische Spannung aus der Atmosphäre wusch, wäre schon am Freitag heruntergekommen … Es gibt Paralleluniversen, denkt Pierre, und in einigen davon sind diese Annahmen Wirklichkeit geworden, sodass wir zu zweit nur wissen müssten, wie wir dorthin kämen, um wieder zu dritt zu sein.

Manchmal geht es ihm aber auch ganz anders: Hass schnürt ihm die Kehle zu. Er sieht Cora, die sich kaum noch auf den Beinen halten kann, und möchte sie umschubsen, möchte ihr sagen, dass er es ihr übelnimmt, dass er es widerwärtig findet, wie sie sich mit ihrer Niedergeschlagenheit als Opfer ausgibt, und ihr, wenn er schon mal dabei ist, klarmachen, dass sie nicht auf Vergebung hoffen kann, auch nicht in Ansätzen, da es diesen Hass und diese Wut, die alles zwischen ihnen zerstören und unendlich fortzubestehen scheinen, nun einmal gibt. Um keine Widerlichkeiten von sich zu geben, bedient er sich lieber der Musik. Keins der Stücke, die sie an das wunderschöne Leben erinnern könnten, das sie manchmal hatten, keinen Gluck und Monteverdi, keine Dire Straits, aber Älteres aus Coras früherer Geschichte, Musik, zu der sie als Kind Zutrauen gefasst hat, die unberührten Ufer der *Sinfonie aus der Neuen Welt* oder Brahms' *Klavierkonzert Nr. 1*, in dem man meinen könnte, dass es schneit, oder kürzlich erst erschienene Alben, die ihr gefallen könnten, etwa das von Oscar and the Wolf, das er seit einigen Tagen hört, sobald er sich aufs Rad setzt. Er verbindet sein Handy mit der Bluetooth-Box und hält Coras Hand. Viele der Songs drehen sich um Liebe und Tod, um Bilder aus der Vergangenheit, um Reue und Bedauern, solche Songs sind neben anderem ganz klar auch Quellen der großen Metaphysik, also muss man ihren Texten misstrauen, und dennoch: Von allem funktioniert das noch am besten.

An manchen Tagen hat sie keinen Blick mehr. Er kann nicht sagen: »Folge mir.« Dann hat er wirklich das Gefühl, seine Eurydike verloren zu haben. Sie ist zu weit weg gegangen, zu tief ins unterirdische Gängenetz gestiegen, und er glaubt, er wird sie niemals von dort zurückholen können, nicht durch Singen, auch nicht mit Musik: Das Tor zur Hölle hinter ihm ist nur noch ein fahler Punkt, die Welt der Lebenden ist zu gleißend, wie ein Film, den übermäßige Belichtung zerstört hat, und da der Himmel und die Sonne, und auch das Licht, mit dem sie früher geschrieben hat, ihre Feinde geworden sind, gibt es dort oben nichts mehr für sie. Er verliert sie gerade, um es offen zu sagen. Vielleicht muss er sich damit abfinden.

Und *Mediapart*, sagt euch das irgendwie was? Ich kann das nicht wissen, da ich nicht weiß, wer ihr seid. Einigen sagt es etwas, anderen nicht. In der Zeit, von der ich erzähle, gibt es die Seite seit vier Jahren. Entwickelt wurde sie von einigen ehemaligen *Le Monde*-Mitarbeitern um Edwy Plenel, der dazu beigetragen hat, Skandale aus Mitterands Präsidentschaft ans Licht zu bringen, etwa den um die »Iren von Vincennes« (eine zu verquere Geschichte, als dass hier der Versuch gestartet werden könnte, sie zusammenzufassen) oder den um die *Rainbow Warrior*, das Greenpeace-Schiff, das vom französischen Geheimdienst versenkt worden ist. Nach der Veröffentlichung einer Erhebung, die der Redaktionsleitung vorwirft, die Tageszeitung in allzu parteiische Kampagnen verwickelt zu haben, kündigt Plenel bei *Le Monde*, deren Verkaufszahlen gut sind. Bei *Mediapart* sind die Anfänge schwierig, die Online-Presse sucht noch nach Formaten, aber nach den Enthüllungen über illegale Wahlkampffinanzierung bei der Rechten im Vorfeld der letzten Präsidentschaftswahl geht die Abonnentenzahl durch die Decke. Und am

4. Juli 2012 erscheint ein erster Artikel über Borélia, den Pierre am Morgen voller Schadenfreude liest und der im Vorweg Mangin vorgelegt worden ist, mit einer Frist von zwei Tagen, für den Fall, dass er darauf reagieren oder seinen Anspruch auf Gegendarstellung geltend machen will.

Es ist eine Untersuchung zu Borélias jüngsten Entscheidungen hinsichtlich der Lohnpolitik im Unternehmen. Man erfährt, dass der Verwaltungsrat Mangins Gehalt um dreiundsiebzig Prozent erhöht hat, obwohl Borélias Gewinne 2011 unter denen der Vorjahre gelegen haben und die Zahlen des ersten Quartals nichts Besseres verheißen. Hat er bislang um die 700 000 Euro verdient, kommt er nun auf 1,2 Millionen. Das ist mehr, als Cora auf ihrer aktuellen Stelle in vierzig Jahren verdienen würde, denkt Pierre, als er die Meldung noch einmal liest. Der Typ verdient in einem Jahr neunundzwanzig Mal mein Jahresgehalt. Glück für Mangin, dass sein finanzielles Überleben nicht nur von diesem Festgehalt abhängt. Er hat von Borélia zusätzlich Zehntausende Gratisaktien bekommen sowie ein Paket von Stock Options, deren Wertsteigerung ungefähr bei dreißig Millionen Euro liegt. Sein Sitz im Verwaltungsrat von Redex, den er aufgrund seiner alles in allem nachvollziehbaren Verbundenheit mit dem Unternehmen behalten wollte, dem Unternehmen, dem er, wie es standardmäßig heißt, zehn Jahre seines Lebens geschenkt hat, berechtigt ihn zum Bezug von Sitzungsgeldern in Höhe von 230 000 Euro. Das ist aber noch nicht alles. Den Journalisten sind vertrauliche Dokumente über die von Borélia gezahlten Boni zugespielt worden: Im vergangenen Jahr sind die Bonuszahlungen von hundert hohen Managern um dreißig bis fünfunddreißig Prozent die der Vorstandsmitglieder um zweiundfünfzig Prozent gestiegen. Natürlich wird in dem Artikel auch darüber berichtet, dass das Unternehmen im selben Zeitraum Agenturen geschlossen und tausend Stellen gestrichen hat. Trotz des strikten Umstrukturierungsplans, den sich die Journalisten von *Mediapart*, wie sie verlauten lassen, genauer ansehen werden, scheint es offensichtlich, dass nicht alle es für notwendig halten, den Gürtel enger zu schnallen.

In den Tagen darauf kommen Pierres Eltern für zwei Wochen nach Montreuil. Sie sollen ihm helfen, aber das würde voraussetzen, dass sie in besserer Verfassung sind als er, dass sie mit der Lage umgehen können, und auch wenn, zugegeben, sein Vater einkaufen geht und seine Mutter das Essen macht, lässt sich alles in allem nicht sagen, dass das der Fall wäre. Sogar bei seinen Ausflügen mit dem Fahrrad oder wenn er mit ihnen im Garten sitzt, oder zum Friedhof geht, ist Pierre ständig online. Er braucht das Scheppern, mit dem die Nachrichten in seine Echokammer fallen. Er weiß, dass sie eine Droge sind: Er geht ins Netz und holt sich seinen Schuss. Ungeachtet dieser in der Tat substanziellen Steigerung seiner Bezüge, hat der Regierungssprecher erklärt, sei Antoine Mangin bei Weitem nicht der bestbezahlte Vorstandsvorsitzende des Landes. Das wäre ja noch schöner, denkt Pierre. Das hätte noch gefehlt. Schließlich gehört sein Unternehmen auch nicht zu den werthaltigsten oder rentabelsten. Auf einer Business-Website sucht er sich das Ranking der CEO-Gehälter heraus und sieht, dass Mangin nicht zu den Top 100 gehört, aber nächstes Jahr dazustoßen wird, als Nummer 75 oder 80 ungefähr. Es sei mutig und gegen den allgemeinen Trend, erklärt einer der Anführer der Rechten, zu bekräftigen, dass wir die Spitzenmanager korrekt bezahlen müssen. Ansonsten würden sie angesichts unseres geradezu abschreckenden Steuersystems ins Ausland abwandern. Im Radio glaubt ein linker Ökonom, diese Art der Bezahlung zerstöre den sozialen Zusammenhalt. Man müsse die Gehaltsunterschiede innerhalb ein und desselben Unternehmens auf ein Verhältnis von 1 zu maximal 20 beschränken, wie es in den 1960er-Jahren ungefähr der Fall gewesen sei. Unter den Angestellten, die bei Borélia vor die Tür gesetzt werden, verdienen einige kaum mehr als den Mindestlohn? Nun, dann sollte Mangins Gehalt nicht über 270000 Euro liegen. Die Interviewerin weist darauf hin, dass der Vorschlag, das Gehalt von jemandem, der hart arbeite, auf 22000 Euro pro Monat zu deckeln, nichtsdestotrotz von einer Gleichmachungsobsession zeuge – und Pierre schaltet das Radio aus, ohne noch zu erfahren, ob sie das ironisch gemeint hat oder nicht. In einer Morgensendung weicht die Präsidentin des Arbeitgeberverbands MEDEF dem Thema aus. »Es fehlt mir an Informationen«, sagt sie. »Ich kenne nicht alle Details.« Wie es aussehe, müsse man die Guideline der Arbeitgeberseite heranziehen, die MEDEF und AFEP vor vier Jahren verabschiedet hätten, um festzustellen, ob ein Gehalt der good governance entspreche oder nicht: In den Sendungen, in die sie, die Präsidentin, eingeladen ist, wiederholt sie immer wieder, auch wenn sie die Zahlen gerade nicht im Kopf habe, sei die Guideline ihre Bibel.

Fünf Tage später verliert die Borélia-Aktie ein Drittel ihres Werts – als der zweite Artikel erscheint. Er berichtet über den Plan *Optimo* und allgemeiner über das Personalmanagement von Unternehmen. Er beruhe auf der Auswertung interner Aufzeichnungen, die *Mediapart* nicht öffentlich mache, die der Redaktion aber vorlägen und deren Echtheit überprüft worden sei. Beim Lesen des Artikels gewinnt Pierre den Eindruck, die Geschichte zu kennen – aus unzähligen Gesprächen am Abend, unzähligen nächtlichen Auseinandersetzungen –, eine Geschichte, die für ihn eng mit den Erinnerungen aus dem letzten Jahr verbunden ist, sich jetzt aber weiterentwickelt, größer wird, ein Mythos, den ihm nun andere Stimmen zu Gehör bringen. Die Manager erhielten Weisungen, die Leute dazu zu bringen, dass sie ihre Stelle verließen, ohne in den Genuss der kostspieligen Vorzüge eines regulären Sozialplans zu kommen. Laut der Dokumente, die sich die Journalisten beschaffen konnten (anders gesagt, denkt Pierre, die jemand ihnen zugespielt hat), ist das höhere Management sogar in einem speziellen Seminar darauf vorbereitet worden, hat verschiedene Szenarien zur Gestaltung der Personalfreisetzung durchgespielt und gelernt, mit Widerstand gegen die Change-Prozesse umzugehen. Die Dokumente listen Verweigerungshaltungen auf, die Angestellte an den Tag legen könnten, dass sie etwa sagen, warum ich?, oder auch, hier wird von anderen über meine Zukunft entschieden, oder dass sie denken, das geht gar nicht, das schaffe ich nie! Es oblag dem Manager, mit jedem Mitarbeiter dessen jeweilige Anpassungsfähigkeit zu erörtern, wobei jedes emotionale Engagement streng zu vermeiden war, wütend zu werden zum Beispiel, ihm oder ihr eine zwangsläufig infantilisierende Unterstützung angedeihen zu lassen oder sich von der Heftigkeit ihrer oder seiner Enttäuschung anrühren zu lassen. In der Hinsicht, denkt Pierre, hat Mister Tommaso es nicht ganz geschafft, den Weisungen Folge zu leisten… Die Angestellten, wird in den Dokumenten gewarnt, würden eine Phase heftigen Widerstands durchleben, mit störrischem Unwillen, hitzigem Debattieren, Sabotage oder Revolte, und dann eine Phase der Entspannung, mit Traurigkeit und vielleicht Hoffnungslosigkeit, aber das Wichtigste sei, am Ende ihre Zufriedenheitskurve wieder nach oben zu bringen, dass sie sich abfänden mit dem, was auf sie zukomme, dass sie sich fügten, dass sie die Veränderungen annähmen, ohne Nostalgie, und sie idealerweise mittrügen, ihre Notwendigkeit einsähen und sogar ihrerseits der Ansicht seien, dass es große Unsicherheiten brächte, sich an den Status quo zu klammern. Das werde keine einfache Phase, wird in den Dokumenten eingeräumt, aber bei Beachtung dieser Hinweise werde alles gut funktionieren. Und es stimmt, sagt sich Pierre, das war kein Hexenwerk: Es hat gereicht, dass die Stimmungskurve wieder anstieg; es hat gereicht, dafür zu sorgen, dass ihre Hoffnungslosigkeit bald überwunden war.

Dr. César Amaro hat blasse, langsame Hände, die die Spuren auf dem Boden deuten und versuchen, Wege aufzuzeigen. Er habe erfahren, dass Cora regelmäßig schreibe. Sie möchte wissen: Wer hat Ihnen das gesagt? Ihr Partner, antwortet der Psychiater, und Ihre Eltern und Sie selbst auch, als wir darüber sprachen, was Sie gern tun – erinnern Sie sich? –, was für Sie die schönen Dinge im Leben sind. Ich glaube, Sie sollten, auch wenn es nur drei Zeilen sind, aufschreiben, was Sie fühlen, welche Gedanken Ihnen kommen, das würde uns bei der Arbeit, die wir hier zusammen angehen wollen, helfen.

Cora Salme hat mir aus dieser Zeit nichts erzählt. Völliger Blackout, helles Erstaunen, sie erinnere sich nicht daran, könne mir nichts dazu sagen, beim besten Willen nicht. Es bleibt die eine Kladde. Die zweiundzwanzigste aus der Reihe, die sie mir anvertraut hat. Sie ist von allen die wirrste, das Schriftbild am schwierigsten zu entziffern. Cora notiert: »Ein leeres Stück Kleidung ohne Körper darin, ohne Aufhänger. Es fällt herunter, niemand kann es aufheben.« Und im nächsten Absatz: »Pierre war da. Das ist nicht gut. Er muss mich loswerden.« Die beiden darauffolgenden Seiten sind feucht geworden und verlaufen, sind für mich unlesbar. Eine weiter entziffere ich: »Ich wollte, dass die Sonne stirbt. Entweder ich oder sie. Meine Wünsche waren wie groteske, zum Himmel steigende Ballons. Also lieber ich.« Einige Seiten lang beschreibt sie die Nebenwirkungen ihrer Medikamente, sie schreibt, dass Astou da war und sie sich nicht vergiften will; dass Bruno da war und sie, wenn man ihr weiterhin so viel davon gibt, alles vergessen wird, und dass das noch schlimmer wäre. »Pierre war da. Wenn er da ist, nehme ich ihm den Anreiz wiederzukommen. Bin unangenehm, sogar ohne es zu wollen. Das Einzige, was ich ohne Anstrengung schaffe. Bei ihm mehr als bei den anderen.« Und wahrscheinlich ein paar Tage später, auch wenn keine Daten dabeistehen: »Es ist seltsam, einen Sommer in Paris zu verbringen. Ist das der ganze Sommer? Er wird vorbeigehen, nichts gesehen. Die Langeweile, eingeschlossen zu sein. Maman war da, Pierre nicht. Ich würde gern raus. Ein bisschen.« Sie schreibt, die Leute seien freundlich, könnten ihr aber nicht groß helfen. »Was können sie schon tun? Keine Zauberer.« Dann: »Pierre war nicht da.« Und noch mal: »Pierre war nicht da.« Sie wiederholt es mehrmals, in einer neuen Zeile oder mehrfach unterstrichen. Es folgen mehrere leere Seiten, dann kommt plötzlich ein Bericht, der vier Seiten lang ist, in einer Schrift, die auf eine einsetzende Rekonvaleszenz schließen lässt. »Delphine war da.«

Der Tag war unerträglich heiß. Sie sind in den Garten gegangen, hinter die Pavillons, haben sich an einen Tisch im Schatten gesetzt und die Kuchenteilchen gegessen, die Delphine mitgebracht hatte. Cora berichtet, dass Delphine sich zurückhalten musste, um sie nicht zu küssen, und dass sie sehr viel langsamer und sanfter sprach als sonst, als stünde sie selbst unter Medikamenteneinfluss oder als würde die Situation sie verunsichern. Delphine fragte sie, womit sie ihre Zeit verbringe, Cora antwortete, dass ihr nahegelegt worden sei, einen Kurs in Sophrologie zu machen. »Da lernen wir, wie wir auf unsere Atmung achten und alles andere vergessen.« Um sie herum seien an diesem Morgen mehrere Personen eingeschlafen und hätten angefangen zu schnarchen, wodurch sie abgelenkt gewesen sei und fast einen Lachanfall bekommen hätte. »Atmen ist immer der Trick.« Das habe sie an ihren Yogakurs in Berlin erinnert, an den Hochparterre-Raum in der Kastanienallee, und sie habe gedacht, dass sie dort vielleicht wieder würde leben wollen. »Das wäre vielleicht eine Lösung.« Sie würde sich gern aussuchen, was sie vergisst und was nicht, aber so einfach sei das nicht.

Nachdem sie sich eine Ausgangserlaubnis geholt hat, gingen sie im Bois de Vincennes spazieren. Sie wollten nur eine kleine Runde drehen, aber da Cora sich in Form fühlte, wurde schließlich eine größere daraus, den Weg rund um den Lac de Saint-Mandé und schließlich die Route des Batteries entlang. Ein großer Spaziergang in gemächlichen Schritten. »Mit einer verlangsamten Delphine hätte ich vielleicht leben können«, schreibt Cora danach. Die Spätjulihitze hatte die Vegetation verbrannt, die hohen Gräser waren gelb, es war leicht sich vorzustellen, man sei weit weg von Paris, und zu glauben, dass Demeter, die mit der Suche nach Persephone so beschäftigt war, vergaß, den Regen auf die Felder zu bringen, und alles verdorren ließ, solange Mutter und Tochter nicht wieder vereint wären. Im schattigen Unterholz standen einige Zelte mit Metallhockern davor, offensichtlich lebten dort Migranten, aber Cora ging nicht näher heran. Junge Frauen in Mini-Shorts und junge Männer mit freiem Oberkörper bespritzten einander und plantschten mit ihren zwei Schäferhunden im Ruisseau de Gravelle herum. Cora und Delphine setzten sich ans Ufer des Lac de Daumesnil, genau gegenüber dem Sibyllentempel und den Bäumen, die auf der Insel rings um ihn gewachsen waren, wie um ihn perfekt einzurahmen. »Das ist der gleiche wie der auf den Buttes-Chaumont«, sagte Delphine. »Ich schwöre, der sieht genauso aus oder fast, bestimmt eine Replik.« Auf dem See fuhren Verliebte und Freunde umher. Eine Frau neben ihnen riss Reste von grünem Gras aus und gab sie einem Schwan mit zerrupftem Federkleid. Sie erklärte ihnen, dass es im See zwei Schwanenpaare gab und jedes sein Revier besaß, dass aber das Männchen von der anderen Seite der Insel gerade eben ins Revier hier habe eindringen wollen, woraufhin sich der da wunderbar verteidigt habe. Tatsächlich sahen sie den anderen Schwan wachsam an einem Ausläufer der Insel stehen, um einen möglichen Gegenangriff abzuwehren, während sein Weibchen und sein Küken zum Fressen an die Uferböschung schwammen. Delphine hängte ihre Füße ins Wasser. Cora auch, etwas zögerlich. Der Schwan kam zu ihr geschwommen und biss, um Hallo zu sagen, sanft in ihren großen Zeh. Trotz des gerade noch geführten Kampfes war sein Federkleid beim Darüberstreichen unglaublich weich. Sie berieten sich und entschieden: Er war Gustave, der Schwan Gustave. Und Cora machte im Geist ein Foto von ihren nackten Beinen im Wasser, vor einem Saum aus weichem Gras und umgeben von ein paar verstreut dahintreibenden Federn. »Das Problem ist, dass die Männchen ungefähr gleich stark sind«, sagte die Frau. »Bei gleichen Waffen kann der Krieg lange dauern…« Dann brachte Delphine Cora wieder zurück. Da sie das Abendessen, das um 18:00 Uhr serviert wurde und nie besonders gut war, verpasst hatte, holten sie sich beim Chinesen ein Menü zum Mitnehmen, das sie im Garten verzehrten, Zitronengras-Hühnchen mit Reis, dazu Nektarinen und Aprikosen frisch vom Gemüsestand. »Durch das Spazieren«, schreibt Cora, »hatte ich mehr Appetit.« Als Delphine aufbrach, widerstanden sie der Lust, sich zu küssen, nicht. Es war so stark. So sanft. Die beiden mochten einander tatsächlich sehr.

Ich könne nicht wissen, werdet ihr sagen, wie Antoine Mangin auf den Skandal der Borélia-Leaks reagiert hat. Er ist trotz seines fortgeschrittenen Alters noch gut beieinander, aber mir fehlte der Mut, ihn zu befragen. Selbst ambitionierte, hartnäckige Chronisten kommen an ihre Grenzen. Dafür habe ich Astou zu diesem Thema befragt. Ich habe auch versucht, von Franck etwas dazu zu erfahren, doch Franck hat nie zum Kreis seiner Vertrauten gehört, was nicht verwundert, da Mangin nur wenige Vertraute hatte. Seine öffentlichen Reaktionen lassen sich leicht zusammentragen. Was er allerdings dachte, wie er diese Zeiten erlebt beziehungsweise wie sein »innerer Gerichtsstand« (diese alte Bezeichnung gefällt mir) auf die Ereignisse reagiert hat, kann ich lediglich mutmaßen.

Nach der ersten Welle von Artikeln und Kommentaren, die sie zur Kenntnis nahmen, ohne darauf einzugehen, vielleicht um sich reiflich zu überlegen, wie sie am besten reagieren sollten, oder in der Hoffnung, die Polemik werde sich von selbst legen, einfach weil aufregendere

Nachrichten sie aus dem Fokus der Medien drängten, gaben die Brüder Frémont bekannt, die Höhe des Einkommens von Antoine Mangin sei vom Verwaltungsrat nach strengen Richtlinien veranschlagt und durch die Hauptversammlung mit großer Mehrheit angenommen worden. Für ein Unternehmen in tiefgreifender Umstrukturierung wie Borélia, fügte Geoffroy Frémont hinzu, seien die Entscheidungen des Geschäftsführers so maßgeblich, dass es sich lohne, seine Motivation und Entscheidungsqualität durch eine höhere Bezahlung zu verbessern, und sei es nur geringfügig. »Mangin hat sich nicht als unwürdig erwiesen«, so Frémonts Einlassung dazu. »Er hat mutige Entscheidungen getroffen und bringt das Unternehmen schneller wieder auf die Beine als gedacht.« Als Pierre auf diesen Artikel stieß, dachte er, wie zutreffend, auch er werde fortan Mut in diesem Sinne definieren: Mut, der – Fähigkeit, Entscheidungen im eigenen Interesse zu treffen, die von anderen ausgeführt werden und das Leben von Personen zerstören, denen man selbst nie begegnet. Meine Berufskollegen von *Mediapart* führten an, dass die Belohnung verfrüht komme: Dem Unternehmen gehe es noch gar nicht besser, niemand wisse, ob die von Mangin angestoßenen Reformen es wirklich irgendwann würden besser dastehen lassen. »Die Führungskräfte sind darüber informiert, dass wir keinen Ratchet-Effekt bei den Einkommen tolerieren«, entgegnete Frémont. »Wenn sich die Zahlen von Borélia verschlechtern sollten, werden wir unsere Politik bei den Stock Options und den Boni überdenken. In unserer Gruppe gibt es keine und kann es keine Sondervergütung für Versagen geben. Doch werden wir ganz im höchsten Interesse des Unternehmens
 vorgehen und gewiss nicht dem Drängen von Demago-

gen nachgeben. Demagogie, die – notierte Pierre in seinem Elan: haftet jeder Position an, die den Interessen der Herrschenden entgegensteht und ihnen die argumentative Grundlage entzieht.

An der Défense hat Mangin eine Krisensitzung nach der anderen angesetzt. Astou war bei diesen Sitzungen, in denen Mangin mehrfach tief durchatmen musste, als Protokollantin zugegen, ebenso Pauline Louvier, die Kommunikationschefin. Wenn die Rechtsanwälte kamen, um mit den IT-Verantwortlichen zu überlegen, wer die Daten geleakt haben könnte und inwiefern die Weitergabe vertraulicher Informationen strafrechtlich zu verfolgen sei, und wenn die Frémonts in ihrem Zwillingslook höchstpersönlich vorbeischauten, empfing Mangin sie hingegen allein, unter Ausschluss sämtlicher potenzieller Zeugen – und die wenigen Büros, die in den Türmen Türen haben, sind dafür äußerst geeignet: abhörsicher, ohne geheime Nebenzimmer, ohne Schlüssellöcher, ohne Mitarbeiter, die man feuert, wenn sie an Türen lauschen. Astou hätte gern Mäuschen gespielt und über die Lüftungsrohre gelauscht an dem Tag, als der Post der einflussreichen Bloggerin rauskam, die in Nanterre eine der ersten Beratungsstellen für »Arbeitsgesundheit« eröffnet hatte und sich nun öffentlich fragte, ob die Affäre Cora Salme zu den aufmerksamkeitsheischenden Meldungen gehöre, die man besser ignorierte, oder ob sie nicht ein Hinweis auf Management-Methoden und psychosoziale Risiken sei, die es, wolle man solche Tragödien wirklich abwenden, möglichst schnell zu erfassen gelte, dringlicher vielleicht, als irgendwelche Warnanlagen in Autos einzubauen.

Nach dem, was ich über ihn weiß, wird Antoine Mangin gefunden haben, dass er eine solche Folge leidvoller Prüfungen nicht verdiente. Er hatte das Gefühl, seiner Karriere viel geopfert zu haben, etwa die langen Reisen, die seine Jugend geprägt hatten, Hunderte Stunden Schlaf, Zeit für Müßiggang oder zum Ausleben seiner Interessen. Er hatte Freunde verloren, weil es ihm an Zeit fehlte, sich regelmäßig mit ihnen zu treffen oder weil sein Werdegang zu Konflikten zwischen ihnen geführt hatte. »Wer solche Verantwortlichkeiten übernimmt«, erklärte er wenig später in einem Interview, »muss auf sein Gefühlsleben manchmal verzichten, was nicht heißt, dass er keines hat, aber der Platz, den es einnimmt, ist deutlich begrenzt. Und das, ja, das kann schmerzlich sein. Die da behaupten, sie bekämen alles unter einen Hut, die lügen. Der Tag hat nur vierundzwanzig Stunden, und niemand hält unbegrenzt durch, also ist das Geld, das man bekommt, kein leicht verdientes.«

Er fand die ganze Sache umso ungerechter, als er nicht zu den Unersättlichen gehörte. Er hätte da ganz andere nennen können. Einen, der fünf Mitglieder aus seinem Vergütungsausschuss geworfen hatte, weil sie sich weigerten, seine Gehaltsdeckelung aufzuheben, und sich dann an die 3,4 Millionen in die Tasche steckte: ein Raubtier ohne jede Hemmung und nicht in der Lage, den Erfolg eines Unternehmens zu verstetigen. Oder den, der Englisch sprach wie eine usbekische Ziege, ein reines Produkt des Funktionärswesens, der vom Privatsektor und von der freien Wirtschaft wirklich gar nichts verstand, aber nahe an die Zweimillionenschwelle kam. Ob sein Gehirn denn weniger wert sei? Warum er der Einzige sein solle, der sich nicht bediente? Man dürfe in diesen Dingen nicht naiv sein: Das Rad des Schicksals kann sich drehen, all das ist vielleicht bald schon vorbei. Es sei jederzeit möglich, dass die aktuelle Regierung, oder die nächste, sich entschloss, der Stimme des Volkes zu lauschen und die Einkommensabstufung innerhalb der Unternehmen gesetzlich zu regeln. Falls es dazu kommen sollte, wäre er keiner, der sich nach Großbritannien oder in die USA absetzen würde: Seine Vertrauten, seine Mentoren, seine Verbündeten, all seine engsten Kontakte seien in Frankreich, sein ganzes in den letzten dreißig Jahren gewachsenes Adressbuch, das er manchmal auf seinem Telefondisplay durchlaufen lasse (die Designer von Apple hatten hart daran gearbeitet, das zu einer sinnlichen Erfahrung zu machen), denn die vorbeiziehenden wichtigen Namen gaben ihm die Gewissheit, im Netz der Macht an zentraler Stelle zu sein.

Er wollte kein Geld des Geldes willen. Geld an sich hatte er genug, und es interessierte ihn nicht. Aber seit er als kleiner Junge die Samstagnachmittage mit seinem Vater in den alten Sälen des Musée de l'Homme verbracht hatte, träumte er davon, die Kunstsammlung seiner Familie zu übernehmen und auf ein ganz neues Niveau zu bringen. Und davon, in wenigen Jahren, die Mangin-Stiftung gründen zu können. Nach seinen Vorstellungen sei daran nichts Hochtrabendes: ein kleines Patrizierhaus in guter Pariser Lage, am besten am Ende einer schönen kleinen verkehrsberuhigten Allee, in dem auf zwei oder drei Etagen seine Sammlung afrikanischer Kunst untergebracht sein werde, die im Halbdunkel präsentierten Masken und Statuen. Ein gut laufendes Unternehmen wieder verlassen, das reiche ihm nicht: Nichts könne den nächsten Geschäftsführer daran hindern, seine gesamte Arbeit zunichtezumachen. Die Mangin-Stiftung hingegen … wenige Werke letztlich, aber wahre Schätze … Und in dieser Hinsicht, um weiter zu akquirieren, was ihm unverzichtbar scheine, und um einen

Standort zu finden, der seines Namens würdig sei, müsse er zugeben, bleibe ihm nicht mehr viel Zeit.

Eines Nachmittags im späten Juli entlädt sich über der ganzen Stadt ein Gewitter. Blitze, Donner und Regen kommen aus einer riesigen schwarzen Wolke, die sich wie ein außerirdisches Raumschiff über das gesamte Pariser Becken schiebt. Pierre macht den Jeanne-d'Arc-Besuch mit dem Auto. Die Gewitter in den Cevennen haben Manon verängstigt, sie mussten ihr die Augen zuhalten und sie umarmen. Wenn er es recht bedenkt, war jeder Vorwand willkommen, um sie in den Arm zu nehmen. Coras Zimmer im Klinikum ist leer, und die diensthabende Schwester von ihrer Station weiß nicht, wo sie sein könnte. Pierre schlägt Alarm, alles Personal begibt sich auf die Suche, doch Cora ist nirgends zu finden. Hinausgegangen sein kann sie nicht, das ist nur in Begleitung möglich. Da steht nun Pierre, den Blick in den Regen getaucht, der die Oberflächengestalt des Gartens offenbart, die kiesgesäumten Binnenmeere, weiß nicht so recht, was er tun soll, und merkt, dass er viel unruhiger ist, als er es vorher gewesen wäre, dass jetzt viel schneller Ängste in ihm hochsteigen und er überall Unheil lauern sieht. Er hört, wie die Frau vom Empfang eine Standpauke bekommt, und überlegt, ob er sich einmischen soll, als sein Telefon vibriert. Es zeigt den Namen »Silué« an. Cora sei um 18:00 Uhr bei ihr aufgekreuzt und sei immer noch da. Pierre sagt: »Verstehe, bin schon unterwegs.«

Als er klingelt, in dieser Wohnanlage aus den 1970ern, in der er sich nie länger aufgehalten hat, die aber über anderthalb Jahre eine der meistfrequentierten Stationen auf seinen täglichen Wegstrecken war und wo vor allem

Manon mindestens so viel Zeit verbracht hat wie bei ihnen zu Hause, waren die Eltern der drei anderen Kinder, um die Silué sich kümmert, schon zum Abholen da, sodass jetzt nur noch Cora hier ist und sich im Schlafzimmer ausruht. Sie sei vor einer halben Stunde eingetroffen, mitten im Gewitter, mit triefnassen Haaren und zitternden Lippen. »Ich konnte früher gehen«, hat sie gesagt, »deshalb habe ich mir gedacht, ich komme die Kleine schon mal abholen.« Silué hatte sie seit der Beerdigung, die ein sehr schwerer Moment für sie war und bei der Cora ihren Blick gemieden hat, nicht mehr gesehen. Sie hieß sie hereinkommen und sich hinsetzen. Die beiden noch anwesenden Kinder spielten mit der Puppenküche, kochten, um genau zu sein, eine Suppe, aus der noch eine Mohrrübe und ein Lauch herausragten, und Cora sah ihnen wortlos zu. Silué wusste nicht, ob sie sich wieder fasste oder darauf wartete, dass eine dritte Gestalt aus dem Zimmer kam, das Manon das Heiamach-Zimmer nannte. Silué bereitete einen Roibuschtee, wickelte Cora in ein Badetuch, trocknete ihr die Haare mit einem zweiten Handtuch und massierte ihr Kopf und Schläfen. »Vielleicht war das alles zu heftig«, sagt sie heimlich zu Pierre, »etwas verrückt sein wird ihr helfen.« In der Nachbarwohnung streitet sich ein Paar wegen irgendeiner Sache mit der Spülmaschine.

Pierre ruft im Klinikum an und sagt, er werde Cora erst am darauffolgenden Morgen zurückbringen. Sie fahren zusammen nach Hause. Ein Strahl warmer Luft befreit die Windschutzscheibe von Beschlag. Die Scheibenwischer wissen nicht mehr, wo ihnen der Kopf steht. Pierre fährt keine dreißig, trotzdem bittet Cora ihn, langsamer zu fahren. Ihre Stimme ist beunruhigend sanft. Irgendwann dreht sie sich zur Rückbank: »Alles in Ordnung. Der Regen ist nicht schlimm, solange sie sich nicht unterkühlt hat.« Und eine Minute später: »Wie schön sie doch ist, wenn sie schläft.« Mit einer Sintflut von Blättern, manche voll entfaltet, andere versengt von der wochenlangen Hitze, setzt das Gewitter draußen alles unter Wasser.

Das kommt vor, beruhigt Dr. Amaro sie. Viele Menschen, die jemand Nahestehendes verloren haben, glauben die Stimme oder die Schritte der Person zu hören, sehen sie in einem Zimmer, spüren ihre Hände auf der Haut. Das ist keine Verrücktheit – der Begriff sagt ohnehin nicht viel aus –, sondern es sind Trauerhalluzinationen. Sie durchlebt den Schmerz des Verlusts, erklärt Dr. Amaro. Daran stirbt man nicht. Solange der Schmerz da ist, sammelt der Körper Kräfte, will dagegen angehen und überleben. Wenn es Sie beruhigt, sagen Sie sich: Ihr Schmerz wacht über sie.

Als es langsam an der Zeit ist, dass Cora das Klinikum verlässt, damit sie im August gemeinsam Urlaub machen können – entweder an einem neuen Ort, wie es Pierre geraten wurde, oder an einem Ort, an dem sie ihre Bezugspunkte hat, der sie aber nicht an Manon erinnert –, weiß sie nicht mehr, ob sie den Urlaub noch braucht oder ob die Vorstellung, Paris zu verlassen, sie nur in Angst versetzt. »Ich sehe sie überall«, sagt sie zu Pierre. »Manchmal nehme ich es ihr übel, dass sie so um mich herum ist.« Pierre hält ihre Hände fest in seinen. Er sagt, das soll dich nicht sorgen. Er sagt, das geht vorbei. Nachts, wenn er allein ist, beneidet er sie um die Momente, in denen Manon lebt, auch wenn das Erwachen brutal ist. »Ich weiß nicht, ob ich will, dass das aufhört«, murmelt auch Cora öfter mal. Und Pierre erklärt noch einmal mit Worten, die einfühlsam sein sollen, es aber nie ausreichend sind: Er meine, der Schmerz werde sich verwandeln, werde sich abmildern, und in einigen Monaten werde es Momente geben, da sie nicht an sie denken oder an sie denken, ohne zu leiden. Das ist kein Vergessen. Denn sie wissen, dass Manon in gewisser Weise, solange es sie gibt, bei ihnen sein wird.

Bei ihrem Besuch in der Kathedrale von Saint-Denis Ende Juli, erinnert sich Astou, habe sie letzten Endes gebetet. Auch mehrere Kerzen habe sie angezündet, erzählt sie mir, in ihrem schönen Sommerkleid sei sie auf die Knie gegangen. Allah und Gott, das wissen wir bereits, waren für sie Jacke wie Hose. Wenn es Gott gebe, sei er für uns alle derselbe, nur unter verschiedenen Namen, und wenn es ihn nicht gebe, sei's drum, zu beten koste sie nicht viel und tue ihr gut. Wie auch immer, so sehe sie die Dinge, das Schicksal habe sie bisher weitgehend verschont, und von ihr aus solle es gern so weitergehen. Als sie klein war, hat ihre Mutter ihr mit der Sprengkraft ihres Charismas immer wieder gesagt, du bist eine Frau und du bist schwarz, du wirst es vier Mal so schwer haben im Leben, du wirst dich vier Mal so doll anstrengen müssen. In den vergangenen Monaten hat sie gern für Mangin gearbeitet, hat gespürt, dass er sie respektiert. Wenn sie ihm eine Unterschriftenmappe brachte oder ein Sitzungsprotokoll, oder wenn sie ihm kurz die Terminplanung für die Woche in Erinnerung rief, sagte sie sich, dass sie nun um einiges besser dastehe als bei ihren Jobs im Call-Center, wo sie einen Anruf nach dem anderen erledigen musste, ohne Pause, und immer dieselben, bis aufs Komma vorgegebenen Sätze zu sagen hatte, einhundert oder zweihundert Mal am Tag, so oft, dass sie am Abend, wenn Bakary fragte: »Na, was gibt's Neues?«, »Bitte bleiben Sie dran« antwortete. Sie hat sich diesen Ansatz zu einer Karriere erarbeitet und verspürt keine Lust, die Stelle zu verlieren. Hätte sie es also doch nicht tun sollen? Ihre Mutter hat immer gesagt, wenn du wütend bist, stell dich hin und atme durch. Versuch zu verstehen, wer im Unrecht ist. Wenn du im Unrecht bist, bringt Stolz dich nicht weiter, dann erkennst du es an und entschuldigst dich. Wenn dir die anderen im Unrecht scheinen, dann hörst du dir an, was sie zu sagen haben, bis ihre Gründe klar werden – oft haben sie mindestens einen.

Man kann nicht allen Ratschlägen folgen, die Mütter so geben. Mütter sind nicht immer da. An dem Abend, als die Tür von Mangins Büro offen stand und sie hineinschlüpfte, war ihre es nicht. Sie kannte seine Passwörter, denn er hatte sie mehrmals vor ihren Augen eingetippt. Um ehrlich zu sein, sie hatte sie ganz ohne Absicht behalten, da es nichts gab, was sie besser kannte, was ihr mehr in Fleisch und Blut übergangen war als die Bewegungen von zehn Fingern auf einer Tastatur. Am Vorabend hatte Salim ihr erklärt, wie sie etwas suchen, Dokumente kopieren und danach ihre Spuren beseitigen konnte. Es brauchte zwanzig Befehle, und die hatte sie auswendig gelernt, ähnlich, wie sie Verse lernte, bis sie glaubte, alle zu kennen. Hatte sie das Recht, das zu tun, oder war sie im Unrecht? Sie zündet mehrere Kerzen an, prägt sich deren Position genau ein, beschließt, am Abend, nachdem sie ihre Koffer gepackt hat, wiederzukommen und nachzusehen, was aus ihnen geworden ist. Unterdessen findet sie Worte für ein Gebet. Ich bitte dich, Gott, ich flehe dich an, wenn du findest, dass ich im Unrecht bin, vergib mir, was ich getan habe; wenn du etwas Erbarmen hast, vergib, was Cora getan hat; und was die wirklich Verantwortlichen angeht, die, wie du genau weißt, anders hätten handeln können, bitte ich dich, flehe ich dich an: Vergib ihnen nicht.

Sie hofft, dass Gott da ist und sie sich auf ihn verlassen kann. Sie hofft, dass das Jüngste Gericht für alle tiefschürfender, scharfsinniger und nützlicher sein wird als ein Jahresgespräch. Möge Gott immer die genauen Umstände berücksichtigen. Möge er sehen, worin Mut steckt. Denn es gibt ihn, sagt sie. Ich sehe ihn überall um mich herum. Den Mut, Morgen für Morgen aufzustehen. Um all der Gewalt entgegenzutreten und weiterzumachen. Ihre Mutter hat einmal gesagt, es scheint, als würde die Menschheit, auch heute noch, in einen See passen. Würden wir uns alle wie die Soldaten nebeneinander hinstellen und wären bereit, uns zusammenzuquetschen wie die Sardinen, Haut an Haut, oder übereinander wie die Leichen in einem Massengrab, würde ein See ausreichen, einer der großen Seen in Afrika oder Nordamerika. Dort wäre unser Versteck, um alle anderen Lebewesen glauben zu machen, dass niemand mehr da ist. Wir wären alle im Wasser, und die restliche Erde wäre leer, mit Wind in den Bäumen, Feuern, Tieren. Daran hat sie oft denken müssen. Sie weiß nicht, ob es so besser wäre, aber sie mag die Vorstellung. Ihre Mutter war natürlich nicht dabei, aber Astou vermutet, dass Gott ihr zugesehen hat, als sie sich kurz mit Pierre traf, ihm den USB-Stick übergab, ganz beiläufig, so als wäre das nichts, als wäre es normal, dieses Risiko einzugehen, als sie ihm die Geschichte von den großen Seen erzählte, von dem wohlbemessenen Friedhof, von dem Versteck für uns alle, und leise sagte: »Jetzt ist der Moment gekommen. Es ist Zeit, Krach zu schlagen.«

XIV REIGEN SELIGER GEISTER

Der Prozess gegen Cora Salme folgte im Dezember desselben Jahres. Sie bereitete sich darauf vor mithilfe von jemandem, den die Richter, Staatsanwälte und seine Berufskollegen durchweg mit »Rechtsanwalt Devereux« ansprachen, der für sie aber »Romain« blieb oder »der Bär«, einer von Brunos engsten Freunden, den sie in den Jahren am Lycée und während der ersten Studiensemester zu jeder Tages- und Nachtzeit mit den anderen bei ihren Eltern zu Hause hatte abhängen sehen. Wenn es um Politik ging oder um Frauen, oder wenn es irgendwann wirklich Zeit war, sich auf einen Plan für den Abend zu einigen, hatte sie immer mitbekommen, wie er die Diskussion für sich entschied. Das tat er nicht mit vielen Worten, auch nicht durch Übertönen, sondern mit knappen, wohlsortierten Sätzen, die alle überzeugten. Romain baute seine Selbstgedrehten mit Amsterdamer, von dem ihm manchmal Fäden im Bart hingen, was seinen Wangenküsschen den Duft von gebranntem Karamell verlieh. Er rauchte keinen Shit, nahm wenig Drogen, trank so viel wie die anderen, vertrug den Alkohol aber fünfmal besser. Als die Brandungswelle von House und Techno sie bis in obskure Lagerhallen und auf schlammige Felder schwemmte, wo damals die Raves erfunden wurden, fuhr er anschließend die ganze Bande nach Hause und setzte jede und jeden bei sich ab. Cora, der die Eltern unter dem niederträchtigen Vorwand, sie sei erst vierzehn, verboten mitzugehen, harrte wartend am Fenster und behielt in Erinnerung, wie der Bär ihr von unten zuwinkte, während er das, was von ihrem Bruder noch übrig war, zur Tür schleppte und sich dann mit seinem klaren Kopf wieder ans Steuer setzte. Er war nicht ihr Typ Mann, aber wenn sie in den letzten fünfzehn Jahren eine Schulter zum Anlehnen gebraucht hatte, war in ihrer geistigen Landschaft unter anderen immer das Bild von Romain Devereux erschienen.

An das, was sie während ihrer Untersuchungshaft besprochen haben, kann sie sich nicht erinnern. Es war natürlich Bruno, der Pierre geraten hatte, sich in dieser Angelegenheit an Devereux zu wenden. Zwischen Schweigen und Schluchzen hatte Bruno sich an diese flatternde Idee geklammert, an das offenbar Einzige, was er für seine Schwester tun konnte: »Sie muss unbedingt mit Romain reden. Der macht Zivilrecht, Strafrecht, arbeitet hart, ist gut. Ich schicke ihr Romain mal vorbei.« Als sie einander auf dem Polizeirevier begegneten, erkannte sie ihn sofort. Er hatte sich nicht verändert, hatte wohl mit zwanzig schon so ausgesehen wie mit dreißig. Da er in diesem Sommer selbst nur wenig Urlaub hatte, überließ er ihnen das Haus an der Bucht von Arcachon, in dem Pierre und sie im August drei Wochen verbrachten, um sich versuchsweise zu erholen oder wenigstens nicht zu kollabieren. Und dort war es dann, dass Romain, als er sie an einem Wochenende besuchen kam und eine etwas gefasstere Cora vorfand, für eine Stunde in die Robe des Rechtsanwalts schlüpfte und ihr erklärte, was ihr in dem Prozess drohte, und zwar nicht ungefähr, sondern ganz konkret, indem er das Strafgesetzbuch aufschlug und sie Artikel 221-6 lesen ließ, in dem es heißt, wer durch Ungeschicklichkeit, Leichtfertigkeit, Unachtsamkeit, Nachlässigkeit, Pflichtverletzung oder Missachtung von Vorschriften den Tod eines Menschen verursacht, wird mit einer Freiheitsstrafe bis zu drei Jahren und einer Geldstrafe bis zu 45 000 Euro bestraft. Als er den Ablauf des Verfahrens noch einmal erklärte – der war ihr bereits im Juni dargelegt worden, was sie aber vollkommen vergessen hatte –, schaute Cora aus dem Fenster, sah zu, wie die bunten Boote durch die Bucht zum Cap Ferret hinüberfuhren, sah die für sie unerreichbare Fülle des August. Laut Romain wäre es nicht sehr realistisch, auf Freispruch zu plädieren. Ihr Ziel sei es vielmehr, eine möglichst milde Strafe zu erreichen, eine Strafe auf Bewährung oder mit Vollzugslockerung. Er werde sie da also rausholen, aber sie müsse mit einsteigen, müsse ihre Verteidigung ernst nehmen. In Anbetracht des Schadens, den sie selbst erlitten habe, bestehe möglicherweise in einem zweiten Schritt Veranlassung, gegen ihren Arbeitgeber juristisch vorzugehen. Nach französischem Recht waren Unternehmen seit zehn Jahren für die geistige Gesundheit ihrer Angestellten verantwortlich, und seit vier Jahren bestand für die Unternehmen in dieser Sache eine Erfolgspflicht. Trotz der Enthüllungen durch *Mediapart* würde es eine sehr komplexe Angelegenheit sein, einen Prozess gegen Borélia anzustreben, es sei denn, es würden weitere Fälle von Überbelastung, die ihrem glichen, bekannt gemacht. Dennoch würde ein solcher Prozess ein Kreuzzug, der ihr unter Umständen zehn Jahre ihres Lebens rauben könnte. Nach dem, was sie ihm erzählt habe, könne sie allerdings eine Klage gegen Franck Tommaso in Erwägung ziehen, sie könnten versuchen, vor der Justiz nachzuweisen, dass auch er in hohem Maße für das Geschehen verantwortlich war. Sie würden sich das alles in Ruhe anschauen, zu gegebener Zeit, denn auch ein solches Verfahren könne lang und belastend sein. »Aber das Wichtigste im Moment«, wiederholte Romain und suchte ihren unsicheren Blick, »ist, dich erst mal außer Gefahr zu bringen.«

Dass sie in die Vorbereitung mit einsteigen konnte, wie er es nannte, setzte voraus, dass sie noch etwas von dem Willen hatte, auf den sie sich – früher – hatte verlassen können. Um in den Dezember zu kommen, galt es zunächst, den Herbst zu überstehen. Sie wusste nicht, ob sie das schaffen würde. Als sie in diesen letzten Augusttagen zurück nach Paris fuhren, fand sie, das sei eine gute Sache: Die ständige Zweisamkeit mit Pierre zermürbte die Stimmung, die Besuche von Familie und Freunden, auf die sie sich gefreut hatte, hatten sich als sehr belastend erwiesen; statt ihr fortwährend Ablenkung verschaffen zu wollen, sollten die sie einfach in Ruhe lassen.

Es wird September: Sie ist zu Hause, durch eine langfristige Krankschreibung von ihren Pflichten entbunden, während Pierre wieder zur Arbeit geht. Diese Zeit erinnert sie, ob sie nun will oder nicht, an einen anderen September, den sie zu Hause verbracht hat, nämlich ihre Elternzeit, aber da war sie nicht allein, auch wenn es vorkam, dass sie ahnungslose kleine Idiotin sich einsam fühlte und sich darüber beschwerte. Sie erinnert sich, dass sie fand, ihr Körper sei von der Geburt und ihren Folgen ramponiert – da wusste sie noch nicht, was *ramponiert sein* wirklich heißt. In ihrem aktuellen Zustand fällt es ihr schwer, einkaufen zu gehen, zu essen oder sich zu waschen. Es ist unmöglich, sich mit Leuten zu treffen. Wenn sie es einmal geschafft hat, sich anzuziehen und ins Wohnzimmer zu gehen, bleibt sie dort einfach sitzen, reglos, über Stunden. Es wäre besser, wenn sie eine Eidechse in ihrem Versteck in einer Trockenmauer wäre, dann wäre das normal. Sie versucht, all die Teile ihrer selbst, die abgestorben sind und nicht mehr reagieren, zu spüren. Sie kann sie nicht benennen. Es wäre einfacher, wenn sie in eine andere Haut schlüpfen könnte, ihr Gehirn auswechseln könnte, ihr Herz.

Pierre hat Manons Spielzeuge und Kleider weggeräumt. Zwar hat er zuvor fotografiert, wie Manon die Sachen hinterlassen hatte, auf dem Spielteppich und in ihrem Zimmer, aber das ändert nichts an der Tatsache, dass er ihre letzten Spuren beseitigt hat, er hat kein Andenken an die wenigen Dinge gelassen, die Manon in ihrer kurzen Zeit bewerkstelligen konnte, hat die kleinen Objekte entfernt, die sie mit ihren Händen gebaut hatte, hat sie zerstört, ohne Absprache, eines nach dem anderen. Bevor Manon kam, hatten sie befürchtet, die Kindermöbel und -kleider, die Spielzeuge, die Sachen zur Säuglingspflege würden all die Arbeit, die sie in die Einrichtung gesteckt hatten, damit das Haus wohnlich wurde, zunichtemachen. Diese Befürchtung war, wie viele andere auch, in den Monaten nach der Geburt schnell in Vergessenheit geraten. Das Gegenteil war der Fall. Das Mobile mit den Ginkgoblättern, die sich bei jedem Lufthauch bewegten, die Autos und die Würfel in knallbunten Farben, die Tiere, die sich zwischen den Seiten der Bücher versteckten, hielten überall auf dem Boden ihr Mittagsschläfchen, zogen mit ihren Glasaugen das Dunkel aus den Schubladen, diese Dinge und Geschöpfe versprühten überall Freude und machten den Ort mehr denn je zu einem Zuhause, einer Heimstatt von

Lebewesen, die man selten dort antraf, wo man sie vermutete, weil sie ihren eigenen Kopf hatten. Jetzt bewegen sich die Dinge nicht mehr, und in jedem Raum schreit die Stille. Sie wird es nicht schaffen, weil sie es nicht schaffen will. Jedes Mal, wenn sie hinaus zum Kirschbaum schaut, sagt ihr Gefühl ganz deutlich, am besten hängte sie sich daran auf. Leider verlangt auch eine solche Handlung viel zu viel Willen und Kraft. Stattdessen bleibt sie sitzen, beobachtet das Licht, das den Garten nährt, die Schatten, die sich ins Haus graben, das ruhige Fortschreiten der Uhrzeiger – als Schuldige nicht nur an ihrer großen Schlaffheit, sondern auch an dem, was man, wenn man die Augen nicht mehr verschließt, einen Mord nennen muss.

Pierre kommt spät nach Hause. Er hat keine Alternative, als sich in die Arbeit zu stürzen, oder er glaubt, sich durch die Arbeit heilen zu können. Vielleicht ist es eine Art von Flucht, und in diesem Fall wüsste sie gern, ob das, was er flieht, die Realität ist oder sie. Wahrscheinlich weiß er es selbst nicht. Zumindest sagt er es ihr nicht. Ihre Mutter schaut fast täglich vorbei. Sie ist im Januar in Rente gegangen, unter anderem mit der Absicht, mehr von ihren Enkeln zu haben. Bruno ist Ende Mai geschieden worden, er hat Arthur nur jede zweite Woche, Marianne benötigt nunmehr andere Formen der Aufmerksamkeit, und so kümmert sie sich um ihre einunddreißigjährige Tochter. Oft stellt sie sich ungeschickt an, mischt sich in Dinge ein, die sie nichts angehen, macht Patzer um Patzer. Cora verkneift es sich, etwas zu sagen. Mit mir als Mutter bis du immerhin noch am Leben, scheint Mariannes Gesicht zu sagen. Nein. Das stimmt nicht. Ihr Gesicht sagt das nicht. Es sind die Worte, die Cora hört. Sie hört fortwährend Sätze, die niemand sagt. Die anderen Menschen sind wandelnde Vorwürfe. Alle, die die Kleine gekannt haben, wenn auch nur flüchtig, die Händler im Viertel, die Nachbarn, alle, die es wissen. Vor allen anderen aber Pierre, Pierre vor allem, denn Pierres Gesicht, ohne dass sie klar sagen könnte, wo genau, ist das von Manon. Ihre Liebe hatte es erschaffen: dieses erstaunliche Gesicht, diese Ähnlichkeit mit der restlichen Familie, die so augenfällig und zugleich so variabel und subtil war, dass man sie nicht zu fassen bekam. Nun erschafft ihre Liebe nichts mehr, denn sie machen sie nicht mehr. Das würde nicht viel bringen, sie kann nicht akzeptieren, Lust zu empfinden, und er will es auch nicht, er nimmt sie in die Arme wie jemanden, den man tröstet, nicht wie eine Frau, deren Körper und Worte ihn verführen. Bei Treffen mit Freunden wahren sie angestrengt die Fassade. Sind sie nur zu zweit, wissen sie buchstäblich nicht, was sie einander sagen sollen: Beide bleiben sie in ihrer Ecke – und mauern sich ein.

An einem Mittwoch Mitte September schafft sie es hinauszugehen, spaziert durch den Parc des Guilands. Nahe bei einem Klettergerüst, das an eine Burg auf einem Berg erinnert, eine Festung, aus der die Röhrenrutschen hinausführen wie geheime Fluchttunnel für den Fall einer Belagerung, sitzt eine Frau auf der Betonbrüstung und redet mit einer Frau der vorangegangenen Generation. Der kleine Junge kommt aus der Rutsche geschossen und beschwert sich über etwas, das Cora nicht hört. »Aber da sind Kinder«, schreit die Mutter. »Spiel mit den Kindern, geh uns nicht auf den Zeiger!« Der Junge reibt sich die Augen und fängt an zu weinen, sagt, was er braucht oder auf dem Herzen hat. »Halt die Fresse, oder ich geh nach Hause«, schreit seine Mutter, um das quälende Gebettel zu beenden. Cora bleibt auf Entfernung, macht einen Bogen, geht ihres Wegs. Oben an der Robespierre-Treppe erklärt ein untersetzter schwarzer Papa: »Letztens war ich im Buttes-Chaumont, mit Bastien im Kinderwagen, und wäre beinahe ausgerutscht …« Cora beschleunigt ihren Schritt und entfernt sich. Es gibt kein Entkommen. Der Park quillt über vor Kindern, sie sitzen auf Karussells, spielen Ball, rennen für einen Schluck Wasser zu den Trinkbrunnen, sagen, meine Schuhe sind weg, befehlen, du zählst bis zwölf, oder stellen sich zusammen vor, sie wären auf dem Boot und da wäre der Wal. Und die Kinder flankieren ihre Spiele spontan mit dem Wort, das sie als eines der ersten kannten, die Kinder wollen Blicke, eine unterstützende Aufmerksamkeit, die sie segnet und umhüllt, also sagen sie: Mama, Mama, Mama.

Am 20. September lässt Cora sich zu einem erneuten Aufenthalt ins Klinikum Jeanne-d'Arc einweisen. Wenigstens schafft das Klarheit. Sie akzeptiert, dass man sie pflegt, nicht, dass man vorgibt, sie müsse gesund werden oder es hinge nur von ihr ab, wieder in ein normales Leben zu finden. Im Garten des Klinikums gibt es, soweit sie weiß, keinen Wal. Nur ein Eichhörnchen, das sie im Sommer nicht gesehen hat, und Vögel, die sie am Gesang zu erkennen lernt. Leicht und elegant fliegen die Elstern mit ihrem blau-weißen Gefieder vom Rasen auf in die Bäume, wollen vielleicht noch weiter, vielleicht bis zum Friedhof, aber sie rufen nicht »Mama« und machen auch keine Vorwürfe. »Ihre Schwierigkeit«, erklärt ihr Dr. Amaro, »ist nicht, dass Sie von Manon getrennt sind. Sie sind ihr zu sehr verbunden. Sie müssen es akzeptieren, müssen sie gehen lassen. Das wird nicht einfach sein, Sie werden sich langsam vortasten, aber irgendwann scheint es dann weniger unmöglich.« Wenn sie sich dazu aufschwingen kann, notiert sie verstreute Erinnerungen aus dem Leben mit Manon, aus Angst, dass sie verschwinden könnten, und weil der Psychiater gewarnt hat, dass die, die bleiben, nicht immer die besten sind. Hätte sie gewusst, dass dieses Leben so vergänglich ist, sie hätte alles anders gemacht. Sie hätte es mehr genossen. Auf keinen Fall wäre sie an Bürotagen so spät zurück nach Montreuil gekommen, sie hätte weder ihre Eltern noch Pierre, noch irgendwelche Babysitter sich abends oder am Wochenende um sie kümmern lassen. Denn hätte sie ihr ihre ganze Aufmerksamkeit geschenkt, hätte dieses Glück ihr gereicht, wäre Manon noch da.

In ihren Kladden schreibt sie: »Pierre hat gesagt, er käme nicht. Er hat gesagt, mich zu sehen tue ihm zu sehr weh. Ich habe gefragt, ob er jemand anderes hat. Darauf hat er nicht geantwortet, oder ich wollte ihn nicht hören. Pierre ist der Vater meiner kleinen Tochter. Er war meine große Liebe. Er empfindet nur noch Hass für mich. Ich kann nichts daran ändern.« Eines Abends, als sie sich die Hände wäscht, rutscht der Ring, den er ihr in Lissabon geschenkt hat, von ihrem Finger und fällt in den Abfluss. Er ist noch zu sehen. Pierre hatte ihn allein ausgesucht und ihr auf die Serviette gelegt, in dem Restaurant, in dem sie diese köstlichen Sardinen gegessen haben, auf einem der Kirchenvorplätze mitten im Gewirr der kleinen Treppen der Alfama. Sic hat weder Messer noch Schere, mit denen sie versuchen könnte, ihn wieder herauszubekommen, denn es ist ihnen verboten, mit diesen Dingen zu spielen. Sie ruft die Nachtwache und bittet die Person mit brechender Stimme, den Siphon abzuschrauben und den Ring zu bergen, bevor er im Abwasserrohr verschwindet. Sie glaubt, dessen Verlust würde sie Pierre niemals erklären können, und falls der Ring abhandenkäme, wäre es aus zwischen ihnen, unwiderruflich. Als die Nachtwache ihr den Ring in die Hand gelegt und sie ihn abgespült hat, diesmal mit Stöpsel im Abfluss, betrachtet sie das gehämmerte Rund aus vergoldetem Silber und denkt, woran es alles hängt?, dann legt sie sich vollständig bekleidet ins Bett und schläft zwölf Stunden durch.

Astou kommt sie besuchen. Astou ist nicht passiv: Sie zwingt Cora, sie anzusehen, akzeptiert keine ausweichenden Antworten, hat eine bestimmende Art, mit der Cora besser zurechtkommt. »Je trauriger du bist und je mehr du leidest«, sagt sie und legt die Hände an Coras eingefallene Wangen, »desto unglücklicher ist die Kleine. Du solltest auf sie hören. Man könnte meinen, du hörst nicht auf sie. Sie spricht noch, das schwöre ich dir! Und was sagt sie deiner Meinung nach? Sie sagt: Mama, tu dir vor allem nicht weh. Ich weiß, dass sie das sagt. Hör zu, sie sagt dir das. Auf jeden Fall, hör hin.« Etwas später informiert Astou sie mit allzu verständlichem Zögern, doch in dem Wissen, dass kein Weg daran vorbeiführt, darüber, dass Franck zum Vertriebsleiter ernannt worden ist. Mangin muss gedacht haben, dass dies der einfachste Weg sei, ihn aus dem Umfeld von Personen zu bekommen, die sich im Marketing über ihn beschwert haben, ihn diskret dort abzuziehen, und zwar in üblicher Manier nach oben, um ihm die Chance zu geben, auf einer besseren Grundlage noch mal neu anzufangen. Astou hat Mangin zwischen Tür und Angel zu Simon Keller sagen hören, Franck sei im Vertrieb besser aufgehoben, das liege ihm eher, und sogar seine Aggressivität könne dort Wunder tun. Cora zuckt die Schultern. Sie ist überrascht, dass diese Nachricht sie nicht weiter kümmert. Sie hat nicht vergessen, was Devereux ihr dazu gesagt hat, sie weiß, dass sie sich um diese Bürde noch kümmern muss, dass Borélia sie einholen wird, aber der Taumel, den sie derzeit erlebt, hat zumindest den Vorteil, dass diese Dinge weit weg sind, derzeit noch.

Der Oktober kommt: Am Tag vor ihrer Entlassung fragt Pierre, ob sie umziehen, das Haus verkaufen und woanders etwas mieten wollen, an einem Ort, der sie nicht ständig erinnert. Cora hat keine Meinung dazu. Sie weiß nur, dass sie sich im Moment nicht vorstellen kann, dorthin zurückzukehren, und auch nicht, weiter mit ihm zusammenzuleben. Ihre Eltern nehmen sie auf, in ihre Wohnung im 14. Arrondissement, nicht weit vom Rathaus. Sie haben schon Bruno für einige Monate Unterschlupf gewährt, nach seiner Trennung von Leïla, sind also daran gewöhnt. Die Rückkehr der abgestürzten Vögel ins Nest, denkt Cora: ein heutiges Gleichnis. Da sie jetzt häufiger und vertraulicher mit ihnen spricht als in den vergangenen Jahren, kann sie nicht umhin zu denken, dass ihr Leben um einiges leichter gewesen ist. Sie waren vielleicht bescheidener, haben weniger erwartet, aber eine Arbeit finden, die einem liegt, und sie wechseln, wenn man es will, hat in ihrer Generation nicht einen so einwandfreien Werdegang vorausgesetzt, eine Behausung kaufen war zehnmal billiger, und sie haben einfach ihr Leben gelebt in dem Glauben, dass ihre Ideale und ein fortschrittliches Denken sich trotz aller Diktaturen und Obskurantismen langsam verbreiten würden, ohne die täglich realer werdende Gefahr der Zerstörung des Planeten im Hinterkopf zu haben. Sie schläft in ihrem Kinderzimmer. Ihre Gänge um den Block bringen sie in die Nähe der Plätze, auf denen sie nach der Schule gespielt hat und wo heute andere Kinder spielen, auch auf den vor der Musikschule, an der sie versucht hat, Geige zu lernen. Da Cora sie sich nun länger und genauer ansieht als in den vergangenen Jahren, merkt sie, dass ihre Eltern alt werden. Um bei ihr zu bleiben und weil ihr Vater wegen seiner Hüftarthrose nur schlecht laufen kann, überlegen sie, ihren lange geplanten Urlaub mit Freunden in der Toskana abzusagen. Sie besteht darauf, dass sie fahren, wird fast wütend: Das komme nicht infrage; sie sollten ihr Leben genießen, sosehr sie können; man solle nicht Unglück zu Unglück gesellen.

Neben der Kunst des Großelternseins war es einer ihrer Wünsche für den Ruhestand, Florenz zu sehen und Siena und die umgebende Landschaft, ausgiebig und in Ruhe. Ihr Vater hat immer davon gesprochen, bei Proust endlich mal über den ersten Band der *Verlorenen Zeit* hinauskommen zu wollen, wobei es durchaus einen Zusammenhang gibt, denn die strahlende, schemenhafte Toskana aus seiner Vorstellung ähnelt der Toskana aus dem Traum des proustischen Erzählers, wo ein bunt schillernder Frühling, milder als der auf der Île-de-France, nicht so hart mit frostigen Nächten geschlagen, die Hügel von Fiesole mit Lilien und Anemonen überzieht. In diesem Fall ist allerdings Herbst, doch es ist auch ein Genuss, außerhalb der Saison mit Muße dort zu verweilen. In der verlassenen Wohnung verbringt Cora eine der seltsamsten Phasen ihres Lebens. Romain Devereux besucht sie zweimal, um mit ihr an ihrer Verteidigung zu arbeiten – das ist ihr lieber, als in seine Kanzlei in der Rue d'Aboukir zu fahren. Während er ihr einige Fangfragen stellt, mit denen die Richter aufwarten könnten, sieht sie ihn umstandslos die Schränke öffnen, bei denen er noch genau weiß, wo Gläser, Teller und Aschenbecher stehen, und zum ersten Mal seit einer Ewigkeit bricht Cora in ein Gelächter aus, das kein nervöses Lachen ist, auch kein verrücktes, sondern einfach ein ganz alltägliches. Den Rest der Zeit, abgesehen von den Kontrollbesuchen, die sie jede Woche im Jeanne-d'Arc absolviert, und abgesehen von den Momenten, in denen sie ihr Telefon checkt und sieht, dass Pierre ihr auch nicht mehr schreibt als sie ihm, hat sie alle Freiheit, nichts zu tun. Sie lässt sich kochend heiße Bäder ein und liest Comics, bis die Haut an den Fingern schrumpelig ist, plantscht genauso lange darin herum wie damals als Jugendliche, als sie zusehen wollte, wie ihr Körper sich verwandelt. Sie hört ihre CDs und ihre alten Langspielplatten, die einen glücklicherweise zwingen, regelmäßig aufzustehen, um die Seite oder die Scheibe zu wechseln. Sie liest Trauerbücher, die ihre Mutter vor der Reise in ihrem Nachttisch versteckt hat, und Bücher, die von ganz anderen Dingen handeln. Sie schaut in keine Zeitung mehr, nie, hört nicht Radio, die Zeit ist vorbei: Immerhin hat sie gelernt, sich zu schützen.

Und während die Pariser Dächer im Grau des Himmels verschwimmen, schicken die Eltern ihr ein wenig der wolkenlose Milde aus dem Boboli-Garten und Ansichten von Florenz, von San Miniato aus fotografiert. »Hier ist es noch schön warm. Bist du sicher, dass du nicht dazukommen willst?« Vom Besuch der Uffizien schicken sie ihr eine Art Geburtsanzeige zur Geburt der Venus. »Ist schon was Besonderes, sie in echt zu sehen.« Auf der linken Seite des Botticelli-Bildes erkennt sie Zephir, den sanften Frühlingswind, der sie mit seinen Böen aus Blumen auf ihren Erkundungen der Küste zwischen Fécamp und Dieppe begleitet hat. Sie ist ein wenig betrübt über ihn. Hätte er doch länger in ihr Leben geweht! Wie sie so aus der Muschel steigt, sich anschickt, den Fuß auf den Strand von Kythera zu setzen, ihre Scham mit einem dicken Strang ihrer rotblonden Haare bedeckt und eine ihrer kleinen Brüste mit der Hand, hat Venus tatsächlich große Ähnlichkeit mit Delphine. Cora sucht Drucke des Bildes heraus und nimmt sich vor, sie genauer anzuschauen, mit mehr Ruhe als dort im Gedränge des Museums. Gern würde ich auch aus dem Wasser steigen, denkt sie, wiedergeboren werden. Sie hat die vage Ahnung, dass Sandro Botticelli, wie viele andere Maler, immer dieselbe Frau gemalt hat, und macht sich darüber schlau. Es stimmt: Er hatte ein Modell. Geboren als Simonetta Cattaneo, wurde sie durch Heirat zu Simonetta Vespucci – eine Cousine jenes Amerigo, dessen Namen die Geografen zur Benennung von Amerika benutzt haben. Die Glückliche, denkt Cora und liest sich ein in das Wenige, das man über ihr Leben weiß, nämlich dass die junge Frau aus einem Genueser Adelsgeschlecht stammte und von sämtlichen Herrschern, Dichtern und Malern als die schönste Frau ihrer Zeit anerkannt wurde. Im Alter von dreiundzwanzig allerdings starb Simonetta an der Tuberkulose. Als Botticelli sein Gemälde vollendete, war die Gestalt, die er malte, ein Skelett, ihr Fleisch verfault, ihr rotblondes Haar vielleicht noch intakt, aber schon lange von ihrem Schädel gefallen: Sie war seit neun Jahren tot und wäre zweiunddreißig gewesen – genau in dem Alter, das Cora haben wird, wenn der Frühling wiederkommt.

Am Dienstag, dem 18. Dezember, finden sich Cora, ihre Eltern, ihr Bruder, Pierre und zwei, drei Kollegen im Landgericht von Nanterre ein. Da Cora keinen Wert darauf legt, die vorhergehenden Verhandlungen anzuhören, sitzt sie mit ihnen eine gute Stunde auf den Metallstühlen in der

Eingangshalle – die kleine Gruppe dicht beieinander, wie die Hühner auf der Stange – und wartet, bis ihr Fall aufgerufen wird. Geistesabwesend beobachtet sie den Reigen der Anwälte, die in Straßenkleidung eintreffen und für eine Minute in den Toiletten verschwinden, um ihre Robe anzuziehen. Sobald diese ihren Körper bedeckt und sie nunmehr ein Amt verkörpern, wirkt es eher komisch, wenn man einige von ihnen noch Sportschuhe tragen oder Kaugummi kauen sieht. Bruno und ihr Vater wechseln einander darin ab, schlechten Kaffee vom Automaten zu holen und versuchsweise die Stimmung aufzuheitern. Sie sieht Pierre und Astou vertraulich miteinander reden, als würden sie einander gut kennen. Romain Devereux raunt ihr zu: Kopf hoch, das wird! Und wie sie sich so umgeben sieht, unterstützt und geliebt, möchte sie am liebsten weinen und findet, sie hat keine Entschuldigung, es war ein schönes Leben, das sie bis Juni unter sehr privilegierten Bedingungen gelebt hat, und das alles kann sie nur sich selbst vorwerfen; wenn sie alles zerstört hat, ist das allein ihre Schuld.

Als die Anhörung beginnt, in diesem fensterlosen Saal, den auch der Teppichboden und die helle Holzvertäfelung nicht wärmer machen, bittet die Vorsitzende Richterin, wie bereits vor ihr der Gerichtsdiener, sie möge bestätigen, dass sie Frau Cora Salme sei, geboren am 18. Mai 1981 im 15. Arrondissement von Paris. Cora wünschte, das wäre nicht der Fall, doch fühlt sie sich gehalten, es zu bejahen. Man erinnert sie daran, dass sie beschuldigt wird, am Freitag, dem 8. Juni 2012 in Courbevoie … – und sie hört nicht mehr so recht zu, da sie die Geschichte ja kennt. Man belehrt sie noch einmal, dass sie das Recht habe, Fragen zu beantworten, spontane Aussagen zu machen oder, falls sie dies wünsche, zu schweigen. Rechts neben den drei Richter·innen vergräbt die Vertreterin der Staatsanwaltschaft ihre Nase in den Akten. Sie dürfte genau in ihrem Alter sein, wirkt etwas weniger gestresst, aber nicht viel weniger müde, und wenn sie sich konzentriert, hat sie die gleiche Zornesfalte auf der Stirn. Vor allem diese Altersnähe… Wenn sie überlegt, was für Menschen sie auf den Fluren des Gerichts so gesehen hat, gewinnt Cora den Eindruck, die Justiz sei ein eigenes Reich, in dem weiße Frauen um die dreißig über das Schicksal stämmiger, meist schwarzer oder arabischer Männer entscheiden. Sie hätte sich gewünscht, dass die Staatsanwältin zu ihr rüberschaut, ein Lächeln zeigt oder ein Zeichen wohlwollender Neutralität, etwas, das die Rigidität ihrer Robe und ihres Auftrags ausgleichen würde – des Auftrags, die Interessen der Gesellschaft zu vertreten, was ihr selbstverständlich obliegt –, doch das ist wohl etwas zu viel verlangt seitens einer Person, der es nicht zusteht, überhaupt etwas zu fordern.

Wir wollen versuchen, kündigt die Vorsitzende Richterin an, die Abfolge der Ereignisse zu rekonstruieren. Dem Gericht ist bewusst, dass dies für Sie schmerzhaft sein kann, fügt sie vorsichtig hinzu. Dann erteilt sie einem ihrer Beisitzer das Wort. Laut Autopsiebericht trat der Tod gegen 11:00 Uhr ein, also nach zwei Stunden Aufenthalt im Inneren des geparkten Fahrzeugs. Der Tod erfolgte durch Dehydration und eine Erhöhung der Körpertemperatur auf über 40 °C, die zu Atem- und Herzstillstand geführt hat. Es gibt Hinweise, dass das Opfer zuvor aufgewacht ist und erfasst hat, dass es allein zurückgelassen worden war, aber der Straßenabschnitt, an dem das Fahrzeug stand, war am späten Vormittag wenig belebt, sodass niemand das eventuelle Rufen des Opfers gehört und die in diesem Fall wahrscheinliche Panikreaktion den kritischen Zustand weiter zugespitzt hat. War Ihnen bewusst, fragt der Beisitzer, dass kleine Kinder ihre Körpertemperatur schlecht regulieren können, dass sie bei ihnen drei- bis fünfmal schneller ansteigen kann als bei Erwachsenen? Wussten Sie, dass es auch schon bei nicht sehr warmen Temperaturen und einer nicht sehr langen Verweildauer in einem geschlossenen Fahrzeug beim Kind zu schwerwiegenden gesundheitlichen Schäden kommt? Cora denkt nach und antwortet, ja, die Hebammen haben es ihr gesagt, schon auf der Wochenstation, und auch ihr Kinderarzt hat bei jeder Gelegenheit wiederholt, was auf der Hand liegt: Kleine Kinder darf man weder Kälte noch Sonne aussetzen. Ist es zuvor schon vorgekommen, fragt der Beisitzer, dass Sie Ihre Tochter für die Zeit eines Einkaufs oder aus anderen Gründen allein im Auto gelassen haben? Cora verneint, niemals hätte sie das getan, nicht bewusst, nicht im Besitz ihrer geistigen Kräfte. Und halblaut fügt sie einige Wort hinzu, die die Richter nicht verstehen, sodass die Vorsitzende Richterin sie bittet, das zuletzt Gesagte, wenn sie es wünsche, noch einmal deutlicher zu formulieren. Cora räuspert sich. Die Risiken waren mir bekannt, hört sie sich wiederholen. Der Beisitzer zitiert die Zeugenvernehmungen von Silué, ihrem Kinderarzt und Pierre, die besagen, dass es in Coras Umgang mit Manon nie Anzeichen für Vernachlässigung gegeben hat. Silué ist nicht da, weil ihr die Kraft gefehlt hat, sich das alles anzuhören, aber Pierre sitzt direkt hinter ihr, auf einer Holzbank in der ersten Reihe, und sie glaubt seinen Blick zu spüren, von dem sie nicht weiß, was genau er will.

Die Staatsanwältin greift, als sie an der Reihe ist zu sprechen, die Zeugenaussage der Blumenhändlerin von Croix-de-Chavaux auf, die, abgesehen von der Mutter, mit Gewissheit die letzte Person gewesen ist, die das Opfer lebend gesehen hat. Julie Grandelle fand Cora hektisch und etwas durcheinander, in dem, was sie sagte und tat, aber nicht in einem Zustand, der sie daran gehindert hätte, Auto zu fahren oder achtsam zu sein. Sie wussten ja, fährt die Staatsanwältin fort, dass Sie in den vorangegangenen Wochen viele Nächte sehr schlecht geschlafen hatten, und Sie haben ausgesagt, dass Sie nur gelegentlich Auto fahren und sich als Fahrerin nicht sehr sicher fühlen. Warum also haben Sie sich entschieden, an einem Tag, an dem Sie besonders müde und nervös waren, das Auto zu nehmen? Cora klammert sich an die Metallstange vor ihr. Mit Worten, die sich zu langsam von ihren Lippen lösen, die einzeln herabfallen wie dicke Tropfen Blut, erklärt sie, nachdem ihre Vorgesetzten ihr verwehrt hätten, sich den halben Tag frei zu nehmen, habe sie keine andere Möglichkeit gesehen, zum Cimetière de Pantin zu gelangen, ohne ihren Arbeitsplatz allzu früh zu verlassen. Erkennen Sie an, dass diese Entscheidung unverantwortlich war?, fragt die Staatsanwältin weiter. Am linken Rand ihres Gesichtsfelds erkennt Cora, dass Romain Devereux die Frage nicht mag und sich leicht schüttelt, woraufhin sie mit erstickter Stimme erklärt, sie möchte die Frage nicht beantworten.

Nun ist es an ihm, am Verteidiger der Angeklagten. Also beginnt er, klar und knapp zu erklären, wie Coras Leben im Winter und Frühling ausgesehen hat, zumindest das, was er darüber weiß, was sie ihm hat sagen wollen, sie erinnert sich, dass Romain Devereux im Jurastudium mal einen Rhetorikwettbewerb gewonnen hat, bei dem er bewies, dass der Freitag uns nicht immer vom Donnerstag entfernt, und in der Ausbildung zum Rechtsanwalt einen anderen, bei dem er der Frage nachging, ob das Gericht ein Strafraum sein soll. Juristenhumor. Aber Rhetorik bewirkt keine Wunder: Er wird nicht zeigen, dass Cora unschuldig ist. Was wird er also erzählen? Da sie sich darauf verständigt haben, dass er ihr nur wenige Fragen stellt, entspannt sie sich und folgt ihm, gewiegt vom Klang seiner Stimme, nur zeitweise. Für die, die ihm zuhören, spricht Romain Devereux über Vergesslichkeit. Er zieht wissenschaftliche Untersuchungen heran, die zeigen, dass man sich nicht aussucht, was man vergisst, noch, wann man etwas vergisst. Er spricht von Stress und Erschöpfung, die vermehrt Routinehandlungen auslösen. Von einem Moment des Schwindels auf einem sonnenbeschienenen Gehweg, vor einem Gebäude in Montreuil. Von Anzeichen für einen Burnout bei Cora Salme, von denen Damien Tourret und Astou Djiguiba in ihren Aussagen berichten, Kolleg·innen, die Cora tagtäglich gesehen haben und bestätigen, dass sie durch ihre Vorgesetzten genötigt wurde, unter Bedingungen zu arbeiten, die ihre Gesundheit gefährdet haben. Der Schockzustand, in dem sie sich bei ihrer Ingewahrsamnahme befand, das psychiatrische Gutachten, das im Rahmen der Ermittlungen in Auftrag gegeben worden ist, wie auch die Aussagen der Ärzte, die sie im Klinikum Jeanne-d'Arc behandelt haben, schließen im Übrigen zweifelsfrei aus, dass ihr Handeln, dessen sie angeklagt ist, vorsätzlich erfolgt ist.

Nach anderthalbstündiger Verhandlung bleibt die Staatsanwältin bei ihrer ursprünglichen Forderung: Trotz der Argumente, die von der Verteidigung vorgebracht worden sind und die die Anklage selbstverständlich berücksichtigt, muss sie doch darauf hinweisen, dass Erwachsene angehalten sind, sich auf Anzeichen von Übermüdung, Stress oder Unaufmerksamkeit hin zu beobachten, um möglicherweise daraus folgende Unglücksfälle zu vermeiden. Erwachsenen obliegt es, gegebenenfalls die notwendigen Maßnahmen zu ergreifen: sich Erholung zu gönnen, belastende Situationen im beruflichen Umfeld zu melden, gewisse Aufgaben ihrem Lebenspartner oder nahestehenden Personen zu übertragen oder auch, damit nichts vergessen wird, für einige Dinge Notizzettel anzulegen. Als das letzte Stichwort fällt, muss die Beschuldigte lächeln. Sie, die ja gemeinhin kaum mit Notizen und Listen arbeitete, hätte in der Tat auf einem Zettel notieren sollen, dass Hitze dehydriert, dass man schlafen sollte, wenn man müde ist, die Arbeit wechseln, wenn sie einen nicht mehr erfüllt, sich nicht verlieben, wenn man ohnehin schon nicht mehr weiß, wo einem der Kopf steht, und sich vor allem nicht um das Unglück anderer kümmern, denen man auf den Straßen der Großstadt begegnet, denn sie gehen uns nichts an. Die Staatsanwältin fordert ein Jahr Gefängnis auf Bewährung. Und nach dem Plädoyer von Romain Devereux hat wieder Cora das Wort, da das Verfahren vorsieht, dass den Beschuldigten das letzte Wort zukommt. Sie hat nichts hinzuzufügen, vor allem, da sich ihr Lächeln immer weniger bändigen lässt. Kurz wendet sie den Kopf nach hinten, schaut zu denen, die sie unterstützen, und was sie dann sagt, sind Worte, die sie selbst noch nicht gehört hat, die nichts mit denen zu tun haben, die mit Romain Devereux abgesprochen sind und die er mehrmals mit ihr eingeübt hat. Cora sagt, ich versichere Ihnen, dass ich schuldig bin, Frau Richterin. Sie wären schlechte Richter, wenn Sie das nicht sähen. Welche Mutter lässt ihr Kind an einem heißen Tag in einem geschlossenen Auto zurück? Welche Mutter tötet ihr zweijähriges Kind? Ich hoffe, dass wir nicht in einer Gesellschaft leben, in der Mütter ihre Kinder töten und ungestraft weiterleben können… Aber das sagt sie natürlich nicht den Menschen, die über sie zu richten haben, auch nicht ihren Eltern, die hinter ihr sitzen, auch nicht Pierre. Sie sagt es Manon.

Die Richter ziehen sich zur Beratung zurück, für eine halbe Stunde. Alle werden aufgefordert, den Saal zu verlassen, also begeben sie sich wieder in die Eingangshalle – zu den Stuhlreihen entlang der Wände, zum Kaffeeautomaten – und warten. Als die Verhandlung weitergeht und die Vorsitzende Richterin das Urteil verkündet, bewundert Cora an ihr, dass sie es schafft, sie die ganze Zeit anzuschauen. Wären die Rollen vertauscht, säße durch irgendeinen Zufall sie auf der anderen Seite des Richterpults, würde sie sich nie und nimmer in die Augen sehen können. Das Gericht hat festgestellt, dass der Tatbestand fahrlässiger Tötung eindeutig vorliegt. Die Vorsitzende Richterin lässt einen Augenblick verstreichen, damit jede und jeder den Gehalt dieses Befunds auf sich wirken lassen kann. Dennoch, spricht sie schließlich weiter, müsse die Justiz sich menschlich zeigen. In der vorliegenden Rechtssache sei die Verursacherin der Straftat zugleich indirekt ihr Opfer. Das Gericht habe also entschieden, von Strafe abzusehen.

Draußen vor dem Gebäude, während Cora im Taumel nichts mehr sieht, nehmen Menschen sie in den Arm, geben Küsschen, sagen ihr auf unterschiedlichste Weise, dass sie sie lieben. Ein wenig abseits steht ein Mann namens Pierre Esterel, wiegt sich von einem Bein auf das andere, genau wie eines Abends vor neun Jahren ein Mann in einer ehemaligen Brauerei in Berlin gestanden hat. Er wartet geduldig, bis alle anderen fertig sind, dann tritt er an sie heran. Er sagt, komm, wir gehen was trinken. Und unter den grauen Wolkenhaufen des Dezemberhimmels zieht er sie weg von der Gruppe und weg vom Gericht.

In den folgenden Monaten kommt ein Traum immer wieder. Es ist seit der Kindheit ihr erster wiederkehrender Albtraum. Sie ist in der Métro und geht eine steile Treppe hinunter, wie es sie unter dem Butte Montmartre oder unter Porte-des-Lilas gibt. Die Aufzüge scheinen außer Betrieb, und das Licht geht aus. Von Zeit zu Zeit sieht sie Schatten an sich vorbei nach oben oder nach unten huschen, ganz ohne Anstrengung gleiten sie über die Stufen, schweben mit einer Anmut und Leichtigkeit, um die Cora sie beneidet. Das sind keine Menschen: Man kann sie nicht anfassen, und ihre Herzen schlagen nicht mehr. Coras Körper hingegen, ihre sterbliche, vergängliche Hülle, spürt jede Stufe.

Am Fuße der Treppe, auf dem leeren Bahnsteig, wartet jemand auf sie. Cora geht weiter, kneift die Augen zusammen, um die Dunkelheit zu vertreiben. Je nach Traum hat diejenige, die auf sie wartet, ein anderes Alter. Manchmal steht sie und klammert sich mit dem unglücklichen Blick eines eingesperrten Tiers an die Stäbe ihres Laufstalls. Oder sie liegt auf dem Boden, ohne eine Matratze, ohne schützende Kleider, liegt in dieser kalten Stille und weint echte Tränen, weil niemand kommt. Als die Kleine die einfahrende Métro hört, wird ihr Weinen schriller, aber es gibt keinen Fahrer, der sie sehen und anhalten könnte, keine aussteigenden Passagiere, die Phantomzüge kommen zu keinem Halt, schon gar nicht an Phantombahnhöfen. Manchmal kann die Kleine krabbeln, nähert sich bedrohlich der Bahnsteigkante und schaut fragend nach hinten, ob das, was sie tut, gut ist. Cora würde sie gern auf den Arm nehmen, aber etwas in ihr sagt, dass sie kein Recht hat, sie zu berühren. Schaut man nach oben, kann man die Gewölbedecke über dem Bahnsteig nicht erkennen, der Bahnhof ist riesig, hoch wie eine Höhle, die über Jahrmillionen vom Wasser in den Stein gegraben worden ist, oder wie eine zweihundert Jahre lang von Menschenhand errichtete Kathedrale. Wie ernährt sie sich?, kann Cora sich nicht verkneifen zu fragen. Mit der Stimme, die kürzlich noch Maouloun gehörte, ruft jemand ihr in Erinnerung, dass in dieser Tiefe weder Ratten noch Spinnen, noch sonst irgendwelche Tiere leben, weil es hier nichts zu essen gibt. Andere Male ist Manon fast zwei, kommt auf sie zu, um mit ihr zu sprechen, und bewegt die Lippen, doch es kommt kein Wort heraus. Hier unten ist nichts lebendig, sagt die Stimme in ihrem inneren Gerichtshof. Die Lebenden haben hier nichts verloren.

Cora weiß, sollte sie den Rest ihres Lebens in diesem unterirdischen Reich verbringen, dürfte Manon hinaufgehen. Und der Tausch erscheint ihr nur recht und billig. Sie stellt sich neben die Kleine und geht in Richtung Treppe, damit Manon versteht, dass dies der Weg zum Ausgang ist. Und Manon ist klug, sie durchschaut wie immer alles und nimmt die ersten Stufen in Angriff. Aber die Treppen sind so hoch, so steil. Auch wenn sie ganz oben ein Licht scheinen sieht, ist sie doch viel zu klein, um dort hinaufzukommen. Cora müsste sie auf den Arm nehmen. Das ist natürlich verboten. Die Verwalter der Unterwelt lassen niemanden einfach so gehen, dann würden die Angaben in ihrem Rechnungsbuch nicht mehr stimmen. Oder es heißt warten, bis die Kleine wächst, aber hier, sagt die Stimme, wächst man nicht mehr, sie hätte vorher wachsen müssen. Die Mama fährt herum. Doch hier ist sonst niemand, keine rettende Hand. Die huschenden Schatten sind nicht mehr zu sehen, sie sind fort, mit dem Dunkel verschmolzen. Es ist immer dasselbe: Sie soll sich entscheiden, als eigenständige, verantwortungsvolle Erwachsene, doch schaut man genauer hin, hat sie überhaupt keine Wahl. Also steigt Cora die Treppe wieder hinauf, dreht sich auf jeder Stufe um, sieht von Stufe zu Stufe Manons Gesicht verschwommener und dunkler werden, verloren in den Tiefen des alten Kalkbeckens unterhalb von Paris.

Eines Abends im März 2013 klingelt das Telefon. Im Sentier du Tourniquet geht jemand dran. Cora?, fragt die Stimme am anderen Ende. Édouard?, vermutet Cora. Sie hat schon ewig nichts mehr von ihm gehört, und auch wenn diese Stille sie ein bisschen verletzt hat, freut sie sich über den Anruf. Er erzählt, dass er gerade von einem Aufenthalt in den USA zurückgekehrt ist. Im Sommer hatte er sich mit seiner Frau und den Kindern den Westen angeschaut, und im Herbst hat er in Berkeley eine Weiterbildung gemacht und zwischen San Francisco downtown und Silicon Valley ziemlich viele Leute kennengelernt. »Wie fandet ihr die Nationalparks?«, fragt Cora reflexartig. Es war großartig. Die Kinder haben es geliebt. Im Yosemite-Park, auf dem John Muir Trail, haben sie eine Bärin mit ihrem Jungen gesehen, konnten sie mit dem Fernglas gut beobachten. »Übrigens weiß ich jetzt, was ich machen muss, wenn mich ein Berglöwe angreift«, lacht er. »Und?«, fragt Cora. Man soll ihm in die Augen sehen, ihm bloß nicht den Rücken zukehren und weglaufen, sondern sich so groß machen wie möglich, die Arme ausbreiten und das große Raubtier geben, das wir ja oft genug sind, und wenn das nichts nützt und er angreift: auch angreifen. »Ich sag's dir, das ist die Anweisung: *fight back.*« Allerdings habe er keinen getroffen. Und er rufe nicht an, um über Bären und Löwen zu reden. Er wolle sich dafür entschuldigen, dass er sich nicht gemeldet, nicht vorbeigeschaut, nicht geschrieben habe. Er habe oft an sie gedacht, sehr oft sogar, habe aber keine Ahnung gehabt, wie er es angehen solle. »Bei so was bin ich ein kleiner Junge von dreiundvierzig Jahren.« Und als sie sagt, die Entschuldigung sei angenommen und sie habe im Sommer und Herbst ohnehin kaum Leute getroffen, knüpft Édouard an: »Ich würde dich gern treffen, bald, wenn das geht. Ich muss etwas mit dir bereden.«

Bevor sie zu dem Treffen geht, besieht Cora sich im Spiegel. Ihr ungeschminktes Gesicht ist weiterhin gezeichnet. Kurz nachdem sie aus der Tür getreten ist und gleich wieder kehrtmachen will, weil sie denkt, ich kann nicht, ich bin nicht mehr die Cora, die er gekannt hat, das bringt nichts – trifft sie ihre Nachbarin, die Pianistin, die sie fragt, wohin es gehe, die sagt, doch, doch, natürlich gehst du zu dem Treffen, und sie noch bis zur Métro begleitet. In dem Lokal, in dem sie zum Mittagessen verabredet sind, nahe beim Place de la Nation, erzählt ihr Édouard, dass es jetzt so weit ist, er macht sich selbstständig: Er gründet ein Unternehmen im Bereich Dienstleistungen für alte Menschen. Die Idee dazu sei ihm letztes Jahr gekommen, als er das Haus seiner Eltern umbauen musste und gemerkt hat, was für ein Umstand das war und wie wenig Ansprechpartner es in dem Bereich gibt. Er wolle die Schwierigkeiten der Senioren und der Menschen, die sie unterstützen, analysieren und sie alle, je nach ihren Bedürfnissen, mit den passenden Stellen und ausgesuchten Dienstleistern in Kontakt bringen: mit Leuten, die ihnen das Essen liefern oder bei ihnen etwas kochen, die kleinere Reparaturarbeiten übernehmen, sie medizinisch versorgen, Leute, die ihnen juristischen Beistand bieten, mit Verwaltungsdingen helfen, oder bei den neuen Technologien, und solche, die via Teleassistenz bei Problemen zur Stelle sind – alles, was es braucht, damit die alten Menschen möglichst lange eigenständig bleiben, sich sicher fühlen und auch dann Gesellschaft haben, wenn es nur noch wenige Angehörige gibt oder wenn die Angehörigen mal nicht können. In diesem Bereich wird oft schwarz gearbeitet, es gibt Dienstleister, die wenig verlässlich sind und bei denen alte Leute über den Tisch gezogen werden, und die Rolle des neuen Unternehmens wäre die eines Vermittlers, der diesen Zustand verbessert.

Beim Einarbeiten in das Thema habe er sich natürlich auch viel Bullshit anhören müssen, er habe Menschen getroffen, hier wie im Silicon Valley, die ernsthaft davon sprechen, Marktführer der Silver Economy werden zu wollen, die verkünden, die Alterung der Gesellschaft sei das Wirtschaftseldorado der nächsten Jahrzehnte … Dieses Gerede sei haarsträubend, wie ein, zwei andere Dinge im Kapitalismus, aber nichtsdestotrotz: Der Bedarf in dem Bereich sei riesig, seitens der Senioren wie seitens derer, die sich um sie kümmern, die oft nicht weiterwissen und von der Größe der Aufgabe überfordert sind. Ein Drittel aller Franzosen wird 2030 über sechzig Jahre alt sein. Das sind viele, die Hilfe brauchen werden. Ja, und warum er ihr das alles erzähle? Wie sie sicher ahne … »Ich habe zwei Partner mit im Boot und fünf zukünftige Mitarbeiter gefunden.« Aber er suche noch jemanden, der sich ums Marketing und die Öffentlichkeitsarbeit kümmert. Ob Cora bei ihnen einsteigen würde? Seine Marketingleiterin werden? »Seit Wochen denke ich daran, und ich weiß, du wärst perfekt. Wenn dir das zusagt, triff dich in den nächsten Tagen mit meinem Personalchef. Ich habe ihm von dir erzählt. Er kennt nicht alle Details, aber er weiß, was dir passiert ist. Ich stelle keine Lebensläufe ein, ich stelle Menschen ein.«

Zwei Wochen später tritt Cora ihre neue Stelle an. Es ist nicht einfach, wieder in den Rhythmus zu kommen, jeden Morgen das Haus zu verlassen, und doch tut sie es. Die Büroräume, die sie angemietet haben, befinden sich ganz in der Nähe von Oberkampf, dem Viertel, das sie mag, nicht allzu weit weg von ihrem Zuhause. Sie wird ihre Zeit nicht mehr im Pariser Untergrund vertun, sie wird wertvolle Stunden gewinnen, die sie anderen Dingen als ihrer Arbeit widmen kann. Sie darf nur nicht ihre Gedanken abschweifen lassen, zu dem Sex in der Zweizimmerwohnung mit der niedrigen Decke in der Cité de Crussol oder dem Montag, an dem sie aus der Métro rannte, um sich von Abdulrahman erklären zu lassen, was *Jetzt ruhe in Frieden* bedeutet. Die Leute, die Édouard eingestellt hat, wissen alle, wer Manon ist, und niemand spricht sie darauf an. Diese Rahmenbedingung sichert ihr Überleben. Sie könnte in keinem Umfeld arbeiten, in dem Unbekannte sich zum besseren Kennenlernen erkundigen würden, ob sie Kinder habe. Manchmal fragt sie sich, ob sie diese Frage in zwanzig oder dreißig Jahren vielleicht hören und ehrlich beantworten kann, ohne dass es sie innerlich zerreißt.

Dank der neuen Arbeit, also auch dank Édouard, fühlt sie sich jedenfalls eines Tages dazu bereit: Sie lässt sich einen Termin in der Rue d'Aboukir geben, blättert, wie mit vertauschten Rollen, im Beisein von Romain Devereux das Dünndruckpapier eines Gesetzbuchs im roten Deckel durch, diesmal des Arbeitsgesetzbuchs, bis zu der Seite, auf der sich Artikel L1152-1 findet, und vergewissert sich mit dem klaren Blick ihrer bronzefarbenen Augen, ob sie richtigliegt, ob dies die Waffe ist, die sie nutzen werden: »Angestellte dürfen am Arbeitsplatz nicht wiederholt feindlichem, herabwürdigendem, einschüchterndem, erniedrigendem oder beleidigendem Verhalten ausgesetzt werden, dessen Ziel oder Wirkung es ist, ihre Arbeitsbedingungen zu verschlechtern, ihre Rechte oder ihre Würde zu verletzten, ihre körperliche oder seelische Gesundheit in Mitleidenschaft zu ziehen oder ihrer beruflichen Weiterentwicklung zu schaden.« Wahnsinn, wie gut das tut, hatte sie zuvor beim Lesen dieser Zeilen gedacht, in einem Gesetzestext wiederzuerkennen, was man durchlebt hat, schwarz auf weiß bestätigt zu sehen, dass das nicht hätte sein dürfen, dass diese Dinge von den führenden Köpfen der Gesellschaft, die dafür sorgen wollen, dass wir gut zusammenleben, vorhergesehen und verboten worden sind.

»Bist du sicher, dass du das willst?«, fragt Romain. Sie sieht ihn an, wie er mit der E-Zigarette spielt, deren glücklicher Besitzer er seit Kurzem ist. Tatsächlich wollte sie das Unternehmen Borélia vor Gericht mit seiner Verantwortung konfrontieren. Diesen Traum – wie David bei dem Vorstoß gegen Goliath seine Schleuder durch die staubige Wüstenluft surren lässt – weiter zu hegen, davon hat Devereux ihr in vorherigen Gesprächen deutlich abgeraten. Die *Mediapart*-Leaks bringen uns Enthüllungen, die man kommentiert, die man bedauert, die von einigen heruntergespielt und von anderen aufgeblasen werden, weil es ihrer jeweiligen Agenda dient, das sind alles Dinge, über die man eine, höchstens zwei Wochen polemisiert, aber es sind keine Vergehen, die vor Gericht zu einer Verurteilung führen. Wie gesagt, man bräuchte zehn ähnliche Fälle oder eine Welle von Selbstmorden in den Agenturen des Unternehmens, aber wir können schlecht bedauern, dass die Auswirkungen von *Optimo* nicht ganz so drastisch waren. Wenn alles, was ungerecht ist, illegal wäre, seufzt Romain, eingehüllt in eine Wolke aus Dampf, und wenn alles, was illegal ist, verurteilt und bestraft würde … Der Einzige, der sich vielleicht festnageln ließe, aber auch ohne Garantie auf Erfolg, ist Franck Tommaso. Mehr als das wäre Größenwahn. In dem Zusammenhang ließe sich auch über einschüchterndes Verhalten im Unternehmen sprechen, Verhalten im Rahmen einer Strategie, die es vorsah, die gesamte Belegschaft unter großen Druck zu setzen, nur sollte man nicht riskieren, dass sich Franck damit reinwäscht.

In der darauffolgenden Woche erhob Cora also Anklage als Nebenklägerin, ohne zu wissen, ob dieser Schritt ihr Erleichterung bringen oder ihren Schmerz daran hindern würde zu vergehen. Zur Vorbereitung auf ihre Vernehmung durch die Kriminalpolizei hatte Romain Devereux mit ihr all die Einschüchterungen und Vergehen aufgelistet, die Franck sich ihrer Ansicht nach hatte zuschulden kommen lassen. Sie kamen auf einundzwanzig. Damit die Richter jedes einzelne bewerten konnten, musste Cora genau den beruflichen Kontext beschreiben, musste angeben, wer dabei gewesen war, als Zeuge aussagen und sich vor allem daran erinnern könnte, was genau Franck gesagt hatte, möglichst wortwörtlich, was ihr nun, ein Jahr später, zunächst ein Ding der Unmöglichkeit zu sein schien. Dennoch machte sie sich an die Arbeit und merkte, dass sie sich mit schmerzhafter Genauigkeit an Szenen erinnerte, von denen jedes Wort und jedes Bild in ihr Gedächtnis eingebrannt war, während andere ihren Versuchen, sie aus dem Vergessen zu heben, widerstanden, wenngleich sie sicher wusste, dass sie sich ereignet hatten. Sie suchte also ihre Kladden heraus, die sie keinesfalls in ihrer Gänze zu der Untersuchung beisteuern wollte, aus denen sie aber einige Abschnitte herauskopierte, damit Romain ihr sagte, was er davon hielt. Das kann uns nützlich sein, bestätigte er sogleich. Du könntest dir diesen Konflikt aus irgendwelchen Gründen auch ausgedacht haben, aber wenn sie auch andere Mitarbeiter vernehmen und diese – wenn auch nur in einzelnen Punkten – bestätigen, was du da schreibst, kann uns das nur nützen. Großartig, sagte er immer wieder. Ich weiß nicht, ob das hinreichend ist, aber alle sollten das tun. Sie sammelte ihre Krankschreibungen zusammen, ihre Atteste, alles, was eine Veränderung ihres Gesundheitszustands belegen konnte. Romain bat sie, Francks Mails und SMS in eine Textdatei zu kopieren, sämtliche Nachrichten, die sie als unberechtigt repressiv oder aggressiv empfunden hatte und die zum Großteil weniger wegen ihres berufsbezogenen Inhalts als wegen ihrer Häufung und ihrer Absendezeiten von Belang waren. Sie kamen darin überein, dass es gewagt war, auch wegen sexueller Belästigung gegen ihn vorzugehen. Bei der Umarmung in der 33. Etage – das Schlimmste ist, dass du schön bist, auch wenn du weinst – hatte es keine Zeugen gegeben, Franck hatte es nicht noch einmal versucht, und Cora hatte in der Situation ihre Missbilligung nicht deutlich genug zum Ausdruck gebracht. Ohne die Staatsanwaltschaft anzuregen, diesen Anklagepunkt weiterzuverfolgen, würden sie ihn in ihrer Rekonstruktion der Vergehen erwähnen:

Ein Mann in hierarchisch übergeordneter Stellung, dem eine Frau sich verweigert hat und dessen zurückgewiesene Zuneigung sich in diffusen Hass verwandelt, beginnt die Frau zu bedrängen: Das Schema war von solcher Banalität, es musste derart verbreitet vorkommen und versinnbildlichte so flagrant die Reize der Arbeitswelt unter der Herrschaft des Patriarchats, dass sie gute Chancen hatte, die Richter zu überzeugen.

Die Justiz schritt in dem ihr eigenen Rhythmus voran. Dreieinhalb Jahre später schließlich, im Herbst 2016, kam es zur Verhandlung, wieder im Landgericht von Nanterre, aber nicht vor derselben Kammer. Die Arbeiten an den Grünflächen, die hinter dem Grande Arche terrassenförmig angelegt wurden, waren schon weit vorangeschritten. Nach den Anschlägen hatte man die Sicherheitskontrollen verschärft. Von dem großen Fenster im ersten Stock aus entdeckte Cora die Umrisse des Büroturms Galaxie, nur einen Steinwurf entfernt. Bei Borélia war Mangin immer noch auf seinem Posten und Franck immer noch Vertriebsleiter. Er hatte zugenommen und war angegraut, aber er war schöner als zuvor oder zumindest attraktiver als in Coras Erinnerungen. Auch wenn es eine Genugtuung war, ihn auf der Anklagebank zu sehen, war es ihr höchst unangenehm, ihm zu begegnen, und sie wich einem Händeschütteln aus. Er hatte gerade geheiratet, eine schöne Frau, hochschwanger, die in der ersten Reihe saß und hin und wieder einen halb mitleidigen, halb verständnislosen Blick in Coras Richtung warf, als sei ihr unbegreiflich, wie eine Kindsmörderin es versuchen konnte, den Ruf dieses Ausbunds an Tugend und Rechtschaffenheit, der ihr Mann war, zu beschmutzen. Romain Devereux bewegte sich bei jeder seiner Einlassungen auf einem dünnen Seil, wenn er versuchte zu zeigen, dass die Franck vorgeworfenen Vergehen zum einen von Managementmethoden herrührten, die die Unternehmensleitung so vorgegeben hatte, die wissentlich und vorsätzlich auf die Schädigung der Angestellten abzielten, um sie zur Kündigung zu bewegen, dass Franck zum anderen aber in seinem Umgang mit Cora Salme sehr viel weiter gegangen war, als diese Anweisungen es erfordert hätten, dass er die Autorität seiner Stellung missbraucht hatte, um ihre geistige wie ihre körperliche Gesundheit vorsätzlich zu beeinträchtigen. »Was die Personalabteilung angeht«, führte Devereux weiter aus, »so hat die eine recht seltsame Ausdeutung ihrer ethischen Verpflichtungen vorgenommen. Als meine Klientin sich über das inakzeptable Verhalten beschwerte und im allgemeinen Interesse davor warnen wollte, wurde sie vor die Wahl gestellt, entweder zu schweigen oder zu kündigen.« Ohne sich länger als nötig mit Coras Verurteilung aufzuhalten, unterstrich er die extreme Schwere des Schadens, für den sie Entschädigung verlangte: Sie war nicht nur daran gehindert worden, ihre berufliche Laufbahn fortzusetzen, sie war nicht nur gedemütigt und schweren seelischen Leiden ausgesetzt worden, sie war auf das Schwerste geschädigt, da sie aufgrund der zuvor beanstandeten Machenschaften in irreparabler Weise das verloren hatte, was ihr im Leben das Teuerste gewesen war.

Bei der Aufzählung der Begebenheiten, an die Cora sich erinnern konnte, gipfelnd in dem Streit vom Dienstag, dem 5. Juni, den ihre Bitte um Beurlaubung hervorgerufen hatte, stellte der Vorsitzende Richter diese den zur Beweisaufnahme gesammelten Zeugenaussagen gegenüber. Die Aussage von Nadège Galtier bestätigte Francks Brutalität, seine autoritäre Art, seinen unkontrollierten Hang zu sexistischen Bemerkungen uneingeschränkt, räumte aber ein, dass Cora zeitweise ebenso cholerisch, hitzig und verletzend habe sein können. Agathe Kerlann ergriff in ihrer Aussage folgsam Partei für ihren einst direkten Vorgesetzten und erging sich in devoten, heuchlerischen oder hinterhältigen Formulierungen, die sie nicht für sich allein gepachtet hatte, aber bestens beherrschte. Wie zu erwarten gewesen war, waren es die Aussagen von Damien und Astou, die den Beschuldigungen durch die Nebenklägerin die größte Glaubhaftigkeit verliehen. Jedes Mal, wenn sie zitiert wurden, hüpfte Cora innerlich vor Vergnügen und wagte einen Blick in Francks Richtung, denn Damiens und Astous Zeugenaussagen waren von einer so unwiderlegbaren Klarheit, dass ihm keine Chance bleiben würde, sich noch irgendwie herauszureden. Romain Devereux hatte übrigens zunächst überlegt, Astou als Zeugin auch zur Verhandlung laden zu lassen, aber als Cora diese Möglichkeit bei einem gemeinsamen Abendessen einmal ansprach, hatte Astou geantwortet, dass sie darauf wirklich keinen Wert lege, und sich, konfrontiert mit der deutlichen Enttäuschung in Coras Gesicht, damit diese nicht glaubte, sie würde mitten in der Schlacht einfach desertieren wollen, entschieden, zu erzählen, was sie damals zusammen mit Pierre gemacht hatte, ihren Coup aus Wut und Wahn, und warum es zweifellos besser war, wenn sie sich jetzt, da sie Borélia verlassen hatte, ein bisschen im Hintergrund hielt.

Bei der Anhörung versteckte Franck sich hinter kargen Formulierungen von deprimierender Sachlichkeit, die er offenbar, falls sich die Verhandlung hinziehen sollte, bis sein Schopf gänzlich weiß war, seine Knie nachgaben und der Tod ihn hinwegraffte, mit derselben ruhigen Stimme und derselben Überzeugungskraft immer weiter würde wiederholen können. Ich erinnere mich an diesen Zwischenfall nicht, sagte er. Ich glaube nicht, dass ich das gesagt habe. Ich war in meiner Rolle als Vorgesetzter. Ich habe mich an die Anweisungen der Geschäftsführung gehalten. Er habe Coras Arbeit, seit er die Stelle übernommen hatte, durchaus geschätzt, wie die Aufgaben und Verantwortlichkeiten, die er ihr mehrfach übertragen habe, bewiesen, und er bedaure, dass sie sein Verhalten oder einige seiner Äußerungen zeitweilig falsch habe deuten können. Bei der Leidensprüfung, die sie durchlebte, habe er ihr, das sei selbstverständlich, sein Mitgefühl ausgesprochen, und wenn sie das in dem Schockzustand, in dem sie sich befand, vergessen haben sollte, was ganz natürlich sei, so wolle er ihr hiermit erneut von ganzem Herzen sein Mitgefühl aussprechen, auch wenn er das gern unter anderen Umständen getan hätte. In regelmäßigen Abständen warf Franck einen Blick zu dem Rechtsanwalt, der Borélia vertrat, nicht als Beschuldigte, sondern als juristische Person mit zivilrechtlicher Haftung, und man hörte in seinem Ton ironische Anklänge, als sei er versucht zu erklären, welchen Zwängen er selbst damals unterworfen war, welchen Druck von oben er erfahren hatte, und schwärze damit vielleicht sogar seine Vorgesetzten an. Wenn Devereux hingegen versuchte, ihn in diese Richtung zu bewegen, weigerte er sich, darauf einzugehen, kam wieder zur Besinnung, und zurück zu seiner Litanei hohler Formeln. Jedes Mal, wenn Franck einen nichtssagenden Satz vorbrachte, sich elegant wegduckte oder aus dem Stegreif log, spürte Cora sein inneres Frohlocken, eine heimliche Arroganz, als erkläre er den drei Richtern immer wieder, sie seien keine Götter, sie könnten weder Herzen noch Seelen ergründen und hätten nicht die Macht, in der Zeit zu reisen, um selbst Zeugen dieser vergangenen Geschehnisse zu werden, weshalb sie bei ihm auf Worte träfen, auf eine große Mauer aus Worten, auf Irrgärten aus Worten, aber nicht auf Wahrheit.

Vier Monate später zögerte Cora, ob sie sich zur Urteilsverkündung zum Gericht begeben sollte. Ganz Paris durchqueren und vielleicht zwei Stunden warten auf ein Urteil, dessen Verkündung nicht länger als fünf Minuten dauern würde – lohnte sich der Aufwand? Egal, ob das Urteil nun in ihrem Sinne ausfiel oder nicht, die Situation drohte höchst unangenehm zu werden, besser, sie wartete einfach auf Romains Anruf und versuchte, einen zumindest annähernd normalen Tag zu verbringen. Im letzten Augenblick jedoch zog sie den Mantel an, schnappte sich ihre Handtasche und stieg in einen Zug Richtung Nanterre. Wegen Störungen auf der Strecke der RER A fürchtete sie mehrmals, zu spät zu kommen und den Beginn des Spektakels zu verpassen. Franck im dunklen Anzug und mit blauer Krawatte schaute stur geradeaus. Seine Frau war nicht mit im Saal, bestimmt weil sie in der Zwischenzeit entbunden hatte. Der Vorsitzende Richter nahm der Situation schon in den ersten Sekunden die Spannung, indem er verkündete, das Gericht weise die Klage ab und spreche den Angeklagten frei. Dieses ungewöhnliche Prozedere, die Urteilsverkündigung sofort zu begründen, statt – wie sonst üblich – erst im Nachhinein schriftlich ins Detail zu gehen, war nach Romains Deutung möglicherweise einem schlechten Gewissen oder noch verbleibenden Zweifeln seitens der Richter geschuldet. Das Gericht hatte befunden, die Vorwürfe der Nebenklägerin würden auf zu ungenauen Darstellungen beruhen, als dass sie als Grundlage für eine Verurteilung dienen könnten. Zahlreiche Bemerkungen, die Franck Tommaso gegenüber der Klägerin hinsichtlich ihrer Arbeit oder ihres Verhaltens gemacht hätte, würden als unangebracht oder verletzend gewertet, doch sei bei den meisten dieser Vorfälle nicht nachgewiesen, dass sie sich so abgespielt hätten, da allein die Aussage der Betroffenen vorliege. Im Weiteren habe Franck Tommaso der Klägerin Arbeitsanweisungen und deren Modifikationen in nachweislich übersteigerter Häufigkeit übermittelt, ohne sich dabei an die Zeiten für Erholung und Privatleben zu halten, die Abende und Wochenenden den Angestellten bieten sollten, doch lasse sich dies reinweg mit dem erhöhten Arbeitspensum erklären, das die Umstrukturierung der Abteilung mit sich gebracht habe, und entspreche den üblichen Befugnissen eines Vorgesetzten. Damit ein vorsätzliches Bedrängen am Arbeitsplatz nachgewiesen werden könnte, müsste ersichtlich werden, dass die von der Klägerin angeführten erniedrigenden und verletzenden Äußerungen allein ihr gegolten hätten, wohingegen den Zeugenaussagen mit großer Übereinstimmung zu entnehmen sei, dass Franck Tommaso einen autoritären Führungsstil praktiziert habe, bei dem sämtliche Mitarbeiter·innen mitunter lautstark angegangen worden seien.

Nachdem er lange mit Cora gesprochen hatte, begab Romain Devereux sich gleich am darauffolgenden Tag zur Geschäftsstelle des Gerichts, um Berufung einzulegen. Als er nach zehn Tagen das Verzeichnis der Berufungsschriften einsah, merkte er allerdings, dass die Staatsanwaltschaft die Sache auf sich beruhen lassen wollte. Anders gesagt, erklärte er Cora, der strafrechtliche Freispruch sei nun rechtskräftig und endgültig, sie könnten lediglich zivilrechtlich weiterklagen. »Das macht die Sache schwieriger«, seufzte Romain. »Dann sind wir, wenn wir in Berufung gehen, ganz allein.« Ohne neue Nachweise lasse sich die Urteilsbegründung scheinbar nur schwer aushebeln. Ein Prozess in zweiter Instanz könne nochmals mehrere Jahre dauern, und sie müsse möglicherweise bei jeder Verhandlung alles wieder neu durchleben. »Es ist deprimierend«, sagte Romain, »aber ich glaube, es ist in deinem Interesse, wenn wir diesmal verzichten.« Sie dürfe das nicht als einen allzu großen Misserfolg sehen: Sie habe ihnen gezeigt, dass sie vor ihnen keine Angst hat; sie habe es geschafft, ihn vor Gericht zu bringen, was schon beachtlich sei; sie gehöre zu denen, die kämpfen, die sich mit Ungerechtigkeiten nicht abfinden, und deswegen, sagte Romain und nahm sie fest in den Arm, deswegen und wegen tausend anderer Dinge habe sie allen Grund, stolz zu sein.

So war das. Die beiden Gerichtsverfahren waren damit abgeschlossen, Verfahren, in denen der Schmerz sich zeigt, um eine unmögliche Entschädigung zu verlangen, in denen Zeugenaussagen einander gegenübergestellt werden, um, so gut es eben geht, die Wahrheit ans Licht zu bringen. Und so endete auch der Streit zwischen Cora und Franck, wie in gewisser Weise auch die Geschichte zwischen Cora und Borélia. Ich bin nun am Ende dessen, was ich erzählen wollte. Ich habe mir Zeit gelassen, weil solche Geschichten sich schlecht in groben Zügen zusammenfassen und verknappen lassen, weil die Details wichtig sind, aber ich will es auch nicht übertreiben. Nur ein, zwei Dinge noch, dann lasse ich euch weiter euer Leben leben.

Seit gut einem Jahr arbeitet Cora mit Édouard zusammen, als sie eines gewöhnlichen Tages, durch einen dieser Zufälle, die es gar nicht geben dürfte, allein im L'Autre

Café in der Rue Jean-Pierre-Timbaud Nr. 62 zu Mittag isst, also an dem Ort, an dem sie damals im Internet die Anzeige für die Marketingstelle bei Borélia entdeckt hat. Sie mag die Spiegel, die hier hängen, die alten Fliesen, die Holztäfelung, die den Wänden Wärme verleiht. An diesem Mittag hat sie, wie zwei Jahre zuvor in Les Voiles Blanches, gleich neben dem Strand von Fécamp, kein Buch bei sich, keine Zeitung, sie schaut nicht auf ihr Telefon, sondern lässt ihre Gedanken schweifen. Nachdem sie einen Kaffee getrunken und dem Kellner signalisiert hat, dass sie zahlen möchte, geht sie die große Holztreppe hinauf, die sie ebenfalls sehr schön findet. Sie schließt sich in einer Kabine ein, in der wir sie allein lassen, und kommt nach fünf Minuten mit verstörtem Blick und tränenfeuchten Wangen wieder heraus. Vor dem Spiegel bleibt sie stehen, betrachtet, während die Tränen noch immer laufen, sehr bedächtig ihr Bild und sagt sich, ich muss mir merken, was für ein Gesicht ich an dem Tag, in dem Moment habe, ich muss mich daran erinnern. Der blaue Balken auf dem Schwangerschaftstest ist deutlich zu sehen: Er wird nicht weggehen, nicht verschwinden, er ist unzweifelhaft da. Cora trocknet den Plastikstab mit einem Papierhandtuch ab, schiebt ihn zurück in die Packung und steckt die Packung in ihre Handtasche. Das neue Leben, murmelt sie, das neue Leben beginnt.

Es ist der 20. Mai 2014, viel Sonne, einige Wolken, etwas Regen, Temperaturen zwischen 16 und 22 °C. Ich nenne all diese Details, weil sie für mich wichtig sind. Der 8. Juni hat natürlich große Bedeutung, der 8. Juni hinterlässt unauslöschliche dunkle Spuren, aber ich erzähle diese Geschichte auch wegen des 20. Mai. Wegen des Tags, an dem Cora sieht, dass sie ein weiteres Kind bekommen wird.

Im fünften Monat, beim zweiten Ultraschall, erfahren sie, Cora und Pierre, dass es ein Junge ist. Und nachdem sie über Wochen viel darüber geredet und jeder für sich nachgedacht und vor sich hin geträumt haben, beginnen sie etwa ab dem siebten Monat zu denken, wenn er einst in der Geburtsklinik Cora auf die Brust gelegt worden ist, Pierre die Nabelschnur durchgeschnitten hat und eine Hebamme oder Ärztin sich zu ihnen umdreht und sie nach seinem Vornamen fragt, werden sie einander ein letztes Mal sich vergewissernd anschauen und, der eine vielleicht oder die andere, vielleicht auch beide gemeinsam wie mit einer Stimme antworten: Mathias.

Meine ganze Kindheit lang umgab mich eine schwer zu fassende Trauer. Nicht, dass meine Eltern mir etwas verheimlicht hätten. Schon sehr früh haben sie mir erklärt, dass ich eine große Schwester hatte. Das glaube ich immer gewusst zu haben. Sie wollten mich zu keiner falsch motivierten Trauer veranlassen, sie wussten genau, wie verheerend Ungesagtes sein kann. Allerdings mussten sie jeweils den richtigen Zeitpunkt finden, mussten mir die Einzelheiten der Geschichte Stück für Stück vermitteln, jeweils in einem Alter, in dem ich sie nach ihrer Meinung verstehen konnte. Das war in diesem Fall zugegebenermaßen nicht ganz leicht. In welchem Alter erklärt man seinem zweiten Kind, dass man das erste nicht beschützen konnte. Wie bekommt man es hin, dass dieses Wissen nicht belastet. Vor allem für Mama war es schrecklich schwierig, vor mir einzugestehen, dass sie sich in dieser ganzen Lebensphase, in diesen sehr langen Monaten, diesen zwei Jahren, die ich den Taumel nenne, derart hatte bedrängen und in die Enge treiben lassen und sich in so einem schlechten Zustand befand, dass sie eines Morgens das ihr Wichtigste vergessen hat. Als ich zehn war – nicht direkt an meinem Geburtstag, da der für mich ein Tag der Freude bleiben sollte, sondern am 1. Juli, an dem Manon fünfzehn geworden wäre, einem dieser sehr heißen Tage, wie es sie immer häufiger gibt, an denen die Luft sich nicht mehr atmen lässt, an denen alles verbrennt, an denen man spürt, dass unsere Erde nicht mehr lange bewohnbar sein wird –, erklärte sie mir, dass es ihre Schuld war, dass meine große Schwester ein so kleines Mädchen geblieben ist.

Ich erinnere mich nicht, weiter nachgefragt zu haben. Ich war noch ein Kind, aber ich hatte auf intuitive Weise längst akzeptiert, dass wir in ein Leben hineinkommen, in dem viele Dinge schon gesetzt sind. Dass Ursprünge auch Abgründe sind. Die Menschen, von denen wir das Leben erhalten, erscheinen in unseren Augen als große, undurchschaubare Lichtgestalten. Vielleicht bin ich ja nicht der Einzige, der das denkt. Ich glaube, dass es so ist. Man braucht zwanzig oder dreißig Jahre, um zu verstehen, wer unsere Eltern zu dem Zeitpunkt, als sie uns bekommen haben, waren. Vielleicht muss man erwachsen werden und bereit sein, selbst den Staffelstab zu übernehmen, um sich eine einigermaßen zutreffende Vorstellung davon machen zu können. Und in diesen zwanzig oder dreißig Jahren wachsen wir in ihrem Orbit auf, im Orbit der Masse all der Tage, die sie erlebt haben, wo Geister spuken, deren vage Gegenwart wir erahnen, ohne ihre Vergangenheit zu kennen – abgesehen von dem Wenigen, das sie bereit sind, uns zu erzählen, in Form von immer gleichen Geschichten, die als diffuse Lichtkegel wieder und wieder auf den Himmel gerichtet werden, während der zum Großteil eine einzige schwarze Fläche bleibt, wie alle unbekannten Dinge.

Cora, die mich, wenn wir uns verabschieden, immer etwas zu fest drückt. Cora, die nicht will, dass ich Motorroller fahre. Die am Telefon hektisch wird, wenn ich ihr als Jugendlicher sage, dass ich woanders übernachten will. Die rätselhafte Erleichterung, die sich in ihrem Gesicht zeigt, wenn ich von einer Reise zurückkomme. Meine Mutter hat einen großen Teil ihrer Ängste auf mich übertragen. Sie hat es nicht mit Absicht getan. Die sitzen tief in ihr drin, über nichts konnte sie mit mir reden, keinen Ratschlag konnte sie mir geben, ohne dass auch die Ängste da gewesen wären. Gehe ich etwas an, frage ich mich immer, ob ich es auch schaffen werde: Ich habe Angst, dass ich es überstürze, dass ich die eine Trapezstange loslasse, bevor die andere da ist; dass ich nicht alles bedacht habe; dass ich etwas vergesse. Zwar wussten beide, dass sie mich nicht überbehüten durften, sie hatten es sich auch gemeinsam vorgenommen, doch war es sehr viel verlangt, dass sie das auch schafften. Andererseits haben sie mir sehr viel Kraft gegeben, unbändige Freude, einen Riesenappetit auf das Leben.

Ich habe Manon nicht ersetzt. Aber ich habe meinen Eltern wohl erlaubt, weniger an sich selbst zu denken, an ihren Kummer, und jeden Tag beim Aufwachen jemanden vor sich zu haben, der die Geschichte dieser Trauer nicht kannte, der keinen Grund hatte, daran teilzuhaben, der auch nicht wusste, wie enttäuschend und brutal das Leben sein kann, der die Dinge nahm, wie sie kamen, und mit Zutrauen voranging. Vielleicht liegt darin für so viele der Liebreiz von Kindern.

Über Jahre habe ich also kein Bedürfnis verspürt, viel mehr darüber zu erfahren. All das gehörte in eine ferne Vergangenheit, fast in eine andere Welt. Doch dann habe ich irgendwann überlegt, selbst Kinder zu haben. Sogleich kam die Angst, ich könnte nicht die Kraft haben, mich gut um sie zu kümmern, nicht die Energie, alles unter einen Hut zu bringen. Du wirst eine Tochter haben, habe ich mir gesagt, oder einen Sohn, und sie werden dich einsperren. Sie werden dir die Nächte zerstückeln. Sie werden schreien, weinen, du wirst keine Zeit mehr haben, um der schönen Stille zu lauschen, die es manchmal in deinem Körper gibt. Ich habe mir gesagt, dass ich unsere Gesellschaft zu kritisch sehe und zu starre Zukunftsängste in mir trage, die Angst, dass die Menschen an sich, Menschen wie Cora, von einem Taumel erfasst sind und ich deshalb meinem Sohn oder meiner Tochter nicht würde zeigen können, wie süß das Leben sein kann, und dass sich überall und völlig unerwartet, auch ohne den Glauben an irgendeinen Gott, so etwas wie Gnade erfahren lässt.

Von diesem Moment an wollte ich jedenfalls mehr herausfinden, wollte alles wissen, das, was meine Mutter bereit war, mir zu erzählen, und sogar Dinge, die sie nicht wusste, Details ihrer eigenen Geschichte, die ich durch andere, die dabei waren, für sie herausfinden konnte, Zeugen der Geschichte, von denen ich zu Beginn meines Vorhabens noch nicht wusste, dass sie Édouard Verzack, Franck Tommaso und Astou Djiguiba heißen. Ich begann also, mit Beharrlichkeit und einigem an Methode – um mich nicht zu verzetteln und eine gewisse Distanz zu wahren – Nachforschungen anzustellen. Und die Einzelheiten, die ich trotz aller Anstrengungen nicht herausfinden konnte, ja, die habe ich natürlich, als ich beim Zusammensetzen des Puzzles die Form der fehlenden Teile sah, aufzuschreiben versucht, und beim Aufschreiben habe ich sie mir ausgemalt. Das war keine Arbeit mehr, das war kein

Buch mehr – sondern eines dieser Unterfangen, die man mit viel zu viel Herzblut betreibt. Es war ein Wahnsinn. Natürlich. Ein Wahnsinn. Und übrigens nicht nur für mich. Es ist nicht unwahrscheinlich, dass meine Mutter überlebt hat, weil sie, wenn es sein muss, dahin hinuntersteigt, wo niemand hingeht, sich in der Dunkelheit hinlegt, ganz still und allein, und dann, Stufe um Stufe, wieder nach oben kommt. Der Wahnsinn bestand zunächst vielleicht darin, alles in ihre Kladden zu schreiben, und später dann darin, mir diese Kladden, als ich ihr sagte, dass ich sie gefunden hatte – in einem eher schlechten Versteck in meinem ehemaligen Zimmer – und sie gern lesen würde, tatsächlich zu überlassen. Als ich sie dann las, Zeile für Zeile, und mir die Fotos des kleinen Mädchens und des jungen Manns aus Mali ansah, erfuhr ich möglicherweise mehr, als gut war. Ich weiß nicht, was ich erwartet hatte, aber bestimmt nicht so viel. Dabei bin ich in so großer Nähe zu Manon aufgewachsen, bin so geprägt von ihrer Präsenz, habe ähnlich gelacht wie sie und bin in den Jahren, die sie nicht erlebt hat, mit so viel Dampf durchs Leben gegangen in dem Wissen, was für ein Wunder es ist, dass es mir nun großen Frieden verschafft, ja eine unleugbare Linderung, ein großes Atemschöpfen und ein Lösen aller in der Luft liegenden Spannung, dass ich weiß, wie alles gekommen ist. Es ist die Geschichte meiner Geburt. Die wollte ich ans Licht holen.

Was ist noch zu sagen? Ach ja. Irgendwann rief Franck bei mir an. Nervös hob ich ab. Na, fragte er, wie geht's voran mit dem Buch? Wann kann ich es lesen? Und als ich antwortete, dass ich noch daran arbeitete, dass ich noch nicht fertig sei, erkundigte er sich ein wenig naiv: Braucht so was denn so lange? Eine Viertelstunde lang haben wir über alles und nichts gesprochen, wie es eben seine Art ist. Und kurz vor dem Auflegen sagte er: »Mathias? Wenn es dir nichts ausmacht… grüß doch deine Mutter von mir.« Für eine halbe Sekunde stand mein Herz still. Er wusste Bescheid. Hatte mich seit Langem durchschaut, vielleicht von Anfang an. Und natürlich, wenn ich genauer nachdachte: In dem ganzen Verfahren, bei Anhörung und Verhandlung, immer wieder tauchte der Name Manon Esterel auf – also der Familienname, der auch meiner ist. Plötzlich verstand ich, warum er mir so viele Einzelheiten erzählt und großzügig so viel Zeit gewidmet hatte. Er hatte mich aus der Deckung kommen lassen. Ich hatte geglaubt, ihn zu überlisten, während er mich überlistete. So spontan am Telefon war ich erst mal sprachlos, gebe ich zu, und auch er wollte nichts weiter besprechen, alles Gute, sagte er, und alles Liebe, und legte auf. Später dachte ich, er wird seine Gründe gehabt haben, vielleicht wollte er seine Version genauso dringlich erzählen, wie ich sie hören wollte, und hat mich wie eines der seltsamen Geschenke empfunden, die das Leben uns manchmal macht: diesen feinsinnigen jungen Mann, dem es allerdings an Erfahrung fehlt, der bei ihm klingelt, an seinem Gartentisch einen kleinen Kaffee trinkt, um ihm zuzuhören, und ihm im Gegenzug erlaubt, sein Gewissen zu erleichtern. Meine Wut auf Franck ließ nach. Stattdessen hoffte ich nun, dass ihm das gutgetan hatte.

Wo wir gerade bei den weiteren Zeugen sind, muss ich auch noch erzählen, dass ich Delphine nicht befragen konnte. Zwei Jahre nach der Tragödie wurde sie Partner, nach wie vor bei Nielsen, und wechselte endgültig nach Shanghai, in das dortige Büro. Sie heiratete einen Sinoamerikaner und bekam mit ihm eine Tochter. Ich weiß, dass sie für drei, vier Jahre nach Kalifornien gegangen und dann nach China zurückgekehrt sind. Während ihrer Besuche in Frankreich, die sie immer im Sommer machte, hat sie Cora ein- oder zweimal wiedergesehen. Sie gingen im Straßencafé etwas trinken, spazierten durch die versteckten Winkel von Paris und hatten vielleicht auch wieder Sex. Delphines Mann und ihre Tochter hat Cora jedenfalls nie kennengelernt. Irgendwann später, bei einer Wanderung auf dem Huà Shān, nicht weit von Xi'an, ist Delphine durch einen Unfall zu Tode gekommen. Sie rutschte vom Pfad ab und fiel in eine Felsspalte. Als Cora dies erfuhr, war ihr, als erlösche die Sonne. Und immer, wenn ich daran denke, vertraute sie mir kürzlich an, wünsche ich mir, dass ihr Tod war wie in diesen asiatischen Filmen, in denen die Heldin beschließt, in den Nebel zu springen, und dann die volle Spannweite ihres Körpers ausbreitet, sodass, wenn sie als schöner Vogel hinabstürzt, Kiefernwälder vorbeiziehen, Granitgipfel und jahrhundertealte Stelen, dass sie fällt und fällt, aber niemals aufschlägt.

Waren sie danach glücklich miteinander? Pierre und Cora? Cora und Pierre? Wie soll man das mit dem Glück genau wissen? Sie haben einen Tod überlebt, und das ist schon mal etwas. Hatten sie noch viele weitere Kinder wie die Orgelpfeifen? Nein, das nicht. Sie hatten nur ein einziges. Ein einziges, aber immerhin. Sie gingen am Ufer spazieren und nahmen mich jeder bei einer Hand, zählten eins und zählten zwei und hoben mich bei drei hoch in die Luft. Und ich wurde größer. Und gegenwärtig, da ich dies schreibe, spazieren sie weiter auf den Wegen in Richtung Alter, gelangen langsam aus dem grellen Licht ins etwas sanftere Halbdunkel. Und ich, der ich mich in dieser Zeit abkämpfe wie ein Wahnsinniger, in einer Art Exorzismus, beende meine Bittschrift an einen Geist. Ich flüstere ihr zu: Ich weiß, du willst keine Rache, Manon. Du hast nicht die Zeit gehabt, solche Gefühle zu kennen, solche Wörter zu lernen. Also hilf mir bitte ein bisschen auf meinem Weg. Schütz mich, so gut du kannst, denn jetzt bin ich an der Reihe, es zu versuchen. Und wenn ich nur genau hinhöre, antwortet Manon, dass alles gut wird. Sie sagt, es reicht, loszugehen und beweglich zu bleiben. Sie sagt, es reicht, auf das zu hören, was die Musik dir erzählt. Erinnere dich kurz, was Papa immer singt. In Glucks Musik, doch, doch, kennst du, in seiner berühmten *Orfeo ed Euridice* gibt es den »Reigen seliger Geister«. Und was diese Musik ausdrückt, sagt Manon, wenn du genau hinhörst, auch wenn sie vielleicht traurig erscheint, ist, dass die Geister glücklich sein können.

An diesem 20. Mai 2014 kommt Cora spät nach Hause. Pierre, gertenschlank in seiner umgebundenen Schürze, steht in der Küche am Holzbrett und schneidet Gemüse. Seit einigen Monaten verbringt er mehr Zeit mit Kochen und wird immer besser. Da er, während der Ofen vorheizt, Musik angemacht hat, hört er sie nicht hereinkommen, und sie beobachtet ihn, ohne ein Wort, wie er Knoblauch schält und damit den Boden eines Tontopfs einreibt. Unter dem dünnen Strahl des Wasserhahns halbiert er roten Paprika, entfernt die Kerne und legt die Hälften auf den Tisch wie kleine Schiffe. Das bereitgelegte Basilikum und der Oregano lassen sie ahnen, dass er eine Tajine vorbereitet. Während er die Auberginen schneidet, pfeift er vor sich hin, und ihr fällt ein, dass schon seine Großmutter, als er klein war, nur lauschen musste, um zu wissen, wo ihre kleine »Hausdrossel« war. Cora steht da und beobachtet diesen

Mann, der noch immer glaubt, er sei allein, während es rundum langsam dunkelt. Durch das offene Fenster sieht sie, dass weniger menschliche Vögel sich gerade in den blühenden Kirschbaum im Garten gesetzt haben und der Wind die Zweige bewegt. Seit Stunden überlegt Cora, wie sie es ihm sagen soll. Sie fragt sich, welcher Satz wohl der beste wäre. Wenn sie nur einen einzigen sagen dürfte. Sie ist versucht zu sagen, es gibt was Neues. Sie möchte ihm sagen, dass sie ihn liebt. Doch als sie den Mund aufmacht, wird ihr klar, dass ihr vor lauter Gefühlen die Stimme den Dienst versagen wird. Also legt sie die rechte Hand auf ihren Bauch, macht in der Stille des Abends einen Schritt auf ihn zu, und die Musik verstummt, und plötzlich sieht er sie unter der Lampe stehen, er schaut ihr in die Augen, dann hinunter zu ihrem Bauch, und sie findet zwar keine Worte, schafft es aber, ihn anzusehen, und sieht in Pierres Gesicht, wie der Glanz einer neuen Welt heraufzieht.

Die französische Originalausgabe erschien 2019 unter dem Titel »Cora dans la Spirale« bei Éditions du Seuil, Paris.

Die Arbeit des Übersetzers am vorliegenden Text wurde vom Deutschen Übersetzerfonds gefördert.

MIX
Papier aus verantwortungsvollen Quellen
FSC® C083411

Penguin Random House Verlagsgruppe FSC® N001967

1. Auflage
Erstveröffentlichung Mai 2022

in der Penguin Random House Verlagsgruppe GmbH,
Neumarkter Straße 28, 81673 München
Lektorat: Susanne Wallbaum
Covergestaltung: semper smile, München
nach einem Motiv von © plainpicture/myriam tirler
Satz: Uhl + Massopust, Aalen
Druck und Einband: CPI books GmbH, Leck

Klü · Herstellung: sc
Printed in Germany
ISBN 978-3-442-77220-9

www.btb-verlag.de
www.facebook.com/btbverlag